La Flotte Fantôme

P.W. Singer
et
August Cole

LA FLOTTE FANTÔME

Le troisième conflit mondial est déjà là !

Roman

Traduit de l'anglais (États-Unis) par David Fauquemberg

BUCHET • CHASTEL

Titre de l'édition originale :
Ghost Fleet
Publiée par Houghton Mifflin Harcourt

ISBN : 978-2-283-03431-6

L'histoire qui suit s'inspire de tendances
et de technologies réelles.
Mais en définitive il s'agit d'une œuvre de fiction,
pas de prédiction.

391 kilomètres au-dessus de la surface terrestre

« Je suis vraiment désolé. »

Qu'avait donc voulu dire Vitaly ? Seul astronaute américain à bord de la Station spatiale internationale, Rick Farmer, colonel de l'US Air Force, avait l'habitude d'être la cible des blagues de l'équipage russe. La plus récente avait consisté à coudre la capuche de son sac de couchage pour l'enfermer dedans, puis à diffuser sa réaction sur Internet pour que le monde entier en profite.

Ça encore, c'était drôle. Mais là, ça dépassait les bornes. Les règles sont différentes quand on flotte à l'extérieur et que seul un fin cordon vous rattache à la station.

Le plus bizarre, c'est que la phrase du cosmonaute Vitaly Simakov n'avait pas été suivie de son habituel rire tonitruant.

Farmer vérifia une nouvelle fois le cordon, plus pour se rassurer qu'autre chose. Cela faisait vingt-quatre minutes qu'il n'arrivait plus à joindre Vitaly via la radio de son scaphandre, ni qui que ce soit à l'intérieur de la station. Ce message était le dernier que Farmer avait reçu du commandant de la mission après être sorti de la station pour aller réparer le panneau solaire numéro quatre, qui faisait des siennes. Même Houston était injoignable. Farmer attribuait ce silence à l'un de ces innombrables problèmes techniques qui rendaient si difficile la vie quotidienne dans l'espace, bien loin de la version idyllique que la NASA continuait de servir aux médias.

Fort d'un doctorat du prestigieux California Institute of Technology et de plus de quatre mille heures de vol aux commandes d'appareils allant du Northrop T-38, fameux appareil d'entraînement de l'US Air Force et de la NASA, au Lockheed Martin F-22, l'avion de chasse furtif de l'armée américaine, Farmer était bien placé pour savoir que, parfois, les grands machins compliqués ne fonctionnaient pas comme prévu. Il repensa à ses jumeaux jouant dans la maison avec sa combinaison de pilotage, à la veille de son premier déploiement en Afghanistan, dans une autre vie. « Papa a besoin d'un casque parce que son travail est très dur, parfois. » Il ne leur avait pas dit que, dans son métier, les choses en apparence les plus banales sont généralement celles qui posent le plus de problèmes.

Farmer s'approcha de l'écoutille qui permettait de rentrer dans la station.

– Farmer, validation. Ouverture de la trappe, ordonna-t-il au système.

Rien.

Il répéta ses instructions, insistant cette fois sur chaque mot pour faciliter le travail du logiciel de reconnaissance vocale.

– Farmer, validation. Ouverture de la trappe.

C'était comme si le système ne l'entendait pas.

Il tendit le bras vers la commande manuelle et souleva le panneau qui protégeait le bouton d'ouverture d'urgence. Eh bien, ce n'était plus très loin d'en être une, songea-t-il en appuyant dessus.

Rien.

Il appuya de nouveau, plus fort, au point que la pression de ses doigts contre le bouton rouge vif le repoussa en arrière dans l'apesanteur de l'espace. S'il n'avait pas été raccordé à la station, cette poussée aurait pu l'envoyer tournoyer à la vitesse de trois mètres par seconde, direction Jupiter.

Rien. C'était quoi, ce délire ?

L'extérieur de sa visière était recouvert d'un film d'or, les lunettes de soleil les plus chères au monde. À l'intérieur, tout un tas d'écrans affichaient une foule d'informations, qui allaient de sa position à la température interne du scaphandre.

Farmer ne put s'empêcher de remarquer la lumière rouge qui clignotait dans un coin, comme s'il avait besoin que le moniteur l'informe que son rythme cardiaque s'était emballé. Il fit une pause pour se recentrer en prenant de grandes inspirations, contemplant l'immense étendue bleue au-dessous. Il s'efforça de ne pas prêter attention à l'anneau de vide sombre entourant la Terre, qui semblait tout à coup s'élargir de manière inquiétante. Après une trentaine de secondes de respiration régulière du plus profond de son être, comme le professeur de yoga de la NASA lui avait appris à le faire à Houston, il fixa intensément l'écoutille, en visualisant son ouverture.

Il pressa le bouton une nouvelle fois, puis une autre. Rien.

Il baissa la main vers son HEXPANDO[1]. Cet outil hexagonal à embout télescopique avait été conçu par les ingénieurs de la NASA afin de pouvoir serrer ou desserrer des vis à six pans creux dans les endroits difficiles d'accès. Bref, ni plus ni moins qu'une clé Allen un peu surfaite.

Le manuel précisait explicitement que l'HEXPANDO n'était « pas destiné à appliquer un couple de torsion ».

Oh, et puis merde.

Farmer frappa sur l'écoutille avec son outil. Impossible d'entendre le moindre son dans le vide spatial, mais ce coup résonnerait peut-être dans l'atmosphère artificielle de la station, de l'autre côté de la trappe.

Soudain, des parasites crachotèrent à l'oreille de Farmer et sa radio ressuscita.

– Vitaly, vous m'entendez ? Je commençais à m'inquiéter. Le système de communication est encore en carafe, et maintenant c'est le foutu logiciel de reconnaissance vocale du sas qui ne fonctionne plus. Vous pouvez dire à Gennady que je vais le renvoyer dans un lycée professionnel en Sibérie. Ses réparations d'hier ont juste servi à tout dérégler. Il faut que vous veniez m'ouvrir manuellement, de l'intérieur.

– Je ne peux pas. Cette décision ne m'appartient plus, répondit Vitaly d'une voix sombre.

– Pardon ? s'étrangla Farmer.

La diode rouge palpita de plus belle à la périphérie de son champ de vision, comme si Mars scintillait soudain par-dessus son épaule.

– Je ne suis plus autorisé à ouvrir le sas, annonça Vitaly.

– Comment ça, « plus autorisé » ? Appelez-moi Houston, nous allons clarifier cette histoire, répondit Farmer.

– Au revoir, mon ami. Je suis vraiment désolé. C'est les ordres, soupira Vitaly.

– Moi aussi, j'ai un ordre pour vous : ouvrez cette putain de trappe ! s'emporta Farmer.

Les parasites qui pulsèrent doucement furent le dernier son que Farmer entendit.

Après avoir tambouriné contre la trappe pendant cinq minutes, le colonel se détourna de la station pour contempler la Terre sous ses pieds. Il distinguait les contours du continent asiatique drapé dans un linceul blanc, le nuage de smog qui s'étirait de Pékin[2] en direction du sud, vers Shanghai.

Combien de temps lui restait-il ? Le clignotement affolé de la lumière rouge indiquait un rythme cardiaque trop haut. Il tenta de se calmer en calculant mentalement le rapport entre la vitesse de rotation de la Terre, celle de la station et la quantité d'oxygène qu'il lui restait. Cela suffirait-il jusqu'à ce que la côte Est des États-Unis soit en vue ? Son épouse et ses fils adultes étaient en vacances à Cape Cod, et il voulait les embrasser du regard une dernière fois.

PARTIE I

« Vous pouvez mener une longue guerre,
ou renforcer votre nation.
Vous ne pouvez pas faire les deux. »

SUN TZU, *L'Art de la guerre.*

10 590 mètres sous le niveau de la mer, fosse des Mariannes, océan Pacifique

Parfois, l'histoire s'écrit dans l'ombre.

Tout en scrutant les ténèbres, Zhu Jin songea à ce que devait faire son épouse, à cet instant. Il ne la voyait pas mais savait que, dix kilomètres plus haut, Liu Fang était penchée sur son clavier, resserrant rituellement l'élastique de sa queue-de-cheval pour relâcher la tension. Il l'imagina en train d'éternuer violemment, sachant à quel point la fumée de cigarette des autres géologues l'importunait.

Les écrans de bord du *Dragon Aquatique*[1], le véhicule sous-marin de grands fonds Jiaolong-3, étaient les seuls hublots que la science moderne pouvait offrir au géologue en chef de la mission. Un titre qui prenait tout son sens dans ces circonstances. Luo Wei, le représentant du Directoire chargé de les superviser, dirigeait officiellement cette mission. Mais au bout du compte, la responsabilité de son succès ou de son échec incomberait à Zhu.

Il était donc normal, songea-t-il, qu'il se retrouve seul aux commandes à cet instant crucial, à plusieurs kilomètres sous le *Xiang Yanghong 18*, le navire d'exploration en eaux profondes de l'Association chinoise du développement et de la recherche sur les ressources minérales océaniques, la COMRA[2]. Ce recoin-là de la fosse des Mariannes n'appartenait qu'à lui.

Zhu guidait le sous-marin en inclinant avec délicatesse, d'un côté puis de l'autre, les gants connectés légèrement fluorescents qu'il portait. Il évoluait trop près des parois de la fosse pour envisager d'enclencher le pilote automatique. Il vida ses poumons pour s'éclaircir l'esprit. La pression était si forte, menaçant à tout moment de broyer son véhicule et leur rêve à tous.

Il ajusta son casque d'un petit coup d'épaule. Là, comme il l'avait prévu. Clignant des yeux, il se pencha en avant, comme si le fait de se rapprocher de l'écran vidéo faiblement éclairé et de l'obscurité écrasante qui enveloppait la coque du sous-marin allait rendre ce moment encore plus réel.

Cette plongée était la dernière ; il n'y avait pas le choix.

Un geste des deux mains et l'engin s'écarta de la paroi avant de s'immobiliser, en suspension. Zhu éteignit les projecteurs extérieurs. Puis l'éclairage rouge de la cabine. Il savoura le vide.

L'heure était venue. C'était l'aboutissement de plusieurs décennies de recherches et d'investissement. Aucune autre nation n'avait même essayé de sonder les profondeurs de l'océan comme Zhu et ses camarades l'avaient fait, raison pour laquelle quatre-vingt-seize pour cent du plancher océanique étaient encore inexplorés et inexploités. Il faut dire que, une fois que le submersible avait été développé par l'université de Tianjin[3], l'entraînement en vue de ces plongées en eaux profondes avait à lui seul demandé quatre années. En comparaison, les cinq jours d'exploration menés au cours de cette mission n'étaient pas grand-chose.

Cette descente, avec Zhu aux manettes, était leur dernière chance pour cette fois-ci. Très bientôt, l'équipe le savait, les Américains allaient leur rendre une visite « amicale », à moins qu'ils n'envoient les Australiens le faire pour eux. Les Chinois se trouvaient trop près de la grande base américaine de Guam ; c'était même un miracle que personne ne soit encore venu voir ce qu'ils fabriquaient. Quoi qu'il en soit, le temps était compté pour le navire de la COMRA et, Zhu en avait bien peur, son équipage.

Il imagina le lieutenant-commandant Luo Wei penché pardessus l'épaule de son épouse, de plus en plus impatient, grillant cigarette sur cigarette en la faisant tousser avec toute cette fumée. Zhu pouvait presque sentir les regards inquisiteurs de l'équipage braqués sur le visage de sa femme, avec la même intensité que lorsqu'ils fixaient leurs écrans. Tous pensaient certainement, sans l'exprimer à voix haute : *Comment a-t-il pu échouer et nous laisser tomber, alors qu'il connaissait les conséquences que cela aurait pour nous tous ?*

Zhu n'avait pas échoué.

C'était juste le moment de la découverte qui n'avait rien de spectaculaire. Un écran situé tout près de sa main droite afficha un bref message en bleu puis bascula en mode Carte. Plusieurs éléments avaient semblé indiquer la présence d'un gisement de gaz à cet endroit mais, en voyant défiler le flot de données, il comprit pourquoi son instinct l'avait mené là. Il fit avancer le sous-marin d'un léger basculement des mains, organisant déjà le déploiement des véhicules sous-marins autonomes à usage unique transportés par l'engin, qui permettraient à l'équipe de cartographier l'ensemble de cette trouvaille. Chacun de ces véhicules était en fait une minitorpille dont l'explosion sonique fournirait aux capteurs d'imagerie acoustique du Jiaolong-3 une connaissance plus profonde des richesses tapies au fond de l'océan. Les ondes soniques permettaient en effet à l'ordinateur de « voir » l'intégralité du gisement enfoui à plusieurs kilomètres sous la croûte terrestre. La technologie de ces torpilles miniatures provenait des derniers systèmes de chasse aux sous-marins de l'US Navy ; le logiciel de cartographie des ressources trouvait son origine dans les recherches menées par un doctorant de l'université de Boston dans le cadre de sa thèse. Ces gens ne sauraient jamais qu'ils avaient participé à écrire l'histoire.

Au bout de trente-cinq minutes, la cartographie était terminée.

Zhu se dit qu'il avait passé suffisamment de temps dans le noir. Il avait un jour confié à Liu que le pire c'était l'espace intermédiaire entre profondeurs et surface. Mourir là, piégé dans le vide entre la lumière du jour et les merveilles de l'abysse, aurait été son enfer. Mais cette fois, il y trouva sa joie : l'impatience qu'il avait à partager la nouvelle remplissait ce vide.

Lorsqu'il ouvrit l'écoutille du sous-marin, tout l'équipage l'observait, penché par-dessus le bastingage, sur tribord. Même le cuisinier, avec ses cicatrices aux avant-bras et sa main gauche privée d'index, était monté regarder, bouche bée, le Jiaolong-3 dodeliner à la surface.

Ébloui par le soleil éclatant du Pacifique, Zhu plissa les yeux en s'efforçant de garder une expression neutre. Il chercha Liu parmi la foule amassée derrière la rambarde. Planté légèrement en retrait, le lieutenant-commandant Luo le dévisageait, la mine acerbe, une interrogation muette au fond des yeux. Zhu échangea un regard avec son épouse et, incapable de garder plus longtemps sa découverte pour lui, il se fendit d'un sourire. Elle cria, chose inhabituelle chez elle, en sautant les bras au ciel.

Le reste de l'équipage se tourna pour la regarder, puis se mit à acclamer Zhu. Un peu en contrebas, une brise légère souleva le drapeau du Directoire accroché au-dessus de la poupe ; la bannière jaune saupoudrée d'étoiles rouges s'agita doucement. Aux yeux de Zhu, c'était la perfection même, adaptée à l'instant. Lorsqu'il se tourna de nouveau vers la rambarde, il vit que le lieutenant-commandant Luo avait disparu, déjà redescendu annoncer à Hainan les résultats de la mission.

Dans un Boeing P-8 de l'US Navy, au-dessus de la fosse des Mariannes, océan Pacifique

Même depuis leur altitude de croisière de huit mille pieds, ils voyaient que les gens rassemblés sur le pont étaient en train de fêter quelque chose.

– Peut-être que le capitaine a annoncé une fête au bord de la piscine, suggéra le commandant Bill Darling, alias « Sweetie », dans la radio de bord.

Darling et ses hommes d'équipage rentraient d'un vol destiné à tester les récentes améliorations apportées aux réacteurs du P-8 Poseidon[4]. Cet avion était conçu pour la chasse aux navires de combat, mais il n'y en avait aucun dans leur zone, alors ils s'ennuyaient. Le navire de recherche battant pavillon du Directoire offrait un peu de distraction – autant, du moins, qu'on pouvait en trouver dans ce recoin du Pacifique.

Le copilote, Dave Treehorn, surnommé « Fang », transmit en temps réel les images du *Xiang Yanghong 18* prises par les capteurs optroniques du P-8. Le cockpit du Poseidon, un Boeing 737 modifié selon le cahier des charges de l'US Navy pour en faire un appareil de lutte anti-sous-marine, était considéré comme spacieux pour un avion de l'armée. Mais les pilotes militaires sont avides d'informations, et Darling faisait régulièrement défiler les données des différents capteurs sur les écrans de son cockpit pour assouvir ce besoin.

– On descend regarder ça de plus près ? interrogea Treehorn.

– Ce ne serait pas juste qu'ils soient les seuls à s'amuser aujourd'hui, répondit Darling. Si c'est une fête, on aurait dû être invités. N'oubliez pas de zoomer pour prendre des clichés de ce sous-marin ; histoire de donner un peu de boulot à nos copains du renseignement.

– D'après le registre, il s'agit d'une expédition scientifique, annonça Treehorn.

Le P-8 descendit sans à-coup jusqu'à cinq cents pieds, et Darling décrivit une courbe serrée laissant le navire sur tribord. Un avion si gros, si rapide et rugissant si bas au-dessus de vous avait de quoi déconcerter n'importe quel spectateur. L'équipage du *Xiang Yanghong 18* était averti, maintenant.

– X-Ray Yankee 18, ici Papa-8 de l'US Navy, voulons savoir si vous avez besoin d'aide, annonça Darling. Nous avons remarqué que vous étiez à l'arrêt juste au-dessus d'un trou plutôt profond dans l'océan, pas vraiment l'endroit idéal pour plonger au tuba.

Treehorn éclata de rire, bientôt imité par les autres membres de l'équipage du P-8, qui écoutaient la conversation sur la radio de bord.

Darling ramena l'appareil à mille pieds.

– C'est mieux ; maintenant, peut-être qu'ils pourront entendre leur radio, fit remarquer Treehorn.

– Ouais, mais au moins j'ai attiré leur attention, répliqua Darling.

– Ça, c'est sûr. Regardez sur votre écran : ils sont en train de remonter leur sous-marin en essayant dans le même temps de le recouvrir d'une bâche, dit Treehorn. Un gars vient de tomber par-dessus bord.

Alors une voix résonna dans la radio. Darling reconnut aussitôt le ton autoritaire d'un confrère militaire.

– P-8 de l'US Navy, ici Zhu Jin, responsable scientifique d'une expédition officielle de l'Association chinoise du développement et de la recherche sur les ressources minérales océaniques. Nous nous trouvons dans les eaux internationales et relevons des règlements applicables aux opérations à fins scientifiques. Vous me recevez ?

– Nous vous recevons, XY 18, répondit Darling. Je ne voudrais pas m'aventurer dans les subtilités légales, mais ces eaux sont protégées dans le cadre d'une zone économique exclusive dépendant des États-Unis[5], conformément au décret de création du Monument national marin de la fosse des Mariannes[6]. Restez en stand-by. Nous allons dépêcher sur zone un navire de la garde côtière des États-Unis pour nous assurer que vous ne pratiquez pas la pêche illégale.

– Négatif. Il s'agit d'une mission scientifique. Nous n'avons besoin d'aucune autorisation. Toute interférence supplémentaire avec cette mission pacifique sera considérée comme un acte hostile par le gouvernement du Directoire, rétorqua la voix. Bien reçu ?

– Eh bien, ça a dégénéré très vite, commenta Treehorn, en s'adressant à son pilote.

– Les préliminaires, c'est pour les nazes, s'amusa Darling.

– On va vraiment prévenir les gardes-côtes ? interrogea Treehorn.

– Nan, répondit Darling. Je peux vous garantir qu'ils ne sont pas en train de pêcher, mais ça ne vaut pas la peine de déclencher une guerre pour ça.

Puis dans la radio, il ajouta :

– Bien reçu, XY 18. Papa-8 est sur le départ. Vous avez un homme à la mer, n'oubliez pas.

Darling remonta à trois mille pieds et baissa la puissance des réacteurs, propulsant le P-8 dans un moment de quasi-apesanteur. Puis le capitaine fit demi-tour et pointa le nez de l'appareil vers le bas, droit sur la proue du navire chinois. Il diminua encore les gaz de ses deux réacteurs, de telle sorte que la descente en piqué de ce jet de presque quatre-vingt-dix tonnes se fit quasiment en silence.

– Nous n'en avons pas encore terminé, annonça Darling. Je vais passer en rase-mottes et une fois qu'ils auront la tête baissée, on balancera un Remora[7] deux mille mètres derrière la poupe.

– Compris, Sir, répondit l'homme d'équipage en charge des armes. Paré.

Xiang Yanghong 18, fosse des Mariannes, océan Pacifique

Le lieutenant-commandant Luo rendit le combiné de la radio au capitaine.

– Tout ça prend trop de temps, s'impatienta Luo. Il faut qu'on soit partis d'ici avant que leurs gardes-côtes rappliquent. Docteur Zhu, vous avez tout ce dont votre équipe a besoin ?

– Oui, nous pourrions faire d'autres sondages, mais cela…

Un grondement ébranla le navire. Zhu se précipita sur le pont, les mains plaquées sur ses oreilles. Il aperçut un éclair gris quand le P-8 passa au-dessus d'eux sur tribord, moteurs à plein régime, à moins de trente mètres du bateau.

Luo ne put s'empêcher d'admirer la manœuvre. Agressive, mais audacieuse. Le scientifique, lui, eut soudain envie de vomir.

Tandis que le vacarme des réacteurs s'estompait, l'un des membres d'équipage s'écria :

– Un objet dans l'eau, une torpille derrière nous !

– Du calme, répliqua Luo, mains calées sur ses hanches. Si c'était une torpille, nous serions déjà morts. Il s'agit juste d'une bouée acoustique, peut-être un Remora, l'un de leurs drones sous-marins.

– Ils savent ? s'inquiéta Zhu.

– Non, il n'y a rien à voir ici, à la surface. Ce qui nous intéresse se trouve beaucoup plus bas, déclara Luo, visiblement déconcerté, en suivant du regard le drone qui, à présent, les suivait à la trace.

Il se tourna de nouveau vers le géologue.

– Oh, j'oubliais… Zhu, les dirigeants sont prévenus de votre succès. Profitez de ce moment avec votre épouse. Et assurez-vous que le sous-marin est en sécurité.

C'étaient les premières paroles affables qu'il avait jamais adressées à Zhu.

Flotte de réserve de l'US Navy, baie de Suisun, Californie

Le soleil qui se levait sur l'East Bay parait la brume d'un éclat de lanterne chinoise.

– T'as pas dormi de la nuit ou quoi, Torres ? demanda Mike Simmons.

Le contractuel employé par l'US Navy scrutait patiemment l'eau, par-delà la coque en aluminium cabossée de la barque, comme s'il voyait à travers le gamin de dix-neuf ans qui l'accompagnait. Son poing enveloppait la poignée de gaz du hors-bord, qu'il tenait avec une délicatesse étonnante pour un homme aux paumes si calleuses et aux jointures si massives, rêches comme des bernacles. Il était assis, un genou relevé juste sous le menton, l'autre jambe nonchalamment étirée vers la proue, à son aise mais prêt à jeter le gamin d'un coup de pied par-dessus bord, à tout moment.

– Non, mais j'ai compensé, répondit le matelot Gabriel Torres. J'ai pris un stimulant avant de venir.

Mike but une gorgée de son gobelet de marin en fer bosselé. Son index droit était déformé à force de trimballer partout son café dix-huit heures par jour depuis des décennies. Il déplaça légèrement le poids de son corps et la barque gîta encore un peu plus sur tribord, forçant Torres à se tenir à son siège, à l'avant de l'embarcation. Le premier maître à la retraite pesait trente-cinq bons kilos de plus que Torres, différence tout aussi notable à leurs voix qu'à l'espace que chacun occupait à bord de cette barque.

– Y a pas mal de monde qui revient chiller au Cow Palace, maintenant, expliqua Torres. Bouffe brésilienne. Soirée rétro – Carnaval de Rio dans les années 2000.

– Tu sais, je suis allé une fois à Rio dans le temps, répondit Mike. Mais pas pour le carnaval. Incroyable. Des filles canon à plus savoir où donner de la tête... Je sais toujours pas comment j'ai fait pour que mes gars remontent sur le bateau.

– Mmmm, grommela Torres.

Il hocha la tête avec une politesse un peu absente, focalisé sur les verres de ses Viz Glass[8], ses lunettes à réalité augmentée dernière génération. Tous ces gosses étaient les mêmes une fois qu'ils enfilaient ces foutus machins, songea Mike. S'ils loupaient un truc important, ils savaient qu'ils pouvaient se le repasser. Ils pouvaient revoir tout ce que vous leur aviez dit depuis le début, mais ils étaient incapables de se souvenir de quoi que ce soit.

Les lunettes Samsung à montures dorées que portait Torres ne faisaient assurément pas partie de l'équipement réglementaire de l'US Navy. Mike entrevit fugacement le logo des Athletics de Palo Alto, inversé, sur le verre. Torres était donc en train de regarder un enregistrement du match de la veille entre Palo Alto et les New York Yankees. Sous la fenêtre du match, une vidéo automatique avec bandeau d'information en continu faisait le point sur les derniers incidents frontaliers entre l'armée russe et l'armée chinoise, en Sibérie.

– C'était un match à sens unique, Parsons au lancer a failli réussir une partie sans aucun coup sûr accordé, mais c'est tombé à l'eau à la fin de la huitième manche, commenta Mike. Dommage pour les Athletics.

Dégoûté, Torres ôta ses lunettes et fusilla du regard Mike, dont les yeux continuaient de scruter l'acier de la mer.

Le jeune matelot comprit qu'il valait mieux se taire. S'en prendre verbalement à un contractuel le conduirait tout droit vers un nouveau rapport. Et surtout, quelque chose dans l'attitude de ce vieil homme laissait clairement entendre que, bien que retraité, il se serait fait un plaisir de le balancer par-dessus bord, sans même renverser une goutte de son café.

– Tu es de service, matelot. Je suis peut-être un civil, maintenant, et je fais pas partie de ta hiérarchie…, reprit Mike. Mais tu bosses pour la marine des États-Unis. Disparaître derrière ces foutus lunettes, c'est un manque de respect pour l'US Navy.

– Oui, Sir, grommela Torres.

– « Chef », rectifia Mike. « Sir » est réservé aux officiers. Moi, je bosse pour gagner ma croûte.

Cette vieille blague militaire lui tira un sourire, et il gratifia Torres d'un clin d'œil pour lui faire comprendre que, de son côté, l'affaire était classée. Ça, c'était tout lui : ce charme malicieux qui l'avait mené si loin et qui, en même temps, l'avait empêché d'avancer. Si Torres n'avait pas été à bord, le premier maître aurait traversé la baie peinard, à sept nœuds, en faisant un détour, si la marée le permettait, par le yacht-club de Saint-Francis. Il se serait assis au bar et aurait partagé de vieilles histoires de mer. Au bout d'un moment, l'une des femmes divorcées qui traînaient là-bas lui aurait fait porter un verre, lui aurait peut-être fait remarquer qu'il ressemblait beaucoup à ce vieil acteur hollywoodien, celui qui avait adopté tous ces enfants du monde entier. Alors, Mike aurait décoché sa vieille réplique comme quoi lui aussi avait des enfants dans le monde entier, sauf qu'il ne les connaissait pas, et le tour serait joué.

Le soleil levant commençait à dévoiler les contours des navires de guerre mouillés autour d'eux. Les cris d'un vol de goélands au-dessus de leurs têtes faisaient paraître encore plus inertes ces bâtiments rouillés et silencieux.

– Avant, y avait un tas de ruines dans la Flotte Fantôme[9], commenta Mike, tandis qu'ils se faufilaient entre un vieux pétrolier ravitailleur des années 1980 et un croiseur Aegis[10] désarmé après la première crise de la dette. Mais pas mal de navires ici ont été mis au rencart avant l'heure.

– Je comprends même pas ce qu'on fait là, patron, marmonna Torres. Ces vieux rafiots, c'est fini pour eux. Ils ont pas besoin de nous. Et on a pas besoin d'eux.

– C'est là que tu te trompes, répliqua Mike. Ça pourrait donner l'impression qu'on met du rouge à lèvres sur des vieilles putes logées à la maison de retraite, mais ce que tu as devant toi, c'est l'assurance-vie de l'US Navy, même s'il ne reste plus grand-chose, maintenant. Tu sais, ils gardaient genre cinq cents bateaux dans la Flotte Fantôme à l'époque de la guerre froide, au cas où.

– Corps flottant sur bâbord, l'avertit Torres.

– Merci, répondit Mike – et il contourna un bidon en plastique bleu délavé qui sautillait à la surface. Et voici notre nouvel arrivage, le *Zumwalt*, annonça-t-il en pointant du doigt le navire mouillé juste après dans la file. Il n'avait déjà pas sa place dans la flotte quand ils ont gaspillé une bouteille de champagne contre cette proue affreuse, et il n'a toujours pas sa place ici. Ce bateau n'a aucune histoire, aucune crédibilité. Ils auraient dû le couler pour en faire un récif, mais cette fausse merde en composite aurait tué tous les poissons.

– C'est quoi le délire, avec cette proue ? interrogea Torres. Elle est dans le mauvais sens.

– Le terme technique, c'est *étrave inversée*, expliqua Mike. Tu vois comme l'arête de la coque est inclinée vers le centre du bateau, comme une lame de cutter ? Voilà ce qui arrive quand on essaie d'anticiper l'avenir alors qu'on est encore coincé deux pas derrière le présent. Ils appelaient ça la classe DD(X)[11], comme si le X allait la rendre exceptionnelle. La Navy était censée construire[12] une nouvelle flotte de navires de combat furtifs du XXIe siècle, avec canons électriques et tout le tintouin. Le plan, c'était d'en fabriquer trente-deux. Mais au final, ce bateau coûtait une blinde, les canons laser qui devaient l'équiper ne marchaient pas, si bien que la Navy n'en a acheté que trois. Et quand il y a eu des coupes budgétaires, après la crise de Dhahran, les amiraux ont été bien contents de remiser leurs Zumvalt ici, dans la Flotte Fantôme.

– Que sont devenus les deux autres ? interrogea Torres.

– Terminer sa vie ici n'est pas le pire sort pour un navire, répondit Mike, en repensant aux deux sister-ships qu'on avait revendus au poids de la ferraille durant la dernière crise.

– On va faire quoi, une fois qu'on sera sur cette épave ? demanda Torres.

– Ce bâtiment, corrigea Mike. Pas cette épave.

– C'est plus vraiment un bâtiment, patron.

– Bon sang, Torres, appelle ça une barque ou un aviron si tu veux, mais t'avises jamais de dire *épave*. Même s'il est officiellement désarmé.

– Eh bien, ce... bâtiment, si vous y tenez, on dirait un LCS, répondit Torres.

Même si l'acronyme officiel de ce type de navire était désormais FF pour frégate, tout le monde dans l'US Navy utilisait encore l'ancienne appellation, *Littoral Combat Ship* – « navire de combat littoral » – ou LCS.

– C'est là-dessus que j'aimerais naviguer.

– Sur un LCS, hein ? Tu rêves de croiser au large de Bali sur ta petite frégate de rien du tout, avec cinquante nœuds de vent dans les cheveux, et de jeter des pétards sur des pirates de la mer ? ironisa Mike. Prépare l'aussière.

– J'ai entendu que votre fils avait embarqué sur un LCS, pas vrai ? Ça lui plaît ?

– Je sais pas, répliqua Mike. Je suis pas en contact avec lui.

– Désolé, chef.

– Tu sais, Torres, t'as vraiment dû faire chier quelqu'un pour te retrouver coincé avec moi, à t'occuper de la Flotte Fantôme.

Le vieux changeait clairement de sujet.

Torres se pencha par-dessus bord pour empêcher la barque de percuter par l'arrière une petite barge. Sans même regarder, il ficela un nœud de chaise qui força le vieux premier maître à contenir un sourire.

– Joli nœud, apprécia Mike. Tu t'es exercé à le faire comme je t'avais dit ?

– Pas besoin, répondit Torres en tapotant ses lunettes. Y a qu'à me montrer une fois, et c'est enregistré.

USS *Coronado*, détroit de Malacca

Chacun des sièges en cuir bleu marine du carré des officiers de l'USS *Coronado* était équipé d'une combinaison sensorielle digne d'un cinéma, de chargeurs de Viz Glass, d'un soutien lombaire et de coussins à mémoire de forme qui semblaient presque trop confortables pour l'armée – jusqu'à ce que les briefings arrivent au bout de leur deuxième heure.

Le speech en cours s'acheva et la femme officier en charge du détachement de trois hélicoptères MQ-8 Fire Scout pilotés à distance embarqués à bord du navire remercia l'assistance avant de regagner son siège. Les rares bavardages s'interrompirent brusquement quand le XO, le directeur général du navire, se leva pour les briefer sur les derniers renseignements tactiques et opérationnels.

Quand le XO, commandant en second du bord, se dressait devant vous, on se sentait un peu comme à l'école primaire face au prof de sport. L'US Navy du XXIe siècle était censée s'appuyer essentiellement sur des cerveaux brillants. Mais la carrure comptait encore, et le commandant James Simmons, dit « Jamie », le XO en question, n'en manquait pas. Ce gaillard d'un mètre quatre-vingt-treize avait gardé le physique du membre de l'équipe d'aviron de l'université de Washington, catégorie poids lourds, qu'il avait jadis été, dégageant une prestance qui se faisait rare désormais parmi les rangs des officiers, de plus en plus technocratiques.

– Bonjour. Ce matin, nous procéderons à ma manière, annonça Simmons. Pas de Viz Glass.

L'équipage renâcla à la perspective de devoir supporter tout un briefing sans pouvoir faire du multitâches, ni enregistrer la réunion.

Une jeune lieutenant assise au fond de la salle toussa dans son poing.

– À l'ancienne…

Le capitaine du *Coronado*, le commandant Tom Riley, était assis sur le côté et tenait à la main un mug de café fumant en céramique et maille de titane, où s'affichait le logo de l'entreprise qui avait conçu ce navire. Riley ne put s'empêcher de sourire devant l'impertinence du commentaire.

L'écran de présentation chargea la première image et la projeta en 3D dans la salle : un homme couvert de tatouages chevauchant un Jet-Ski électrique noir mat, qui mitraillait d'une main, au fusil d'assaut, la passerelle d'un porte-conteneurs. Simmons tenait cette technique d'un vieil amiral venu donner des cours au Naval War College : au lieu de l'interminable diaporama habituel, avec animations immersives, il n'accompagnait chacun des points de son briefing que d'une seule et unique image.

– Maintenant que j'ai toute votre attention…, poursuivit Simmons en enchaînant sur une carte montrant leur position à l'entrée du détroit de Malacca.

Une série de petits points rouges palpitaient sur la carte, marquant les endroits où une attaque de pirates[13] avait eu lieu au cours de l'année écoulée.

– Plus de la moitié du trafic maritime mondial[14] passe par ce canal, ce qui fait de ces points rouges un problème planétaire.

Ce passage d'un peu moins de mille kilomètres entre l'ancienne république d'Indonésie et la Malaisie faisait seulement trois kilomètres en son point le plus étroit, séparant à peine le régime autoritaire malaisien du chaos dans lequel l'Indonésie avait sombré après la deuxième guerre du Timor. Les pirates n'étaient plus qu'un lointain souvenir dans la majeure partie du monde, mais ces points rouges montraient bien la jungle qu'était devenue cette région du Pacifique. Les assaillants utilisaient de petites embarcations et des drones de fortune pour s'emparer de tout ce qu'ils pouvaient et le revendre, l'argent récolté servant essentiellement à financer les centaines de milices réparties dans tout l'archipel.

Aucun de ces gangs ne s'encombrait plus d'otages depuis que les forces spéciales chinoises[15], sur ordre d'un régime dont l'activité maritime était particulièrement exposée, avaient liquidé tous les habitants de trois îles en une seule nuit. Mais cela n'avait pas mis fin aux attaques. Il restait encore six mille îles habitées. Simplement, quand ils s'emparaient d'un navire, les pirates exécutaient désormais tout le monde.

– Le *Coronado* va se concentrer là-dessus ces trois prochains jours, annonça Simmons. Il s'agit d'une simple patrouille de présence. Mais elle s'intègre dans un cadre plus large dont le capitaine m'a chargé de vous informer : nous allons rejoindre la force d'escorte du Directoire à 18 heures, ce qui fera de cette mission un véritable convoi international.

Puis le XO changea d'image, quittant la position du *Coronado* pour faire un zoom arrière et afficher le paysage stratégique d'ensemble du Pacifique.

– Ce qui nous amène au point le plus crucial de ce matin. Cela prendra un peu de temps. Mais il y a un bonus : si vous ne vous endormez pas en m'écoutant, je ferai en sorte que vos crédits d'études PACE soient doublés.

Ces mots arrachèrent quelques sourires à l'assistance ; le programme PACE, qui permettait aux marins militaires d'accumuler rapidement des crédits d'études universitaires financés par l'US Navy, était populaire parmi les jeunes membres d'équipage.

– Nous franchissons un cap considérable avec cette mission internationale. Il s'agit du premier engagement conjoint avec les forces navales du Directoire depuis que Washington a proféré ses menaces d'embargo, déclara-t-il. Ce qui signifie que nos amis de Hainan prennent la chose très au sérieux. Comme vous pouvez le voir sur cet écran, le Directoire déploiera l'un de ses nouveaux pétroliers, alors qu'il n'y avait pas vraiment besoin d'un tel ravitaillement. Ils veulent juste nous montrer que, en plus de posséder l'économie la plus puissante de la planète, ils ne lésinent pas sur les moyens pour doter leurs forces navales d'un rayon d'action qui leur permettra bientôt d'intervenir n'importe où dans le monde.

« Pour bien comprendre en quoi posséder dans sa flotte ce genre de pétrolier ravitailleur est si important, il faut revenir un petit peu en arrière. À Dhahran, plus précisément, il y a trois ans de cela. Quand la bombe nucléaire – enfin, techniquement parlant, la bombe sale radiologique – a explosé, tout le château de cartes saoudien s'est effondré d'un coup. Entre Dhahran qui irradie et les conflits autour de la succession de la famille Al Saoud, l'économie de la planète est encore sonnée par le fait que la plaque tournante de l'industrie pétrolière mondiale se soit ainsi retrouvée hors service, expliqua le commandant en second.

Son image suivante était un graphique montrant la montée en flèche des prix de l'énergie.

– Le pétrole commence enfin à redescendre du pic à deux cent quatre-vingt-dix dollars le baril atteint juste après l'attentat, mais vous préférez ne pas savoir ce que cette petite croisière coûte aux contribuables. Je peux juste vous dire que vous avez intérêt à vous amuser et à profiter de tout ce soleil, parce que vos petits-enfants devront encore payer la note.

– Ils paieront en ramens, intervint le jeune lieutenant Gupal, l'un des derniers officiers nommés à bord.

Ramen était le mot d'argot désignant le renminbi ou RMN, la devise chinoise[16] qui, tout comme l'euro, était devenue la nouvelle monnaie de réserve mondiale au côté du dollar, à la suite de l'effondrement du cours de la devise américaine dans la foulée de la crise de Dhahran.

– Au moins, nous pouvons naviguer en brûlant notre propre pétrole maintenant[17], fit remarquer le capitaine Riley. Quand je me suis engagé dans la Navy, à l'âge de pierre, le pétrole du Moyen-Orient monopolisait le marché.

– Je suis assez d'accord, acquiesça Simmons. Et l'extraction du gaz de schiste revient encore plus fort qu'avant le moratoire signé à la suite du tremblement de terre de New York. Depuis Dhahran, les gens ne se soucient plus autant de la pollution des nappes phréatiques.

Une carte des réserves énergétiques mondiales s'afficha sur l'écran. Simmons s'approcha de l'équipage et poursuivit :

– Le capitaine a mis le doigt sur le changement-clé qui doit retenir toute notre attention. La ruée vers les nouvelles ressources, qui accentue les tensions régionales[18] ici, là et là, provoque toute une série de conflits frontaliers aux quatre coins de la planète. Le fait que les gisements pétroliers en mer de Chine méridionale n'aient pas tenu leurs promesses a exacerbé la pression sur le Directoire. La chasse est en cours, ajouta Simmons. Les pétroliers ravitailleurs sont un moyen pour le Directoire de nous faire comprendre que leur intérêt dans ce domaine s'étend désormais à l'échelle de toute la planète.

Une capture d'écran montrant une mine couronnée d'un panache de fumée en Afrique du Sud vint remplacer la carte.

– Ça, c'est la mine de Spiker, près de la frontière entre l'Afrique du Sud et le Mozambique. Vous vous souvenez ? Toutes ces tendances sont liées. Même le nouvel élan en faveur des énergies alternatives a causé davantage de conflits que de coopération. Les technologies comme le solaire et les batteries à décharge profonde dépendent de matériaux à base de terres rares[19], *rares* étant ici le mot-clé.

L'image céda la place à la photo emblématique du char vert de l'Armée de libération du peuple chinois fonçant dans le camion antiémeute du ministère de la Sécurité publique, tandis que la foule massée sur la place du Peuple de Shanghai acclamait les soldats.

– Ce que je vais vous expliquer est très important, alors j'ai besoin de toute votre attention, reprit Simmons. Vous connaissez tous l'histoire du Directoire. Quand l'économie mondiale s'est effondrée après l'attentat de Dhahran, l'ancien Parti communiste chinois n'a pas réussi à maintenir le statu quo. La grande erreur de ses dirigeants[20] a été de faire appel à l'armée pour mater le soulèvement des ouvriers des villes, en pensant que les troupes allaient faire le sale boulot à leur place, comme en 1989[21]. Ils n'avaient pas pris en compte le fait que les nouvelles élites du monde des affaires et de l'armée, désormais plus professionnelles, voyaient le problème d'un point de vue différent du leur. Il s'est avéré que la nouvelle garde considérait le népotisme et la corruption de ces « petits princes » qui venaient d'hériter de leur pouvoir comme une plus grande menace pour la stabilité de la Chine que ne l'étaient les émeutiers. Ils les ont flanqués à la porte et maintenant, à la place, vous avez un régime de directoire qui est plus populaire et plus compétent que celui d'avant, et technocratique à l'extrême. Les magnats des affaires et les militaires se sont réparti le pouvoir et les rôles. Capitalisme et nationalisme marchent main dans la main, loin des vieilles contradictions qui les opposaient à l'époque du communisme.

L'image bascula sur l'un des porte-avions flambant neufs du Directoire amarré le long d'un quai, avec les gratte-ciel de Shanghai en arrière-plan.

– Pour faire court, le Directoire a transformé la Chine. À partir de ce régime rongé par la corruption et au bord de la guerre civile, ils ont façonné un pays verrouillé où tout le monde tire dans la même direction, les plus grands businessmen de la nation et l'armée marchant d'un même pas.

« Mais pour évaluer complètement une situation, comme on vous l'apprend à l'école, il ne faut pas seulement regarder ce qui se passe autour ; il faut également savoir qui vous êtes et quelle est votre place dans l'histoire.

Un visuel avec deux cartes du monde apparut, la première représentant les routes commerciales et les colonies britanniques[22] vers 1914 ; la deuxième, la répartition actuelle des forces américaines et de leurs bases, quelque huit cents points éparpillés aux quatre coins du globe.

– Certains disent que nous menons – ou plutôt que nous ne menons pas – une guerre froide[23] à l'encontre du Directoire, comme nous l'avons fait avec la Russie il y a plus d'un demi-siècle. Mais ce n'est peut-être pas de ce cas-là qu'il nous faut retenir les leçons. Il y a un siècle environ, l'empire britannique s'est retrouvé confronté à un problème assez similaire à celui qui se pose à nous aujourd'hui : comment faire régner l'ordre dans votre empire quand la place de votre économie dans le monde ne cesse de reculer et que votre population n'est plus très motivée pour remplir les mêmes engagements qu'autrefois ?

Un montage de plusieurs porte-avions de l'US Navy à quai défila, avant de se figer sur le dernier cliché : l'image d'un CVN-80[24], le tout nouveau USS *Enterprise*, encore en cours de construction.

– Et, bien sûr, dans ces cas-là, vous ne pouvez plus continuer à faire les choses comme avant, mais à l'économie. Prenons les navires capitaux, conformément à la manière dont les marines nationales à l'époque, et encore aujourd'hui, ont toujours mesuré leurs forces respectives. La construction des porte-avions de la classe Ford prenant un temps infini[25], même si l'US Navy dispose de neuf CVN, nos porte-avions à propulsion nucléaire, cela signifie qu'actuellement nous n'en avons que quatre en service pour couvrir toute la planète. Or, étant donné le coût du maintien de nos troupes en Afghanistan, au Yémen et maintenant au Kenya, eh bien, nous avons dû nous habituer à faire sans eux.

– De toute manière, je préfère naviguer sur ce bâtiment que sur un porte-avions, déclara Gupal. C'est juste une plus grosse cible pour le prochain Stonefish qui traîne...

– Surveillez votre langue, lieutenant, ou vous ne tiendrez même pas jusqu'au bout de votre première mission à bord de ce navire, cingla Riley, poignardant l'air de son cigare électronique en titane.

– Oui, oui, capitaine, répondit Gupal, l'air penaud.

En tant que commandant en second, Simmons était censé jouer le méchant flic et le capitaine Riley, le gentil, ce qui rendait d'autant plus drôle aux yeux de l'équipage cette inversion des rôles.

– Blague à part, lieutenant, c'est justement là où je voulais en venir, continua Simmons. Vous avez raison de dire que le DF-21E[26], le missile antibalistique Stonefish, ne nous est pas vraiment destiné. Mais je voudrais que vous réfléchissiez aux différentes tendances, au pourquoi, puis à l'étape d'après. Donc, ce fameux Stonefish, qu'offre-t-il aux Chinois ?

– Eh bien, Sir, c'est comme un boxeur qui aurait plus d'allonge. Ça leur donne la capacité de frapper les immenses ponts de nos porte-avions de très loin, avant que la Chine ne soit à notre portée, répondit Gupal.

– Correct : ça leur offre une liberté d'action, acquiesça Simmons. Donc, si vous êtes le Directoire, que faites-vous de cette liberté ? Et pourquoi ? Et même : quand ? Ce sont ces questions-là que je vous demande de vous poser. Le monde tel qu'il vous apparaît aujourd'hui ne sera pas forcément celui de demain. Aujourd'hui, ce sont les pirates. Et après, ce sera quoi[27] ?

Le capitaine Riley vint rejoindre Simmons. Il souriait, mais son langage corporel laissait clairement entendre qu'il n'était pas totalement satisfait de ce briefing.

– Merci, XO. La clé, messieurs, c'est de pouvoir évaluer ces menaces. Les dangers existent, mais n'allons pas nous faire une montagne de ces gars-là. Et s'il faut monter sur le ring avec eux, eh bien sachez que l'US Navy consacre littéralement des milliards au concept Air-Sea Battle pour lutter contre la menace du Stonefish et d'autres encore. En tout cas, vu ce qui est en train de se passer à la frontière sibérienne, notre XO ferait sans doute mieux de briefer le prochain bâtiment russe que nous croiserons, plutôt que vous. Si quelqu'un doit entrer en guerre contre le Directoire, ce sera Moscou.

– Oui, Sir, concéda Simmons. Des questions ?

Il parcourut la salle du regard et se mordit les joues pour s'empêcher d'ajouter quoi que ce soit.

Le lieutenant Gupal leva la main.

– Alors comment on fait pour cette patrouille, Sir ? Devons-nous considérer les forces du Directoire comme un ami ? Un ennemi ? Ou bien un frère ennemi ?

– Comme je vous l'ai dit tout à l'heure, les Chinois ont plus de chance de déclarer la guerre à la Russie qu'aux États-Unis, répondit Riley. Et s'il leur venait à l'idée de s'en prendre à nous, eh bien, ils n'ont pas l'expérience qu'il faut. Dans son cours d'histoire, le commandant en second aurait dû aussi mentionner que la Chine n'a participé à aucun conflit majeur depuis les années 1940.

– L'US Navy non plus, intervint tranquillement Simmons.

Silence dans la salle. Certains membres de l'équipage jouaient nerveusement avec le verre posé sur leurs cuisses, s'efforçant d'avoir l'air occupé. Mais le lieutenant Gupal n'avait pas assez de bouteille pour comprendre que ce silence n'était pas une nouvelle opportunité pour lui de se faire remarquer. Ce qui marchait très bien à l'académie navale n'était vraiment pas indiqué dans le carré des officiers.

– Mais dites-nous, XO, vous pensez que le capitaine a raison au sujet de la Russie et de la Chine ?

Simmons jeta un coup d'œil à Riley avant de se tourner vers Gupal.

– Le Directoire a accusé les Russes de bafouer les droits de ses travailleurs invités et déclaré que son gouvernement n'avait aucune obligation de respecter les vieilles frontières fixées par des traités signés par d'anciens régimes, des deux côtés. Donc si j'étais au Kremlin, j'en tirerais sans doute la même conclusion que le capitaine. Et les Russes semblent effectivement agir sur la foi de cette conviction. Les dernières photos satellite montrent que la Flotte du Pacifique a quitté sa base de Vladivostok, dans le but, très certainement, de s'éloigner des bases aériennes chinoises, afin de rendre plus compliquée une éventuelle attaque surprise. C'était la chose à faire. L'histoire le prouve.

– Et sur ce rare éloge de notre XO, vous pouvez disposer, déclara le capitaine Riley. Nous savons où aller prendre le soleil quand nous en aurons besoin.

Ambassade des États-Unis, Pékin

L'ambassadeur adorait les cocktails. Le commandant Jimmie Links aussi, mais pour des raisons différentes.

La vérité, c'était que les cocktails n'étaient qu'un prétexte. Cette soirée d'adieu se tenait en son honneur – il arrivait au terme de ses deux années de mission en tant qu'attaché de défense auprès de l'ambassade –, mais quel que soit le pays d'origine des invités, quel que soit leur rang, quel que soit leur poids, chacun dans la salle était là pour collecter des informations. Lunettes de vue, bijoux, montres : chaque accessoire enregistrait et analysait en permanence. Tout aspirer et laisser les filtres trier. Ce n'était pas si différent de la manière dont les gens, au pays, faisaient leur shopping, ratissant le plus large possible pour trouver les bonnes affaires.

Links regarda une belle Chinoise, la trentaine, dériver devant lui dans une robe transparente en Spec-Tran qui descendait jusqu'au sol, et repéra la petite bande de peau rigide, révélatrice, à la base du cou. Les jeunes recrues des agences gouvernementales n'avaient plus le choix, désormais. Le corps humain, quand on dispose de la technologie adéquate, est une antenne extraordinaire. Heureusement, en tant qu'officier de l'US Navy engagé avant le changement de politique, Links avait échappé à cela, du moins jusqu'ici. La Navy lui mettait une sacrée pression ; simplement, personne n'était en mesure de déterminer, pour l'instant, si ces puces risquaient ou non d'interférer avec les systèmes électroniques si sensibles des avions et des navires de guerre. Mais tôt ou tard, il le savait, la technologie l'emporterait sur la tradition.

Quelqu'un fit tinter un verre et le brouhaha de la salle s'atténua en un murmure. Links baissa les yeux sur sa vodka martini et examina le zeste de citron. La question n'était pas de savoir s'il s'agissait d'un système d'enregistrement, mais à qui il appartenait.

– Levons nos verres ce soir, ensemble, pour célébrer nos intérêts et objectifs communs, commença le général Wu Liao, commandant de l'armée de l'air du Directoire, dont Links savait qu'il était sur le point d'annoncer de nouvelles purges.

Links connaissait même le nom des hommes que l'on exécuterait dans trois jours, tout ça parce que le chauffeur de Wu avait laissé une vitre légèrement entrouverte pour fumer. C'est dire à quel point leurs techniques de collecte étaient efficaces.

– Je porte ce toast en l'honneur d'un officier de la marine. Ce n'est pas quelque chose qu'on entend tous les jours dans la bouche d'un officier de l'armée de l'air, quel que soit le pays !

Des rires polis de quinze nationalités différentes accueillirent sa plaisanterie.

– Les manœuvres communes menées par la Chine et les États-Unis pour rétablir l'ordre dans les eaux entourant l'ancienne république d'Indonésie sont le signe que notre avenir ensemble sera solide et fort, déclara le général Wu. Je ne pourrais pas en dire autant de nos voisins du Nord…

L'œillade courroucée que Wu lança à un officier russe qui se tenait debout dans un coin de la pièce fit basculer vers celui-ci le regard des convives et éteignit d'un coup les dernières bribes de rires. Le Russe hocha la tête avec indifférence et fit nonchalamment passer son verre droit d'une main dans l'autre, comme s'il se souciait davantage de la température de sa vodka que de ce discours.

Après le toast, Links s'approcha du Russe. Le général de division Sergueï Setchine était un habitué du circuit des cocktails. Il marchait avec l'assurance d'un homme qui avait porté l'uniforme presque toute sa vie et souriait en permanence comme si l'on venait de lui raconter une blague grivoise. Setchine était à Pékin depuis plus de dix ans, il devait donc être particulièrement bon dans ce qu'il faisait pour réussir ainsi à satisfaire ses supérieurs pendant si longtemps et avoir survécu à l'accession au pouvoir du Directoire. Outre les violentes purges opérées parmi les dirigeants de l'ancien Parti communiste, la communauté des services de renseignement étrangers avait été endeuillée par un certain nombre d'« accidents » de la circulation.

– Désolé, s'excusa Links. Ce n'était pas très judicieux de la part de Wu.

– La nouvelle garde du Directoire et surtout son noyau dur, dont Wu fait partie, n'arrête pas de répéter qu'elle s'en fiche de ce que pensent les autres, répondit Setchine. Mais la conséquence, c'est qu'ils ne s'intéressent plus qu'à leur propre plan. Les gens du Parti communiste avaient le leur, aussi, et on sait comment ça s'est terminé pour eux…

– Nos conversations édifiantes vont me manquer, Sergueï, déclara Links. Le smog aussi, et l'hiver.

Un serveur passa devant eux avec un plateau de cocktails. Setchine y déposa son verre vide et celui de Links, puis attrapa au passage deux autres vodkas glacées.

– Un jour, tous ces désagréments seront derrière nous, dit Setchine – puis il tendit l'un des verres à Links, vida sa vodka et fit signe à l'Américain d'en faire de même.

– *Za vas*, trinqua Links.

Le serveur revint avec deux autres verres dans un timing parfait, sans doute encore un professionnel de l'espionnage en pleine collecte.

– Peut-être jouerez-vous un rôle là-dedans… (Setchine contempla sa vodka.) Vous savez quel est le meilleur produit d'exportation de l'Amérique ?

Links plissa les yeux.

– En termes de qualité ou de quantité ? Parfois, ce n'est pas la même chose. Quantitativement ? Le pétrole et le gaz. Qualitativement ? La démocratie.

– Non, non, répliqua Setchine. Il s'agit d'une idée, en fait. D'un rêve : *Star Trek*.

Ses yeux vinrent se planter dans ceux de Links.

– Si vous le dites…

Links se demanda ce que les analyses informatiques auxquelles étaient soumises les transcriptions tireraient de cette conversation. Le regard perdu dans son verre désormais vide, Setchine poursuivit d'un ton très sérieux.

– *Star Trek* était un feuilleton télévisé que les Américains regardaient à l'époque où mon pays et le vôtre représentaient l'un pour l'autre un « danger », pour reprendre ce terme que vous employez volontiers pour justifier la stratégie de défense de votre nation.

– Je regrette, mais je n'ai jamais regardé *Star Trek*, répondit Links. Du moins, pas l'ancienne version. Mon père m'a emmené voir un ou deux remakes au cinéma.

– C'était une vision tellement positive : un équipage réunissant toutes les nations, envoyé dans l'espace par une fédération mondiale. Leur chef était un Américain, le capitaine Kirk. Il dirigeait un équipage cosmopolite, avec des Européens, des Africains – ce qui n'était pas rien, à cette époque de grande tension raciale dans votre pays. Et puis, et cela est sans doute d'actualité, il y avait M. Sulu. Lui représentait toute l'Asie, ce qui, à cause de la guerre menée par les Américains au Vietnam, faisait de cet homme extrêmement compétent le symbole de la paix à venir.

– La paix ? Je ne vois rien de semblable ici, fit remarquer Links en pointant son verre sur Wu.

– Je vous l'accorde. Mais ce n'est pas de cela que j'aimerais que vous vous souveniez. Le plus important dans tout ça – de la même manière que nous sommes amis, vous, un officier américain, et moi –, c'est que le navigateur du vaisseau s'appelait Pavel Andreïvitch Chekov, un Russe ! Évidemment, ce Chekov n'était qu'un personnage de fiction, nuança Setchine. Mais pas mal de gens pensent qu'il s'inspirait d'un brillant scientifique russe[28] de l'époque, Pavel Alekseïevitch Tcherenkov. Son nom vous dit quelque chose ? Il a reçu le prix Nobel en 1958, à un moment où mon pays était aussi sûr de son destin glorieux que Wu l'est de celui de la Chine.

Setchine agita son verre pour désigner la clique massée autour de Wu.

– Là où je veux en venir, c'est que sans Chekov, qu'aurait bien pu faire le capitaine Kirk là-haut, dans l'espace ? Notre Tcherenkov était la clé du futur !

Links croisa le regard du serveur, qui apportait un nouveau plateau de vodka.

– Ça me revient, maintenant, dit Links. Mais dans cette histoire, la Fédération ne voit-elle pas le jour après la Troisième Guerre mondiale ?

– Oui, oui, je vous le concède, répondit Setchine. Quoi qu'il en soit, je veux que vous sachiez que même si nous ne travaillons pas pour le même camp, nous ne sommes pas tous des méchants.

– Il y a le travail, répliqua Links en posant leurs verres vides sur le plateau du serveur, avant d'en prendre deux pleins et d'en tendre un à Setchine. Et il y a les amis. Vous êtes un ami.

– Oui, s'il vous plaît, ne l'oubliez jamais. Dans quelques mois, quand vous serez de retour dans votre bureau bien chauffé du Pentagone, Couloir Quatre, Anneau D… Ne soyez pas surpris, nous savons ces choses. Quand vous retrouverez vos amis du service de renseignement militaire de l'US Navy, pensez à moi et pensez à Chekov. Promettez-le-moi.

USS *Coronado*, détroit de Malacca

Assis devant l'étroit bureau de sa cabine, Simmons regardait la vidéo quotidienne envoyée par ses jumeaux pour lui souhaiter une bonne journée. Pendant que le *Coronado* voguait sous un ciel étoilé, Claire et Martin, six ans, se plaignaient de l'école entre deux bouchées de gaufre. Leurs voix lui serraient le ventre de tristesse.

– Bonne chance aujourd'hui avec Riley, lui dit son épouse. Ça ne va pas être facile, je le sais. Mais nous t'aimons fort tous les trois et on a hâte que tu reviennes.

Sa femme se déconnecta, comme elle le faisait chaque matin, en lui lançant un baiser du coin de la pièce, après que les enfants lui eurent dit au revoir. Puis il se retrouva de nouveau seul dans la coque grise du navire.

Il poussa sur ses mains pour se lever de sa chaise et remonta la coursive menant à l'aileron de la passerelle. Riley était là, fumant un cigare. Ce n'était pas la zone officiellement dévolue aux fumeurs, mais le capitaine du navire pouvait bien fumer où bon lui semblait.

– Cargo, Directoire, cargo, cargo, Directoire, scanda Riley en désignant la foule bigarrée des navires qui s'apprêtait à franchir le détroit de Malacca le lendemain. Que voyez-vous quand vous regardez ces bateaux ?

– Qu'on va être à l'étroit dans le canal, Sir, répondit Simmons. Je crois que si les équipages du Directoire maîtrisent aussi bien leurs navires que nous le pensons, tout devrait bien se passer.

– Moi, ce n'est pas ce que je vois, rétorqua Riley. Je nous vois, nous, et je les vois, eux. Travaillant ensemble. C'était quoi, ce briefing ? Vous savez à quel point ils ont besoin de notre pétrole. Au final, chacun de nous sait qu'il tient l'autre à la gorge.

– Par les couilles, plutôt, rectifia Simmons. Mais est-ce une bonne chose ?

– Pour moi, c'est à l'image de cette mission d'escorte des convois : ils dépendent de nous et nous dépendons d'eux. De manière différente, peut-être, mais le résultat est le même. Nous sommes tous interdépendants, même avec le Directoire. Par ailleurs, la Chine détient, quoi, l'équivalent de neuf mille milliards de dollars de notre dette[29] ?

– Et ça augmente de jour en jour, ajouta Simmons.

– Exactement. Ils ne sont pas notre ennemi, mais notre principal investisseur. Chacun de ces navires, poursuivit Riley en balayant la flotte d'un geste de la main, est une raison de ne pas entrer en guerre. Les gens adorent gagner de l'argent. Surtout ceux du Directoire.

– Les affaires sont les affaires. Vous avez entendu la comparaison que j'ai faite entre la situation des Britanniques un siècle en arrière et la nôtre aujourd'hui, répondit Simmons. Eh bien, qui était le principal partenaire commercial de la Grande-Bretagne[30] à la veille de la Première Guerre mondiale ? L'Allemagne. Ou si vous préférez comparer avec la Deuxième Guerre mondiale, les principaux partenaires commerciaux de l'Allemagne juste avant le conflit étaient les voisins qu'elle allait bientôt se faire un plaisir d'envahir ; celui des États-Unis, c'était le Japon.

– Je n'ai pas besoin d'un nouveau cours d'histoire, professeur. Pour l'instant, le Directoire est surtout un souci pour les Russes. Encore quelques semaines et nous serons à Hawaï, ce qui est quand même sacrément loin d'une baston en Sibérie, si elle devait avoir lieu. Faudra plutôt s'inquiéter pour les coups de soleil, conclut Riley.

– Vous verrez John, là-bas ? demanda Simmons, changeant de sujet.

– Ouais, il vient en avion, répondit Riley.

– C'est bien. Vous irez surfer tous les deux ?

Riley marqua une pause puis, sans dire un mot, offrit à Jamie l'un de ses précieux cigares et le lui alluma. Là, ça va vraiment devenir sérieux, songea Jamie.

– Écoutez, et surtout n'interprétez pas de travers ce que je vais vous dire : est-ce que vous réalisez ce que vous êtes en train de faire, en refusant un poste de commandement pour demander un job au Pentagone ? Je vous parle en ami, mais aussi en tant que capitaine. Si vous refusez ce commandement, toute la communauté de la flotte de surface vous considérera comme fini. Votre carrière sera foutue.

Simmons tira longuement sur son cigare puis recracha la fumée.

– Lindsey souffre d'un cas aigu de ce qu'elle appelle le « mal de mer », au sens où elle en a marre que je sois toujours parti sur un bateau. Les gamins s'en accommodent mais bon, ils n'ont jamais connu autre chose. Et c'est peut-être ça, le problème.

Riley fit mine de tirer sur son cigare mais il se ravisa et le jeta par-dessus bord.

– Vous pensez peut-être que tous les membres d'équipage ne sont pas tristes de ne pas voir leurs gosses, leurs conjoints, leurs chiens et tout ce qui les attend à terre ? Pour bien faire ce boulot, il faut s'y consacrer pleinement : ça a toujours été comme ça. Vous croyez que ça plaît à mon mari ? Lui aussi, ça le rend malade, dit-il. Aucune des technologies que nous avons inventées n'abolit la distance.

– Je sais, soupira Simmons. J'ai cru être capable de réussir ce numéro d'équilibriste, et peut-être même que je n'avais pas le choix, pour prouver que je valais mieux que mon père. Mais quand je regarde les vidéos de mes gamins en train de grandir sans moi, la seule chose qui me vient à l'esprit, c'est que je n'ai pas envie de leur infliger ce que mon père m'a fait subir.

Le visage de Riley s'empourpra.

– Si la Navy vous a envoyé ici pour être mon second, ce n'est pas pour rien. Vous êtes fait pour ce job. Et si vous refusez ce poste de commandement, non seulement vous grillerez votre carrière mais vous me grillerez, moi. J'ai tout misé sur vous. On ne me donnera plus jamais l'occasion de faire ça pour quelqu'un d'autre.

Le navire roula sur bâbord, et Riley empoigna instinctivement la rambarde.

– Jamie, réfléchissez encore un peu. Vous connaissez mon point de vue. Il faut que je pense à ce bateau et à l'US Navy. Je vais garder ce formulaire jusqu'à ce qu'on rentre à San Diego. Profitez-en pour vous remettre les idées en place. Ne tirez pas un trait sur votre carrière parce que vous avez des problèmes avec votre papa.

Simmons hocha la tête.

– Oui, capitaine.

Il regagna sa cabine et se fit un café. L'arôme et les embruns salés sur ses vêtements lui rappelaient son père. Cela acheva de le convaincre ; cette rotation serait sa dernière.

Base navale de Yulin, île de Hainan

Le vice-amiral Wang Xiaoqian ferma les yeux pour profiter d'un dernier moment de calme, en faisant courir son pouce sur la lourde pièce dans sa paume. Il sentit les ailes de l'aigle et distingua la texture des grands mâts d'un navire. Selon la coutume militaire, il lui faudrait garder la médaille officielle que le chef des opérations navales de l'US Navy lui avait remise pour pouvoir la lui montrer à l'occasion de leur prochaine rencontre.

Le choc sourd du train d'atterrissage sur la piste le ramena à un état de totale attention. L'avion de transport militaire Y-20[31] avait certes été réaménagé pour le transport des VIP, mais l'interminable vol depuis les États-Unis s'était tout de même avéré épuisant. La question était de savoir pourquoi on avait abrégé son voyage, et le fait de ne pas connaître la réponse l'inquiétait.

– Bon retour parmi nous, amiral, lui lança son aide de camp qui l'attendait au pied de la passerelle.

– Et… ? demanda l'amiral Wang.

– Une réunion doit avoir lieu, mais je n'en sais pas plus. Voici votre prébriefing, ajouta l'aide de camp en tapotant du doigt une enveloppe d'un blanc métallique. Imprimé.

– Alors, suis-je l'homme à abattre ? interrogea Wang.

– Non, pas vous, répondit l'aide de camp, incrédule.

– J'apprécie votre confiance mais, malheureusement, votre voix ne compte pas dans le vote du Présidium. Au pire, cette réunion promet d'être plus palpitante que mon voyage. Tout ce que les amiraux américains veulent, c'est encore un autre « dialogue stratégique », ce qui trahit leur incapacité à décider de ce qu'ils veulent vraiment, en tant que nation, et de ce qu'ils attendent de nous. Vous avez eu de la chance de rester au pays.

– Avez-vous des cadeaux que je pourrais faire livrer à vos adresses ? interrogea l'aide.

Le dollar étant si faible, l'amiral Wang achetait généralement de petits souvenirs pour son épouse et sa maîtresse.

– Non, je n'ai pas eu le temps de faire les magasins, soupira l'amiral Wang.

– Très bien, Sir, je vais m'en occuper, répondit l'aide de camp, ayant saisi l'ordre implicite de trouver des présents appropriés pour les deux femmes qui partageaient la vie de l'amiral.

Les deux hommes grimpèrent dans un SUV militaire Geely, qui démarra tous phares éteints.

– Des nouvelles du général Feng ? interrogea Wang.

– Ils l'ont d'abord emmené à…, commença l'aide de camp.

– Je n'ai pas besoin de ces détails, l'interrompit Wang. Ils l'ont déjà exécuté ?

L'aide de camp fit oui de la tête.

– Bien, apprécia Wang. Il a cru qu'il pourrait vendre trente tonnes d'armes légères à cette brute qui contrôle le Sulawesi du

Nord, deux fois plus cher que le prix négocié, sans que nous l'apprenions. La corruption ressentie par les habitants est ce qui nous permet de nier l'existence de notre programme de déstabilisation de l'Indonésie. En montrant son avidité, Feng est devenu gênant... Montrez-moi les papiers qu'ils vous ont donnés, demanda Wang.

Le SUV s'arrêta devant un feu rouge, à l'intérieur de l'immense hangar où il venait de pénétrer, taillé dans le flanc d'une montagne. À présent, l'île n'était plus qu'un filet de camouflage de terre et de roche au-dessus de la principale base navale et sous-marine du Directoire.

– Ils ont dit de ne pas l'ouvrir jusqu'à ce que vous soyez sous terre, répondit l'aide de camp.

– Vraiment ? dit Wang en déchirant l'enveloppe. Nous sommes déjà sous terre, selon ma définition. Si je dois être fusillé parce que le général Feng a demandé un deuxième appartement, j'ai le droit de le savoir le plus tôt possible.

L'aide de camp fouilla dans sa sacoche pour en sortir une petite lampe-stylo rouge, pour que Wang puisse lire le message.

– Le Présidium au grand complet ? s'étrangla Wang. Ici ?

L'aide acquiesça.

– Les jets n'arrêtent pas de se poser, dit-il.

– Et ceux-là, à qui sont-ils ? demanda Wang.

Il avait fatalement remarqué que l'aire de stationnement accueillait huit exemplaires de la nouvelle version remaniée par les Chinois de l'avion de transport militaire Iliouchine Il-76 et un autre, plus ancien, la version originelle de cet appareil russe.

– Veuillez me pardonner, *amiral*, répondit l'aide de camp en insistant sur le titre de Wang au sein de la marine, mais l'armée de l'air n'a pas eu l'amabilité de me transmettre leurs documents de bord.

Wang laissa échapper un gloussement de rire devant l'accès de frustration de son assistant, s'échauffant au fur et à mesure que l'adrénaline engendrée par ce genre d'incertitude prenait le pas sur la fatigue du long voyage.

Le SUV s'immobilisa et Wang en descendit. Il se retourna vers son aide de camp, sur la banquette arrière, qui n'avait pas bougé.

– Je suis désolé. On m'a dit que je ne pourrais pas vous accompagner plus loin.

– Tâchez d'obtenir des informations, répondit Wang. Je vais trouver un moyen de vous faire descendre. Vous méritez de participer à tout ça… surtout s'ils prévoient de m'exécuter.

– Je doute qu'on en arrive là, déclara l'aide de camp.

– Nous nourrissons la bête depuis si longtemps que, tôt ou tard, il nous faudra lui lâcher la bride, reprit Wang. Sinon, elle finira par nous mordre.

Wang marcha d'un pas martial vers la voiturette électrique qui l'attendait, jetant à peine un coup d'œil à la rangée de gigantesques camions de transport militaire diesel-électrique garés non loin de là. Le blindage et les protections antidéflagrantes de la base souterraine semblaient avaler tous les sons ; même ses pas résonnaient à peine.

Le conducteur de la voiturette se présenta :

– Amiral, je suis le lieutenant Ping Hai. C'est un honneur d'être votre chauffeur.

Il avait prononcé ces paroles lentement, comme s'il les avait apprises par cœur.

– Merci, lieutenant, dit Wang. Mais je préfère marcher. Je viens de rester assis pendant dix-huit heures.

– Amiral ? répliqua Ping, déconcerté par ce changement par rapport au protocole prévu. C'est très difficile de marcher, ici.

– Pourquoi ne pas essayer ?

Wang entreprit de suivre les marqueurs luminescents disposés au bord de la route à quatre voies qui descendait en courbe large. Il avait parcouru dix pas quand la voiturette vint se ranger à sa hauteur, son moteur électrique bourdonnant imperceptiblement. Cet engin étant la seule chose placée sous son commandement, le jeune officier ne pouvait visiblement pas envisager de le laisser derrière lui. L'amiral enveloppa d'un regard noir ce lieutenant plein d'attentes, qui interpréta la chose comme une autorisation à entamer la conversation.

– Amiral, j'ai lu avec grand intérêt l'an dernier votre essai *La Troisième Chaîne d'îles*. Il est très audacieux. Visionnaire. Je ne l'ai pas du tout trouvé polémique.

Le désir de silence de Wang croissait à chaque pas. Mais il savait que ce lieutenant nerveux continuerait de parler quelle que soit sa réponse.

– Merci pour cette analyse pertinente, déclara Wang.

Si quelqu'un avait besoin d'une raison pour justifier la décision du Directoire de mettre fin à la politique de l'enfant unique, ce lieutenant en était une, songea Wang. Le jeune officier jacassa de plus belle. Son accent était d'abord difficile à situer, mais plus il parlait, plus ses origines rurales devenaient évidentes. La province du Hubei. Le fait de lui envoyer ce demeuré comme chaperon était-il un message ? Pourquoi l'assistant de Wang était-il obligé de rester là-haut alors qu'un idiot comme celui-là avait le droit de l'emmener jusqu'au saint des saints du Directoire ?

– Arrêtez-vous, dit Wang. Je vais monter avec vous. Vous avez raison, il n'y a pas de temps à perdre.

L'éclairage se fit plus intense, illuminant comme en plein jour, tandis que la voiturette électrique s'engageait dans un ascenseur qui aurait pu contenir deux avions de chasse.

– Notre voyage s'achève ici, amiral, annonça Ping, après avoir achevé une dissertation décousue sur sa vision stratégique du déploiement des forces chinoises le long de la frontière septentrionale.

– Merci, dit Wang. Vous m'avez donné beaucoup à réfléchir. Et pour cette raison, vous méritez ceci.

Le jeune officier prit avec révérence la médaille officielle que Wang avait reçue du chef des opérations navales de l'US Navy. Il resta, enfin, sans voix.

Wang repensa au vieil adage : en temps de guerre, même les idiots peuvent être utiles.

Salle de réunion du Présidium, île d'Hainan

Wang s'autorisa discrètement une pilule de stimulant en sortant de l'ascenseur. Il s'abstenait en temps normal de prendre de tels produits dopants, sachant qu'ils avaient également tendance à accentuer les émotions. Mais le vol l'avait épuisé, et il allait falloir se montrer aussi vif d'esprit que possible.

Le quatuor de soldats des commandos de marine qui l'escortait faisait partie des troupes d'assaut, des brutes dont les épaules massives étaient engoncées dans l'uniforme moulant réglementaire, antidéflagrant, propre à ces unités. Le revêtement de leur gilet pare-balles liquide semblait taillé dans une peau de requin. Wang interpréta leur présence comme un signe positif, une indication rassurante que l'influence de la marine restait encore forte, ici.

De l'entrée de l'immense salle de réunion, Wang entreprit de scruter les lieux, tout comme il aurait étudié l'horizon en quête de menaces depuis la passerelle d'un navire. Il reconnut l'amiral Lin Boqiang, entouré d'une grappe d'officiers supérieurs de la marine. Lin, commandant en chef de la flotte, faisait partie des membres les plus influents du Présidium, le conseil exécutif du Directoire, composé à la fois de civils et de militaires. À l'autre bout de la salle, un groupe d'officiers était agglutiné autour du général Wei Ming, commandant en chef des forces terrestres. Les représentants des deux armées se côtoyaient rarement, même pour des réunions. Aux yeux de Wang, la différence entre les deux était on ne peut plus simple. Wei et l'armée de terre avaient l'avantage du nombre sur le sol chinois ; mais, appartenant à une force sans cesse obligée de se projeter à distance, Wang et ses collègues de la marine avaient une meilleure compréhension de la politique et des jeux de pouvoir.

Ce qui était plus remarquable, c'était le nombre de civils présents dans cette salle de commandement militaire. Les membres du Présidium se rencontraient rarement en chair et en os, civils et militaires étant fort jaloux de leurs plates-bandes respectives.

L'accord originel entre ces deux composantes avait été négocié à la hâte dans la salle de conférence d'un hôtel, pendant les émeutes de Shanghai, mais il avait tenu depuis, chaque camp disposant des pleins pouvoirs pour gérer le plus efficacement possible sa sphère propre, l'économie d'un côté et la sécurité de l'autre, avec un objectif commun de croissance dans la stabilité.

L'amiral Lin s'approcha de Wang pour l'accueillir de son salut militaire désordonné, le même depuis l'époque où les deux hommes fréquentaient ensemble les bancs de l'académie navale.

– Toutes mes excuses d'avoir ainsi interrompu votre voyage mais comme vous pouvez le voir, il s'agit de l'assemblée générale que vous appeliez de vos vœux depuis si longtemps.

– Oui, quand on m'a rappelé à Hainan, j'ai d'abord cru que j'allais descendre ici et qu'on ne me reverrait jamais, comme cela est arrivé à notre ami le général Feng, répondit Wang, soupesant chacun de ses mots – il avait mentionné l'officier exécuté pour tâter le terrain.

– Si les détournements de fonds dont Feng s'est rendu coupable étaient regrettables, fit remarquer Lin, l'objectif de votre opération, à savoir déstabiliser le Sud, a été atteint. À présent, il faut que le Présidium entende le message plus global qui est le vôtre. Votre vision des choses a convaincu beaucoup de gens au sein de notre armée, mais maintenant, il faut que les civils entendent tout cela de votre bouche.

Il tourna la tête et fit signe à un assistant de baisser la lumière, afin que la réunion commence. Les membres du Présidium prirent place autour d'une table en U au plateau de marbre noir.

L'introduction fut brève, insistant sur le rôle-clé que Wang avait joué dans la réorganisation de la structure hiérarchique du Directoire, dans la volonté évidente de montrer aux civils que l'homme méritait leur confiance. Wang savait que c'était à l'efficacité de ses purges visant les anciens apparatchiks communistes qui œuvraient au sein du Département politique général de l'Armée populaire de libération qu'il devait son poste actuel, mais il aurait aimé que Lin souligne également sa réputation de penseur influent et l'excellence de ses services en tant qu'officier de marine.

– Comme vous le savez, je suis un amiral, déclara Wang pour ouvrir sa présentation. Mais aujourd'hui, j'aimerais commencer en citant un général : « Quand le terrain[32] n'offre pas d'issue, livrez combat à l'ennemi. »

« Ces paroles sont tirées de *L'Art de la guerre* de Sun Tzu, écrit juste avant ce moment de notre histoire que nous appelons la période des Royaumes combattants[33]. J'ai puisé dans leur sagesse pour la première fois près de deux mille cinq cents ans après qu'ils avaient été écrits, en les citant dans ma thèse consacrée aux textes de Maître Sun, soutenue à ce qui s'appelait alors l'université de défense nationale de l'Armée populaire de libération.

Ce rappel délibéré du passé ancien et récent de la Chine visait là encore à préparer la suite et à emmener son auditoire là où il voulait.

Wang appuya sur une gâchette imaginaire et sa smart-ring, la bague connectée passée à son index droit, émit un signal qui lança les visuels de présentation que son aide de camp avait envoyés à l'avance. Une carte holographique en 3D du Pacifique apparut derrière lui. Des lignes rouges lumineuses se déplaçaient sur la carte, retraçant l'histoire des routes commerciales et de l'influence militaire de la Chine depuis un millénaire. Les lignes avancèrent, puis commencèrent à reculer. Vers la fin, un arc de cercle bleu s'afficha, symbolisant l'expansion des routes commerciales et des bases militaires américaines au cours des deux derniers siècles. Les lignes bleues finirent par recouvrir la planète entière. Puis, au fil des décennies récentes, les lignes rouges s'élargirent à nouveau, se superposant aux bleues. Wang n'eut pas besoin d'expliquer ce graphique ; tout le monde en saisissait le sens.

– J'ai introduit cette présentation avec la sagesse ancienne de Maître Sun afin de nous rappeler à tous que, même si nous aimerions croire que nous avons retrouvé notre grandeur historique, en réalité, nous nous retrouvons dans une situation où il n'y a « pas d'issue ». D'ailleurs, les Américains ont jadis inventé une expression qui décrit bien les situations comme la nôtre, où votre force croît mais où les options qui s'offrent à vous sont de plus en plus limitées : la Destinée manifeste.

« Dans ces cas-là, votre destinée vous pousse vers l'avant mais vous ligote les mains. D'ailleurs, leur grand stratège naval Alfred Thayer Mahan[34] avait prédit que l'ascension des Américains vers le statut de grande puissance ne leur laissait pas le choix. Au moment où leur économie puis leur armée se développaient et commençaient vraiment à compter dans le monde, il a prévenu ses concitoyens : que cela leur plaise ou non, disait-il, « les Américains doivent à présent se tourner vers le reste du monde[35]. La production sans cesse croissante du pays l'exige ».

« *Devoir. Exiger.* Des verbes qui expriment le pouvoir, mais également la responsabilité. Nous devons à présent faire face aux exigences qui façonnent notre destinée. Celle des Américains les a conduits à chercher de nouvelles terres, puis l'essor commercial, puis le pétrole, mais ils refusent de comprendre que les nouvelles exigences de notre époque pèsent également sur nous, maintenant. Alors qu'ils n'ont plus besoin des ressources énergétiques étrangères qu'ils ont jadis accaparées, nous devons encore subir leurs interférences avec nos intérêts en Transjordanie, au Venezuela, au Soudan, aux Émirats arabes unis et dans l'ex-Indonésie.

« Dernier exemple en date : nous en faisons aujourd'hui même l'expérience dans nos eaux territoriales, à l'est, où ils interviennent dans des affaires très lointaines pour eux, mais aux portes de chez nous.

La carte se resserra sur la mer de Chine méridionale, et une image s'afficha : un navire de guerre de l'US Navy escortant un bâtiment des gardes-côtes philippins endommagé lors des accrochages autour de la Ligne rouge, juste après l'attentat de Dhahran.

– Vous vous en souvenez sans doute, nous avons débattu alors de la meilleure réponse à apporter à cette ingérence de leur marine de guerre dans un problème régional, qui constituait une véritable provocation[36]. Mais malgré toutes nos discussions, il s'agissait là d'une situation « sans issue », telle que Maître Sun la décrivait dans son traité. Le fait qu'elle se soit déroulée alors que nous nous trouvions au beau milieu de notre transition politique ne nous a pas laissé le choix : nous étions obligés de fermer les yeux.

L'image bascula alors vers le dalaï-lama s'exprimant au pied du Lincoln Memorial de Washington sous les acclamations de la foule, puis vers l'actuel président des États-Unis échangeant une poignée de main avec le dernier ministre des Affaires étrangères du Parti communiste chinois, qui, dans son exil, s'était étrangement transformé en militant des droits de l'homme.

– Mais leur ingérence ne se limite pas au large. Leur incapacité à saisir la nouvelle donne qui est la nôtre en termes de stratégie internationale et de politique intérieure ne nous laisse pas le choix, dans la mesure où elle représente une menace pour tout ce que nous autres, qui sommes présents dans cette salle, avons construit. Alors même que nous formons de nouveau un tout, leur Congrès menace à tout bout de champ d'appliquer des sanctions énergétiques à notre encontre, agitant son épée économique tel un marin ivre.

L'image plongea soudain au fond d'une projection numérique de la fosse des Mariannes, puis traversa la paroi rocheuse pour dévoiler l'ampleur du gisement découvert par le navire de recherche de la COMRA, représenté en rouge ; ensuite, un zoom arrière montra l'immensité de cette découverte, comparée au reste des gisements de gaz connus à l'échelle de la planète.

– Ce que nous avons trouvé là détermine non seulement l'avenir de notre nation, mais également l'évolution future de l'économie mondiale et, par conséquent, notre sécurité et notre stabilité à long terme, déclara Wang. Ce que nous avons découvert, dans un endroit où personne d'autre ne jugeait cela possible et que nous sommes les seuls à pouvoir atteindre, nous offre une nouvelle manière d'envisager l'avenir, un avenir dans lequel nous tracerons notre propre chemin.

Un hologramme de Xi Jinping, l'ancien secrétaire général du Parti communiste chinois, se dressa dans son dos, accompagné de l'enregistrement d'un discours prononcé lors du Congrès annuel de l'ancien parti en 2013 :

« Aussi profonde que soit l'eau[37], nous nous y enfoncerons, car nous n'avons aucune alternative. »

L'image de l'ancien président, mort depuis longtemps, déclencha un murmure nerveux dans la salle.

– Bon nombre d'entre vous connaissent ce discours, et ce que Xi appelait le « Rêve chinois ». Les anciens dirigeants du Parti se sont trompés sur bien des choses, mais sur ce point, ils avaient vu juste. L'essor des États-Unis a commencé quand les Américains ont fait en sorte de contrôler réellement leurs eaux territoriales, avant d'étendre peu à peu leur présence économique à l'ensemble de la planète. Et alors, leur pays n'a plus eu d'autre choix que d'assumer ses nouvelles responsabilités, notamment celle de protéger le système contre les puissances du passé qui venaient à le menacer. J'évoquais tout à l'heure le stratège des Américains, Mahan. Peu de temps après que celui-ci eut exposé les nouvelles exigences auxquelles devraient répondre les États-Unis, une guerre éclata avec l'Espagne, comme vous le savez tous, et les Américains étendirent leur présence dans tout le Pacifique, sur des milliers de kilomètres au-delà de leurs eaux territoriales, jusqu'aux Philippines, patrouillant non seulement autour de nos ports maritimes mais même sur nos fleuves. Comme Mahan l'avait prédit à ses concitoyens, nous non plus n'avons désormais d'autre choix que de répondre à ces exigences.

Wang parcourut la salle du regard, guettant les signes de compréhension mais aussi de désaccord.

Un civil assis à l'autre extrémité de la table interpréta cette pause comme une invitation à prendre la parole. Chen Shi était le président de Bel-Con, le premier producteur chinois de produits électroniques grand public, créé en fusionnant plusieurs dizaines d'entreprises durant la dernière crise. Mais le rôle qu'il jouait au sein du Présidium était dans la lignée de la réputation de stratège visionnaire qu'il s'était taillée dans le monde des affaires, ce qui illustrait parfaitement ce mélange entre autorité militaire et recherche d'efficacité propre à l'économie de marché constituant l'identité même du Directoire.

– Amiral, vous avez ouvert votre discours en citant *L'Art de la guerre*, j'en ferai donc de même : « Ceux qui savent[38] quand se battre et quand s'abstenir sont toujours victorieux. » (Il marqua une pause.) Je ne saisis pas la logique de votre argument. Nous avons toujours le choix. Votre vieille conception du pouvoir est-elle toujours valide dans un monde où nous pouvons choisir d'acheter n'importe quoi, n'importe où ? Les idées que vous exposez ici mettent en péril tout ce que nous avons accompli.

L'amiral Wang hocha la tête.

– Alors c'est ma faute, et seulement ma faute : cela veut dire que je ne me suis pas exprimé assez clairement.

Il se tourna vers la carte, prenant le temps d'organiser ses idées. Les soldats du commando de marine se tenaient droit contre le mur, si immobiles que cela le troubla, prêts à dégainer leurs armes. Wang leur adressa un sourire et reprit :

– Nous tous, ici présents, qui avons participé à la création du Directoire, nous sommes efforcés de faire émerger un nouvel ordre du chaos. Nous avons décidé d'agir. Cependant, nous avons agi parce qu'en définitive il n'y avait pas d'autre choix. D'un autre côté, qui irait prétendre que ce n'est pas le but même du Directoire ? Des milliers d'années d'histoire nous ont menés jusqu'à ce point. Nous avons protégé la Chine des dirigeants du Parti qui empêchaient le pays d'avancer, et nous ne devrions pas nous montrer soudain frileux au moment de faire le grand pas suivant.

La voix d'une jeune femme s'éleva :

– Désir et capacité sont deux choses différentes, amiral, déclara Mu Yiling.

Mu n'avait pas encore trente ans, mais grâce à la fortune de son père, elle dirigeait maintenant Weibot, le premier consortium industriel du pays.

– Le général Sun ne disait-il pas aussi : « Évitez l'excès de confiance, car il conduira au désastre » ?

Maudites Viz Glass. Le vieux Chen Shi connaissait peut-être Sun Tzu par cœur, mais Wang doutait que ce soit le cas de la jeune femme. Il vit l'un des soldats du Directoire, le plus proche de l'endroit où il se trouvait, basculer légèrement son poids d'un pied sur l'autre. Ce n'étaient peut-être pas des hommes des commandos de marine, après tout, malgré leurs uniformes. Et s'ils appartenaient au 788e régiment, chargé de la protection du Présidium ? Étaient-ils en train de le laisser se passer lui-même la corde au cou, mot après mot, en menaçant comme il le faisait le statu quo dont tant de membres de cette assemblée avaient tiré profit ?

– C'est toujours un risque. Mais comme Sun le soulignait par ailleurs : « Ne présumez pas des dangers liés à l'usage de la force militaire. Ainsi, vous ne présumerez pas non plus des bénéfices d'un recours aux armes. »

La jeune femme sourit, mais Wang remarqua que ses yeux fixaient le verre de ses lunettes plutôt que lui. Elle était certainement en train de chercher une riposte. Il comprit alors qu'il allait lui falloir élever le débat au-delà du simple échange de citations. Il se tourna vers l'assemblée.

– Bien sûr, nous connaissons tous parfaitement les raisons invoquées pour expliquer que notre heure ne viendra jamais. La démographie de notre pays n'est pas optimale[39], affirment-ils. Nos routes commerciales[40] sont trop vulnérables, affirment-ils. Notre dépendance énergétique est trop grande, affirment-ils. Toutes ces affirmations sont vraies. Et elles le resteront toujours si nous tournons le dos à notre devoir d'accomplir notre destinée manifeste. La pire chose que nous puissions faire, c'est avoir peur de notre propre potentiel.

Sa bague connectée cliqua une dernière fois, et autour d'eux se rejoua la fameuse scène du tank de la place du Peuple écrabouillant le véhicule antiémeute du ministère de la Sécurité publique, l'air stupéfait de la foule des manifestants puis leurs cris de joie en comprenant que l'armée s'était rangée de leur côté. Wang vit quelques personnes exprimer instinctivement leur approbation, revivant ce moment où ils avaient transformé la Chine pour la rendre conforme à leur vision.

– J'ai déjà abusé de votre temps, et j'achèverai donc cette présentation en posant trois questions. D'abord, de la même manière que nous avons agi alors pour répondre à ce que le peuple attendait des dirigeants de notre nation, nous devons nous demander : Qu'est-ce que le peuple attend de nous, maintenant ? Deuxièmement, que pensez-vous que les Américains feront lorsqu'ils auront vent de notre découverte énergétique ? Troisièmement, et c'est sans doute la question la plus importante, car elle concerne le cours de l'Histoire : Si maintenant n'est pas le moment, alors quand ?

« Vous connaissez les réponses à ces questions et, par conséquent, vous le savez : vous qui possédez réellement le pouvoir n'avez en fait pas le choix.

L'amiral Lin s'approcha derrière Wang et posa la main sur son dos. Wang se rendit compte, soudain, qu'ils étaient encerclés par les hommes du commando. Et s'il était allé trop loin ?

– Amiral, le Présidium vous remercie d'avoir partagé vos points de vue. Ces messieurs vont vous raccompagner.

En remontant le couloir, flanqué de ces colosses, Wang se repassa la présentation dans sa tête. Il trouva quelques défauts à sa performance, mais il était en paix.

Les soldats se plantèrent en silence devant la porte de l'ascenseur. Wang se demanda où ils allaient l'emmener maintenant. Puis il remarqua que les hommes étaient de plus en plus tendus au fur et à mesure que les numéros lumineux de l'ascenseur se rapprochaient de leur étage. La porte s'ouvrit et une autre cohorte en armes en jaillit ; ces agents étaient blancs de peau et habillés en civil, mais c'étaient clairement des soldats. Tandis que les deux groupes se jaugeaient, Wang repéra un homme âgé, au milieu, qui ne prenait même pas la peine de relever les yeux de la tablette obsolète sur laquelle il pianotait frénétiquement. Des carreaux rouges et des cœurs violets se reflétaient sur ses lunettes traditionnelles. Il était étonnamment en forme pour son âge, mais ce vieil espion russe n'était qu'en apparence accro aux jeux de mémoire – cette activité était en fait destinée à contrecarrer ce que les services de renseignement du Directoire soupçonnaient être une démence précoce. Le corps était fort encore, mais pas l'esprit.

Ainsi, comprit aussitôt Wang, il ne s'était pas agi là d'une réunion stratégique mais d'une audition. Le Présidium avait déjà pris sa décision.

PARTIE II

« Attaquez votre ennemi lorsqu'il n'est pas préparé,
Apparaissez lorsqu'on ne vous attend pas. »

SUN TZU, *L'Art de la guerre.*

Base conjointe Anacostia-Bolling, Washington

Armando Chavez vida ses poumons lorsqu'il eut terminé sa première incision. Comme son mentor, le Dr Jimenez, le lui avait expliqué tant d'années en arrière, la clé était d'opérer lentement mais régulièrement, en faisant glisser la lame sans à-coup. Une fois la branche de rosier tranchée, Armando se baissa pour la ramasser et la fourra dans le sac de toile délavé à son épaule. Travailler comme jardinier était une déchéance pour cet homme qui avait obtenu un doctorat de médecine à l'Universidad Central de Venezuela. Mais c'était le seul boulot qu'il avait trouvé depuis qu'il était arrivé là comme réfugié, fuyant le chaos qui s'était emparé de son pays d'origine, sept ans plus tôt. Il avait le choix entre céder à la colère ou se concentrer sur les petites perfections qu'il pouvait accomplir et qui rendaient la vie satisfaisante.

Alors qu'il taillait les fleurs au pied du panneau, il jeta un coup d'œil aux mots gravés dans le marbre noir : *DEFENSE INTELLIGENCE AGENCY*[1] – « Agence du renseignement de la défense ». Il ne savait pas au juste ce que faisait le DIA. Hadid, son supérieur, lui avait expliqué que c'était un peu comme la CIA, mais pour l'armée américaine. Quelle importance ? L'entreprise de paysagisme en avait presque terminé ici. Après la pause, Hadid leur avait demandé d'aller tailler les haies derrière le centre de soins aux personnes âgées de la base.

Pour des raisons de sécurité, les jardiniers n'étaient pas autorisés à entrer dans le bâtiment. À l'heure de la pause, les autres se rassemblèrent à l'ombre, mais Armando alla s'asseoir au bord du petit bassin aménagé près de l'entrée.

Il sortit sa tablette de sa poche et l'ouvrit pour vérifier s'il avait des messages. L'écran projeta un envoi en 3D de son cousin, depuis Caracas. De nouvelles photos de sa petite-fille. Elle avait de si beaux yeux.

Allison Swigg ne remarqua pas le sourire d'Armando en traversant la pelouse qui jouxtait le bassin, alors qu'elle arrivait en courant du parking. L'analyste en imagerie s'était retrouvée coincée dans les embouteillages sur l'I-295 au retour d'un déjeuner de réseautage à la grande galerie commerciale de Tysons Corner. Maintenant, elle était en retard à la réunion du personnel.

Aucun des deux ne prêta attention à l'autre, mais lorsqu'elle passa devant le jardinier, la tablette d'Armando reconnut la puce RFID incrustée dans le badge de sécurité d'Allison. Un réseau local sans fil se créa l'espace de très exactement trois dixièmes de seconde. Le malware dissimulé dans le message vidéo en provenance de Caracas en profita pour faire le grand saut.

Pendant qu'Armando terminait le thé glacé que son épouse lui avait préparé la veille au soir, Swigg se présenta au contrôle de sécurité surveillé par un garde en combinaison de nylon pare-balles noir. Un fusil d'assaut HK G48 compact était fixé au gilet en céramique d'un gris brillant qui protégeait son torse. Le seul insigne visible sur son uniforme était la silhouette d'aigle qui servait de logo à l'agence de sécurité chargée de veiller sur le quartier général du DIA. Une pancarte accrochée au-dessus d'une rangée de tourniquets argentés indiquait : *Appareils électroniques personnels interdits*.

– Salut, Steve, lança Allison. La petite va bien ?

– Plutôt pas mal, répondit le garde dans un sourire. Elle a fait sa nuit.

Allison déposa son bracelet iTab dans un casier métallique et retira la clé. Mais son badge resta sur elle. À l'approche de la porte, le logiciel qu'il contenait communiqua automatiquement son habilitation à la machine via un signal radio. Et à l'instant même de cette mise en réseau, le malware fit un nouveau bond en moins de temps qu'il n'en aurait fallu pour lire l'inscription gravée sur le mur de l'entrée : *Nous visons l'excellence dans la défense de la nation.*

La technique consistant à recourir à des signaux radio indétectables[2] pour implanter un logiciel malveillant dans un réseau non connecté à Internet avait été mise en pratique pour la première fois par la NSA, l'un des organismes apparentés au DIA. Mais comme toutes les armes virtuelles, une fois déployée dans le cybermonde, elle pouvait donner des idées à n'importe qui, y compris à vos ennemis.

Le tourniquet pivota. Swigg traversa le hall en courant, trop en retard pour faire son détour rituel par le comptoir Dunkin' Donuts qui se trouvait dans l'entrée de l'agence de renseignement. Lorsqu'elle passa devant le vieux missile balistique russe SS-20 exposé sur un piédestal dans le lobby comme un totem de la guerre froide, le malware était déjà passé de l'ordinateur des tourniquets aux Viz Glass d'un autre agent de sécurité. Quand ce gardien fit sa ronde, le logiciel s'infiltra dans les appareils de climatisation qui refroidissaient un réduit rempli de serveurs réseau gérant des opérations de surveillance aérienne au-dessus du Pakistan. Ensuite, il s'implanta dans les systèmes informatiques d'une équipe de recherche et développement dédiée aux aéronefs sans pilote. Petit à petit, le malware se fraya ainsi un chemin jusqu'aux différents sous-réseaux reliés entre eux via SIPRNet, le réseau classifié[3] du ministère de la Défense.

Les intrusions initiales ne déclenchèrent aucune alarme de la part des boucliers automatiques des différents réseaux, toujours en quête d'anomalies. À chaque étape, le paquet ne faisait qu'établir un lien avec des fichiers que les défenses du réseau identifiaient comme étant non exécutables, inertes et donc inoffensifs – ce qu'ils étaient, jusqu'à ce que le logiciel malveillant les réorganise en une entité nouvelle. Chacun des systèmes était protégé par un *air wall*[4], c'est-à-dire isolé physiquement d'Internet pour éviter toute intrusion de hacker. Le problème avec les murs impénétrables, c'est qu'on pouvait se servir d'un jardinier, à son insu, pour creuser un tunnel dessous.

Université Jiao Tong de Shanghai

Une adolescente élancée se tenait debout derrière un poste de travail, des smart-rings luminescentes à chaque doigt, calées au ras des jointures. Elle avait le visage inexpressif, les yeux cachés sous une visière d'un noir mat. Plusieurs rangées de postes de travail semblables à celui-ci occupaient toute cette salle de conférences reconvertie. Derrière chacun d'eux se tenait un jeune étudiant en ingénierie, tous appartenant à la 234ᵉ brigade d'information Jiao Tong, qui dépendait elle-même de la cybermilice de la Troisième armée.

Là-haut sur la mezzanine, deux officiers du Directoire surveillaient les employés. Depuis leur poste d'observation, l'arène plongée dans la pénombre semblait éclairée par des milliers de lucioles, les mains des étudiants traçants dans les airs des traits d'un vert fluorescent.

L'université Jiao Tong avait été créée en 1896 par Sheng Xuanhuai, haut fonctionnaire au service de l'empereur Guangxu. Cet établissement avait été l'un des piliers originels du Mouvement d'autorenforcement, promouvant le recours aux technologies occidentales pour empêcher la Chine de sombrer dans la misère. Au fil des décennies suivantes, l'université allait se développer jusqu'à devenir la plus prestigieuse école d'ingénieurs du pays, au point d'être surnommée le MIT asiatique[5].

Hu Fang détestait cette appellation, car elle donnait l'impression que son école n'était que la pâle copie d'un modèle américain. Aujourd'hui, la génération à laquelle appartenait cette jeune femme allait donner la preuve que ce temps était révolu.

Les premières cybermilices universitaires avaient été créées après l'incident de l'île d'Hainan, en 2001. Un pilote de chasse chinois avait viré trop près d'un appareil de surveillance de l'US Navy, et les avions s'étaient percutés dans les airs. L'appareil chinois, plus petit, était parti en vrille et s'était écrasé, entraînant la mort de son casse-cou de pilote, tandis que l'avion américain avait été contraint de faire un atterrissage d'urgence sur une piste chinoise de l'île d'Hainan. Alors que les deux camps s'accusaient mutuellement d'avoir provoqué la collision, le parti communiste encouragea les citoyens chinois ayant de bonnes connaissances en informatique à s'en prendre aux sites Internet américains pour exprimer leur mécontentement collectif. Des milliers de jeunes adolescents chinois recrutés en ligne se firent alors une joie de participer à cette campagne de cybervandalisme, ciblant la page d'accueil de tous les sites imaginables, de la Maison-Blanche à une bibliothèque municipale du Minnesota. À l'issue de la crise, ces milices de hackers se convertirent en autant de pôles d'espionnage cruciaux pour le pays[6], dérobant en ligne des secrets qui allaient des plans de tel ou tel avion de chasse aux stratégies de négociation des grandes entreprises de boissons gazeuses.

Hu Fang n'était pas encore née quand tout cela s'était déroulé. Petite, elle était tombée malade à cause du smog : une toux sèche chronique l'empêchait d'aller jouer dehors avec les autres enfants. Mais ce que Hu prenait pour un malheur se révéla être une bénédiction : son père, professeur d'informatique à Pékin, lui avait appris les bases de la programmation dès l'âge de trois ans, pour l'occuper un peu dans leur petit appartement. Hu avait été incorporée au 234e régiment après avoir remporté un concours de création de logiciel à onze ans.

Officiellement, être recruté par une milice était une manière de faire son service militaire, obligatoire sous le régime du Directoire. Mais Hu se serait portée volontaire de toute façon. C'était pour elle l'occasion de jouer avec les toutes dernières technologies, et les missions que lui confiaient les officiers étaient généralement assez fun. Un jour, il s'agissait de craquer le téléphone portable d'un dissident ; le lendemain, d'embrouiller le service de sécurité informatique d'un fabricant automobile coréen. Mais les Américains étaient les cibles les plus drôles, tant ils avaient confiance dans leurs systèmes de protection. Si vous réussissiez à les *pwned* – terme emprunté au jargon des Américains désignant le fait de prendre le contrôle d'un système informatique –, vous vous faisiez remarquer par les officiers du 234e régiment. Elle s'était assez bien débrouillée pour que l'appartement qu'elle occupait avec son père soit désormais beaucoup plus spacieux que ceux de tous ses collègues.

Mais Hu ne faisait pas cela pour ce genre de gratifications ; ce qui l'intéressait, c'était échapper aux limitations physiques dans laquelle sa vie avait longtemps été enfermée. Lorsqu'elle était connectée, Hu avait littéralement l'impression de voler. De fait, le matériel qu'elle utilisait fonctionnait sur le même principe que les commandes de vol électriques du J-20, l'avion de chasse chinois[7]. Les ordinateurs surpuissants mis à sa disposition créaient en effet un monde en trois dimensions représentant les réseaux de communication mondiaux qui étaient ses champs de bataille. Elle faisait partie des rares personnes pouvant se targuer d'avoir bel et bien « vu » l'internet.

Hu s'était fait remarquer en piratant les téléphones d'employés civils du Pentagone. En dépit de l'interdiction pour les membres du personnel d'entrer dans le bâtiment avec des appareils électroniques, certains le faisaient chaque jour. La technique utilisée par Hu consistait à contrôler à distance la caméra du téléphone et ses autres capteurs intégrés afin de pouvoir recréer l'environnement physique et électronique dans lequel évoluait son propriétaire. Cette mosaïque d'images, de sons et de signaux électromagnétiques avait permis au Directoire de créer une reproduction en 3D quasiment parfaite de l'intérieur du Pentagone et de ses réseaux informatiques.

Hu sentit avec plaisir que sa pompe se déclenchait. L'accès aux toutes dernières technologies médicales était un autre avantage de ce job. La minuscule pompe, implantée sous la peau au niveau du nombril, injectait dans son système sanguin un cocktail à base de méthylphénidate et d'une série de stimulants[8].

Originellement destiné aux enfants atteints de troubles déficitaires de l'attention, ce mélange accroissait les capacités d'attention et provoquait une sensation d'euphorie. Depuis dix bonnes années, les gosses américains gobaient ces pilules de « boost » avant de s'attaquer à leurs devoirs et à leurs examens, ce que Hu jugeait ridicule. C'était un signe supplémentaire de la faiblesse de l'Amérique, que les gamins de ce pays soient obligés de recourir à des aides si puissantes juste pour faire leurs leçons. Au moins, sa pompe à elle lui permettait de réaliser des choses vraiment importantes.

Lorsqu'on lui avait dit, une semaine plus tôt, de se préparer en vue de la plus vaste opération jamais tentée par leurs services, Hu avait piraté le système d'exploitation de la pompe. C'était risqué, mais cela avait payé : elle avait augmenté la dose de deux cents pour cent. Fini, la concentration stabilisée et constante. À présent, c'était comme tomber d'un gratte-ciel et découvrir qu'on savait voler avant de s'écraser au sol.

Hu agitait les mains comme un chef d'orchestre, ses bras recourbés décrivant des ellipses, un peu comme le cou d'un cygne. Les mouvements de chaque phalange de chacun de ses doigts envoyaient des ordres par le biais des gyroscopes de ses bagues connectées ; l'un d'eux tapait des lignes de code sur un invisible clavier tandis qu'un autre faisait office de souris informatique, activant d'un clic des connections à différents réseaux. Toute une série d'actions en simultané. Pour les officiers qui l'observaient d'en haut, on aurait dit à la fois une chorégraphie complexe et les battements d'aiguille d'une montre.

La jeune hackeuse était pleinement concentrée sur son attaque, elle faisait naviguer à travers les réseaux du DIA son paquet contenant un logiciel malveillant, en réprimant l'envie d'éponger de sa main gantée la goutte de sueur qui perlait sur son nez. Les défenses du système informatique autonome du Pentagone, détectant les légères anomalies de ses flux réseau, s'efforçaient d'identifier et de contenir son attaque. C'est là que l'association femme-machine l'emportait sur le « big data » pur et simple. Hu avait déjà deux coups d'avance, construisant des composants du système puis les défaisant avant que leurs données soient suffisamment intégrées pour que les ordinateurs du DIA puissent les identifier comme des menaces. Son bras gauche se repliait puis se détendait, main grande ouverte. Puis le droit en faisait de même, cette fois pour créer une fausse piste, poussant les défenses à fermer tout accès depuis l'extérieur : il s'agissait, en gros, d'embrouiller les programmes pour qu'ils se focalisent sur la fermeture des portes d'une maison en feu, mais en laissant une petite braise dehors pour qu'ils l'écrasent du pied et pensent que l'incendie était éteint.

Ayant réussi à pénétrer dans le système, Hu entreprit de mener à bien le cœur de sa mission. Ses mains jaillirent vers le haut, poings serrés, puis elle déplia les doigts. Elle était en train d'ajouter des lignes de code qui allaient randomiser les signaux[9] envoyés par la constellation de satellites du Global Positioning System des Américains. Certains signaux GPS seraient faux d'à peine deux mètres. Pour d'autres, l'erreur atteindrait deux cents kilomètres.

Bien sûr, il aurait été facile de débrancher tout le système. Mais elle pourrait toujours appuyer sur ce bouton-là plus tard ; pour le moment, il s'agissait juste de semer le doute et de causer le désordre à grande échelle.

332 kilomètres au-dessus de la surface terrestre

Si cela n'avait pas été si frustrant, cela aurait pu être drôle.

Un excédent de métal de quelques millimètres à peine, sur un seul boulon, était sur le point de faire capoter une opération mettant en branle des milliards d'éléments matériels et informatiques.

– Ça y est, vous avez terminé ? interrogea le lieutenant-colonel Huan Zhou, d'une voix clairement tendue.

La clé que le commandant Chang Lu tenait dans sa main gantée était une copie parfaite de l'HEXPANDO, cet outil avec lequel le colonel Farmer tapait au même instant sur l'écoutille de l'ISS, à une demi-orbite de là. Mais cette clé avait été produite sur la base de plans piratés par une unité de hackers patriotiques basée à Shenzhen, et fabriquée par le Bureau de l'ingénierie spatiale habitée de Pékin. Le problème était que, contrairement à cet outil, le boulon que Chang essayait de dévisser n'était pas une copie parfaite et qu'il restait coincé. Chang avait beau tirer de plus en plus fort, le boulon ne bougeait pas.

– Presque, répondit-il.

Il aperçut les trois autres taïkonautes qui regagnaient l'intérieur de la station spatiale Tiangong-3. Les veinards.

Le programme Tiangong (« Palais céleste[10] »)avait été lancé dès 2003, lorsque la Chine avait envoyé dans l'espace son premier vol habité. Les commentateurs occidentaux s'étaient moqués des premiers vaisseaux spatiaux habités de type Shenzhou, pâles copies selon eux du Gemini américain des années 1960. Mais le programme avait fait des progrès fulgurants, bien aidé en cela par la foule de fichiers de conception de la NASA qui avaient atterri entre les mains des ingénieurs chinois. Après le Shenzhou, la première station spatiale Tiangong avait vu le jour : un module unique de dix mètres de long pour huit tonnes lancé en 2011 pour servir de banc d'essai. C'était l'équivalent du Skylab utilisé par la NASA dans les années 1970. Elle fut suivie en 2015 de la station multimodules Tiangong-2, qui mesurait quinze mètres et pesait vingt tonnes, semblable à la première version de l'ISS conçue par la NASA dans les années 1990. Peu après, le programme passa à la vitesse supérieure et finit par rattraper la concurrence. Les Occidentaux ne riaient plus : ils s'émerveillaient au contraire que, en l'espace de quinze ans à peine, la Chine ait pu accomplir ce qui avait coûté à la NASA soixante années de recherches et d'investissements.

La station spatiale Tiangong-3, vingt-cinq mètres pour soixante tonnes, était l'orgueil de la nation, à tel point que la date de son lancement était devenue un jour férié national. Elle se composait de sept modules disposés en T, dont un module central qui pouvait loger six taïkonautes, de six panneaux solaires qui se déployaient sur trente-sept mètres et d'un port d'amarrage capable d'accueillir quatre vaisseaux. Aux deux extrémités supérieures du T se trouvaient des modules-laboratoires permettant de mener diverses expériences dans des conditions de microgravité.

Du moins, c'était ce que croyait le reste du monde. Le module tribord avait en effet une fonction tout à fait autre. Et maintenant, son couvercle refusait de s'ouvrir, tout ça à cause d'un seul boulon en titane défectueux.

Chang comprit que pour avoir suffisamment de couple pour pouvoir débloquer le boulon, il allait devoir détacher son cordon – ce qui était contraire au protocole.

– Repositionnement, annonça Chang.

– Négatif, répondit Huan. Rentrez, j'enverrai quelqu'un d'autre finir votre travail.

– Nous n'avons pas le temps, répliqua Chang. Je me suis décroché.

Chang s'arc-bouta pour tirer sur le long outil, et le boulon se desserra un peu. Il n'eut ensuite aucun mal à dégager le couvercle de la trappe, et se retrouva devant la surface miroitante d'une lentille laser. Il étudia le reflet de la Terre dedans et sa propre silhouette superposée à cette paisible étendue bleue.

– C'est fait, annonça Chang.

– Je ne vous en croyais pas capable, Chang. Bien joué, dit Huan.

La tension dans sa voix s'était dissipée.

Chang rattacha le cordon qui le reliait à la station spatiale et se dirigea vers le sas principal, tandis que Huan activait les armes de Tiangong-3. L'équipage de la station n'avait appris qu'il était sur le pied de guerre que douze heures plus tôt, quand Huan avait déconnecté la diffusion Viz en direct de leurs activités. Mais tout cela paraissait encore un peu irréel.

Une fois que tous les taïkonautes furent rentrés dans la station, Huan enclencha l'alimentation du module d'attaque. Le laser à iode-oxygène chimique ou COIL avait été conçu par l'US Air Force à la fin des années 1970. Ses concepteurs avaient même tiré avec sur un Boeing 747 reconverti[11] pour tester la capacité du laser à abattre des missiles en vol. Mais les Américains avaient finalement estimé qu'avoir recours à des produits chimiques pour alimenter un laser, dans un espace clos, était trop dangereux. Le Directoire ne voyait pas les choses de la même manière. À deux modules de l'équipage, un cocktail toxique de peroxyde d'hydrogène et d'hydroxyde de potassium était en train de se mélanger avec du chlore gazeux et de l'iode moléculaire.

Cette fois, c'était pour de vrai, songea Chang en voyant les indicateurs de puissance virer au rouge. Une fois que les produits chimiques seraient mélangés et que les atomes d'oxygène en état excité commenceraient à transmettre leur énergie à l'arme, plus moyen de faire machine arrière. Ils auraient quarante-cinq minutes pour agir avant que cette énergie ne s'épuise.

Le protocole de ces premiers tirs en temps de guerre jamais lancés depuis l'espace par des êtres humains avait été soigneusement répété. Les cibles listées dans la programmation de tir avaient été identifiées, classées par ordre d'importance et surveillées depuis plus d'un an, lors d'exercices de plus en plus rigoureux qui, l'équipage s'en rendait compte à présent, n'étaient donc pas simplement destinés à soutenir des manœuvres militaires là-bas, sur la Terre. Les interminables heures passées au laboratoire allaient enfin porter leurs fruits.

– Paré à lancer la séquence de tir, annonça Huan. Confirmation ?

L'un après l'autre, les autres taïkonautes pointèrent avec leur arme respective. Chang effleura la photo scotchée à la paroi devant lui. Ses doigts s'attardèrent sur l'image de sa femme rayonnante et de leur fils de huit ans, tout sourire. Le jeune Ming, avec ses deux dents de devant en moins, portait la casquette bleue d'officier de l'armée de l'air de son père.

Ce que le portrait ne montrait pas, c'était la colère de son épouse quand il avait donné cette casquette à Ming, la veille. Elle trouvait que cela lui donnait l'air d'un figurant dans une campagne de propagande du Directoire.

Chang écarta sa main de la photo et s'attaqua à la tâche qui lui incombait dans cette opération : superviser la séquence de tir. Même Huan sursauta lorsqu'il cria :

– Paré !

Depuis des années, les stratèges militaires ne cachaient pas leurs inquiétudes au sujet des menaces que les missiles lancés depuis le sol faisaient peser sur les satellites, car c'était de cette manière que les Américains et les Soviétiques avaient envisagé d'abattre les réseaux de satellites de l'ennemi durant la guerre froide. Plus récemment, le Directoire avait entretenu ces peurs en développant ses propres missiles antisatellite puis en alternant entre tests de missile et des négociations sur le contrôle des armements qui ne débouchaient jamais sur rien – tout cela pour attirer l'attention sur les armes terrestres. C'est vers le ciel que les Américains auraient dû lever les yeux.

Chang jeta un nouveau coup d'œil à la photo et surprit Huan figé, l'index en suspens au-dessus du bouton rouge. Il semblait savourer l'instant. Puis il appuya sur la commande de tir.

Un bourdonnement discret envahit le module. Aucun fracas de canon, aucun cri de mort. Seul le ronronnement régulier d'une pompe indiquait que la station était désormais en guerre.

La première cible était le WGS-4[12], satellite appartenant au système de télécommunications américain à haut débit de l'US Air Force. Taillé comme une boîte dotée de deux ailes solaires, cet engin de 3 400 kilos avait été envoyé dans l'espace en 2012, perché sur une fusée Delta 4 qui avait décollé de cap Canaveral.

Ce satellite, qui avait coûté plus de trois cent millions de dollars, offrait à l'armée américaine et à ses alliés 4 875 gigahertz de bande passante commutable instantanée, permettant de transmettre d'immenses quantités de données. Toutes les communications de l'armée américaine passaient par lui, depuis les satellites de l'US Air Force jusqu'aux sous-marins de la Navy. Il se trouvait en outre au cœur du dispositif de l'US Space command, le commandement de l'armée américaine chargé des opérations spatiales. Le Pentagone avait prévu de mettre en orbite toute une constellation de ces satellites pour rendre le réseau moins vulnérable à une attaque, mais les dépassements de budget des sous-traitants avaient contraint les Américains à n'en lancer que six.

Le laser alimenté chimiquement projeta une décharge d'énergie qui, s'il s'était agi de rayons visibles et non pas infrarouges, aurait été cent mille fois plus brillante que le soleil. À cinq cent vingt kilomètres de là, cette première décharge frappa le satellite avec une puissance à peu près équivalente à celle d'un chalumeau. Elle perça un trou dans le bouclier extérieur du WGS-4, puis brûla la structure jusqu'à ses entrailles électroniques.

Chang regarda Huan ouvrir son stylo rouge d'un coup de pouce et tracer un trait sur la paroi à côté de lui, un peu comme les as de la Première Guerre mondiale qui décomptaient leurs victoires sur la carlingue de leur biplan. Ce geste scénarisé avait été dicté depuis la Terre, ce serait une scène-clé du futur documentaire triomphal consacré à l'opération, qui serait vu par des milliards de personnes.

– Et d'un, commenta Huan. C'est bien pour nous tous que vous n'ayez pas manqué la cible, dit-il en refermant son stylo d'un geste théâtral.

– Effectivement, confirma Chang, puis, dans un sourire, il ajouta : Je vous aurais épargné la peine de me jeter dehors par le sas de sortie, en le faisant moi-même. Enclenchement de la procédure pour la cible numéro deux.

D'abord connu sous le nom de X-37[13], l'USA-226 était le dernier modèle de navette spatiale inhabitée de l'armée américaine. Huit fois moins grand que celui d'origine, ce minuscule avion était utilisé par le gouvernement américain à peu près comme l'ancienne navette, pour accomplir diverses tâches et réparations dans l'espace. Il pouvait rejoindre des satellites et les ravitailler, remplacer des panneaux solaires défectueux grâce à son bras robotisé, et réaliser un tas d'autres travaux de maintenance sur les satellites.

Mais l'équipage de la station Tiangong et les autorités militaires du monde entier savaient que l'armée américaine se servait également de l'USA-226 comme d'un avion espion naviguant dans l'espace. L'engin survolait plusieurs fois les mêmes endroits à la même altitude, en général celle à laquelle gravitaient les satellites de surveillance militaires : le Pakistan pendant plusieurs semaines, puis le Yémen et le Kenya et, plus récemment, la frontière sibérienne.

Ayant perdu avec le satellite WGS-4 le principal relais qui permettait de le contrôler à distance, le minuscule avion spatial passa en mode automatique, ses ordinateurs cherchant en vain d'autres signaux de guidage. Durant cette période intermédiaire, le protocole de l'USA-226 le contraignait à cesser toute accélération et à se caler sur une orbite standard pour éviter les collisions. L'avion sans pilote s'était de fait arrêté pour sa propre sécurité, devenant une cible facile.

Les taïkonautes passèrent au point suivant sur la liste : les satellites espions américains du programme de suivi de la situation sur l'orbite géosynchrone (GSSAP[14]), dont le rôle consistait à surveiller d'autres satellites. Les télécommunications des Américains n'étaient pas encore coupées, mais une fois cette cible éliminée, les États-Unis se retrouveraient aveugles dans l'espace, même dans le cas peu probable où ils parviendraient à reconnecter leurs réseaux. Venaient ensuite les cinq malheureux satellites qui constituaient le système de télécommunications MUOS de l'armée américaine, une sorte d'opérateur téléphonique mondial réservé aux militaires. Cinq impulsions anéantirent le réseau de communication à bande étroite qui reliait entre eux toutes les plateformes maritimes et aériennes de l'armée américaine, ses véhicules terrestres et ses soldats d'infanterie dépêchés sur le terrain. Puis ce fut le tour du système UFO[15] qui permettait aux navires de combat américains de communiquer à l'aide de terminaux légers fonctionnant en bande UHF. L'opération n'était pas très spectaculaire, le système de tir intégré guidant les taïkonautes pas à pas selon l'algorithme sur lequel reposait l'attaque, ne ralentissant que lorsqu'un essaim de satellites qui gravitaient à la même altitude devaient être liquidés un à un.

Le dernier à être « servi », selon l'expression glaciale de Huan, fut un satellite équipé d'un détecteur de particules chargées. Cet engin cofinancé par la NASA et le ministère de l'Énergie avait été mis en orbite quelques années après la catastrophe nucléaire de Fukushima pour détecter les émissions radioactives. D'une seule rafale, le laser de Tiangong-3 fit exploser son réservoir de carburant.

Quand Huan rangea finalement son stylo rouge dans la poche de sa combinaison, il y avait quarante-sept marques sur la paroi devant lui.

On leur avait expliqué que le cas de l'ISS, la station spatiale internationale, serait réglé « par d'autres moyens ». De l'autre côté de la Terre, d'anciennes fusées porteuses mises au rebut ressuscitaient soudain après être restées en inactivité pendant des mois. Reconverties en kamikazes, elles avançaient sur une route de collision avec des satellites de télécommunications et d'imagerie américains tout proches, commerciaux ou gouvernementaux. Depuis leurs salles de contrôle au sol, les Yankees assistaient impuissants à ce chaos spatial, incapables de manœuvrer leurs précieux dispositifs pour les mettre hors de portée.

– Je vais exécuter les diagnostics et vidanger le système d'alimentation du laser, annonça Chang.

Il restait en mouvement pour éviter de réfléchir à ce qui était en train de se passer là-bas, sur terre.

– Très bien, répondit Huan. Ensuite, regardez si vous pouvez me charger les images de l'attaque ; j'aimerais les revoir plus tard.

Évidemment, songea Chang.

USS *Coronado*, base conjointe de Pearl Harbor-Hickam, Hawaï

Le café était exactement comme cette première tasse dont son père l'avait autorisé à boire une gorgée, quand il avait sept ans. Pas de sucre. Pas de lait. Il avait trouvé son goût âpre, atroce, pas comme ces *latte* aromatisés à la vanille dont sa défunte mère raffolait. « Quand on est dans la Navy, on n'a pas le temps en mer d'ajouter toutes ces conneries », lui avait expliqué son père, typiquement le genre de conseils qu'il prodiguait à ses enfants.

Le second maître chargé de préparer le café à bord de l'USS *Coronado* n'était pas non plus un fin barista, si bien que tous les officiers de la passerelle sirotaient cette horreur[16] en regardant le port se réveiller devant eux. Les tablettes de stimulants et autres médocs fournis par les infirmiers de bord fonctionnaient mieux, mais l'US Navy s'accrochait à ses traditions. Le café amer était une part tout aussi essentielle du quart du matin que le lever de soleil.

Simmons posa son mug et contempla le miroitement des rayons du soleil sur le pont du *Coronado*. La frégate venait tout juste de fêter ses dix années de service, mais Jamie trouvait toujours que ce trimaran effilé avait l'allure d'un vaisseau spatial futuriste tout droit sorti de *Star Wars*. Son père adorait cette vieille saga, au point qu'il avait emmené Jamie et sa sœur, Mackenzie, voir l'une des nouvelles versions quand ils étaient bien trop jeunes pour y comprendre quoi que ce soit. Sa mère avait été furieuse en l'apprenant. Mais ça restait quand même un bon souvenir, Mackenzie rentrant à la maison avec le seau de pop-corn vide, le chérissant comme seuls les petits enfants peuvent le faire, eux qui gardent en souvenir les objets les plus banals. C'était l'un de ses rares bons souvenirs avant que son père ne s'en aille, avant que Mackenzie ne meure.

Simmons se dirigea vers les vitres tribord, pour examiner un impact guère plus large qu'une pièce de vingt-cinq cents. Il passa son doigt sur le carré de résine époxy. Lors de leur dernière patrouille antipiraterie, une rafale de mitraillette avait traversé les vitres et, en deux endroits, la structure en aluminium du navire, elle aussi réparée depuis. Par chance, il n'y avait pas eu de blessé, mais l'incident était venu rappeler à l'équipage que ce LCS avait été conçu pour la vitesse, pas pour des combats à l'arme lourde. Certains marins avaient ensuite enveloppé le fauteuil du capitaine Riley avec du papier d'aluminium en guise de « protection balistique », plaisanterie qui n'avait pas tellement fait rire le capitaine.

Le soleil du matin colorait les navires de guerre entassés dans la lumière orange du port et Simmons savoura cet instant, sachant que c'était l'une des dernières fois qu'il officiait comme commandant à la passerelle. Il informerait Riley de sa décision une fois rentré à San Diego.

Le jeune quartier-maître Randall Jefferson s'approcha de lui et prit un air penaud en trouvant le XO perdu dans ses pensées.

– Désolé de vous déranger, Sir, mais vous m'aviez demandé de vous prévenir s'il se passait quoi que ce soit, s'excusa Jefferson. Le sonar a détecté un mouvement. Un objet qui apparaît et disparaît, juste à côté du navire. Sans doute un gros poisson ou un dauphin...

– Vous n'avez pas à vous excuser de ne pas baisser votre garde au port. Déployez le REMUS et allons voir ça.

Jefferson donna l'ordre de mettre à l'eau ce qui ressemblait à une torpille jaune fluo. Les REMUS, engins sous-marins de surveillance à distance, avaient d'abord été utilisés à des fins commerciales, de la même manière que ce navire militaire s'inspirait d'un ferry à grande vitesse. Ce petit drone sous-marin avait été conçu par l'Institut océanographique de Woods Hole, dans le Massachusetts, en vue d'applications civiles telles que l'inspection des infrastructures portuaires ou la surveillance de la pollution. Il était devenu un incontournable des émissions de la chaîne de voyage Discovery and Travel Channel. Mais un engin capable de livrer des images grand public pour l'émission du samedi sur les requins fonctionnait tout aussi bien lorsqu'il s'agissait de remplir des tâches de surveillance sous-marine.

Simmons rentra dans la passerelle et vint se planter derrière Jefferson, qui dirigeait à présent le sous-marin miniature avec une manette ressemblant à celle des premières versions de la Playstation de Sony. Censée être d'un usage facile et naturel pour les marins, cette manette avait tout d'une relique pour cette nouvelle génération habituée aux jeux 3D en immersion. La vidéo envoyée par le REMUS s'affichait à côté d'images satellite en direct indiquant la position du navire, d'un système d'analyse du trafic maritime et aérien à proximité, et d'un tableau sphérique multicolore regroupant toutes les informations relatives à l'équipage et aux différents systèmes du navire.

– Rien à l'infrarouge, annonça Jefferson. Voyons ce qu'on a en visuel.

– Mettez-moi ça en plein écran, demanda Simmons.

La caméra pivota et une masse d'ombres grises apparut sur l'écran. Simmons plissa les yeux, comme pour forcer l'eau trouble à révéler ses secrets.

– Salut, toi, souffla Jefferson.

Il zooma sur une forme sombre qui décrivait des cercles lents sous la poupe du navire. La caméra mit au point sur l'objet.

Là, aisément reconnaissable : la silhouette discrète d'un plongeur se détachait sur le fond bleu marine de l'eau.

– Sans doute un idiot du coin qui vient fouiner là où il devrait pas, suggéra Jefferson.

Mais alors le plongeur s'arrêta et leva les bras au-dessus de sa tête comme s'il priait sous la coque de la frégate.

– Il a un truc dans les mains, dit Jefferson.

Le plongeur brandissait en effet ce qui ressemblait à un couvercle de poubelle. D'un battement de palmes nonchalant, il se rapprocha de la coque du *Coronado*.

Simmons ravala le café qui lui remontait dans la gorge.

– Alerte sûreté du navire ! Possible attentat terroriste, niveau Delta ! cria Simmons. Et réveillez le capitaine. Dites-lui que nous avons un plongeur en train de poser sur la coque ce qui ressemble à une mine ventouse.

Il empoigna un casque audio et s'efforça de parler d'une voix égale, conscient que la moindre trace de peur résonnerait dans tout le navire.

– Ici le XO. Équipe de sûreté sur bâbord. Enclenchez les propulseurs hydrauliques et activez les sonars. On passe en configuration Zebra. Équipe de sûreté, nous avons un plongeur qui essaie de poser un engin explosif sur la coque. Éliminez-le-moi. Déverrouillage des batteries. Feu à volonté.

Le chaos s'empara du navire, les marins se précipitant sur bâbord pour tenter de localiser le plongeur. À travers l'écoutille ouverte de la passerelle, Simmons entendit les cris se faire de plus en plus désespérés.

– Il est là !

– Non, là-bas !

– Tirez-vous de mon chemin ! hurla le premier maître Horowitz.

Le marin, qui montait la garde sur le flanc tribord de la passerelle, tentait de se frayer un passage à travers la mêlée, côté bâbord.

Horowitz se pencha aussi loin qu'il put par-dessus le bastingage et tira méthodiquement dans l'eau avec son fusil M4, dessinant des boucles d'éclaboussures régulières depuis la proue jusqu'à la poupe. C'était peut-être bizarre de ressentir ça au beau milieu d'une attaque terroriste, se dit le premier maître, mais il s'éclatait. C'était justement pour ce genre d'action qu'il avait rempilé à peine deux mois plus tôt, contre la promesse du capitaine qu'on lui offrirait une chance de postuler pour les commandos des Navy SEAL. Il avait déjà fourni les échantillons d'ADN[17] et de sang requis, et poussé à bloc ses exercices de musculation intensive.

De la passerelle, Jefferson vit les vaguelettes causées par les tirs d'Horowitz se dessiner sur son écran sous la forme de minuscules lignes blanches qui s'arrêtaient au bout d'un ou deux mètres. Il passa en mode infrarouge et les tirs se changèrent en une série d'aiguilles jaunes poignardant l'eau, qui disparaissaient aussitôt une fois leur chaleur dissipée. Plusieurs balles frôlèrent dangereusement le REMUS, mais peu menaçaient le plongeur.

– Ils n'arrivent pas à l'avoir, Sir, annonça Jefferson.

– Faites faire demi-tour au REMUS et éloignez-le de deux cents mètres. Ensuite, je veux que vous le relanciez vers nous à pleine vitesse.

– Sir ? s'étrangla Jefferson.

250 mètres au-dessus de Tokyo, Japon

On lui avait dit que Tokyo était une grande ville[18], mais de si près, elle semblait sans fin.

Le chasseur-bombardier MiG-35K du capitaine de corvette Alexeï Denisov[19] filait à 875 kilomètres par heure, juste en dessous du mur du son, pour éviter de se trahir par un bang supersonique. Et pourtant, cette forêt d'immeubles donnait l'impression de s'étirer à l'infini. Mais le plan semblait fonctionner. L'icône « menace détectée » de l'écran lumineux sur sa droite n'affichait rien de préoccupant. Denisov gardait le doigt posé sur l'interrupteur à bascule du brouilleur de protection multifonction de l'appareil, mais jusqu'à présent le chasseur n'avait pas été attaqué.

La raison en était simple : le système de défense conjoint américano-japonais était conçu pour répondre à d'éventuelles menaces chinoises, venues de l'ouest. Et c'était à l'est du Japon que Denisov et les vingt-deux autres chasseurs-bombardiers de son escadrille avaient décollé depuis l'*Amiral Kouznetsov*[20]. Ce porte-avions russe était censé participer à des manœuvres dans le Pacifique Nord, hors de portée des frappes aériennes chinoises. En réalité, il avait attendu un trou dans la couverture satellite pour foncer à trente nœuds vers le sud pendant huit heures, se rapprochant juste assez pour pouvoir enclencher des frappes. Les MiG avaient rallié la zone en volant vite et bas et, une fois arrivés au-dessus du Japon, ils étaient remontés se caler sur les couloirs de vol empruntés par les petits appareils décollant de l'aéroport de Narita.

Le récepteur d'alerte radar du MiG de Denisov gronda, indiquant que l'appareil venait de se faire repérer par les signaux d'un radar d'alerte avancée posté près de Narita, assez proche cette fois pour ne pas se laisser tromper par ses équipements furtifs. La radio de Denisov diffusa soudain les appels frénétiques d'un contrôleur aérien. Il appuya sur le bouton et un enregistrement numérique se mit en route. C'était du charabia pour lui, mais l'officier du FSB qui l'avait briefé à bord du *Kouznetsov* avait été très clair sur le fait qu'il fallait diffuser ce message à cet instant précis.

Pour le contrôleur aérien au sol, l'information reçue était la suivante : le pilote d'un des jets privés réservés aux cadres supérieurs de Sony était en train de faire une crise cardiaque.

Quand les MiG atteignirent Miyazaki et virèrent de nouveau en direction des îles Ryukyu, il était devenu évident que les défenses les avaient finalement repérés. Le radar de Denisov affichait quatre chasseurs F-15 de la force japonaise d'autodéfense en train de rappliquer à pleine vitesse pour les intercepter – mais ils n'arriveraient pas à temps. La ruse n'avait permis à Denisov que de gagner quelques minutes, mais cela suffirait sans doute.

Après avoir scruté le ciel au-dessus de lui à la recherche d'éventuels assaillants, Denisov récita une brève prière pour ses hommes et son pays. Pour lui-même, cela n'était pas nécessaire. Un commandant ne pouvait agir qu'avec certitude, pas avec peur. Il s'attendait à connaître des pertes, ce jour-là, mais également le succès. Sur les dernières images reçues d'une de ses cibles, onze appareils américains seulement étaient garés sous leurs hangars blindés. Des dizaines d'autres se trouvaient à l'air libre, comme tous les jours.

Les MiG descendirent en rase-mottes et accélérèrent à mille cinq cents kilomètres par heure, leur vitesse maximale à basse altitude, bien au-dessus du mur du son. D'après les critères des Américains, ces nouveaux MiG-35K appartenaient à la génération dite « 4++ » des avions de combat. Ils n'étaient pas totalement furtifs, mais leur signature radar était considérablement réduite. Chaque seconde comptait, à présent. Au moment où les jets atteignaient Okinawa, un voyant rouge se mit à palpiter sur le récepteur d'alerte radar de Denisov. Les batteries de missiles Patriot IV que les Japonais avaient achetées aux Américains suivaient désormais à la trace son appareil volant au ras du sol. Les Japonais l'avaient en ligne de mire et pouvaient l'abattre à leur guise.

C'était un élément crucial du plan. Denisov inspira profondément et attendit, en se répétant que ces missiles ne représentaient une menace que si quelqu'un appuyait sur le bouton de tir. Mais les militaires de la force japonaise d'autodéfense n'avaient pas le droit d'ouvrir le feu sur une cible sans obtenir au préalable l'autorisation des dirigeants civils du pays. Tout reposait sur ce pari : ladite autorisation arriverait trop tard. Deux décennies d'intrusions quasi quotidiennes d'appareils chinois dans leur espace aérien avaient certainement poussé les Japonais à se montrer moins réactifs. Par ailleurs, leurs réseaux de communication étaient censés avoir été neutralisés par des cyberattaques. Du moins, c'était le plan.

« Raison de plus pour ne pas foirer cette première mission sans réelle opposition, avait lancé le capitaine Denisov à ses hommes lors du briefing avant vol. Vous êtes sur le point de réaliser les tirs les plus importants de votre vie, et ce seront peut-être les derniers. Faites en sorte qu'ils comptent. »

Aucun cri de ralliement pour la gloire ne résonna dans la radio de bord. Les seuls sons audibles, cette fois, étaient les voix numériques d'Américains pilotant des F-22 Raptor, échanges interceptés et dûment enregistrés par un navire de surveillance chargé d'espionner les exercices militaires RIMPAC[21] qui avaient lieu tous les ans au large d'Hawaï. Tout ce qui pouvait créer une certaine incertitude et retarder de quelques secondes supplémentaires la réaction des Japonais et des Américains était bon à prendre.

La progression silencieuse d'une icône sur l'affichage tête haute de son jet lui apprit qu'il était arrivé à leur destination : la base aérienne de Kadena. La bataille de Denisov commençait ici.

Un flash de mouvement attira l'attention de Denisov : quatre fléchettes gris foncé qui filaient devant son escadrille. C'était une volée de Sokols (« Faucons ») tirés par son ailier. Sorte de missile de croisière miniature, cette arme électromagnétique avait recours à des décharges d'énergie dirigée pour mettre hors d'usage les défenses antiaériennes et les systèmes de télécommunications. Suivant une trajectoire préprogrammée, les missiles se séparèrent, laissant chacun dans son sillage une zone morte électronique.

Si les premiers tirs de cette mission étaient silencieux, la destruction qui allait suivre serait assourdissante. Denisov largua quatre bombes à fragmentation RBK-500 sur les avions sans protection de l'US Air Force, garés au bord de la piste d'atterrissage de la base, longue de trois mille cinq cents mètres. Comme il engageait son MiG dans un virage serré, il aperçut un F-35A Lightning II[22] que l'on remorquait en catastrophe hors de son hangar pour tenter de contrer l'attaque. Le MiG avait été conçu pour être à la hauteur du F-35, et les pilotes des deux appareils s'étaient toujours demandé ce que donnerait un combat aérien entre ces modèles aux caractéristiques équivalentes. Ce serait pour une autre fois. Le corps des RBK s'ouvrit derrière l'avion de Denisov, libérant des centaines de petites bombes à fragmentation de la taille de canettes de bière. De minuscules parachutes se déployèrent et les canettes descendirent en planant vers le tarmac.

À dix mètres du sol, leurs détonateurs de proximité les firent exploser les unes après les autres. Des centaines de déflagrations déferlèrent à travers la base aérienne, faisant voler en éclats des dizaines de chasseurs américains dernier cri.

L'ailier de Denisov se chargea du second passage et lâcha trois bombes antipiste à haute perforation. Les pointes renforcées de ces énormes engins s'enfoncèrent sur près de cinq mètres dans le béton de la piste, puis déclenchèrent leurs quelque mille cinq cents kilos d'explosif. Même si les rares avions américains mis à l'abri sous des hangars blindés survivaient aux bombes de Denisov, aucun ne pourrait décoller de la plus grande base aérienne américaine du Pacifique pendant des jours, voire des semaines.

À six kilomètres de là, les deux MiG-35K qui fermaient la marche s'écartèrent l'un de l'autre et décrivirent un demi-tour serré avant de foncer vers le centre d'un X imaginaire. Ce dernier était situé au cœur de la principale base du Corps des Marines sur le sol japonais. Les neuf mille marines qui vivaient là étaient censés avoir été relocalisés à Guam cinq années plus tôt. Mais des querelles politiques entre le Congrès américain et le gouvernement, portant sur la question de savoir qui réglerait l'addition à 8,6 milliards de dollars de ce déménagement[23], avaient retardé le transfert des soldats. Il était trop tard, maintenant.

Les deux avions se croisèrent à moins de cent mètres d'altitude. Au niveau de leur point de croisement imaginaire, les MiG larguèrent quatre bombes thermobariques KAB-1500, pesant chacune un peu plus de mille trois cents kilos. La coque des bombes s'ouvrit d'abord pour relâcher un immense nuage de vapeur explosive, qu'une seconde charge fit ensuite sauter. S'ensuivit la plus forte explosion subie par le Japon depuis Nagasaki, qui créa elle aussi un nuage de fumée et de poussière en forme de champignon, suspendu au-dessus de la base, tandis que les jets s'éloignaient.

Denisov éteignit enfin les enregistrements audio bidon et demanda à ses hommes de faire leur rapport. Les frappes sur les bases aériennes, les bases de l'armée de terre et même le porte-avions de l'US Navy mouillé au large s'étaient déroulées avec succès. Il n'avait perdu que cinq appareils, abattus par des défenses antiaériennes lentes à la détente. Incroyable.

Il n'était pas sûr que les Américains apprécieraient l'ironie du fait que les Russes avaient adopté le même plan d'attaque qu'eux-mêmes avaient utilisé contre les Japonais quelque quatre-vingts ans plus tôt, n'empêche : le Plan Doolittle avait fonctionné. Tâchant de ne rien laisser paraître de son soulagement, Denisov ordonna aux chasseurs survivants de virer vers les côtes chinoises.

Ça aussi, ils l'avaient copié sur le raid réussi par les Américains aux premiers mois de leur dernière guerre dans le Pacifique : en surgissant d'une direction inattendue et en faisant de leur vol un aller simple, on pouvait frapper deux fois plus loin que l'ennemi ne le croyait possible. La marine russe avait fait sa part du boulot ; maintenant, il allait falloir faire confiance aux Chinois pour que leurs avions de ravitaillement en vol soient bien là comme prévu.

Ce n'était pas Denisov en personne qui avait planifié cette mission, mais Jimmy Doolittle n'avait pas eu non plus l'idée de son modèle, ce raid de la Deuxième Guerre mondiale qui portait désormais son nom. Peut-être l'histoire la baptiserait-elle du nom de son commandant, songea-t-il. Offensive Denisov, ça sonnait bien.

USS *Coronado*, base conjointe de Pearl Harbor-Hickam, Hawaï

Depuis le pont du *Coronado*, Horowitz repéra soudain une vague à l'endroit où le REMUS venait de virer, un peu comme ce qu'un pêcheur à la mouche interpréterait comme un poisson montant vers la surface. Il se figea un instant, puis se concentra pour viser la menace. Les douilles rebondirent sur le pont puis tombèrent par-dessus bord, elles grésillèrent un instant en flottant avant de couler.

– REMUS a entamé son demi-tour, Sir, commenta Jefferson, à la passerelle. Et maintenant ?

– Je veux que vous l'enfonciez comme un bélier dans le cul de ce plongeur, répondit Simmons.

– Oui, Sir !

Jefferson pencha doucement le joystick vers la droite puis la gauche, de façon à positionner le plongeur au centre de l'écran. Puis il mit les gaz à fond.

Sur le pont, le M4 de Horowitz se mit à cliqueter : son chargeur était vide. Sans même regarder, il fourra la main dans le petit sac accroché à sa ceinture pour prendre son dernier chargeur et tenta de l'enclencher sous le fusil-mitrailleur, mais il lui échappa et tomba dans l'eau. Trente balles qui auraient pu tout changer venaient d'être perdues.

Horowitz lança des jurons à la mer comme seul un marin peut le faire, mais cessa net en apercevant une forme foncer à toute vitesse vers le navire. Super : d'abord des terroristes, et maintenant des torpilles !

La vue sous-marine s'affichait sur l'écran de contrôle du REMUS. Le plongeur était en train de fixer la mine sur la coque quand un sixième sens l'avertit du danger. Il tourna la tête pour jeter un coup d'œil par-dessus son épaule. La dernière image qui s'offrit à Jefferson fut l'expression stupéfaite du plongeur derrière son masque, juste avant que le REMUS ne vienne percuter le côté gauche de son visage puis s'encastrer dans la coque derrière lui.

Là-haut sur le pont, Horowitz sentit le craquement de l'impact puis vit un mur d'eau blanche bondir en rugissant vers le ciel. Et alors, le silence.

Ruby Empress, lac Gatún, canal de Panama

Arnel Reyes arracha une écaille de peinture noire de la rambarde du *Ruby Empress*, pétrolier battant pavillon chypriote.

– J'aime le bleu, tu sais, bleu comme le ciel l'après-midi, et ça plaira à un petit garçon, dit son épouse.

Arnel eut envie de répondre qu'un nouveau-né, tout comme un homme, se fichait pas mal de la couleur des murs. Mais mieux valait lui témoigner tout son amour, d'autant plus qu'il se trouvait sur le pont d'un bateau au beau milieu du canal de Panama et elle à la maison, là-bas, à Manille.

– Alors va pour le bleu, ma chérie. Je reviens dans deux semaines et on pourra peindre sa chambre, dit-il. On a encore pas mal de temps, tu sais.

– Pas tant que ça, avec toi qui es sans arrêt parti. Il nous reste tellement de choses à faire. Et nous n'avons même pas encore parlé de son prénom, ajouta Anna-Maria au téléphone. Mon chéri, je sais que ta mère pensait…

Soudain, la communication s'interrompit.

Il craignait qu'Anna-Maria ne croie qu'il lui avait raccroché au nez, mais quand il essaya de la rappeler, pas moyen. Il remit son portable au fond de sa poche et s'écarta de la rambarde brûlante. Le fait que la traversée du canal de Panama soit la partie la plus lente du voyage, car les navires devaient faire la queue pour franchir les écluses, n'arrangeait pas son humeur.

Tandis qu'il remontait la succession d'échelles, Reyes perçut la grande agitation qui s'était emparée de la passerelle du *Ruby*. Tout était en ordre à bord du bateau, mais les radios n'arrêtaient plus de cracher. Deux navires devant eux, le *Xianghumen*, un cargo immatriculé en Chine, avait démarré ses moteurs. C'était de la folie.

Qu'était-il donc passé par la tête du capitaine du *Xianghumen*, pour foncer ainsi en pleine zone de transit ? Le capitaine du canal hurlait dans la radio, intimant l'ordre au *Xianghumen* de décrocher son combiné et de s'arrêter immédiatement. Mais ses appels restaient sans réponse.

Reyes courut jusqu'à la plateforme d'observation. C'était comme regarder un train dérailler au ralenti. Le *Xianghumen* avançait à quatre nœuds à peine, moins vite qu'un coureur du dimanche. Mais avec ses cent vingt mille tonnes d'inertie, le navire enfonçait lentement les écluses du canal, broyant l'acier des portes.

Reyes ignorait combien de temps il faudrait aux entreprises chinoises qui géraient la zone du canal de Panama[24] pour réparer ce merdier, mais tous les capitaux investis venaient clairement de tomber à l'eau.

– Après tout, ce n'est pas moi qui ai dépensé cent quatre-vingts milliards de dollars, lança Reyes à l'un des membres d'équipage, qui lui répondit d'un gloussement.

En tout cas, l'autoroute reliant l'océan l'Atlantique au Pacifique allait certainement rester fermée pendant un bon moment. Il fourra la main dans sa poche. Il valait mieux rappeler sa femme.

USS *Coronado*, base conjointe de Pearl Harbor-Hickam, Hawaï

Quand Horowitz reprit connaissance, il flottait sur le dos à la surface de l'eau. Un éclat de métal jaune dérivait à un ou deux mètres de lui, et juste derrière, Horowitz aperçut le corps du plongeur, sur le ventre.

Il leva les yeux vers le *Coronado*, tâchant de se rappeler comment il s'était retrouvé là. Ses oreilles sifflaient et sa tête lui faisait plus mal que la pire gueule de bois un lendemain de permission à terre. Il vit le XO l'observer de la passerelle. Il lui adressa un salut, et le XO sourit avant de le lui rendre.

Un canot rapide vint récupérer Horowitz et le cadavre vêtu de noir. Les marins hissèrent leur camarade à bord avec de grands sourires, mais ils manipulèrent le corps avec effroi.

Le canot s'immobilisa contre la coque du *Coronado* et le plongeur fut treuillé jusqu'à la plateforme d'atterrissage des hélicoptères, au niveau de la poupe. Horowitz grimpa l'échelle tant bien que mal et rejoignit l'attroupement qui s'était formé autour du cadavre. Tous les marins chuchotaient autour du plongeur mort, comme s'ils craignaient que leurs voix ne le ressuscitent.

– Me bousculez pas, protesta un marin. Il faut que je prenne ça avec mes Viz Glass.

– Tu peux pas faire ça, murmura un autre. Il est mort. Tu connais le règlement.

– Le XO arrive, souffla une voix.

La foule se raidit et s'écarta soudain, au garde-à-vous, pour laisser passer Simmons.

– Rien de tel qu'un bon bain matinal, Horowitz, fit remarquer Simmons, dans un sourire. Vous êtes en un seul morceau ?

– Oui, Sir, répondit Horowitz. On peut pas en dire autant de mon copain de piscine, là.

Un marin enleva le masque du plongeur, dévoilant des yeux exorbités. Horowitz fut pris d'un haut-le-cœur. Toute la mâchoire gauche de l'homme était enfoncée et en sang, mais le reste de ses traits étaient intacts. Avec ses cheveux blonds coupés court, on aurait presque dit un Viking endormi.

– On a chopé le bon type ? s'étonna l'un des hommes d'équipage. Il ressemble pas aux djihadistes que j'ai vus jusqu'ici…

Quelqu'un tendit le masque brisé à Simmons. Le second l'étudia entre ses mains, en prenant soin de ne pas se couper avec les éclats de plastique, puis il s'agenouilla pour examiner de plus près le cadavre. Une cicatrice claire au niveau du menton et un nez qui semblait avoir été brisé aussi souvent que celui d'un boxeur.

– Retournez-le, ordonna le XO.

Tandis que les hommes faisaient rouler le corps, Horowitz remarqua que la combinaison du plongeur n'était pas en Néoprène ;

elle était taillée dans une matière plus épaisse. Puis il vit que l'homme ne portait pas un équipement de plongée classique.

– C'est un appareil respiratoire à circuit fermé[25], commenta Horowitz. Les SEAL en utilisent pour pouvoir plonger sans faire de bulles à la surface. Et sa combinaison est conçue pour masquer la chaleur.

Simmons hocha la tête et étudia l'équipement du plongeur, que ses hommes étaient en train de défaire. Les ordinateurs de plongée passés aux poignets de l'homme avaient l'air ultrasophistiqués ; des appareils militaires, à l'évidence. Leur coque de protection portait des inscriptions en chinois.

Les hommes ne purent cacher leur étonnement en voyant le XO repartir au sprint vers la passerelle, sans dire un mot.

Ce n'était pas un très grand navire et vingt-cinq secondes plus tard, Simmons était à la passerelle. Riley s'y trouvait, à présent, encore en sous-vêtements mais coiffé de sa casquette bleue USS *Coronado* avec ses insignes jaune poussin de commandant de bord cousus de fil d'or au-dessus de la visière. Jefferson était en train de lui repasser la vidéo du REMUS. Riley se retourna quand Simmons fit irruption. Simmons ne contourna pas l'écran projeté mais le traversa, faisant onduler l'image.

– On l'a eu ? interrogea Riley.

Simmons ignora son supérieur et s'adressa à l'officier radio :

– Passez-moi le commandement Pacifique, immédiatement ! Et préparez-moi un message OPREP-Three Pinacle.

Tout message dont l'intitulé contenait le terme Pinacle attirait aussitôt l'attention non seulement de toute la hiérarchie de l'US Navy, mais aussi du Centre de commandement militaire national au Pentagone, qui supervisait les événements pour les chefs d'état-major interarmées et le président des États-Unis[26].

– C'est une mesure un peu extrême pour un malheureux plongeur, XO. Référons-en d'abord au navire sonar-radar de la flotte pour voir s'ils ont d'autres infos, dit Riley.

– Pas le temps. Nous devons envoyer un message Pinacle dès maintenant, Sir, insista Simmons.

Les yeux de l'officier radio allaient de l'un à l'autre.

– Sirs, rien ne marche ici. Je n'arrive même pas à connecter mon propre portable. On dirait que tous les réseaux sont hors service.

Sur le pont principal, au-dessous, Horowitz se frottait le bas de la nuque, qui le faisait souffrir. Il enclencha rageusement un autre chargeur, piqué à un camarade, dans son M4. Les gars avaient retrouvé son arme, gisant encore sur le pont. Il passa la langue sur ses lèvres, l'esprit ailleurs, et se rendit compte qu'il mourait de soif. Il avait lu quelque part que c'était ce qui arrivait aux gens en état de choc, mais hors de question d'en parler à qui que ce soit pour l'instant. Tomber du navire puis jouer les chochottes, ce n'était certainement pas le meilleur moyen de se faire engager chez les SEAL.

Horowitz balaya du regard la muraille d'acier estampillée US Navy qui se dressait autour de lui dans le port. Il avait hâte d'appareiller et de se venger de ceux qui avaient fait ça.

C'est alors que le USS *Abraham Lincoln*[27], le porte-avions nucléaire mouillé à l'autre extrémité de la baie, parut bondir d'un mètre ou deux au-dessus de l'eau, comme si ce monstre de cent mille tonnes était aspiré vers le ciel. L'onde de choc plaqua Horowitz contre la cloison derrière lui et il s'effondra.

Se relevant tant bien que mal, Horowitz regarda, hébété, l'immense porte-avions de la classe Nimitz retomber dans l'eau, son pont crachant des flammes orange et un panache de fumée noire. Il vit la coque se fendre aux deux tiers de sa longueur, vers l'arrière.

– Oh, merde, grommela Horowitz. Les réacteurs.

Quai 29, port d'Honolulu, Hawaï

Putain, c'était quoi cette histoire ? Ils n'étaient pas censés décharger avant le lendemain.

En voyant la rampe descendre, Jakob Sanders avait d'abord sorti sa tablette pour revérifier le manifeste du cargo – le *Golden Wave*, deux cent vingt mètres de long, battant pavillon libérien. Un roulier transportant des voitures en provenance de Shanghai. Le manifeste indiquait qu'il avait bien reçu l'autorisation de débarquer son chargement, mais il avait vingt-quatre heures d'avance. Et maintenant, la journée de Jakob était foutue.

Même debout dans sa guérite de gardien plantée au milieu du parking voisin, il sentit l'impact de la large rampe métallique venant buter contre le quai. Sanders avait toujours trouvé que ces grands rouliers ressemblaient à un supermarché discount posé sur le pont d'un bateau. Mais c'était justement l'idée. Ce navire avait la capacité de transporter cinq cent cinquante véhicules, lesquels pouvaient descendre en roulant de la soute, directement dans son parking. Là, ces voitures attendraient d'être conduites chez différents concessionnaires aux quatre coins de l'île.

Sanders tenta de joindre son patron par radio, mais ne récolta que des parasites. Il secoua la tête et consulta sa montre Casio G-Lide pour vérifier l'heure et la date. Ouais, il avait raison : ces gens débarquaient en avance. Surtout, à en croire la dernière mise à jour de sa montre connectée, les mesures envoyées par les bouées mouillées au large promettaient une belle houle bien surfable ce jour-là. Encore cinq heures sur ce parking, puis son service serait terminé et il filerait se mettre à l'eau à Kewalos. Si les conditions étaient aussi bonnes que sa montre l'indiquait, ce serait l'une de ces journées où peu importait où vous aviez été à l'école ou que vous portiez un uniforme en polyester noir au travail.

Une série de chocs lointains détournèrent son attention de la montre. Il se mit à plat ventre et se couvrit la tête avec ses bras, tandis que les fines parois métalliques de la guérite tressaillaient. Au bout de quelques secondes, il tomba à genoux et jeta un coup d'œil par la porte laissée ouverte à la zone de stockage de carburant jouxtant le quai 29. Pas d'incendie. Le ciel bleu écartait l'hypothèse d'un coup de tonnerre. Soudain, le quai se remit à trembler à la suite d'un autre grondement sourd, comme celui d'un séisme. Bon Dieu, il n'avait pas envie de se retrouver coincé là si cette secousse provoquait un tsunami.

D'autres déflagrations étouffées se répercutèrent sur les flancs des collines, mais leur raffut se retrouva noyé sous celui des centaines de moteurs en train de démarrer dans les entrailles du *Golden Wave*. Mais qu'est-ce qu'ils foutaient ? N'avaient-ils pas senti le tremblement de terre ? Il risquait d'y avoir encore des répliques.

Sanders se souvint des vidéos du gouvernement qu'il avait vues, enfant, où une voix off conseillait de se placer sous le linteau d'une porte en cas de séisme. Mais il regarda les murs fragiles de sa cahute et rampa dehors, sur le parking. Il sentit résonner d'autres grondements et aperçut de la fumée qui s'élevait derrière le *Golden Wave*, mais la masse du navire lui cachait ce qui se passait à l'autre bout du port.

Puis l'un de ces nouveaux SUV Geely s'engagea sur la rampe. Peut-être essayaient-ils de sortir les voitures avant qu'un autre séisme n'ébranle l'île ? Ils auraient mieux fait de les laisser à bord et de partir au large.

Sanders regarda la file de SUV descendre la rampe puis se garer sur le parking. Il avait toujours trouvé que les Geely ressemblaient à des Range Rover Defilade au rabais. Mais elles étaient si bon marché qu'il aurait presque pu s'en payer une. Bon, les couleurs étaient vraiment nazes. La première douzaine avaient une carrosserie tout à fait acceptable, argentée ou bleue. Mais les autres était d'un vert mat délavé.

Tout à coup, il entendit un grincement suraigu, comme si une perceuse s'attaquait au pont en acier du navire. Derrière le dernier SUV, un truc qui avait l'air d'un poteau téléphonique émergea de la soute et bascula vers le bas de la rampe. Puis, accrochée à ce poteau, une immense masse verte s'engagea à son tour et entreprit sa descente.

Putain, c'était un char d'assaut ! Puis un autre apparut, suivi d'un véhicule à huit roues qui ressemblait à son petit frère.

Sanders repéra les étoiles rouges sur le flanc de ces blindés. Pourquoi diable des tanks chinois étaient-ils en train de débarquer ? Le manifeste ne mentionnait rien de tel. Et qui donc allait acheter ces trucs-là ? Peut-être étaient-ils destinés au camp militaire de Schofield, pour des exercices ?

En regardant autour de lui, Jakob constata qu'il était seul.

Il eut alors le réflexe de sortir son portable pour filmer la scène. Cela lui rapporterait bien deux ou trois bières ; peut-être même qu'il pourrait vendre ces images sur le Viz Net.

Soudain, des objets semblables à des fûts de bière jaillirent dans les airs et filèrent vers le centre-ville.

– Des drones ? murmura Sanders.

Chacun de ces drones de surveillance Pigeon faisait effectivement la taille d'un fût de cinquante litres et était équipé d'un petit rotor sur le dessous. Les engins s'étaient envolés en quête des points les plus élevés d'Honolulu, où ils se poseraient. Depuis ces perchoirs, ces drones non armés absorberaient tous les signaux électromagnétiques et numériques alentour, avant de faire déferler sur toute l'île une vague de perturbations électroniques.

L'instant d'après, un nouveau choc violent sur le béton du quai fit sursauter Jakob. C'était la rampe du *Hildy Manor*, un autre roulier amarré juste derrière le *Golden Wave*. Eux non plus n'avaient pas l'autorisation. Les papiers n'étaient pas signés, et le parking allait déjà être plein. Il n'arriverait jamais à y faire tenir toutes les voitures non pas d'un mais de deux cargos, sans compter plusieurs chars d'assaut.

Son portable à bout de bras, il maudit de plus belle ce satané boulot, cette fois parce qu'il ne lui rapportait pas assez pour s'acheter une paire de Viz Glass.

– Ici Jacok Sanders depuis le quai 29 du port d'Honolulu, commenta-t-il en plantant son regard dans le minuscule orifice de la caméra. Comme vous pouvez le voir, je viens de recevoir une livraison imprévue, poursuivit-il. Quelques camions, des Geely et, visez-moi ça, des tanks ! Des tanks chinois. Je ne sais pas ce qui se passe aujourd'hui, mais on va aller voir ça. Je parie que vous n'avez jamais vu un truc pareil dans la vraie vie. Moi non plus. Restez connectés.

Sanders posa son portable sur l'appui de fenêtre de sa guérite pour qu'il continue d'enregistrer la scène, puis se dirigea d'un pas fier vers le *Golden Wave*. Foutus marins. Ils allaient devoir rester à quai jusqu'à ce que tout ça soit réglé.

Lorsqu'il atteignit la rampe qui reliait le quai au parking, Sanders sentait littéralement la puissance des moteurs des chars au creux de sa poitrine. Les blindés avançaient lentement, mètre après mètre, pour tester la résistance de la rampe.

Un mouvement fulgurant et un claquement assourdissant lui firent tourner la tête. De gros panneaux métalliques, balancés depuis le pont de *l'Evening Resolve* – un porte-conteneurs de cent quarante-six mètres immatriculé à Dalian – venaient de s'écraser sur le quai. Puis une escadrille miniature commença à se réunir en formation serrée au-dessus du navire. Aux yeux de Sanders, ces quadricoptères ressemblaient aux drones espions dont les paparazzis se servaient pour mitrailler toute star hollywoodienne assez bête pour organiser encore un mariage en plein air[28]. Les drones électriques V1000[29] du Directoire avaient d'ailleurs des origines communes avec ces engins grand public, mais leur agilité et leur furtivité avaient fait d'eux une plateforme de choix pour mener à bien des frappes secrètes chinoises « d'élimination des risques » en Afrique et dans l'ex-république d'Indonésie.

Les chars firent rugir leurs moteurs et attirèrent à nouveau l'attention de Sanders. Ce dernier leva sa main droite, pour leur intimer l'ordre de s'arrêter.

– Stop ! Vous êtes sur le point de pénétrer sur une propriété privée. Veuillez arrêter immédiatement cet engin.

Le char de tête ralentit puis s'immobilisa au pied de la rampe, à trois mètres de lui. Sanders baissa les yeux et haussa la voix, plus confiant à présent qu'il avait identifié qui commandait.

– Bien. Maintenant, je ne sais pas ce qui se passe mais il va falloir faire demi-tour et remonter ce véhicule à bord du bateau… tout de suite.

Le pot d'échappement cracha de la fumée, et le tank bondit brusquement en avant.

Sur l'écran de son portable, cela ressembla à un véritable acte de bravoure[30]. En réalité, Jakob ne pensa qu'à courir, courir aussi vite qu'il pouvait, pour ne pas se faire écraser par ce monstre de soixante tonnes. Simplement, ses jambes ne lui répondaient plus.

Base du Corps des Marines,
Kaneohe Bay, Hawaï

Le capitaine Charles Carlisle commençait à perdre patience avec son chef mécanicien. Pour le dire autrement, une nouvelle journée pourrie où son jet se montrait plus capricieux encore que sa fiancée.

La tourelle de tir de 25 mm de son avion de chasse F-35B Lightning II n'arrêtait pas de s'enrayer chaque fois qu'il réalisait un atterrissage à la verticale, comme un hélicoptère. C'était la quatrième fois cette semaine-là, mais personne ne comprenait pourquoi. Les ordinateurs autonomes de maintenance de l'appareil étaient censés pointer du doigt le moindre bug, mais le fait d'ajouter encore aux vingt-quatre millions de lignes de code de ses logiciels avait juste servi à démontrer que la loi de Murphy l'emportait chaque fois sur celle de Moore.

– Je ne sais pas quoi te dire, Worm, soupira Miller, le chef mécanicien civil, l'appelant par ce surnom de pilote dont Carlisle avait hérité après avoir perdu ses rations réglementaires et s'être nourri d'asticots – *worms*, en anglais – pendant l'étape « survie et évasion » de sa formation de pilote. Je n'ai pas conçu ces avions ; je ne fais que les réparer.

Worm secoua la tête. Il n'avait jamais compris pourquoi le Corps des Marines installait ainsi les meilleurs pilotes du monde dans le cockpit de l'arme de guerre la plus chère de la planète, pour en confier ensuite la maintenance au mieux offrant.

Worm s'apprêtait à déblatérer une nouvelle volée de grossièretés sur ce qu'on pouvait acheter avec mille cinq cents milliards de dollars – comme, par exemple, une tourelle de tir en état de marche –, mais il retint son souffle et tendit l'oreille. Bizarre. Une série de grondements sourds, comme des notes de contrebasse. Puis il reconnut un bourdonnement de rotors. Ce bruit venait de la direction de Pearl Harbor et se dirigeait vers la base aéronavale installée sur la péninsule de Mokapu[31]. Son sang se glaça dans ses veines lorsqu'il vit l'escadrille d'hélicos et de minuscules drones quadricoptères en approche.

– Débranche le tuyau de carburant, vite ! hurla-t-il.

Le chef mécanicien allait protester lorsque, suivant le regard du pilote, il repéra les assaillants. Miller avait l'air vieux, mais il se retrouva à plat ventre sur le sol avant que la première salve de roquettes ne vienne frapper les hangars d'aviation, de l'autre côté de l'interminable piste d'atterrissage.

– Lève-toi, Miller ! Debout ! hurla Worm.

Collé au tarmac, Miller regarda quatre des quadricoptères descendre en piqué pour attaquer l'antenne de télécommunications en bout de piste. Juste avant que les V1000 ne balancent leurs microroquettes, ils se remirent en formation, tels les X d'une partie de morpion acharnée.

– Je m'en occupe ! cria Miller.

On pouvait douter de la compétence de cet homme, mais pas de son courage, songea Worm.

Tandis que les deux hommes unissaient leurs forces pour débrancher le tuyau de carburant du F-35, Miller prit la parole entre deux souffles courts :

– Chinois ?

– Ça change quelque chose ? répliqua Worm. Laisse-moi décoller et je t'en enverrai quelques-uns pour que tu ramasses les morceaux, comme ça t'en auras le cœur net.

Ils voyaient les drones hélicoptères progresser méthodiquement de hangar en hangar, détruisant tous les appareils. Le fait qu'ils maintiennent leur formation en X ne faisait que rendre l'attaque plus effrayante encore. Quelques marines leur tiraient dessus au fusil d'assaut, mais des roquettes venues du ciel les fauchaient aussitôt. Par chance, le F-35B de Worm, comme son ancêtre britannique le Hawker Harrier, n'avait pas besoin de s'approcher de la piste, où se concentrait le massacre. Cet appareil comportait en effet une soufflante intégrée verticalement dans le fuselage, capable de soulever l'engin dans les airs comme un hélicoptère, grâce à son réacteur principal délivrant une poussée avoisinant les vingt tonnes[32].

La contrepartie d'avoir ainsi aménagé une deuxième turbine au centre de l'avion, c'était que la version du F-35 destinée au Corps des Marines ne pouvait supporter qu'une charge utile limitée. Mais, de toute manière, le jet de Worm ne décollerait qu'avec un armement minimaliste. La bonne nouvelle, c'est que la sortie qu'ils préparaient au moment de l'attaque était un entraînement à tir réel. La mauvaise, c'est qu'il s'agissait d'un exercice d'appui aérien rapproché, si bien que Worm n'avait à sa disposition que des missiles air-air factices et une tourelle de tir absolument pas fiable.

Worm se glissa dans le cockpit et baissa les yeux vers Miller, la partie supérieure de son crâne disparaissant sous un casque équipé d'un viseur tête haute qui ressemblait à une carapace d'insecte. Il cria, pointant du doigt le fuselage du jet :

– La tourelle ? La tourelle ?

Miller grimpa à l'échelle qui menait au cockpit et se pencha juste assez pour que Worm puisse sentir l'odeur rance de sa sueur, mélangée à celle du kérosène.

– Une centaine de balles, peut-être, avant qu'elle ne s'enraye, hurla le mécano.

Merde. Vu la cadence de tir de ce canon, cela représentait une rafale d'à peu près trois secondes.

Worm jeta un bref coup d'œil aux écrans du cockpit pour s'assurer que l'appareil vérifiait bien tous ses systèmes avant le décollage. Au moins un truc qui fonctionnait.

L'espace d'une seconde, peut-être deux, Worm s'autorisa à penser à sa fiancée. Elle devait être en train de surfer, à cette heure, pour évacuer une partie de cette énergie sombre que ses rêves provoquaient chez elle. Ils étaient censés se retrouver à l'hôtel

Moana Surfrider[33] ce soir-là, pour prendre un verre. Elle ne lui avait pas précisé dans quel bar elle l'attendrait ; elle ne le faisait jamais. Il allait devoir la trouver, et alors ils siroteraient des Mai Tai et fantasmeraient sur ce que pourrait être un mariage dans cet endroit. Il lui avait promis que son histoire finirait comme un conte de fées.

Cette image s'éteignit brusquement quand la verrière se referma. Worm brandit son pouce levé au chef mécanicien, redescendu sur le tarmac, et articula un seul mot.

Vengeance.

USS *Coronado*, base conjointe de Pearl Harbor-Hickam, Hawaï

Une roquette antichar tirée depuis un cargo tout proche frappa l'USS *Gabrielle Giffords*[34], mouillé non loin du *Coronado*. Ce n'était pas nécessaire : le *Giffords* avait déjà une voie d'eau, provoquée par une explosion sous sa ligne de flottaison, comme la plupart des navires de combat de l'US Navy présents dans la baie.

– Ça y est, ATHENA est enclenché ? cria le capitaine Riley.

ATHENA était en quelque sorte le système nerveux du navire, reliant entre eux tous les capteurs et réseaux du *Coronado* grâce à un logiciel qui se rapprochait autant d'une intelligence artificielle que la Navy pouvait le permettre à bord d'un navire de combat. Opérant comme un gestionnaire de bataille autonome, il permettait aux navires pauvres en armement et en hommes, comme le *Coronado*, d'identifier des cibles et de se coordonner avec les autres forces bien plus vite que son équipage seul n'aurait pu le faire.

– Presque, répondit l'un des hommes. Le système est encore en train de démarrer.

– Réveillez-moi cette salope ! Je veux des cibles. Et je veux que mon bateau soit protégé, insista le capitaine Riley.

– Même une fois connecté, ATHENA va avoir des problèmes pour fonctionner au port, Sir, fit remarquer Simmons.

– On en a déjà, des problèmes ! rétorqua Riley.

– Le système risque d'être débordé par le flot de données. Si ATHENA plante, il entraînera avec lui tous les systèmes du navire. Et vu les conditions d'engagement et la proximité, les risques de tir ami sont très importants, ajouta Simmons. Laissez l'équipage manœuvrer le navire. Faites confiance aux hommes.

Le capitaine Riley plissa les yeux comme il le faisait lorsqu'il savait que son interlocuteur disait vrai.

– Bonne décision, XO, dit-il. Quand ATHENA s'enclenchera, mettez-le en mode veille.

Ce qui offrit au capitaine Riley, toujours en sous-vêtements, la chance de donner l'ordre qu'il avait rêvé de prononcer toute sa vie :

– Canon principal, déverrouillage ! Tirez sur le navire ennemi, ce salopard qui nous a attaqués ! cria-t-il.

Le canon de 57 millimètres du *Coronado* s'anima ; la tourelle pivota, pointant un doigt accusateur vers bâbord, puis tira sur le cargo du Directoire mouillé à l'autre bout du port, auquel était encore accroché le sillage de fumée de la roquette.

Au bout de sept tirs, le canon principal se tut. L'évidence sauta alors aux yeux des hommes présents à la passerelle : les obus de cinq livres de ce minuscule canon étaient beaucoup trop petits pour infliger de réels dégâts à un cargo de cent mille tonnes deux fois plus imposant qu'un cuirassé de la Deuxième Guerre mondiale. Le canon principal de la frégate était tout juste bon à faire fuir les pirates.

Des balles traçantes se mirent à filer vers le *Coronado*, lignes jaunes jaillissant du cargo et de deux autres navires mouillés dans les eaux du port. Leur tir n'avait pas eu beaucoup d'effet, mais il avait attiré l'attention de l'ennemi. Des balles de mitrailleuse lourde claquèrent contre la superstructure du *Coronado*. Un marin qui était en train de se battre avec l'aussière reliant la proue du navire à la bitte d'amarrage du quai se disloqua dans un nuage écarlate.

Simmons braqua ses jumelles à travers l'écoutille entrouverte de la passerelle et balaya rapidement les eaux de la baie. Son front se plissa. Il avait repéré de petites embarcations, mises à l'eau depuis les cargos. Au moins neuf bâtiments de l'US Navy étaient en train de couler et quatre autres étaient pris d'assaut par ce qui ressemblait à des équipes d'arraisonnement. Une fléchette noire se déplaçant à vive allure, une sorte d'hélicoptère, lança une volée de roquettes sur la passerelle de l'USS *Pinckney*[35]. Au loin, des véhicules à chenilles verts progressaient sur la route le long du rivage. Ils avaient tout l'air d'être hostiles. Simmons reposait ses jumelles quand il entendit le capitaine Riley hurler dans ses écouteurs :

– Que quelqu'un tranche ces foutues aussières !

Il n'y avait personne sur le pont avant du *Coronado*. Des mares de sang sur l'acier marquaient l'endroit où deux autres matelots qui tentaient de libérer le navire avaient été désintégrés. Simmons fit la grimace, conscient qu'ils allaient avoir besoin de tous les hommes disponibles pour sortir le navire de cette zone de destruction.

S'approchant de la proue du *Coronado*, Horowitz leva les yeux vers la passerelle. Il était à court de balles de 5,56 millimètres pour son M4 et venait d'aller porter des munitions à un matelot qui tirait sur le cargo voisin avec une mitrailleuse M249[36].

– J'y vais ! hurla Horowitz.

Il se rua dans la coursive la plus proche et décrocha une hache de pompier de son support. Il courut vers l'amarre mais glissa sur une flaque de sang et se coupa la paume avec la lame. Il ne put s'empêcher de rire devant l'absurdité d'un incident si stupide au beau milieu d'une bataille navale.

Horowitz rampa à plat ventre pour éviter les balles. Lorsqu'il atteignit l'aussière, il se leva d'un bond, hissa la hache au-dessus de sa tête et l'abattit sur l'épaisse corde en Kevlar maintenant le navire à quai.

Le résultat ne fut pas très spectaculaire : la hache n'avait tranché que quelques brins. Horowitz frappa encore et encore. Son cœur battait à tout rompre et les muscles de ses bras étaient en feu, il n'entendait plus rien qu'un bourdonnement dans ses oreilles. À un moment, une balle vint frapper le fer de la hache, mais Horowitz tint bon malgré ses mains endolories.

Un SAFFiR, l'un des robots-pompiers autonomes du navire[37], sortit sur le pont en rampant comme une chenille et fut aussitôt touché par une balle. Guère plus haut qu'un enfant, le robot pulvérisa un nuage de retardant chimique sur le pont avant de basculer par-dessus bord. Un dernier coup, se dit Horowitz dans un grognement, et tu te tires d'ici.

Il ne vit pas le véhicule antiaérien PGZ-07[38] du Directoire qui venait d'apparaître au sommet de la petite butte dominant le quai. Faute de cibles dans le ciel, le PGZ braqua son double canon de 35 millimètres sur les bâtiments américains à l'ancre dans la baie, dont le plus proche était le *Coronado*.

– Merde, grommela Simmons en voyant le corps d'Horowitz, réduit en charpie, rouler dans l'eau du port.

– Cible sur tribord. Dégommez-moi ce salopard ! C'est lui qui vient de nous allumer ! hurla le capitaine Riley.

Le canon Mk 110 de 57 millimètres de la frégate se détourna du cargo pour viser le véhicule du Directoire aussi vite que le joystick du canonnier le permettait. Si le canon principal du *Coronado* ne pouvait pas grand-chose contre un cargo géant, les munitions du Mk 110 cisaillèrent le blindage léger du véhicule de vingt-deux tonnes et celui-ci explosa, projetant des éclats d'acier enflammés sur le bâtiment derrière lui.

Passé en mode commandement, Simmons était à l'écoute de ses hommes dans son casque audio, tout autant qu'il leur donnait des ordres. Il entendait des cris, puis des descriptions neutres et froides d'équipements en surchauffe ou endommagés. L'équipage gérait bien la pression – c'était exactement pour cela qu'il les avait poussés autant pendant les exercices.

– Il faut appareiller maintenant, capitaine, dit-il. L'amarre avant ne tient plus à grand-chose.

– Vous avez entendu le XO, confirma le capitaine Riley. Faites-nous sortir d'ici.

Simmons reconnut la confiance surjouée dans la voix de son capitaine. Ils savaient tous deux que le *Coronado* allait devoir se battre pour sortir de ce port en flammes.

Un bourdonnement soudain fit baisser la tête à tous les hommes présents sur la passerelle. Un quadricoptère surgit juste devant les vitres, planant nerveusement comme une guêpe cherchant un moyen d'entrer.

Le canon principal pivota pour viser le V1000, mais le drone voltigea dans l'arc de tir du canon, feintant et esquivant les mouvements saccadés de la tourelle, tandis que le canonnier secouait sa manette en tous sens, tentant en vain de l'avoir en ligne de mire.

Les hommes de la passerelle étaient pétrifiés, s'attendant à recevoir une salve de microroquettes antichars. Le V1000 recula brusquement, laissant entrevoir à contrejour ses lance-roquettes vides, puis il prit de l'altitude et disparut.

Les membres d'équipage se regardèrent comme s'ils venaient d'échapper de justesse à la foudre. Puis le quadricoptère réapparut à une distance équivalente à celle d'un terrain de football américain et plongea entre deux longs entrepôts. Il jaillit de nouveau dans les airs et fonça tout droit vers l'hélicoptère de la chaîne d'information KITV Channel 4, qui venait d'arriver pour récolter des vidéos de ce qui avait été décrit comme une explosion de gaz dans la zone portuaire. Le V1000 lança un missile air-air TY-90 qui frappa l'hélico bien avant que l'arme ait atteint sa vitesse maximale de Mach 2.

Le propulseur d'étrave poussa lentement le *Coronado* à l'écart du quai, puis Stapleton, le technicien chargé de la propulsion, inclina doucement son joystick vers l'avant. Le *Coronado* se mit à rugir, ses moteurs mis en veille passant à l'action, et les hydrojets labourèrent l'eau du port. La dernière aussière en Kevlar commença à se dérouler, puis se brisa dans un claquement sec. Comme le navire prenait de la vitesse, un autre missile antichar jailli du cargo décrivit une trajectoire courbe avant d'exploser contre le hangar réservé à l'hélicoptère. L'équipage eut l'impression que quelqu'un avait foncé dans le flanc de la superstructure avec un camion poubelle, mais le bateau continua d'avancer.

Simmons se tourna vers le poste radio quand des tirs de mitrailleuse lourde, déchirant la coque en aluminium du navire, fracassèrent le marin qui y était assis. L'espace d'un instant, étincelles et projections de sang se mêlèrent. D'autres tirs criblèrent la passerelle, faisant éclater des vitres capables de résister à l'océan en furie, mais pas à ces balles perforantes. Simmons s'effondra sur le sol et se couvrit la tête tandis que des débris d'acier tombaient autour de lui.

Lorsqu'il rouvrit les yeux, il vit Riley par terre près de lui mais assis, bien droit, adossé au fauteuil déchiqueté du capitaine. Sa chemise était trempée de sang, et une mare rouge se répandait sur le sol alentour.

Une nouvelle salve de tirs vint frapper le fauteuil. Dans l'affolement, Simmons regarda autour de lui pour voir qui pilotait le navire. Personne. Stapleton gisait au pied de son fauteuil, et le *Coronado* dérivait lentement vers l'autre extrémité du port. Seul l'un des écrans tactiques en 3D fonctionnait : le système ATHENA projetait des images fragmentées du chaos à travers la salle.

– Quelqu'un à la barre ! Il faut diriger ce foutu navire ! hurla Simmons.

Jefferson se rua vers le poste de barre et poussa le joystick vers l'avant. Lors d'un de ces innombrables exercices que les marins détestaient tant, Simmons avait fait en sorte que chacun, à la passerelle, soit formé pour prendre en charge les postes des autres, au cas où.

Riley tenta de se relever en poussant sur ses coudes, mais il glissa et retomba en arrière. Simmons s'agenouilla devant lui et déchira la chemise du capitaine, mais à partir de là, il ne sut plus quoi faire ni par où commencer ; la poitrine de Riley n'était plus qu'un amas sanguinolent, et à chaque battement son cœur le vidait de sa vie, la répandant sur l'acier gris du plancher. Riley toussa, crachant du sang.

– Retournez diriger votre navire… capitaine Simmons, souffla Riley dans un sourire fugace.

Dylan Cote, l'infirmier de bord, s'engouffra en courant dans la salle mais glissa sur du sang. À quatre pattes, il se traîna jusqu'au capitaine et poussa Simmons de côté.

Tandis que l'infirmier tentait d'endiguer l'hémorragie, Simmons se leva avec précaution et alla se placer derrière Jefferson, au poste de barre. Le fauteuil du capitaine était criblé de trous, et il ne se sentait pas encore de s'y asseoir.

Base du Corps des Marines,
Kaneohe Bay, Hawaï

Worm vira abruptement sur la gauche juste après avoir décollé. Le F-35B bascula sans à-coup en mode vol horizontal, et Worm tenta d'évaluer rapidement la situation, comme on lui avait appris à le faire à l'école de pilotage.

Le système de capteurs électro-optiques de dernière génération AN/AAQ-37[39] fournissait à son casque les données des capteurs visuels et à infrarouge à haute résolution disposés tout autour de l'avion, lui permettant de « voir » sous lui à travers le fuselage. Et ce qu'il voyait, c'était le chaos. Il avait déjà survolé un feu de forêt dans les montagnes de la Sierra Nevada, en Californie, lors d'une mission d'entraînement ; là, c'était pire. Toute la fumée et les débris qui flottaient dans l'air avaient créé un tourbillon d'obscurité transpercé çà et là par des rayons de soleil. Des drones chinois virevoltaient à travers la fumée à basse altitude et, sur le sol, les chasseurs de son escadrille étaient éparpillés comme des pièces de puzzle, tout comme les hélicoptères des marines. Balayant du regard le ciel autour et au-dessus de lui, il vit ses craintes se confirmer : son jet était le seul avion américain dans les airs.

Il entreprit de vérifier les autres systèmes de l'appareil. Pas un son ne sortait de ses radios. Le système de navigation inertielle de l'avion, couplé au GPS, ne fonctionnait plus, indiquant qu'il survolait Maui alors qu'il savait très bien que c'était Oahu. De fausses cibles générées par ordinateur tremblotaient sur l'indicateur de situation horizontale puis disparaissaient. Le F-35B, avec ses logiciels dernier cri et ses millions de lignes de code, était conçu pour être son propre copilote, capable d'un niveau d'autonomie et d'interprétation en pleine bataille jamais atteint auparavant. Mais à cet instant, comprit Worm, l'appareil avait du mal, électroniquement parlant, à ne pas se gêner lui-même.

Pendant des générations, les pilotes du Corps des Marines avaient volé avec la seule assistance de leurs mitrailleuses et de leurs tripes, se dit Worm. Il pouvait en faire de même.

Au coin le plus proche du terrain d'aviation, il repéra l'un des minuscules quadricoptères chinois en train de tirer, son canon automatique mitraillant un Boeing V-22 Osprey à rotors basculants. L'aile tribord du Boeing se brisa, puis l'énorme moteur du V-22[40] tomba au sol, faisant basculer l'appareil.

D'une main, Worm ralentit l'approche de son jet et, de l'autre, il enclencha le quadricoptère sur les écrans tactiles disposés devant lui. C'est alors qu'il la vit.

Même d'aussi loin, on devinait clairement l'attitude de défi. Il zooma avec les optiques de son casque, créant une image dans l'image sur l'écran projeté en surimposition dans son cockpit. Dans son uniforme des marines, la femme tirait au revolver sur le drone qui venait de balancer une roquette sur l'Osprey. Les jambes bien campées, elle se penchait par-dessus le moteur encore fumant de l'appareil pour mieux viser. Elle vida tout un chargeur, puis se baissa pour recharger.

Tandis qu'elle sortait de nouvelles munitions d'une des poches de sa combinaison de pilote, le quadricoptère descendit à quelques centimètres du sol et la contourna. Elle fit volte-face à son tour ; Worm la vit enclencher le chargeur plein tout en relevant son arme. Pourquoi fallait-il tout ce temps pour armer la tourelle de tir du F-35B ?

Elle tira puis se précipita de l'autre côté de l'épave, pour l'interposer entre le quadricoptère et elle, comme dans un jeu de chaises musicales mortel. Soudain, elle glissa sur une mare d'huile recrachée par les entrailles de l'Osprey, se tordit la cheville gauche et s'effondra sur le tarmac. Le revolver ricocha à quelques mètres d'elle.

– Merde ! s'écria Worm.

Le voyant de la tourelle de tir passa au rouge. Activée.

Le jet bascula légèrement, tandis que Worm tentait d'aligner le canon du F-35 sur sa cible. Mais alors, le drone quadricoptère remonta brusquement. Il s'était pris au jeu et allait se mettre en position pour pouvoir tirer d'en haut sur la marine gisant au sol.

Worm fit remonter son jet en actionnant ses tuyères à poussée dirigeable, faisant danser l'appareil dans les airs. Tandis qu'il manœuvrait pour verrouiller la cible, le système d'affichage de son casque lui montra la marine en train de ramper vers son revolver. Celui-ci était coincé sous une aile encore fumante, tombée de l'épave d'un F-35. Bon Dieu, songea Worm, elle en avait une sacrée paire.

Son doigt était déjà posé sur la gâchette et il appuya doucement ; le jet trembla quand la tourelle se mit à tirer. Le drone ouvrit le feu en même temps que le jet de Worm relâchait une salve de balles d'entraînement qui remontèrent la piste d'atterrissage jusqu'au quadricoptère. L'image sur la visière du casque s'évapora en une explosion de fumée et de flammes, et le drone partit en vrille avant de s'écraser sur l'épave fumante de l'Osprey.

Où était-elle passée ?

L'écouteur de son casque se mit soudain à rugir, et un éclat de couleur dansa sur l'un de ses écrans. Le signal du système d'alerte radar du F-35 : il avait été repéré par un système de défense antiaérienne.

Les informations affichées sur l'écran lui apprirent que le signal radar qui balayait son jet ne provenait pas d'un système américain mais de l'antenne réseau à commande de phase d'un H-250[41], le missile sol-air de dernière génération du Directoire.

– Ah merde, grommela Worm. C'est pas vrai…

Ce n'était pas la menace de se faire abattre qui le glaçait, alors qu'il transpirait abondamment sous sa combinaison de pilote. Non, le sens de cette information était bien plus grave : les Chinois disposaient déjà, par Dieu sait quel miracle, de forces conséquentes au sol.

La colonne de blindés du Directoire, débarquée du *Golden Wave* et du *Hildy Manor*, s'était taillé un chemin à travers les voitures garées sur le parking du port et avait quitté le quai 29 ; elle s'était alors scindée en deux parties, chacune suivant une direction différente. Une première colonne de chars Type-99[42], accompagnés de véhicules de reconnaissance et d'appui, fila opérer la jonction avec les troupes aéroportées du Directoire en train de débarquer d'un trio d'Airbus A380[43] aux couleurs d'Harmony Airways, qui venaient de se poser à l'aéroport international d'Honolulu. La deuxième colonne de blindés quitta la ville en empruntant la North Nimitz Highway.

Worm comprit aussitôt où ils allaient.

Malgré la portée symbolique qu'aurait la prise de Pearl Harbor, le camp H. M. Smith demeurait l'endroit le plus stratégique de l'archipel. Le QG du Commandement Pacifique des États-Unis[44] était conçu pour accueillir la bureaucratie militaire en temps de paix, pas pour repousser les assauts d'une force d'invasion. Les marines sur place se battraient jusqu'à la dernière balle, Worm n'en doutait pas. Mais ils n'avaient aucune chance de résister à une colonne de chars. Et alors, le centre de contrôle et de commandement de tout le Pacifique tomberait… comment disait-on cela, déjà ? *Aux mains de l'ennemi ?* C'était incompréhensible.

Worm revérifia l'état de sa tourelle : soixante-douze balles.

Il fit redescendre l'avion et fila au ras de la piste. En passant, il repéra l'épave du Boeing puis vit une silhouette bondir de son abri. Et le saluer d'un geste du bras. Quelle guerrière.

– Cette fille devrait se tirer d'ici, et vite, murmura Worm, se surprenant une nouvelle fois à parler à son jet, comme cela lui arrivait chaque fois qu'il tentait de contrôler sa peur.

L'indicateur de situation horizontale du jet signala la présence d'un hélicoptère d'attaque chinois Z-10[45] s'approchant de la piste. Il ne lui faudrait pas longtemps pour détecter la présence de la femme, et celle-ci était à l'évidence assez dingue pour lui tirer dessus à l'aveuglette. Une camarade des marines avait besoin de lui et on le lui avait suffisamment dit et répété depuis ses premières classes : on n'abandonnait jamais, quelles que soient les circonstances, un frère d'armes derrière soi.

Mais il y avait aussi ces blindés qui fondaient sur Camp Smith. Il ne lui restait plus assez de munitions pour les neutraliser complètement, mais quelques passages en rase-mottes permettraient peut-être de ralentir leur progression. Peut-être parviendrait-il à frapper un véhicule de commandement ou à mettre hors d'usage le char de tête.

Il pointa le nez de son jet vers le ciel et remonta encore de cinq cents pieds, cherchant une réponse et quelques nœuds supplémentaires en vue du prochain mitraillage en rase-mottes.

Les options qui s'offraient à lui étaient claires. Mais son choix ne l'était pas.

Dans un Boeing P-8 de l'US Navy, au-dessus de l'océan Pacifique

– Le brouillage est trop fort, coupez-moi ce flux, ordonna le commandant Bill Darling, alias « Sweetie ». Concentrons-nous sur Foxglove Two, pas sur cette guerre tout entière.

Darling n'en revenait pas d'avoir pu prononcer le mot *guerre* avec un tel détachement. Car il s'agissait bien de cela. L'Amérique était en guerre dans le Pacifique et, à n'en pas douter, ailleurs dans le monde. Et au bout de quelques minutes à peine de ce conflit, il avait déjà compris qu'un des plus grands défis consisterait à savoir filtrer les informations utiles dans le flot de données qui se déversait sur eux comme jailli d'une lance à incendie.

– Compris, dit Hammer, le lieutenant d'aviation de la Navy en charge des télécommunications à bord de l'appareil. Et je me reconnecterai si le brouillage cesse.

À cent cinquante kilomètres du détachement de navires américains, le P-8 de Darling était en chasse. Un sous-marin Type-93A[46] qu'ils avaient baptisé Foxglove 2 rôdait dans les parages. Une attaque était en cours contre Pearl Harbor, mais pour Darling et ses hommes, la tâche était la même que lors de toutes leurs patrouilles : localiser et poursuivre. Le sous-marin en question suivait à la trace l'USS *George H. W. Bush*[47] depuis deux jours. La veille encore, il n'était qu'une simple nuisance ajoutant un peu de tension à leurs missions aériennes. Mais aujourd'hui, il représentait une menace immédiate qu'ils allaient devoir neutraliser dans les prochaines minutes, s'ils ne voulaient pas regretter toute leur vie de n'avoir pas su protéger un porte-avions géant avec quatre mille hommes à bord.

Par chance, l'équipage commandé par Darling participait déjà à une traque visant le sous-marin du Directoire, au moment de l'attaque. L'USS *John Warner*[48], un sous-marin nucléaire d'attaque de la classe Virginia, était en train de repousser le bâtiment ennemi à l'écart du groupe aéronaval réuni autour du porte-avions américain, pour le pousser vers la barrière de bouées acoustiques larguées par le P-8. Une fois épinglé, Foxglove 2 serait condamné.

Le principal flux de communications de combat beugla soudain dans leurs casques audio, déformé par le brouillage ennemi.

– Putain, Hammer, coupez-moi…, commença Darling.

Une autre voix l'interrompit :

– Ça vient des hydrophones. Les bouées acoustiques viennent de repérer Foxglove 2, annonça Hyde, l'un des deux membres d'équipage chargés de superviser les capteurs acoustiques. Il suit une trajectoire qui s'écarte du groupe aéronaval, à la vitesse de douze nœuds.

Darling inclina brusquement le nez du P-8 pour se rapprocher de l'eau, mettant les gaz à fond et virant en direction du point d'interception projeté sur l'écran devant lui. La vitesse de l'appareil dépassait à présent les neuf cents kilomètres à l'heure, et l'équipage commença à compter les secondes avant de pouvoir faire feu sur le sous-marin.

– À cinq cents pieds, largage d'une torpille Mark 54[49], annonça le copilote de Darling, Fang Treehorn.

– Attention, attention ! Missile Stonefish en approche, droit sur le *Bush*, le coupa Jekyll, l'autre opératrice des systèmes de capteurs acoustiques. Nos putains de hackers de la NSA étaient pourtant censés empêcher ces saloperies ne serait-ce que de décoller.

Juste au-dessus de l'horizon, de petites tiges blanches à peine perceptibles s'élevèrent vers le ciel depuis la zone entourant le porte-avions. Les systèmes de défense de la flotte venaient de lancer des dizaines de missiles RIM-161 SM-3[50], conçus pour intercepter les missiles balistiques Stonefish au moment où ces derniers redescendaient dans l'atmosphère.

– Le système ATHENA du *Bush* donne un impact dans vingt-six secondes. Nos missiles sol-air contre-attaquent, rapporta Jekyll, offrant un commentaire en direct de cette bataille aérienne.

– Largage Mark-54, annonça Fang.

L'avion s'éleva légèrement quand la torpille quitta la soute, avant d'aller frapper l'eau en dessous, son hélice tournant déjà pour le propulser en direction du sous-marin.

Le flux de communications de la défense antiaérienne résonnant dans leurs casques se fit soudain intelligible, puis sombra de nouveau dans une cacophonie confuse. Fang, qui avait sorti une paire de jumelles, tentait de suivre la course des dizaines de missiles sol-air qui filaient dans le ciel pour tenter d'intercepter les ogives lancées dans une trajectoire courbe vers le porte-avions et les bâtiments de son escorte.

– Ils sont partis d'où ? demanda Fang.

– De Chine, répondit Darling.

– Ça, je sais, pauvre con, grommela Fang. Les attaques surprises recèlent toujours plusieurs surprises. Vous croyez qu'ils ont des têtes nucléaires ?

– Non. Si c'était nucléaire, ils n'en auraient balancé qu'un, répondit Darling.

– Stonefish sur cible dans quinze secondes, annonça Jekyll.

Sa voix traînante n'était qu'un effort pour masquer le stress qui l'agitait.

– Mark-54, impact ; Foxglove 2 détruit, annonça Hyde.

– Dix secondes, dit Jekyll.

– Continuez de surveiller les bouées acoustiques, Hyde, ordonna Darling.

Il n'éprouvait aucune satisfaction d'avoir éliminé le sous-marin ; après tout, ce Type-93 n'était pas la plus grande menace. Ce qu'il ressentait était pire que de l'insatisfaction – il se sentait inutile. Son avion et son équipage ne pouvaient rien faire, pour l'instant.

– Attendez, j'en ai un… Putain, il est vachement près de nous, reprit Fang, scrutant le ciel à travers ses jumelles. Et le voilà qui tombe… amerrissage.

– Merde, à près de cent cinquante kilomètres de la cible, commenta Darling. Peut-être que ce foutu Stonefish n'est pas le grand croquemitaine, finalement.

Fang continuait d'observer l'horizon avec ses jumelles.

– Fang ?

Un éclair à l'horizon apporta à Darling sa réponse.

– Impact… impact, impact ! s'écria Jekyll.

Darling remercia Dieu qu'ils se trouvent si loin de l'explosion, et aussitôt, il sentit une vague de culpabilité le submerger.

– Contactez le *John Warner*, ordonna Darling, pour voir comment ils veulent s'y prendre pour les opérations de récupération. Il faut qu'on établisse un périmètre de bouées acoustiques autour du groupe aéronaval.

– Mise à jour du système ATHENA du *Stockdale*[51], intervint Jekyll, évoquant l'un des navires d'escorte. Ça confirme ce qu'on a vu. Au moins trois Stonefish ont touché le *Bush*. Le bâtiment est, hum, injoignable.

– J'arrive pas non plus à joindre le *John Warner*, dit Hammer. Le GPS est de nouveau planté.

– Pareil ici, confirma Darling. Vérification de la dernière position connue du *Warner*.

Il s'efforça de ne pas regarder Fang, qui tripotait son casque en essuyant discrètement quelques larmes.

Le P-8 était en train de virer sur son aile quand Darling aperçut un objet dans l'eau, en dessous. Il plissa les yeux, regrettant que l'avion ne vole pas plus bas. Fang reprit ses jumelles, même si les débris apparaissaient distinctement sur leurs écrans d'affichage.

– C'est trop loin de la flotte pour appartenir au *Bush* ou à l'un des navires d'escorte, fit remarquer Darling. Donc c'est quoi ? Notre sous-marin du Directoire ?

– Non, la dernière position connue de Foxglove 2 se trouve loin derrière nous sur la carte, répondit Fang en poignardant de l'index l'un des écrans du cockpit.

– Merde, souffla Jekyll en tapotant nerveusement sur son genou. Ça correspond au point d'impact du Stonefish qu'on a vu tout à l'heure. Il n'a pas manqué sa cible. Ça, c'est tout ce qui reste du *John Warner*.

Base du Corps des Marines, Kaneohe Bay, Hawaï

Le nez du F-35 pivota vers le haut, et l'appareil décrivit une sorte de looping en tire-bouchon qui offrit à Worm un ultime point de vue sur le ciel à travers le fuselage de son appareil.

Soixante-douze balles. Worm enclencha la cible, et sentit l'avion ajuster son assiette, imperceptiblement.

Tandis qu'il décrivait une courbe le ramenant vers l'épave de l'Osprey, il vit la marine enragée se relever d'un bond et se mettre à courir.

Soixante-douze balles à peine.

Worm localisa le Z-10 qui mitraillait un hangar en flammes à cent mètres d'elle. L'un des quadricoptères la repéra et fonça dans sa direction, puis s'immobilisa en stationnaire pour guider l'hélico. Worm inclina le nez de son avion vers le bas et poussa la manette des gaz. Après un léger ajustement, il arma la tourelle de tir et centra le viseur de son casque sur le Z-10. Il redressa un peu pour rester sur la cible puis appuya sur la détente.

La première rafale du canon du F-35 passa au-dessus du Z-10 et déchiqueta la piste de l'autre côté.

Quarante-sept balles.

Worm tira une salve plus longue, et tout le jet se mit à vibrer comme un diapason. Le Z-10 fit une brusque embardée puis se brisa en deux, décrivant un cercle quasi parfait en crachant des flammes et des débris. Le fuselage protesta en grinçant quand Worm tira sur le manche à balai pour stopper sa descente.

La coureuse avait disparu. Elle avait réussi ; Worm, lui, avait rempli le premier de ses devoirs : il n'avait pas abandonné sa sœur d'armes derrière lui.

Il poussa à bloc la poignée des gaz et déchargea l'avion de tout poids inutile pour rallier le Camp H. M. Smith le plus rapidement possible. Cette présence de la force de frappe aérienne des États-Unis ferait peut-être réfléchir la colonne de chars du Directoire, et la forcerait peut-être même à se rediriger vers une autre cible. Il n'avait rien d'autre à offrir. Sa tourelle de tir était vide. Se poser pour réarmer l'avion était hors de question. Il harcèlerait la colonne de blindés du Directoire aussi longtemps que possible, puis il irait s'éjecter quelque part dans le nord, près d'un des parcs naturels.

Alors que le F-35 s'éloignait à pleine vitesse, le quadricoptère autonome fit demi-tour et largua un missile air-air. Puis il se remit à sa mission de départ, qui consistait à dévaster les Osprey alignés au bord de la piste.

Avant même que Worm n'entende la vibration de l'alarme, le système AN/ASQ-239 Barracuda s'était activé automatiquement. Les dix minuscules antennes du système, intégrées au rebord des ailes du F-35, se mirent à suivre à la trace le radar du missile ennemi. Le viseur de Worm indiqua qu'il s'agissait d'un TY-90, missile de troisième génération, totalement autonome après lancement, si bien que même si le robot qui l'avait lancé était occupé à d'autres tâches, l'engin demeurait périlleux. Le missile à ses trousses, Worm vira brutalement sur la droite en direction du cratère d'Ulupau, juste en dehors de la base. Avec un peu de chance, songea-t-il, il parviendrait à le semer dans le chaos rocheux qui entourait ce vieux volcan endormi. Pas question d'être le premier pilote des marines abattu par un drone.

En réalité, le sort de Worm avait été scellé quelques mois plus tôt, quand un simple bloc de microprocesseurs avait été remplacé lors d'une opération de maintenance. Ce qui n'avait d'ailleurs rien d'inhabituel pour un appareil rempli de milliers de puces qui géraient tout à bord, de l'avionique à la caméra de la tourelle de tir.

Les composants des premiers microprocesseurs qui avaient équipé tous les appareils depuis les premiers ordinateurs jusqu'aux avions à réaction des années 1960 étaient visibles à l'œil nu. Mais à l'orée du XXIe siècle, les microprocesseurs étaient capables de contenir des millions de transistors dans un espace de quelques millimètres carrés à peine. Et chaque puce se divisait elle-même en une multiplicité de circuits secondaires, appelés blocs, qui remplissaient chacun une fonction différente. Un peu comme celui d'un Smartphone, le processeur de la caméra du canon du F-35 se composait ainsi de plusieurs blocs qui se chargeaient de tout : sauvegarder les vidéos, convertir les fichiers…

Quand l'industrie des microprocesseurs avait décollé, on était passé d'une petite poignée d'entreprises à plus de deux mille compagnies, dont la plupart basées en Chine et qui créait chacune cinq mille nouveaux modèles de puces chaque année. Ces nouveaux processeurs étaient le fruit du travail de plusieurs milliers de personnes sur différents sites, chaque équipe s'occupant d'un bloc particulier, le créant tantôt de A à Z, ou bien le sous-traitant, d'autres fois encore l'achetant en externe à un spécialiste. Et chacun de ces nouveaux blocs était alors intégré à des millions de puces, qui étaient à leur tour incorporées à des objets allant du grille-pain au missile Tomahawk.

Tout cela avait abouti à un dangereux mélange : les puces étaient devenues si complexes qu'aucun ingénieur, seul ou en équipe, n'était capable de comprendre comment leurs composants fonctionnaient concrètement ; le processus de conception était si fragmenté que personne ne pouvait contrôler toutes les personnes impliquées ; et les processeurs étaient produits et achetés en si grand nombre qu'on ne pouvait même plus tester un petit pourcentage d'entre eux[52], ce qu'aucun acheteur, pas même les grandes entreprises du complexe militaro-industriel américain, n'avait d'ailleurs tenté de faire. L'efficacité l'emporte toujours sur la sécurité.

Pendant longtemps, c'était la notion de *kill switch* – une sorte de coupe-circuit secrètement intégré dans une puce, capable de paralyser sur demande tout un système informatique – qui avait inquiété les analystes militaires. Mais sur l'avion de Worm, le contraire se produisit : dans douze des processeurs de l'appareil, un minuscule composant ultrasophistiqué contenu dans un seul bloc se réveilla soudain.

Le F-35 était protégé par ses lignes et par ses matériaux furtifs qui réduisaient son empreinte radar à la taille d'un poing métallique. Mais quand les ondes du radar embarqué à bord du missile du Directoire vinrent balayer l'avion, cela activa une minuscule antenne dissimulée dans le neuvième bloc des douze microprocesseurs qui reliaient le système d'affichage du casque de Worm au système des commandes de vol de l'appareil. Mais même si le fabricant de ce casque avait soumis à un scanner de sécurité ces puces achetées à un tiers, il n'aurait sans doute rien remarqué. Chacune de ces antennes était microscopique, dissimulée dans un carré d'un millimètre de côté, et seule la fréquence spécifique d'un missile à l'approche pouvait l'activer. Et si chacune d'entre elles ne recelait qu'une petite quantité d'énergie, elles pouvaient, en se combinant, réunir une puissance suffisante pour diffuser ce qui était ni plus ni moins qu'un signal de guidage.

Tandis que Worm accélérait, le missile capta ce signal et poursuivit le chasseur.

Worm plongea vers les palmiers du cratère d'Ulupau pour tenter d'échapper au radar du missile. Il grogna quand les g l'écrasèrent au fond de son siège, puis il fit une brusque embardée. Cela aurait dû suffire à décrocher le missile. Mais quoi qu'il fasse ce jour-là, cela ne changeait rien : l'engin épousait le moindre de ses mouvements.

Dans ses derniers instants, Worm baissa les yeux sur la montre que sa fiancée lui avait offerte pour son trente et unième anniversaire, un chronographe numérique Breitling Aggressor. Il s'agissait autant de penser à elle une dernière fois que de noter l'heure de sa mort, comme un médecin légiste.

Suivant comme sur un rail le signal du mouchard, le missile vint s'écraser contre le flanc du F-35, scindant le jet en deux morceaux qui allèrent s'écraser dans les eaux du Pacifique.

USS *Coronado*, base conjointe de Pearl Harbor-Hickam, Hawaï

Simmons savait que la tournure qu'allaient prendre les événements dans les instants à venir serait binaire : gagner ou perdre ; vivre ou mourir.

Au fur et à mesure que le *Coronado* s'écartait du quai, un courant d'air frais commença à s'engouffrer dans la passerelle à travers les vitres éclatées et les parois d'aluminium trouées de la superstructure. Seuls des hélicoptères et des drones du Directoire tournoyaient dans le ciel. L'un de ces hélicos venait tout juste de s'écraser contre le flanc éventré du pont-hangar de l'USS *Boxer*[53]. Ce navire d'assaut amphibie, utilisé par la 15e unité expéditionnaire des marines[54], avait explosé, mettant le feu au bâtiment mouillé juste derrière, un navire de transport de troupes que Simmons ne put identifier.

Un bruit de tronçonneuse retentit, puis une ligne jaune de balles traçantes décrivit une courbe dans les airs depuis le *Coronado*, arrachant brusquement Simmons à ses pensées. Le canon Mk 110 de la frégate visait l'un des petits drones de surveillance qui s'était aventuré dans sa ligne de tir.

Simmons ne repéra aucun autre bâtiment américain en mouvement ; ce qui faisait du *Coronado* une cible encore plus visible.

– En avant, toute. Montez à vingt-cinq nœuds, ordonna Simmons. Une fois passé le monument en mémoire de l'*Arizona*, vous pousserez jusqu'à quarante, et quand nous aurons atteint le large, dans le chenal, à fond ! Quoi qu'il arrive, il faudra aller aussi vite que ce navire en est capable.

– Compris, Sir, répondit Jefferson sans l'ombre d'une hésitation.

Un homme de valeur. En temps normal, piloter un bateau de cent quarante mètres de long à une vitesse si déraisonnable à l'intérieur d'un port, c'était la collision ou l'échouage assuré, sans parler de la cour martiale. Mais à présent, la seule chose qui comptait, c'était de s'échapper de cet abattoir qu'était devenu le port.

Le *Coronado* bondit en avant, et, l'espace d'un instant, les hommes eurent l'impression que la coque du trimaran avançait plus vite que la superstructure posée dessus. Simmons pria pour que le bateau ne se disloque pas. Entre les impacts des roquettes et la première collision avec le REMUS, Dieu sait quels dégâts il avait subis. Le phénomène d'enfoncement dynamique engendré par la poussée des moteurs fit déjauger l'avant du navire, comme un gamin faisant du vélo sur la roue arrière, mais le *Coronado* se stabilisa bientôt à l'horizontale tandis qu'il prenait de la vitesse en laissant derrière lui les coques dévastées de la Flotte du Pacifique, puis les vieux monuments dédiés à l'*Arizona*[55] et au *Missouri*. Le premier avait déjà coulé, mais le second ne semblait pas avoir la moindre égratignure. Le *Coronado* avait l'un des cargos du Directoire dans sa ligne de mire, mais Simmons ne prit même pas la peine d'essayer. Si la frégate américaine était rapide, sa conception avait un autre défaut : le canon principal oscillait si fort à grande vitesse que c'était perdu d'avance.

Le *Coronado* s'engageait dans la courbe marquant la sortie de la baie quand l'USS *Lake Erie*[56], un croiseur Aegis de la classe Ticonderoga qui était en feu, explosa avec toutes ses munitions. L'onde de choc vint heurter le *Coronado* et manqua le faire chavirer, jusqu'à ce que le système antiroulis le redresse automatiquement.

Les hydrojets montaient en régime et le navire sortit du port à quarante-huit nœuds, échappant à un dernier tir de lance-roquettes, qui s'abattit dans son sillage, à cent mètres à peine.

– ATHENA – dégâts ? État de l'équipage ! aboya Simmons dans le micro de son casque.

– … guration syst… navire… teur pertes, répondit l'ordinateur. Vali…… smission tactiques… ment déconnecté liens…

– C'est quoi, ce bordel ? Cortez, dégâts et état de l'équipage ! s'emporta Simmons, mettant ses mains en porte-voix pour se faire entendre contre le bruit du vent qui s'engouffrait dans la passerelle.

Le lieutenant Horatio Cortez, responsable de la coordination opérationnelle en poste de commandement tactique, devenu XO par défaut, se tourna vers lui et hocha la tête. Puis cet ancien joueur de water-polo de l'académie navale sembla regarder à travers son supérieur. Ce n'était pas de la peur ni de l'irrespect, non : il se concentrait sur les images et données projetées à l'intérieur de ses Viz Glass tactiques Oakley. Une empreinte de pouce sanglante maculait le verre gauche, mais sur l'envers Cortez pouvait voir s'inscrire le flux de données du navire.

– ATHENA est encore en train d'évaluer la situation, mais une partie du matériel de communication a été endommagée. La superstructure – eh bien, vous le voyez par vous-même, Sir. L'un des moteurs Diesel a une fuite de liquide de refroidissement, donc nous allons bientôt devoir réduire notre vitesse. Il y a trente centimètres d'eau dans le compartiment avant, mais la situation est sous contrôle. Plus de quinze obus dans le canon principal, et le système de conduite de tir n'est plus fiable. Toutes nos communications restent coupées.

– Combien de victimes ? demanda Simmons, en contemplant le fauteuil de capitaine.

L'équipage du *Coronado* était déjà volontairement en sous-effectif – l'efficacité avant tout, c'était la logique qui prévalait. En temps de paix, l'organisation des quarts était déjà si serrée que perdre ne serait-ce qu'un homme représentait un vrai casse-tête. Mais en temps de guerre, cela pouvait signer l'arrêt de mort du navire et de tout l'équipage.

– ATHENA a recensé douze morts au combat, annonça Cortez. Et onze blessés.

– Putain, grommela Simmons – puis, réalisant qu'il n'avait pas coupé le microphone de son casque, il tripota l'appareil pour le déconnecter.

– Où va-t-on maintenant, Sir ? interrogea Jefferson.

Simmons aperçut une tache sombre et humide sur le dessus du crâne de Jefferson, mais n'aurait su dire si ce sang était le sien ou celui d'un autre.

– Sir ? interrogea une autre voix, doucement.

Et maintenant ? Son père disait toujours que le commandement, c'était ça : un flux incessant de questions. Il se tourna brusquement. C'était l'infirmier, Cote. Merde, comment avait-il pu oublier le capitaine ? Puis en voyant la tête de Cote, il comprit que cela n'avait plus d'importance.

– Un instant, Sir, dit Cote. Déboutonnez votre chemise.

Simmons dévisagea Cote avec un mélange de colère et d'incompréhension.

– Pas maintenant, répliqua-t-il.

– Laissez-moi faire mon travail, Sir, insista Cote.

Simmons enleva à la hâte le haut de son uniforme et sentit une douleur violente derrière son omoplate droite – une coupure qu'il n'avait même pas remarquée.

Cote sortit de la sacoche accrochée à sa taille une petite bombe argentée et en pulvérisa le contenu sur la plaie. Le mal s'évanouit sur-le-champ et Simmons sentit son épaule se détendre.

– OK, Cortez : quand Cote en aura terminé, vous l'aiderez à descendre le corps du capitaine Riley, ordonna Simmons. Il ne mérite pas ça. Jefferson, balancez-moi à l'eau le sonar remorqué pour voir ce qui traîne dans le coin. Je vais tâcher de rétablir le contact avec le Commandement Pacifique pour savoir ce qu'ils attendent de nous. Que tout le monde reste à son poste.

Pendant que Simmons reboutonnait sa chemise, Cote étudia discrètement son nouveau capitaine. Sans un mot, l'infirmier décrocha un petit boîtier en plastique de sa ceinture et passa en revue les dizaines de pilules qu'il contenait, classées selon un code couleur, tenant l'objet avec autant de respect que s'il s'était agi de la Bible.

– Tenez, Sir, dit Cote. Il y a un…

– Donnez-les-moi, c'est tout, le coupa Simmons – et il avala les trois pilules que lui tendait l'infirmier.

À leurs couleurs, il savait de quoi il s'agissait : un modafinil vert pour l'endurance et la concentration, un bêtabloquant orange pour apaiser ses nerfs et un cachet jaune de desmopressine pour booster sa mémoire et lui épargner d'avoir à quitter la passerelle pour aller pisser.

Cote et Cortez portaient le cadavre vers l'écoutille quand une alarme de l'affichage tactique les cloua sur place. Ils laissèrent le corps de Riley au pied de l'écoutille et coururent à leurs postes.

– Merde, anomalie acoustique détectée ! annonça Jefferson, tandis que les données du sonar commençaient à affluer. Torpille à l'eau, Sir. Au zéro quarante-cinq. Tout près, trois mille mètres.

À cet instant, Simmons comprit que son premier commandement serait de courte durée. Évidemment, le Directoire n'avait rien laissé au hasard. Un sous-marin Type-93 rôdait sans doute à l'entrée de la baie pour couler d'éventuels survivants qui seraient parvenus à s'échapper de Pearl Harbor. Tout ce qu'il avait réussi à faire, c'était sortir le *Coronado* d'un piège pour le précipiter dans un autre.

Simmons s'efforça de garder son sang-froid.

– Remontez à la vitesse max. S'ils veulent nous avoir, il va falloir qu'ils fassent la course.

PARTIE III

« Toute guerre est fondée sur la tromperie. »

SUN TZU, *L'Art de la guerre.*

se redressa. Ses genoux tremblaient. Il fallait qu'il se tire d'ici. Qu'il aille n'importe où, sauf là où il avait vraiment envie d'être.

Les jambes de Xiao ne le soutenaient plus ; il voulut faire demi-tour pour s'en aller mais renversa le tabouret. Une main agile et bronzée le rattrapa par l'épaule pour ne pas qu'il tombe à son tour.

– Doucement, soldat, dit-elle.

Elle m'a touché ! eut envie de crier Xiao.

Que fallait-il dire ? Quelle était cette expression hawaïenne qu'on leur avait apprise, pour dire bonjour ? O-la-ha ? Non – il voulait qu'elle entende ses mots à lui, même s'il ne savait pas au juste lesquels prononcer.

Mais avant qu'il ait pu dire quoi que ce soit à la déesse, les lunettes de soleil de celle-ci tombèrent par terre, elle se laissa glisser au pied du tabouret et se pencha pour les ramasser, offrant à Xiao une vue inoubliable.

– Il faut que j'aille les nettoyer. M'offrirez-vous un verre, ensuite ? demanda-t-elle.

Xiao acquiesça et elle lui adressa un sourire avant de disparaître au fond du bar bondé. Il fouilla sa poche en quête de billets pour pouvoir commander un autre verre de vin au serveur qui l'attendrait sur le comptoir à son retour.

– Merde ! jura-t-il tout haut.

Il se dirigea d'un pas titubant vers la table où il était assis tout à l'heure. Son portefeuille était forcément là.

Ses copains du bataillon remarquèrent l'expression grave de son visage lorsqu'il se mit à quatre pattes devant tout le restaurant, puis rampa sous la table à la recherche de son portefeuille. Là. Il le retrouva caché sous un paquet de chips de soja, tout imbibé de bière. Il le fourra dans la poche arrière de son jean et se releva.

Les autres militaires se moquaient de lui. Certains aboyaient comme des roquets.

– Mon jeune ami, si tu as besoin d'une capote, j'en ai des tas ! lança Bo.

Xiao tourna le dos au geste obscène de son aîné et joua des coudes dans la foule pour regagner le fond de la salle, marchant sur des pieds et glissant sur une couche gluante de bière et d'alcools forts renversés. Il parvint à traverser la salle sans trébucher et alla se planter devant l'entrée sombre des toilettes. Était-ce le bon endroit pour l'attendre ? C'était plus calme, en tout cas. Il jeta un coup d'œil par-dessus son épaule pour s'assurer qu'aucun de ses camarades n'allait l'humilier à nouveau.

RAS.

Il se retourna et se retrouva nez à nez avec elle, assez proche pour qu'il puisse l'embrasser, s'il en avait eu le courage.

– T'as oublié mon verre ? demanda-t-elle.

Xiao rougit et baissa les yeux sur ses pieds, profitant encore au passage d'une vue imprenable sur les seins de la fille. Elle posa la main sur le ceinturon de Xiao et tira légèrement. Il eut un mouvement de recul et elle tira un peu plus fort.

– C'est bon, on peut s'en passer. Suis-moi, ordonna-t-elle en l'entraînant loin des toilettes. Allons dans un endroit plus calme.

– Oui, c'est mieux, bafouilla-t-il, mais pas assez fort pour que le traducteur saisisse ses paroles.

Il la suivit le long d'un escalier humide qui menait du bar vers une réserve plongée dans l'obscurité.

Lorsqu'ils atteignirent le bas des marches, Xiao réalisa qu'elle était plus grande que lui. Mais quand elle lui enfonça le visage entre ses seins, il décréta que c'était juste la bonne taille.

Talc et lavande. Il avait l'impression que tout le sang de son visage était descendu au niveau de son entrejambe. Il sentit un courage nouveau naître en lui. *Bo avait raison ! J'aurais dû prendre un préservatif quand l'occasion s'est présentée.*

Elle soupira et le tira à elle, coupant court à ses hésitations.

Le corps de Xiao se raidit puis se contracta, agité de spasmes, quand la branche aiguisée des lunettes de la fille se planta juste derrière sa mâchoire, perçant la carotide.

Université du Wisconsin, Madison

En voyant les deux hommes vêtus du même costume anthracite au fond de l'amphithéâtre, Vernalise Li comprit qu'elle aurait dû écouter les mises en garde de sa mère.

Au lieu de quoi, elle avait dit à cette dernière qu'il fallait arrêter de lire Wikipedia, et que ce qui était arrivé aux Nippo-Américains dans les années 1940 ne se reproduirait pas au XXIe siècle. Les gens ne se comportaient plus de façon si ignoble, à présent. Du moins, c'est ce qu'elle avait toujours cru.

Elle continua son cours magistral, adoptant malgré elle, mot après mot, un accent californien de plus en plus marqué.

– À partir de là, vous pouvez voir qu'un système d'alimentation monté en rack a ses limites. Lesquelles ? Eh bien, déjà, l'espace…

Quelle importance, si elle était née à Pékin ? Elle avait grandi à Santa Monica.

– Mais quel avantage ? La densité. En privilégiant un système de stockage de l'énergie sous la forme d'un fluide, avec les caractéristiques techniques adéquates, nous serons capables d'alimenter des systèmes industriels à hautes puissances pulsées, ce que les systèmes de stockage actuels sont incapables de faire.

Elle avait joué au beach-volley, à l'époque du lycée. Dans l'équipe première !

– Le commutateur, à l'heure actuelle, a une durée d'impulsion de quatre millisecondes, et nous travaillons pour augmenter la densité de puissance. Ce qui nous ramène à la question du stockage de l'énergie. On en revient toujours à la densité et la solution fluide me semble la meilleure option.

Elle regarda les deux hommes s'asseoir sur des sièges libres. Des costumes bon marché, à l'évidence, sans doute des dockers, mais cela ne changeait rien. Si leur but était de se fondre dans la masse, débarquer en costume-cravate sur le campus, en dehors du jour de la remise des diplômes, n'était pas la meilleure chose à faire. Puis elle remarqua qu'ils ne portaient pas de Viz Glass – donc, ils n'étaient même pas en train d'enregistrer le cours. Étaient-ils juste venus là pour vérifier que les étudiants assistaient bien aux cours ? Cela n'aurait rien eu d'étonnant : tout le campus savait que la mobilisation générale serait bientôt actée.

– L'autre élément important consiste à éviter toute contamination au niveau des commutateurs, car cela entraîne toujours, toujours, toujours une durée de vie plus limitée des porteurs minoritaires. D'autant que nous maximisons la puissance de crête, ce qui fait de la contamination une cause de dégradation majeure[3] de ces commutateurs photoélectriques.

Mais alors, qu'est-ce qu'ils faisaient là ? Personne n'assistait pour le plaisir à un cours magistral sur la dynamique mathématique des systèmes à hautes énergies pulsées.

– OK, conclut-elle. Vous savez où me trouver dans la simulation du cours, plus tard, si vous avez des questions.

– J'aimerais vous en poser une – avec la permission de vos étudiants, bien sûr, dit le professeur Leonowski, qui avait débarqué dans son cours un peu plus tôt et s'était assis au premier rang.

Il releva ses Viz Glass sur le haut de son crâne chauve et sourit avec l'aisance d'un professeur pour qui l'angoisse de la titularisation n'était plus qu'un lointain souvenir.

– Restez là, vous autres, ce n'est pas encore terminé, poursuivit-il. Nous avons encore quelques minutes devant nous ? Bien sûr que oui, dit-il, répondant à sa propre question.

– Certainement, souffla Vern, cachant ses mains tremblantes derrière son dos.

Pourquoi le fait de croire qu'on allait bientôt se voir accusé d'un crime sans nom nous faisait-il ressentir une telle culpabilité, même lorsqu'on savait qu'on était innocent ? Elle ne parlait même pas le mandarin – enfin si, mais avec un horrible accent américain, comme sa mère ne se privait jamais de le lui rappeler.

– Passons aux aspects pratiques de la chose. Que peut-on faire, vraiment, d'une batterie liquide grosse comme une maison et aux capacités de stockage ultralimitées dans le temps ? interrogea

Leonowski. Je ne vois aucun marché, pour ce genre de produit. Vous si, peut-être ?

Il faisait partie du comité de titularisation du département et se pointait souvent à l'improviste dans les cours de ses jeunes collègues pour poser des questions pièges, afin qu'aucun n'oublie jamais son rôle déterminant pour leurs futures carrières.

– Nous ne savons pas... pour l'instant, répondit Vern, luttant contre le bégaiement qui menaçait au fond de sa gorge. Ce que je veux dire, c'est que personne ne peut savoir à l'avance quels seront les futurs besoins. Peut-être des simus plus développées, ou bien...

Les hommes assis au fond de l'amphi la regardaient fixement, à présent. Ils ne clignaient même pas des yeux.

– Je ne suis pas vraiment sûre. Mais le fait que nous ne connaissions pas encore les applications possibles ne veut pas dire pour autant que nous n'en trouverons pas plus tard. À l'époque des premiers ordinateurs, le P.-D.G. d'IBM pensait que le marché mondial se limiterait à cinq machines, en tout et pour tout. Nous savons tous maintenant à quel point il se trompait, conclut Vern.

– Effectivement, répliqua le professeur Leonowski. Mais il est évident aussi que toutes les inventions ne sont pas comparables à l'ordinateur.

Au diable la titularisation : tout ce que voulait Vern, c'était sortir de cette salle, s'éloigner de ces hommes. Elle baissa les yeux sur ses sandales, puis les releva vers son avenir.

– Ma réponse, c'est qu'il va me falloir vous trouver une meilleure réponse, déclara-t-elle.

– Je crois aussi que ce serait mieux, confirma Leonowski.

Les étudiants se ruaient déjà dans le couloir. Vern avait honte de sa prestation, mais elle était soulagée de voir qu'au moins les deux hommes avaient disparu.

Le professeur Leonowski était accaparé par deux étudiants de première année. En se dépêchant, elle allait pouvoir sortir d'ici sans être obligée de parler à quiconque. Là, elle avait vraiment besoin de manger un morceau, et d'aller plonger une demi-heure dans un endroit tropical pour se détendre un peu. La simu des îles Turquoises, peut-être.

Elle était penchée sur son sac, en train de se battre avec la boucle, quand les lettres *FBI* apparurent à quelques centimètres de son visage.

Elle releva la tête. L'un des types en costume-cravate se tenait debout devant elle. Il tendait à bout de bras un portefeuille en cuir usé, ouvert, dévoilant son badge et sa pièce d'identité. L'autre homme se tenait devant la porte, bloquant la seule issue de cet amphi.

– Mademoiselle Vernalise Li ? Nous allons vous demander de nous suivre…

C'est *Docteur* Li, protesta-t-elle intérieurement. Mais elle ne prit pas la peine de le corriger à voix haute.

– Vous ne me passez pas les menottes ? demanda-t-elle d'un ton amer. Vous n'allez même pas me fouiller ? Vous êtes au moins sûr d'avoir un bon papier dans le journal de la fac : « Une espionne chinoise arrêtée sur notre campus ! »

L'agent secoua la tête et posa la main sur l'épaule de Vern. Il s'exprima dans un murmure, avec la gentillesse un peu maladroite de celui qui n'a pas l'habitude de se soucier de ce que les gens pensent de ce qu'il dit.

– Il ne s'agit pas de ça, mademoiselle Li. Pas du tout. Nous sommes ici pour vous protéger. Tout ce que vous avez dit tout à l'heure a plus d'importance que vous ne l'imaginez.

Fort Mason, San Francisco

Le capitaine Jamie Simmons épongea la sueur sur son front. Être obligé de prendre un bus puis de monter à pied jusqu'ici depuis l'arrêt ne correspondait pas à l'image qu'il se faisait du retour d'un officier de l'US Navy après neuf mois en mer. Mais au moins, il était rentré chez lui.

« Chez lui », désormais, cela voulait dire les logements des officiers de Fort Mason[4], dans le quartier de Marina District, à San Francisco. Ces maisons ouvrant sur la baie étaient le rêve de tout agent immobilier, même en temps de guerre. L'US Navy s'était peut-être fait bousculer au large, mais elle savait clairement s'y prendre sur la terre ferme. Des check-points gardés par des marines empêchaient les conducteurs civils d'entrer dans Bay Street. Des Humvee beiges hérissés de batteries antiaériennes étaient garés au coin de Laguna Street. Sur chacun d'entre eux, quatre AIM-120 LAMRAAM – des missiles air-air de moyenne portée – étaient pointés vers l'ouest tels des doigts accusateurs. De l'autre côté de la baie, là-haut sur la colline de Hawk Hill, à Marin, d'autres batteries de missiles et une station radar étaient en construction. Le Directoire ne semblait pas décidé à pousser son offensive au-delà des limites actuelles de ce qu'il appelait sa Zone de stabilité du Pacifique Est, de telle sorte que les seuls affrontements auxquels les gardes nationaux chargés de ces batteries mobiles avaient participé jusqu'ici étaient leurs matchs de football avec les gamins du quartier.

Sur le trottoir devant la maison allouée à Jamie, un petit attroupement s'était formé. Des gens qu'il ne connaissait pas pour la plupart. Il bomba le torse, se força à sourire et marcha dans leur direction. Les badauds repérèrent ses galons de capitaine puis se figèrent en voyant la cicatrice juste au-dessus de son œil droit. Ils lui serrèrent la main. Certains lui donnèrent même l'accolade. C'était lui, le héros qui commandait le seul navire à avoir réussi à s'échapper de Pearl Harbor à la force de son canon. Tout le monde a besoin d'espoir, et le simple fait de toucher Jamie semblait en donner à ces gens. Ils avaient choisi d'ignorer que depuis ce jour-là, tout était allé de mal en pis, pour Jamie comme pour les États-Unis.

La porte d'entrée s'ouvrit et ses enfants se précipitèrent dehors, vinrent s'écraser contre ses jambes et s'accrochèrent à lui de toute la force de leurs petits bras aimants.

– Claire, Martin, vous m'avez tellement manqué ! s'exclama Jamie. Qu'est-ce que vous avez grandi !

Il les souleva, un sous chaque bras, se balançant légèrement comme s'il était encore en mer. La foule massée sur le trottoir s'écarta pour le laisser passer. Eux aussi, ils connaissaient ça.

Martin se pencha à l'oreille de Jamie.

– Papa, je t'ai fait une pancarte à l'intérieur. Tu m'as rapporté quelque chose ?

Jamie eut un sourire triste.

– Désolé, non, pas ce soir, dit-il. Montre-moi la pancarte.

– C'est moi qui l'ai commencée, protesta Claire, tentant de regagner son attention.

Jamie reposa les enfants par terre en voyant Lindsey approcher. Ses cheveux brun sombre étaient plus courts que dans son souvenir. Elle se hissa sur la pointe des pieds et il l'embrassa, savourant la caresse de ses cheveux sur sa joue. Ce moment-là, aucune simu ne pouvait le restituer.

Elle semblait également plus maigre que dans son souvenir, sans doute à cause de l'angoisse qu'il lui avait causée. Elle était même plus fine que la première fois qu'il l'avait aperçue en train de courir sur le sentier de montagne Burke-Gilman, près de l'université de Washington, par une matinée pluvieuse de printemps. Il avait suffi d'un sourire pour qu'il la remarque. Alors qu'il était déjà épuisé par son entraînement militaire, il avait continué de courir dans l'espoir de lui demander son prénom lorsqu'elle s'arrêterait – ce qu'elle avait fait six kilomètres et demi plus loin, devant une fontaine.

– Viens papa, lui dit Claire en tirant sur sa main. Viens voir la pancarte qu'on t'a faite.

Martin étudiait avec des yeux ronds l'uniforme de son père.

– J'aime bien tes barrettes de couleur. Tu veux des céréales ?

– On en mangera tout à l'heure, répondit Jamie. Pour le moment, j'ai envie de voir cette pancarte.

Martin et Claire guidèrent leur père jusqu'à la salle de séjour au mobilier spartiate – aucun tapis, rien qu'un canapé et un fauteuil.

– Y a pas grand-chose ici, commenta Lindsey. Le reste est encore à San Diego.

– Au moins, ça fait de la place pour la fiesta, fit remarquer Jamie en balayant la pièce du regard, tandis que les invités commençaient à affluer.

Des hommes de la Navy en uniforme de cérémonie, des épouses en tailleur ou robe de soirée, et une ribambelle d'enfants. Avant la guerre, on n'aurait jamais vu autant de gosses dans ce genre de soirée, songea Jamie. À présent, tous les parents tenaient à les garder près d'eux.

– Ils attendaient tous ce moment avec impatience. Moi aussi, d'ailleurs. Ça fait partie de la vie de la Navy, non, *capitaine* ? demanda Lindsey, en détachant bien les syllabes de son nouveau grade.

Jamie contempla son sourire et la serra contre lui. Les épouses assistaient généralement aux cérémonies de promotion, mais celle-ci avait eu lieu dans la précipitation, alors qu'ils se préparaient à rejoindre le merdier sur lequel avait débouché la mission de sauvetage de l'île de Guam.

– Par ici, papa ! cria Martin. Pas de bisous !

Jamie dut négocier une déferlante d'étreintes amicales et de poignées de main, avant d'atteindre l'endroit où une pancarte de deux mètres de haut sur un mètre de large était accrochée, sur laquelle on pouvait lire : *Bienvenue à la maison, papa !* Toute la pancarte était coloriée au crayon violet et vert, les couleurs préférées respectives de son fils et de sa fille, ce qui voulait dire que personne d'autre n'avait eu le droit d'apporter sa contribution.

– Waouh, c'est super ! commenta Jamie.

Puis il détecta une odeur aigre, discrète. C'était le parfum âcre d'une vie dévouée aux navires en acier, aux pontons de bois enduits de créosote et à une bataille perdue d'avance contre la rouille et la pourriture. Toujours agenouillé, Jamie releva lentement les yeux et découvrit les chaussures de sécurité en cuir noir. Elles étaient vieilles, usées, éraflées et craquelées. Mais elles brillaient toujours, les bulbes d'acier protégeant les orteils brillant comme la boule noire d'un billard américain. Les pieds étaient légèrement tournés vers l'extérieur, peut-être dix degrés à gauche et quinze à droite. C'était la position de celui qui veut pouvoir réagir vite, comme si le monde risquait à tout moment de tanguer ou de rouler. Le corps de Jamie reconnut d'abord tout cela et envoya une décharge d'adrénaline glacée dans ses veines, avant que son cerveau ne parvienne à intégrer la présence de son père.

– Chef ? articula Jamie en se redressant lentement. Qu'est-ce que vous faites là ?

Lindsey intervint avant qu'une réponse ait eu le temps de venir.

– Ton père est venu tous les week-ends depuis notre arrivée, il a tout fait, entre bricoler une nouvelle pédale pour le vélo de Martin et jouer avec les petits pour que j'aie le temps de prendre une douche. Il m'a vraiment beaucoup aidée…

Mike se contenta de tendre sa main droite. C'était censé être un geste de bienvenue, mais l'énormité de cette main évoquait immanquablement la malveillance et la blessure. Le dessus de la main était rouge à force d'avoir été frotté, mais le créosote, la rouille et le cambouis semblaient encore suinter par tous ses pores. Le bout manquant du petit doigt était une preuve supplémentaire que ces paluches-là étaient d'abord des outils.

– Bonjour James, lâcha Mike.

Il dévisageait Jamie, défiant son fils d'exprimer le fond de sa pensée.

– Il nous a vraiment soulagés, insista Lindsey, dans un effort pour arrondir les angles.

– Malheureusement, je suis pour rien dans cette pancarte, mais j'ai un peu arrangé la maison. Avec toutes les cyberattaques du Directoire, le frigo ne parle plus au téléphone et les toilettes ne savent plus tirer la chasse d'eau ou se nettoyer sans que leurs maîtres à Pékin en donnent l'ordre. Je sais pas réparer tous ces trucs numériques, mais je peux au moins nettoyer et bricoler des solutions de rechange, conclut Mike.

Jamie libéra ses deux enfants et serra la main de son père, soudain privé de la poigne assurée qu'il comptait mettre en œuvre.

– OK, les enfants, allez montrer à vos copains le bac à sable que Grandpa a construit, intervint Lindsey.

Pendant l'heure qui suivit, Lindsey ne lâcha pas Jamie d'une semelle. Elle avait toujours été très bonne pour ces choses-là, les banalités d'usage, les *Comment ça va* dénués de contenu. Tout ce qu'il avait en tête, lui, c'était son père en train d'arpenter le jardin en veillant sur les gosses, une canette de Coca à la main.

Bientôt, la fête tira à sa fin. Les invités avaient tenu à être là, mais savaient qu'ils n'étaient pas censés s'éterniser.

Quand Lindsey rentra dans la maison pour ranger un peu, Jamie n'eut plus d'autre choix que de parler à son père. Les deux hommes prirent leurs verres et allèrent se planter dans le patio à l'arrière de la maison, leurs deux silhouettes impossibles à distinguer l'une de l'autre. Ils contemplèrent la verdure du parc de Fort Mason et les quais, en contrebas, qui avaient jadis accueilli des concerts de jazz et des dégustations de vin. Une paire de frégates criblées de trous et quatre patrouilleurs Mark VI[5] poussaient un ponton du bout de leur nez. Leurs silhouettes minuscules rendaient encore plus flagrante l'absence des grands navires de combat qui auraient dû se trouver là.

– Sacrée belle maison, capitaine, commenta Mike. J'peux pas dire que j'aie jamais eu des amiraux comme voisins. Ça doit sûrement venir avec la promotion.

– Qu'est-ce qui se passe ici ? demanda Jamie, ignorant la tentative paternelle d'échanger des banalités.

– Je me suis dit qu'un peu d'aide ferait pas de mal à Lindsey, répondit Mike.

– Ah, vraiment ? Vous ne la connaissez même pas, ni elle ni les enfants. Vous n'êtes même pas venu à notre mariage, répliqua Jamie.

– La guerre nous a tous changés, dit Mike.

– J'ai l'impression, oui.

Jamie contempla les mains de son père, dont les jointures grosses comme des noix étaient, il le savait, dures comme la pierre.

– Je ne crois pas vous avoir jamais vu boire un soda, depuis que je suis né.

Les deux hommes avalèrent une gorgée, attendant que l'autre prenne la parole. De temps à autre, les rires et les cris des enfants venaient briser le silence.

– La Navy Cross, c'est quand même pas rien, reprit Mike, changeant de sujet.

– C'est parce que j'ai réussi à faire sortir le *Coronado*, répondit Jamie. Riley est mort sous mes yeux, à Pearl Harbor.

– Je comprends toujours pas comment t'as fait ça avec un LCS, insista Mike, grommelant avec dédain chacune des lettres. De bien meilleurs bateaux n'y sont pas arrivés.

– S'il vous plaît, Chef : le *Coronado* est quand même mon navire, protesta Jamie. Enfin, ce qu'il en reste.

– Eh bien, il a fait de toi un capitaine ; tu lui devras toujours ça. T'as une idée de ce qu'ils vont en faire ?

– Peut-être un musée ou un monument, quand la guerre sera terminée, répondit Jamie. Ou bien peut-être qu'ils en feront des plaques d'identité pour nos soldats. Tout le métal dont nous avons besoin doit bien venir de quelque part… On a pu colmater les dégâts subis à Pearl Harbor, mais le missile qui nous a frappés pendant l'opération de sauvetage à Guam a détruit pour de bon la salle des machines.

– Ta place n'est pas ici avec elle. C'est en mer que tu devrais être.

– Vous êtes vraiment bien placé pour me dire ça, rétorqua Jamie.

– Ah, ça recommence ? demanda Mike. D'accord, je l'ai bien mérité. J'ai moins assuré à la maison qu'au boulot, c'est sûr.

– Vous auriez pu, répliqua Jamie. Si vous aviez fait un minimum d'efforts pour vous occuper de vos enfants, le boulot le plus important. Vous occuper de vos *deux* enfants.

– Putain, t'avises pas de me mettre ça sur le dos, cingla Mike. Même si j'avais été à la maison, j'aurais pas pu la sauver.

– Elle s'appelait *Mackenzie*, gronda Jamie. Allez-y, dites son nom.

Les deux hommes se dévisagèrent en silence, tandis que Martin et Claire jouaient au loup dans le jardin, derrière eux.

– Dis-moi, dans quel état se trouve vraiment la flotte ? interrogea Mike, tentant à nouveau de virer vers des eaux plus calmes.

– Eh bien, je crois qu'il y a un mot pour décrire le fait de tenter et de retenter la même chose, encore et encore, en croyant que le résultat sera différent, répondit Jamie. Je suis sûr que vous l'avez appris, le *Ford*[6] et le *Vinson* ont été coulés[7]. À la seconde même où nous avons franchi la limite de leur Zone de stabilité du Pacifique Est, comme ils l'avaient annoncé. Les deux porte-avions, et même leurs sous-marins d'escorte. Nous avons quand même poussé plus loin, et la situation s'est encore empirée.

– Putain, mais comment c'est possible ? Je comprends pas que des bâtiments avec une telle puissance de feu puissent se faire démolir comme ça.

– Les avions bourrés de gadgets de l'US Air Force sont tous piratés et ne peuvent pas décoller tant que le Directoire règne sur le ciel – satellites, stations spatiales, etc. Ils voient le moindre de nos mouvements et peuvent frapper à volonté. Nous savions qu'ils seraient capables à terme de s'en prendre à nos bâtiments de surface, mais maintenant, même les sous-marins n'ont plus nulle part où se cacher. Et s'ils ne peuvent plus se cacher…

– … le prédateur devient une proie, compléta Mike.

– Il n'y a que les bombardiers[8] qui n'ont pas été ciblés, poursuivit Jamie, faisant référence aux sous-marins lanceurs de missiles balistiques sur lesquels reposait la stratégie de dissuasion nucléaire des États-Unis.

– Ils ne les frapperont jamais, sauf s'ils veulent qu'on ampute de moitié leur population, fit remarquer Mike. C'est ce que nous aurions dû faire tout de suite, quand les Chinois se sont pointés à Pearl Harbor. Après ce que leurs frappes aériennes ont infligé à la base de la 25e division d'infanterie à Hawaï, et à tous ces marines sur l'île d'Oahu ? Des putains de bouchers ! Tout ce qu'ils méritaient, c'est qu'on leur balance une grosse bombe. Il n'est pas trop tard, d'ailleurs.

– J'espère vraiment qu'on n'en arrivera pas là, soupira Jamie.

– Si, ça finira comme ça, répliqua Mike. Retiens ces mots. Moi je te le dis : on aurait dû leur balancer un missile nucléaire dès que les choses ont commencé à dégénérer. Au moins, le président du Comité des chefs d'état-major interarmées a eu assez d'honneur pour démissionner quand notre soi-disant commandant en chef s'est dégonflé.

– C'est juste comme ça qu'il a présenté les choses après avoir été viré, rectifia Jamie. Le temps que l'Autorité de commandement nationale comprenne ce qui était en train de se passer, il était déjà trop tard. À partir de là, l'équation stratégique n'était plus la même : passer à l'étape nucléaire n'aurait été qu'un acte de vengeance totalement suicidaire. Putain, vu la manière dont les Chinois avaient infiltré nos réseaux de communications, on ne pouvait même plus être sûr que les ordres de frappes nucléaires arriveraient bien à leurs destinataires. Nous n'aurions peut-être fait que leur offrir un prétexte pour frapper les premiers.

– N'empêche, nous devrions faire ça, et tout de suite. Juste atomiser Pékin et Shanghai, et Hainan aussi au passage, marmonna Mike. Fini la diplomatie et ces foutus eunuques de la télé qui invitent à « ré-imaginer notre monde ». On devrait faire péter leurs grandes villes.

– Et Moscou, alors ? interrogea Jamie. On devrait balancer une bombe là-bas, aussi ? Et sur Paris, Rome et Berlin, parce qu'ils n'ont pas voulu se mêler d'une guerre qui avait lieu de l'autre côté de l'océan et qui était déjà jouée ? Et sur Tokyo, pour nous avoir gentiment aidé à nettoyer nos bases, avant de nous demander de partir ? Si nous suivions votre plan, c'est le monde tout entier qui se retrouverait irradié, y compris cet endroit.

D'un geste du menton, il désigna les enfants qui se couraient toujours après.

Mike pencha sa canette de Coca vers le Golden Gate Bridge plongé dans le noir et le vide obscur qui séparait San Francisco de Marin, de l'autre côté de la baie.

– Ces vautours, ils auraient même pu acheter le Golden Gate, déclara Mike.

– Je crois que c'est ce qu'ils ont fait, il y a quatre ans de cela, fit remarquer Jamie.

– Non, ça c'était le Carquinez Bridge, un foutu pont à péage, corrigea Mike.

– Eh bien, tout n'est pas encore perdu. Hawaï non plus ne se rend pas. La résistance prend de l'ampleur, là-bas. Une bonne partie des soldats qui ont réussi à s'échapper ont combattu en Irak et en Afghanistan. Les tactiques d'insurrection, ils ont vu ça de près, et j'ai entendu dire qu'ils s'y mettaient eux-mêmes.

– La soif de vengeance, ça peut faire mal, conclut Mike.

Les deux hommes se turent pour écouter les rires des enfants qui couraient autour d'eux dans le noir.

– Lindsey a vraiment assuré, depuis le début, reprit Mike. Certains ont littéralement oublié comment on conduisait, si bien qu'ils sont paralysés depuis que les Chinois ont anéanti notre système GPS. Plus de pilotage automatique, alors ces gens se retrouvent coincés et personne ne tient le volant. Comme l'Amérique. Mais ta femme, non ; dommage qu'il n'y ait pas plus de gens comme elle dans ce pays.

Jamie se figea au milieu d'une gorgée et contempla son père en silence. Comment était-il possible qu'il soit là ? Comment était-il possible qu'il sache mieux que lui-même comment son épouse s'en sortait ?

– T'as qu'à regarder cette soirée, poursuivit Mike. On ne dirait pas que le bateau de son mari a été taillé en pièces et considéré comme perdu il n'y a pas si longtemps. Tu ne trouveras jamais une femme plus forte ni meilleure que celle-là. Tu sais comment je le sais ?

– Non, comment ?

– Elle m'a laissé entrer dans sa maison, répondit Mike.

– C'est parce qu'elle ne vous connaît pas, rétorqua Jamie.

– J'ai fait l'effort, James. On ne s'est pas vus depuis quatorze ans. J'ai changé maintenant, à cause de ta mère, à cause de la mort de ta sœur, à cause de tout un tas de choses...

– Et vous débarquez là. Comme si je devais tout oublier, dit Jamie.

Les deux hommes se dévisagèrent sans rien dire.

– Très bien, alors. Comme tu voudras. Au moins, j'aurai essayé. Il faut que j'y aille, de toute manière. Je me lève tôt demain matin.

– Comme tous les jours maintenant, non ? fit remarquer Jamie. Le programme des Mentors, hein ?

La première vague de pertes n'avait pas seulement décimé la flotte de combat, mais aussi son capital humain. Le Mentor Program avait été lancé pour mettre à profit l'expertise de ceux qui étaient trop vieux pour servir activement dans l'armée. Les sous-officiers à la retraite avaient été déployés un peu partout au sein de la flotte, l'idée étant qu'ils guident toutes les nouvelles recrues manquant cruellement de pratique, et facilitent ainsi la transition.

– C'est sûr, j'allais quand même pas participer à cette guerre en tant que sous-traitant[9], grommela Mike.

– Alors, où est-ce qu'on vous a affecté ?

– Je n'ai pas envie de rentrer là-dedans, rétorqua Mike. Même pas avec toi.

– Y a des choses qui ne changeront jamais, fit remarquer Jamie, d'un ton amer.

– Si, tu verras, elles peuvent changer, répondit Mike en faisant volte-face pour aller dire au revoir aux enfants.

Centre de commandement du Directoire, Honolulu, Zone administrative spéciale d'Hawaï

Je vis dans une solitude désolée[10]
Et me demande quand ma fin viendra.

Pouchkine aurait dû travailler pour le renseignement militaire, songea le colonel Vladimir Andreïevitch Markov. L'officier des groupes d'intervention spéciaux de l'armée russe, les fameux

Spetsnaz, se versa un autre verre de thé brûlant et poursuivit sa lecture. Le monde de la poésie était sa seule manière d'échapper un instant à la montagne de messages envoyés par le bureau du général Yu Xilai. Ce recueil de poèmes de Pouchkine avait vu du pays, après l'avoir accompagné en Tchétchénie, en Géorgie, en Ukraine, au Tadjikistan, au Soudan et au Venezuela. Et à présent l'humidité ambiante et la crasse d'une nouvelle zone de guerre étaient en train de s'insinuer dans la tranche de son livre, l'assouplissant peu à peu, s'emparant de ses pages les unes après les autres.

La porte de son bureau s'ouvrit brusquement, secouant le bureau bancal et renversant du thé partout. Il se servit de sa manche pour éponger le liquide avant qu'il ne trempe tout le livre.

– Quoi ? cria-t-il en anglais, leur seule langue commune.

Son aide de camp, le lieutenant Jian Qintong, se tenait au garde-à-vous sur le seuil.

– Un fusilier marin du Directoire est mort, Sir, annonça Jian. Un jeune matelot de la 164e brigade.

– Nous sommes en guerre, répliqua Markov. Il faut s'attendre à voir mourir des gens.

Cela faisait trois semaines qu'il était arrivé dans cet ancien paradis pour touristes. Il avait été affecté là dans le cadre du traité d'alliance : il était censé servir de liaison avec le Directoire pour assurer une présence russe et, en théorie, apporter son expertise durement gagnée en matière de contre-insurrection. Mais jusqu'ici, personne d'autre que Jian ne l'avait écouté, et encore : si Jian l'écoutait, c'était parce qu'on l'avait chargé de l'espionner, Markov en était convaincu.

Lors de son premier briefing devant le général Yu, Markov avait commencé par exposer cette leçon cruciale : ce n'est pas en écrasant l'ennemi qu'on venait à bout d'une insurrection, mais en le comprenant.

Peut-être y avait-il eu une erreur dans la traduction, à moins que le général ait tout simplement été trop borné pour saisir la chose, toujours est-il que Yu avait interprété cette recommandation à faire preuve d'empathie comme un signe de faiblesse et, à partir de là, leur réunion avait dégénéré. Yu était visiblement mécontent qu'on lui envoie un conseiller, car pour accepter une telle aide, il fallait d'abord admettre qu'on s'était peut-être trompé. À l'issue de leur entretien, le général Yu s'était montré poli dans ses remerciements, mais avait déclaré qu'il possédait bien assez d'expérience dans le domaine des « techniques de supervision de la population », depuis l'époque où on l'avait chargé d'écraser les dernières poches de rébellion au Tibet. Markov s'était alors demandé tout haut combien de temps il allait falloir au général pour se rendre compte qu'ici il avait affaire à tout autre chose qu'à des disciples récalcitrants du dernier dalaï-lama.

Depuis cet échange, le Russe avait été submergé de travail et envoyé loin de la base pour remplir différentes missions, mais il n'avait plus jamais participé aux réunions de commandement. Et chaque fois qu'il franchissait l'enceinte de la base, Jian le suivait comme son ombre, de nuit comme de jour, moins pour lui éviter les ennuis que pour éviter qu'il n'en cause.

– Selon le commandant local, il s'agit d'un assassinat perpétré par les insurgés, précisa Jian.

Markov fronça les sourcils.

– Éliminer un soldat du contingent ? À part exécuter des lieutenants d'état-major, il n'y a rien de moins efficace.

Markov venait de transformer en cadeau le fardeau que Yu lui avait collé entre les pattes ; envoyer des vannes à Jian était l'un des rares plaisirs que lui procurait cette mission.

– Sans doute des fusiliers marins qui se sont débarrassés d'un maillon faible, poursuivit Markov. Dans chaque famille, il y a un canard boiteux – et en général, ceux-là ne s'en sortent pas très bien quand on les envoie dans des endroits si durs.

– Les soldats de son unité affirment que ce n'est pas le cas, et les vérifications opérées semblent le confirmer, contesta Jian.

– Ce n'est pas en examinant au scanner le cerveau d'un sergent que vous saurez ce qui est vraiment arrivé. Les sergents passent toute leur carrière à mentir à leurs supérieurs, ajouta Markov. Allons voir.

L'aide de camp s'étrangla et répliqua qu'ils n'avaient aucune raison de quitter la base sans qu'on leur en ait donné l'ordre. Markov poussa Jian de côté et se rua hors de la pièce.

Moins de cinq minutes plus tard, ils étaient au Duke's Bar, où ils s'étaient rendus à bord d'un des blindés Wolf que le général Yu obligeait ses officiers supérieurs à utiliser chaque fois qu'ils s'aventuraient dans Honolulu. Si Yu avait pris la peine de l'écouter, Markov lui aurait expliqué que privilégier une telle protection par la force au détriment d'une meilleure connaissance de la situation était une erreur classique.

Markov passa devant les sentinelles du Directoire et traversa le bar désert, Jian quelques pas derrière lui. Une fois arrivé en haut de l'escalier, il ferma les yeux et laissa ses autres sens absorber tout ce qu'ils pouvaient. L'endroit était froid et humide, l'odeur aigre-douce du sang presque sec se mêlant à celle de la bière éventée. Il rouvrit les yeux et étudia la scène du crime. Le corps était assis contre le mur, comme un ivrogne piquant un somme. Une rivière pourpre avait coagulé sur le cou du jeune marin, dont le visage resterait bloqué pour l'éternité dans une expression de choc.

Markov sourit en pensant à ce que Jian allait en conclure, et entreprit d'examiner le cadavre, lentement et méthodiquement. Aucun autre point de pénétration que celui du cou, aucune trace évidente de lutte. Aucun signe d'agression sexuelle.

– Alors, lieutenant, demanda-t-il à son ombre, combien de personnes dans une zone de guerre prendraient la peine de tuer un modeste engagé du Directoire en perçant un trou dans son cou ?

Il n'attendit pas la réponse toute faite selon laquelle tout ce qui ne se passait pas conformément au plan était de la faute des insurgés. Peut-être le lieutenant avait-il raison, pour une fois ; si c'étaient les camarades du malheureux qui avaient fait le coup, ils l'auraient tabassé sur la plage et l'auraient maintenu sous les vagues, inconscient. Il avait déjà vu ça.

Mais il s'agissait là d'une manière de tuer étrangement personnelle, de la part d'un insurgé. Un assassinat d'extrême proximité.

Markov fixa intensément le sol visqueux. Qui, à part une connaissance de ce canard boiteux, aurait pu s'approcher suffisamment de lui pour le tuer sans laisser d'ecchymoses ni aucune trace de lutte ? C'était un assassinat brutal, mais avec une arme discrète. Un fin couteau, peut-être ? Forcément quelqu'un que ce marin avait envie de coller de près dans cet escalier sombre, à l'arrière d'un bar de collabos. Une femme ? Une habitante de l'île ? Ou bien un homme ? L'un de ses camarades de bataillon, qui voulait s'assurer que leur secret ne sortirait pas d'ici ?

La guerre offrait rarement des réponses, rien que des questions. C'était pour cette raison que Markov l'aimait tant.

Station de métro Pentagone de la Blue Line, Washington DC

Au Pentagone, tout le monde passe son temps à attendre. On attend au pied de l'escalator de la station de métro. On attend devant le contrôle de sécurité. Et une fois à l'intérieur, on attend à chaque check-point lorsqu'on se déplace entre les différents couloirs en forme d'anneaux concentriques de ce bâtiment à cinq côtés. Ensuite, on attend pour pouvoir accéder aux espaces de restauration et aux toilettes.

Daniel Aboye trouvait cela déprimant. Ce lieu d'attente était fait pour des gens aigris se préparant à expliquer pourquoi ils étaient en train de perdre.

Il tendit son badge fraîchement imprimé et encore tiède à un agent de sécurité armé d'une mitraillette.

– Merci, dit le garde. Juste un peu de patience, et tout ira bien.

Aboye releva brusquement la tête et fixa l'agent droit dans les yeux. Depuis combien d'années n'avait-il pas entendu le dialecte dinka du Sud-Soudan ? Aboye répondit en souriant, dans cette langue qu'il n'avait pas pratiquée depuis une éternité.

– Merci, mon frère. Loin de chez toi, hein ?

– Chez moi ? C'est ici chez moi, répondit le garde dans la même langue. Je vois que pour toi aussi.

Aboye opina du chef, heureux de cette connexion. C'était peut-être un bon présage. Il franchit le check-point et prit place dans la file suivante. Ces drôles de hasards ne l'étonnaient même plus. Après que ses parents avaient été tués par les miliciens Janjawid, il avait marché pendant des semaines et des semaines le ventre vide et les pieds en sang. Oprah avait baptisé le groupe d'orphelins de guerre auquel il appartenait les « Garçons perdus[11] ». Ce nom ne convenait pas. Daniel ne se considérait pas comme perdu. Le fait qu'il ait pu bâtir une vie incroyablement fortunée sur une telle tristesse semblait si improbable que cela relevait forcément de quelque chose d'inexplicable, de beaucoup plus vaste que lui. C'est grâce à cela qu'il avait si bien réussi ses études d'ingénieur à Stanford. Tout y était prévisible, le contraire exact de ce que sa vie avait été jusque-là. Et c'était la capacité de Daniel à distinguer ce qui était prévisible de ce qui reposait sur de heureux hasards qui lui avait permis de progresser si vite dans le monde des sociétés d'investissement en capital-risque de la Silicon Valley ; il savait sur quelles start-up technologiques il fallait miser et lesquelles il fallait fuir.

Après qu'il eut enfin laissé derrière lui le scanner corporel et l'analyse ADN du contrôle de sécurité, une petite rousse en tailleur gris clair s'avança vers lui, les semelles en caoutchouc de ses escarpins couinant lorsqu'elle se planta devant lui.

– Monsieur Aboye, je suis Catherine Hine, assistante particulière du premier sous-secrétaire adjoint à la Défense[12] en charge des acquisitions, des nouvelles technologies et de la logistique, annonça-t-elle, déclamant l'intitulé de son poste tel un commissaire-priseur présentant un trésor rare. Nous serons peut-être mieux dans mon bureau pour discuter, ajouta-t-elle, sans attendre sa réponse. Veuillez me suivre.

Ils firent trois cent dix-sept pas – Aboye comptait – sans croiser une seule fenêtre.

Une fois arrivés dans le box de la jeune femme, ils s'assirent et elle le dévisagea comme si elle attendait de lui des explications.

– Sommes-nous toujours dans les temps pour rencontrer la secrétaire Claiburne ? La queue au contrôle de sécurité était très longue, j'espère ne lui avoir causé aucun désagrément, dit-il.

– J'ai bien peur qu'il n'y ait eu une sorte de malentendu, monsieur Aboye : c'est avec moi que vous avez rendez-vous. La secrétaire à la Défense n'est même pas présente dans nos locaux, aujourd'hui.

Il se leva aussitôt, redressant son mètre quatre-vingt-seize, et leva les yeux vers les panneaux de fibres du plafond, criblés de LED. Il marqua une pause, puis la fusilla du regard.

– Si la secrétaire Clairburne n'est pas là pour me recevoir, alors qu'est-ce que je fais ici ? gronda-t-il.

– La secrétaire Clairburne était ravie de recevoir la note du sénateur demandant qu'on vous trouve un rôle, mais il n'aurait pas dû vous promettre une chose pareille, dit-elle. La manière dont les choses se passent dans la Silicon Valley ne s'applique pas ici. Nous sommes en guerre.

– Ne me parlez pas comme si je ne savais pas ce qu'était la guerre, rétorqua-t-il.

– Je suis désolée, je ne voulais pas vous offenser, dit-elle. Ce que je voulais dire, c'est que nous apprécions votre volonté de participer à l'effort de guerre, mais il existe des procédures auxquelles nous devons tous nous soumettre, que cela nous plaise ou non. Je vous engage donc à vous adresser à l'une ou l'autre des entreprises du Big Two, ici, dans la région de Washington, afin de voir peut-être si elles seraient intéressées par un partenariat. Ces gens seront en outre les mieux armés pour faire avancer un projet, quel qu'il soit, entre les différents bureaux de ce bâtiment et, bien sûr, les commissions du Congrès concernées. Mais je dois vous prévenir que les marges de profit ne seront pas celles auxquelles vous êtes habitué…

– Mais il ne s'agit pas de signer des contrats ni de gagner de l'argent ! s'emporta Daniel. Je suis venu ici pour voir comment je pourrais rendre un peu à ce pays de tout ce qu'il m'a donné.

– Oh, mais si telles sont vos motivations, l'organe que nous privilégions pour l'implication des citoyens est la garde nationale. Je vous engage à explorer cette voie. À moins de demander au sénateur s'il ne serait pas possible de siéger dans une commission d'étude spéciale ?

Elle jeta un bref mais théâtral regard à sa montre puis ouvrit grands les yeux en penchant la tête de côté, signal universel, parmi les bureaucrates, indiquant qu'une réunion était terminée.

– Je vois. Je vous remercie de votre temps et de vos explications, souffla Aboye – et il quitta les lieux.

Kakaako, Honolulu,
Zone administrative spéciale d'Hawaï

Elle pressa légèrement la lame contre sa peau, se concentrant sur la sensation d'oubli que cela lui procurait. Le sang chaud se mit à couler de plus en plus, et elle sut qu'elle avait de nouveau atteint ce moment parfait de toute-puissance, où elle n'avait plus qu'à appuyer de tout son poids sur la lame pour l'enfoncer dans la chair. C'était grisant de se sentir de nouveau maîtresse de la situation ; elle aurait pu s'abandonner à ce moment.

Respirant brusquement, Carrie Shin se força à rouvrir les yeux. Elle les baissa pour regarder son bras et pressa ses doigts sur la plaie.

Son bras lui faisait mal, mais c'était une douleur familière, terrible mais réconfortante. Pour la première fois depuis des mois, elle avait la sensation d'être centrée. Tandis qu'elle s'efforçait d'arrêter l'hémorragie avec une serviette, elle sut qu'à présent elle serait capable de gérer tout ça.

C'était à cause de la brosse à cheveux.

Sa brosse à lui, en plastique noir, qui était bonne à jeter. Leur appartement était rempli de souvenirs de lui : ses photos, sa planche de surf, son vélo. Mais tout à coup, elle avait aperçu quelques-uns de ses cheveux sur la brosse. D'irremplaçables parts de son homme.

Avant cela, elle ne s'était plus tranché les veines depuis qu'il l'avait prise sur le fait, trois ans plus tôt. Elle avait eu honte, et peur de ce qu'il allait penser, mais il s'était contenté de la serrer dans ses bras. De lui dire qu'elle n'avait plus de raison de souffrir seule, désormais. Qu'il était là pour la protéger. Qui mieux qu'un homme en uniforme pouvait le faire ? Il lui avait acheté une crème Nanoderm suisse qui faisait disparaître les cicatrices, et n'en avait plus jamais reparlé.

Eh bien, où était-il maintenant ?

Il était temps de se débarrasser des vêtements. Un peu de sang avait coulé sur le débardeur blanc mais, heureusement, pas assez pour que quelqu'un le remarque dans la pénombre du bar. Elle entreprit de découper les habits en carrés grands comme des cartes à jouer, puis soudain s'arrêta.

Le visage de son fiancé surgit de nouveau dans son esprit. Puis celui de son père, qu'elle détestait autant qu'elle avait aimé son futur mari, pour des raisons à la fois similaires et effroyablement différentes.

Elle fourra les lambeaux dans un sac en plastique, le bras tremblant, ayant à peine la force de tenir de la main droite le bidon de vingt litres et d'ouvrir grand le sac avec la gauche.

Elle se figea une nouvelle fois.

Elle sortit un bout de tissu et le passa sur sa coupure. Elle le remit dans le sac. Puis vint le tour des lunettes de soleil. Le portefeuille fut le dernier objet à finir sa course dans le sac.

Elle avait déjà vomi une fois, après que la décharge d'adrénaline était retombée, au moment d'ouvrir la porte d'entrée de son appartement. Elle avait titubé jusqu'aux toilettes, les jambes en coton, puis elle avait vomi entre deux haut-le-cœur pendant dix minutes, avant de s'allonger sur le carrelage et de perdre connaissance.

Quand elle s'était réveillée, elle savait ce qu'il lui restait à faire. Neuf heures s'étaient écoulées depuis.

Maintenant, l'odeur violente du bidon d'eau de Javel lui donnait des haut-le-cœur ; l'espace d'un instant, elle se sentit vulnérable. À quoi avait-il pensé juste avant de mourir ? Elle reprit ses esprits et s'apprêta à verser la Javel dans le sac. Ensuite, elle le descendrait jusqu'à l'incinérateur de l'immeuble, avec les autres détritus.

Un cheveu noir sur un fragment du débardeur blanc attira son attention. Elle sut aussitôt à qui il appartenait. Elle enfonça la main dans le sac et le déposa sur la brosse.

Ma douleur, ta douleur, leur douleur, toutes mêlées.

USS *Zumwalt*, chantier naval de la Navy, Mare Island

Mike grimaçait chaque fois qu'il apercevait la crête de Mohican de Brooks. Il se croyait où, ce gamin – dans l'armée de terre ? Les gars des forces spéciales pouvaient bien s'habiller en pyjama et se déguiser tant qu'ils voulaient ; l'uniforme de la Navy était censé se limiter à cela : un uniforme.

Mais l'US Navy avait besoin de ce garçon avec sa crête de Mohican. Alors au lieu de hurler sur Mo – le surnom que Mike lui avait trouvé –, qui avait vingt ans à peine, Mike se défoula sur Davidson. Cet homme de soixante-douze ans était une cible facile, tant ces deux-là se connaissaient par cœur. Ils partageaient la même carcasse vieillissante mais toujours en forme ; dans la pénombre, on aurait pu les prendre pour des jumeaux. Davidson avait combattu au côté de Mike au début de la première guerre du Golfe. Depuis ce temps, chacun avait pu mesurer le passage des ans en observant la peau de l'autre se faire de plus en plus tannée et sa barbe de trois jours virer au gris, aucun d'eux ne se voyant vieillir lui-même – jusqu'à ce qu'il se rappelle que l'homme en face de lui était comme son miroir.

– Il faut enlever toute la peinture – même tes foutus petits-enfants pourraient te montrer comment faire, marmonna Mike.

Davidson le savait très bien, mais il fallait le dire quand même.

Ce n'était pas de la colère, c'était une démonstration à l'intention de Mo.

– Ensuite, une fois que ta surface est bien dégagée, lisse comme une belle paire de… merde, voilà que je m'égare. Ensuite, donc, tu appliques la couche d'époxy, comme je te l'ai montré il y a de ça deux cents ans. Puis Mo ici présent fixera l'antenne et donnera un coup de pistolet à colle, et t'auras plus qu'à la sceller avec un peu d'époxy.

Davidson et Brooks étaient en train d'installer de nouvelles antennes radars à synthèse d'ouverture qui ressemblaient à d'immenses autocollants de pare-choc. Ils n'en étaient qu'à la moitié du processus.

Davidson protesta :

– Le truc, Mike, c'est que si tu grattes tout, ce n'est pas de l'acier, comme ma bite. La superstructure est faite de…

– Davidson, je me fous pas mal que ce rafiot soit construit en cookies ou je ne sais quoi. Tu vas me gratter tout ce foutu glaçage de pâtissier jusqu'à ce que la paroi soit prête pour l'époxy. Tu sais bien comment la chose doit se présenter et tu devrais pas avoir besoin que je te dise tout ça. Fais ton boulot, c'est tout !

– Le truc, c'est que le composite a juste…, commença Davidson.

– Putain, tu sais quoi, Davidson ? Tu commences à parler comme eux. Tu devrais peut-être demander à Mo des conseils pour ton look, pendant que t'y es !

Brooks avait baissé son masque de protection pour gratter un tatouage fraîchement gravé sur sa joue, un minuscule pictogramme représentant ses initiales, dans cette nouvelle police de caractères en vogue chez les jeunes. Il laissa échapper un ricanement haut perché.

– Ça vous aiderait peut-être à vous taper des meufs, bande de vieux schnocks, lâcha-t-il.

Mike colla son visage à celui du novice. Brooks recula, écœuré par son haleine fétide de buveur de café.

– Ça te fait rire, Mo ? Ma Navy est une blague pour toi ? Y a trente-cinq ans, je t'aurais emmené en bas, j'aurais enlevé mes galons et je t'aurais botté le cul. Les Mentors de la marine sont pas là pour te faire rigoler. Écoute donc ce que cet homme a à te dire, ajouta Mike. Ce « vieux schnock », comme tu dis, bossait sur des bateaux alors que t'étais même pas encore une tache de foutre sur le *Playboy* de ton papa.

Le jeune marin, confus, demanda :

– C'est quoi, *Playboy* ?

Davidson éclata de rire, et Mike s'en prit à lui, d'une voix calme et déterminée :

– Ferme ta grande gueule, Davidson. Mo a peut-être une coiffure qui ressemble à une chiure de pigeon, mais n'empêche : il est plus malin, plus rapide et plus doué que toi – il se tourna de nouveau vers l'engagé : Mais tu sais, Mo, quand on avait ton âge, à nous deux on s'est tapé plus de nénettes que t'en auras dans toute ta vie – y compris ta mère, à coup sûr, en long, en large et en travers.

Mike haussa de nouveau la voix jusqu'au volume qui était habituellement le sien sur le pont d'un bateau.

– Cette conversation est terminée ! Le nouveau capitaine arrive dans vingt minutes, alors va falloir aller vous laver le cul. Je le plains, le vieux, avec un bateau comme celui-là et un équipage comme vous.

Mike s'éloigna vers l'arrière du navire et inspira profondément pour ralentir son cœur qui s'était emballé. Il n'était plus capable de bousculer les marins comme ça sans faire monter sa tension. Et il fallait qu'il fasse attention, maintenant.

Il contempla le chantier naval de Mare Island[13]. Ce dernier avait été créé par le commandant David Farragut en 1854 juste derrière Suisun Bay, là où mouillait la Flotte Fantôme. Farragut était par la suite entré dans la légende lors de la bataille de la baie de Mobile, pendant la guerre de Sécession, en lançant l'ordre resté fameux : « Au diable les torpilles, en avant toute[14] ! » C'était ce genre de connexion qui conférait toute sa réalité au lien que Mike ressentait avec les marins du passé, sur des générations. Le long de ces mêmes pontons, des hommes avaient réparé leurs grands clippers après des voyages au long cours, via le cap Horn, pour emmener les chercheurs d'or jusqu'en Californie lors de la ruée de 1849 ; d'autres avaient construit les premiers sous-marins de l'US Navy à l'orée du XXe siècle ; quelque cinquante mille ouvriers avaient travaillé là pendant la Deuxième Guerre mondiale. Désaffectés depuis la fin de la guerre froide, ces docks reprenaient vie maintenant que l'Amérique avait de nouveau besoin d'eux. Mike se sentait responsable des jeunes tels que Mo, et de ce que les historiens écriraient plus tard au sujet de l'US Navy.

Davidson s'approcha, un paquet de cigarettes à la main.

– T'en veux une ?

– Je croyais que t'avais arrêté, fit remarquer Mike.

– Ouais, mais je connais un type à Vallejo qui en vend encore, répondit Davidson. Je me suis dit que j'allais organiser une petite course, pour voir, entre un missile Stonefish et un cancer du poumon.

Mike accepta une clope et la flamme du briquet au gaz de Davidson.

– Ces gamins bossent n'importe comment, déclara Mike.

– T'as raison, mais t'es pas obligé non plus d'être si dur avec eux. Ils connaissent les enjeux.

– Ben justement, t'en es sûr ? Ils sont capables de faire des trucs que je n'aurai toujours pas compris à ma mort, mais est-ce qu'ils saisissent vraiment ce que signifierait une défaite, dans cette guerre ?

Ils suivirent des yeux l'un de leurs collègues plus âgés du Mentor Program en train de porter un carton le long de la rambarde tribord, le pas mal assuré. Puis un gamin au crâne hérissé de courts dreadlocks sortit pour le guider vers l'intérieur du bateau.

– Ils sont comme nous à leur âge, ni plus ni moins. Très sûrs d'eux et très cons, soupira Davidson.

Mike tira une longue bouffée sur sa clope puis, d'une pichenette, la balança par-dessus bord.

– Si le Directoire gagne la guerre mais leur laisse toutes leurs Viz et leurs simus de groupe, verront-ils seulement la différence ?

reprit-il. Je veux dire, une fois qu'ils ont ces lunettes sur le nez, ils pourraient se trouver n'importe où dans le monde.

– T'as jamais essayé, hein ? demanda Davidson.

– Le monde réel me suffit, répondit Mike.

– Une fois qu'on a essayé, tout paraît différent, insista Davidson, grattant son biceps flasque et rougi par le soleil. Ou du moins, t'as l'impression que tout pourrait l'être. Si j'avais mes Viz Glass sur les yeux, là, je pourrais voler jusqu'au toit du hangar et nous regarder d'en haut. Enfin, j'aurais pu, avant la guerre. Les Viz marchent plus comme avant. Je parie qu'un tas de gosses veulent gagner cette foutue guerre juste pour que leurs lunettes remarchent comme il faut.

– Marins : gaaaarde à vous ! Présenteeeez... armes !

Le capitaine Jamie Simmons remonta la passerelle, d'un pas étonnamment silencieux pour un tel colosse. Il gratifia les hommes d'un salut militaire en s'arrêtant pour embrasser du regard l'allure menaçante de l'USS *Zumwalt*.

Ce bâtiment était gigantesque : cent quatre-vingt-six mètres de long. Si l'on avait posé à plat l'obélisque du Washington Monument à côté de sa coque, il l'aurait dépassé de seize bons mètres. Tous les éléments situés au-dessus de la ligne de flottaison étaient dépourvus d'angles droits, une architecture destinée à le rendre cinquante fois moins visible sur les radars[15] qu'aucun autre bateau avant lui. Sa partie immergée avait la signature acoustique d'un sous-marin furtif. Mais ce n'était pas cela qui rendait son apparence si impressionnante : c'était, paradoxalement, l'absence de tout armement visible. L'extérieur du *Zumwalt*, totalement dépouillé, semblait dissimuler d'innombrables armes de destruction massive.

Mais Simmons savait que ce navire n'était pas aussi redoutable qu'il en avait l'air.

Un temps envisagé comme l'avant-garde absolue de la flotte américaine du XXIe siècle, il s'était en fait transformé en un orphelin dont personne ne voulait. La classe DD(X) avait été conçue au début des années 1990. Ce projet, censé révolutionner la guerre navale, s'était appuyé sur toutes sortes d'innovations, depuis sa coque frégatée en lame de cutter pour mieux fendre les vagues[16] jusqu'à un système d'alimentation électrique intégré qui utilisait un moteur à aimant permanent[17] capable de produire dix fois plus d'électricité que les moteurs classiques. Grâce à ce système hautement automatisé, les navires de la classe DD(X) pourraient être manœuvrés par un équipage deux fois moins nombreux que les navires de combat de la génération précédente, à taille équivalente. Cette conception révolutionnaire permettrait à ces bâtiments d'embarquer un arsenal tout aussi révolutionnaire, notamment un canon électrique capable de tirer plus loin qu'aucun de ses prédécesseurs. L'US Navy espérait que le *Zumwalt*, le premier-né de ce qui serait ensuite rebaptisé la classe DDG 1000, marquerait l'histoire de la marine de guerre, comme avant lui l'USS *Monitor*, le premier navire cuirassé de la guerre de Sécession, ou le HMS *Dreadnought*, premier véritable navire de combat. Il était supposé bouleverser toutes les règles de l'architecture navale et inaugurer ainsi une nouvelle ère de la guerre maritime.

Ça, c'était le plan. Mais le temps que Jamie obtienne son master au Naval War College, l'histoire du *Zumwalt* était devenue un cas d'école de ce qu'il ne fallait pas faire en termes de conception d'un bâtiment de guerre. Ses créateurs avaient en effet intégré bien trop d'innovations technologiques risquées pour un même projet. En outre, l'expertise dans le domaine de la construction navale avant-gardiste avait basculé des États-Unis vers l'Asie à la fin du XXe siècle, et un budget militaire américain focalisé sur les conflits terrestres au Proche-Orient ne pouvait pas couvrir des navires de combat qui coûtaient plus de sept milliards de dollars pièce[18]. L'US Navy avait prévu d'acheter vingt-sept unités de ce type. Mais en 2008, la marine américaine n'en voulait plus aucune. Seul l'achat du *Zumwalt* et de deux de ses sister-ships avait été validé, et encore, grâce à l'intervention d'une puissante sénatrice siégeant à la commission du budget, qui avait menacé de faire obstruction à tous les autres contrats de la Navy si ce projet n'aboutissait pas. Il ne s'agissait pas de sauver ce navire ; la sénatrice s'efforçait simplement d'épargner une faillite certaine à un chantier naval situé dans sa circonscription.

Le bâtiment qui était finalement sorti de ce chantier était sans nul doute révolutionnaire, mais possédait tous les défauts des premiers prototypes : il ne tenait pas bien la mer, l'électronique de bord était défaillante, le système de propulsion avait tendance à caler sans prévenir et la puissance qu'il délivrait était insuffisante. Les jonctions mal ajustées de la coque laissaient passer de l'eau. Et étant donné le tout petit nombre d'unités produites dans cette nouvelle classe, le *Zumwalt* n'avait jamais vu la couleur des armes révolutionnaires qu'il était censé embarquer.

Quand le budget de la défense avait été sabré, pendant la période de crise consécutive à l'attentat de Dhahran, les amiraux s'étaient fait une joie d'envoyer le *Zumwalt* en retraite anticipée au sein de la Flotte Fantôme. L'un des deux sister-ships alors en construction avait été dépecé et transformé en laboratoire flottant pour un établissement d'enseignement technique de Newport News, en Virginie ; l'autre avait été utilisé pour tester une nouvelle génération de robots de lutte contre les incendies.

– L'équipage de l'USS *Zumwalt*, Sir, au grand complet.

Simmons parcourut lentement le rang des marins et autres techniciens civils réunis pour cette inspection. Il offrit à chacun un salut plein de confiance, un sourire rassurant. Derrière lui marchait son commandant en second, Horatio Cortez, qui le suivait d'un pas précautionneux, ne maîtrisant pas encore parfaitement l'usage de ses prothèses à la jambe et au bras gauche.

– Où en sommes-nous, XO ? interrogea Simmons tout en marchant.

– L'arrachage du réseau électronique et le recâblage avancent bien, mais le faire en même temps que nous essayons d'installer un matériel non corrompu mais qui n'a pas été testé s'avère de plus en plus difficile, répondit Cortez.

Obsédée, un peu tard, par les risques de piratage de ses composants électroniques, l'US Navy avait donné l'ordre de retirer du

Zumwalt tous les systèmes installés avant la guerre et considérés comme suspects, et de les détruire. Le fait que le *Zumwalt* et les autres navires de la Flotte Fantôme n'avaient pas été équipés des mises à jour les plus récentes était soudain devenu l'une de leurs plus grandes forces.

– La clé, c'est de faire en sorte que l'ancien matériel et le nouveau se fondent l'un dans l'autre.

Simmons s'arrêta brusquement pour se planter devant un homme aussi grand que lui. D'un bout à l'autre du rang, les marins se penchèrent discrètement pour voir de quoi il retournait.

– Cortez ? dit Simmons en se tournant vers son XO, peinant à cacher sa colère.

– Sir ?

– N'avez-vous pas vérifié la liste de l'équipage ? demanda Simmons.

– Si, Sir. Elle a été dressée automatiquement par un algorithme de sélection du NAVSEA[19], mixant qualifications et expérience, répondit Cortez.

Son regard dériva du visage du capitaine à celui du vieux marin qui lui faisait face.

Les Viz Glass du commandant en second brillaient d'un éclat rose et bleu. Grâce à elles, Cortez avait accès au système d'archivage de la Navy, par le biais d'une version protégée du logiciel People View de Google. Cela permettait de ne jamais oublier un nom, mais en passant d'un visage à l'autre, Cortez n'eut pas besoin de cette aide. Il cacha un sourire naissant derrière sa main artificielle, feignant de s'éclaircir la gorge. L'algorithme de la Navy avait jugé bon d'assigner le premier maître Michael Simmons à bord du navire que son fils commandait.

Haleiwa, Oahu,
Zone administrative spéciale d'Hawaï

D'une main sale, la femme ouvrit le sac congélation en plastique. Les dinosaures bleus et verts qui le décoraient firent naître en elle une sensation de malaise. Elle saisit de ses doigts pleins de boue la petite télécommande de porte de garage. Elle tenta d'essuyer le boîtier sur son tee-shirt noir, mais le tissu était tellement plein de sueur et de crasse qu'elle ne fit qu'étaler la saleté.

Arrête. Peu importe, se dit-elle. Les piles fonctionnaient encore. C'était tout ce qui comptait.

Elle adressa un signe de tête à l'homme allongé à plat ventre à côté d'elle pour qu'il commence à filmer avec la GoPro fixée à son fusil.

Elle retint sa respiration et approcha son pouce du bouton « Ouvrir ».

Souffler.

– Que nos ennemis meurent en hurlant, gronda-t-elle.

C'était une réplique tirée d'une série qu'elle avait regardée dans le temps, et qui semblait convenir à la situation.

Appuyer.

À cent mètres de là, quatre bombes artisanales[20] explosèrent à la suite, de l'avant à l'arrière du convoi. Le véhicule blindé de transport de troupes Wolf qui ouvrait la marche se renversa, en proie aux flammes. Les trois camions suivants disparurent dans un jaillissement phosphoreux. Le chauffeur du cinquième, intact, se planqua sous le tableau de bord.

Le lieutenant Carolyne Doyle du Corps des Marines, surnommé « Conan », rangea la télécommande de garage dans le sac en plastique qu'elle fourra dans la poche cargo de son pantalon. Il ne fallait rien gaspiller dans ce genre de guerre.

Tout cela était si différent des combats auxquels elle avait assisté au Yémen, depuis son hélicoptère de combat MV-22K Osprey. Ici, tout rouillait et il fallait récupérer en douce tout ce dont on avait besoin. Pas de livraison à la dernière minute des munitions ou des pièces détachées nécessaires. Et en lieu et place des chaussures de combat réglementaires, on se battait en sandales ou en baskets, dans ce groupe qui se composait des rares soldats parvenus à s'échapper des bases envahies ou qui avaient eu la chance d'être en permission le jour de l'attaque.

Entre les vêtements civils crasseux et le manuel tactique peu orthodoxe dans lequel ils puisaient, les insurgés avaient vite compris qu'ils n'étaient pas loin de ressembler à ces salopards qu'ils avaient combattu toute leur carrière. C'est de là qu'était issu leur nom, les Moudjahidine du North Shore ou MSN, comme ils le taguaient à la hâte quand l'ennemi menaçait. C'était de l'humour particulièrement noir, né non pas de l'admiration ni même du respect – ils avaient perdu trop d'amis en Afghanistan pour cela – mais pour la simple raison que l'objectif était le même : devenir tout ce que l'autre camp détestait, le danger qui rôdait à chaque coin de rue, le cauchemar dont on ne pouvait plus se débarrasser, l'adversaire sans foi ni loi.

Doyle leva son bras gauche et fit signe aux camions d'avancer. Deux détonations retentirent aussitôt sur sa droite. Finn, un technicien en télécommunication de l'US Navy à la retraite, qui avait été affecté dans une base avancée de la province de Marjah, en Afghanistan, envoyé là-bas comme indépendant pour compléter l'effectif d'une unité de l'armée américaine, tira sur la fenêtre passager du camion intact avec son M4. L'épaisse vitre pare-balles se fissura.

Nicks, sergent-chef de la police militaire au sein de la 25e division d'infanterie, qui avait fait ses classes en Irak et en Syrie auprès des prisonniers, sprinta jusqu'au camion, sauta sur le marchepied et tapa la crosse de son fusil contre la vitre fêlée, encore et encore, jusqu'à ménager une petite ouverture. Alors, elle jeta une grenade assourdissante-aveuglante à l'intérieur de la cabine et bondit au sol. L'engin explosa, produisant un éclair lumineux équivalent à un million de bougies et une détonation de 180 décibels. Ils avaient réussi à choper, dans un commissariat désaffecté, une caisse pleine de ces grenades que les commandos du SWAT utilisaient pour prendre d'assaut des endroits fermés. Elles étaient généralement considérées comme des armes non létales, car elles se contentaient de sonner les cibles sans les blesser. Enfin, sauf quand on s'en servait dans un espace aussi confiné que l'habitacle d'un camion.

Nicks sauta de nouveau sur le marchepied, enfonça le canon de son fusil dans le trou de la vitre, en appuya le bout contre l'un des corps et tira une seule balle.

– La voie est libre ! hurla-t-elle, bien plus fort qu'elle ne le pensait car elle avait encore ses bouchons d'oreilles.

– T'as trouvé quelque chose ? murmura Finn à l'intention de Conan, qui fouillait à présent l'arrière du camion.

– Pas encore. Je cherche.

Finn consulta sa montre. Il leur restait deux minutes max avant que les drones ne rappliquent. C'était la première fois qu'ils menaient une embuscade sur cet itinéraire-là, donc ils avaient peut-être un peu plus de temps devant eux. Vu le peu de protection dont avait bénéficié ce convoi, les forces du Directoire ne s'attendaient visiblement pas à être attaquées. À moins qu'il ne s'agisse d'un piège – auquel cas, ils étaient en train de gaspiller de précieuses secondes avant que les renforts n'arrivent.

– Je vais chercher les vélos, dit Nicks en disparaissant dans la forêt. Il faut qu'on se tire.

Conan ressortit de l'arrière du camion avec deux coffres en métal gros comme des boîtes à chaussures.

– Rien que des bleues ? interrogea Finn.

– Je crois, oui, répondit Conan. Peut-être aussi un peu de vertes et de rouges.

– Maintenant, je suis prêt à prendre n'importe quoi, soupira Finn.

Nicks émergea de la forêt en poussant deux VTT recouverts d'épaisses couvertures de laine toutes tachées. Son nez dégoulinait de sueur.

– On attend quoi, là ? demanda Nicks.

– Rien, allons-y ! répondit Conan. Rien dans les autres camions ?

– J'ai récupéré une douzaine de chargeurs, quelques pains de nanoplex, des barres de protéines, répondit Finn.

– Ça fera l'affaire, déclara Conan. Le plus important, c'était la vidéo.

Les MSN étaient sans cesse en mouvement, se déplaçant à vélo quand ils le pouvaient et à pied lorsqu'il le fallait. Ils n'avaient jamais le temps de s'accorder une bonne nuit de sommeil ou de prendre un bon repas. Mais tout ce dont ils avaient besoin était dans les coffres métalliques trouvés à l'arrière du camion.

– Fini de jouer, les enfants ! cria Conan. On retourne à l'école !

Anneau B, 4e étage, Pentagone

Parfois, l'histoire se fait dans l'ombre. En tant que pilote, le commandant Bill Darling avait passé toute sa carrière à pourchasser l'horizon. Mais ce n'est que lorsqu'on l'avait affecté aux bureaux de la Navy, au sein du Pentagone, qu'il avait réalisé à quel point le ciel était précieux. Cela faisait deux semaines qu'il n'avait pas vu le soleil.

En vérité, il l'avait presque vu – une fois. Une semaine plus tôt, des travaux en cours l'avaient obligé à traverser à pied la cour intérieure du Pentagone. C'était en plein jour et il savait que le soleil se trouvait quelque part là-haut, caché derrière le filet antipiratage qui recouvrait désormais tout l'édifice, le faisant ressembler à un cocon de soie. Christo City était le nouveau surnom en vigueur, un jeu de mots entre le complexe militaro-industriel voisin dont les immeubles de bureaux étaient connus sous le nom de Crystal City et l'artiste contemporain célèbre[21] pour avoir enveloppé de tissu divers monuments.

Mais même si Darling était noyé sous le travail, il lui fallait quand même s'alimenter. C'était peut-être le pilote en lui, mais plutôt mourir que de laisser un drone lui apporter son repas. Il faut bien mettre des limites, songea-t-il en voyant un petit train de iRobots de modèle Majordomo[22] passer en ronronnant, chargés de récipients à motif de nids-d'abeilles remplis de wraps et de sandwichs.

Jimmie Links l'attendait à côté d'un distributeur automatique de nourriture, devant l'entrée des nouveaux bureaux des services de renseignement de la Navy. Les deux hommes se connaissaient depuis l'académie navale, mais leurs carrières avaient suivi des trajectoires très différentes. Ni l'un ni l'autre n'appréciait d'avoir été muté au Pentagone, mais ils pouvaient au moins se morfondre à quelques minutes à pied l'un de l'autre.

– Tu n'aurais pas dû m'attendre, *my Darling*, déclara Links, imitant la voix d'une femme au foyer dans les vieux spots publicitaires.

– On me l'avait jamais faite…, lâcha Darling.

– Le public est difficile, aujourd'hui, s'amusa Links. Allons-y. Encore une minute et je secouais ce distributeur.

Darling jeta un coup d'œil à travers la vitre de la machine, maculée de taches de doigts, et laissa échapper un soupir.

– Une barre de Snickers peut-être, deux bouteilles de jus de mangue, et t'auras de quoi prendre ton pied, commenta-t-il.

– Je savais que vous autres, les pilotes, aviez de drôles de mœurs…, s'amusa Links.

Ils se remirent en route, mais Links s'immobilisa au bout de quelques pas.

– Merde, j'ai oublié mon portefeuille.

– Va le chercher : c'est pas moi qui régale, grommela Darling.

– Viens avec moi, comme ça tu verras de près la nouvelle analyste du DIA, celle dont je t'ai parlé.

– Tu ne l'as pas invitée ? s'étonna Darling.

– Il faut que je travaille avec elle, alors fais gaffe à pas partir en vrille, l'avertit Links.

Il l'emmena dans son bureau, non sans s'être soumis à un scan rétinien puis avoir fait glisser sa carte d'accès devant un capteur, avant de taper un code secret. Lorsqu'ils furent entrés dans cette cellule sécurisée, la porte se verrouilla derrière eux dans un cliquetis magnétique. Ils franchirent une porte intérieure dont le panneau en verre dépoli portait l'inscription : *Lutte anti-sous-marine non acoustique*. Une poussière fraîchement tombée des cloisons sèches s'était déposée sur la poignée de la porte.

Links conduisit Darling à l'intérieur de son box, un espace terne et aseptisé, dont la décoration se limitait à une carte holographique en 3D d'Oahu punaisée au mur et à un masque antipollution chinois taché de rouge à lèvres.

– Donc c'est ici qu'on fait des miracles ? demanda sèchement Darling.

– J'ai bien peur qu'il n'y ait pas beaucoup de foutus miracles en ce moment, répliqua Links, d'un ton grave. Nous n'avons toujours pas la moindre idée de la manière dont ils parviennent à repérer nos sous-marins.

Les premières frappes de missiles qui avaient décimé les porte-avions du Pacifique avaient été un choc pour toute la flotte, mais la manière dont l'ennemi avait ensuite localisé et détruit les sous-marins de l'US Navy était un mystère encore plus troublant. Les agences de renseignement américaines savaient depuis longtemps que les Chinois étaient en train de combler leur retard dans le domaine de la construction des navires de surface, mais étaient persuadées que, sous la mer, les États-Unis disposaient encore d'un avantage asymétrique. Depuis la guerre froide, lorsqu'un sous-marin américain voulait disparaître, on ne pouvait pas le repérer. Mais le camp d'en face avait trouvé le moyen, Dieu sait comment, de rendre l'océan transparent et donc mortel pour la flotte sous-marine censée offrir aux Américains cet avantage déterminant.

Darling s'assit sur une chaise et, adoptant l'humeur sombre de Links, demanda d'un ton calme :

– Il faut m'en dire un peu plus…

– Je ne sais même pas par où commencer, répondit Links. Je n'arrête pas de repenser à ce que ce professeur nous a dit un jour, pendant notre formation. C'était un ancien de la CIA, un vieux de la vieille qui avait fait deux tournées en Afghanistan, pendant la guerre froide puis de nouveau après le 11 Septembre. D'après lui, le travail de renseignement, c'était comme reconstituer un grand puzzle sauf qu'on ne vous donnait pas le couvercle de la boîte, si bien que vous ne saviez pas à quoi ressemblait l'image finale. Et on ne vous fournissait pas toutes les pièces dès le début, rien que quelques-unes à la fois. Pire encore, on jetait toujours dans le tas quelques pièces d'un autre puzzle.

– Il faudrait commencer par la question de la détection, puis s'intéresser au ciblage..., suggéra Darling.

– Nous passons tout notre temps à regarder derrière nous pour essayer de comprendre comment ils font, répondit Links. L'une des hypothèses serait que le Directoire utilise ses propres sous-marins pour suivre les nôtres à la trace. Et que nous n'arrivons juste pas à les détecter, pour une raison qui nous échappe.

Darling se raidit sur sa chaise au souvenir du missile balistique chinois qui avait détruit sous ses yeux le *John Warner*.

– Impossible, dit-il. Le sous-marin du Directoire que nous avions pris en chasse était trop éloigné du *Warner* pour pouvoir identifier aussi précisément sa position. Et aucune transmission n'a été détectée. Si leur sous-marin avait communiqué la position du *Warner* au QG de Hainan, nous aurions intercepté le message. Et puis ce sous-marin était trop occupé à s'échapper pour faire quoi que ce soit d'autre. Au moment même où les Stonefish ont commencé à pleuvoir, il était en train de couler. Nous l'avons eu, ça au moins, j'en suis certain.

– Auraient-ils pu se servir de vos moyens de communication pour localiser le *Warner* ? demanda Links. Voire pirater le système ATHENA ? Tu n'as rien remarqué ?

– Nan, absolument rien, répondit Darling. Vous avez pensé à des capteurs environnementaux capables de récolter des données massives, comme quand ces pêcheurs n'arrêtaient pas de repérer nos sous-marins équipés de missiles Trident au large de Bangor, il y a quelques années ? Ou bien un système de détection sous-marine depuis l'espace[23] ? Qui analyserait les traces infrarouges ou même quelque chose comme l'effet Bernoulli, en mesurant la distorsion de l'eau ? Le recours à un Ouija pour appeler les esprits, peut-être ?

– Nous avons écarté toutes ces hypothèses, soupira Links. Celle des capteurs environnementaux ne tient pas, car il faudrait les planter systématiquement à l'avance dans la zone de l'attaque. Aucune trace de ça, et puis les Chinois semblent capables de suivre les mouvements de nos sous-marins où qu'ils soient, absolument partout. Nous avons testé cette hypothèse au large des Aléoutiennes et l'*Oregon* l'a payé au prix fort. Un système de repérage depuis l'espace est la théorie sur laquelle nous travaillons en ce moment, mais personne n'est capable d'expliquer comment les Chinois pourraient s'y prendre. Les équipes du NAASW s'intéressent à l'utilisation possible de radars à synthèse d'ouverture pour la détection sous-marine, ajouta Links. Pendant la guerre froide, il y a eu des tentatives dans ce sens afin de pister les lanceurs d'engins soviétiques, mais ça n'a rien donné. Plus important encore : pour couvrir toute la surface d'un océan, ce genre de radar diffuserait de telles quantités d'énergie depuis l'espace que nous les aurions repérées.

– Et si c'était dans l'autre sens ? suggéra Darling. S'il s'agissait d'une détection magnétique de la coque de nos sous-marins ? En tout cas, c'est la théorie sur laquelle travaille la section d'analyse que nous avons mise en place aux urinoirs de l'anneau B...

– Non, ça aussi c'est une technique expérimentée sans succès à l'époque de la guerre froide, répondit Links. Ça ne marche pas depuis l'espace, un point c'est tout. Il y a trop de rétrodiffusion pour pouvoir isoler n'importe quel objet métallique à une telle distance. En gros, ils se retrouveraient à bombarder à coups de Stonefish le moindre morceau de métal posé au fond de l'océan. En plus, cela ne résout pas un autre mystère : comment se fait-il qu'ils aient localisé avec tant de précision nos sous-marins et nos porte-avions, mais pas leurs navires d'escorte ?

– Peut-être que ces derniers n'en valaient pas la peine ? Peut-être que les Chinois n'ont pas suffisamment de missiles ? proposa Darling.

– Ça ne tient pas debout. Tu crois qu'ils en seraient à faire ce genre de petites économies s'ils avaient les moyens de liquider aussi toutes nos unités de la classe Aegis ?

– Dans ce cas, il s'agit d'un système qui leur permet de repérer les bâtiments à propulsion nucléaire, conclut Darling.

– Ouais, ce qui nous ramène à ce que nous appelons, dans le jargon des agences de renseignement, la case départ..., soupira Links.

– Donc la vraie question est la suivante : qu'y a-t-il de si particulier dans un réacteur nucléaire ? Pour pouvoir en repérer un de très loin, il faut être capable de détecter ce qu'il émet. Mais putain, à une telle distance, un sous-marin à propulsion nucléaire ne peut pas émettre autre chose que des radiations Tcherenkov à peine perceptibles[24]...

– Répète un peu ? répliqua Links, d'une voix soudain tendue.

– Des radiations Tcherenkov. Tu dormais pendant les cours de physique nucléaire à l'académie de marine, ou quoi ? C'est ce qui donne aux réacteurs nucléaires leur luminosité bleutée – en gros, des particules chargées qui traversent le milieu entourant le cœur du réacteur à une vitesse supérieure à celle de la lumière. Un chercheur russe nommé Tcherenkov a découvert ça il y a genre, un siècle. Ce qui lui a d'ailleurs valu un prix Nobel.

– *Star Trek*. Ah, le salaud..., murmura Links à part lui.

Il jeta son portefeuille sur le bureau, d'une main tremblante.

– Le déjeuner est pour moi. Il faut que je file, une idée m'est venue.

– Comme tu veux, mec. J'espère que ton analyste du DIA en vaut la peine.

Darling ramassa le portefeuille et se levait tout juste quand il entendit la porte sécurisée se refermer dans un claquement sourd derrière lui.

Hôtel Moana Surfrider, Waikiki Beach, Zone administrative spéciale d'Hawaï

– Mademoiselle Shin, par ici s'il vous plaît, lança le boîtier vocal, traduisant en anglais les propos du garde chinois.

Le garde était un homme, mais l'appareil était conçu pour que sa voix numérique corresponde au genre de la personne à qui il s'adressait. Carrie ne savait pas s'il s'agissait d'une blague ou si un scientifique du Directoire était parvenu à la conclusion que si une femme entendait une voix féminine dans la bouche d'un fusilier marin du Directoire armé et imposant, elle trouverait ça plus rassurant qu'une voix d'homme.

– OK, OK, répondit Carrie.

Elle écarta les bras et bascula la tête en arrière en mode crucifixion, ses longs cheveux lui descendant jusqu'à la taille.

– Vous avez été sélectionnée pour des mesures de précaution supplémentaires, annonça le garde.

Il faisait à peu près sa taille mais deux fois sa masse musculaire. L'acné typique et l'épaisseur du cou montraient comment il s'y était pris pour devenir si énorme. Une proportion alarmante de leurs soldats avait cette drôle d'allure.

– Vous comprenez ? demanda la voix synthétique.

– Ouais, répondit Carrie.

– Le Directoire apprécie votre coopération, commenta le boîtier.

C'était la dernière phrase à la mode, systématiquement crachée par ces voix numériques. Étaient-ce les paroles du garde, ou bien une expression toute faite livrée en mode automatique ?

Les tampons de prélèvement la chatouillèrent en glissant le long de ses bras et de ses jambes. On aurait dit une araignée en train de l'explorer.

– Examen terminé, annonça la voix synthétique.

Elle rouvrit les yeux. Les tampons n'avaient pas viré au rouge, comme cela aurait été le cas s'ils avaient détecté des traces d'explosifs. Au lieu de quoi ils étaient recouverts d'une matière marron clair. Le garde contempla les tampons, perplexe, incapable de déterminer la nature exacte de cette substance terreuse.

– C'est rien, dit Carrie. Un peu de maquillage sur mon bras. Je me suis coupée en cuisinant.

Elle passa ses doigts sur ses joues comme si elle mettait du fond de teint et se fendit d'un sourire.

Le boîtier vocal traduisit ses paroles au soldat, qui hocha la tête, se figea, puis marmonna une phrase qu'elle entendit à peine.

– Merci de votre collaboration, conclut le boîtier.

Le garde se concentrait déjà sur la personne suivante dans la file.

Carrie s'éloigna sans hâte, en s'efforçant de rester calme, frottant les fines balafres sur son bras sans s'en rendre compte. Au moins, ce contrôle n'avait pas été aussi terrible qu'au check-point de la gare routière ; là-bas, le garde l'avait obligée à se pencher pour coller sa bouche au boîtier fixé à sa ceinture. Elle jeta un bref coup d'œil à la plage de Waikiki de l'autre côté de la rue, et, l'espace d'un instant, elle repensa malgré elle à son fiancé, à la promenade au crépuscule qu'ils avaient faite le jour de son anniversaire. Le vent soufflait fort, ce soir-là.

Un crissement de pneus sur le bitume, dans son dos, l'arracha à ce souvenir, et elle bondit sur le trottoir de droite. Le véhicule blindé de transport de troupes Wolf, un modèle hybride, glissa en silence devant elle. Le fusilier marin du Directoire posté derrière la mitrailleuse, sur le toit, lui adressa au passage un geste timide de la main.

En pleine poussée d'adrénaline, elle franchit d'un pas déterminé les quatre colonnes imposantes à l'entrée de l'hôtel, frissonnant malgré la chaleur moite.

Avant la guerre, elle était obligée de passer par l'entrée de service. Cet hôtel d'un blanc étincelant avait été bâti trois ans à peine après l'annexion par les Américains, en 1898, sur des terres appartenant à la famille royale d'Hawaï, et le fait d'autoriser le personnel à emprunter le même accès que les résidents de l'hôtel faisait partie d'une sorte de propagande de la part du Directoire : certes, les forces chinoises étaient là pour des raisons similaires, à savoir assurer la sécurité, mais, à l'opposé des Américains, elles faisaient preuve de respect à l'égard des « véritables » citoyens d'Hawaï. Le Directoire ne perdait pas une occasion de rappeler qui avaient été les premiers habitants de cet archipel. Mais que vous fassiez partie du peuple autochtone, des *hapa* (métis) ou que vous veniez du continent américain, il fallait quand même se soumettre au contrôle de sécurité, dans la rue.

Sur le plancher en bois du hall d'entrée, des soldats chinois de l'armée de terre et de la marine ainsi qu'une poignée de civils papotaient en sirotant des cocktails. Comme à l'époque de la Deuxième Guerre mondiale, le vieil hôtel avait été reconverti en lieu de rendez-vous pour les marins en permission. Carrie traversa le hall et sortit sur la véranda, à l'arrière du bâtiment. Depuis son perchoir, au comptoir de location de matériel sportif, elle ne voyait pas l'océan mais elle l'entendait. Ça comptait beaucoup pour elle.

– C'était génial ! lança une voix d'homme, l'arrachant à ses pensées. (Il s'exprimait directement en anglais, sans l'aide d'un boîtier de traduction.) Ça doit être un sport magnifique quand on le maîtrise.

Il posa contre le mur sa longboard encore ruisselante. Il y eut une brève pause, le temps qu'il recule d'un pas pour s'assurer que la planche ne tombe pas.

– C'est beaucoup demander en à peine une heure, fit remarquer Carrie. Je suis sûre que vous vous êtes très bien débrouillé.

– J'ai passé plus de temps à patauger à côté de mon surf que debout dessus, répondit l'officier.

Il était visiblement en forme – tablette de chocolat, mais pas gonflé aux substances chimiques comme tant de ses camarades. Il avait les cheveux coupés court, mais avec style. On devinait qu'il avait été coiffé par un professionnel et pas par l'armée, à la chaîne.

– Le sport des rois n'est pas pour tout le monde, dit-elle en le gratifiant d'un clin d'œil. Je sais que nous ne sommes pas censés poser de questions aux clients de l'hôtel, mais où avez-vous appris à parler anglais comme ça ? C'est impressionnant.

– À UCLA, évidemment ! répondit-il en levant deux doigts, faisant le signe qui accompagne l'hymne officiel de l'université californienne[25].

– Allez les Bruins ! articula-t-elle dans un demi-sourire, faisant référence à la fameuse équipe de football américain de UCLA.

– Écoutez, j'aurais vraiment besoin d'un cours, reprit l'officier. Pardon, je ne me suis pas présenté. Je m'appelle Feng Wu. Mes amis, à LA, m'appelaient Frank.

Carrie baissa les yeux sur sa tablette.

– Je peux vous inscrire avec l'un des instructeurs de l'hôtel, aucun problème. Ils sont super. Plusieurs d'entre eux étaient des surfeurs professionnels avant tout ça.

Frank se pencha vers elle, faisant tomber des gouttes d'eau salée sur le comptoir. Son sourire dévoila la blancheur parfaite de ses dents.

– Je parie que vous êtes vous-même une excellente professeure, dit-il.

– Oh, pas tant que ça..., protesta-t-elle.

– Je peux vous payer, ou vous donner une carte de rationnement supplémentaire, tout ce que vous voudrez.

Carrie pressa doucement le doigt sur ses cicatrices.

– Pas besoin. Aider les clients fait partie de notre boulot, en fait. N'importe lequel d'entre nous peut offrir ses services à un invité. Je pensais juste que vous auriez envie d'apprendre avec quelqu'un de plus expérimenté.

– Quel jour vous irait ? demanda-t-il.

– Lundi soir, la marée descendante est censée être top, répondit Carrie.

Elle pencha légèrement la tête de côté, laissant entrevoir son cou.

– Ça fait longtemps à attendre ! Pourquoi pas demain soir, plutôt ?

Elle lui rendit son sourire et le fixa droit dans les yeux.

Ce n'était pas sa beauté qui rendait son regard si frappant ; c'était le fait qu'elle était la première autochtone à le fixer vraiment depuis qu'il était à Hawaï. Tous les autres s'efforçaient d'éviter son regard, dans un mélange de honte et de peur. Rien de tel chez cette fille ; non, elle était juste... quoi, normale ? Plus proche des Américaines d'avant, dont il avait gardé un souvenir ému.

– Si vous voulez être mon élève, il va d'abord falloir apprendre à me faire confiance. Nous nous retrouverons lundi prochain. La lune sera pleine et ce sera fabuleux, dit-elle. Je connais l'endroit, croyez-moi ; c'est tranquille et il n'y a pas meilleur spot de ce côté-ci de l'île.

– Alors j'y serai ! répondit Frank.

USS *Zumwalt*, chantier naval de Mare Island

Depuis la mer, Jamie Simmons trouvait à présent que le *Zumwalt* avait moins l'air d'un cercueil flottant que de l'un de ces bidonvilles de bric et de broc posés sur l'eau qu'on voyait dans l'ex-Indonésie et que les habitants faisaient tenir ensemble avec du métal, du plastique et du bois, se créant des cabanes aux géométries improbables.

Ce que le vice-amiral Evangeline Murray pensait du *Zumwalt*, Simmons n'aurait su le dire. Elle lui avait à peine adressé la parole durant son inspection du navire, de l'extérieur. Mais les yeux de cette femme étaient sans cesse en mouvement. Simmons avait la sensation qu'elle était venue là pour tenter de cerner ce bateau, comme lui-même, sans doute, n'avait jamais vraiment pris la peine de le faire. À un moment, elle avait demandé au pilote du canot de se rapprocher de la coque et posé ses mains dessus en fermant les yeux, tel un guérisseur. Ce qu'elle avait entendu ou vu, Simmons l'ignorait. Ce qu'il savait, en revanche, c'est qu'elle bénéficiait d'un statut unique au sein de l'US Navy. Elle avait été la première femme à la tête d'un groupe aéronaval avant la guerre. Plus important encore, elle avait eu la chance d'officier comme présidente du Naval War College[26] au moment de l'attaque, ce qui lui avait permis d'éviter à la fois les missiles Stonefish et les enquêtes du Congrès qui avaient décimé le sommet de la hiérarchie militaire[27].

Elle fit signe au pilote de regagner le quai.

– Capitaine, avant de monter à bord, je tiens à vous dire que c'est un honneur de vous rencontrer, déclara-t-elle. Nous n'avons pas beaucoup de héros dans notre pays, en ce moment, pour nous servir de guides. Votre autorité et votre expérience sont d'une valeur inestimable, et je tenais à ce que vous sachiez que si ce navire ne fonctionne pas, je ferai personnellement en sorte que votre talent ne soit pas gâché…

– Je vous remercie, amiral, répondit Simmons.

– Pour ne rien vous cacher, poursuivit-elle, on me souffle en haut lieu qu'un homme tel que vous serait bien utile à Washington en ce moment, peut-être davantage qu'ici. Vous avez survécu là où tous les autres ont péri ; cela a grandement contribué à l'effort de guerre.

Simmons la regarda fixement, sans ciller. Était-elle en train de le jauger, lui, et pas seulement le navire ? C'était l'un de ces instants où tout se joue à pile ou face : Lindsey ou le large ; la sécurité ou le devoir.

– Vous avez raison, amiral, répondit-il. Ma place n'est pas ici.

Elle hocha la tête, le front soudain plissé.

Simmons tendit la main vers le Golden Gate Bridge.

– Ce navire, comme d'ailleurs toutes les unités que nous possédons encore, devrait déjà être en mer, là où se déroule le combat. Notre place est là-bas.

Il avait prononcé ces paroles sans même réfléchir, puis il s'interrompit un instant pour se demander si c'étaient les pensées de son père ou les siennes qu'il était en train d'exprimer.

Un sourire délicat dévoila les dents jaunies de l'amiral ; c'était inhabituel, à l'heure où la plupart des gens de son âge faisaient blanchir ou remplacer leur dentition.

– Ça, je ne vous le fais pas dire, déclara-t-elle. Maintenant, pourquoi ne pas me présenter l'équipage ?

On ne rassembla pas les hommes pour accueillir l'amiral, car elle préférait ne pas interrompre le travail en cours.

– Ce qui m'impressionne vraiment, c'est le degré de camouflage, déclara l'amiral Murray en arpentant le pont.

– On dirait peut-être un simple camouflage, mais la réalité, c'est que tous ces échafaudages et toutes ces bâches sont vraiment nécessaires. Au final, nous avons dû radouber toute la coque de haut en bas, expliqua Simmons.

Alors qu'ils s'approchaient d'un noyau de marins en train d'escalader péniblement un échafaudage – certains à peine adolescents, d'autres d'un âge bien avancé –, l'amiral reprit :

– Parlez-moi de l'équipage. Le nouveau mix prend bien ?

– Ce mélange de générations a ses avantages et ses inconvénients. Nous disposons des survivants de la flotte d'avant le Jour Zéro. On m'a laissé choisir les meilleurs membres de mon ancien équipage – et si je comprends bien, c'est vous que je dois remercier… Puis il y a les appelés, dont certains n'avaient jamais vu l'océan pour de vrai, sans parler de naviguer. Mais ce qu'ils maîtrisent, en revanche, ce sont les ordinateurs ; ils pratiquent les Viz, sous une forme ou une autre, depuis qu'ils sont nés. Ils voient les problèmes sous un autre angle que les marins classiques, même ceux qui étaient déjà dans la Navy quand la guerre a éclaté.

Simmons pointa du doigt deux jeunes dont les visages tatoués étaient en partie cachés sous leurs lunettes Apple en titane brossé. Ces gamins étaient en grande conversation avec un représentant du Mentor Program.

– Et enfin, amiral, nous avons nos marins les plus expérimentés, les Mentors, qui pour la plupart s'étaient engagés dans la Navy avant la première guerre du Golfe, reprit-il. Vu leur connaissance de l'histoire et le sens qu'a tout ça pour eux, nos plus jeunes recrues pourraient aussi bien se trouver sur l'arche de Noé…

– Nous allons tous devoir nous adapter, fit remarquer l'amiral Murray. Et je ne parle pas seulement de la marine. C'est la même chose dans tous les corps d'armée, à présent. Des gens qui ne se seraient jamais côtoyés il y a quelques mois n'ont pas d'autre choix que d'unir leurs forces, qu'il s'agisse de faire pousser des légumes dans le « jardin de guerre » d'un condominium ou de travailler ensemble dans un chantier naval comme celui-ci. Ma question est la suivante : est-ce que les Mentors s'en sortent ? Nous avons eu des échos contrastés en provenance des autres navires…

– À bord du *Zumwalt*, ils préfèrent qu'on les appelle les Vieux Schnocks. J'avais quelques doutes au départ, mais les plus anciens mènent tout le monde à la baguette et font trimer les recrues. Surtout, ils connaissent les anciennes technologies et leurs secrets mieux que quiconque.

Simmons guida sa supérieure vers l'arrière du navire.

– D'ailleurs, on ne peut pas séparer les hommes et la technologie. Et je ne parle pas seulement du matériel ancien. Les améliorations que nous avons apportées aux réseaux sans fil du bateau vont nous permettre de faire tourner le système qui a remplacé ATHENA et nous protégeront également un peu mieux contre d'éventuels piratages.

– Le recours à des réseaux locaux va être déterminant ; mettez bien l'accent là-dessus, approuva l'amiral.

– Ça, ce sont les rampes de lancement verticales[28] destinées aux missiles de croisière, expliqua Simmons, poursuivant sa visite guidée.

– Capacité de stockage totale ? interrogea l'amiral Murray.

– Nous pouvons en embarquer quatre-vingts pour le moment, répondit Simmons. Mais nous allons devoir réévaluer leur impact potentiel, tant que le Bureau de recherche navale n'aura pas mis au point un nouveau système de ciblage. Car en l'absence de GPS, ces missiles ne nous offriront pas la force de frappe dont nous avons vraiment besoin. Pour avoir tant soit peu d'impact, il faudrait sans doute libérer l'espace de stockage normalement réservé aux missiles antiaériens.

L'amiral Murray se pencha vers lui.

– Cela fait des années que nous nous efforçons de trouver un nouveau système en remplacement du GPS, mais c'est toujours la même histoire : les choses ne se goupillent jamais comme on voudrait. C'est maintenant ou jamais, mais dans l'hypothèse où ce nouveau système ne serait pas prêt à temps, votre approche est la bonne : compenser le manque de précision par un volume de feu accru. Réservez l'espace disponible pour tout ce qui peut faire des dégâts. Il faut gonfler au maximum notre puissance de frappe.

Ils se baissèrent pour passer sous une bâche et se retrouvèrent face à une grosse boîte gris ardoise, à la façade alvéolée. C'était une sorte de mitrailleuse électrique, connue sous le nom de *Metal Storm*[29] – « Averse de métal ». Sauf que celle-ci ne faisait pas défiler les balles une par une, pour les expédier vers l'ennemi à travers un unique canon : ici, les munitions étaient disposées à la queue leu leu dans les nombreux canons en alvéoles qui constituaient l'arme. Déclenchées par des détonateurs électroniques, les balles partaient toutes en même temps, comme dans ces chandelles romaines utilisées dans les feux d'artifice.

– Pour notre défense rapprochée, nous avons installé le Metal Storm et les deux tourelles laser juste au-dessus de la passerelle, expliqua Simmons. Ces décharges d'énergie dirigée devraient suffire à neutraliser les cibles individuelles, tandis que le Metal Storm est capable de cracher un véritable mur de balles, trente-six mille exactement, tirées en même temps. (Il tapota doucement l'engin.) Certains de nos jeunes ont d'ailleurs traficoté le logiciel pour réduire encore un peu plus son temps de réaction.

– Pensez à transmettre ces lignes de code au reste de la flotte – il faut que nous poursuivions le développement accéléré de notre armement, dit-elle.

– La question est de savoir si ces armes seront efficaces et de combien de missiles antiaériens nous pouvons nous débarrasser, reprit Simmons. Les simulations réalisées par nos modèles informatiques donnent des résultats très contrastés.

– Je n'ai peut-être pas été assez claire, l'interrompit l'amiral Murray. Je comprends que vous vouliez disposer des deux options – équilibrer la force de frappe et les systèmes de défense de ce navire. Mais c'est un jeu à somme nulle. Ce que je veux, moi, c'est que le *Zumwalt* se considère lui-même comme un navire de combat, si nous devons faire appel à lui.

– Amiral, cette frégate n'est pas un navire de combat, du moins selon la conception classique que les gens en ont, fit remarquer

Simmons, dans un effort conscient pour parler d'une voix égale car, de nouveau, elle le testait. Les navires de combat ont toujours été évalués sur leur capacité d'emport de munitions et donc de force de frappe, mais aussi sur leur propre poids. Des canons de 400 millimètres, mais également un blindage de coque de la même épaisseur. Assez grand pour frapper fort mais aussi pour être frappé sans dommage. Ce que nous ne sommes absolument pas. Certes, le *Zumwalt* est la plus grande frégate de la flotte, mais il n'est pas capable d'encaisser ce genre d'attaque. Il nous faudra frapper les premiers, et tuer de loin.

– Exactement, acquiesça-t-elle.

Test réussi.

– Alors montrez-moi comment vous comptez vous y prendre.

Ils marchèrent vers l'avant du navire, à l'endroit où auraient dû se trouver les tourelles de tirs de 155 millimètres d'origine. Là, des ouvriers étaient en train de souder ce qui ressemblait plutôt à un semi-remorque incliné vers le haut qu'au canon épuré d'un navire de guerre. Sur le flanc de l'engin, on pouvait lire la devise officielle du programme : *Speed Kills* – « La Vitesse Tue ».

– C'est le vieux prototype de l'usine de Dahlgren[30] ? demanda l'amiral Murray.

– Lui-même. Certaines pièces détachées se sont égarées quand ils ont arrêté le programme, après la retraite anticipée de la classe Zumwalt, mais pour l'essentiel, oui : il est conforme à l'original. Expédié par voie ferroviaire depuis la Virginie.

– C'est pour cela que vous êtes ici, capitaine. Un canon électromagnétique en état de marche pourrait tout changer pour notre flotte. Voire changer le cours de cette guerre, ajouta-t-elle.

Le canon électromagnétique représentait en effet un point de rupture[31], un changement de paradigme par rapport à huit siècles de science balistique. Au lieu d'utiliser les propriétés chimiques de la poudre pour expédier un objet métallique à travers un canon allongé, le canon électromagnétique avait recours à une énergie produite par des forces électromagnétiques. Le principe était simple : un puissant courant électrique circulait entre deux rails aux charges opposées ; lorsqu'on insérait un projectile conducteur (dont une extrémité était reliée à la source électrique) entre les deux rails, cela fermait le circuit. De la même manière que les gaz expulsés par l'explosion de la poudre propulsaient un obus hors d'un canon conventionnel, le champ magnétique créé dans cette boucle provoquait une décharge d'énergie extrêmement puissante, appelée force de Lorentz[32], qui catapultait le projectile. Il n'y avait pas de mèche à allumer, mais ce canon d'un genre nouveau exigeait une source d'alimentation électrique fiable et puissante. Sans électricité, un bâtiment de combat armé d'un canon électromagnétique était comme un navire de ligne du XIXe siècle dont les réserves de poudre auraient pris l'eau.

– Il nous aurait été bien utile à Pearl Harbor, c'est sûr, dit-il, en se remémorant la pétoire enrayée du *Coronado*.

– J'imagine bien. Mais j'aimerais autant que personne ne se retrouve plus jamais pris au piège dans une telle boucherie. D'après vous, quel sera l'effet de ce canon électromagnétique sur l'action de la flotte ?

Nouveau test. C'était l'ancienne présidente du Naval War College qui parlait.

– Il nous apporte de la vitesse et une plus grande portée, amiral. Ce canon catapulte un obus à une vitesse supérieure à deux mille cinq cents mètres par seconde, et nous permet de frapper des cibles à près de trois cents kilomètres. C'est un double gain. Plus rapide que tous les missiles et impossible à brouiller ou à abattre.

Elle hocha la tête, mais semblait encore sur sa faim.

– Mais le plus important, ce sera l'effet de ces obus. Ils sont de petite taille mais à une telle vitesse, ils frapperont leur cible avec une force que seuls les obus lancés par les navires de combat de l'ancienne classe Iowa ont égalée par le passé – et ceux-là faisaient la taille d'une voiture. Ce canon résout également le double problème que posent les missiles à longue portée en termes de capacité de stockage et de ciblage. Même en l'absence de coordonnées GPS précises, nous sommes capables de saturer la zone ciblée sous un déluge de feu. C'est dans ce domaine-là que la similitude avec les anciens navires de combat s'avère la plus probante.

– La « Main de Dieu », c'était comme ça qu'on l'appelait pendant la phase de développement, expliqua l'amiral Murray. À l'époque, j'étais un jeune officier travaillant au sein de l'état-major de la Navy au Pentagone, dans le bureau du vice-chef des Opérations navales en charge des nouveaux armements. Je me souviens très bien de ce programme de canon électromagnétique ; il figurait en tête des présentations PowerPoint de tous les officiers qui venaient nous voir. Le nom sonnait bien, mais ça ne nous a pas empêchés de sabrer le budget du programme quand il a fallu opérer des coupes budgétaires. Comment faites-vous pour régler les problèmes de gestion de la chaleur et de l'alimentation électrique qui se posaient à l'époque ? Il paraît un peu délicat de remplacer un canon fondu au beau milieu d'une bataille...

– Il y a deux manières d'aborder le problème thermique. Déjà, il ne s'agit plus du canon qui leur a causé tant de soucis. Celui-ci possède une nanostructure capable de dissiper la chaleur. Bien sûr, il faudra encore faire attention, mais nous sommes désormais capables d'effectuer ce que nous appelons une frappe en surtension. La question de l'alimentation électrique est plus complexe et, en toute franchise, amiral, c'est là mon principal souci. Le canon électromagnétique exige une quantité d'électricité équivalente à celle qui permet d'alimenter une petite ville. Ce navire était censé être conçu avec cette idée-là en tête, mais vous savez bien que ses créateurs ont promis un tas de choses qu'au final ils n'ont pas su réaliser.

Le *Zumwalt* était le seul navire de surface à disposer d'un système d'alimentation électrique capable de produire et, plus important encore, de stocker les formidables quantités d'énergie requises pour provoquer la poussée électromagnétique qui était l'essence même de ce canon. C'était pour cette raison que l'enthousiasme de l'US Navy à l'égard de ce programme de canon électromagnétique avait fini par retomber, une fois la classe Zumwalt mise au rancart. Malgré tout un système conçu sur mesure pour cette nouvelle arme, les projections réalisées par les modèles informatiques des ingénieurs navals prévoyaient que l'usage de ce canon nécessiterait, à chaque tir, que l'on puise dans l'énergie destinée aux autres systèmes du navire, y compris celui qui assurait sa propulsion.

– Nous ne sommes que trop conscients de ce problème, que notre vieux complexe militaro-industriel n'a pas réussi à résoudre, reconnut-elle. Alors, comment comptez-vous vous y prendre ?

– Nous privilégions une approche combinant une refonte tactique et un travail de réingénierie, répondit Simmons, s'efforçant de moduler son ton pour ne pas qu'elle pense qu'il cherchait des excuses. D'un point de vue tactique, le plan consiste à tirer profit, en quelque sorte, de cette perte de puissance électrique pour créer de l'incertitude dans les protocoles antidétection. La clé, c'est de ne plus se laisser prendre au piège, pour reprendre votre expression, mais de disparaître dans l'immensité de l'océan. En termes de réingénierie, nous avons obtenu des résultats satisfaisants grâce à la nouvelle batterie liquide à forte densité d'énergie tout spécialement conçue pour ce bateau. Elle nous procure un surcroît de puissance dépassant tout ce que les concepteurs des années 1990 pouvaient imaginer. Nous avons reçu l'aide d'une spécialiste des batteries liquides, une professeure de l'université du Wisconsin. Pour être franc, nous misons beaucoup sur son expertise.

Il s'interrompit pour la fixer droit dans les yeux.

– Mais la réponse, amiral, c'est que le canon électromagnétique est très gourmand en énergie. Mon inquiétude, c'est que si les choses ne se passent pas comme prévu, nous risquons de nous retrouver coincés avec des options toutes aussi mauvaises les unes que les autres.

– Capitaine, répliqua l'amiral, insistant sur son titre. C'est une chose qu'on apprend lorsqu'on passe du rôle de second à celui de commandant : il ne s'agit jamais de choisir la meilleure option, mais de choisir la moins mauvaise.

Elle marqua une pause pour lui laisser le temps d'intégrer la leçon. Simmons repensa à ce jour fatidique, à Pearl Harbor, et se dit qu'elle n'avait pas besoin de lui transmettre cette pépite de sagesse-là.

– Je crois en vous, capitaine. Et je crois en ce que ce fils bâtard qu'est votre navire est capable d'accomplir. Des risques qui dans le temps auraient été inacceptables font désormais partie de notre réalité. (Son regard se fit plus sombre, et Simmons devina la guerrière derrière l'ancienne présidente d'académie militaire.) J'ai besoin que vous prépariez ce navire pour moi, parce que j'ai besoin que vous alliez détruire des cibles là-bas, autant que possible, aussi vite que vous le pourrez. J'ai besoin que le Directoire ressente une chose qu'il n'a jamais éprouvée : la peur. Vous allez faire renaître cette peur en eux, capitaine. C'est compris ?

Anneau G, niveau –1, Pentagone

La porte de la petite salle de réunion se referma dans un soupir étouffé, et tout le monde à l'intérieur sentit la différence de pression. Les officiers de la Navy se pincèrent les narines et soufflèrent pour se dégager les oreilles, tandis que les scientifiques civils avalaient leur salive.

Cet espace sécurisé jouissait d'une architecture novatrice, destinée à contrecarrer le piratage informatique et la mise sur écoute systématiques appliqués par le Directoire. On avait longtemps cru que le Tank d'origine[33], la salle de commandement des chefs d'état-major interarmées, était totalement sûr, jusqu'au jour où l'on avait découvert que son étanchéité avait été compromise par du matériel informatique acheté au rabais par un sous-traitant du ministère de la Défense, des mains d'un autre sous-traitant basé en Floride[34], qui s'était avéré n'être qu'une entreprise fictive fondée par deux étudiants, lesquels se contentaient en fait d'écouler des puces achetées à un vendeur chinois. Tout le monde appelait cette nouvelle pièce hermétique *The Box*, la « Boîte », même si elle était en réalité une boîte construite dans une autre boîte. Entre ses deux parois imprégnées de nanoparticules, un liquide circulait à grande vitesse afin de disperser tous les signaux et les transmissions susceptibles d'entrer ou de sortir. Des rumeurs couraient selon lesquelles le liquide en question était radioactif.

– Bon, je vous épargnerai les formalités d'usage ; aucun de nous n'a envie de rester assis dans la Boîte plus longtemps que nécessaire, déclara l'amiral Raj Putnam, chef des renseignements de la Navy.

Assis à côté de Darling, Links le prit au mot.

– Tout commence à Pékin, Sir. J'étais sur le point de terminer ma mission auprès de l'ambassade – à vrai dire, ça s'est passé lors de ma soirée d'adieux. Il y avait là un officier russe qui avait fait toute sa carrière à Pékin et que je connaissais, il m'avait même aidé de temps en temps.

– Vous voulez dire que vous vous étiez soûlé plusieurs fois avec lui, et qu'il vous contrôlait ? répliqua l'amiral Putnam.

– Non, Sir, je connais le métier, répondit Links. Je n'ai pas de puce sur moi, mais vous pouvez vérifier ma Viz et les autres enregistrements. Ce qui nous ramène à ce cocktail. Comme vous le savez, dans ces soirées-là, tout le monde est soit équipé d'une puce, soit enregistre tout avec des micros épidermiques, des Viz, ce que vous voulez. Alors je pensais qu'il ne me dirait rien d'intéressant…

– Oui, j'ai moi-même visionné l'enregistrement de ce cocktail, intervint l'amiral Putnam. Il n'a effectivement rien dit de passionnant.

Links adressa à Darling un regard incrédule. Dans le court silence qui suivit, le son utérin du liquide glissant autour de la pièce parut s'intensifier. Puis Links s'éclaircit la gorge et poursuivit :

– C'est le contexte qui rend cette conversation intéressante. Comme vous avez pu le constater, nous avons parlé de *Star Trek*, cette vieille série de films et de feuilletons. J'avais déjà discuté d'un tas de choses avec Setchine, mais jamais de science-fiction. D'habitude, il relayait juste les derniers ragots sur la politique intérieure du Directoire ou les promotions à venir, ce genre de trucs. Donc ça m'a marqué. Setchine m'a confié combien il était fier du fait qu'un des personnages de la série, Chekov, ait été ainsi baptisé en hommage à un savant russe, Pavel Tcherenkov. Sincèrement, amiral, je me suis dit qu'il devait juste être un peu saoul. Et puis hier, en apprenant ce qui est arrivé à l'USS *John Warner*, ça a fait tilt.

Links se demanda quel âge avait l'amiral. Il avait les cheveux gris coupés ras, comme la plupart des gens qui fréquentaient le Pentagone, certainement dans le but de bien montrer leur dévouement à l'effort de guerre. L'amiral avait la peau lisse et sans aucune imperfection, mais un nez grêlé comme une roche lunaire. Il était peut-être assez vieux pour avoir vu la première vague des films *Star Trek*.

– Alors dites-moi, en quoi cette discussion d'ivrognes autour de la science-fiction éclaire ce que vous avez vu ? demanda l'amiral Putnam à Darling.

– Je crois que ça a un lien avec la manière dont ils ont réussi à localiser nos unités sous-marines, répondit celui-ci. Le Directoire n'avait aucun sous-marin ni aucun bâtiment de surface dans notre zone d'opérations, en dehors de la cible que nous avons neutralisée. Et pas d'avions, non plus. Ce carré d'océan nous appartenait. Du moins, c'est ce que nous pensions…

Darling se mâchouilla la lèvre, visiblement nerveux.

– Mais pour répondre à votre question, il faut recontextualiser un peu cette affaire – le Dr Shaw, de la NASA, est le mieux placé pour le faire…

Il se tourna vers l'homme assis à sa gauche. Grand et sec, épaules de nageur, Shaw n'avait pas la tête du scientifique. D'autant qu'il portait un costume chic, flashy, dans ce style des années 1930 redevenu à la mode. Et pour couronner le tout, ses Viz Glass aux montures fines et aux verres teintés en rose trônaient comme une tiare sur le dessus de son crâne. Quel que soit l'effet escompté, il échappait à l'amiral.

Shaw se leva pour prendre la parole, tandis qu'une projection vidéo apparaissait derrière lui, dont le contenu n'était pas aussi vibrant que son discours.

– Quand un photon sort d'une zone de vide et pénètre dans un milieu diélectrique à une vitesse supérieure à la vitesse de phase de la lumière, cela débouche sur une conséquence merveilleuse, qui s'est révélée cruciale pour la compréhension scientifique de tous les phénomènes cosmiques, de la nature des trous noirs à celle des étoiles. Mais commençons par les fondements mathématiques...

Pendant que Shaw griffonnait une équation projetée en direct sur la paroi de la Boîte, l'amiral Putnam se tourna vers les deux officiers, agacé.

– Messieurs, je n'ai pas le temps d'assister à une soutenance de thèse ; nous avons une guerre à gagner. Quel rapport avec Tcherenkov et nos sous-marins ?

– On y arrive, Sir, répondit Links. Docteur Shaw, la métaphore que vous avez utilisée pour expliquer tout ça nous éclairera sans doute mieux que les concepts mathématiques...

– Ah..., répondit le Dr Shaw. Je vois. Vous connaissez bien le phénomène qui advient lorsqu'un avion vole plus vite que la vitesse du son et brise le mur du même nom : un bang supersonique[35] se crée dans son sillage. Eh bien l'effet Tcherenkov décrit, en gros, le même phénomène, mais au niveau des électrons. Ce que nous appelons la vitesse de la lumière n'est possible que dans le vide. Quand la lumière se déplace à travers d'autres types de milieux, comme l'eau, elle est ralentie par la matière présente dans ces derniers. Par conséquent, il est possible, pour des particules chargées, de se déplacer plus vite que la lumière dans ces milieux-là. Mais ces particules n'en interagissent pas moins avec le milieu traversé, excitant les molécules qu'il contient et relâchant ainsi des photons qui s'accumulent derrière elles. Ici, le bang est une sorte de cône qui se déplace dans le sillage des particules subatomiques. Dans le cas des réacteurs nucléaires, qui, si j'ai bien compris, est celui qui vous intéresse, les particules s'éloignent du noyau plus vite que la lumière, produisant ce magnifique éclat bleuté qui vous est sans doute familier : c'est cela qu'on appelle la « Radiation Tcherenkov ».

Links s'empressa d'enchaîner, sachant qu'il risquait de perdre son public.

– Ce qui, Sir, a peut-être un lien avec un autre mystère. Dans notre groupe de lutte anti-sous-marine, nous étions focalisés sur l'offensive du Directoire à Pearl Harbor et au large. Mais cette attaque, évidemment, a débuté dans l'espace. Et quand vous abordez la question avec nos collègues du DIA, ils disent que, parmi toutes les cibles, il y en a une qu'ils ne s'expliquent pas : un satellite de recherche de la NASA. Nous avons d'abord pensé que les services de renseignement du Directoire avaient cru, à tort, qu'il s'agissait d'un satellite espion clandestin. C'est justement pour cette raison que le Dr Shaw est présent aujourd'hui. Docteur, pourriez-vous expliquer à l'amiral la teneur du projet de recherche que vous dirigez à la NASA ?

– Au départ, il s'agissait de collecter des radiations Tcherenkov dans le cadre de recherches sur les origines des trous noirs. Mais la NASA voulant montrer au Congrès qu'elle obtenait des « résultats tangibles » – Shaw mima des guillemets, comme pour souligner le mépris qu'il avait pour toute forme de recherche appliquée –, notre projet a également servi à étudier des centrales nucléaires et la dispersion avérée et potentielle de radiations après des accidents comme ceux de Fukushima et de Maine Yankee.

Darling lui coupa la parole.

– Donc, Sir, j'ai parcouru les archives du Pentagone concernant les budgets alloués aux programmes de recherche et développement, et j'ai découvert qu'au XXIe siècle le Bureau de recherche navale avait mené des études démontrant qu'il était théoriquement possible de localiser un réacteur nucléaire grâce aux radiations Tcherenkov qu'il émet. Mais ce sujet n'a jamais vraiment été creusé. Pas parce que les chances de succès d'un tel projet étaient faibles, non ; mais parce que même si cela fonctionnait, cela ne nous aurait pas apporté grand-chose. Toute notre flotte sous-marine était à propulsion nucléaire, mais les sous-marins russes et chinois les plus problématiques pour nous étaient leurs engins à propulsion diesel, particulièrement silencieux. Il n'aurait donc pas été très intéressant d'investir dans ce domaine de recherche. Le Bureau de recherche navale estimait que personne d'autre que nous n'avait les moyens techniques de le faire, et nos stratèges craignaient que si nous faisions cet effort, eh bien les résultats de nos recherches risquaient de fuiter, de telle sorte que nous ferions une fleur à l'autre camp.

Links intervint de nouveau :

– La seule conclusion possible, c'est qu'ils ont fait une percée et découvert un moyen de détecter les radiations Tcherenkov, ce qui leur a permis de contourner la furtivité de nos sous-marins et de les prendre pour cibles, eux et tous nos bâtiments à propulsion nucléaire. Ce qui résout nos deux mystères : celui des attaques en mer et celui de la destruction du satellite du Dr Shaw. Car si le camp adverse et le vôtre possédaient cette capacité, vous souhaiteriez forcément que ceux d'en face la perdent. Vous les en priveriez, même s'ils n'étaient pas conscients de l'avoir.

L'amiral ne répondit rien pendant dix bonnes secondes. Mais ses mâchoires s'étaient contractées et une perle de sueur se forma sur sa tempe. Puis ses mots se déversèrent à la cadence précipitée de qui n'arrive pas vraiment à croire à ce qu'il est en train de dire et préfère donc s'en débarrasser le plus vite possible :

– Cette théorie s'apparente au mélange improbable entre un délire d'ivrogne et des réponses qui cherchent leurs questions. Ce qui signifie qu'elle est probablement exacte. Et si tel est le cas, alors nous avons un problème très, très sérieux.

Ka'ena Point State Park Beach, North Shore, Zone administrative spéciale d'Hawaï

Le lieutenant Carolyne Doyle se dirigea vers la passe au cœur du récif, propulsant son paddle sur une houle tranquille. L'ordinateur miniaturisé Boeing D-Tac attaché à son avant-bras se mit à vibrer, indiquant qu'elle n'était plus très loin du lieu de rendez-vous. Elle portait cet appareil réglementaire le matin de l'invasion, puisqu'il faisait partie du matériel d'urgence censé permettre d'établir une communication sécurisée avec les pilotes abattus.

Elle scruta les étoiles au-dessus d'elle, le rivage derrière et l'océan sombre au large. Mais ne vit rien.

S'était-elle trompée en décodant le message ? Elle s'allongea à plat ventre sur le paddle et se servit de la pagaie pour stabiliser la planche face au courant. Dans cette position, la faim lui perçait l'estomac. Elle aurait dû prendre une bleue avant de partir, mais elle préférait les économiser pour plus tard.

Son ordinateur miniaturisé l'avait conduite à cet endroit. Tout à l'heure, elle avait appris de Nicks que le groupe avait parié à quatre contre un qu'il s'agissait d'un guet-apens.

« C'est pour ça que Dieu nous a donné des grenades », avait répondu Conan.

Et voilà qu'elle se retrouvait là, à découvert.

« On sait très bien que si tu tiens tant à y aller, avait ajouté Nicks, c'est pour laver tes affaires. »

C'était la vérité. Elle avait pagayé pieds nus mais en gardant le pantalon qu'elle portait tous les jours depuis deux mois.

Un tressaillement sous la surface attira son attention. Quelque chose avait bougé. Quelque chose de gros.

La sensation primale, innée, d'être tout près d'une chose plus grande et plus puissante qu'elle la figea net, et fit taire sa faim. C'était comme avaler une pleine poignée de stimulants. Même si ce n'était vraiment pas son genre. De ce point de vue là, tout le monde était différent. Certains avaient besoin de stimus quand ils étaient sur la brèche. D'autres, d'aides à la concentration. Ce qui fonctionnait le mieux, pour elle, c'étaient les bêtabloquants, car elle était déjà bien assez speed comme ça naturellement.

Elle se remit debout sur la planche, s'efforçant de contrôler les tremblements de ses jambes. Nouveau frissonnement sombre sous la surface. Un remous quasi imperceptible tournoya devant elle.

Même si elle avait eu un flingue, elle n'aurait pas tiré. Les ballons de surveillance du Directoire auraient aussitôt envoyé une patrouille sur place, et en l'espace d'une heure à peine, elle se serait retrouvée dans une salle d'interrogatoire où ses bourreaux chinois et russes l'auraient charcutée et gavée de drogues. Les aides-soignants militaires parlaient de l'« heure d'or[36] » qui suivait une blessure sur le champ de bataille, et où tout se jouait pour sauver une vie. Les interrogateurs du Directoire, eux, avaient leur heure d'or à exploiter avant qu'elle ne s'éteigne. Enfin, c'est ce que Conan avait entendu dire. Mieux valait mourir là, seule, entre les mâchoires d'un monstre, que de se faire déchiqueter, physiquement et mentalement, par l'ennemi.

L'eau s'agita à six ou sept mètres devant la planche, tandis que la forme sombre approchait. Voilà, c'était maintenant.

Doyle s'agenouilla et changea sa prise sur la pagaie ; elle la brandissait à présent comme un sabre. Ironie de l'histoire, songea-t-elle : elle n'avait pas de couteau sur elle, au moment où elle en aurait eu le plus besoin.

Un fin aileron trancha la surface de l'eau. Elle dressa la pagaie au-dessus de sa tête. Au moins, se dit-elle, son dernier geste de marine serait celui d'une guerrière.

Elle abattit la pagaie de toutes ses forces au moment où la coque tubulaire du Wave Glider perça la surface. La pagaie ricocha sur le plastique dur de ce robot et Doyle tomba de sa planche. Elle se retrouva dans l'eau à côté du drone taillé comme une raie manta, passant les mains dessus pour se convaincre qu'il ne s'agissait pas d'un requin. Ces engins quasi indétectables[37] ne consommaient pratiquement pas d'électricité. Ils ne dépendaient pas d'un moteur traditionnel mais de l'énergie produite par les vagues pour aller de l'avant. Le D-TAC de Doyle se remit à vibrer pour lui signaler que le Wave Glider venait de se connecter à son ordinateur miniature. Un message vert pâle lui annonça qu'une série de fichiers avait été téléchargée et un second lui détailla ce qu'elle devait faire maintenant.

Pour ouvrir la trappe du compartiment, elle dut d'abord arracher les détritus qui s'étaient pris dans les foils de l'engin. Le drone avait dû traverser le vortex de déchets du Pacifique Nord[38]. À l'intérieur du compartiment, elle trouva deux sacs marins hermétiques. En voyant leur motif de camouflage se transformer pour imiter les vaguelettes à la surface de l'océan puis celle du paddle, Doyle comprit qu'ils devaient contenir quelque chose d'important.

Salle de réunion du Présidium, quartier général du Directoire, Shanghai

Quand le vice-amiral Wang Xiaoqian traversa le globe holographique et s'avança sur l'estrade installée au centre de la pièce, toutes les conversations se turent.

Cette fois, son ancien camarade de classe n'eut plus besoin de le présenter. Il n'avait jamais rencontré la plupart de ces gens, mais eux reconnaissaient tous l'amiral Wang, omniprésent dans les flashs d'info de leurs Viz Glass. Les présentateurs des journaux le considéraient comme le « nouveau Sun Tzu », l'architecte de cette victoire récente inspirée par la sagesse des temps anciens. Wang savait très bien qu'il s'agissait là d'une représentation erronée de son rôle dans l'histoire, simple création des algorithmes du ministère de l'Information fondée sur ce qui fonctionnait le mieux auprès d'un public test. C'était néanmoins agréable et, surtout, cela lui imposait un devoir nouveau d'être vu et écouté. C'était pour cette raison que la réunion avait lieu à Shanghai, plutôt qu'au QG de l'île d'Hainan : il fallait faire en sorte que les dirigeants civils se sentent impliqués.

La salle était plus élégante, plus raffinée que le centre de commandement de l'armée. Elle accueillait également un public plus nombreux, des dizaines de personnes de plus qu'en temps normal ; les membres qui constituaient le noyau du Présidium avaient amené avec eux leurs assistants et leurs copains. C'était un moment de gloire, après tout, que chacun voulait partager.

Tandis que Wang prenait place devant l'assemblée, un large bandeau holographique se déploya derrière lui – le nouveau drapeau rouge et blanc du Royaume-Uni[39] claquant dans une brise virtuelle, le bleu de l'Écosse ayant disparu à la suite du deuxième référendum sur l'indépendance organisé dans la foulée de l'attaque.

– Un seul ! En Europe, un seul allié est resté aux côtés des Américains : la plus si grande Grande-Bretagne ! déclara l'amiral Wang.

La dissolution de l'OTAN menaçait depuis longtemps, mais le détricotage soudain de cette alliance militaire à l'issue d'un simple vote diplomatique avait représenté pour Washington un choc presque aussi fort que celui de l'attaque surprise du Directoire.

– Et qu'ont-ils à offrir à leurs alliés yankees ? Ces mêmes avions de chasse F-35 dont nous connaissons parfaitement les systèmes électroniques, et un porte-avions détenu conjointement avec la France, que Paris refuse d'engager au-delà de l'Atlantique…

Le drapeau se rétrécit soudain, pour aller se caler dans le coin d'une autre bannière nationale.

– Dans le Pacifique, qui sont les alliés des États-Unis, maintenant ? interrogea Wang. Là encore, il n'y en a plus qu'un : l'Australie.

Wang balaya l'assemblée du regard. La plupart des gens présents semblaient attentifs, une marque de respect à son égard, et il allait bientôt être temps pour eux d'enfiler leurs Viz Glass.

– N'étaient-ils pas convaincus, jusqu'à récemment, que notre dépendance vis-à-vis de leurs ressources minérales était comme un étau refermé sur nos couilles ? Et maintenant, font-ils toujours autant les fiers ? Vous êtes plus calés que moi en matière de business, ajouta-t-il, conscient qu'il était important de faire montre d'une certaine déférence à l'égard de ce public. Mais même un simple marin comme moi est capable de comprendre que leur économie tout entière repose sur une chose qu'ils ne peuvent désormais plus vendre sans notre consentement. Le blocus demeure inviolé, et nos réserves minérales sont plus que suffisantes. Très bientôt, ils nous supplieront de leur prendre ce dont, il n'y a pas si longtemps, ils menaçaient de nous priver – paraphrasant Sun Tzu, Wang conclut par ces mots : Dominer un ennemi sans combattre est le summum de l'habileté.

Le dernier drapeau apparut : celui des États-Unis. Wang s'avança au bord de l'estrade, et le drapeau rapetissa derrière lui, dans une symbolique qui n'échappa à personne.

– Je vous prie de bien vouloir sortir vos lunettes, reprit l'amiral Wang.

Lui-même enfila une paire de Viz Glass Prada noir mat en carbone et maillage de titane, une édition limitée réservée à Shanghai que sa maîtresse lui avait achetée peu après l'invasion d'Hawaï. Elles étaient trop tape-à-l'œil à son goût, mais il savait aussi qu'elles étaient parfaitement adaptées à cette foule.

Le fil Viz les projeta à travers le drapeau pour les plonger dans un défilé d'images – certaines récoltées par les services de renseignement, d'autres piochées en accès libre. Un alignement de chasseurs F-35 à l'abandon le long de la piste de l'aéroport de Kadena, base repassée sous contrôle japonais dans le cadre du pacte de neutralité. Puis des familles américaines faisant la queue devant une banque alimentaire à Indianapolis, les yeux braqués sur les cartons orange fluo empilés de l'autre côté d'une ligne bleue scotchée au sol. La photo suivante avait été prise à l'intérieur de la Chambre des représentants des États-Unis, où les législateurs de la 2e circonscription de Virginie-Occidentale et de la 6e circonscription de l'État de Washington se battaient à coups de poing, constellés de taches de vieillesse[40]. Sur celle d'après, on voyait un lit de roses fanées disposé autour des sabots du fameux taureau en bronze de Wall Street, triste rappel de la vague de suicides qui avait touché les traders, suite à l'effondrement des marchés boursiers.

– Ces clichés montrent la nouvelle réalité dans laquelle les Américains sont en train d'apprendre à vivre. Avec le temps, ils finiront par voir les aspects positifs de ce changement.

Le public se retrouva soudain propulsé en orbite, devant la station spatiale Tiangong-3. Une exclamation collective s'ensuivit, comme prévu. Tous contemplaient à présent le Pacifique, puis de nouveaux cris retentirent lorsqu'ils tombèrent en chute libre à travers l'atmosphère, droit sur Pearl Harbor. L'assemblée embrassa alors lentement du regard le port, depuis le pont supérieur d'un navire de guerre chinois mouillé dans la baie, ce qui permit à la fois aux spectateurs de reprendre leur souffle et d'étudier les marins du bord, aussi à l'aise que s'ils étaient là chez eux comme dans n'importe quel port de Chine. Les membres du Présidium et le public déclenchèrent aussitôt un tonnerre d'applaudissements devant ce long périple au dénouement évidemment victorieux.

– Mais le fondement de la sagesse, c'est d'appeler les choses par leur vrai nom. Vous venez d'assister à un superbe tour d'horizon de ce que nous avons réussi à accomplir jusqu'à présent. Mais il nous faut comprendre ceci : nous sommes parvenus à un point d'équilibre, pas au point d'achèvement. Nous ne livrons plus de batailles, mais la guerre n'est pas tout à fait terminée, fit remarquer Wang. Les forces conventionnelles américaines n'ont pas les moyens de frapper Hawaï, et encore moins de nous attaquer ici. Ce qui n'empêche pas les Américains de nourrir de telles ambitions.

Les scènes se succédèrent alors en accéléré : un bataillon de marines américains en tenue camouflage de désert, leurs traits exprimant une honte mêlée de colère alors qu'ils descendaient d'un pas lourd la passerelle d'un des avions de ligne civils que les USA avaient été contraints de louer au gouvernement brésilien afin de pouvoir évacuer leurs troupes bloquées au Proche-Orient. Un navire de guerre dans la baie de San Francisco, recouvert de bâches et d'échafaudages, visiblement en cours de réparation. Puis les images satellite en accéléré d'un chantier naval du Connecticut en train de construire lentement, tant bien que mal, un unique sous-marin. Enfin, le visage triste d'une petite fille que son père aidait à abandonner sa tablette rose, ornée d'un ruban rouge, dans un « carton de guerre » destiné aux usines militaires, à l'école. La tablette serait ensuite désossée pour en récupérer les puces électroniques, qu'on ne pouvait plus importer de Chine.

– Nos frappes initiales, combinées à vos actions dans le domaine économique, ont eu un effet dévastateur, se réjouit l'amiral Wang. Mais nous devons rester sur nos gardes. Je vous ai dit, il y a quelques mois, que nous n'avions pas le choix. Maintenant, ce sont les Américains qui n'ont plus le choix. Leur dignité les pousse à croire qu'il leur faut encore essayer. Et cette offensive qu'ils préparent, nous devrions l'accueillir comme une bonne nouvelle, pas la craindre. Ce n'est qu'après son échec qu'ils accepteront enfin de tourner cette page de l'histoire – la leur, et la nôtre.

« Mon admiration pour Sun Tzu n'étant un secret pour personne, je conclurai par une citation qui résume parfaitement le périple qui nous attend : « Éviter la défaite[41] ne dépend que de nous ; mais c'est l'ennemi lui-même qui fournit l'occasion de le vaincre. »

Le fil Viz s'interrompit et l'amiral Wang retira ses lunettes. Il sentit une main lui tapoter l'épaule pour le féliciter et, se retournant, il se retrouva nez à nez avec le ministre de l'Économie, Wu Han, qui allait parler maintenant.

Surnommé « Sterling », Wu avait bâti sa fortune dans le monde du jeu, à Macao. Pendant la période de transition, il s'était imposé comme une source cruciale d'informations et donc de moyens de pression sur les anciens dirigeants du Parti communiste et leurs copains, dont une grande partie avait des dettes – personnelles ou financières – envers lui.

L'allocution de Wu témoigna de son art de la mise en scène – il ne manquait que les danseuses de cabaret. La musique gagna en intensité au fur et à mesure qu'il expliquait comment le Directoire négociait des accords commerciaux de plus en plus avantageux avec les pays d'Amérique latine et l'Europe. La musique alla crescendo lorsqu'il annonça que les travaux préparatoires à l'extraction de gaz naturel au fond de la fosse des Mariannes étaient en avance sur le calendrier prévu, tandis que les importations de pétrole depuis le Mexique et le Venezuela connaissaient d'ores et déjà une forte hausse.

Le ministère de l'Économie resta à l'écart du domaine privilégié de l'amiral Wang jusqu'à ce qu'il aborde la question du canal de Panama. Celle-ci demeurait un sujet épineux entre les deux composantes du Directoire. Priver les Américains de leur capacité à faire basculer facilement leurs forces de l'Atlantique au Pacifique avait constitué un point crucial du plan d'attaque, façonné sur la base d'analyses, commandées par Wang, des erreurs commises par le Japon lors de la précédente guerre mondiale. L'unique autre itinéraire que pouvaient emprunter les Américains, via le cap Horn, se trouvait à plusieurs milliers de kilomètres au-delà de la portée maximale de leurs forces aériennes, et exigeait à la fois le déploiement d'une barrière de sous-marins et la négociation avec l'Argentine d'un effacement de sa dette contre le droit d'établir des bases sur ses côtes. Mais du point de vue de l'aile économique du Présidium, cette élégante solution militaire était considérée comme un gaspillage des investissements réalisés dans la région. Le compromis auquel les deux composantes étaient finalement parvenues était que le coût total de la remise en état du canal serait intégré aux demandes de réparations que les Brésiliens adresseraient aux Américains.

Wang hocha la tête comme pour témoigner sa compassion envers la complainte de Wu, avant de se reconcentrer aussitôt sur le boulot qui était le sien : mener une guerre. Un bref rapport Viz que son aide de camp lui avait fait suivre montrait le baptême d'un destroyer lance-missiles flambant neuf, de type Luyang IV, tout en faisant état d'un certain déclin dans le degré de préparation de l'équipage.

Puis vint le tour du ministre de l'Information, un jeune technocrate qui avait fait fortune dans l'industrie du logiciel. Il garda ses Viz Glass aux verres bleus tout au long de sa présentation, fixant timidement le plancher pendant qu'il parlait.

– Notre analyse des microblogs Weibo[42] révèle que la proportion d'opinions positives au sein du public est supérieure de sept pour cent aux prédictions les plus optimistes des modèles informatiques, déclara-t-il. Nous disposons d'un soutien assez important pour pouvoir continuer sans avoir à craindre la moindre expression inattendue d'un quelconque désaccord.

Les traits de l'amiral Wang laissaient transparaître un profond intérêt, mais il restait concentré sur sa propre mission, passant en revue, dans ses Viz Glass, les derniers rapports des services de renseignement sur les mouvements des navires américains.

– L'optimisme est grand concernant l'avenir de notre économie, ce qui renforce encore la stabilité et l'harmonie nécessaires à une croissance durable, conclut le ministère de l'Information puis, fixant toujours le sol, il marmonna son verdict : Le peuple est toujours avec nous parce que nous sommes en train de gagner.

– Non : le peuple est avec nous parce qu'il sent que la guerre est finie, rectifia le général Wei, commandant en chef de l'armée de terre chinoise. Et c'est la vérité. Les Américains sont... – il s'interrompit, se tourna vers Wang et poursuivit :... vaincus.

C'était une attaque déguisée contre Wang, d'autant plus notable qu'elle avait lieu en présence des membres civils du Présidium. La réunion préalable entre ses membres militaires au QG de l'île d'Hainan s'était avérée houleuse, les officiers n'arrivant pas à se mettre d'accord sur la meilleure marche à suivre : consolider leurs gains ou, comme le proposait Wang, profiter au maximum de l'avantage dont ils disposaient sur les Américains pour provoquer un ultime baroud de leur part, avant qu'ils ne soient réellement prêts à l'entreprendre. Toute la question était maintenant de savoir si cette pique du général en présence des civils était une attaque personnelle, due à sa jalousie devant les louanges que l'amiral Wang avait reçues dernièrement, ou institutionnelle, liée aux jeux de pouvoir en cours au sein de l'armée. Wang croisa fugacement le regard de son aide de camp pour le prévenir que ce qu'il s'apprêtait à dire risquait de leur attirer des ennuis à tous les deux.

– Bien sûr, je pense comme le général Wei que nous surfons tous sur la vague du succès...

Un rappel subtil du fait que la victoire s'était jouée en mer et ne devait rien aux forces terrestres de Wei.

– Mais je me vois forcé de marquer mon désaccord avec le choix de mots de mon confrère. « Vaincus » sous-entendrait en effet que cette guerre est terminée. Or, on ne peut pas forcer un ennemi à reconnaître sa défaite, même lorsqu'il a tout perdu d'un coup. Ne l'oubliez pas. Notre victoire finale repose sur leur acceptation de la défaite. Ils n'en sont pas encore là, et il est peu probable qu'ils y arrivent par le biais d'un processus pacifique.

– Comment feraient-ils pour nous combattre ? interrogea Wu, le ministre de l'Économie. Leur économie, et en particulier leur complexe militaro-industriel, est à ce point dépendante de nos usines, pour toutes ses pièces détachées, qu'elle ne peut faire autrement que de se mettre à l'arrêt.

– Nos projections montrent qu'elle devrait s'effondrer définitivement d'ici trois à six mois, confirma le général Wei. La défaite est là, à mes yeux.

– Nous pouvons l'espérer, riposta Wang. Mais l'histoire nous a montré que les grandes puissances ont du mal à accepter leur déclin. Elles ont tendance à disparaître d'une manière assez chaotique[43].

– Ils n'oseront jamais lancer une offensive à ce stade, répliqua le général Wei. Vont-ils baptiser des navires pour les voir couler aussitôt ? Faire décoller des avions pour qu'ils soient abattus ? Ils savent désormais que nous contrôlons le ciel et sommes capables de détecter leurs moindres mouvements.

– Laissons-les essayer, suggéra le ministre de l'Information, s'adressant toujours à ses chaussures. De nouvelles vidéos de combats seraient très utiles pour améliorer notre taux d'approbation, ainsi que l'indicateur combiné d'harmonie. Ça donnerait un grand coup de boost.

– Ne voyez-vous pas qu'ils se trouvent à présent dans la même situation que nous avons connue il y a peu : confrontés à un ennemi qui jouit d'un accès illimité à l'air, à l'espace et à la mer, et capable de repérer et d'annihiler tous leurs déplacements ? rétorqua l'amiral Wang. Mais cela ne fait pas pour autant d'eux une nation vaincue. Nous devons les amener à en prendre conscience…

Il expliqua alors la stratégie qu'il prônait pour bloquer le commerce maritime des États-Unis. Celle-ci consistait notamment à cibler les routes d'approvisionnement à travers l'Atlantique, une région où le Directoire n'avait pas encore déployé ses missiles Stonefish par crainte de déclencher un conflit avec l'Europe.

– Notre but ne devrait plus être de nous battre juste pour le plaisir de nous battre, mais pour provoquer la bonne réaction, un ultime déploiement des derniers vestiges de la flotte américaine, qui nous permettra de mettre fin à cette guerre en imposant nos conditions. Néanmoins, nous devrons quand même offrir aux Américains un moyen de sauver la face lorsqu'ils seront forcés de reconnaître leur défaite. Je pense ici au conseil de Maître Sun : « Nous devons bâtir un pont en or par lequel nos ennemis pourront s'échapper. »

Le ministre de l'Économie reprit la parole :

– Amiral, la question de savoir ce qu'il faut faire de la zone administrative d'Hawaï est simple comme bonjour : on ne redonne jamais sans contrepartie à ses adversaires ce qu'ils ont perdu. Pour cela, ils doivent vous donner quelque chose en échange qui en vaille la peine. Notre sécurité énergétique et l'honneur de notre nation l'exigent. Et si vraiment vous avez raison, et que les Américains lancent un dernier assaut avant d'accepter leur défaite, ce sera encore mieux. On n'a jamais envie que l'adversaire quitte la table en courant ; on veut qu'il reste et continue de jouer, partie après partie, jusqu'à ce que son portefeuille soit vide et ses derniers espoirs anéantis.

La réunion continua de tourner en rond pendant un bon moment. Au bout de quatre-vingts minutes, l'aide de camp de Wang vint le trouver, comme convenu. L'amiral se leva sans un mot, feignant d'être appelé à contrecœur par le devoir, qui le contraignait à abandonner cette charmante compagnie. Son aide de camp resta à sa place, enregistrant les débats avec ses Viz Glass et prêt à appeler l'amiral en cas de besoin.

Dans le couloir illuminé de soleil, bondé d'assistants et d'aides de camp, l'amiral Wang entendit une voix l'interpeler.

C'était l'officier de liaison russe auprès du conseil de planification militaire du Directoire. L'amiral Wang ne se souvenait plus de son nom et regretta de ne plus avoir ses Viz Glass.

– Félicitations, amiral, lança l'officier dans un mandarin parfait.

Son uniforme d'apparat était un peu usé, mais d'une propreté irréprochable.

– Je sais que vous êtes un homme très occupé. Je voulais simplement vous dire, entre soldats, combien la manière dont vous vous êtes comporté était impressionnante. Je ne suis pas sûr que j'aurais pu faire preuve d'une telle retenue.

Wang soupesa ses paroles. Il étudia les yeux d'un bleu délavé, étrangement écartés sous un front scindé en deux par une vieille cicatrice. L'homme parlait sur le ton du complot, entre professionnels.

– Je ne vous envie pas, d'être obligé de collaborer ainsi avec des civils alors que vous avez aussi une guerre à gagner, poursuivit l'officier russe, qui aimait visiblement s'écouter parler. Mais bien sûr, c'est le prix du compromis fait par votre Directoire, celui d'être dirigé à la fois par des hommes en uniforme et des hommes en costume trois pièces. En Russie, c'est beaucoup plus simple : tout ce que dit notre cher leader est parole d'Évangile.

– En effet. Votre leader a gardé l'instinct du tueur, approuva l'amiral Wang.

– Vous aussi, amiral, vous aussi…

Wang le remercia d'un hochement de tête, mais l'officier continua :

– Surtout, vous leur avez dévoilé une vérité fondamentale – et sur ce point, je suis totalement d'accord avec vous. Il ne faut pas croire qu'on en a fini avec les Américains. Jamais.

Le général de division Sergueï Setchine se fendit d'un sourire.

Sandy Beach Park[44], Zone administrative spéciale d'Hawaï

Le lieutenant Feng Wu, ou « Frank », s'immobilisa dans l'eau chaude qui lui arrivait à la taille.

Il l'avait perdue.

Puis elle réapparut. Dix mètres devant lui.

Une minute plus tôt, elle portait un haut de bikini noir. À présent, elle l'avait enlevé et lui faisait signe de le suivre plus au large.

Il n'en fallut pas plus pour le motiver, même si c'était seulement la deuxième fois qu'il montait sur une planche de surf. Il avait joui de nombreux privilèges en tant que fils d'un des membres du Présidium du Directoire, mais le surf n'en faisait pas partie. Même s'il était sorti diplômé de l'université californienne UCLA avant la guerre, il n'avait pas eu envie que son père apprenne qu'au lieu d'étudier l'ingénierie mécanique il passait son temps à traîner sur la plage. Non, il avait toujours fait son devoir – même maintenant, en participant à cette démonstration de patriotisme, qui avait envoyé les deuxièmes fils de tous les membres du Présidium rejoindre les rangs de l'armée. Pas les héritiers, évidemment : son grand frère était resté bien au chaud à Macao.

Mais personne n'avait précisé que le devoir ne devait pas s'accompagner de compensations bien méritées. Il y avait mieux à faire que passer ses journées le nez dans les livres de comptes des casinos. Et apprendre à surfer avec une superbe fille aux seins nus en faisait partie.

Frank rama de plus belle, ses bras frappant violemment l'eau, ce qui avait juste pour effet de propulser sa planche comme une savonnette devant lui. La force ne comptait pas, dans l'eau. Il lui sembla distinguer un gloussement de rire dans le grondement des rouleaux, puis il l'aperçut fugacement lorsqu'elle plongea de nouveau.

Les vagues se brisant sur le récif devenaient de plus en plus assourdissantes. Pourtant, l'eau était peu profonde à cet endroit ; il avait pied, si besoin. Et puis, les marins du Directoire n'étaient pas censés avoir peur de l'océan, ni des jolies filles.

Je fais partie des gentils, c'est ce qu'il aurait voulu lui expliquer.

Elle jaillit de l'eau devant lui, presque à sa portée, sa poitrine dénudée scintillant à la lueur de la lune. Puis elle plongea à nouveau, un éclat blanc lui révélant qu'elle avait aussi enlevé son bas de bikini.

Il manqua tomber de sa planche quand Carrie réapparut à côté de lui, pagayant avec vigueur, tout sourire. L'eau devait être plus profonde ici, à proximité de l'endroit où les vagues se brisaient. Au moins, elle était calme.

Carrie grimpa sur sa planche et s'assit derrière lui, son corps si proche qu'il sentit ses tétons dans son dos.

– Le break n'est plus très loin, dit-elle. Il faut que vous sentiez ça. C'est magique.

Elle expliqua comment elle voulait qu'il rame jusqu'au creux des rouleaux. Quand une vague était sur le point de se briser sur lui, expliqua-t-elle, il suffisait de plonger en dessous et d'attendre qu'elle passe. Il fallait juste être patient.

– Courage. Ça ne devrait pas être trop dur pour un soldat comme vous.

Lui, il était marin. Mais avant qu'il ait pu la corriger, elle disparut de nouveau sous l'eau. Il colla son corps à la planche, redressa son dos et rama plus doucement. Ce faisant, il se rendit compte que les vagues étaient beaucoup plus grosses qu'il ne l'avait cru depuis le rivage.

Soudain, une vague souleva son surf, le poussa vers la plage puis précipita le marin dans le bouillon. Il tenta de remonter en poussant sur le fond. Mais il n'avait pas pied.

Il refit surface, cligna des yeux pour évacuer l'eau salée et tendit la main vers sa planche, mais la vague suivante déferla sur lui.

Où était-elle passée ?

Il ferma les yeux quand un nouveau rouleau se dressa devant lui. Avalant une grande bouffée d'air, il plongea sous la vague comme elle le lui avait indiqué.

Tout à coup, il sentit un frôlement contre sa joue : le leash du surf qui oscillait sous l'eau. Il le repoussa de la main, mais l'élastique se tendit et se referma autour de son cou. Il empoigna le cordon, mais la main qui tentait de l'écarter se rapprocha peu à peu de sa gorge. Il tendit l'autre main, mais le courant n'arrêtait pas de le faire tourner. Il battit des pieds, s'efforçant de regagner la surface, s'efforçant de respirer, de nager et de se débattre, tout ça en même temps.

Plus il se débattait, plus le leash se resserrait, tandis que les vagues se brisaient sur lui les unes après les autres.

Aéroport de JFK-Citigroup, Queens, New York

– Vous voulez une lettre de quoi ?

L'amiral Beyer n'aimait pas l'idée de devoir quitter le Pentagone au beau milieu d'une guerre. Et encore moins l'idée de devoir prendre place dans la carlingue d'un Boeing 787-9[45] privatisé et décoré comme le Studio 54[46], la fameuse discothèque new-yorkaise des années 1970.

– Une lettre de marque[47], amiral. Mes avocats m'ont dit qu'il m'en fallait une, répondit Aeric Cavendish, avant d'ajouter *sotto voce* : Je pensais qu'un marin connaissant l'histoire navale comprendrait cela, mais visiblement, je me trompais.

L'amiral Beyer planta ses ongles dans le velours brun du siège. Assise à côté de lui, la cheffe de cabinet adjointe du président des États-Unis, Susan Ford, observait l'amiral, prête à intervenir s'il répondait à la provocation. Heureusement, Beyer ne réagit pas. Il avait lu le dossier du service de renseignement et était préparé à ce grand n'importe quoi.

Sir Aeric K. Cavendish était venu au monde sous le nom d'Archis Kumar, dans une famille de la classe moyenne en banlieue de Melbourne. Généticien de formation, il avait gagné son premier milliard en déposant plusieurs brevets-clés dans le domaine de la régénération cellulaire et des traitements anticholestérol. Mais Kumar n'avait pas tardé à comprendre que son véritable talent consistait à organiser les recherches d'autres scientifiques de manière à faire de l'argent, et il avait surfé sur l'essor fulgurant des biotechnologies jusqu'à figurer au septième rang des hommes les plus riches de la planète, le seul des vingt-cinq premiers milliardaires à ne pas venir de Chine, de Russie ou du Moyen-Orient. Et quand l'économie mondiale avait capoté, il avait empoché tous les biens des milliardaires moins bien classés que lui, de leurs entreprises jusqu'à leurs îles privées.

Qu'il change de nom pour un patronyme plus royal ou achète le club de football de Manchester United et oblige l'entraîneur de l'équipe à titulariser son nouveau propriétaire dans les buts lors d'un match contre Leeds, cet homme richissime suivait le premier caprice qui lui passait par la tête le matin en se levant. Et manifestement, songea Beyer, sa dernière lubie était de faire perdre son temps à un amiral.

– Laissez-moi formuler cela dans votre langue, à l'américaine, puisque ma tentative de vous retrouver sur le terrain commun de l'histoire navale était apparemment une mauvaise idée, reprit Cavendish. Je veux un permis de chasse.

Il imita un pistolet avec sa main droite et le pointa vers le haut, faisant semblant de tirer sur l'épaisse moquette couleur citron vert du plafond.

– Pour là-haut.

Beyer se cala lourdement au fond de son siège et se mit à pianoter du bout des doigts sur les accoudoirs. Si Cavendish avait maîtrisé le morse, il aurait été horrifié par les injures que l'amiral lui lançait au visage.

– Sir Aeric, s'il vous plaît, dites-nous précisément ce que vous avez en tête, intervint Ford.

Cavendish ferma les yeux comme pour organiser ses idées. En réalité, cela faisait plusieurs jours qu'il les organisait méthodiquement. Ce projet était peut-être né d'un caprice, mais sir Aeric en avait ensuite examiné avec soin tous les tenants et les aboutissants. Il savait que c'était faisable, aussi extravagant que cela pût paraître.

– L'armée des États-Unis se trouve à l'évidence dans une situation délicate, déclara Cavendish. Votre force aérienne dispose désormais d'une capacité de projection limitée, d'autant que vous ne pouvez plus vous fier à vos anciens avions de chasse. Vos forces terrestres s'occupent désormais principalement du petit commerce et de la sécurité aux frontières. Protéger les magasins des pillages et les frontières d'étrangers qui n'ont plus envie de les traverser est, je suppose, la meilleure manière d'aider le pays à rester debout, commenta Cavendish. La principale mission de votre marine de guerre, depuis que ses navires ne peuvent plus s'aventurer au-delà de ce que les Chinois qualifient à juste titre de zone démilitarisée – débarrassée de vos militaires, bien sûr, pas des leurs – consiste à lutter contre la corrosion. Cette bataille aussi vous allez la perdre, j'en ai bien peur.

Beyer se tourna vers Ford et fit mine de se lever.

– Je n'ai pas de temps à perdre avec ces conneries. Il faut que je retourne au bureau, déclara l'amiral.

Ford posa sa main sur celle de Beyer.

– Sir Aeric, vous mettez à l'épreuve la patience de l'amiral et, maintenant, la mienne aussi. Et ce temps que vous me faites perdre, c'est celui du président des États-Unis, dit-elle.

– Pardonnez-moi, je vous en prie, répondit sir Aeric. Je suis trop… excité. Laissez-moi interrompre cette conversation quelques instants, pour tout remettre à zéro.

Un maître d'hôtel anglais en tenue traditionnelle vint les rejoindre et offrit à chacun, sans un mot, une flûte de champagne. Hors de question pour Beyer de boire avec cet individu, mais il ne savait pas où poser le verre ailleurs que sur l'épaisse moquette, où il tomberait forcément.

La flûte de Cavendish était à moitié vide quand Beyer releva les yeux. Bien. Peut-être ce salopard arrogant était-il nerveux, après tout.

– Je vous en prie, amiral, vous devez le goûter, insista Cavendish. Je l'ai acheté spécialement pour vous. C'est l'une des dernières bouteilles[48] de Heidsieck « naufragées » de 1907. Elle se trouvait à bord d'un cargo coulé par un U-Boat allemand pendant la Première Guerre mondiale, et elle est restée au fond de la Baltique pendant un siècle, parfaitement conservée dans ces eaux glaciales.

– Vous étiez en train de dire…, souffla Ford, tandis que Beyer contemplait le champagne le plus cher du monde avec davantage de respect.

Il était obligé de reconnaître que la fibre nautique de ce crétin ne manquait pas de charme.

– Cette situation difficile que j'évoquais tout à l'heure vous est intolérable, mais à moi aussi, reprit Cavendish. Pour profiter pleinement de mes actifs, j'ai besoin que le monde redevienne tel qu'il était. J'ai noté plusieurs obstacles compromettant la réalisation de cet objectif. Le premier d'entre eux est la station Tiangong en orbite au-dessus du Pacifique, et la manière dont elle limite votre capacité à agir comme j'aimerais que vous le fassiez. Elle permet de fait au Directoire d'occuper les hauteurs de n'importe quelle bataille. Et, si j'en crois les rapports de mes nombreux contacts, vos tentatives de l'attaquer ont toutes échoué. Ce qui ne vous laisse plus qu'une option, celle d'une réponse nucléaire dont la réussite demeure incertaine et qui, surtout, entraînerait une escalade dans ce conflit qui rendrait nos vies proprement insupportables.

– Je ne peux ni confirmer ni infirmer rien de tout cela, mais, dans le cadre de cette discussion, imaginons que vous disiez vrai…, répondit Beyer.

Il sentait la flûte de champagne tiédir dans sa paume. 1907 ? Il aurait été dommage de le gâcher.

– C'est du ciel que descend… oh, oubliez tout ça, poursuivit Cavendish, son anglais travaillé cédant soudain la place à l'accent de son Australie natale. Écoutez, mon vieux, si vous voulez reprendre le contrôle de vos mers, et je crois sincèrement qu'elles vous ont été accordées par la providence, vous allez devoir faire quelque chose au sujet de cette foutue station spatiale. Mais sans déclencher un bordel nucléaire. Pas vrai ?

Beyer acquiesça. C'était maintenant ou jamais, pour ce champagne. Il vida sa flûte d'un trait.

– Bien joué ! le félicita Cavendish, retrouvant ses intonations british. En échange d'une lettre de marque, *sicut aliter scitur* mon permis de chasse, j'éliminerai cette chose qui fait obstacle à vos opérations au moment que votre gouvernement jugera le plus opportun.

– Et comment vous y prendrez-vous ? demanda Ford.

– La partie contractuelle d'abord. Mes avocats me conseillent, comme cela est prévu par l'article Un, section Huit[49] de cet antique et merveilleux document qu'est la Constitution des États-Unis d'Amérique, de demander une lettre de marque me désignant officiellement comme corsaire au service de Sa Majesté, déclara Cavendish. Vous savez, je pourrais peut-être me procurer l'un des exemplaires originaux de la Constitution. Ça irait chercher dans les combien, mademoiselle Ford ? En comptant le stockage, tout ça...

Beyer l'interrompit. Le champagne lui avait assez plu, mais ce petit crétin lui faisait de nouveau perdre son temps.

– Écoutez, je me fous de ce que disent vos avocats. C'est pas mon boulot. Moi, la seule chose qui m'intéresse, c'est gagner cette guerre. Parce que je ne suis pas juste là pour vous aider à cocher une nouvelle ligne sur votre liste des choses à faire avant de mourir.

– Non, amiral, je suis là pour vous aider, répondit Cavendish.

– Ah oui, et comment ? interrogea Beyer. Tout ce que je vois, moi, c'est un type au drôle de nom assis dans un avion décoré comme un plateau de film porno, en train de boire du vieux champagne dans un pays qui essaie d'expliquer à ses enfants, dans les crèches, comment fonctionne le rationnement. Donc, qu'est-ce que vous comptez nous donner en échange de cette lettre à laquelle vous tenez tant ?

– Une arme secrète, le genre d'arme auquel le Directoire n'a jamais eu affaire jusqu'ici, murmura Cavendish, en posant délicatement sa flûte vide contre sa tempe. Mon imagination...

USS *Zumwalt*, chantier naval de Mare Island

Vern Li épongea la sueur sur son front et jeta un nouveau coup d'œil. C'était bien là. Elle enleva ses Viz Glass et le graffiti[50] disparut. Elle tamponna la transpiration sur son nez et remit ses lunettes. Le graffiti réapparut.

Elle chancela comme si le navire roulait, au large. La peinture rouge, fraîche, ressemblait à du sang.

On te surveille, la Chinetoque.

– Ça va, Vern ? s'inquiéta Teri, une ingénieure en informatique de trente-cinq ans diplômée de Caltech, qui travaillait avec elle dans les entrailles de la salle des machines.

– Euh, non. Je veux dire… oui, je crois, répondit Vern.

– Assieds-toi là, lui conseilla Teri. Tu veux un stimu ? On bosse là-dessus non-stop depuis, genre, vingt heures.

– Tu ne vois rien de bizarre, ici ? Rien du tout ? demanda Vern.

– Ben, tout ce que je vois dans ce bateau est bizarre.

– Non, je veux dire, tu ne vois rien autour de nous, genre, écrit sur la paroi là-bas ? insista Vern.

– Écrit sur la paroi ? Tu veux que j'aille chercher l'infirmier ? Ce n'est pas normal. Tu en as pris combien ?

– Non, rien à voir avec les stimus.

– J'ai entendu dire que des mauvais trucs circulaient. Peut-être un coup du Directoire ; enfin, c'est ce que colporte le gouvernement. Mais je crois plutôt que quelqu'un a coupé ça avec du savon en poudre pour se faire quelques billets de plus.

Chinetoque. En quel siècle était-on ? Comment pouvaient-ils douter d'elle ?

– Assieds-toi, répéta Teri, d'une voix plus ferme cette fois. Qu'est-ce qui t'arrive ?

Vern ouvrit la bouche pour lui expliquer ce qu'elle voyait, puis se ravisa. Si les systèmes d'alimentation électrique flanchaient en pleine bataille, ce bateau et sans doute la personne qui avait écrit ça périraient. Et les systèmes d'alimentation électrique dépendaient du sujet de thèse de la *Chinetoque* en question. C'était aussi simple que cela.

Elle jeta ses Viz Glass contre le mur. Les lunettes vinrent frapper l'endroit où le graffiti se serait trouvé si son auteur avait eu le courage de le barbouiller avec de la vraie peinture rouge.

– Vern ? dit Teri. Reste tranquille. Je vais aller chercher quelqu'un ; repose-toi là, c'est tout.

Vern se mit à quatre pattes pour ramasser ses lunettes. Elles n'étaient même pas rayées. Oh, comme elle aurait aimé qu'elles se brisent... Elle pressa le bouton « Reset » au coin de la monture et attendit que les Viz Glass se reconnectent au réseau du *Zumwalt*. Elle ferma les yeux en les enfilant. Quand elle les rouvrit, le graffiti était toujours là.

Un bruit de pas lourds la fit se relever.

– Vern, c'est le premier maître Simmons, lui annonça Teri.

– J'apprends que vous ne vous sentez pas bien, docteur Li, dit Simmons.

– J'en ai marre de ces conneries, c'est tout, répondit Vern.

– Si j'ai bien compris, vous êtes sans doute la personne la plus importante à bord de ce navire, répondit Simmons. Donc vous faites partie du matériel, en quelque sorte, ce qui vous place sous ma responsabilité. Montons sur le pont pour vous faire prendre un peu l'air, vous convaincre de manger quelque chose et vous remettre au boulot.

Cette idée qu'elle faisait littéralement partie de ce bateau arracha un rire à Vern. Ce monde avait l'air si absurde – parce que c'était la réalité.

– Plus importante que le capitaine ? s'étonna Vern.

– Eh bien, pas facile pour moi de répondre à cette question, docteur Li, répondit Mike en éclatant de rire. Je dirais juste que, sans aucun doute, vous êtes plus importante pour ce bateau.

Vern rit de nouveau. Teri les gratifia d'un rictus nerveux.

Vern étudia le vieux marin. On aurait dit qu'il n'avait jamais connu le moindre instant de doute dans sa vie.

– Teri, j'aimerais m'entretenir seule à seul un instant avec le premier maître, dit Vern.

– Euh, d'accord. Je vais aller boire un verre d'eau et je te rejoins à l'arrière.

Mike fit un pas de côté pour laisser passer Teri. Malgré la lourdeur de son pas, il se déplaçait à bord avec une aisance étonnante, en tout cas pour un homme de son âge.

– Alors, docteur Li, dites-moi ce qui passe – vraiment…, grommela Mike.

Vern ôta ses Viz Glass et les lui tendit.

– Il faut que vous voyiez ça vous-même, dit-elle.

– Pourquoi ne pas juste me montrer ?

– C'est ce que je fais.

– Non, me montrer *vraiment*, je veux dire, répliqua Mike.

– Je ne peux pas, il faut que vous mettiez mes Viz Glass.

Simmons souleva les lunettes devant lui, avec un mélange de mépris et, Vern le sentit, de peur.

– Elles ne m'iront pas, dit Mike. Pourquoi ne pas me dire…

Vern comprit que l'incertitude était un sentiment dont il était peu familier et qui le rendait encore plus mal à l'aise.

– Vous n'avez jamais utilisé de Viz Glass, pas vrai ? demanda-t-elle.

Mike baissa les yeux sur le bout éraflé de ses chaussures de sécurité.

– Non, jamais, avoua Mike. Je ne vois pas l'intérêt.

– Je sais que vous êtes un vieux schnock, mais vous n'êtes quand même pas si vieux, lui fit remarquer Vern.

Elle rougit d'embarras, et une expression de colère tendit les traits de Mike, l'espace d'un instant.

– Je suis désolée. On m'avait dit que c'était comme ça qu'il fallait vous appeler, vous autres. S'il vous plaît, insista-t-elle. C'est important. Il s'agit du bateau.

Avant qu'il ait pu esquisser un geste, elle lui mit les lunettes avec précaution. Elle remarqua que l'oreille droite de Mike était légèrement plus basse que la gauche, et que son nez avait été cassé au moins une fois. Mike se raidit, puis se détendit lorsqu'elle eut reculé d'un pas.

Il perdit l'équilibre et Vern bondit vers lui pour le rattraper dans une accolade maladroite.

– Bon sang…, soupira Mike.

C'était tellement réel. Il avait entendu dire que c'était la manière dont ils projetaient un flux de données directement sur vos rétines qui créait une telle différence avec les Google Glass de première génération[51]. Avec ces lunettes-ci, on ne regardait plus vraiment le monde à travers les verres : c'était plutôt le monde qu'on déposait directement dans votre cerveau. Cela ne vous donnait pas seulement l'impression de voir les choses, mais de les sentir. Et c'était sacrément bizarre.

Vern le guida par la main vers le graffiti. Il vit les traces rouges gluantes, dont une partie de son cerveau jurait qu'elles étaient réelles, y compris leur odeur, et cela suffit à éclipser l'autre partie de son cerveau lui murmurant que non, ce n'était pas vrai, que ces inscriptions n'étaient pas là, sur la paroi.

– Putain, c'est quoi ce truc ? s'étrangla Mike. Du sang ?

– Oui. Enfin, c'est censé y ressembler, précisa Vern.

– Qui a fait ça, bon Dieu ? gronda Mike.

Il plissa les yeux et fit glisser les lunettes vers le bas de son nez, avant de les remettre en place. Il répéta l'opération.

– C'est le truc le plus tordu et le plus lâche que j'aie jamais vu, dit-il. Quelqu'un d'autre l'a remarqué ?

Elle remarqua que son souffle s'était fait plus lourd, et que les veines de son cou étaient soudain gonflées.

– Je ne crois pas. C'est juste sur mon fil Viz, expliqua Vern, qui avait retrouvé un semblant de sang-froid. Ne vous en faites pas. Ces conneries-là aussi finiront par passer…

Mike recula et l'étudia de bas en haut.

– Non, docteur Li. Je suis obligé d'intervenir. Ces saloperies-là n'ont pas leur place sur mon bateau. Il faut en informer le capitaine. Et le XO aussi.

– Mince, bafouilla Vern. Et s'ils pensent que je représente un risque ou je ne sais quoi, et qu'ils m'obligent à débarquer ? Il a fallu que je demande au FBI de surveiller le domicile de ma mère, à cause de toutes les menaces qu'elle a reçues après que j'ai disparu pour venir travailler ici. Les gens croyaient que j'étais partie en Chine.

Mike frotta ses semelles sur le pont, en secouant la tête.

– En vérité, docteur Li, à ce que j'en sais, vous seriez bien la dernière personne à devoir quitter le *Zumwalt*, et c'est pas un pauvre graffiti qui y changera quoi que ce soit. Que ça vous plaise ou non, vous faites désormais partie de ce navire. Et que les choses soient claires : je prends soin de mon bateau.

Centre de commandement du Directoire, Honolulu, Zone administrative spéciale d'Hawaï

Le canon du revolver était braqué sur le colonel Markov.

C'est la quatrième fois que je dois supporter ce sketch, songea-t-il.

Le général Yu Xilai secoua légèrement l'arme, comme s'il ne parvenait pas à comprendre pourquoi Markov n'avait pas empoigné le flingue avec gratitude.

– Savez-vous que le chargeur était vide quand je l'ai récupéré ? demanda le général. Il a tiré sa toute dernière balle sur moi.

– Mais comment avez-vous fait pour vous en sortir sans une égratignure ? répondit Markov en prenant l'arme, comme son rôle l'exigeait.

Le général s'assit au bord de son bureau et passa la main sur son crâne fraîchement rasé. Il bascula son poids d'une fesse sur l'autre avant d'entamer son récit, le bois du bureau grinçant sous sa masse. Yu était parfait dans le rôle du guerrier, image dont il avait joué tout au long de sa carrière, comme de trop nombreux généraux. Il était bâti comme un lutteur olympique, catégorie poids lourds : crâne rasé, des yeux enfoncés dans leurs orbites sous un large front qui dominait des pommettes proéminentes et un long nez fin. Mais cela faisait longtemps que Markov avait appris à ne pas confondre le gabarit d'un soldat avec sa compétence militaire.

– Comme dans toute bataille : grâce à un mélange d'habileté et de chance. Ce général des marines était un vrai guerrier, tout droit sorti d'une Viz. Il savait qu'il n'était pas question de se laisser prendre vivant. Après tout, il était quand même responsable de la plus grande base de leur Commandement Pacifique. Quand je suis entré dans la pièce, il y avait tellement de fumée… Mais j'étais prêt ! tonna le général Yu. J'avais dégainé mon revolver. Derrière moi, mes hommes ont crié : « Grenades ? » J'ai hurlé : « Non ! Surtout pas ! »

– Pourquoi donc ? demanda Markov.

– Question d'honneur, répondit le général Yu. C'était un soldat, comme moi, qui méritait de mourir l'arme à la main. Il y avait de la fumée partout, des étincelles et quelques flammes dans un coin, là où une grenade au phosphore avait déjà explosé. Une des leurs ou une des nôtres, je ne sais pas. Ça sentait le plastique brûlé. L'encens de la bataille, hein, colonel ? Je n'y voyais pas grand-chose. Mais j'ai senti le danger. Il a tiré, et j'ai riposté.

– Combien de balles ? interrogea Markov, sur commande.

– Une seule, répondit le général Yu. Je n'ai eu besoin que d'une balle.

Il planta son index entre ses deux yeux, comme pour mieux faire comprendre qu'il n'avait pas manqué sa cible.

– Je suis impressionné, général, déclara le colonel Markov.

Il avait eu quelques doutes la première fois que le général avait raconté cette histoire, mais elle était bien réelle ; Markov en avait eu confirmation de la part d'un des soldats présents au côté du général ce jour-là. L'arme avait bel et bien été récupérée dans les mains inertes du commandant de la base des marines tué par le général du Directoire en personne. Mais cela ne voulait pas dire pour autant que Markov le respectait en tant que leader.

Il rendit le revolver SIG Sauer P226[52] au général, qui était sans doute excellent pour mener une petite unité au plus fort d'une fusillade, mais qui, dans cette guerre qui ne respectait plus les règles dont il avait l'habitude, n'était pas dans son élément. Markov avait toujours pensé que les Américains feraient de redoutables insurgés, eux qui croyaient si fort en leur mythologie. Après le premier attentat suicide à la galerie commerciale King's Village de Waikiki, Markov avait eu la confirmation qu'il ne s'était pas trompé. C'était pour cette raison que Yu n'arrêtait pas de ressasser sa foutue histoire de l'assaut initial sur Honolulu. C'était le seul épisode de cette guerre qui avait un tant soit peu de sens pour lui.

– Mais revenons à nos moutons : nous devons affronter le problème qui se pose à nous, déclara le général Yu.

– Comme ce général que vous avez abattu, fit remarquer Markov.

Les doigts de Yu se contractèrent sur la crosse du SIG.

– Exactement. Au moins, lui, il s'est battu avec dignité. J'ai assez perdu d'hommes comme ça. Tous les soirs, j'enregistre un message à destination des parents, de l'épouse ou du frère d'une victime. Enfin, les gens qui restent. Ils ont le droit de savoir qu'un être cher est mort en faisant quelque chose d'important. Et de l'apprendre de moi.

Le général s'interrompit. Markov étudia le colosse, visiblement affecté par ce rituel quotidien. Il avait déjà vu ça. Yu prenait personnellement les pertes infligées par les insurgés, une erreur trop souvent commise par les chefs militaires, qui en venaient à oublier leurs responsabilités plus larges.

L'officier se reprit, reposant d'un geste brusque le revolver sur son étagère.

– Il est temps de mettre un terme à tout ça ! De patrouiller sans relâche et de les poursuivre partout où ils se planquent, de leur faire payer au prix fort chaque homme assassiné.

– C'est en étant franc que je vous suis utile, général, rétorqua Markov. Alors laissez-moi vous dire que vous vous trompez. Notre destin est entre les mains des gens d'ici ; ce n'est pas vous qui contrôlez le leur. C'est une leçon que j'ai apprise à mes dépens, en luttant contre nos propres insurgés. D'ailleurs, les Américains eux-mêmes l'ont compris à l'occasion de leurs dernières guerres…

– Nous n'allons quand même pas nous inspirer de leurs échecs, répliqua le général Yu. Nous n'allons pas faire amis-amis avec eux. Il faut qu'ils obtempèrent, c'est tout, et cela exigera sans doute de notre part une plus grande détermination.

– Et un plus grand nombre de victimes ? demanda Markov.

– Shanghai s'inquiète de l'image que véhiculent ces attentats à quelques semaines d'une conférence commerciale avec les représentants de l'Association des nations de l'Asie du Sud-Est. Ils vont envoyer une délégation de haut rang visiter les sites pressentis.

– Les sites pressentis ? s'étonna Markov. Ici, vous voulez dire ? Une délégation du Présidium va venir à Hawaï ?

– Oui, et le fils d'un de ces délégués a justement choisi ce moment pour disparaître, soupira le général Yu. Cet imbécile est un lieutenant de marine, et son père le ministre de l'Économie...

– Raison de plus pour ne pas mordre à l'hameçon des insurgés, rétorqua Markov. Ce n'est vraiment pas le moment d'avoir un nouvel attentat à la voiture piégée ou une vague d'incendies criminels, alors que cette délégation va débarquer. Ne provoquez pas les insurgés.

– Les *provoquer ?* s'étrangla le général Yu. Je crois que vous n'avez pas saisi la nouvelle réalité, pas plus que la population locale. Laissez-moi m'occuper à ma manière de ces criminels. Votre boulot maintenant, colonel, consiste à retrouver ce lieutenant – rien de plus, rien de moins.

– Très bien, général, répondit Markov.

En partant, il balaya du regard le bureau, étudiant les autres trophées grossiers glanés le jour de l'invasion. Le casque calciné d'un pilote de F-35, posé sur une étagère. Le drapeau américain qui flottait au-dessus du Camp H. M. Smith, plié dans la vitrine où se trouvait également le revolver. Le gilet pare-balles en céramique fissuré d'un agent des SWAT d'Honolulu, les commandos de la police, fixé au mur à côté d'une carte tactique actualisée en temps réel des patrouilles militaires menées dans les rues de la ville par les forces du Directoire.

Le général avait rassemblé autour de lui tous les totems de sa victoire initiale, songea Markov. Pourtant, il ne semblait pas voir qu'il se dirigeait tout droit vers une défaite dans cette guerre d'un nouveau genre.

Pineapple Express Pizza, Honolulu, Zone administrative spéciale d'Hawaï

La première chose que le lieutenant Conan Doyle remarqua, ce fut l'odeur. De la mozzarella fondue, un parfum sucré de sauce tomate et des relents âcres de marijuana hawaïenne. Elle en eut l'eau à la bouche et contracta ses abdominaux pour contrôler la douleur au creux de son ventre.

Ils entrèrent par la petite allée donnant sur le boulevard Ala-Moana et descendirent au sous-sol. Quand ils atteignirent la dernière marche, les fumets de nourriture avaient disparu.

– Ça pue drôlement ici, remarqua Nicks.

– C'est la dope ? demanda Finn.

– Nan, répondit Conan. Sûrement nous, plutôt.

Le propriétaire du restaurant, Skip, vint les rejoindre quelques minutes plus tard avec une pizza saucisse de porc sauvage-ananas.

– Pas moyen de vous convaincre d'essayer celle aux brocolis avec la petite sauce maison ?

– La dernière chose dont mon équipe a besoin, c'est d'être stone, rétorqua Conan.

Il y avait littéralement des dizaines de manières d'incorporer de la marijuana à une pizza. La spécialité de Skip consistait à la faire infuser dans le beurre et l'huile d'olive, ce qui empêchait le goût âcre de l'herbe de gâcher la saveur acidulée des tomates fraîches.

– Vous autres en uniforme, vous êtes tous les mêmes : toujours stressés à mort, à gober des pilules et c'est tout. Mais faudra revenir goûter la spécialité de la maison quand les démons ne seront plus là, précisa Skip. Vous avez une nouvelle vidéo ?

– Je l'ai déjà déposée à l'endroit convenu, dit-elle. Faudra attendre d'être aux États-Unis pour la voir.

– Si ça arrive un jour…

– Ça finira par arriver, promit-elle, autant à elle-même qu'à Skip.

Il lui tendit une plaquette alvéolée remplie de pilules à pois rouges et noirs.

– Des coccinelles. Pour le dessert.

– Merci, *brother*, dit Conan.

– Il faut que j'y retourne ; Sharon est toute seule là-haut, annonça Skip, en les saluant d'un geste brusque.

Tandis que Skip remontait l'escalier, Conan adressa un hochement de tête à Nicks et Finn.

– Vous savez ce que vous avez à faire. Je vais monter la garde devant la porte.

Elle sortit de son sac un fusil de chasse antiémeute Mossberg, arme réglementaire de la police d'Honolulu, entrouvrit la porte de la réserve et passa le canon dans l'entrebâillure. De sa main libre, elle attrapa une part de pizza.

Nicks et Finn poussèrent de côté quelques sacs de farine et soulevèrent la grille recouvrant le tuyau d'évacuation des eaux usées, sur le sol de la cave. Ils déboîtèrent tant bien que mal le raccord de la canalisation puis posèrent à l'intérieur une sorte de tube à rayures jaunes équipé de chenilles. Le Versatrax 300[53] avait jadis été utilisé par les services d'eau et d'assainissement d'Honolulu pour inspecter les égouts, mais les pains de nanoplex scotchés sur le petit robot lui conféraient d'autres vertus. Dans le jargon militaire, il s'agissait d'un VBIED – un véhicule piégé, pour faire court.

Des éclats de voix résonnèrent à l'étage. Des bruits de pas discrets suivirent, et Conan rentra précipitamment dans la cave.

– Ça y est, il est à l'intérieur ? murmura Conan. J'entends quelqu'un, là-haut. C'est pas le moment de glander.

– Le robot est dedans, et lancé vers sa cible, répondit Nicks.

Elle était assise en tailleur et on aurait pu croire qu'elle méditait, sans les Viz Glass et les gants connectés qui lui permettaient de guider le Versatrax à travers le réseau d'égout.

Une voix féminine à l'étage, forte, les fit tressaillir. La fille de Skip, qui hurlait sur un client.

– Le voyant du détonateur vient de passer au rouge, annonça Nicks. Le compte à rebours a démarré.

– Je n'aime pas ça, murmura Finn. On devrait les frapper tout de suite. Éliminer au moins un commandant de secteur.

– Non, ils attendent des dignitaires en provenance de Shanghai, Séoul et Tokyo, t'as oublié ? Frapper des cibles venues de l'extérieur de l'île, c'est la meilleure manière de montrer au reste du monde que nous continuons la lutte, dit Nicks.

– Si tu le dis…, bougonna Finn en prenant une autre part de pizza. Pour l'instant, faut déjà envoyer le robot au bon endroit.

– À vos ordres, marmonna Nicks, ses gants s'agitant toujours dans les airs pour téléguider le robot comme si elle se livrait à l'un de ces jeux d'enfants où l'on se tape dans les mains. Mais d'abord, file-moi une part.

– Tu me prends pour qui, ta mère ? protesta Finn. T'as qu'à te servir toi-même.

– Je peux pas. Si je déconnecte mes gants, notre petite surprise risque de remonter dans les toilettes de quelqu'un, répliqua Nicks. Et je sais que si je fais confiance à un animal comme toi, il ne restera plus de pizza quand on en aura terminé.

Un nouveau cri les fit taire. La fille de Skip, toujours, mais clairement affolée, cette fois. Ils se tournèrent vers Conan pour voir quels étaient ses ordres.

– Merde ! s'exclama Finn. Elle est montée.

USS *Zumwalt*, chantier naval de Mare Island

Des rires résonnèrent dans le couloir. La journée n'avait pas été bonne à bord du *Zumwalt*, et Mike ne comprenait pas ce qui pouvait bien faire marrer ces gens.

L'un des robots-pompiers autonomes du navire avait déversé sa cargaison de retardant chimique dans le carré des officiers, pendant le service de 14 heures.

« On dirait qu'un troupeau d'éléphants a organisé une orgie là-dedans », avait commenté un marin en passant devant lui.

Et puis, il y avait surtout eu le problème de ce matin. Le bateau était censé tester le nouveau programme ODIS-E (Système d'intégration objective des données), créé par l'US Navy en remplacement de l'ancien système d'avant la guerre, ATHENA. Mais d'après ce qu'il en avait vu, tout ce que ce système avait réussi à accomplir, c'était faire sauter un coupleur électromagnétique.

L'air catastrophé de son fils en disait plus long que tout discours. Si le capitaine du navire n'arrivait pas à cacher sa déception, alors ce contretemps n'annonçait rien de bon. Qu'est-ce qui leur avait pris, aussi, de baptiser le système de contrôle d'un navire d'après l'*Odyssée* ? L'aventure d'un type qui se perd en mer pendant dix ans, sérieux ? Plus personne ne connaissait l'histoire et manifestement, l'ingénierie réseau non plus. Le plus grand souci de Mike, c'était les problèmes de coupleurs. Il y avait pénurie de pièces détachées, et on ne pouvait plus juste en commander de nouvelles aux fabricants chinois.

Dans le couloir, Mike s'enfonça dans un recoin et tendit l'oreille. Il entendit un rire gras, du genre amplifié par une grosse bedaine. Une voix de femme, furieuse, lui répondit.

– Vous devriez être désolé pour bien d'autres choses encore, cria la femme. Si vous ne fixez pas ce bouclier là et là, alors je serai vraiment le cadet de vos soucis.

C'était le Dr Li.

– Il faut que vous compreniez que tout ce que vous savez de la poudre, des boulets de canon ou de ce que vous faisiez dans le temps n'est plus du tout valable aujourd'hui, reprit-elle. Si vous ne protégez pas les câbles d'alimentation, l'énergie qu'ils dégagent, et qui est pour l'essentiel…

– C'est bon, ma p'tite dame, l'interrompit l'un des membres d'équipage. On a compris. C'est pour ça qu'on a déjà posé une protection à cet endroit. Si vous voulez qu'on la remplace, faut inscrire ça dans le système de tâches et on s'en occupera. Y a pas que votre boulot qui compte. Et puis d'ailleurs, qui va vérifier votre, euh, travail ?

– Vérifier mon travail ? Qu'est-ce que vous insinuez ? s'indigna-t-elle.

– Ben, ouais, pour s'assurer qu'il est bien fait. Qu'on peut compter dessus, vous voyez. À moins que vous n'ayez déjà tout fait valider par Pékin ? (À nouveau, des rires.) C'est peut-être pas assez bien pour vous, mais c'est le mieux que l'Amérique peut faire pour le moment. Le prochain train de marchandises n'arrivera pas à Oakland avant, quoi, une semaine ? Donc pour l'instant, hein, on va dire que c'est bon comme ça.

Mike n'arrivait pas à remettre cette voix. Le marin qui parlait mangeait un peu ses mots, comme s'il avait un de ces appareils auditifs implantés dans la mâchoire. Il était temps d'en avoir le cœur net.

Mike sortit de son renfoncement et se racla la gorge.

– J'entends beaucoup rigoler aujourd'hui... Y a un truc marrant ? demanda-t-il. Faites m'en profiter. J'ai pas trop de raisons de rire, ces derniers temps.

– Vous inquiétez pas, chef, répondit Parker, un maître de 2e classe qui avait la trentaine. Tout est sous contrôle ; on est juste en train de réparer un morceau de bouclier du canon laser.

– Le canon électromagnétique, corrigea Vern.

– Ouais, ben, ma p'tite dame, vous pouvez l'appeler comme vous voulez, votre truc à la *Star Wars*, râla Parker.

Mike le fusilla du regard. À l'évidence, Parker profitait à fond de la thérapie de renforcement hormonal offerte par l'US Navy : sa peau était sèche et tirée, mais son cou et ses biceps avaient pris des proportions effrayantes – on aurait dit un bodybuilder à cinq mois de grossesse. Mike secoua la tête pour marquer sa déception. Les recrues du Mentor Program étaient censées guider la nouvelle génération de marins en ces temps de guerre, mais également corriger les nombreux sous-officiers recrutés dernièrement, dont faisait partie ce Parker. Les frappes des missiles Stonefish avaient cruellement amputé les rangs des engagés volontaires de la Navy, notamment au niveau des postes de commandement, et la vague de promotions destinées à combler les trous avait confié ce genre de responsabilités à bien trop d'hommes et de femmes qui n'en avaient pas l'étoffe. Mike comprenait aisément pourquoi ce Parker avait plafonné juste au-dessous de son ancien rang à lui : devenir premier maître, ce n'était pas une simple question d'ancienneté ; il fallait également obtenir l'aval d'un jury composé de vos pairs.

– C'est *docteur* Li, gronda Mike en s'adressant à Parker. Dorénavant, vous vous adresserez à vos supérieurs par leur titre.

Il se tourna vers Vern.

– Vous obtenez ce dont vous avez besoin, docteur Li ? demanda Mike, soulignant sciemment le *docteur*.

– Il nous faudrait plus de boucliers sur les câbles d'alimentation avant de pouvoir mener un test à tir réel, répondit Vern.

Mike la dévisagea puis se tourna vers Parker. Il avança d'un pas pour coller son torse à celui du marin, sans se laisser démonter par la corpulence de cet homme plus jeune. Parker avait beau être énorme, il n'avait pas l'aura intimidante de Mike.

– Eh bien Parker, ici présent, est très soucieux de l'Amérique et de sa flotte, déclara Mike, parlant à Vern mais fixant le marin droit dans les yeux, en le défiant de le contredire. Donc, étant donné que vous êtes une citoyenne américaine – une civile, bon sang, qui se casse le cul pour améliorer l'armement de ladite flotte –, Parker vient de se porter volontaire pour souder tout cela pour vous, puisque le travail de la fonte semble être sa grande passion, dit Mike, compliment à double tranchant pour ce membre d'équipage qui passait trop de temps dans la salle de muscu.

Vern se pinça l'arête du nez, visiblement exaspérée.

– On ne peut pas utiliser de soudures classiques. Ceci est un canon électromagnétique. Il faut faire des soudures plastiques, sinon l'énergie électromagnétique dégagée aura pour… Vous voulez être le type qui a fait exploser ce bateau parce qu'il ne comprenait rien à l'avenir ? Car il s'agit de ça, ni plus ni moins.

– C'est bon, c'est bon…, répondit Mike. Parker, vous n'avez plus qu'un seul boulot, dorénavant : me trouver d'autres boucliers de protection et les installer comme elle le désire. Et assurez-vous que vous avez bien compris de quoi elle parle. Si vous devez désosser votre chère salle de musculation pour y arriver, vous le ferez. S'il faut utiliser tous les plateaux repas en plastique de ce chantier, vous le ferez. Compris ? S'il faut corrompre, baiser ou voler quelqu'un pour obtenir ce dont le docteur Li a besoin, vous le ferez.

Il se tourna vers les autres.

– Je sais que c'est inutile de le préciser à Parker, ici présent, mais le premier qui remet encore en question le patriotisme d'un de ses camarades de bord, je le taille en pièces de mes propres mains et je le donne à bouffer aux goélands. Maintenant, on se remet au boulot !

Pineapple Express Pizza, Honolulu, Zone administrative spéciale d'Hawaï

Le fusilier marin du Directoire était deux fois plus grand que le patron de la pizzeria et ne retenait pas ses coups. Un halètement désespéré accompagnait chaque impact, qui vidait les poumons de Skip.

Le traducteur fixé à la ceinture du soldat, indifférent à cette violence, répétait l'ordre d'une voix numérique, monocorde.

– Votre fille doit venir avec nous à une soirée de gala, annonçait l'appareil.

Un autre militaire tenait Sharon par les épaules. Il lui tordit les bras dans le dos, la forçant à bomber la poitrine. Elle baissa la tête, ses cheveux noirs tombant comme un voile devant son visage.

– Elle n'a que quinze ans, bredouilla Skip, peinant à reprendre son souffle. Elle reste ici…

Deux coups fulgurants. Les côtes de Skip craquèrent, arrachant un nouveau hurlement à Sharon.

– La ferme ! ordonna le fusilier marin en anglais, lui tordant les bras de plus belle.

Conan recula dans l'escalier.

Un grand coup de pied circulaire du colosse en uniforme fit voler Skip derrière le comptoir, où il s'écrasa dans un nuage de farine. Le front couvert de poudre blanche, il leva les yeux vers Conan, qui le contemplait par la porte de l'escalier.

Aide-moi, articula Skip. On aurait dit qu'il n'avait plus assez d'air dans les poumons pour parler.

Conan serra plus fort la crosse du fusil à pompe et recula dans l'obscurité.

Des éclats de voix en chinois s'ensuivirent.

Conan ferma les yeux. Il y avait là quatre fusiliers marins du Directoire. Le chargeur contenait huit cartouches antiémeute de calibre 10. De quoi faire voler en éclats la pizzeria en quelques secondes.

Agenouillé, Skip se releva brusquement et chargea les marins. Le bruit mouillé de son crâne heurtant le carrelage jaune retourna l'estomac de Conan.

Assez.

Elle redressa le fusil à pompe et défit le cran de sûreté. Elle allait devoir s'approcher d'eux pour ne pas déchiqueter tous les gens présents dans la salle, avec l'arc de tir très large de cette arme. Elle se mit à compter dans sa tête.

Trois. Deux. Un.

Expirer. *Go !*

Mais alors, elle se figea. Ce n'était pas la mission. Elle remit le cran de sûreté.

Skip tenta de se relever, mais parvint tout juste à se mettre à quatre pattes. Un liquide écarlate et poisseux s'écoulait de sa bouche, qui se mêla au sang jailli de son crâne fendu. Alors, un nouveau coup de pied vint lui fracasser la tempe.

Sharon poussa un cri :

– Ne me touchez pas !

Puis ses hurlements se firent étouffés.

Conan redescendit précipitamment les marches, pieds nus, sans bruit.

– Putain, qu'est-ce qui s'est passé là-haut ? demanda Finn.

– Tout va bien, je vous couvrais, répondit Conan. Juste des clients qui cherchaient la bagarre. Mais faut qu'on ressorte par-derrière.

Finn posa la main sur son bras et répéta sa question :

– Qu'est-ce qui se passe là-haut ?

– J'ai dit : on y va. C'est un ordre, cingla Conan.

Finn, Nicks et Conan ressortirent en file indienne dans la ruelle située à l'arrière du restaurant et avancèrent furtivement dans l'obscurité en direction du point de récupération, un conteneur métallique de deux mètres sur trois destiné au recyclage, à quelques rues de là. Ils se hissèrent à l'intérieur et se cachèrent sous les pans de cartons moisis et les canettes d'aluminium qui bloqueraient la signature thermique de leurs corps.

– Dix secondes avant détonation, murmura Finn, puis il égrena le compte à rebours.

– … et… contact !

Rien.

– Eh bien, au moins la pizza était…, commença Nicks.

Une déflagration retentit au loin, dont l'onde de choc secoua légèrement le conteneur.

Ils patientèrent plusieurs heures jusqu'au ramassage du matin, dans un silence que seul un hurlement de sirène occasionnel venait parfois briser. Les premières lueurs de l'aube pointaient à peine quand Finn se décida enfin à remettre la chose sur le tapis.

– Conan, sérieusement, murmura-t-il. C'était quoi, ce boucan là-haut ? Skip et Sharon vont bien ?

– Ouais, ils vont bien, répondit Conan d'une voix calme. Concentrons-nous sur la mission.

Siège des supermarchés Wal-Mart, Bentonville, Arkansas

– Cette loi est si contestable d'un point de vue juridique que cela la rend tout bonnement contraire à l'esprit américain.

Les éléments de langage récités par Jake Colby avaient été élaborés par des logiciels analytiques puis validés par le département juridique et celui des relations publiques. Tous deux avaient convaincu Colby, le président-directeur général de Wal-Mart, que l'approche la plus efficace consistait à inverser les choses en présentant la proposition faite par la Maison-Blanche de ressortir des cartons le *Defense Production Act*[54], cette loi de 1950 sur la production de matériel de défense, comme une mesure douteuse digne du Directoire.

Cette loi, entrée en vigueur au début de la guerre de Corée, conférait au président des États-Unis le pouvoir d'obliger n'importe quelle entreprise américaine à signer tout contrat ou à honorer toute commande jugés nécessaires à la défense du pays. À présent, le P.-D.G. était donc en train d'expliquer aux actionnaires de sa chaîne de supermarchés que Wal-Mart avait décidé de se joindre à une coalition de multinationales qui allaient tenter de bloquer la résurrection de ces mesures de réquisition en s'appuyant à la fois sur des recours auprès des tribunaux et sur un intense travail de lobbying dans les coulisses du Congrès.

– Perdre une guerre est contraire à l'esprit américain ! hurla une septuagénaire vêtue d'un tailleur en jean.

Colby savait qu'il ne pouvait pas l'ignorer. Lee-Ann Tilden était une multimilliardaire qui possédait quatre pour cent des actions en circulation de l'entreprise, mais travaillait encore comme hôtesse d'accueil au magasin de Tulsa, dans l'Oklahoma.

Le P.-D.G. tenta de répéter le postulat de départ de son argumentation téléguidée, à savoir que les lois américaines conféraient aux entreprises telles que Wal-Mart un statut légal d'individu, ce qui interdisait au gouvernement de leur imposer quoi que ce soit, même en temps de guerre.

– Un statut légal d'individu ? répliqua Tilden. Monsieur Colby, vous savez très bien que ça ne tient pas la route, et vous savez très bien aussi que Sam, lui, aurait fait tout son possible pour aider notre pays.

Avant qu'il ait pu répondre, une autre voix s'éleva. Avec un accent suisse-allemand. Le représentant d'un des investisseurs institutionnels de la boîte, en l'occurrence un fonds souverain[55] du Qatar qui avait acheté dix-sept pour cent des parts au moment où le cours de l'action s'était effondré, après la perte d'Hawaï par les États-Unis.

– Madame, j'apprécie la pratique désuète de cette entreprise consistant à laisser n'importe qui prendre la parole lors de nos assemblées, mais je crois que vous ne saisissez pas du tout la dimension multinationale qu'a désormais Wal-Mart. Les intérêts de l'actionnariat international doivent prévaloir. Et cela n'a rien à voir avec je ne sais quelle guerre affectant telle ou telle nation. Quel que soit l'endroit où son siège est basé, Wal-Mart est une chaîne de détail mondiale, qui se doit de rester absolument neutre dans ses activités et ses objectifs. Les désirs de l'Oncle Sam, ou de je ne sais quel patriarche coiffé d'un chapeau idiot censé incarner votre conception dépassée du patriotisme, ne font désormais plus partie de nos critères de choix.

Un grondement s'éleva de la foule et Colby grimaça devant la bourde commise par le gestionnaire de fonds. Classique : les actionnaires internationaux adoraient les dividendes versés par l'entreprise, mais ne cherchaient pas à comprendre son histoire. *Elle voulait parler de Sam Walton, le fondateur de Wal-Mart, espèce de débile.* Bon Dieu, le bureau du grand homme trônait dans le musée, un peu plus loin sur cette rue, les documents qu'il était en train d'étudier au moment de sa mort encore posés dessus, comme s'il venait juste de s'absenter pour une pause-café[56].

– Mesdames et messieurs, tâchons de ne pas nous égarer, intervint le P.-D.G. Le problème ici n'est pas seulement que le gouvernement des États-Unis abuse de son pouvoir, aussi limité soit-il désormais. Nous sommes sur le fil du rasoir. Le Directoire a injecté tellement de virus et de tripwires dans notre réseau que nous pourrions perdre le contrôle de notre entreprise s'ils n'aiment pas ma raie sur le côté.

– Dans ce cas, qu'avons-nous à perdre ? fit remarquer Lee-Ann. Je propose un vote.

La « Révolte de Lee-Ann », comme cette intervention allait bientôt être surnommée dans tout le pays, une fois que la Viz de l'assemblée aurait fuité, ne fit pas de victimes, mais elle eut des conséquences historiques. Le bloc de voix des fonds souverains ne suffit pas à endiguer l'élan des petits investisseurs, une fois qu'ils furent mobilisés. Et à la fin de l'assemblée, les actionnaires ne votaient plus pour décider s'il fallait résister au projet de réquisitions du gouvernement américain. C'est au Directoire, finalement, que Wal-Mart déclara la guerre.

Colby blêmit, tandis qu'il contemplait ces gens qui par milliers poussaient des hourras dans l'auditorium du siège de l'entreprise. Deux pensées lui vinrent à l'esprit, quand son étroitesse de vue reprit le dessus. La première, c'est qu'il allait avoir du mal à retrouver du boulot après un tel fiasco. La deuxième, c'est que l'Amérique disposait à présent de moyens logistiques comme on n'en avait jamais vu dans aucune guerre.

USS *Zumwalt*, chantier naval de Mare Island

Mike trouva Vern courbée en deux, en train de passer ses mains le long des épais câbles de fibre optique qui couraient derrière la cloison. Une forte odeur d'ozone flottait dans l'air, rappel de son insistance pour qu'ils découpent ladite cloison afin qu'elle puisse avoir accès à ces câbles. Ce qu'elle faisait au juste le dépassait, Mike le savait. Mais le changement dont cela s'accompagnait chez elle lui plaisait : elle avait beau avoir un doctorat, il était clair à ses yeux qu'au fond d'elle-même c'était quelqu'un qui faisait les choses, qui les fabriquait, comme lui-même.

Elle ordonna sans ménagement aux autres ingénieurs de quitter les lieux pour la laisser travailler en paix.

– C'est vous qui lui avez appris à parler comme ça ? soupira l'un d'eux en remontant vers le pont.

Elle passait plus de temps à bord qu'au centre de données, à terre, et, à la connaissance de Mike, elle n'avait pas quitté le chantier naval depuis une semaine. Elle ne parlait même plus de sa vie avant le *Zumwalt*. Mike connaissait ce sentiment, et comment il pouvait prendre le pas sur tout le reste.

Il posa une bouteille d'eau fraîche à côté d'elle. Vern continua de fixer la tablette calée sur ses genoux sans même faire cas de sa présence. Mike recula et l'étudia attentivement tandis qu'elle tendait le cou pour jeter un coup d'œil derrière la cloison éventrée. Il sortit une lampe-torche à LED de sa poche et s'accroupit à côté d'elle, en faisant craquer ses genoux.

– Laissez-moi vous aider, dit-il. Avec un peu de lumière, c'est mieux.

Elle lui sourit et poursuivit son inspection tandis qu'il l'éclairait, pointant le faisceau de sa torche là où elle le lui demandait sans prendre le temps d'y mettre les formes. Il dut se pencher si près qu'elle constata sans doute qu'il n'avait pas eu le temps de se doucher depuis un moment Mais elle ne s'écarta pas.

Au bout de cinq minutes, Mike se redressa pour partir.

– Gardez la lampe, dit-il. Il faut que je remonte sur le pont. On installe la tourelle du canon électromagnétique, et c'est une foutue nuit de brume. Si vous avez besoin de quoi que ce soit, suffit de brailler.

Vern ne répondit rien ; elle étudiait l'écran de sa tablette et jetait des coups d'œil dans le compartiment obscur derrière la cloison.

Mike se leva péniblement et s'éloigna d'un pas précautionneux.

Au moment de se baisser pour passer l'écoutille, il lui sembla l'entendre dire distinctement :

– Merci.

Il s'arrêta et se retourna.

Les onze pas qui le ramenèrent jusqu'à sa silhouette voûtée lui parurent interminables. Il voulait absolument savoir quelque chose, et c'était le moment ou jamais.

– Docteur Li, je peux vous parler une minute ? demanda Mike.

– Là, maintenant ?

– Oui, s'il vous plaît, insista Mike.

– Je vous écoute… ?

– Ce que j'ai à vous dire, ou plutôt à vous demander, n'est pas facile. Mais ça fait un moment que ça me trotte dans la tête, alors…

Vern se leva et repoussa ses Viz Glass sur le dessus de son crâne, avant d'essuyer une goutte de sueur au bout de son nez.

– C'est difficile à aborder, alors je préfère le balancer tout net, dit Mike. Ce système de canon électromagnétique, y a quelque chose qui cloche dedans – pas vrai ? C'est pour ça que vous poussez tant l'équipage et les geeks du centre de données. Vous savez quelque chose qu'ils ne savent pas…

Il s'attendait à ce qu'elle l'envoie promener. Mais au contraire, elle lui sourit.

– Vous avez raison : il ne passera pas le test, répondit-elle.

– Merde, grommela Mike. Le capitaine, ça va le tuer…

– Nous tous aussi, peut-être, fit remarquer Vern. On verra bien.

– Il faut que je le prévienne, dit Mike.

– Vous l'aimez beaucoup, remarqua Vern.

– Si ce navire ne peut pas se battre, lui non plus.

– C'est votre fils ; normal que vous vouliez que tout se passe bien pour lui, non ?

– Bon, je vais y aller, docteur Li…

– Il y a une autre question que vous oubliez de me poser, n'est-ce pas ? dit Vern.

– Euh… Laquelle, docteur Li ?

– La grande question, répondit Vern. La plus importante.

Mike la dévisageait, perplexe.

– Est-ce qu'il *finira* par marcher ? lui souffla Vern.

Mike sourit.

– Eh bien, je crois que ça dépendra de vous.

– Laissez-moi encore un peu de temps, répondit Vern. Un vieil homme comme vous devrait savoir être patient.

Fort Mason, San Francisco

Jamie Simmons se glissa dans le lit, mais il était trop survolté pour s'endormir tout de suite. Il pensait à tous les navires rafistolés de la Flotte Fantôme rassemblés dans la baie. Le sien en particulier, celui dont la nation avait le plus besoin, s'avérait être le maillon faible. Il se tourna sur le côté, contempla le banc de brouillard qui avait englouti le tablier du Golden Gate Bridge. Il s'était élevé imperceptiblement, mais cachait à présent cette immense structure. On ne pouvait rien faire pour le chasser. Il n'avait pas la régularité des marées, mais n'en était que plus spectaculaire lorsqu'il vous privait d'une chose qu'on croyait immuable, comme ce pont.

Un gargouillis sonore dans les canalisations de la maison réveilla Lindsey, qui se tourna vers lui, à moitié endormie.

– Ah, tu es là…, bredouilla-t-elle. Je ne t'ai pas entendu entrer.

– Ouais, murmura Jamie. Je ne voulais pas te réveiller. Y a un problème avec les tuyaux ?

– Les toilettes, répondit-elle, émergeant du sommeil. Elles sont encore cassées.

– Merde… Je regarderai ça demain matin.

– Quand ? dit Lindsey. Tu pars toujours si tôt…

– Demain soir en rentrant, alors.

– Et à quelle heure rentreras-tu, Jamie ? Tu es capable de réparer un navire de guerre, mais les toilettes de ta maison, c'est trop compliqué à gérer ? Je suis sûr que certains trouvent ça logique, mais pas moi, plus maintenant.

Un vieux dicton de la Navy disait que les navires étaient comme des maîtresses : belles, attirantes, mystérieuses, demandant beaucoup d'attention et, au final, briseuses de couples.

– Je vais aller jeter un coup d'œil tout de suite, dit-il.

La tension dans sa voix poussa Lindsey à se redresser sur le coude. Elle le dévisagea.

– Tu peux m'en parler, Jamie. Quel que soit ce que tu as à dire, dis-le.

Il l'embrassa sur le front, se méfiant des mots qui pourraient sortir de sa bouche. Son pas lourd en disait assez long. La frustration qu'il éprouvait au travail avait à présent contaminé sa maison.

Après s'être débattu en vain pendant une demi-heure avec les toilettes, il abandonna et retourna dans la chambre, où il trouva les enfants endormis contre leur mère. Il avait dû les réveiller en triturant les toilettes avec les outils que son père avait laissés derrière le pied du lavabo. Il s'assit dans le vieux Relax en cuir dans le coin de la pièce et les contempla dans la pénombre, s'efforçant de laisser les bruits de respiration du trio dissiper son stress et sa frustration. Il craignait de n'être pas capable de réparer ce qui devait l'être avant tout.

Lorsqu'il rouvrit les yeux, il était 5 heures du matin. Merde. Il se réveillait une heure trop tard.

– Tu as réparé les W-C, papa ? demanda la voix sonnée de Martin, depuis le lit.

– Non, mon chéri, ils sont encore cassés.

– Appelle Grandpa ! intervint Claire. Il pourra les réparer.

– Tu devrais l'appeler, en effet, dit Lindsey en le regardant, l'air inquiet.

Il secoua la tête, tandis que les capteurs de la chambre, repérant leurs mouvements, commençaient à monter graduellement la lumière des lampes, au plafond.

– J'ai dit que j'allais les réparer, et je vais le faire.

– On veut Granpa ! s'écrièrent Claire et Martin.

– Ce n'est pas encore l'heure de se lever, fit remarquer Lindsey, en les poussant hors du lit. Retournez dans vos chambres.

– Pas question de l'appeler, murmura Jamie lorsqu'elle passa devant lui, guidant les enfants vers le couloir.

Il entra dans la salle de bains et prit sa douche. Sous le jet d'eau froide implacable, il se maudit. Il restait trop peu de jours avant son départ en mer pour qu'ils passent une nuit pareille. Il ferma le robinet de la douche et frissonna. Était-ce ce qu'avait ressenti son père en voyant son lien avec sa famille s'effriter peu à peu sans qu'il puisse rien y faire ? Ou bien n'avait-il pas eu envie, tout bonnement, de le réparer ? C'était la différence entre eux : son père n'avait pas essayé. Oui, c'était forcément ce qui les distinguait. Jamie n'avait nulle intention d'abandonner.

Je vaux mieux que mon père, se dit Jamie en clignant des yeux pour chasser la fatigue et l'eau glacée. Même dans mes pires moments.

Honolulu, Zone administrative spéciale d'Hawaï

Carrie s'essuya les mains sur le vieux pull-over noir qu'elle avait enfilé pour aller à la plage. Puis elle emporta son sac à dos avec elle dans la salle de bains et referma la porte.

Elle sortit du sac son bas de maillot de bain encore trempé, le jeta dans le bac de la douche et rinça le sable à l'eau chaude. Puis, alors que la pièce s'emplissait de vapeur, elle se déshabilla et se regarda dans le miroir embué. Le corps nu qu'elle voyait, dont la beauté était en partie cachée par l'humidité sur la glace, aurait pu être celui de n'importe qui. Elle était une parfaite anonyme.

Après être sortie de la douche, elle tira une petite boîte de fond de teint du sac à dos. Elle la tapota deux fois sur le plan de salle de bains et le couvercle s'ouvrit. Elle lécha son index droit et le passa sur le pourtour du bloc de maquillage. Là, voilà.

Elle tendit sa main dans la lumière et vit le cheveu. Elle sortit la brosse en plastique noir de son fiancé dans la boîte à bijoux posée sur le plan de salle de bains. Elle souffla doucement sur son index et le cheveu tomba sur la brosse. Avec précaution, elle la remit dans la boîte.

Carrie s'assit sur les toilettes et ferma les yeux. Alors, elle les vit de nouveau. Puis elle vit son fiancé et, enfin, son père.

Les entailles de trois centimètres qu'elle se fit à la cuisse gauche firent disparaître les images de ces hommes. Les yeux toujours clos, elle ne vit pas le sang couler sur le carrelage bleu à ses pieds. Le cliquetis des ciseaux tombés par terre la ramena à la réalité. Elle étouffa un cri de douleur et entreprit d'essuyer le sang avec ses paumes. Elle s'approcha du lavabo en quête d'une serviette puis, soudain, se figea. La buée sur le miroir s'était dissipée juste assez pour qu'elle puisse se regarder droit dans les yeux.

Je ne suis pas anonyme, se dit-elle. Je suis la mort.

Imprimerie de Wal-Mart, Ogden, Utah

De bien des points de vue, c'était comme regarder une vieille photocopieuse Xerox en action. Une fine couche de fragments de graphène était pulvérisée par un rouleau qui se déplaçait d'un bout à l'autre du plateau. Assemblage d'atomes de carbone disposés selon une structure hexagonale comparable à celle d'un grillage à poules, le graphène était un matériau léger et résistant[57], et un excellent conducteur. Mais surtout, il était constitué des mêmes atomes de carbone que le graphite et le charbon, si bien qu'on pouvait se procurer facilement les matières premières nécessaires. Pour cette impression en particulier, le graphène avait par exemple été extrait de la fumée d'une centrale au charbon.

Une odeur de brûlé envahit la salle, tandis qu'un laser projetait des rayons, allumant de minuscules flammes aux endroits où ceux-ci entraient en contact avec la poussière de graphène, faisant fondre et fusionner les particules. Puis le rouleau repartit dans l'autre direction, déposant une nouvelle couche fine, coagulée par le laser, et ainsi de suite.

Dans chacune de ces couches de poudre microscopiques, le laser sculptait des contours différents. Peu à peu, une forme apparut, un peu comme si l'on empilait des feuilles de papier découpées. Au fur et à mesure que le laser fusionnait les couches successives, la forme commença à ressembler à un treillage complexe, comme les alvéoles d'une ruche. Le rouleau s'arrêta et une main robotisée se tendit pour incliner l'objet selon un angle de trente degrés, et insérer dedans un réseau de fils électriques, puis la stratification se poursuivit. En dix minutes, l'objet fut terminé. La main robotisée se tendit de nouveau pour le soulever, et un jet d'air expulsa la poussière encore accrochée à la surface. Le bras du robot sortit alors l'objet de la machine et le déposa dans un carton. Quand soixante objets semblables eurent été placés dans le carton, une alarme retentit.

Un ouvrier se précipita, ferma à la hâte le carton et le scella avec du Scotch d'emballage. Il plaqua dessus un autocollant muni d'un code-barres, et un deuxième homme chargea le carton sur le transpalette robotisé qui parcourait les allées en toute autonomie. Là où des nains de jardin et autres vélos pour enfants avaient jadis été entreposés, prêts à être expédiés dans les magasins de la chaîne, étaient désormais empilés des cartons de pièces détachées obtenues grâce à un processus d'ingénierie inverse : bandes de munitions pour mitrailleuse, supports de roue ou, dans ce cas précis, un coupleur électromagnétique destiné au chantier naval de Mare Island. Devant l'entrepôt, un gros semi-remorque attendait, avec un manifeste détaillant les différents articles qui devaient être récupérés et livrés d'ici le lendemain.

À l'intérieur, la machine de fabrication numérique directe, plus connue sous le nom d'imprimante 3D[58], reprit son travail. Un nouveau pack logiciel avait été téléchargé, et l'appareil se mit à fabriquer un objet totalement différent. Ce procédé avait l'efficacité d'une chaîne de montage, mais une flexibilité bien supérieure, puisqu'il permettait de s'adapter instantanément à toutes les demandes et de façonner n'importe quel objet modélisé par ordinateur.

Mieux encore : la machine était capable de se reproduire elle-même. Le protocole en faveur duquel avaient voté les actionnaires favorables à Lee-Ann stipulait que tous les dix objets, l'appareil façonnerait une pièce détachée destinée à la conception d'autres imprimantes 3D. Celles-ci seraient ensuite vendues à prix cassé aux entreprises qui faisaient partie de l'ancienne chaîne logistique de Wal-Mart. Les graines d'une révolution industrielle et d'un complexe militaro-industriel d'un genre nouveau étaient en train d'être semées dans la plus grande chaîne de supermarchés de la planète.

Lotus Flower Club, ancienne concession française, Shanghai

Les rituels pouvaient être fatals. Mais ils permettaient aussi de se protéger. Si vous suiviez la même routine jour après jour, ceux qui vous surveillaient finissaient par se convaincre que vous n'aviez rien à cacher.

Ainsi, le général de division de l'armée de l'air russe Sergueï Setchine fréquentait le Lotus Flower Club depuis trois ans maintenant. La même fille. Il ne lui avait jamais demandé son nom. Il ne la connaissait que par son numéro : Vingt-Trois.

Vingt-Trois avait les cheveux courts, d'un noir de jais, hérissés dans un désordre calculé qui lui donnait un air sensuel plutôt que négligé. Elle venait peut-être du Tibet ; Setchine n'en était pas certain. Il ne lui posait jamais de questions, ne feignait pas de vouloir engager la conversation. C'était peut-être pour cela que les yeux noirs de la fille semblaient s'illuminer imperceptiblement dès qu'elle apercevait Setchine, ce qui arrivait une fois toutes les deux semaines. Ce rythme lui suffisait. Setchine n'était plus tout jeune.

Elle portait une puce, évidemment. Les homologues chinois de Setchine pouvaient bien récolter tous les bio-feedbacks qu'ils voulaient sur les meilleurs efforts d'un vieil homme pour se frayer un chemin jusqu'à ce court moment d'extase où l'âge et la décadence n'existaient plus. Mais au Lotus Flower Club, cette puce reliait également la fille aux écrans installés sur les quatre murs et le plafond de la chambre, et sur lesquels des couleurs différentes palpitaient en fonction de son degré d'excitation. Les pilules que la fille prenait, quelles qu'elles soient, fonctionnaient, car les explosions lumineuses qui ponctuaient la fin de chaque session dépassaient tout ce que Setchine avait connu. C'était comme une aurore boréale qui envahissait la pièce.

Le concierge conduisit Setchine à sa chambre habituelle. Setchine frappa une fois avant d'entrer.

Mais ce n'était pas la même Vingt-Trois.

La fille allongée sous les draps violets avait les cheveux bleus et les traits anguleux des femmes nordiques.

Merde. C'était Moscou qui l'avait envoyée, à coup sûr. S'il s'agissait d'une tentative d'assassinat à son encontre, jamais il n'aurait imaginé que cela se passerait comme ça. Il se tourna pour s'en aller. *Qu'ils me tirent dans le dos, ces lâches.*

– *Be' 'IH mej 'Iv ?* lança-t-elle derrière lui.

Il s'arrêta net.

Klingon. Elle venait de lui parler en klingon[59].

– Qu'avez-vous dit ? demanda Setchine.

– *Be' 'IH mej 'Iv ?* répondit-elle.

Maintenant, il était intrigué. Ça, c'était trop astucieux pour être l'œuvre du Directoire ou de ses propres services de renseignement. En effet, *qui laisse ainsi une jolie femme ?*

Il s'assit au bord du lit et posa la main sur sa jambe.

– Donc nous avons une langue en commun – de quoi voulez-vous que nous parlions ? répondit-il en klingon.

– Venez là, dit-elle. J'ai froid. Il faut que vous me réchauffiez.

– Faites attention, car des paroles aussi maladroites pourraient bien faire perdre sa volonté à un vieil homme.

– Peut-être puis-je vous aider. (Elle repoussa le drap, dévoilant sa poitrine.) Je peux les rendre plus gros, si vous préférez. Ou plus petits. Comme vous le désirez.

Elle posa sur la table de chevet un appareil de la taille d'une boîte d'allumettes.

L'augmentation mammaire biomorphique était de plus en plus courante, et bon marché, en Chine. En Russie, cette pratique demeurait taboue, et donc extrêmement rare. Celui qui avait réalisé l'opération avait beaucoup de talent.

– Ce ne sera pas nécessaire, répondit Setchine entre ses dents. Ils sont parfaits comme ça. Vraiment.

Il se déshabilla à la hâte, abandonnant ses vêtements au pied du lit.

– Vos chaussettes, dit-elle en gloussant.

– Quoi ? fit-il en s'allongeant sur le lit.

– Vous pouvez les enlever.

– Jamais. Je veux pouvoir m'enfuir rapidement, plaisanta-t-il en la gratifiant d'un clin d'œil.

– Pas trop vite, s'il vous plaît...

Elle tira les draps sur eux. Puis une autre couverture taillée dans un fin tissu métallique, par-dessus.

Elle posa la main sur la bouche de Setchine, et son regard se fit froid et sérieux. Setchine comprit qu'il n'allait sans doute pas coucher avec cette femme. Ni mourir, d'ailleurs. Un bon et un mauvais côté. Ainsi vont les choses dans le monde du renseignement, songea-t-il.

Elle sortit la main de sous la couverture et Setchine perçut un clic discret. Ce qu'il entendit ensuite le stupéfia. Les bruits de Setchine et de la Vingt-Trois habituelle en train de faire l'amour se répercutèrent dans la chambre. Je fais vraiment ces bruits-là ? On dirait un sanglier avec une lance dans le flanc, pensa-t-il.

– Notre ami commun de la Fédération envoie ses compliments, murmura-t-elle dans son oreille.

Ainsi, l'Américain avait fini par comprendre.

– Alors dites-moi une chose : pourquoi ne m'a-t-il pas écouté quand cela importait vraiment ? répondit Setchine. Je risquais gros rien qu'en prononçant le nom de Tcherenkov. Il aurait pu faire quelque chose...

– Il agit maintenant, et vous aussi, vous pouvez participer.

– Attendez : vous portez une puce ?

– Oui, mais pas pour le Lotus Flower. Je suis nouvelle ici. Ils veulent d'abord voir si je fais l'affaire, avant d'investir sur moi. Bon, parlez-moi de Tcherenkov, et épargnez-moi ces histoires de *Star Trek*...

La température sous la couverture augmentait rapidement, et Setchine se sentit rougir à cause de la chaleur et de la proximité de la fille. Il suivit des yeux un filet de sueur qui suintait entre ses seins, glissant vers l'énorme tatouage à sa taille.

– Cette chose a été développée il y a de cela trois ans par la Fondation russe pour la recherche de pointe[60], en banlieue de Moscou, l'équivalent de votre DARPA, expliqua-t-il. Il s'agit d'une technique de détection des réacteurs nucléaires depuis l'espace.

– Comment ça fonctionne ? demanda-t-elle.

– Je n'ai pas le temps de vous expliquer ça maintenant. Je vous apporterai quelque chose la prochaine fois. J'imagine que vos supérieurs voudront également savoir pourquoi je fais cela ?

– Pourquoi vous êtes dans ce lit avec moi, vous voulez dire ?

– Ça, j'espère qu'ils le comprendraient. Les Américains ne sont quand même pas si prudes…

– OK, mais alors : pourquoi ?

– Notre cher leader désire tellement compter encore, même dans son vieil âge, qu'il ne réalise pas qu'un jour les choses vont vraiment mal tourner pour la Russie. L'Amérique et la Russie ont eu leurs différends au cours du siècle dernier, mais tout cela est terminé. Je suis ici depuis suffisamment longtemps pour savoir que la vraie menace, c'est le Directoire, et cette guerre l'a rendu encore plus fort. La Russie n'est qu'un pantin, et elle se trouve avoir quelque quinze millions de résidents chinois à l'intérieur de ses frontières. Pas besoin d'être un vieil espion pour comprendre qu'un jour prochain la Chine fera valoir son « droit de protéger » ses citoyens vivant en Sibérie, comme nous l'avons jadis fait nous-mêmes avec nos États limitrophes, plus faibles. C'est pour cette raison que j'ai tenté de prévenir votre agent, même si ça n'a servi à rien.

– En général, il y a des motifs plus personnels. Quels bénéfices comptez-vous en tirer ? insista-t-elle.

Setchine laissa échapper un soupir et passa le doigt entre ses seins.

– Ma chère, répondit-il. Ne voulons-nous pas tous la même chose ? L'argent ? Le sexe ? Un peu de pouvoir ? N'importe laquelle de ces compensations m'irait. Je n'ai plus d'exigences si précises...

Elle roula de gros yeux. À cet instant, l'enregistrement d'une des séances de Setchine avec Vingt-Trois prit fin avec une brutalité animale. Elle tendit le bras pour le remettre depuis le début.

– Ne vous inquiétez pas, la piste a été modifiée pour donner l'impression que nous remettons ça, lui murmura-t-elle à l'oreille, puis elle s'écarta et le regarda dans les yeux tandis que les grognements repartaient de plus belle. Je ne vous crois pas. Nous avons étudié votre profil. Vous êtes trop romantique pour être motivé par des causes si banales.

– « Trop romantique », dit la pute qui est dans un lit avec moi.

– OK, comme vous voudrez, déclara-t-elle, puis sa voix passa du ronronnement à l'ordre militaire. Posez votre main là.

Elle prit sa main et la plaça sur sa taille, au niveau du tatouage.

– Savez-vous de quoi il s'agit ?

Il ne sentit rien, mais en savait assez pour pouvoir deviner.

– L'un de ces nouveaux e-tatouages.

L'espace d'un instant, elle parut surprise.

– Je ne suis pas aussi vieux que vous le pensez, dit-il.

L'encre du tatouage était en fait un dérivé de l'encre électronique utilisée dans les anciennes liseuses. Cette version modifiée permettait au liquide injecté dans la peau d'agir comme une sorte de tampon autour de minuscules puces de silicium connectées les unes aux autres selon un motif ressemblant à une sorte d'origami. Ce liquide et ces microscopiques fils entrelacés dans la peau formaient un réseau miniature. Setchine ferma les yeux et en suivit les contours du bout de son index, tout en fredonnant le mouvement central de la *Symphonie n° 5* de Dmitri Chostakovitch[61].

– J'ai besoin que vous fassiez quelque chose pour moi et, autant être franche : ça va être douloureux, reprit-elle. Mais nous pensons que c'est la manière la plus sécurisée de réceptionner les informations que vous nous proposez.

– J'avais peur que vous me demandiez ça, soupira-t-il.

Elle posa tendrement ses lèvres sur son menton.

– Comment connaître le plaisir si l'on ne comprend pas la douleur ? répliqua-t-elle en l'embrassant de nouveau.

Bras nord de la rivière Kaukonahua, Oahu, Zone administrative spéciale d'Hawaï

– Accélérez le rythme, souffla Conan, qui pataugeait jusqu'au genou dans l'eau de la rivière. Ou bien nous allons rater notre fenêtre d'entrée dans le périmètre.

Finn ne répondit pas. On n'entendait que le bruit de succion de ses sandales s'enfonçant dans la vase.

La rivière était peu profonde, encadrée des deux côtés par une épaisse végétation vert émeraude ponctuée de balafres brunes. Les deux insurgés progressaient le dos courbé, des couvertures de laine tombant lourdement sur leurs épaules endolories. Ils formaient l'arrière-garde de la patrouille et quatre autres Moudj' avançaient devant eux à intervalle régulier. Charlie marchait en tête. Il n'était pas militaire de métier, contrairement aux autres, mais c'était le moment pour lui de faire son baptême du feu. Il avait été golfeur pro à Turtle Bay, et même un temps le joueur vedette de l'université de Wake Forrest, mais n'avait jamais dépassé le niveau Nike Tour. Finn avait servi au côté du grand frère de Charlie, Aaron, et les trois jeunes hommes étaient souvent allés boire des verres ensemble quand Aaron revenait en permission. L'appartement de Charlie avait servi de planque aux Moudj' deux mois auparavant, et il leur avait demandé de l'accepter dans leurs rangs, arguant que son grand frère l'avait déjà assez tabassé comme ça lorsqu'ils étaient petits, et qu'il ne survivrait pas à ce qui l'attendrait après la guerre si Aaron venait à découvrir qu'il n'avait pas contribué à la résistance.

Les coupures et éraflures sur leurs jambes étaient un souvenir de la marche de nuit qui les avait conduits juste sous le sommet d'un pic voisin. Ils s'étaient arrêtés à cent cinquante mètres de celui-ci pour éviter de se faire repérer sur la crête et Conan avait disparu pendant une heure, tandis que les autres montaient la garde. Conan n'avait pas voulu dire à Finn ni à aucun d'entre eux pourquoi ils étaient venus là. Ils savaient qu'elle leur en cachait la raison pour assurer la sécurité de l'opération, mais cela conférait quand même à cette expédition une ambiance morose.

Et maintenant, après une interminable descente, il pleuvait. Derrière Conan, Finn pataugeait de plus en plus péniblement dans la rivière, dont l'eau ne cessait de monter. En passant par là, ils ne laissaient aucune trace et effaçaient tout indice de leurs déplacements, au cas où on les surveillerait depuis les airs. De toute manière, Finn aurait choisi de remonter le cours de la rivière : il avait une coupure infectée au niveau du talon, qui lui faisait moins mal dans l'eau fraîche.

Ils atteignirent le petit pont non carrossable sous lequel ils avaient caché les bicyclettes. Celles-ci formaient un assortiment hétéroclite, glané au gré de leurs sorties, comme leur armement. Finn avait hérité du meilleur vélo, un VTT de descente en carbone avec des jantes de 27,5 pouces, doté de suspensions dignes d'une moto, qu'ils avaient volé dans une villa de vacances où les propriétaires ne risquaient pas de venir d'ici la fin de la guerre. Conan chevauchait une épave vert fané à trois vitesses avec une étroite selle de course blanche, qu'ils avaient trouvée sans antivol au bord de la route. Leur hypothèse, c'était qu'il s'était agi d'un vieux biclou d'ivrogne, servant à zigzaguer de bar en bar, avant qu'ils ne le réquisitionnent au profit de l'effort de guerre.

Ils se mirent en route seuls ou par deux, traversant le lotissement d'Hidden Valley Estates en direction de California Avenue. Ce genre de déplacement à découvert devait être soigneusement orchestré, à cause des algorithmes de suivi visuel du Directoire qui analysaient en temps réel les images recueillies par les drones et les satellites. Au bout d'un certain laps de temps, tout mouvement inhabituel était repéré et, aussitôt, pris pour cible. Le truc consistait donc à adopter des types de déplacements qui faisaient partie des va-et-vient habituels, mais avec des composantes légèrement aléatoires capables d'expliquer toute anomalie. Quelque chose qui ressemblait aux allers-retours quotidiens d'écoliers se rendant en cours à vélo, par exemple.

Quand le flot des gamins vers l'école primaire d'Iliahi[62] – certains par leurs propres moyens, d'autres déposés par leurs parents –, commença à se calmer, Conan adressa un signe de tête à Finn. Comme lors des patrouilles, ils allaient devoir échelonner leurs arrivées. Ils se mêleraient aux retardataires puis s'éclipseraient vers l'arrière du bâtiment, où se trouvait une dépendance qui servait à ranger le matériel de sport. Ces quatre derniers mois, Coach Moaki, le prof de gym de l'école, avait autorisé les Moudj' à y stocker quelques cartons de grenades, de stimus et de munitions. Les insurgés venaient également y passer la nuit de temps à autre. C'était l'une des nombreuses caches d'armes dont ils disposaient dans la région. Ils savaient qu'une partie des enseignants étaient sans doute au courant de leurs agissements, mais aucun d'entre eux n'avait jamais croisé leurs regards.

– Tu sais, avant tout ça je faisais des triathlons, confia Finn à Conan, tandis qu'ils patientaient dans les herbes hautes au bord de la route. Je me levais à 5 heures du mat' pour aller courir en montagne, avant de me taper trente kilomètres de vélo. Oh, et puis je faisais du camping. Pour le plaisir. C'est un peu ce qu'on fait maintenant, pas vrai ? Eh bien, laisse tomber : quand tout ça sera terminé, je déménage à New York et on ne me verra plus jamais dans la nature.

Ils venaient juste d'enfourcher leurs vélos quand une détonation claqua dans l'air.

– Un revolver, dit Conan. Dans l'école.

Hôtel Moana Surfrider, Waikiki Beach, Zone administrative spéciale d'Hawaï

Il s'était rendu bien des fois dans ce vieil hôtel. Jamais pour y passer la nuit ; cet endroit semblait trop être la cible idéale pour un attentat au camion piégé. Il venait juste de temps en temps nager et prendre un jus d'ananas et de goyave frais. La plage était parfaite – elle justifiait peut-être à elle seule qu'on envahisse l'île, songea Markov. S'il l'avait pu, il aurait dormi dans le sable ; plutôt ça que le motel miteux, proche de l'aéroport, que les Chinois avaient reconverti en caserne.

Mais cette fois, il était en bien mauvaise compagnie pour passer une journée à la plage. Jian, comme toujours, le suivait à la trace.

Markov portait son treillis de l'armée russe, dont les couleurs s'affadissaient de jour en jour sous le soleil du Pacifique. Il aurait préféré porter des vêtements locaux, mais les rares fois où il l'avait fait, il s'était attiré les foudres du général Yu.

Les deux hommes traversèrent le hall de l'hôtel, ralentissant le pas pour profiter de l'air conditionné. Tandis qu'ils slalomaient entre des groupes de marins du Directoire, de soldats de l'armée de terre et de fusiliers marins, Markov remarqua que Jian marchait soudain cinq mètres derrière lui. Ce salopard essayait de faire croire qu'il se dirigeait simplement dans la même direction que lui, gêné que ses pairs puissent l'apercevoir avec son confrère russe.

Comme ils longeaient l'un des bars, Markov manqua s'arrêter, pris d'une soif soudaine. Mais il résista à la tentation et poursuivit vers leur destination du jour.

– Salut les gars, leur lança la femme installée derrière le comptoir de location de surfs. Je suis désolée, mais vos camarades ont tout pris. Je n'ai plus aucune planche de libre.

Markov fut surpris par le naturel de sa voix. Depuis qu'il était ici, il n'avait jamais entendu un Hawaïen s'exprimer sans un soupçon de colère. Or, cette femme donnait l'impression de s'adresser à une famille de quatre touristes venus de Chicago et couverts de coups de soleil. Soit elle prenait un sacré cocktail de drogues, soit c'était la parfaite idiote.

– C'est dommage, vous savez, ajouta-t-elle. Car aujourd'hui, la houle est idéale pour les débutants.

Markov s'approcha du comptoir et la regarda dans les yeux.

– Malheureusement, nous sommes ici pour le travail, dit-il. Nous cherchons des informations sur un officier du Directoire dont on a retrouvé le corps échoué sur la plage.

– Oui, j'ai appris, répondit la jeune femme. C'est tellement triste…

La plaque posée sur le guichet l'identifiait comme étant Carrie Shin. Markov fit courir ses yeux sur le corps de Carrie, passant rapidement sur ses seins mais s'attardant sur ses bras, en quête de traces de piqûres qui auraient expliqué son comportement. Peut-être un peu de maquillage au niveau des avant-bras, mais il aurait fallu y regarder de plus près pour être tout à fait sûr.

– Très triste, en effet. Comment a-t-il fait pour se procurer l'une des planches de surf de l'hôtel ? interrogea Markov.

– Nous supposons qu'il l'a prise en dehors des horaires d'ouverture. Nous ne pensions plus être obligés de mettre le matériel sous clé, ajouta Shin.

Sa voix se fit plus basse et ses épaules se voûtèrent, comme si la seule possibilité d'un tel vol l'affectait personnellement.

– Quand a-t-il loué un surf ici pour la dernière fois ? demanda Markov.

– Je ne l'ai vu qu'une seule fois, répondit-elle. Il y a deux semaines, peut-être ? Je crois que c'était la première fois qu'il faisait du surf. Il était vraiment excité. Il m'a demandé de lui donner un cours, mais je n'avais pas le temps à ce moment-là. Je regrette, maintenant. Le spot de Sandy Beach Park est l'un des plus dangereux de l'île – pas un très bon endroit pour les débutants.

Markov remarqua la manière dont sa peau bronzée semblait renvoyer un peu de la chaleur du soleil. Il se pencha plus près pour poser la question suivante, en se disant que les poches sous ses yeux devaient être bien sombres quand elle enlevait son maquillage.

– Y a-t-il d'autres employés qui pourraient me renseigner ? demanda-t-il.

Elle sourit et se redressa sur sa chaise, étirant discrètement le dos pour s'écarter de lui.

– Cet hôtel est l'endroit le plus sûr de la ville, pour tout le monde. C'est l'idée, non ? Pourquoi voudrait-on mettre cette réputation en péril ?

– Oui, vous avez raison.

– La seule chose qu'on ne m'a pas dite, c'est comment il est mort..., reprit-elle sur le ton du commérage, avouant une curiosité que n'importe quel autre insulaire aurait sûrement gardée pour lui. Que lui est-il arrivé ?

– Le leash de la planche s'est enroulé autour de son cou, répondit Markov. Mais il est encore difficile de dire s'il s'agissait d'un accident.

– Oh, mon Dieu... C'est horrible, souffla-t-elle. Il n'y avait aucune vidéo de cette plage ? Une caméra flottante, peut-être ?

– Non, rien, dit-il. Rien du tout. (Il marqua une pause.) Mais dans le cadre d'un renforcement des mesures de sécurité, nous allons récolter quelque chose d'encore mieux parmi le personnel de l'hôtel.

– Mieux que des images ? s'étonna-t-elle.

– Beaucoup mieux : des prélèvements ADN. Comme ça, nous pourrons suivre les déplacements de nos amis aux quatre coins de l'île.

– Des amis comme moi ? demanda-t-elle.

– Exactement.

École primaire d'Iliahi, Wahiawa, Zone administrative spéciale d'Hawaï

Le corps gisait face contre terre. Le filet rempli de ballons de football que le fusilier marin chinois voulait apporter aux écoliers s'était ouvert et les ballons s'étaient éparpillés autour ; les sphères rose vif et jaunes roulaient dans la cour, laissant des traînées de sang derrière elles.

Nicks relâcha un instant sa prise, puis serra la crosse de son SIG Sauer P220 de plus belle. Elle récupéra son sens de l'ouïe et son champ de vision s'élargit, lui permettant d'embrasser le chaos. À travers le sifflement de ses tympans, elle entendit hurler parents et enfants.

C'était de cela que le coach avait tenté de les prévenir quand Nicks et les trois autres insurgés avaient viré à gauche pour quitter California Avenue. L'entraîneur les avait en effet accueillis en souriant, mais avec de grands gestes. Nicks s'en voulait terriblement de n'avoir pas saisi le message, momentanément étourdie par la soudaine impression de normalité véhiculée par tous ces gosses joyeux qui couraient autour d'eux.

– Contact ! hurla Charlie.

– C'est un peu tard pour ça, répliqua Nicks. Tu en as eu un ?

– Non, je ne crois pas, répondit Charlie. Mais il y en a forcément d'autres ; où sont-ils ?

Un militaire chinois surgit au coin du gymnase, tirant sans retenue avec son fusil d'assaut. Une balle frappa Charlie au cou. Son revolver déjà braqué, Nicks tira instinctivement deux balles de calibre 45 à trois mètres de distance. Le soldat tournoya sur lui-même et s'écroula sur un hippopotame bleu en plastique de la cour de l'école.

De nouveaux cris en chinois, effrayants, s'élevèrent du recoin d'où avait jailli le soldat.

Nicks et ses deux compagnons survivants coururent dans cette direction et tombèrent sur une civile chinoise en train de pleurer dans une radio, appartenant à l'évidence à l'une de ces nouvelles unités de développement communautaire[63] que le Directoire avait dispatchées dernièrement dans le but de monter la population locale contre les insurgés. Elle avait un pistolet mais ne fit pas mine de s'en servir ; les deux soldats qui l'accompagnaient étaient morts.

Ils la traînèrent devant le corps désormais inerte de Charlie, poursuivirent jusqu'à l'entrée du bâtiment et se mirent à couvert derrière les portes. Au bout d'un moment, la femme cessa de sangloter et le calme inquiétant qui suivait toujours un combat rapproché s'abattit sur Nicks. Ses oreilles sifflaient encore, elle avait des picotements dans les mains et l'impression que ses pieds étaient si fermement ancrés dans le sol qu'elle ne pourrait plus les décoller, même si sa vie en dépendait. Cette sensation allait passer, comme toujours, une fois l'adrénaline redescendue, mais à cet instant, elle devait faire un effort surhumain pour rester concentrée et réfléchir à la suite.

– Elle parlait dans sa radio ! cria Nicks à ses compagnons, bien trop fort, à cause de ses tympans sonnés. Je ne sais pas si elle a réussi à joindre quelqu'un. Mais il faut qu'on prévienne Conan que cet endroit n'est plus sûr, et qu'on se tire d'ici.

Levant les yeux, elle aperçut trois gamins qui l'observaient depuis la balustrade bleue du premier étage de l'école. Ils fixèrent d'un regard vide les cadavres, puis les Moudjahidine du North Shore. Puis, l'un après l'autre, ils levèrent la tête et, plissant les yeux, se retrouvèrent tous à scruter le ciel vers le sud.

C'est alors que les oreilles de Nicks cessèrent de siffler et elle l'entendit à son tour : un vrombissement de rotors d'hélicoptères, qui approchait.

Hidden Valley Estates, Wahiawa, Zone administrative spéciale d'Hawaï

Conan et Finn coupèrent à travers le parking désert de l'église mormone jouxtant l'école primaire et sautèrent de leurs vélos dans le bosquet d'arbres qui séparait l'église des maisons voisines. Ils restèrent à couvert sous le feuillage dense et verdoyant des arbres entre les maisons du lotissement d'Hidden Valley Estates. Apercevant un drone quadricoptère qui filait le long de la route en direction de l'école, ils se tapirent sous les branches.

– Reste là, ordonna Conan.

– Pas question, rétorqua Finn. Allons-y ! On n'a qu'à rejoindre la planque, récupérer des armes et les sortir de là.

Conan secoua la tête.

– Non, on ne peut pas faire ça.

Les voisins avaient commencé à sortir de chez eux et à s'agglutiner dans la rue, pointant du doigt la cour et poussant des cris. Certains, sans doute des parents d'élèves, se précipitaient vers l'école avant l'arrivée des forces du Directoire.

Finn se tourna vers elle, tentant de comprendre.

– Conan, nos gars, c'est une chose… Mais les gosses ? Il y a des gosses là-bas.

– Justement, répliqua calmement Conan.

– Quoi ? Que va-t-il se passer, d'après toi ?

Elle ne répondit pas, se contentant de le regarder fixement. Finn tenta de se lever, mais elle l'en empêcha. Il venait de se libérer quand deux Z-8K, les hélicoptères de combat du Directoire[64], passèrent en rugissant au-dessus d'eux puis firent demi-tour pour se mettre en vol stationnaire au-dessus du terrain de sport de l'école, tout près du sol. Les uns après les autres, des soldats du Directoire en combinaison noire bondirent de l'appareil. Ils se déployèrent en éventail à partir du point de largage. La réserve qui servait de cache d'armes se trouvait désormais dans leur périmètre.

Finn recula sous les arbres et la fusilla du regard.

– Conan. Tu connais tes gars, ils vont se battre jusqu'au bout. Et tous ces gosses et ces instits vont se retrouver pris dans ce merdier.

– On savait très bien qu'il pourrait arriver quelque chose de terrible[65] à l'école, murmura Conan. Pourquoi tu crois que je l'ai choisie ?

Fort Mason, San Francisco

« Je t'aime. »

Jamie savait ce que Lindsey allait lui dire lorsqu'il franchirait la porte de leur maison. Elle le disait tous les soirs, même lorsqu'il savait qu'elle devait lutter pour faire sortir ces mots.

Les soirs comme celui-ci, où il rentrait tard, totalement épuisé, vidé. L'adrénaline avait cessé de faire effet depuis des mois ; ce qui lui permettait de tenir, maintenant, c'était un cocktail de caféine, de stimus et de colère.

La proue heurta délicatement le bord du ponton, la manœuvre parfaite, et il gratifia d'un salut sec la barque du chantier naval qui venait de le déposer dans le noir sur le quai n° 2.

Ce privilège de haut gradé lui épargnait l'interminable trajet en bus pour rentrer chez lui et lui permettait de rester sur l'eau un peu plus longtemps. Et puis de là, il n'y avait plus qu'une courte marche jusqu'à la maison de Fort Mason, quelques minutes à peine une fois posé le pied à terre.

Comme tous les soirs, cependant, il s'arrêta d'abord pour s'asseoir sur un banc, vestige du temps où ce lieu accueillait encore des festivals et des touristes. De ce banc, il contemplait l'horizon, vers l'ouest, par-delà le Golden Gate Bridge. Le pont était illuminé[66] ce soir-là, les LED intégrés à ses câbles dessinant un drapeau clignotant, brillant de cinquante étoiles. C'était une idée du gouverneur, contre l'avis du ministère de la Défense. Le pont symbolisait ce pour quoi ils se battaient, avait argumenté le gouverneur, et ne devait donc pas disparaître derrière le brouillard de la guerre ni celui de la baie. Ce discours avait fait son petit effet ; le fruit, sans aucun doute, des algorithmes d'ingénierie sociale qu'utilisait l'équipe de son département des Affaires publiques.

Jamie avala une dernière gorgée de café et vida lentement le reste à ses pieds, regardant le liquide brun éclabousser le sol. C'était devenu un rituel étrangement réconfortant, à cette heure où il s'efforçait de ralentir ses pensées après dix-huit heures de surchauffe au travail.

– Halte ! cria une voix dans le noir.

Simmons releva les yeux et ne vit personne. Il était épuisé, certes, mais au point d'entendre des voix ?

– Identification ! lança la sentinelle.

C'était l'un des membres de la garde nationale de Californie qui patrouillaient nuit et jour le long des quais.

– Allez-y, répondit Simmons. Capitaine Jamie Simmons. US Navy. J'habite au fort, maison n° 49.

La sentinelle scanna le code-barres fixé près de l'épaulette gauche de son uniforme.

– Merci, Sir. Soirée calme…

– Pas de problème ? demanda Simmons.

– Non, il n'y en a jamais, répondit la sentinelle, qui semblait soudain vieux et fatigué. C'est quoi, cette odeur ?

Il serra plus fort son M4 contre sa poitrine et respira profondément.

– Bon sang, c'est du vrai café ?

– Oui, rapporté du bateau, confirma Simmons.

– Je savais bien que je m'étais engagé dans le mauvais corps d'armée. Quand on travaille comme barista chez Starbucks et que le pays se retrouve à court de café, eh bien, on ne peut pas boire les faux trucs qu'ils servent à la place – question de principe. C'est à ce moment-là que je me suis engagé. Mais pendant mes premières semaines de classes, j'ai eu des migraines atroces. J'aurais attaqué une plage à moi tout seul pour une bonne tasse de Kona.

– Eh bien, on vous le servira bientôt, votre café hawaïen, promit Simmons.

– Je vous remercie, Sir. Bonne nuit.

– À vous aussi, répondit Simmons, puis il entama l'ascension de la colline pour regagner sa maison.

Jamie ouvrit doucement la porte d'entrée et se glissa à l'intérieur. 23 heures – il avait raté les enfants et le dîner, mais il pourrait encore passer une heure avec Lindsey. Le plancher grinça sous ses pas.

La salle à manger était vide. Il jeta un coup d'œil dans le salon pour voir si elle s'était endormie en lisant sur le canapé.

– Hé, Linds ? murmura-t-il. Tu es encore debout ?

Il balaya du regard le sol du salon. Où étaient tous les jouets ? Bizarrement, il ne sentait rien sous ses pieds. Il repensa aux séances de rangement frénétiques que son père lui avait imposées lorsqu'il avait l'âge de ses enfants. La vue de jouets qui traînaient, le moindre signe, en vérité, que des enfants vivaient dans sa maison, avait toujours mis son père en rogne.

Il l'appela de nouveau :

– Linds ?

Il monta sans bruit l'escalier. Une légère lueur émanait de leur chambre.

Quand il entra, son cœur s'arrêta et il sentit une pointe au creux de l'estomac. Lindsey se tenait devant lui, vêtue d'un simple peignoir rose, et lui tendait un verre de mousseux. Des bougies récupérées dans leur kit d'urgence illuminaient la pièce. D'un grand seau de plage rose rempli de glaçons dépassait le goulot d'une bouteille de champagne, dressée au garde-à-vous.

– Joyeux anniversaire, dit-elle.

Il prit la flûte et l'embrassa. Comment avait-il pu oublier ?

– Quinze ans de mariage, déclara-t-il.

– Je t'ai trouvé, perdu puis retrouvé, répondit-elle.

– Joyeux anniversaire à toi aussi. Désolé d'arriver en retard.

– Les enfants sont au lit, et la maison n'est rien qu'à nous. Enfin, pour quelques heures.

– Il faut que j'y retourne demain, répondit Jamie.

– Je sais, dit-elle. Tu vas être fatigué.

– Très fatigué, renchérit-il en faisant tomber le peignoir.

Ils firent l'amour avec le plaisir patient des amants qui se concentrent pleinement l'un sur l'autre.

Après, allongés sur le lit, ils contemplèrent le pont dressé dans la nuit, dont la brume commençait à ronger les piliers.

– Un jour, tu retourneras là-bas, déclara-t-elle.

– Je sais. Et je sais aussi ce que je t'avais promis avant tout ça. Mais ma place est là-bas, maintenant. Tu le comprends, n'est-ce pas ?

– Je ne vais pas te demander de ne pas partir, répondit Lindsey. Mais je n'arrête pas de penser que nous n'avons pas eu assez de temps pour nous. Quinze années, ce n'est pas suffisant.

– Non, tu as raison. Ce que je fais tous les jours, je le fais pour être sûr de revenir – littéralement, je veux dire.

– Je sais, dit-elle.

– Mon père a quitté ma mère après quinze ans de mariage, le savais-tu ?

– C'est pour ça que tu avais oublié l'anniversaire, ce soir ?

Ce n'était pas l'une de ces situations où le choix est binaire. Tant de directions s'offraient à lui. La colère. Le déni. La soumission. Le regret.

– Je suis tellement désolé, Lindsey, soupira-t-il. Pour tout. D'être resté dans la Navy alors que je t'avais promis que c'était terminé. Je suis désolé. C'est tout ce que je peux dire.

– Ne le refais plus jamais, c'est tout, dit-elle, et elle l'embrassa tendrement.

Hangar n° 1, Moffett Field, Mountain View, Californie

Ce qui frappait Daniel Aboye chaque fois qu'il entrait là, c'était l'odeur. Le hangar était gigantesque[67], trois cent cinquante mètres de long sur quatre-vingt-treize de large pour être exact, trois fois le stade géant du Superdome, à La Nouvelle-Orléans. Pourtant, cette odeur y flottait partout. Pour ceux qui n'étaient pas de la vallée, c'était l'odeur un peu acide d'une vieille pizza ou de gens qui n'avaient pas pris de douche depuis trop longtemps. Mais pour tous ceux d'ici, ça sentait l'argent. La gloire. Le pouvoir. La réussite. Le monde des start-up de la Silicon Valley s'était sans cesse métamorphosé au cours des dernières décennies, mais une constante demeurait : cette odeur.

Et le fait qu'elle remplisse à présent le Hangar n° 1[68] n'en était que plus naturel.

En 1931, les pères fondateurs de Sunnyvale, en Californie, avaient imaginé un plan de développement économique original[69]. Ils avaient réuni quatre cent quatre-vingt mille dollars pour acheter plus de quatre cents hectares de terres agricoles, puis les avaient revendues au gouvernement pour un dollar. Ce qui allait faire de cette opération un investissement si juteux, c'était la topographie de ces terres agricoles : le seul endroit de la baie de San Francisco à n'être pas régulièrement noyé sous le brouillard. Le deal, c'était que Sunnyvale devait accueillir la future flotte de « porte-avions volants » projetée par l'US Navy : d'immenses dirigeables gonflés à l'hélium qui serviraient de bases volantes destinées aux biplans à hélice.

Ce plan n'avait pas fonctionné comme prévu, ni pour Sunnyvale, ni pour les dirigeables. En 1933, l'USS *Akron*, qui faisait office de dirigeable porte-avions test pour l'US Navy, s'écrasa. Ce projet fut abandonné, ne laissant pour seul héritage que le nom du terrain d'aviation, rebaptisé en hommage à l'amiral William Moffett, chef du Bureau aéronautique de l'US Navy, tué lors de cet accident. Mais, heureusement pour la ville, la Deuxième Guerre mondiale joua en sa faveur quelques années plus tard, et l'aérodrome de Moffett Field fut converti en base destinée aux avions de patrouille, avant d'accueillir le Centre d'essais des satellites de l'US Air Force. Dans les années 1950, plusieurs grandes entreprises aérospatiales s'étaient agglomérées autour de la base et du centre d'essais. Les milliers de scientifiques et d'ingénieurs venus s'installer dans cette vallée ensoleillée tissèrent des liens étroits avec les universités locales, et ces anciennes terres agricoles devinrent le centre névralgique d'une toute nouvelle industrie. Le plan de développement économique concocté par les pères fondateurs de Sunnyvale, censé reposer sur l'avènement des grands dirigeables, avait en fait abouti à la création de ce qu'on appellerait ensuite la Silicon Valley[70].

Suite aux coupures opérées dans les budgets militaires au cours des années 1990, l'essentiel du site de Moffett Field avait été abandonné et les installations cédées au centre de recherche Ames de la NASA[71]. Il restait peu de traces de l'ancienne présence militaire, à l'exception du bâtiment iconique de la base, le plus grand hangar du monde.

Au cours des années qui suivirent, les infrastructures de la base avaient été vendues en pièces détachées au secteur privé. Tout avait commencé quand Google avait acheté le Hangar n° 1[72] pour en faire un espace réservé aux jets privés. Lorsqu'il avait débarqué dans la Silicon Valley, en voyant toute cette ambition, cette approche visionnaire, sans parler de l'argent qui coulait à flots, Aboye s'était d'abord senti dépassé. Toutes ces années après, il n'avait eu qu'un coup de fil à passer et cet immense hangar avait été mis à sa disposition. Larry et Sergey ne lui avaient pas demandé ce qu'il comptait en faire ; tout ce qu'ils savaient, c'est qu'Aboye avait besoin d'un grand espace, à l'abri des regards indiscrets.

Le Hangar n° 1 était donc devenu le nouvel épicentre des activités de son équipe, même si ses collaborateurs l'avaient surnommé l'Arche d'Aboye. C'est Taj Lamott, directeur de la Technologie d'Uni, qui avait trouvé ce surnom, inspiré par la taille du lieu ou la vision un peu démente de l'homme qui les avait tous réunis. Daniel avait été l'un des premiers à investir dans Uni, désormais l'un des plus grands studios de jeux vidéo de Palo Alto, et dans quelques-unes des autres sociétés qu'il avait discrètement approchées pour lancer ce projet. Pour les autres compagnies, dont il n'était pas actionnaire, sa réputation avait suffi. Ça, et l'attrait pur et simple de sa proposition : l'opportunité, selon ses propres termes, de participer à la plus importante start-up de l'histoire de la Silicon Valley.

Les critères de sélection avaient été simples. Le P.-D.G. de chacune des sociétés contactées par Aboye désignerait ses trois meilleurs programmeurs. Ce nombre limité visait évidemment à maintenir ce projet en mode « furtif », pour reprendre une expression chère aux investisseurs. L'objectif, c'était d'échapper non seulement aux espions du Directoire, mais également aux grandes oreilles de la National Security Agency. À supposer même que les réseaux de la NSA ne soient plus *pwned* par les pirates informatiques du Directoire – contrairement à ce qu'estimaient pas mal de gens –, un certain ressentiment persistait depuis l'époque d'Edward Snowden et des backdoors planqués en douce un peu partout par les agents de la NSA. Ces agissements avaient coûté des centaines de milliards de dollars à la Silicon Valley[73], et les habitants de la région n'étaient toujours pas prêts à pardonner, des années après.

Mais la limitation volontaire du nombre de programmeurs recrutés tenait en outre à la valeur de l'idée, aux fruits qu'elle pouvait engendrer, à son pouvoir de tout changer. Aboye et son équipe ne pouvaient pas soumettre ce problème à des centaines de milliers de développeurs, comme le Directoire l'avait fait avant la guerre avec son fameux « moteur de recherche humain[74] » réuni pour faire régner une censure d'Internet, et qui avait ensuite orchestré le piratage informatique de grande ampleur préalable à l'attaque. Et d'ailleurs, ils n'en avaient aucune envie. Ils savaient tous qu'entre un bon programmeur et un grand programmeur, il y avait tout un monde. Et d'expérience, ils savaient aussi que la meilleure manière d'accomplir quelque chose considéré comme infaisable consistait simplement à faire coopérer ensemble les bons cerveaux.

Certains P.-D.G. avaient envoyé leurs cadres dirigeants, dont une poignée de fondateurs devenus milliardaires, trop heureux de saisir cette chance de remettre la main à la pâte. D'autres avaient sélectionné ces bêtes à code malodorantes et misanthropes qu'ils planquaient en temps normal dans leur sous-sol. La somme de ces recrues faisait néanmoins du Hangar n° 1 le plus grand rassemblement de génies depuis le Projet Manhattan.

L'autre contribution demandée à chaque entreprise avait été le prêt d'un jet privé. C'était un élément-clé de la dissimulation du projet. Les volontaires se présenteraient au Hangar n° 1 comme s'ils avaient l'intention de quitter la ville, et alors les jets s'envoleraient vers divers congrès d'affaires et autres réunions offsite. Mais en réalité, chaque jet décollerait avec quelques passagers de moins. C'était la couverture parfaite, jusqu'à ce que se pose le problème des pizzas. Problème que Daniel avait résolu en créant une autre start-up domiciliée juste en face. La seule fonction de cette société, qui concevait officiellement des applications destinées à l'industrie de la santé, consistait en fait à réceptionner les livraisons de pizzas.

Jusqu'ici, tout avait bien fonctionné. Tandis qu'il attendait le test, Aboye se pinça l'intérieur du poignet, comme il l'avait fait, enfant, quand il avait si faim que sa vue se troublait. Combien de temps s'était-il écoulé depuis la dernière fois qu'il avait dû s'inquiéter de son prochain repas ? Trente ans ? Quarante ? À présent, cette douleur familière calma son anxiété.

Il avait bien des sujets d'inquiétude, en cet instant fatidique. Les moniteurs alignés le long du mur sud-ouest de la salle de contrôle palpitaient d'un arc-en-ciel d'éclats et de couleurs, dont chacun laissait entrevoir un possible dysfonctionnement.

– Allez, c'est parti ! lança-t-il aux ingénieurs réunis en cercle, debout, au centre de la salle.

Ils avaient le regard rivé sur la forme lumineuse mouvante qu'ils entouraient, bougeant leurs mains gantées selon des rythmes syncopés. Ils avaient schématisé les réseaux de données du Directoire sous la forme d'une bibliothèque. Ce bâtiment holographique comportait trois niveaux, et un atrium blanc laissait entrer l'éclat ambré d'un coucher de soleil qui illuminait le hall central. L'hologramme reproduisait six membres de l'équipe d'Aboye plantés au milieu de cet atrium, de vagues silhouettes noires qui semblaient faites d'une fumée trouble. Ces corps aux allures de spectres n'avaient aucun trait distinctif.

Aboye regarda Taj jouer son rôle avec maestria, ses doigts gantés dansant comme ceux d'un chef d'orchestre, tandis qu'il se tenait debout, en équilibre instable, sur un fauteuil de bureau pivotant monté sur roulettes. Il jurait que cela l'aidait à se concentrer, même si le risque de chute, et donc d'échec, était plus grand. Même plus riche de quelques milliards, il était toujours ce Taj qu'Aboye avait rencontré neuf ans auparavant lors d'un entretien d'embauche au cours duquel Aboye avait déclaré à Taj qu'il avait tant de talent que lui-même ne pouvait pas, en toute conscience, l'engager. Ils étaient restés amis depuis lors, et Aboye se demanda si ce qu'il voyait maintenant n'était pas, finalement, ce qu'il attendait de Taj depuis le début.

– C'est le moment du grand saut, déclara Arran Smythe, désignée par l'équipe pour être l'ingénieure en chef de ce projet, en grande partie à cause de son tempérament relativement posé.

À l'extérieur de ce hangar, elle travaillait comme architecte réseaux pour Amazon. C'était une femme de grande taille, élancée, aux gestes toujours précis et saccadés, même quand elle n'évoluait pas dans une simu. Comme le reste des ingénieurs et programmeurs, elle portait une combinaison intégrale moulante de couleur grise, comme celle des astronautes. Cette idée leur était venue des gens envoyés par Tesla. Au début, Aboye avait eu l'impression qu'ils jouaient à se déguiser, mais au fil du temps, il avait constaté que ses collaborateurs se sentaient plus forts une fois leurs combinaisons enfilées.

– Wyc, vas-y en premier !

La voix de Smythe bouillonnait presque d'excitation. Aboye savait ce qui l'emballait, elle comme tous les autres. Ils éprouvaient de nouveau la joie d'une start-up naissante, le plaisir de découvrir ce que leurs esprits libérés étaient capables d'accomplir.

L'une des silhouettes sombres de la projection holographique se précipita de l'atrium de la bibliothèque vers l'obscurité des rayons. Puis une autre.

– À toi, Taj ! lança Smythe.

Les roulettes sous le fauteuil de Taj craquèrent tandis qu'il se balançait légèrement d'avant en arrière, manipulant les bagues connectées à ses doigts. Ce qu'il voyait dans ses lunettes demeurait invisible aux autres, mais ses gestes heurtés laissaient deviner qu'il y avait un problème.

Sur l'image holographique, les silhouettes noires entraient et sortaient en courant de l'atrium, jetant des livres sur le brasier qui flambaient maintenant au centre de cet espace.

– Crotte alors ! s'écria Taj, qui était resté, au fond, un petit garçon innocent. Foutu réseau à la noix !

Le plafond de verre de la bibliothèque s'effondra et de l'eau commença à se déverser dans l'atrium – les défenses automatisées du réseau attaqué s'étaient enclenchées. Une averse d'abord, que les spectres tentèrent de repousser en attisant le feu – le visuel de leurs contre-programmes –, mais alors, un déluge sans fin s'abattit, comme si une rivière détournée de son cours s'écoulait dans l'atrium.

Le fauteuil de Taj se renversa, il tenta de se rattraper mais tomba lourdement sur le coccyx. Il roula sur le côté en se tenant le poignet.

Le brasier allumé dans le foyer de la bibliothèque holographique était maintenant éteint, et les silhouettes sombres noyées au fond de l'eau. Elles vacillèrent les unes après les autres et disparurent, tandis que l'eau envahissait peu à peu les étages supérieurs. Smythe éteignit l'hologramme et se tourna vers Aboye avec une expression qui ressemblait à de la honte. Les défenses automatisées les avaient détectés et terrassés. Le cône de lumière qui les enveloppait se fit légèrement plus brillant, marquant la fin du test.

Aboye voulut venir en aide à Taj, mais se ravisa. Dans un accès de colère, il songea que Taj avait sans doute besoin de souffrir un peu pour apprendre, et peut-être grandir un peu. Il tourna le dos à l'équipe et se dirigea vers l'obscurité, à l'autre bout du hangar, longeant des rangées et des rangées de serveurs ronronnants, dont les vagues de chaleur déferlaient sur lui.

Il atteignit la sortie. Il entendit Smythe donner des ordres à la ronde, mais les palpitations du sang dans ses oreilles ne lui permirent pas de saisir ses mots.

À peine sorti, il s'assit par terre, ferma les yeux et se couvrit la tête de ses bras. Il soupira. Que faire d'autre ? Les choses n'avaient pas fonctionné comme prévu.

Il sentit une main sur son épaule. Il se leva d'un bond et se retrouva nez à nez avec Taj, qui avait un cryo-pack blanc autour du poignet.

– Ce n'est pas trop grave ? demanda Aboye.

– Tu parles de mon poignet ou du projet ? répondit Taj. Merci de t'être assuré que j'allais bien…

– Je suis désolé. Je n'ai pas bien réagi, reconnut Aboye. J'ai commencé avec rien, donc ce n'est pas là ma crainte. J'ai peur de l'échec, et de ce qu'il signifierait pour ce pays. Nous devons réussir, oui, à cause de l'importance cruciale de notre mission. Mais il y a quelque chose d'encore plus grand en jeu. Tu sais ce que c'est ?

– Ça fait trois jours que je suis à fond, alors épargne-moi tes devinettes, répliqua Taj.

– Il faut que nous redevenions la nation qui résout les problèmes insolubles, pour qui l'innovation est la valeur suprême et le risque, la condition du succès, dit-il. Si nous échouons, alors j'ai peur que tout soit perdu pour de bon.

– Arrête de porter tout le poids du monde sur tes épaules, Daniel. Nous n'y arriverons jamais en envisageant les choses de cette manière. Nous nous sommes tous engagés pour réussir ce truc, mais aussi pour le défi lui-même : c'est ça qui est marrant.

Aboye ne sut quoi lui répondre. Il tourna le dos à son associé et se mit à marcher lentement le long de la piste d'atterrissage en contemplant le ciel étoilé.

Au fur et à mesure qu'il avançait sur le tarmac désert, l'immense hangar se fit plus petit derrière lui, et des nuages recouvrirent peu à peu les astres. Une rafale humide déposa de fines gouttelettes sur son visage, et il s'immobilisa soudain au milieu de la piste. Il se sentait vraiment perdu, et il fit la seule chose qu'il savait faire dans ces moments-là : il tomba à genoux et se mit à prier.

USS *Zumwalt*, chantier naval de Marc Island

– Ça sent la victoire ! s'écria quelqu'un.

Une salve de rires accueillit la remarque.

Vern Li jeta un coup d'œil à travers l'entrebâillure du rideau de sa couchette. Des aperçus de chair. Une culotte grise. Elle plissa le nez tandis que des relents de rations mal digérées s'infiltraient dans sa couchette. Ils se mêlèrent à l'odeur de sa combinaison de travail : sa transpiration, et des traces d'époxy récoltées alors qu'elle tentait de bricoler des renforcements structurels quelques heures plus tôt. Elle sourit et étouffa un rire. Tout cela était si atroce qu'il valait mieux le prendre comme ça. Cela faisait trois jours qu'elle ne s'était pas douchée.

Fermant les yeux, elle essaya de se recroqueviller dans un coin de la couchette. Mais ce qui avait commencé comme un rire céda la place aux larmes en moins de temps qu'il n'en fallait pour allumer une paire de Viz Glass.

Elle se sentait idiote, consciente que ce mélange d'émotions venait juste du fait qu'elle était épuisée et perdait les pédales. Avant la guerre, son ambition avait été de redéfinir complètement la manière d'alimenter les machines. L'énergie, la magie des batteries, était l'essence même de leur utilité. C'était ce qui donnait vie aux machines et offrait aux humains leur force vitale : un esprit électrique. Enfin, c'est ce qu'elle avait cru à l'époque où elle fumait de l'herbe au lycée. Et voilà qu'elle-même n'était plus qu'une machine. En tout point semblable à celles, innombrables, qui équipaient le navire. Elle se sentait lessivée, vide.

Vern essuya ses larmes et enfila ses lunettes pour vérifier l'heure – 4 h 43.

Elle tira le rideau d'un coup sec, s'efforçant d'ignorer le *14.3* jaune qui clignotait au coin de sa vision, indiquant le nombre d'heures de sommeil paradoxal dont elle avait besoin pour retrouver son niveau de performance moyen. Elle espérait que les reflets arc-en-ciel des lignes de code qu'elle vérifiait tout en se dirigeant vers la cambuse allaient cacher ses yeux rougis. Coûte que coûte, elle irait au bout de cette nouvelle journée.

Dans le couloir – ou plutôt la coursive, comme n'arrêtaient pas de la corriger les marins du bord –, elle suivit la ligne qui menait au coin cuisine.

– Bonjour, docteur Li ! claironna une voix derrière elle.

Mike était planté en travers de la coursive, un immense mug de café dans sa main gauche. Il portait son habituel gilet de sécurité orange par-dessus la combinaison bleu marine, assortiment de couleurs qui le faisait ressembler à un prisonnier de guerre syrien. Mais le vieil homme avait encore un charme indescriptible, elle était forcée de l'admettre. Il avait bien vieilli, un peu comme cette star de cinéma que le magazine *People* mettait chaque année dans sa liste des hommes les plus sexy, plusieurs décennies après sa première apparition en couverture.

– Vous voulez bien m'accompagner au magasin du canon électromagnétique ? J'aimerais que vous jetiez un coup d'œil à un truc que je suis en train de bricoler, dit-il.

Encore mal réveillée, elle lui adressa un regard nébuleux.

– Vous pouvez manger un morceau d'abord, si vous voulez. Ça peut attendre quelques minutes.

– Peut-être pour vous. Mais tout ce dont une jeune femme moderne a besoin, c'est d'un peu de détermination et d'un tas de cachetons.

Elle entra dans le coin cuisine, attrapa une canette de Coca Prime d'un rouge éclatant et une minuscule barquette d'aluminium contenant des gélules énergétiques et nutritives.

L'estomac de Vern gargouillait, mais elle ne voulait laisser paraître aucune faiblesse. Elle se sourit à elle-même. Qu'on soit dans l'équipe de volley du lycée, doctorante à l'université ou à la guerre, c'était la même chose : ne jamais montrer qu'on souffrait.

– Ben d'accord, dit Mike avec une pointe d'admiration dans la voix. Ça c'est un p'tit déj de champion, docteur Li.

Mais en lui emboîtant le pas le long de la coursive, Vern pressa le métal froid de la canette contre son front pour essayer d'enrayer sa migraine naissante le temps que les pilules fassent effet.

Ils arrivèrent devant une sorte de trappe – ce que les marins de l'US Navy appelaient une porte – et Mike fit un pas de côté pour la laisser entrer en premier. Elle pensait qu'il aurait une odeur de vieux ou de cambouis, mais huma au passage un parfum d'agrume.

– Faudrait pas que vous chopiez le scorbut, dit-il. De mon temps, fallait faire attention à ça, ajouta-t-il en lui tendant une orange tout juste pelée.

Vern prit le fruit avec un sourire.

Le magasin du canon électromagnétique se trouvait sous la tourelle, dans les entrailles du navire, et c'est là que Vern s'assit, sur une caisse en plastique orange retournée. Pendant qu'elle regardait Mike continuer ses soudures, elle mangea lentement les quartiers d'orange en savourant leur acidité. Le réduit était exigu, et en tendant le bras, elle aurait pu toucher le premier maître. L'observant à travers ses lunettes, elle vit son profil se découper comme une éclipse dans l'éclat du chalumeau. Des filets de sueur ruisselaient dans son cou. Puis le chalumeau s'éteignit d'un coup. Mike souleva son masque de soudeur, clignant des yeux dans la fumée, et s'écarta pour qu'elle voie l'armature des étagères qui allaient accueillir les obus du canon électromagnétique.

– Vous voyez comment elles sont faites, docteur Li ? demanda Mike.

Vern mâcha tranquillement le dernier quartier d'orange, ne comprenant pas trop de quoi il parlait.

– Les soudures ? reprit-il. Je voulais vous montrer comment on s'y prend. Là-haut, dans la tourelle, on peut faire ça à votre manière mais, clairement, la technique vous échappe, l'art de faire une belle soudure… Si on se contente de juste faire fondre la surface du fil ou du raccord pour le coller à l'autre partie, c'est peut-être assez solide dans un labo, mais ça ne tiendra jamais avec le genre de pression qu'on risque d'avoir en pleine bataille. Ce qu'il faut, c'est bien tout lisser pour faire en sorte que les matériaux fusionnent en profondeur. Je vais vous montrer. Prenez mon masque et passez-moi vos lunettes.

Il désigna du menton le carré de mousse bleue sur lequel il était agenouillé jusqu'ici et lui tendit une paire de gants de soudeur.

– Ils devraient vous aller. J'ai dû deviner la taille, mais je crois avoir vu juste. Bon : ce qu'on est en train de faire là, c'est structurel. Personne ne le verra, mais on va tous en dépendre. On va faire un premier passage, et on verra ce que ça donne.

Elle s'agenouilla et Mike s'assit sur la caisse derrière elle, tendant le bras à gauche de Vern pour l'aider à avoir la main ferme tandis que le chalumeau crachait sa flamme. Ils firent plusieurs allers-retours jusqu'à ce que Mike la laisse manier l'appareil sans son assistance.

– Voilà, comme ça… Déposez une goutte, et regardez comme elle se développe, dit-il en guidant doucement sa main le long de la jointure, à l'endroit où l'armature touchait le pont. On va faire encore quelques passages, et après on laissera refroidir. Puis on remettra ça. La bonne technique, ça s'acquiert en pratiquant.

– Pourquoi n'utilisez-vous pas un poste de soudage laser ? interrogea Vern.

– Parce que je vois pas l'intérêt de se compliquer la vie, répliqua Mike. Les vieux postes à souder MIG[75] fonctionnent très bien, alors pourquoi changer ? C'est pas la peine d'apprendre des nouveaux tours à un vieux singe, si les anciens lui permettent encore de faire le boulot. Vous vous en rendrez compte avec le temps.

Lotus Flower Club, ancienne concession française, Shanghai

Il savait que lui demander son nom n'était pas une bonne idée, donc jusqu'à nouvel ordre elle était juste la nouvelle Vingt-Trois.

Setchine ouvrit la porte et la vit, en train de l'attendre sous les draps. Elle avait les yeux grands ouverts et le suivit du regard sans ciller, avec cette concentration étrange que donnaient les pilules. Setchine la trouva plus dure ainsi et, même si cela n'enlevait rien à sa beauté, elle lui parut légèrement moins attirante. Une fois encore, songea-t-il, le devoir l'emportait sur le plaisir.

Avec l'ancienne Vingt-Trois, les désirs de Setchine primaient. Avec la nouvelle, c'était ce qu'elle voulait de lui : d'abord des détails concernant le programme Tcherenkov, et maintenant des informations sur les défenses mises en place par le Directoire dans le Pacifique Nord.

Après s'être déshabillé et avoir plié ses vêtements, il se glissa sous les draps. Ils étaient orange, cette fois. Le plaisir de se trouver dans ce lit contre le corps nu et chaud de cette femme était indéniable. C'était ce moment-là qu'il savourait le plus, ce premier instant de contact avec sa peau, tandis qu'elle remontait vivement les draps au-dessus de lui.

Elle posa le doigt sur ses lèvres et il fit oui de la tête. Elle se rallongea et ferma les yeux. Il regarda sa poitrine monter et redescendre au rythme régulier de sa respiration. Il étudia le tatouage sur sa taille. C'était une couronne de roses et de serpents entrelacés. Il reconnut un cobra et un serpent corail. Il y en avait deux autres encore, dont il ignorait le nom. Les roses étaient superbes.

Puis elle mit en route l'enregistrement des ébats de Setchine avec l'ancienne Vingt-Trois et entreprit d'arranger la fine couverture qui servirait de bouclier à leur conversation. Il sentit ses joues rougir d'embarras.

– Je crois qu'il y a là tout ce que vous cherchez, déclara-il. Mais je ne peux pas vous garantir d'avoir réussi à sortir tout ça proprement. J'ai fait de mon mieux, mais vu l'urgence de...

– Vous êtes grillé ? demanda-t-elle d'un ton sec en se redressant sur le coude.

Elle fit glisser un doigt sur le torse de l'agent russe et s'arrêta sur une cicatrice fraîche, juste sous son nombril. Celle-ci mesurait deux centimètres et demi de large et était recouverte de la colle chirurgicale bleue qui avait permis de refermer l'incision. Setchine se l'était faite lui-même avec le stylo-bistouri qu'il avait récupéré dans la boîte aux lettres morte de la CIA située derrière l'étal d'un marchand d'anguilles, au grand marché de produits frais Tangjiawan Lu de Shanghai.

– Grisé, oui..., répondit-il dans un soupir théâtral aux relents de tabac et de vodka.

Vingt-Trois plissa le nez, déçue.

– Ce n'est pas le moment de faire des blagues, gronda-t-elle. Dites-moi, sérieusement : vous êtes grillé ?

– Non, pas du tout. Comme je vous le disais, j'ai dû agir vite parce que je n'avais pas le choix. Mais j'ai pris toutes mes précautions. Comme toujours.

– Alors allons-y. Et détendez-vous un peu.

– Avec joie, dit Setchine. Vous voulez venir sur moi ?

Elle secoua la tête et se glissa sous lui. Sa main tâtonna autour de l'incision. Il grimaça de douleur, et elle s'excusa.

– OK, je sens la puce, déclara-t-elle. Décalez-vous un peu à gauche. Votre gauche. Là, voilà...

Le lecteur épidermique caché dans l'encre du tatouage vibra discrètement tandis qu'il téléchargeait le dossier de Setchine, chatouillant celui-ci au passage. Il tenta de l'embrasser et elle recula.

– Arrêtez ! souffla-t-elle. Ne bougez surtout pas.

La vibration continua pendant près d'une minute, puis tous deux se dévisagèrent quand la sensation, soudain, s'interrompit.

– Ce n'était pas si terrible, commenta Setchine. Cela suffira-t-il pour mettre fin à une guerre ? On en a déclenché pour moins que ça, en tout cas.

– Il faut que j'y aille, dit-elle en essayant de le repousser sur le côté. Ça ne peut pas attendre.

– Bien sûr que si, plaida-t-il. Et puis, si je pars trop vite, les patrons d'ici ne penseront-ils pas que vous n'êtes pas à la hauteur ?

L'air résigné, elle se blottit contre lui.

– Vous allez juste me serrer contre vous, murmura-t-elle.

Cette fois, son ordre ne semblait pas purement professionnel. Il l'empoigna par l'épaule et la sentit trembler pendant quelques instants.

– Si vous n'aviez pas peur, fit-il gentiment remarquer, vous ne feriez pas bien ce boulot.

Il commençait à croire qu'un lien s'était formé entre eux quand l'enregistrement se termina, et elle rejeta brusquement les draps.

– C'est fini, déclara-t-elle en lui tournant le dos pour se rhabiller.

– Oui, évidemment.

USS *Zumwalt*, à l'ouest de l'île d'Alcatraz, baie de San Francisco

– Souvenez-vous : surtout, ne heurtez pas le Golden Gate Bridge, rappela le commandant en second Horatio Cortez, alors que le *Zumwalt* laissait Angel Island sur tribord[76].

Deux tasses de café plus tôt, le navire avait quitté son ponton de Mare Island pour la première fois depuis sa réfection. C'était un moment stressant. Sans l'aisance avec laquelle les aînés du Mentor Program avaient largué les amarres, Simmons en était sûr, le *Zumwalt* n'aurait pas encore pris le large ; les gamins qui avaient participé à la refonte de ses systèmes n'avaient pas la moindre idée de comment manœuvrer un navire de combat. Le *Zumwalt* avait prudemment tracé sa route depuis le chantier naval de Mare Island jusqu'à Alcatraz, d'où il mit le cap vers une zone bien précise de la baie, juste en face du ponton installé au pied du grand stade d'eBay Park[77].

Cette sortie très attendue avait été programmée pour coïncider avec le match de baseball entre les Giants de San Francisco et les Nationals de Washington. Le Directoire savait très bien que les Américains étaient en train de remettre à neuf ce navire, pour l'avoir observé d'en haut ; simplement, ils n'avaient pas tous les détails. Si bien que cette première apparition publique, le soir d'un match auquel les marins de la flotte étaient invités à assister gratuitement, avait été pensée pour booster le moral des troupes. La ministre de la Défense, Marylyn Claiburne, était même venue de Washington pour donner le coup d'envoi.

Mais après ses grands débuts en tant que lanceuse, elle ne rejoindrait pas la loge privée du propriétaire de la franchise, comme le faisaient généralement les dignitaires en visite. Non, sa destination suivante serait la passerelle du *Zumwalt*, d'où l'équipage et elle profiteraient de cette soirée de match au stade pour tester le nouveau système électrique du bateau.

Quai 1, port d'Honolulu, Hawaï

Elle avait carrément dû se battre pour celui-là.

Au Local, discothèque d'Ala-Moana Boulevard située près du quai 1, Carrie avait failli déclencher une bagarre générale en s'arrangeant pour que ce fusilier marin danse avec elle. La prostituée russe qui accompagnait celui-ci avait l'air d'une junkie, et un pied discret mais bien placé avait suffi pour l'envoyer s'étaler sur la piste de danse. La sécurité du Local, assurée par des soldats du Directoire en dehors de leurs heures de travail, s'était empressée d'évacuer la prostituée avant même qu'elle ait eu le temps de se remettre debout. Le problème, ç'avait été son mac. Prenant Carrie pour une concurrente indésirable, il l'avait empoignée par la nuque pour l'emmener à l'écart. Un coup de pied circulaire de son cavalier avait projeté le maquereau droit sur un groupe de marins du Directoire qui étaient en train de remplir de billets et de pilules les vieilles bottes de cow-boy blanches d'une go-go dancer dénudée.

Après une autre danse lascive, Carrie avait demandé au soldat de l'emmener dans un endroit où ils seraient seuls. Lequel se révéla être un véhicule blindé de combat à huit roues tout à fait semblable à ceux qu'elle avait si souvent vus autour de la base aérienne de son fiancé. Bien à l'abri dans cette coque d'acier, ils s'étaient assis l'un en face de l'autre dans un habitacle assez spacieux pour transporter jusqu'à sept soldats. Le voyant rouge pâle d'un écran brillait juste sous l'ouverture de la tourelle qui abritait le canon de 105 millimètres, juste au-dessus d'eux. À en juger d'après les relents de sueur et d'aliments rassis qui flottaient à l'intérieur, le soldat du Directoire devait avoir l'impression de s'apprêter à tirer un coup dans une benne à ordures, mais cela n'avait pas l'air de le déranger.

Il lui tourna le dos pour tendre le bras vers le lecteur calé entre les deux sièges de devant. Elle vit les muscles de ses épaules tressaillir et étudia les quatre tigres tatoués, aux couleurs de l'arc-en-ciel, qui recouvraient son dos et le haut de ses bras. Les cicatrices sur son crâne rasé dessinaient un code Morse – il en avait vraiment beaucoup pour ses vingt-cinq ans à tout casser.

– J'ai du jazz, annonça-t-il. Chinois. Ça te va ?

Carrie éclata de rire.

– Bien sûr.

À travers l'écoutille arrière, relevée, elle entendait le clapotis discret de l'eau sous le ponton où le véhicule était garé.

– Ton anglais est très bon, le complimenta-t-elle.

– Mes parents m'ont forcé à l'apprendre dès mes deux ans. Pour le business.

Carrie leva le petit shot de *Baijiu* qu'il venait de lui servir. Cet alcool avait un goût de vodka bas de gamme.

– À tes parents, dit-elle. Mais on n'est pas là pour le business. Et merci d'être venu à ma rescousse... Je crois que tu devrais fermer la porte, maintenant.

– L'écoutille, corrigea-t-il, en se faufilant entre Carrie et la cloison pour couper toute communication avec l'extérieur.

L'acier épais et la couche de blindage réactif fixée à l'extérieur du véhicule rendirent soudain minuscule l'espace insonorisé qu'ils partageaient.

Elle avança à quatre pattes et le chevaucha avec l'agilité d'un félin. Elle portait encore sa robe de soirée noire, mais avait posé ses talons aiguilles dans un compartiment ouvert. L'homme ne portait que le pantalon noir qui semblait être l'uniforme des soldats du Directoire pour se rendre en boîte et dans les bars en dehors des heures de service.

Le solo de piano qui passait dans les enceintes était à peine potable ; on aurait dit le vieux jazzman américain Art Hodes[78], s'il avait été un robot à moitié ivre dont la pompe à stimus se serait emballée. Le père de Carrie, originaire de Gary, dans l'Indiana, tout près de Chicago, lui avait appris la beauté du jazz et l'horreur des hommes.

Elle embrassa le soldat et ne sentit qu'un goût d'alcool, puis redressa le haut de son corps.

– Tu as des liens quelque part ? demanda-t-elle.

– Je croyais qu'on était juste là pour passer du bon temps…, répondit-il dans un sourire.

– Évidemment, qu'est-ce que tu crois ? rétorqua Carrie. Je veux dire : tu as une corde ou quelque chose ?

– Je peux enregistrer pour mon fil ?

– Ça ne concerne que nous deux, et personne d'autre. Pas de Viz, OK ?

Elle se pencha en avant et l'embrassa sur la nuque puis l'oreille, s'arrangeant pour que ses seins frôlent le visage de l'homme.

– Là-bas, dans le sac, dit-il. Il doit y avoir un truc pour les prisonniers. Fais attention.

Elle sortit du sac un rouleau de Scotch Nanopore jaune fluo, qui servait à ligoter les poignets. Sa couleur brillante imprégnait durablement la peau, créant une trace visible indiquant que vous aviez été arrêté ; le bruit courait que cette substance était en outre détectable par les capteurs du Directoire.

Le Scotch brillait d'un éclat aveuglant dans la lumière rouge de l'habitable et se déroula sans bruit tandis qu'elle attachait le poignet gauche du soldat à la base alvéolée d'un des sièges repliables alignés le long de la paroi du blindé.

– Waouh, je croyais que c'était toi qu'on allait ligoter, dit-il.

– Tu as peur ? demanda-t-elle. Un grand balèze comme toi ?

Elle recula, le rouleau en main, fit glisser sa robe et se retrouva totalement nue.

– Fouille-moi si ça t'amuse : cette insurgée ne porte pas d'arme sur elle…

– Alors d'accord, mais seulement ma main gauche, concéda-t-il. Laisse-moi l'autre libre. Tu es belle, c'est vrai, mais tu restes une Américaine.

Pour toute réponse, elle s'approcha, se mit à genoux devant lui et lui baisa le nombril. Le sentant frémir de plaisir, elle continua de ligoter son poignet gauche au montant du strapontin. Elle l'embrassa de nouveau puis, brusquement, s'interrompit. Une expression de pitié déforma ses traits, cédant bientôt la place à un sourire éclatant, magnifié par la lumière rouge.

Elle plongea la main dans le sac où elle avait trouvé le Scotch Nanopore et en sortit un couteau pliant dont la lame mesurait douze bons centimètres.

Le soldat tendit la main précipitamment, mais avant qu'il ait pu bloquer le poignet de Carrie, celle-ci lui donna l'arme en la posant dans sa paume ouverte, la lame toujours repliée.

– Tu vois, pas de quoi avoir peur, dit-elle.

Elle l'embrassa, commençant par ses oreilles, puis son menton, puis son cou, progressant vers le bas jusqu'à atteindre son ceinturon. Elle tendit le bras et empoigna la main libre du fusilier, qui tenait toujours le couteau fermé. Le claquement métallique de la lame qui s'ouvrait se détacha nettement sur fond de piano jazz.

– Qu'est-ce que tu fais ? demanda-t-il.

Le couteau était maintenant ouvert au creux de sa main droite, et les doigts de Carrie refermés sur les siens l'obligeaient à serrer fermement le manche.

Leurs deux mains ainsi verrouillées, Carrie porta le couteau à ses yeux pour admirer de près le tranchant de sa lame noire anodisée, qui ne reflétait absolument pas la lumière rouge.

Puis elle abattit leurs mains vers le bas, dirigeant la pointe du poignard vers sa propre poitrine.

Elle stoppa la trajectoire de la lame au moment où celle-ci s'enfonçait déjà, imperceptiblement, dans la peau de son sein, juste au-dessus du cœur. Une légère pression libéra une unique goutte de sang. Tout se passa si vite que l'homme fut trop surpris pour crier, et avala une bouffée d'air qui aurait dû donner lieu à un hurlement mais qui resta bloquée. Elle ferma les yeux et inspira profondément, semblant savourer l'instant.

– Tu vois, tout va bien, ronronna-t-elle. Tu peux me faire confiance.

– Je ne crois pas, non…, bredouilla-t-il.

– N'aie pas peur, tu auras toujours le couteau pour faire ce que tu veux avec. J'ai juste besoin de garder les mains libres pour faire quelque chose d'un peu plus fun. Regarde, je vais même m'arranger pour que tu ne laisses pas tomber ton long poignard malgré… l'excitation.

Il hocha la tête. Et elle entreprit d'enrouler le Scotch autour de la main qui tenait le couteau, lame pointée vers le bas. Puis elle empoigna la main et dirigea le poignard vers son propre cou, au niveau de sa jugulaire.

– Tu vois, comme ton armée, tu auras le contrôle absolu, murmura-t-elle.

La lame dans la main du soldat l'accompagna alors dans la même descente que tout à l'heure, à deux centimètres de son cou, jusqu'à ce qu'elle s'immobilise à nouveau devant son ceinturon. Elle leva les yeux vers lui et sourit.

D'un geste fulgurant, ses mains retournèrent le couteau vers lui, et la lame trancha le cuir de sa ceinture ; son pantalon tomba sur le sol du véhicule de transport de troupes.

– Ça, va falloir que tu l'expliques au commandant de ton unité, s'amusa-t-elle.

Il éclata de rire.

– Assez joué. Viens par là.

Elle s'approcha et remonta le long de son corps dénudé. Elle s'appuya sur lui de tout son poids. Le bras du soldat, celui qui tenait l'arme, s'était refermé sur elle et la serrait contre lui. Elle lui caressa le visage, et il ouvrit la bouche pour parler.

– Chhhh…, l'interrompit-elle. C'est maintenant que ça devient intéressant.

En une fraction de seconde, Carrie colla un carré de Nanopore sur sa bouche et ses narines.

L'instinct prit le dessus, et il ne tenta même pas de la blesser tandis qu'elle se laissait glisser prestement sur le sol avant de se dégager, hors de portée. Au lieu de quoi il essaya frénétiquement de trancher le Scotch qui maintenait son autre main au siège. Le Nanopore résista. Il se mit à grogner, aspirant le Scotch dans sa bouche en cherchant à respirer, et il la regarda, les yeux furieux puis presque suppliants.

Carrie pencha légèrement la tête de côté et l'observa en silence, tandis qu'il retournait maladroitement sur lui-même sa main scotchée à l'arme, bizarrement inclinée, comme un nourrisson s'efforçant de manger tout seul mais qui aurait tenu sa cuillère à l'envers.

Il piqua d'abord le bâillon avec la pointe du couteau, d'un geste hésitant, pour tenter de ménager une ouverture au niveau de sa bouche. Mais il ne parvint pas à percer le Scotch jaune fluo, ne faisant que le pousser encore plus dans sa bouche avec la bulle d'air coincée dessous. Alors, ses mouvements se firent de plus en plus désespérés.

Il se tourna vers elle et laissa échapper un geignement pitoyable en la voyant l'étudier sans aucune émotion. Il poignarda de plus belle et la lame effilée finit par transpercer l'adhésif, s'enfonçant dans sa lèvre inférieure puis sa langue.

Il grogna de douleur, incapable de crier vraiment. Un jet de sang teinté de jaune fluo jaillit par l'ouverture du Scotch. Le soldat tenta d'inspirer à travers cette fente d'un centimètre à peine, mais le sang inonda sa bouche, l'étouffa, et une nouvelle explosion de bulles jaunes et de sang écarlate jaillit par le trou étroit. Dans la panique, il ne sentit même pas la pression de la main de Carrie, revenue se fermer sur la sienne autour du poignard.

Tourelle du canon électromagnétique, USS *Zumwalt*

Deux siècles en arrière, une brise comme celle-ci aurait résonné dans le gréement d'un voilier avec une harmonie délicieuse, songea Mike. Mais à bord du *Zumwalt*, ces vingt-cinq nœuds de vent donnaient juste l'impression que quelqu'un avait allumé la climatisation. Encore une raison de détester ce bateau.

Il jeta un nouveau coup d'œil en direction de Vern, en train de se faufiler à l'intérieur de la tourelle du canon pour revérifier les faisceaux de câbles qui n'arrêtaient pas de se détacher. Elle n'avait pas prononcé le moindre mot depuis une heure. Quelque part au-dessus d'eux, Claiburne, la ministre de la Défense, gratifiait l'équipage de ses beaux discours, s'exprimant avec cette voix traînante pleine d'assurance et de naturel qui donnait toujours l'impression qu'elle venait de finir un petit verre de bourbon.

À la tension qui se devinait dans les épaules de Vern, on aurait pu croire qu'elle s'arc-boutait avant un crash.

Mike secoua la tête et se glissa dans la tourelle. Sans un mot, il ouvrit l'écoutille et laissa entrer un courant d'air iodé dans cet espace étroit. Pendant un instant, Mike eut l'impression de reconnaître le merveilleux parfum de femme et de bord de mer. Puis l'odeur âcre du plastique chaud et de l'ozone reprit le dessus...

– Trois minutes, docteur Li. Vous feriez bien de remballer...

Centre de commandement de l'USS *Zumwalt*, eBay Park, San Francisco

Depuis l'époque de l'arche de Noé, la passerelle avait toujours été la salle de commandement des navires, où se prenaient les décisions. Mais comme dans de nombreux autres domaines, les architectes de la Navy chargés de concevoir la classe Zumwalt avaient décidé d'inventer quelque chose de nouveau, de différent et de démesuré. Le centre de commandement du bateau[79] comportait deux étages, le niveau inférieur accueillant quatre rangées d'opérateurs militaires assis devant des ordinateurs, et le deuxième niveau équipé d'un balcon offrant une vue panoramique aux officiers, pratiquement comme une passerelle enfouie à l'intérieur du navire. Sur les murs, d'immenses écrans à cristaux liquides affichaient la localisation du navire, l'état de ses systèmes et, à ce moment précis, la troisième manche du match des Giants. C'était cet écran en particulier que regardait Claiburne : une prise de vue de la caméra fixée à la casquette du lanceur zoomant sur les yeux plissés du receveur, derrière la grille protectrice de son casque. Puis le lanceur pivota sur lui-même et élimina le coureur de l'équipe adverse au niveau de la première base.

– Très bien, allumez-moi ce machin, ordonna Claiburne.

La ministre de la Défense, qui avait occupé des fonctions de direction dans l'industrie aérospatiale avant d'être débauchée par l'administration américaine en place, tenait avec désinvolture un cigare dans sa main droite. Cela faisait partie de son personnage : montrer qu'elle était plus virile encore que tous ces mâles cooptés qu'elle avait dû renverser pour se frayer un chemin jusqu'au sommet de la pyramide. Simmons nota qu'il s'agissait d'un vrai cigare, pas d'un de ces trucs électroniques que son ancien mentor fumait lorsqu'il était à l'intérieur. L'amiral Murray semblait indifférente au nuage violacé qui commençait à enfumer la pièce, mais c'était la première fois que quelqu'un fumait dans l'enceinte du *Zumwalt* depuis que Simmons en assurait le commandement. Il se demanda où elle allait pouvoir l'écraser. Il n'y avait pas le moindre cendrier à bord.

Le test visait à déterminer combien de temps il fallait au *Zumwalt* pour produire une décharge énergétique maximale, et pendant combien de temps il était capable de la maintenir. Il n'avait pas été possible de mesurer tout cela depuis le début des travaux, car on ne pouvait pas mobiliser une telle puissance électrique pendant un laps de temps substantiel sans que le Directoire détecte cette surtension, au risque de trahir les nouvelles caractéristiques du navire.

Simmons adressa un signe de la tête à Cortez, qui aboya l'ordre de débrancher les systèmes du bateau de l'électricité produite pour dévier celle-ci vers des câbles reliés au quai.

– Vous savez, capitaine Simmons, déclara la ministre, le président Conley nous regarde ce soir depuis la Salle de Crise de la Maison-Blanche. Pas seulement pour vous, bien sûr – le président est un grand fan des Nationals. Il a invité leur stoppeur à la Maison-Blanche le mois dernier.

L'un de ses aides de camp, un commandant de l'armée de terre qui dévisageait Simmons avec un air mauvais, derrière ses grosses Viz Glass de combat noires, se présenta devant la ministre, une tasse de café vide à la main. Clairburne laissa tomber trois centimètres de cendres dedans.

– Merci, madame la ministre, répondit Simmons en lui souriant à travers la fumée. C'est nous qui avons de la chance ce soir : on nous paie pour regarder ce match.

– Oui, plus ou moins, capitaine, dit Claiburne. Tenez...

Elle lui tendit un maillot des Giants de San Francisco signé par toute l'équipe. Elle lança un bref regard à son aide de camp et lui fit signe d'apporter un stylo. Le commandant s'exécuta en une fraction de seconde, penché au-dessus de sa cheffe tandis qu'elle reprenait le maillot, y ajoutait sa propre signature puis le rendait à Simmons.

– Qu'il vous porte bonheur, dit-elle.

Simmons la remercia avec un sourire perplexe, tendit le maillot à Cortez dès qu'elle eut le dos tourné puis fit volte-face pour étudier les écrans affichant la production électrique du navire. Sur le pont, des membres d'équipage surveillaient les câbles qui serpentaient par-dessus bord et filaient sous l'eau de la baie jusqu'au quai, au pied du stade.

– Quatre-vingt-dix-neuf pour cent de la capacité maximale, annonça Cortez. ATHENA est connecté, nous avons le feu vert.

Après leurs déboires avec le nouveau logiciel ODIS-E, décision avait été prise de continuer à utiliser l'ancien logiciel de gestion des systèmes, ATHENA. Pour des raisons de sécurité, il allait falloir l'utiliser en circuit fermé et non pas en réseau avec les autres unités de la flotte. Mais lui au moins, il avait fait ses preuves.

– Procédez au transfert, ordonna Simmons.

Les lumières du pont vacillèrent, faisant grimacer l'amiral Murray. À terre, une microseconde plus tard, les projecteurs du stade tremblotèrent puis revinrent aussitôt à la normale, le système d'alimentation du *Zumwalt* leur fournissant à présent, ainsi qu'aux quartiers des environs, l'énergie nécessaire. Les membres d'équipage entendirent des acclamations dans les tribunes du stade. Ils savaient qu'elles ne leur étaient pas adressées ; les quarante-quatre mille spectateurs de l'eBay Park célébraient une interception spectaculaire qui venait de priver les Nationals d'un *home run*. Mais les marins le prirent tout de même pour eux.

Un silence tendu s'empara de la salle de commandement. Pour l'essentiel, Claiburne suivait le match – les Giants étaient maintenant à la batte, prêts à conforter leur avance : 5 à 3. Simmons et ses officiers, eux, supervisaient les écrans reliés aux ordinateurs du pont inférieur, un étage plus bas, véritables fenêtres ouvertes sur les différents systèmes de la frégate. Aucun des membres d'équipage qui restaient à l'affût du moindre bug du logiciel ou cherchaient désespérément un moyen d'atténuer l'excès de chaleur induit n'était visible, mais leur travail exténuant se reflétait dans les inscriptions rouges, bleues et vertes des moniteurs. Le *Zumwalt* assurait les besoins en électricité fluctuants du stade, mais cela avait un coût : les systèmes d'autodéfense n'arrêtaient pas de se déconnecter et de redémarrer, les systèmes secondaires avaient planté, même ATHENA commençait à faire des siennes.

Cortez attira l'attention de Simmons et se tapota l'oreille.

La voix de Mike rugit dans ses écouteurs quand Simmons enfila le casque.

– Capitaine, nous n'allons pas pouvoir continuer comme ça pendant plus d'une minute ! prévint le premier maître. Nous avons des soucis de gestion de la chaleur au niveau de la batterie. Les ventilateurs tournent à plein régime, mais ils ne font qu'attiser le problème.

– Le Dr Li ne peut-elle pas intervenir au niveau du logiciel ? Ajuster un paramètre ? demanda Simmons.

– Non, rien ne marche pour l'instant, répondit Mike.

– Passez-la-moi, dit Simmons.

– Elle est en train de batailler contre une des bécanes en ce moment même, répliqua Mike. Je crois pas qu'elle puisse s'interrompre.

– Restez en stand-by, ordonna Simmons.

Il posa son index sur le microphone de son casque, et, de sa voix de commandant, s'adressa aux officiers présents dans la salle :

– Beau travail, tout le monde. Personne n'a gâché le match du président, jusqu'ici. Il nous reste un coup à jouer. L'amiral Murray et moi en avons discuté avant : c'est le moment de lancer la balle avec effet qui tue.

Ils n'auraient plus l'occasion de mener d'autres tests comme celui-ci, d'où l'importance de connaître une bonne fois pour toutes les limites du bateau.

– XO, déconnectez ATHENA, ordonna Simmons. Puis faites monter la puissance de sortie à cent dix pour cent.

Mike se mit à hurler, mais Simmons changea de canal, faisant taire les protestations truffées de jurons du premier maître.

Une légère odeur de plastique brûlé s'infiltra dans la pièce, faisant concurrence au cigare parfumé de Claiburne.

– Ventilateurs au maximum ! cria Cortez.

Simmons entendit de nouveau la voix de son père beugler dans son oreille. Il se tendit malgré lui, sentiment tristement familier.

– On est en train de perdre le contrôle, capitaine ! protesta Mike. La température dans la salle de contrôle a déjà atteint quarante-six degrés. Deux boîtiers sont grillés. On pourrait faire cuire un steak dessus. Le Dr Li dit que...

– Je comprends, chef. Envoyez une équipe pour les remplacer, répliqua Simmons, s'efforçant de rester calme de son côté, devant la ministre de la Défense.

– Encore faut-il que j'aie quelqu'un à envoyer. Ce foutu bateau n'a pas assez d'hommes à son bord.

– Compris, chef. Maintenez l'alimentation électrique, ajouta Simmons, s'adressant de nouveau à la salle de commandement.

Un changement de luminosité sur l'écran qui diffusait le match attira son attention. Les projecteurs du stade s'étaient éteints l'espace d'une seconde, avant de se rallumer.

– Passez-moi le Dr Li, ordonna Simmons. Immédiatement.

– Oui, capitaine ? bredouilla Vern dans ses écouteurs.

Il l'entendit respirer lourdement, comme si elle venait de piquer un sprint.

– Il faut diminuer la puissance, tout de suite, dit-elle. Il n'a jamais été prévu de dépasser le seuil du test. Sinon, je ne sais pas comment nous allons faire pour empêcher ce bateau de se consumer de l'intérieur.

Les lumières du match vacillèrent à nouveau.

– Docteur Li, je vous laisse une dernière chance de comprendre ce que je vous demande ! rétorqua Simmons, sa voix gagnant en puissance, cette fois – touche de colère destinée au public de la salle de commandement. Le matériel, ce n'est pas mon problème. Le *Zumwalt* est le moyen, pas la fin. Maintenant, obtenez-moi des résultats ou descendez de mon bateau !

Il se tourna vers l'amiral Murray. Le visage de cette dernière était impénétrable, au point qu'il se demanda s'il ne venait pas de se discréditer à ses yeux. La ministre Claiburne avait l'air impressionnée par son petit numéro ; enfin, jusqu'à ce que son aide de camp lui tende un téléphone en murmurant :

– Le président Conley…

Moyock, Caroline du Nord

– Ce n'est pas le genre d'emplettes que nous avons l'habitude de faire, n'est-ce pas ?

Sir Aeric Cavendish portait une chemise blanche trop grande pour lui, au-dessus d'un pantalon technique moulant flambant neuf. Il regarda dehors par la fenêtre du SUV, une Cadillac Cascade, embrassant du regard l'immense complexe. Tandis qu'ils roulaient, Cavendish sentit la vibration d'une lointaine explosion se répercuter à travers la carrosserie d'aluminium poli du véhicule.

– Eh bien, Sir, cet endroit n'a rien d'habituel, répondit Ali Hernandez, marinier-chef à la retraite, un ancien du DevGru, le Naval Special Warfare Development Group de la marine américaine, nom de couverture de la fameuse Team 6 des Navy SEAL, unité commando de lutte contre le terrorisme et d'opérations spéciales. Et depuis belle lurette.

En qualité de chef de l'équipe de sécurité chargée de veiller sur Cavendish, Hernandez passait une grande partie de son temps à répondre à des questions. Sir Cavendish n'envisageait pas le monde de la même manière que le commun des mortels, raison pour laquelle il était devenu si riche. Mais sa curiosité pouvait être épuisante. Une journée à son côté comptait plus de questions qu'Ali n'en avait entendu en trente années d'opérations spéciales. Parfois, il avait l'impression de voyager avec un enfant en bas âge.

– Pourquoi tout le monde tient-il tellement à l'appeler Blackwater ? demanda Cavendish.

C'était reparti.

Enfin, un enfant en bas âge capable d'acheter tout ce qu'il voulait, que ce soit la compagnie d'un top-modèle ou un escadron entier de mercenaires.

– Sir, les eaux qui entourent le site sont boueuses, répondit Hernandez. Et c'est ce qui a donné son nom à la première société qui s'est installée là : Blackwater, les « eaux noires[80] ». Donc, malgré tout ce qui a changé depuis, les gens du coin ont conservé le nom. D'ailleurs, si vous voulez mon avis, on a beau payer des fortunes à des avocats pour qu'ils inventent de nouvelles appellations, c'est comme pour les noms de code : les meilleurs restent toujours.

– Il faudrait que j'en aie un, déclara Cavendish. Quel était le vôtre ?

– Mon nom de code, Sir ? C'est Brick – la « Brique ».

– Je subodore qu'il y a là derrière une histoire sur laquelle il faudra que je vous interroge plus tard, fit remarquer Cavendish. Mais pour l'instant, concentrons-nous sur l'essentiel : quel pourrait être le mien ? J'imagine que je ne peux pas le choisir moi-même…

– C'est vrai, Sir, confirma Hernandez. Laissez-moi le temps d'y réfléchir, car c'est une affaire très sérieuse.

– Très bien. J'ai lu le rapport d'audit préalable à cette transaction – vous aussi ?

– Oui, Sir, répondit Hernandez. Ces installations appartiennent à huit propriétaires. Vous seriez le neuvième…

– Cela représente un tas d'avocats.

– Effectivement, Sir.

– Et que pensez-vous du nouveau nom que nous avons trouvé pour cet endroit ? demanda Cavendish.

Le SUV rebondit, tandis qu'Hernandez négociait un ralentisseur à soixante-cinq kilomètres à l'heure.

– Exquisite Entertainment ? répondit Hernandez.

– J'ai dit à tout le monde que j'avais acheté ces installations pour en faire un studio Viz. Histoire de leurrer les espions. Mais si on le rebaptisait Blackwater ? Je veux dire, vous trouvez que c'est un bon nom ?

Ils longeaient à présent un immeuble de trois étages privé de toit, aux fenêtres éventrées et noircies, dont une demi-douzaine d'hommes en combinaison noire dévalaient la façade en rappel.

– Que voulez-vous dire, Sir ? interrogea Hernandez. C'est un nom que connaît bien la communauté des sociétés militaires privées, dont je fais partie. Même s'il continue de rendre dingues un tas de civils. Donc pour moi, ça fonctionne.

– Parfait, apprécia Cavendish. Il faut rester discrets, vous savez. Pourquoi pas Blackwater Entertainment ?

Hernandez partit d'un grand rire et écrasa l'accélérateur de la Cadillac dès qu'elle fut sur la piste d'atterrissage du complexe. Le moteur électrique du SUV atteignit sans un bruit les deux cent dix kilomètres à l'heure.

– Totalement silencieux et extrêmement rapide, commenta Cavendish qui ferma les yeux, pensif. Exactement comme dans l'espace.

Ali freina brusquement puis tourna pour entrer dans un hangar d'aviation, dont les portes se refermèrent derrière eux. Il faisait presque noir à l'intérieur ; seule une légère lueur bleutée éclairait les coins.

– Nous voici arrivés, Sir, annonça Hernandez.

Ils descendirent du véhicule et Cavendish lança un ordre dans la pénombre, « Lumières ! », certain que quelqu'un, quelque part, lui obéirait. Les lumières s'allumèrent, des milliers de rayons aveuglants braqués sur eux. Un sourire malicieux éclaira le visage de Cavendish, tandis qu'Hernandez contemplait la scène sans rien dire, interloqué.

– Eh bien, que dites-vous de cela ? interrogea Cavendish.

Question à laquelle Hernandez n'avait pas le moindre début de réponse.

USS *Zumwalt*, chantier naval de Mare Island

Il était trop vieux pour ce merdier, maintenant il le savait.

Mike sentait l'épuisement au creux de sa poitrine. Les premiers jours, il avait pris ça pour un virus passager et avait continué à travailler comme si de rien n'était, constatant que le fait de hurler des ordres desserrait un peu l'étreinte de cette fatigue. Mais ce matin-là, au réveil, il avait eu la sensation d'être cloué au lit. Il ne le dirait jamais à personne, mais Mike était persuadé de n'avoir jamais été fatigué à ce point. L'usure de la vieillesse, combinée au profond épuisement que seuls les militaires et quelques autres professions connaissent, le genre de lassitude qu'on ressent quand on a l'impression que la responsabilité qu'on vous a confiée, celle de protéger un grand nombre de vies, dépasse de loin vos réserves en forces mentales et physiques. Le genre de fatigue contre laquelle stimus et café ne pouvaient rien, même en grandes quantités.

Il tituba et se rattrapa de justesse, devant l'entrée de la passerelle.

– Ça va, chef ? s'inquiéta le XO, Horatio Cortez, sorti à sa rencontre. Vous avez une sale mine. Vous avez emmené la jeune génération faire la tournée des bars hier soir ou quoi ? Histoire de leur montrer comment vous vous y preniez, dans le temps ?

– Faut pas vous bercer d'illusions, Sir, rétorqua Mike. Ils tiendraient même pas une heure, avec nous.

La bravade de Mike ne trompa pas Cortez. Il lut la fatigue dans les yeux rouges du vieux premier maître. Cortez s'excusa et regagna précipitamment la passerelle.

Mike savait qu'un des meilleurs endroits pour dormir tranquillement à bord de ce bateau se trouvait dans le pont inférieur, près du magasin du canon électromagnétique. Ce genre de minisieste réparatrice, dans un recoin frais et obscur, était une vieille tradition dans la Navy, mais cela pouvait aussi être le signe que le marin concerné n'allait pas bien. En s'adossant à la cloison, Mike se demanda ce qu'il en était dans son cas, et s'il avait encore la force de faire ce boulot. Puis il sombra.

C'est l'odeur qui le réveilla.

Savon et violette.

Le Dr Li.

Ouvrant les yeux, il l'aperçut recroquevillée de l'autre côté du réduit. Leurs jambes se croisaient au milieu ; les pieds de la jeune femme semblaient si minuscules à côté des siens. Bon Dieu, si quelqu'un nous voyait, songea Mike. Il aurait été moins surpris de se réveiller en trouvant le navire en proie à une attaque que de la découvrir là, près de lui. Comment elle avait réussi à le trouver, mystère.

Elle bougea et s'étira le dos comme un chat, puis se redressa, assise à même le sol. Elle parla comme si elle avait lu dans ses pensées :

– J'ai enfin eu le temps de prendre une petite douche, et puis je vous ai vu descendre ici, dans votre cachette… (Elle sourit.) Alors je me suis dit, il sait ce qu'il fait, il prend juste soin du « matériel », comme il appelle si gentiment son équipage. Et j'ai décidé de faire comme le vieux.

– C'est qui le « vieux » ? Vous avez l'air aussi crevée que moi, docteur Li.

– Là, vous n'avez pas tort. Je suis complètement vidée, reconnut-elle en se frottant les yeux. Et je m'appelle Vern. Maintenant que nous dormons ensemble, vous pouvez quand même m'appeler par mon prénom.

Mike sentit le *Zumwalt* tressaillir et dressa légèrement la tête, tel un chien de chasse. Ils relancent sûrement la procédure de mise en marche du moteur, songea-t-il.

– Écoutez, je suis désolé de ce qu'a fait le capitaine hier soir. Il sait très bien que ce bateau ne vaut pas un clou, déclara Mike.

– Ça ne fait rien, répondit Vern. Il avait raison, et il a bien fait de se lâcher un peu. Les fameuses prérogatives du capitaine dont on nous rabâche les oreilles.

– Non, il n'a pas le droit de se défouler sur quelqu'un, comme ça. J'ai mis beaucoup de temps à apprendre cette leçon, et je n'ai donc pas pu la lui transmettre…

Mike se détourna, fixant la cloison.

– Vous savez, personne ne m'a jamais expliqué ce que j'étais censée faire en cas de nouvel incendie, dit Vern, déviant volontairement la conversation vers un sujet qui le mettrait moins mal à l'aise.

– La procédure de contrôle des avaries ? s'étonna Mike. Ça ne vous dit rien ?

– Si le sort de ce navire repose sur ma capacité à jouer les pompiers, rétorqua Vern, alors nous sommes tous condamnés.

Mike remarqua que, même si elle s'était assise, elle l'avait fait en gardant ses jambes entrelacées aux siennes.

– Vous vous débrouillerez très bien. Suffit de faire comme le vieux, pour reprendre votre expression.

Elle sourit de nouveau.

– Eh bien, nous ferions mieux de nous remettre au boulot, déclara Mike. Ça ne m'étonnerait pas que le *Zumwalt* appareille prochainement, sûrement pour l'Australie.

– Qu'est-ce qui vous fait dire ça ? demanda Vern.

– Ce que Brooks, le technicien avec une crête débile sur la tête, m'a dit au sujet des modules logiciels ajoutés au système ATHENA. Notre chargement d'armes est au max, ce que nous n'aurions jamais fait en vue d'un nouveau test.

– C'est dangereux, l'Australie ? s'inquiéta Vern.

– On est dans la Navy – qu'est-ce qui n'est pas dangereux ? répliqua Mike. Mais ça signifie qu'on va escorter des navires de renfort. On a moins de risque de se faire tirer dessus quand on cherche le chemin le plus facile pour gagner un territoire ami que quand on part chercher les embrouilles. Mais bon, on ne peut jamais être sûr…

Le *Zumwalt* trembla de nouveau et Mike se redressa. Puis il tendit la main pour aider Vern à se lever. Celle-ci remarqua la dureté de sa peau.

– Vous en faites pas, dit Mike. Je serai à vos côtés quand vous en aurez besoin.

USS *Zumwalt*, chantier naval de Mare Island

– Au rapport ! beugla le capitaine Jamie Simmons dans la radio de bord. Qu'est-ce qui se passe là-haut ?

Le système ne répondait plus ; il n'y eut même pas de parasites pour lui répondre. De la porte de sa cabine, il scruta l'obscurité. Rien. Pas de sirène. Pas de cris.

Il faisait quasiment nuit noire, hormis la lueur diffusée par la bande jaune réfléchissante par terre le long de la coursive. Secouant la tête pour chasser le sommeil, Simmons prit le chemin de la passerelle, qu'il connaissait les yeux fermés.

Un coup violent au niveau du front le fit jurer de douleur. Il se baissa, trop tard, et posa un genou à terre le temps de reprendre ses esprits. Tendant la main vers la paroi pour se relever prudemment, il sentit quelque chose de chaud. De doux. Des cheveux.

– Qui est là ? interrogea-t-il.

– Matelot Oster Couch… Sir, répondit une voix timide.

La peur évidente dans ce « sir » hésitant redoubla le mal de tête de Simmons. Il sentit ses joues le brûler, la rage lui nouer l'estomac.

– Je suis le capitaine Simmons, qu'est-ce que vous faites là ? demanda-t-il, peinant à contenir sa colère.

– Je revenais de l'avant quand j'ai entendu un gros boom, et puis la lumière s'est éteinte, expliqua Couch. Alors j'ai attendu. Et elle n'est pas revenue.

– Vous devriez être à votre poste, matelot Couch. Debout !

– Je ne sais plus où c'est, Sir, répondit Couch. Il fait tout noir, Sir.

– Eh bien trouvez-le, même s'il faut y aller à quatre pattes ! s'énerva Jamie. Je monte à la passerelle et si je vous trouve encore ici dans le noir en redescendant, vous verrez que la Navy peut vous envoyer dans des endroits autrement plus terrifiants.

– J'y vais tout de suite, Sir.

Simmons était sur le point d'atteindre la passerelle quand le *Zumwalt* tressaillit, et les lumières se rallumèrent.

– Cortez ! Qu'est-ce qui se passe dans ce bateau ?

– Un problème de surtension, Sir, répondit Cortez. C'est lié au canon électromagnétique et nous cherchons à déterminer pourquoi ça a fait planter tous les systèmes.

– Tous les systèmes ? s'étrangla Simmons. Même ATHENA ?

– Oui, absolument tout, confirma Cortez. Mais ça n'a pas provoqué d'incendies et le Dr Li est en train de travailler là-dessus, en bas. Ça va aller.

– XO, quand vous êtes seul à la passerelle, ce navire est le vôtre, répliqua Simmons.

Sa colère contre le matelot Couch déborda, et il cracha ses mots sur Cortez plus qu'il ne les articula.

– C'est ainsi qu'il faut le traiter. Et non, ça ne va pas aller du tout ! Vous savez ce qui se passera quand on aura ce genre de surtension là-bas ? (Il pointa son doigt vers l'océan, à l'ouest.) Le savez-vous ? Nous ne serons qu'une cible de plus pour le Directoire. D'abord on foire la dernière phase du test sous les yeux de l'amiral et de la ministre de la Défense, et maintenant on n'arrive même plus à mettre en marche ce foutu canon sans qu'il plante tout à bord ? Quel genre de bateau nous a-t-on confié là ? C'est votre responsabilité, Cortez. Appelez-moi le Dr Li, et réparez-moi ça !

Pivotant sur ses talons, le capitaine vit son père faire irruption dans la passerelle. Le vieux premier maître arborait cette expression de déception à peine voilée qu'il ne connaissait que trop bien. Jamie passa devant lui sans même le saluer.

– Je serai dans ma cabine, cria-t-il avant de se diriger vers la porte, puis il se ravisa. Correction : je descends parler au Dr Li, au sujet de sa réparation. Cortez, la passerelle est à vous.

Il se ruait vers l'échelle à crinoline lorsqu'il entendit des pas derrière lui.

– Je vous accompagne, capitaine, annonça Mike.

Jamie continua d'avancer, attentif aux éventuels éléments suspendus au plafond, tuyaux et autres câbles susceptibles de venir heurter son crâne endolori. Il posa deux doigts sur son front, convaincu qu'il saignait. C'était bien le cas. Il devait avoir une sacrée allure en entrant dans la passerelle.

– Juste un mot si vous le permettez, capitaine, insista Mike.

– En marchant, répondit Jamie.

– Il faut vous reposer un peu, Sir, répliqua Mike. Je vous le dis car personne n'osera.

– Comment voulez-vous que je me repose ? Je pourrais dire que ce séjour à terre nous a tous émoussés, mais nous sommes tellement loin d'être affûtés que cela ne vaut même pas la peine.

– N'empêche, il faut vous reposer, capitaine, rétorqua Mike. Le poste l'exige, contrairement à ce que vous pensez.

– Le poste ? souffla Jamie en s'arrêtant brusquement pour se planter devant son père. Vous ne connaissez rien à ce poste. Je suis le commandant ici, et ce navire est le mien. Ça, vous ne pouvez pas le comprendre.

– Ah, vraiment ? répondit Mike. Je ne peux pas le comprendre ?

Son visage s'empourpra et cette veine colérique qui lui traversait le front, et que Jamie connaissait si bien, se mit à palpiter.

– Non, cingla Jamie, qui n'avait plus peur désormais de cette palpitation. Je suis un officier, moi. J'ai de vraies responsabilités.

Mike se pencha en avant avec cet air déterminé qui signalait à tout le monde, fût-il officier supérieur, qu'il ou elle était à deux doigts de recevoir l'un de ses énormes poings en pleine face.

– C'est quoi ton problème, Jamie ? gronda Mike. Que tu te ridiculises devant moi, je m'en fous. Mais tu devrais réfléchir un peu, la prochaine fois, avant de te ridiculiser devant ton équipage.

Mike fit volte-face et s'éloigna d'un pas lourd et furieux, étouffé par le caoutchouc antidérapant de la coursive.

Restaurant Nautilus, Palo Alto, Californie

Daniel Aboye ne pouvait s'empêcher de regarder tout cela avec des yeux ronds. Avant la guerre, ce restaurant avait été le repaire habituel de ses investisseurs, le genre de types aux salaires nets si élevés qu'ils avaient cessé depuis longtemps de compter leur argent. Mais, ce soir-là, il avait ressenti une stupeur tout à fait nouvelle, face à l'indécence de cet endroit.

Il observait à présent un thon long comme sa moto qui nageait nonchalamment dans l'aquarium intégré au plafond. Les inscriptions sur ses Viz Glass indiquaient combien de clients avaient fait une offre dessus. Sept. Il décida qu'il serait le huitième et remporterait ces enchères. Les autres offrants interpréteraient sans doute cela comme une volonté d'étaler sa richesse, mais ce geste était davantage lié à son agacement en les voyant tous continuer de vivre ainsi au beau milieu d'une guerre.

Quand il baissa les yeux, elle était devant lui.

– Quand tu m'as proposé de te retrouver pour dîner, déclara-t-il, je n'imaginais vraiment pas que tu choisirais cet endroit.

– J'aime leur poisson frais, répondit Cory Silkins, l'air faussement innocente. Au moins une chose qui n'est pas pourrie, par ici.

Aboye étudia la femme assise en face de lui. Elle souriait toujours, mais avec ironie. À l'université de Standford, en première année, ils avaient vécu dans la même résidence étudiante. Il lui avait fallu un peu de temps pour s'habituer à ses sarcasmes, mais il n'avait pas tardé à apprécier le fait qu'elle ne le place pas sur un piédestal comme les autres étudiants qui connaissaient son parcours. Au contraire, elle le traitait comme elle traitait tout le monde : comme une cible.

Ils étaient même devenus des sortes d'amis quand Cory s'était rendu compte que la gentillesse naturelle d'Aboye était sincère et que lui-même avait compris que l'esprit acerbe de Cory était simplement dû au fait qu'elle ne pouvait pas s'empêcher de titiller les gens. Elle avait d'ailleurs bientôt trouvé des cibles plus intéressantes que ce garçon dégingandé mais sûr de lui. Hormis l'informatique, la grande passion de Cory pendant ses années d'études avait été de piéger les salauds. Professeurs ou étudiants, cela n'avait pas d'importance ; elle avait dénoncé publiquement les membres d'une fraternité secrète qui avaient tenté de dissimuler le viol d'une de leurs camarades lors d'une cérémonie d'initiation, et elle s'était fait passer pour un ancien président des États-Unis en piratant son compte e-mail pour correspondre pendant quelques mois avec le vieux doyen de la fac.

Bien sûr, Cory avait mûri et « vendu son âme comme tous les autres », ainsi qu'elle l'avait elle-même déclaré sur le ton de la plaisanterie lors de la vente de sa société de cryptage de logiciels, transaction négociée par Aboye. Quand il lui avait demandé ce qu'elle comptait faire maintenant, Cory avait répondu qu'elle partait en quête du meilleur verre de vin rouge de la planète. Il avait pris cela pour une de ses sempiternelles blagues, mais elle avait effectivement passé toute l'année écoulée à chroniquer cette aventure en temps réel sur les réseaux sociaux. Avant ce rendez-vous, il n'avait plus eu de ses nouvelles depuis son post au sujet d'un Malbec, en direct d'Argentine.

– Alors, pourquoi es-tu revenue ? lui demanda-t-il.

– J'ai appris que tu étais allé à Washington, répondit Cory. J'ai cru qu'ils t'avaient enrôlé de force, il fallait bien que je vole à ton secours...

– Ils n'ont pas voulu de moi, dit Aboye. Je dois avouer que ça m'a blessé.

– Les débiles... Tu sais, j'ai reçu quelques propositions discrètes pour quitter le pays. Finlande. Brésil. Argentine... La France m'aurait plu, mais je crois que je suis encore blacklistée, là-bas.

Il avait entendu le même discours dans la bouche de nombreux amis. D'un point de vue business, il pouvait comprendre :

les riches Américains étaient eux-mêmes des actifs menacés, ces temps-ci. On pouvait donc s'offrir au rabais les meilleurs, capital intellectuel et comptes en banque bien garnis compris.

– Ça te tente ? interrogea-t-il.

– Non, je préfère mener une vie itinérante dédiée à Bacchus.

– C'est mieux comme ça, commenta Aboye. Tu es vraiment un trésor national. Bon, Cory : dis-moi ce qui se passe, vraiment. Pourquoi m'as-tu fait venir ici ?

Un serveur apporta leur vin, sans aucun commentaire. Ce silence était tout naturel : l'étiquette de ce Firestone Petite Syrah apparaissait déjà sur leurs Viz Glass. Cory tira vers elle son verre et prit le pied entre ses longs doigts, ornés d'une douzaine de fines bagues en platine brossé, serties de diamants. Ces bijoux reflétaient les éclats colorés projetés par l'aquarium au-dessus de leurs têtes, et le vin rouge posé sur leur table.

– Tu sais pourquoi j'aime le vin, Daniel ? Ce n'est pas à cause du goût, mais à cause de l'histoire. Pas seulement l'histoire des cépages ou du terroir qui caractérisent tel ou tel millésime. Non : l'histoire du vin en général[81]. Il a été le premier vrai breuvage égalitaire, ajouta Silkins. Les Grecs de l'Antiquité le versaient dans une grande coupe au centre de la pièce et les invités s'asseyaient tout autour. Ils partageaient le vin dans le même récipient et discutaient. De philosophie. De droits de l'homme. De démocratie. Peut-être même de sport, qui sait ? Tout le monde avait le droit de participer à la conversation, aussi bien Socrate que son plus jeune disciple.

Elle rit sous cape.

– Bien sûr, il n'y avait que des hommes… Et puis les Romains ont ruiné tout ça après avoir conquis la Grèce, en faisant du vin un article de luxe, pour que des débiles comme moi se mettent à courir le monde en quête de la bouteille ultime.

Il la dévisagea et but une gorgée. À l'évidence, Cory préparait le terrain avant la grande révélation.

Elle fit tournoyer son verre.

– Ce sentiment d'égalité est ce qui a longtemps fait la grandeur d'Internet. Absolument tout le monde pouvait s'y réunir et participer. Et ça aussi, c'est en train d'être gâché par des connards.

– Et donc… ? interrogea Aboye.

Elle contempla son verre, puis releva les yeux pour les planter dans ceux d'Aboye.

– Je sais ce que tu manigances…

Aboye jeta un regard distrait vers l'un des plongeurs, qui poussait doucement un poisson au fond de son épuisette.

– Que pourrais-je bien manigancer ?

– Tu ne sais pas mentir, Daniel, répliqua Cory. Alors épargne-moi ces conneries. Je sais ce que toi et tes potes êtes en train de faire dans le Hangar n° 1. Et je sais que ça ne se passe pas bien, surtout depuis le dégât des eaux dans votre bibliothèque…

Aboye se pinça l'arête du nez, marquant une pause comme s'il réfléchissait, même s'il s'agissait surtout de masquer son inquiétude. Si elle était au courant, qui d'autre encore savait ? Et allait-elle leur causer des problèmes parce qu'elle était vexée qu'il n'ait pas fait appel à ses services ?

– On s'en va, murmura-t-il.

Aboye et Silkins quittèrent les lieux – Cory régla l'addition en se levant, plaquant son bracelet iTab contre la table. Ils allèrent se planter dehors, devant le parking des deux-roues.

– OK, Cory : qu'est-ce que tu veux, au juste ? Et je ne saisis toujours pas pourquoi tu m'as fait venir ici…

– Tu avais besoin d'un petit rappel visuel. Ce genre de restaurants ? Ils sont destinés à un certain type de personnes, celles que tu fréquentes depuis toutes ces années. Personne n'est en colère ici. À quelle distance sommes-nous de San Francisco ? La ville se transforme à nouveau en une base de l'US Navy. D'horribles bateaux gris rouillés sont en cours de réparation partout sur les quais. Des marins se soûlent et déclenchent des bagarres, pas par méchanceté mais pour évacuer quelque chose : la rage de ne pas être en train de combattre au large, ou bien peut-être une nouvelle forme de racisme. Bref, c'est *business as usual* par ici.

Où vais-je bien pouvoir aller manger mon poisson frais… ou ma pizza préférée ?

Elle grimpa sur la selle du BMW C1 jaune d'Aboye, à moteur électrique, se servant comme toujours sans même demander.

– Tu as rassemblé des personnes remarquables dans le Hangar n° 1, mais tout ce qu'elles savent faire, c'est construire. Tu as aussi besoin de gens capables de détruire. Tu as besoin d'ordures comme moi ! Allez viens, je vais te montrer.

Aboye glissa tant bien que mal son grand corps derrière elle, sous la bulle de son scooter, et ils s'élancèrent en silence dans les rues de Palo Alto.

Les lumières des restaurants et des devantures des magasins reconvertis en terrasses de café improvisées après la fermeture se déversaient sur la chaussée devant eux. Depuis que la guerre avait éclaté, Aboye avait l'impression que tout le monde voulait passer davantage de temps dehors. Cela donnait à la ville un air festif, comme si tous les habitants étaient des étudiants de dernière année à Stanford et que c'était la semaine de la remise des diplômes.

Bientôt, ils se retrouvèrent assis sur l'épaisse moquette du salon, chez Silkins. Celle-ci se connecta au monde virtuel. Daniel la regarda enfiler un casque violet étincelant avec une visière noire dénuée de reflet. Il trouva qu'elle ressemblait à un croisement entre un skater adolescent et un pilote de chasse.

Elle ne voulait pas qu'il l'accompagne dans cet environnement 3D[82].

– Ce serait trop dur à gérer pour toi, et en plus ils se sauvent dès qu'un étranger s'approche à moins d'un kilomètre. C'est comme ça qu'on a réussi à tenir…

Aboye la regardait évoluer sur l'écran fixé au-dessus de la cheminée.

Il vit l'avatar de Silkins, un étrange poisson jaune et bleu de dessin animé qui paraissait tout droit sorti de l'imagination de Salvador Dalí, nager le long de ce qui ressemblait à une reproduction abstraite et submergée des Ramblas[83] de Barcelone. Elle filait puis se laissait dériver parmi d'autres avatars tout aussi resplendissants que déconcertants, qui allaient de chats à la Hello Kitty à des corps de top-modèles dénudés surmontés d'une tête de robot. Puis, traînant des bulles dans son sillage, lesquelles étaient visiblement autant de clés cryptées permettant de l'identifier, Cory s'immobilisa devant la porte ouverte d'une boutique de chapeaux. Elle remonta sa visière d'une pichenette et se tourna vers Daniel, sautant soudain du monde virtuel au monde réel.

– Que les choses soient bien claires : ce n'est pas une histoire de patriotisme, dit-elle. Nos raisons ne sont pas les vôtres – tu le sais, n'est-ce pas ? Tout ce qui nous intéresse, c'est le Net. Les hymnes et les drapeaux, envoyer des gamins au casse-pipe, les valeurs éternelles de l'Amérique, toutes ces conneries que le système fait gober aux gens ? Nous, on n'y croit pas une seconde. Mais dans ce cas précis, nos intérêts sont concordants. Nous aimerions vous aider.

– Qui ça, « nous » ?

– Tu n'as pas besoin de le savoir. Mes amis préfèrent rester anonymes.

USS *Zumwalt*, chantier naval de Mare Island

Mike se déplaçait aussi vite que son âge le lui permettait le long des coursives bondées et des échelles à crinoline d'un navire de guerre. Les cris se firent plus sonores et il se força à accélérer encore. Un cliquetis métallique de mauvais augure le fit presque courir.

– Elle est avec eux, grommelait Parker, le maître de 2e classe. Non mais, regardez-la…

Mike analysa la scène en une fraction de seconde : Parker. La clé à molette dressée. Vern.

Il décocha un crochet du gauche dans le ventre de Parker en y mettant tout le poids de son corps. Un jab du droit suivit, qui se planta juste au-dessus du cœur, projetant le marin contre la cloison. Comme il l'avait appris à Jamie, tant d'années en arrière.

Vern était étalée sur le dos, à même le pont. Il se penchait pour lui tendre la main quand il la vit crier en fixant un point derrière lui.

Mike esquiva au dernier moment la clé à molette qui passa tout près de son épaule. Il gronda de colère, plus contre lui-même que contre Parker. Cela faisait vingt ans qu'il ne s'était plus bagarré, mais il y avait des choses qu'on ne devait pas oublier. Comme le lui avait expliqué un premier maître de 1re classe alors qu'il venait de débarquer dans la Navy, il y avait deux règles essentielles dans une baston : frapper le deuxième, et partir le premier – mais seulement une fois qu'on était sûr à cent pour cent que l'autre gars était totalement hors d'état de nuire.

L'amplitude du coup avait mis Parker en déséquilibre dans l'étroite coursive, si bien que Mike se baissa une nouvelle fois pour éviter le retour. Il pivota sur lui-même, feinta la droite puis se rapprocha de son adversaire et le frappa du gauche, un uppercut court et sec au foie[84] ; il sentit ses phalanges craquer lorsqu'elles s'enfoncèrent dans le flanc de Parker, au niveau des neuvième et dixième côtes. Il avait montré cet enchaînement à Jamie, en lui conseillant de n'y avoir recours que lorsque l'affrontement dégénérait du combat de boxe à la bagarre de rue. Un coup au foie secouait et affaiblissait l'adversaire, lui faisant perdre son souffle et, parfois même, connaissance. C'était en outre horriblement douloureux.

L'effort désespéré de Parker pour retrouver sa respiration donna un regain d'énergie au premier maître. Il le frappa de toutes ses forces, d'une nouvelle combinaison. Puis il recommença. Il n'entendait pas les coups se répercuter dans la pièce ; l'adrénaline faisait siffler ses oreilles. Mais il sentait leur impact se répercuter dans les chairs de Parker.

Il reprit son souffle et, alors que Parker s'écroulait, il lui assena une dernière série. Même s'il savait que Parker avait trop mal pour entendre quoi que ce soit, Mike lui hurla :

– Sale lâche ! Alors, ça fait quoi ?

Cette démonstration s'adressait aux autres marins qui avaient rappliqué et restaient figés à l'écart, contemplant le vieil homme avec un mélange de stupéfaction et de crainte.

Puis il cessa de le frapper. Parker, tout comme Vern, faisait partie du matériel. Il appartenait au bateau et Mike était responsable de lui, aussi. Pas un seul coup de Mike n'avait touché Parker au visage. Mettez-le au garde-à-vous devant le capitaine, et personne ne saurait jamais qu'il s'était fait casser la gueule par un homme assez âgé pour être son père. C'était comme ça qu'on s'y prenait, dans la Navy.

Il se tourna vers l'attroupement des marins.

– Qui d'autre est du même avis ? Vous voudriez peut-être mettre dans un camp tous les Chinois de San Francisco ? Les envoyer par bateau sur Angel Island, comme pendant la dernière guerre mondiale ? hurla Mike.

Parker, qui tentait de se relever, était maintenant à quatre pattes, au bord de l'asphyxie.

– Le Dr Li est des nôtres, reprit Mike. Si nous l'emportons, ce sera grâce à elle. Si nous mourrons, ce sera à cause de trous du cul comme vous.

Il se pencha et releva Parker en le tirant par le bras. L'homme baissa les yeux pour éviter son regard.

– Regardez-moi dans les yeux. Et ça vaut pour tous les autres. Vous n'êtes pas content ? Alors vous avez cinq minutes pour descendre de mon bateau. Si vous restez et que ça se reproduit, c'est pas des petites claques comme aujourd'hui que je vais vous filer. Essayez, pour voir si je suis pas sérieux à mille pour cent. Rompez !

Parker s'éloigna d'un pas traînant, et la foule avec lui.

– Tout va bien, Vern ? interrogea Mike en l'aidant à se relever.

– Nous avons perdu du temps au moment où nous pouvions le moins nous le permettre, pesta Vern.

Elle l'enveloppa d'un regard noir, furieux après lui d'être venu à son secours comme si elle était une pauvre petite fille, et après elle-même de s'être sentie si vulnérable.

– Je vous demande pas si le bateau va bien, répliqua Mike. Je vous demande si vous allez bien.

Elle ne répondit rien, mais se serra contre lui. Il resta planté là, sans savoir quoi faire. Elle se mit à trembler, et il referma autour d'elle ses bras couverts de tatouages. Comme il ne voyait pas son visage, enfoui dans sa poitrine, il baissa les yeux sur sa main gauche à lui : il aurait juré que son annulaire était cassé. Pourtant, il se sentait bien.

Moyock, Caroline du Nord

– S'il vous plaît, Sir, ne tapez pas sur la vitre, dit Hernandez. Ça rend les animaux dingues.

Cavendish colla son visage à l'un des hublots. Le conteneur de transport, connecté à deux autres disposés en U, avait été scellé hermétiquement puis rempli d'eau. Chaque conteneur faisait à peu près la taille d'un grand appartement, ou de l'une des nombreuses chambres de la résidence de Cavendish qui occupait tout un pâté de maison du quartier chic de Kensington, à Londres.

– Je ne vois rien ? Vous êtes sûr qu'ils sont là-dedans ? s'étonna Cavendish.

Il tapota de nouveau le Plexiglas du hublot.

– Oui, Sir, répondit Hernandez. Pourquoi n'essayez-vous pas les Viz Glass qu'on nous a données ?

Cavendish enfila les lunettes noires tout spécialement conçues qui étaient pendues à son cou ; ses doigts effleurèrent le vieux logo de la compagnie, en forme de patte d'ours, sur le côté de la monture.

– Ce projet était un jeu d'enfants, commenta Cavendish. Comment l'ancien propriétaire a-t-il pu se planter à ce point ? J'ai ma théorie là-dessus, mais…

Il se baissa instinctivement dès que les lunettes se connectèrent. Un long poignard fonça sur lui et il répliqua virtuellement au moyen d'un couteau de tranchée au cuivre usé par les années. À travers les Viz Glass, il s'installa dans le combat qu'il voyait de la perspective d'une caméra fixée sur le casque d'un des combattants.

L'éclairage changea soudain à l'intérieur du conteneur ; toutes les trois ou quatre secondes, les lumières se mettaient à briller plus fort puis diminuaient à nouveau jusqu'à la quasi-obscurité. Les hommes semblaient porter des combinaisons de plongée tigrées, grises et noires, équipées de toute une série d'armes tranchantes. Des mini-équipements de plongée à circuit fermé de fabrication suisse, de ceux qu'utilisaient les plongeurs spéléo, étaient fixés entre leurs omoplates. Quand les lumières s'intensifièrent à nouveau dans l'aquarium, Cavendish se rendit compte qu'il ne s'agissait pas de zébrures de camouflage, sur ces combinaisons grises. C'étaient des traces de coups de couteau.

Il sentit une tape sur son épaule.

– Sir, je vous présente Aaron Best ; il faisait partie de l'équipe du DevGru[85], avec moi. C'est lui qui supervise le processus de sélection et d'entraînement, expliqua Hernandez. Je vais le laisser vous briefer sur là où nous en sommes.

– Bienvenue, sir Aeric, c'est un honneur de vous avoir parmi nous, déclara Best. Ce que vous êtes en train de regarder vise à perfectionner nos tactiques, nos techniques et nos procédures. Il s'agit en l'occurrence d'une simulation de panne partielle d'une centrale électrique. C'est pour cette raison que les lampes s'allument et s'éteignent. Nous simulons également des coupures de courant totales, ce qui donne ce que vous pouvez imaginer : un combat à l'arme blanche dans un placard totalement plongé dans le noir. C'est une séquence de dix minutes. Neuf minutes de réserve d'air sont fournies, et l'homme qui a le moins de zébrures sur sa combinaison l'emporte. Il a le droit de sortir en premier. Le perdant doit attendre que les dix minutes soient écoulées avant de quitter le bassin.

– Une bonne source de motivation, fit remarquer Cavendish.

– Il s'agit là d'un scénario à un contre un, c'est dur mais gérable. Là où ça devient vraiment compliqué pour les gars, c'est quand on les met à trois là-dedans, ajouta Best. Le dernier qui sort passe un sale quart d'heure.

– Et quelles sont ces combinaisons qu'ils portent ? interrogea Cavendish.

– C'est l'équipement réglementaire pour les sorties de reconnaissance de longue durée. Antidéflagrant. Régulation thermique, un aspect que nous avons encore accentué pour cette mission spécifique. Nous pensons que ce sera efficace.

L'attention de Cavendish dériva vers un ensemble de sept conteneurs coupés en deux et reliés les uns aux autres.

– Le bassin d'entraînement, expliqua Best. Le même concept qu'ici, sauf que là-bas, ils peuvent s'entraîner par équipes. Même protocole : dix minutes à attendre pour l'équipe perdante. C'est beaucoup plus dur, en réalité, pas seulement à cause du travail en équipe, mais aussi parce que nous avons mis un tas de débris métalliques dans le bassin pour reproduire au mieux les conditions à l'intérieur. En gros, c'est comme se battre contre un groupe de singes enragés dans les toilettes d'un avion.

Cavendish se contenta de froncer les sourcils.

Hernandez lui passa l'une des armes utilisées. C'était un couteau de tranchée à lame d'acier et manche de titane équipé d'un poing américain en cuivre, qui mesurait en tout une trentaine de centimètres. Le revêtement noir anodisé s'effritait au niveau du tranchant de la lame et du poing américain, que Cavendish examina de près avec l'autorité de celui qui avait passé toute une année, dans sa jeunesse, à accaparer le marché des sabres de combat japonais.

– C'est plus une épée qu'un couteau, commenta-t-il. Je peux le garder ?

Hernandez adressa un signe de tête à Best.

– Oui, Sir. Techniquement, il vous appartient déjà.

– C'est très aimable à vous, apprécia Cavendish.

– Nous finaliserons la sélection soixante-douze heures avant le lancement de l'opération, déclara Best. Les six meilleurs, sur vingt-quatre. Quatre feront partie du groupe d'abordage, deux resteront en réserve, au cas où.

Ce qui expliquait l'intensité du combat sous-marin auquel il venait d'assister, songea Cavendish.

– Ces hommes ont vraiment envie d'en être, pas vrai ?

– Bien sûr, sir Aeric, confirma Best. Les récompenses que vous avez offertes sont plus que généreuses, mais ce qu'ils veulent, en vérité, c'est retrouver le terrain.

Cavendish rendit les Viz Glass à Hernandez.

– Disposez-vous de tout l'investissement nécessaire en termes d'optimisation médicale des performances ? interrogea Cavendish.

Best se tourna vers Hernandez, qui hocha la tête.

– Une fois que nous aurons sélectionné nos six hommes, j'aimerais autoriser un surcroît d'augmentation cognitive, et deux ou trois autres choses que l'épicerie du Commandement unifié des opérations spéciales fournit déjà aux pilotes d'hélicos de la 116e et aux membres du Groupe d'opérations de longue durée.

– Il s'agit, j'imagine, d'une mesure permanente ? demanda Cavendish.

– Cela figure dans leurs contrats, précisa Best.

– Très bien, dit Cavendish. Hernandez fera le nécessaire. Dernière question avant que nous fassions connaissance avec l'équipe : quelque chose me turlupine depuis un moment…

– Je suis désolé de l'apprendre, sir Aeric, répondit Best. De quoi s'agit-il ? Nous avons encore le temps de rectifier cela avant le lancement de l'opération.

– Qu'allons-nous faire de tout ce sang ? demanda Cavendish. Il ne peut pas vraiment s'évacuer par les dalots du pont. Il faut que nous trouvions une solution pour nettoyer tout ça, une fois l'opération terminée.

Fort Mason, San Francisco

Jamie Simmons mâchait tranquillement ses pâtes en contemplant le mug de café qu'il avait posé sur la table.

Tout en mangeant, il se repassait les décisions du jour à bord du *Zumwalt*, tout particulièrement celles qu'il regrettait, ces *tu aurais pu* et *tu aurais dû* d'autant plus cruciaux maintenant que le temps leur était compté. Il passa en revue la journée de A à Z, mais n'arrêtait pas de revenir sur le fait qu'il aurait dû s'arrêter sur le banc du quai avant de rentrer chez lui. Il avait cédé à son désir de rejoindre Lindsey au plus vite. Mais ces cinq minutes de décompression étaient l'un des moments les plus importants de ses journées, un instant de répit qui lui permettait de remettre de l'ordre dans ses idées, une transition dans cette zone de purgatoire entre devoir et foyer. Entre guerre et famille. Il savait qu'il était à cran et n'aurait pas dû rentrer aussi précipitamment, mais les siens lui manquaient trop.

Ce qui l'amena à repenser à sa vie avant la guerre, à l'époque où il ne réfléchissait jamais à deux fois avant de manger ou jeter quelque chose, et n'avait pas à se demander si telle ou telle décision qu'il aurait pu ou dû prendre ne risquait pas d'envoyer ses hommes rejoindre les nombreuses épaves calcinées gisant au fond du Pacifique. Il s'en voulut soudain de n'avoir pas écouté son désir profond d'avant la guerre de vivre auprès de sa famille, de n'avoir pas agi avant que leur séparation ne devienne définitive.

Relevant les yeux, Jamie vit Lindsey qui l'examinait. Elle avait senti que quelque chose clochait. La tension de Jamie alimentait clairement la sienne.

– Tu as l'air fatigué, dit-elle. Qu'est-ce qui ne va pas ?

– Rien. Reprenons du début. Pardon, c'était l'une de ces journées où, tu sais…

– J'ai l'impression que c'est tous les jours, maintenant, fit-elle remarquer d'un ton légèrement agacé.

– Effectivement, reconnut Jamie. Plus nous nous rapprochons du déploiement, plus ça devient dur. L'équipage est épuisé, et les hommes savent que le bateau n'est pas encore au point.

– Ça devient dur pour tout le monde, dit Lindsey. Il faut que tu accordes un peu de temps aux enfants. Ils n'arrêtent pas de demander…

– De demander quoi ?

– Quand tu repars.

– Tu leur dis quoi ?

– Que tu devras partir bientôt, mais que ce ne sera pas pour toujours.

– J'espère que non.

– Il faut que je te demande quelque chose. J'ai laissé filer après Pearl Harbor, mais il faut que je sache, j'en ai besoin : as-tu vraiment dit à Riley que c'était terminé pour toi ?

– Bon Dieu, Lindsey. C'est si important que ça ? Qu'est-ce que ça change ? Il est mort, il s'est vidé de son sang sous mes yeux – comme je te vois là. Et toi, tu veux savoir ce qu'il pensait de ma carrière ?

– C'est important. Pour moi. Il n'y a pas de quoi…

Un grand boum puis un bruit de chute à l'étage les interrompirent. Ils entendirent un vieil homme jurer, puis Martin éclater de rire. Les yeux de Jamie se tournèrent en direction du vacarme. Lindsey baissa les siens.

– Pourquoi les enfants sont-ils encore debout ? Et qu'est-ce qu'il fait ici ? interrogea Jamie.

Il posa sa fourchette dans un cliquetis sec, et tendit la main vers son mug. Fixant Lindsey d'un regard noir, il sirota la lie froide et amère du café, qui aurait dû terminer sur le quai, à ses pieds, une heure auparavant.

– Il répare les toilettes. Ça ne pouvait plus attendre, répondit Lindsey. Il est passé nous voir l'autre jour et a montré à Martin comment fabriquer la pièce dont on avait besoin avec une imprimante 3D empruntée à l'un de ses copains du port. Ils ont passé un super moment. Je sais ce que tu m'avais dit, que tu ne voulais plus qu'il vienne chez nous, mais il voulait juste passer du temps avec sa famille avant que… Qu'est-ce que tu voulais que je fasse ?

– Tu aurais pu faire ce que j'avais demandé, cingla Jamie.

– Je pourrais te dire la même chose, rétorqua froidement Lindsey.

Il n'aurait su dire si elle faisait référence aux toilettes cassées, au temps passé avec les enfants ou à sa promesse de quitter la Navy. Cela importait peu : dans tous les cas, il savait qu'il était dans son tort. Et il n'aimait pas ça.

– Je n'ai pas le temps pour ça. Il faut que je prépare des trucs pour demain.

Il empoigna la lourde chemise remplie de rapports sur les missions confiées aux effectifs du navire et quitta la salle à manger, laissant son assiette de pâtes aux crevettes quasiment intacte, témoignage flagrant de sa contrariété.

Il remonta le couloir sans bruit, passant devant la porte ouverte des toilettes. Il avait déçu suffisamment de gens ce soir-là et espérait ne pas croiser son père, car cela mènerait inéluctablement au débat stérile qu'il venait juste d'éviter en coupant court à sa discussion avec Lindsey. Ce n'était sans doute pas une bonne idée d'aller se coucher fâchés, alors qu'il restait si peu de temps avant le grand départ. Une mauvaise décision de plus à regretter. Il tourna au bout du couloir et entra dans son bureau.

Une fois la porte fermée, il s'assit. Il tendit la main vers sa lampe de bureau pour l'allumer, mais se figea dans l'obscurité. Ses yeux s'ajustèrent peu à peu à la pénombre de la pièce, jusqu'à ce qu'il parvienne presque à distinguer les contours du dessin que son fils lui avait offert, punaisé au mur à côté de la fenêtre qui donnait vers l'ouest. C'était un magnifique navire de guerre vert, jaune et bleu, qui occupait trois feuilles de papier scotchées ensemble dans le sens de la longueur.

Selon la partie du bateau qu'on regardait, il s'agissait d'un deux ou d'un trois-ponts, armé de tourelles rouges d'où des sortes de pattes d'oiseaux jaillissaient dans toutes les directions. La coque était parsemée de cœurs roses, et un petit drapeau orné d'une étoile bleue flottait au-dessus de la poupe, avec les mots « Gagne, papa » écrit dessus. Sa femme l'avait surnommé le Bateau d'Amour et, en le regardant, Jamie sentit ses yeux se remplir de larmes.

Un cliquetis étouffé dans le couloir signala que quelqu'un venait de refermer la porte de la salle de bains. Le choc sourd des grosses chaussures de Mike sur les marches de l'escalier rassura Jamie : il n'avait plus à craindre de devoir parler à son père ce soir-là. Il s'essuya les yeux, se leva de son fauteuil et contempla la partie supérieure du Golden Gate Bridge par la fenêtre du bureau. Chaque fois qu'il voyait le pont comme ça, dans le brouillard, ses tripes se nouaient. Il savait que la prochaine fois qu'il passerait dessous, il s'embarquerait avec son père dans ce qui serait sans doute leur dernière rotation.

Hôtel Moana Surfrider, Waikiki Beach, Zone administrative spéciale d'Hawaï

« 10 heures. »

C'est tout ce qu'il avait dit en faisant glisser la carte de sa chambre vers elle, sur le guichet du comptoir de location. Rien de plus, si ce n'est un clin d'œil et un sourire, avant de s'éloigner, les cheveux encore ruisselants. Une montre de plongée Rolex en or à son poignet gauche, au bracelet un peu lâche, dévoilait une bande de peau plus claire. Il ne lui avait même pas dit son nom, persuadé qu'elle savait qui il était. Et il n'avait pas tort. Apparemment, son oncle dirigeait Bel-Con, la multinationale électronique basée à Chengdu. L'une des serveuses avec lesquelles Carrie prenait occasionnellement un café lui avait confié ce ragot dès que l'homme avait débarqué à Hawaï. « Une créature de la nuit », avait-elle ajouté en frissonnant.

Les très riches étaient comme ça, Carrie avait eu maintes fois l'occasion de le constater, quel que soit leur pays d'origine. Ils partaient toujours du principe que vous saviez ce qu'ils voulaient et qu'il suffisait de vous dire quand et où le leur apporter.

Dans ce cas précis, il n'avait pas eu besoin de lui préciser où. La carte de sa chambre s'en était chargée à sa place. Elle avait été polie pour ressembler à du platine, alors qu'il s'agissait en fait d'un aluminium bon marché. Tandis qu'elle faisait la queue devant un énième contrôle de sécurité, avant de pouvoir accéder aux ascenseurs du personnel menant aux chambres et autres suites VIP de l'hôtel, elle suivit du bout du doigt les contours des trois palmiers découpés au centre de la carte, indiquant qu'elle correspondait à la suite n° 3, située au niveau du penthouse du Moana Surfrider[86].

Le fusilier marin du Directoire qui tenait le check-point soumettait tout le monde à un scanner corporel, et les employés qui attendaient d'être scannés une fois de plus avant de pouvoir reprendre leur travail commençaient à s'impatienter. Les plus agacés étaient les serveurs, plantés là sans rien dire dans leur pantalon blanc et leurs chemisettes noires moulantes à col haut, sachant qu'on allait les réprimander pour ce retard.

Attendre, c'était le maître mot, ici. Attendre que la file avance, que la guerre soit terminée, que la mort vienne.

Carrie attendit son tour, rangeant la clé de la suite dans la poche arrière de son short, avec son badge, avant de se faire les ongles avec une lime. Le plancher du hall était tout rayé, et la moitié des lumières seulement fonctionnaient. Une négligence qu'elle avait commencé à remarquer un peu partout dans cet hôtel. Conscient de l'enjeu que représentait cette nouvelle clientèle, le personnel s'appliquait à garder toujours l'extérieur de l'établissement et les couloirs réservés aux clients plus propres et plus brillants qu'ils ne l'avaient jamais été avant l'invasion. Mais en coulisses, là où les employés travaillaient et passaient leurs journées, les locaux avaient désormais l'allure usée et déprimante de couloirs de métro.

Carrie enleva un morceau de wax coincé sous l'ongle de son annulaire gauche et s'en débarrassa d'une pichenette discrète. Après que l'homme lui avait laissé sa carte, elle s'était occupée en grattant les surfs pour en enlever la cire mêlée de sable, centimètre par centimètre.

– Suivant ! ordonna le soldat chinois.

Il n'avait pas besoin d'un boîtier de traduction ; son anglais était plus que correct. Elle lui montra son badge de l'hôtel et le remit dans sa poche arrière, puis posa sa lime à ongles sur la table et s'engagea dans le scanner.

L'appareil se mit à gazouiller comme un oiseau tropical, alors qu'elle ramassait ses affaires.

– Qu'est-ce que vous avez dans la poche arrière de votre short ? demanda le soldat.

– C'est mon badge, OK ? La lanière est cassée.

Elle lui montra de nouveau le badge, avec la clé de la chambre cachée derrière, tendant les deux cartes à bout de bras comme si elle avait été une sorte d'agent secret. Il la fit passer une deuxième fois devant le scanner, sans rien trouver. Deux des serveurs dans la file étouffèrent un ricanement.

– Et ça, c'est pour quoi ? interrogea-t-il en désignant la lime.

Il la ramassa et l'étudia attentivement.

– C'est pour mes ongles, répondit-elle, la lui prenant des mains pour la remettre dans sa poche.

– Vous pouvez y aller, dit le fusilier du Directoire, déjà tourné vers la personne suivante.

Les portes de l'ascenseur s'ouvrirent dans un frôlement et elle monta. Elle sortit sa lime et recommença à poncer, plus vigoureusement cette fois.

L'ascenseur ralentit à l'approche du dernier étage. Alors que les portes s'ouvraient, Carrie frotta légèrement la tranche de la carte métallique au creux de son coude. Elle était maintenant assez tranchante pour faire couler le sang.

PARTIE IV

« Utilisez la force normale pour engager le combat ;
Utilisez la force extraordinaire pour l'emporter[1]. »

Sun Tzu, *L'Art de la guerre*

1. Devise de l'école d'officiers de l'Armée populaire de libération basée à Nankin, inscrite sur le mur de sa bibliothèque.

65 kilomètres au nord de Thulé, République du Kalaallit Nunaat[1]

Ne sachant quoi faire d'autre, l'amiral Agathe Abelsen redressa ses larges épaules et adressa un brusque salut militaire au premier Américain qu'elle croisa.

Tout cela était déroutant. D'abord le trajet en hélicoptère puis l'atterrissage sur un terrain d'aviation aussi vaste que la ville où elle avait grandi. La tour de contrôle de cet aérodrome, que les Américains appelaient une île, dominait les lieux, plus haute que quasiment tous les immeubles de son pays d'origine. Ce navire était trop immense pour se le représenter comme un bateau ; il ne semblait même pas tanguer sur la mer.

L'Américain qu'Abelsen venait de saluer la contemplait à présent d'un regard perplexe. Le matelot de 2e classe en train de fixer au pont les roues de l'hélicoptère était aussi déboussolé que l'amiral ; il ne comprenait vraiment pas pourquoi l'officier de marine le plus haut gradé de la République du Kalaallit Nunaat, l'ancien Groenland, avait pris la peine de le saluer.

– Bienvenue à bord, amiral Abelsen, intervint le contre-amiral Norman Durant, se précipitant d'un pas martial pour rattraper la situation. C'est un réel honneur pour nous de vous accueillir à bord de l'USS *Nimitz* dans le cadre de la première opération navale conjointe entre les États-Unis et le Kalaallit.

En lieu et place d'un salut, l'amiral Abelsen gratifia Durant d'une puissante étreinte digne d'un ours blanc.

Une fois qu'elle l'eut libéré, le commandant en chef du groupe aéronaval recula d'un pas et lui adressa un salut impeccable, s'efforçant de ne pas prêter attention au reste des hommes présents sur le pont, qui observaient la scène avec stupéfaction. L'amiral dominait de quinze bons centimètres le mètre soixante-dix-huit de Durant, et elle pesait facilement vingt kilos de plus que lui. Elle avait les traits fins, d'épais sourcils et la peau très claire qui faisait ressortir le vert quasi fluorescent de ses yeux. Son manteau était une sorte de parka garnie de duvet, le genre de tenue réglementaire que les compagnies de pêche fournissent à leurs marins, mais avec, cousue sur l'épaule droite, une pièce de tissu ornée d'un drapeau rectangulaire avec, au centre, un cercle à moitié blanc et à moitié rouge. Durant, qui s'était documenté sur le Kalaallit avant d'accueillir l'amiral, savait que la moitié blanche de ce cercle, située en bas, symbolisait les icebergs et la banquise, tandis que le demi-cercle rouge, en haut, représentait le soleil se couchant dans l'océan.

– J'aurais aimé que cela ait lieu dans d'autres circonstances, Norman, répondit-elle, visiblement déjà très à l'aise avec lui. Mais ne vous inquiétez pas : nous vous conduirons de l'autre côté. Vous avez accompli notre rêve, et nous allons à notre tour vous montrer la voie.

Depuis 1721, le Groenland avait été une colonie du Danemark, et sa population avait longtemps vécu d'une pêche de subsistance. D'ailleurs, durant l'essentiel de son histoire, la moitié des revenus de l'île avait reposé sur les exportations de crevettes. À l'orée du XXe siècle, les citoyens du Danemark s'étaient mis à considérer comme un fardeau cet ultime héritage de leurs ambitions coloniales ratées (les îles Vierges, leur unique autre possession digne d'être mentionnée, avaient été vendues aux États-Unis en 1917). Ils jugeaient intolérables de devoir envoyer une subvention annuelle à mille six cents kilomètres de chez eux pour nourrir, loger, éduquer et habiller une population constituée pour l'essentiel non pas de Danois mais d'Esquimaux, selon l'appellation populaire de ce peuple autochtone.

Mais au XXIe siècle, la relation s'était inversée. Les eaux gelées situées au large de cette île immense s'étaient soudain ouvertes à cause du changement climatique, et huit gigantesques gisements de pétrole[2] y avaient été découverts, représentant au total quelque quatre-vingts milliards de barils. Les citoyens du Groenland avaient alors compris que, s'ils parvenaient à rompre l'ancien lien colonial, au lieu de partager les richesses de leur île avec six millions de Danois, ils pourraient les garder pour eux et les répartir au sein de la maigre population locale, forte d'à peine cinquante-sept mille âmes. Le Groenland, ou Kalaallit en langue inuit, deviendrait alors l'État pétrolier le plus riche de la planète.

Cependant, l'indépendance du Groenland n'était alors qu'un doux rêve, car l'OTAN ne permettrait jamais que le territoire d'un de ses membres se retrouve ainsi amputé, d'autant que la ville de Thulé, au nord-ouest de l'île, abritait une base militaire américaine d'un enjeu stratégique crucial. Mais trois jours à peine après le début du présent conflit contre le Directoire, le Conseil de l'Atlantique Nord, aile politique de l'OTAN, avait voté contre un engagement dans cette guerre qui semblait d'ores et déjà perdue dans le Pacifique. Affranchis de ces anciennes obligations d'ordre géopolitique, les stratèges américains avaient aussitôt remarqué que cette nouvelle nation potentielle disposait dans ses ports de neuf brise-glaces commerciaux, là où les gardes-côtes américains n'en possédaient plus qu'un[3], lequel datait déjà d'une soixantaine d'années et était désormais coincé dans le mauvais océan sur les quais du port de Bremerton, dans l'État de Washington.

Si bien qu'un accord avait été trouvé : les États-Unis reconnaîtraient officiellement et protégeraient la souveraineté de la République du Kalaallit, en faisant aussitôt le treizième pays du monde en termes de superficie, et le plus riche en termes de revenu par habitant. En échange, l'amiral Abelsen et la plus jeune flotte de guerre de la planète, exclusivement constituée de brise-glaces, escorteraient la Flotte atlantique des États-Unis pour ouvrir une nouvelle route maritime vers l'est.

Mont Ka'ala,
Zone administrative spéciale d'Hawaï

L'approche jusqu'au sommet de cette montagne avait demandé à Conan et aux insurgés deux jours d'une marche au ralenti. Escalader l'unique piste de terre leur aurait pris quelques heures à peine, mais ils auraient couru le risque de tomber sur les gardes du Directoire qui patrouillaient deux fois par jour au pied des parois.

À en juger d'après la douleur profonde qu'elle ressentait au coude gauche, Conan se dit que la coupure avait dû s'infecter. Après toutes ces heures à ramper sur la terre, au milieu des racines, c'était inévitable. Mais cela faisait des semaines qu'elle ne s'était sentie si bien. C'était bon de faire enfin autre chose que s'enfuir, ce qui pour elle commençait à ressembler à une défaite au ralenti. Depuis l'embuscade de l'école, les Moudj' n'avaient fait que cavaler. Mais maintenant, ils avaient une mission.

Peut-être que cela aussi, ça aidait. Le fait que quelqu'un d'autre ait pris cette décision en allégeait le poids et, du même coup, le douloureux fardeau de la responsabilité. À quand remontait donc la dernière fois qu'elle s'était contentée d'obéir aux ordres ? Jusqu'à ce que son D-Tac se mette à vibrer, l'autre jour, et qu'un drone sous-marin se pointe, elle n'avait pu s'appuyer que sur deux choses : son instinct et sa formation de marine.

Néanmoins, l'épreuve physique que constituait le simple accès à leur cible risquait bel et bien de les tuer avant que le Directoire n'ait l'occasion de le faire. Le mont Ka'ala était le point culminant de l'île d'Oahu. Du haut de ses mille deux cent vingt-sept mètres, songea-t-elle, cette montagne n'était pas si haute comparée à toutes celles où elle avait effectué des manœuvres pendant sa formation. Mais la brume sinistre qui enveloppait les crêtes accidentées de cette chaîne constituait un violent rappel de la cruauté du monde. De même que les attaques incessantes des moustiques. Seule l'importance de leur mission avait poussé

Conan et les autres Moudjahidine du North Shore à continuer de poursuivre leur ascension, minute après minute, courbés sous le poids de leur couverture de laine, mus par la volonté farouche d'atteindre leur objectif avant la nuit.

Tandis qu'ils progressaient ainsi, péniblement, elle n'avait pu s'empêcher d'admirer le ballon de surveillance du Directoire illuminé par le soleil déclinant, dont les rayons dessinaient des vaguelettes orange sur son enveloppe argentée.

– On dirait une grosse pêche juteuse prête à être cueillie, déclara Finn, qui était en train d'installer un télescope d'observation[4]. Prête à faire vos courses, *Sir* ?

Il continuait de blaguer, mais une tension palpable s'était installée entre eux depuis la fusillade à l'école, une touche de défi, ne serait-ce que dans la manière qu'il avait de lui donner du *sir*.

– Ça m'a l'air bon, répondit Conan, sans relever son insolence.

C'est ce qu'on lui avait appris à l'école d'officiers : sévir immédiatement, ou faire comme si on n'avait pas vu. Elle ne pouvait pas sévir, pour l'instant : les Moudjahidine du North Shore était une alliance trop fragile pour qu'on la fasse tenir par la force de la seule discipline. D'ailleurs, elle avait remarqué les regards des autres membres du groupe, entendu leurs murmures désapprobateurs au sujet des gamins qui avaient péri à l'école et des camarades qu'on avait abandonnés là-bas.

Elle fit signe aux trois autres insurgés de continuer d'avancer. Drapés dans leurs couvertures, censées leur permettre de ne pas se faire détecter par les caméras infrarouges, les combattants avaient l'allure informe de souches en décomposition.

– Passe-moi le silencieux, ordonna-t-elle à Finn.

Conan dégagea de son sac à dos l'arme chinoise, un fusil de précision QBU-88[5], et l'installa. Le silencieux vint se visser sans difficulté au bout du canon et, trente secondes plus tard, la lunette du fusil établissait une connexion avec le système de guidage de tir TrackingPoint[6].

– J'ai le point d'impact, annonça Finn, de nouveau tout à son travail.

La lunette de tir, qu'ils avaient volée dans un magasin de sport et de chasse, s'ajustait automatiquement aux paramètres de distance, de vent et de balistique, et était reliée à un logiciel de guidage en réseau. Où que la cible se trouve, même un tireur amateur était certain de la toucher, et ce d'autant qu'un système de verrouillage automatique empêchait l'arme de tirer tant qu'elle n'était pas pointée exactement sur la cible engagée grâce à son viseur laser.

– Vous savez, mon beau-frère avait une lunette comme ça. Vous visez, vous enclenchez et vous tirez. Ce débile pouvait zigouiller des Bambi à un kilomètre tout en sirotant sa bière Pabst aromatisée aux fruits. Et je dis ça sérieusement.

– Ça se présente comment ? interrogea Conan.

– Rien au point Alpha, répondit Finn. C'est comme pisser dans un violon… Enfin, vous voyez ce que je veux dire, hein, Sir ?

– Bien reçu, dit Conan. Tu as la cible en visuel ?

– Oui, je l'ai, confirma Finn. Vous voulez que je descende quelqu'un d'autre, pendant que j'y suis ? Un des nôtres peut-être, Sir ?

Conan ignora la pique et cala la crosse du fusil au creux de son épaule ; la lunette et le logiciel de guidage recalculèrent automatiquement le point d'impact de la balle.

– Tu as encore oublié de baisser la lunette des toilettes ? demanda Conan.

– Moi ? Jamais, répondit Finn.

– Alors ça va, tu ne risques rien pour l'instant. Et du côté du point Bravo ?

Les deux insurgés étaient en train de régler leur séquence de tirs pour que les trois balles que Conan allait tirer frappent leurs cibles respectives en un laps de temps très court. C'était un élément crucial de la phase initiale de cette mission.

Le vieux dôme du radar, sphère posée sur une sorte de treillage, ressemblait à une balle de golf crasseuse repêchée dans une fosse septique. Ce bâtiment, construit en 1942 pour faire partie du premier réseau de radars destiné à protéger Hawaï[7], était resté opérationnel durant la majeure partie de la guerre froide. Par la suite, des coupes budgétaires l'avaient mis en veilleuse pendant des décennies. Mais les sites dotés d'une vue si imprenable ne perdent jamais vraiment leur valeur. Le ballon argenté, dont la cime était ornée d'un fin sourire projeté par les derniers rayons du couchant, restait suspendu à un peu plus de cent mètres à la verticale du vieux dôme, ses capteurs scrutant l'océan sans obstacles, aux quatre coins de l'horizon.

– On est comment, au niveau du temps ? demanda Conan.

– Trois minutes, répondit Finn.

Ils tendirent leurs couvertures au-dessus d'eux et de leur matériel, et attendirent. De la sueur s'était accumulée au creux du bras de Conan et piquait son coude infecté.

De sous sa couverture, Finn lança :

– Pourquoi ne pas juste tirer sur le radar du ballon ? Ce serait beaucoup plus facile.

– Tout ce qui vaut vraiment la peine est difficile, répliqua Conan, d'une voix étouffée par la couverture. C'est ce que nous a dit un jour un vieux sergent d'artillerie.

– Donc vous êtes encore un marine, Sir ? dit Finn. Mais alors, pourquoi vous avez enfreint le principe de jamais laisser personne derrière ?

– Ce qu'on fait là est plus important, répondit Conan. La mission est au-dessus des hommes. Et puis, si on dégommait le radar, ils n'auraient qu'à ramener ce putain de ballon et à le réparer.

– C'est pour ça qu'on vous paie à prix d'or, s'amusa Finn.

– J'ignore pourquoi ils veulent qu'on le neutralise maintenant, dit Conan. Mais bon, tu dois bien avoir une idée…

– J'ai pas besoin que la cavalerie rapplique ; quelques dizaines de missiles Tomahawk, ça me suffirait. Pourquoi ils ne l'ont pas encore fait, d'après vous ? Y a qu'à appuyer sur deux, trois boutons ; c'est super facile. Parfois, je me dis même qu'un missile tactique nucléaire ferait l'affaire. Si les gens de Washington s'étaient bougé le cul quand tout ça a commencé, on n'aurait pas été obligés de se battre comme ça. Ils auraient dû régler l'affaire une bonne fois pour toutes. Allez, montrez votre jeu, bande de connards ! Au lieu de quoi, on est obligés de tirer les cartes une par une, tous les jours. Y a encore des gens qu'ont peur de mourir, là-bas ?

– Tu as répondu à ta question, fit remarquer Conan. Personne n'est aussi pressé de mourir que nous.

C'étaient des belles paroles, tout ça, mais elle savait une chose que Finn ignorait : elle était déjà morte. Depuis ce fameux jour sur la piste de la base aérienne, sa vie n'avait été qu'un long sursis. Planquée derrière l'épave de l'Osprey, elle avait décidé que quitte à mourir, autant que ce ne soit pas pour rien. Et le fait que le temps qui lui restait ne se soit finalement pas limité, comme elle s'y attendait, à quelques secondes, mais prolongé des jours, puis des mois, n'y changeait rien.

Conan sentit ses tripes se nouer, et inspira profondément. Elle relâcha l'air lentement, tout en repoussant la couverture en laine.

– Soixante secondes, annonça Finn.

Ce dernier écrasa une mouche, faisant sursauter Conan. Elle vida ses poumons, s'efforçant de maîtriser ses nerfs.

– Bon sang, Finn, arrête de bouger, grommela-t-elle, sentant un moustique lui piquer le front.

– Bien reçu, répondit Finn. Parée pour larguer le Zipper ?

Conan fit oui de la tête.

– C'est parti.

Finn s'accroupit et, d'un geste souple, lança une sorte de Frisbee en direction du ballon. Il faisait également partie des cadeaux qu'on leur avait envoyés dans le compartiment du drone sous-marin. Une fois en l'air, le disque démarra son minuscule ventilateur de propulsion et l'appareil fila jusqu'à la canopée de la forêt, où il disparut aussitôt. Le Zipper avait une autonomie de vol de vingt minutes à peine, mais l'important, c'était tout ce qu'il était capable de faire pendant sa brève vie. Ce Frisbee en fibre de carbone recherchait en effet tous les signaux électroniques des environs – notamment ceux des systèmes de surveillance protégeant le site du ballon – puis renvoyait ces signaux jusqu'à ce que ses batteries soient vides. Un voyant vert allumé sur un petit boîtier posé à côté du fusil indiquait que l'appareil fonctionnait.

– C'est le moment de souffler les bougies et de faire un vœu, non ? glissa Finn.

Le cran de sécurité du fusil cliqueta et Conan pointa de nouveau sur la cible le témoin lumineux de la lunette de tir, en guise de dernière précaution.

– Que tous nos ennemis meurent en hurlant, murmura-t-elle.

Le coup partit, le silencieux étouffant la détonation qui se réduisit à un souffle discret. Le premier tir neutralisa une caméra fixée à la tour qui dominait le site. La deuxième balle alla frapper une antenne en forme de champignon. Une troisième fit voler en éclats l'objectif d'une caméra pointée sur le ballon. Si le Zipper faisait son job, alors ils allaient pouvoir profiter encore un peu de l'effet de surprise.

– Allons-y ! ordonna Conan, coinçant la couverture sous les sangles de son sac à dos.

Ils voulurent courir, mais la végétation était si dense et les racines si traîtresses qu'ils durent se contenter d'une marche rapide.

– On y est presque, déclara Finn, portant la main à son œil droit – il venait de se faire griffer par une branche.

Conan s'arrêta pour reprendre son souffle, posant un genou à terre. La chaleur et l'humidité, et même l'altitude, étaient accablantes. Finn tendit le bras pour la relever et la traîna derrière lui, glissant sur une racine boueuse.

– Pourquoi ce foutu ballon est-il encore attaché au sol ? grommela Conan.

Tricky haussa les épaules, avec l'air honteux d'une nouvelle recrue. Hawaïenne de quatrième génération, elle n'avait que dix-sept ans et était surfeuse professionnelle sponsorisée par Billabong depuis deux ans quand la guerre avait éclaté. Le fait qu'ils l'aient emmenée avec eux prouvait à quel point les rangs des Moudj' s'étaient amenuisés. Elle tendit à Conan une hache presque aussi haute qu'elle.

– À vous l'honneur, bredouilla Tricky.

– C'est pas une foutue cérémonie, cingla Conan. Coupe-moi ce câble !

Tricky fit non de la tête, essuyant la sueur dans ses yeux.

– Très bien, alors passe-moi la hache, ordonna Conan.

La structure à laquelle était fixé le câble du ballon ressemblait à une tour Eiffel miniature. Conan dirigea la lame vers le point de jonction où était attaché le câble, et l'abattit dans un grognement sourd. Le manche de la hache était en bois, mais le tranchant était composé de diamants nano-synthétiques. C'était un modèle réglementaire de l'armée chinoise, qu'ils avaient piqué à l'arrière d'un camion militaire un mois auparavant. Conan frappa de nouveau le câble dans un cliquetis tonitruant qui fit se tendre ses camarades. D'instinct, Finn balaya du regard la clairière environnante.

– On ferait mieux de se dépêcher, dit-il.

Il consulta le boîtier de contrôle du Zipper. Le voyant était au rouge, maintenant.

Conan hissa une troisième fois la hache et percuta le câble d'acier.

– Putain, elle est coincée, râla Conan – et elle se pencha pour dégager la lame en faisant levier avec le manche.

Elle se tourna légèrement quand une volée de balles siffla tout près d'elle, là où sa tête s'était trouvée la seconde d'avant. Le crépitement furieux d'une mitrailleuse automatique retentit juste après.

– Contact ! hurla Conan.

Un drone quadricoptère apparut soudain, bondissant au-dessus de la forêt qui encerclait le site. Les éclats des détonations, telles des lumières stroboscopiques, illuminèrent le replat. Les insurgés s'éloignèrent en vitesse du point d'ancrage du câble pour se précipiter à couvert sous les arbres.

– Visez le drone ; il se concentrera sur vos tirs et pendant ce temps je m'occuperai du câble de retenue, ordonna Conan.

Elle sprinta vers la structure d'acier, hache au creux de la paume.

Finn tenta de mettre en joue le quadricoptère mais il n'arrêtait pas de le perdre, tandis que l'engin plongeait puis ressortait de la canopée. Un groupe d'intervention rapide allait forcément débarquer. Il risquait même de venir en hélicoptère et, si c'était le cas, tout serait bientôt fini. Mais si les soldats du Directoire empruntaient la route depuis le bas de la montagne, ils avaient peut-être encore quelques minutes devant eux.

Nouveau fracas de la mitrailleuse automatique du drone, qui venait de remonter au-dessus des arbres et fondait sur l'endroit où se trouvait Conan. Un éclat rouge jaillit sur la droite de Finn : Tricky venait de sortir le lance-fusées qu'ils avaient subtilisé dans le kit de secours d'un voilier. Momentanément aveuglé, le quadricoptère s'immobilisa automatiquement et se stabilisa pour redémarrer ses capteurs, selon le protocole standard. Machines à la con, se dit Finn.

Il le neutralisa à la deuxième balle, et le quadricoptère alla se crasher au milieu des arbres. Alors, une ombre immense passa au-dessus de lui : une légère brise poussait vers l'ouest le ballon, dont le ventre rebondi était légèrement éclairé par l'éclat rouge agonisant de la fusée de détresse.

Ils coururent jusqu'à l'orée des bois pour rejoindre leurs camarades. On distinguait déjà trois paires de phares en train de gravir la route du mont Ka'ala.

Là-haut, les premières étoiles brillaient, se joignant aux innombrables lumières du camp de réfugiés installé dans les Schofield Barracks, au loin. La vue portait jusqu'au faisceau oscillant du phare de Diamond Head, et Conan s'autorisa à se demander ce que les gens cantonnés là-bas pouvaient bien penser de ce ballon solitaire qui s'envolait dans la nuit.

Puis elle entendit un autre vrombissement, dans le lointain. Encore un quadricoptère, parti en éclaireur dans le noir devant les camions du Directoire.

– On bouge d'ici ! cria Conan. Et n'oubliez pas : cette fois, on reste groupés.

USS *Zumwalt*, Golfe des Farallones[8], Californie

Le capitaine Jamie Simmons marcha vers la proue, dépassant la tourelle du canon électromagnétique. Il alla se planter à l'extrême pointe du navire. La proue taillée en biseau se resserrait à cet endroit, mais il restait assez de place pour que Simmons puisse se tenir debout, bien campé sur ses jambes, et admirer le paysage tout en passant en revue les systèmes du bateau dans ses Viz Glass.

Le *Zumwalt* fendait depuis un moment les eaux étrangement calmes de la baie de San Francisco à un peu plus de dix nœuds, escorté par dix-sept unités de la Flotte Fantôme, essentiellement de vieux transports de troupe et des navires de combat amphibie. Ils avaient appareillé dans le brouillard nocturne. Pas de départ en grandes pompes, en présence de dignitaires et autres représentants de l'État. La plupart des adieux larmoyants étaient réglés depuis la veille, et ceux qui avaient cru pouvoir éviter ces pénibles conversations en tête-à-tête en prenant congé de leurs proches en ligne se retrouvaient à présent sans aucune connexion avec le reste du monde. Le navire était soumis à un silence radio total, ou EMCON A[9] : toutes ses émissions électroniques étaient suspendues, le privant de cette connectivité permanente sur laquelle reposait la pratique des militaires américains depuis des décennies. Même si des satellites ou des espions du Directoire avaient vu ce groupe naval quitter la baie de San Francisco, ils n'avaient pu glaner que de maigres informations, car les navires ne laissaient dans leur sillage aucun flot de données. Ils n'établiraient même pas entre eux un réseau local. Pour l'essentiel, comme l'avait exigé l'amiral Murray, ils n'auraient recours qu'à des drapeaux de signalisation et des flashs lumineux, ces antiques moyens de communication nautiques, afin de mieux dissimuler la position et le cap suivi par la flotte.

Les navires passèrent sans bruit sous le Golden Gate Bridge, qui était à peine éclairé par les rares voitures qui l'empruntaient à cette heure avancée de la nuit. Un échafaudage, officiellement installé en vue d'un chantier d'entretien, empêchait quiconque de filmer au passage le départ de la flotte. À l'ère des enregistrements vidéo omniprésents et des satellites espions du Directoire, c'était un retour désespéré aux premiers temps de la guerre froide.

Se tournant vers bâbord, Jamie vit blanchir à l'horizon les brisants des îles Farallon, à une trentaine de kilomètres au large de la pointe Reyes. Plus près de lui, il repéra les derniers vestiges des sillages triangulaires laissés par les trois unités qui ouvraient la marche, l'USS *Mako* et ses deux sister-ships. Ces navires de surface furtifs, sans équipage, semblaient avoir été conçus pour évoluer dans l'espace plutôt que sur l'océan. À cause du silence radio auquel la flotte était astreinte, ces navires en fibre de carbone de la classe Mako, longs de dix-sept mètres, se déplaçaient en totale autonomie, programmés pour chasser et détruire tout objet métallique naviguant à l'encontre des courants sous-marins. Tous les débats qui avaient eu lieu avant la guerre quant à savoir si l'on pouvait lâcher librement des robots sur les champs de bataille semblaient soudain moins importants lorsqu'on se retrouvait du côté des perdants. En outre, tout risque de dégâts collatéraux était exclu sous l'océan, où aucun submersible civil ne croiserait leur route par accident. Le pire que ces navires autonomes pouvaient faire, c'était balancer une torpille sur un grand requin blanc qui aurait avalé trop de plaques d'immatriculation.

Un mouvement fugace attira le regard de Jamie, qui scruta la vague d'étrave. Un banc de dauphins surfait aux côtés du *Zumwalt*. Au lieu de les regarder batifoler, Simmons se concentra sur la carte projetée à l'intérieur de ses lunettes et constata que les unités de la classe Mako parties en éclaireuses n'avaient détecté aucune mine ni aucune trace de ces sous-marins hybrides à moteurs Diesel et électrique du Directoire, particulièrement silencieux.

– La route est dégagée ? demanda Mike.

Jamie tourna lentement les épaules pour ne pas ignorer son père, mais sans quitter l'écran des yeux.

– Pour l'instant, tout va bien, répondit-il. Mais ça ne va pas durer éternellement, hein ?

– C'est peu probable, confirma Mike. Écoute, il faut que je te parle une seconde.

Jamie éteignit ses lunettes, ne voulant pas que cette conversation soit enregistrée.

– Allons à la tourelle.

Sous le vent du canon électromagnétique, bien protégé de la brise humide, Mike parla le premier. Il s'arc-bouta contre la tourelle du canon, avec une grimace qui trahissait son épuisement. Sa combinaison semblait plus large que d'habitude, remarqua Jamie, comme si son père avait perdu du poids.

– Il faut qu'on règle ça une bonne fois pour toutes, déclara Mike. On n'a pas le temps de travailler ensemble, d'exploser, de retravailler ensemble puis d'exploser encore. Deux pas en avant, tout ça…

– Je suis d'accord, acquiesça Jamie. Nous ne pouvons pas nous disputer chaque fois que nous devons passer plus d'une minute ou deux ensemble. Il faut que ça cesse. Ça ne peut pas arriver à bord de ce bateau. Cortez a déjà abordé le sujet avec moi, en proposant de vous transférer sur l'une des autres unités du groupe. Mais je vous ai gardé à bord de ce navire. Vous savez pourquoi ?

– J'aurais embarqué clandestinement, de toute façon, répondit Mike.

Jamie se fendit d'un sourire.

– Je n'aime pas l'idée d'avoir des techniciens civils à bord, mais ce bateau a besoin du Dr Li, reprit Jamie. Et elle a besoin de vous.

– Mais qu'est-ce que tu racontes ? s'étrangla Mike.

– Père, on ne doit pas raconter des conneries à un capitaine sur son propre navire. C'est vous qui me l'avez appris.

– Vern n'a même pas la moitié de mon âge…, protesta Mike.

– Vous l'appelez Vern, maintenant ? s'étonna Jamie.

– … et elle a passé deux fois plus d'années à l'école.

– Vous pouvez vous raconter toutes les histoires que vous voudrez. C'est votre problème, pas le mien. Mais j'ai besoin que vous veilliez sur elle.

– Elle est là pour montrer à tous les autres qu'ils n'ont pas à douter de... eh bien, de son droit à servir le pays, j'imagine, poursuivit Mike. L'un des gars s'en est pris à elle et...

– Oui, j'en ai entendu parler. Votre main va mieux ? demanda Jamie. Vous auriez dû me l'amener ; nous l'aurions remplacé par un autre.

– Justement, c'est ça le truc, répliqua Mike. Maintenant, pas un marin ne se comportera mieux que lui jusqu'à la fin de cette rotation. Dans la Navy que j'ai connue, on réglait directement ce genre d'embrouille, et c'était terminé. Toutes ces conneries sur la diversité et la nouvelle Navy, et Vern est encore obligée de supporter tout ça ?

– Oui, je sais. Et si quelqu'un est susceptible de la protéger sur ce bateau, c'est bien vous.

– J'ai compris, ça va. Ce serait dur pour toi, si j'étais avec Vern ? demanda Mike.

– À vrai dire, vous aurez peut-être du mal à y croire, mais, non : ce ne serait pas dur pour moi.

– Tu me détestes encore..., reprit Mike. Ça va s'arrêter quand ? Cet uniforme d'officier ne suffira pas à arranger les choses entre nous. Dans ces moments-là, je comprends même pas pourquoi tu t'es engagé.

– Donc, c'est le moment de tout se dire ? Alors, d'accord : vous nous avez abandonnés, Mackenzie est morte et tout ça a brisé maman. Mais ce n'est même pas pour ça. Ces épreuves ont fait de moi un meilleur homme que vous. Et je le prouve jour après jour.

– Bon Dieu, nous voilà revenus au point de départ, soupira Mike. Je te dirais bien d'arrêter de jouer les martyrs, mais tu n'as pas tout à fait tort : j'aurais dû être là et, moi aussi, je dois vivre avec ça tous les jours. Cette colère, cette envie de prouver que tu vaux mieux que moi t'ont peut-être mené jusqu'ici, mais il faut que tu t'en débarrasses. La guerre, ça n'a rien de personnel. Il faut purger tout ça. Maintenant. Avant que ça empoisonne le capitaine que tu devrais être.

Jamie marqua un temps d'arrêt, le regard perdu dans le vague, puis se tourna de nouveau vers son père.

– Je vous ai entendu... chef, dit-il, toujours incapable de l'appeler par ce nom qu'il avait juré de ne plus jamais prononcer, le jour où son père était parti. Rentrons. Il faut que j'aille faire un tour au centre de commandement pour m'assurer que nous n'allons pas écrabouiller l'un des Mako.

Les deux hommes marchèrent prudemment sur tribord, se protégeant du vent et évitant les embruns projetés par la houle du Pacifique, qui avait forci.

– Tu sais que j'ai raison là-dessus, Jamie, reprit Mike. Et je sais que tu fais de ton mieux. Nous pourrons en reparler quand on sera en Australie.

Jamie se pencha à l'oreille de son père, la main en coupe pour la protéger des rafales.

– Alors faudra attendre longtemps, dit-il. Ce n'est pas là que nous partons.

Tandis que son fils s'éloignait, le navire entama un long virage paresseux et Mike aperçut la lueur quasi imperceptible du soleil levant perçant à travers le brouillard. Bizarrement, l'astre se trouvait sur tribord. Ils avaient mis le cap au nord.

Centre de commandement du Directoire, Honolulu, Zone administrative spéciale d'Hawaï

Le colonel Vladimir Markov jeta un coup d'œil à l'autre bout de la pièce et fit la moue en voyant le lieutenant Jian qui bâillait. Ce garçon ne faisait même pas l'effort de dissimuler sa fatigue, ce qui, aux yeux de Markov, était une preuve supplémentaire, s'il en fallait, de la faiblesse du jeune officier, et ce au moment où, pour une fois, il avait besoin que son aide de camp/garde du corps fasse quelque chose pour lui.

– Le modèle est-il prêt ? interrogea le Russe.

– Je suis en train d'essayer de charger les dernières données, répondit Jian. Certaines d'entre elles n'étaient pas censées être mises ensemble, si bien que le système…

– C'est justement pour cette raison que nous menons cette opération, l'interrompit Markov. (Pour être un bon chasseur, il ne suffisait pas d'avoir un fusil. Il avait appris cette leçon deux décennies plus tôt.) S'il y a une chose que j'aimerais vous apprendre, c'est qu'il faut arrêter de croire que les choses ne peuvent fonctionner que de la manière dont on vous a dit qu'elles devaient fonctionner. On ne peut pas gagner une guerre comme ça. Personne n'y est jamais parvenu.

– Le modèle sera-t-il assez stable ? s'inquiéta le lieutenant Jian, ignorant le conseil de Markov – comme à son habitude.

– On va bientôt le savoir, non ? répliqua Markov. Et puis, même si ça ne marche pas, personne ne le saura. Vous n'irez pas rapporter au général derrière mon dos, hein ?

Le lieutenant Jian évita son regard.

– Bien sûr que si, reprit Markov. Faites votre boulot, c'est tout, et ne m'empêchez pas de faire le mien. Quand tout ça sera terminé, on vous demandera ce que vous avez fait pendant le conflit. Je parie que vous vous imaginiez en héros. C'est votre première guerre, tout le monde rêve de ça. Dans la réalité, cela n'arrivera pas. Mais au lieu d'être un vulgaire sous-fifre, offrez-vous un truc dont vous pourrez être fier. Ou au moins, rendez-moi fier. Il n'est pas trop tard.

Le lieutenant Jian lui lança un regard en coin, comme si ce que venait de dire l'officier russe tenait de la trahison. C'était peut-être le cas.

– Oui, colonel, comme vous voudrez, répondit le lieutenant. Le modèle est prêt, maintenant.

– Lancez-le, ordonna Markov. Allons chasser.

Les lumières s'éteignirent et ils se retrouvèrent plongés dans l'obscurité. Puis les projecteurs disposés tout autour de cette pièce sphérique se mirent à clignoter selon une séquence préétablie.

Le modèle holographique enveloppa soudain leurs deux corps. L'espace d'un instant, le lieutenant Jian contempla Markov avec stupéfaction, mais le visage tourné vers le Russe fusionna avec l'image holographique de celui du jeune fusilier marin du Directoire qui s'était fait trancher la gorge dans l'escalier du Duke's Bar, à Waikiki Beach. Encore une image atroce à oublier, songea Markov. Puis un autre cadavre se superposa à la carte ; le système avait reçu l'instruction d'extraire de la liste des victimes tous les militaires du Directoire qui avaient disparu ou été tués par d'autres moyens que des armes à feu ou des explosifs.

– Maintenant, combinez-moi ça avec une analyse des déplacements.

Toute une série de petites images semblèrent alors s'éparpiller dans la salle, comme tombées d'un tube imaginaire. Le logiciel permettait d'enregistrer et d'analyser des centaines de milliers d'heures d'images à points de vue multiples, prises en simultané. L'armée américaine s'était inspirée de procédés[10] utilisés par les chaînes de télévision pour retransmettre le Super Bowl et avait pour la première fois eu recours à ces techniques lors de la guerre en Irak. Vous aviez beau saturer toute une ville de caméras embarquées sur des drones et tout filmer, cette multitude d'images restaient inutilisables tant que vous n'aviez pas les moyens d'extraire les informations qu'elles contenaient. C'est là qu'intervenait l'intelligence artificielle : celle-ci était capable d'isoler des motifs récurrents dans le brouhaha de la vie quotidienne.

Au fur et à mesure que ces petites vignettes emplissaient la salle, les visages des soldats morts se mirent à vaciller.

– Il est en train de planter, grogna Markov. Arrangez-moi ça.

Le lieutenant Jian se précipita à travers l'hologramme, laissant derrière lui un sillage de visages tordus et de captures vidéo.

– Là, c'est bon, soupira Jian. C'était le fil des vidéos aériennes captées par les drones ; il ne veut pas se synchroniser avec celui des caméras de circulation.

Markov s'avança au centre du modèle, levant légèrement les mains au niveau de son cœur, comme s'il s'enfonçait prudemment dans une piscine gelée.

– Enlevez-moi la topographie, maintenant, et passez en mode vue aérienne.

Des visages et des noms, des chiffres et des pans de quadrillage se superposèrent à un plan en 3D d'Honolulu.

– Là, là et là. (Markov désigna des points sur la carte de la ville et de ses environs.) Ce sont les endroits où vos hommes ont été retrouvés. Là et là, ceux où ces malheureux ont disparu. Aucune femme, il faut le noter.

– Quel est le lien entre ces différents points ? demanda le lieutenant Jian. Les insurgés sont partout, ils peuvent attaquer à n'importe quel moment.

– Vous allez voir, répondit Markov. Paramétrez le modèle pour qu'il établisse une corrélation avec l'activité connue des insurgés…

Une série de lignes rouges commencèrent à se dessiner entre les points, formant un réseau aléatoire autour de Markov.

– Je ne vois pas de motif récurrent, remarqua le lieutenant Jian.

– Justement, c'est là que je veux en venir, dit Markov. Ces morts ne rentrent dans aucun des schémas habituels caractérisant l'activité normale des insurgés.

– Qu'est-ce qu'il y a de normal dans leur activité ? s'étonna Jian. Les insurgés n'obéissent à aucune règle.

Markov éclata de rire et traversa le modèle qui reliait maintenant les icônes des cadavres entre elles par des courbes aux allures d'arc-en-ciel. Sous chacune étaient suspendues les fiches holographiques, pareilles à des permis de conduire, de toutes les personnes dont l'ADN avait été détecté dans la zone concernée.

– J'ai vu bien des tueurs à l'œuvre, lieutenant. Les insurrections de ce type ont tendance à faire ressortir la part la plus sauvage de l'humanité. Des mains capables de tuer alors que leurs ongles ont été arrachés à peine quelques jours plus tôt. Des manches à balai piégés avec des cartouches de fusil. Des lames rouillées trempées dans la merde pour que les plaies s'infectent à coup sûr… Et pourtant, ils suivaient tous la même règle simple : tout est permis au nom de la liberté.

– À vous entendre, on dirait que vous les admirez, ces assassins qui tuent nos soldats comme des mouches, fit remarquer le lieutenant Jian. Ce sont juste des monstres, tous autant qu'ils sont.

– Je ne les admire pas, mais j'essaie de les comprendre, corrigea Markov. Toutefois, ce que nous avons ici est un peu différent. Pour une fois, lieutenant, vous avez peut-être raison sur un point : je crois que nous chassons effectivement des monstres. Mais pas du genre que vous croyez, et sans doute pas aussi nombreux. Sortez-moi le dossier de Carrie Shin.

– La femme de l'hôtel ? s'étonna le lieutenant Jian. S'il s'agit encore d'une de vos blagues, ce n'est pas le moment.

Le visage de Carrie Shin s'afficha sur un écran au mur. La photo avait été prise par les forces de sécurité du Directoire pour le badge d'identification spécial remis aux employés de l'hôtel Moana. Son visage hâlé rayonnait, d'une beauté stupéfiante. Mais pour Markov, quelque chose clochait au niveau des yeux et de leur expression : ils étaient presque morts.

– Retirez l'activité des insurgés.

Le tourbillon de traits rouges disparut.

– Et maintenant, cherchez-moi toutes les données de reconnaissance faciale concernant Mlle Shin.

Des images de Carrie apparurent sous la forme de minuscules photos scintillantes et de captures vidéo, l'écran Viz faisant défiler en accéléré les images prises par des caméras de circulation, les vidéos de drones qui la filmaient en train de traverser une rue, les enregistrements des check-points où elle avait montré son badge. On ne pouvait pas filmer toute la vie d'une personne, mais elle laissait des traces un peu partout. Au fur et à mesure que le modèle intégrait de nouvelles données, des lignes se formaient qui dessinaient les motifs récurrents de la vie de Carrie Shin, lesquels croisaient et recroisaient tous les lieux de disparition et de mort des victimes.

– Vous voyez la toile, maintenant ? interrogea Markov. C'est elle que nous cherchons.

– Vous plaisantez, rétorqua le lieutenant Jian. Une fille seule ? C'est juste qu'elle travaille aux mêmes endroits. Je vais relancer le système.

– Pourquoi ? Parce que la réponse ne vous plaît pas ? demanda Markov. Vous ne comprenez rien à ce que vous avez sous les yeux, pas vrai ? C'est un cas très particulier, Jian. Un véritable assassin qui se cache dans l'ombre de mort de la guerre. Une rareté, qu'il faut savoir observer et comprendre.

De fait, songea le Russe, c'était là une chose inédite. Cette guerre n'allait peut-être pas être une totale perte de temps, au bout du compte.

Il tendit la main au cœur de l'hologramme, se hissant sur la pointe des pieds, et ramena la photo vers lui, élargissant l'image de Carrie jusqu'à ce qu'elle soit plus grande que nature.

Markov se mit à faire les cent pas autour du faisceau du modèle, tâchant de se remémorer les vers de son vieux recueil de poésie, qu'il psalmodia en russe entre ses dents.

– « Avec calme il contemple également le juste / Et l'injuste, avec indifférence il note/ Le bien et le mal, et ne connaît ni le courroux ni la pitié. »

Il revint à l'anglais.

– Pouchkine aurait dû dire « elle », lieutenant, reprit-il. Ce qui caractérise un vrai professionnel, c'est qu'il est capable d'admettre qu'il se trouve en terrain peu familier – ce qui est le cas, maintenant.

– Colonel, avez-vous bu ? Je ne peux quand même pas dire au général que nous pensons que cette Américaine, cette minette de plage, a non seulement tué le fils du ministre, mais qu'elle s'en est pris violemment à tous nos soldats.

– Espèce de lâche, vous ne pensez qu'à une chose : ce que vous allez dire à votre maître. Regardez-moi ces yeux, ajouta le colonel Markov. C'est d'elle que vous devriez avoir peur.

La bouche du lieutenant Jian se tordit en un rictus méprisant et dans son regard se lisaient tous les reproches qu'il n'arrivait pas à formuler et avait encore moins le courage de prononcer.

– Nous avons beau porter un uniforme, vous et moi, nous serons toujours des proies, poursuivit Markov. De simples corps à sacrifier, aux yeux de nos dirigeants. Elle, en revanche, c'est une chasseuse, et elle porte – quoi, un bikini ? Une robe de soirée ?

Jian, l'air agacé, programma le système pour qu'il recherche l'endroit où elle se trouvait en ce moment. La dernière image enregistrée la montrait en train de descendre d'un bus à quelques blocs de son appartement.

– Vous avez posé la mauvaise question. Ce que nous devrions nous demander, ce n'est pas où elle est maintenant, mais ce qu'elle est en train de faire. Si je ne me trompe pas à son sujet, elle est sans doute repartie à la chasse… À moins qu'elle n'en revienne et s'efforce de retrouver un semblant de normalité ?

– Il se fait tard, colonel, et tout cela est une perte de temps, déclara le lieutenant Jian. Il n'est pas possible que cette femme ait tué autant d'hommes à elle seule. Nous pouvons l'arrêter, mais d'abord, il faut que je rapporte au général la manière dont vous gaspillez de précieuses ressources.

– C'est ça, courez voir votre maître, cingla Markov. Mais faites en sorte qu'un escadron se tienne prêt dans trente minutes. Et vous feriez mieux de prier pour que nous retrouvions cette veuve noire avant… (Il marqua une pause théâtrale, puis éclata de rire.)… qu'elle ne vous trouve !

USS *Triggerfish*, groupe d'intervention « Longboard »

L'USS *Mako* fila juste derrière le *Zumwalt*, dans ce qui ressemblait à ce jeu dangereux où deux voitures se foncent dessus pour voir quel conducteur flanchera le premier. Ce trimaran de dix-sept mètres avait, par définition, une coque principale flanquée de deux flotteurs, reliés par des poutrelles latérales. Cette conception, très en vogue pour les voiliers de course, permettait de gagner en poids et en vitesse par rapport aux monocoques classiques, du fait d'un tirant d'eau plus faible et d'une assise plus large. Dans les voiliers de compétition, cela voulait dire aussi qu'il y avait moins de place pour l'équipage dans les coques étroites, mais cela ne posait pas de problème pour un navire de guerre autonome.

Le chasseur de sous-marins s'éloigna à toute vitesse vers l'autre bout de la flotte et entreprit de patrouiller en décrivant un huit de circuit électrique avec l'un de ses sister-ships, l'USS *Bullshark*. Le fait d'attribuer des noms à ces unités robotisées de la classe Mako avait créé la polémique lors des cérémonies de mise à l'eau, quatre mois plus tôt. C'était un changement culturel important, et au bout du compte le secrétaire d'État à la Marine lui-même avait dû trancher : il ne s'agissait pas là de robots jetables mais de véritable navires de combat sur lesquels la flotte allait pouvoir compter pour sauver des vies. Ce jour-là, au large de San Francisco, plus personne ne contestait cette décision, tandis que ces unités à grande vitesse veillaient à tenir à distance les sous-marins du Directoire et de la marine russe.

Le *Mako* filait droit vers l'est, à plus de quarante-cinq nœuds. Le *Bullshark* ralentit, ses étraves effilées s'enfonçant légèrement dans la houle du Pacifique, puis il changea de cap, plein ouest. Les deux chasseurs avaient repéré un sous-marin Type 39A du Directoire, à dix kilomètres de là. Suivant un algorithme développé grâce à des recherches sur les habitudes de chasse des requins-taureaux[11], les deux bâtiments avaient coordonné leurs mouvements pour acculer le sous-marin nucléaire chinois en fuite. Ce dernier ignorait qu'un troisième chasseur de la classe Mako, l'USS *Tigershark*, était tapi silencieusement en travers de sa route.

À cinq kilomètres de distance, le *Tigershark* largua une torpille Mark 81[12] propulsée par un moteur-fusée. La technique de super-cavitation utilisée pour propulser l'engin lui permettait d'atteindre une vitesse sous-marine de près de deux cents nœuds, lui laissant juste le temps d'atteindre sa vitesse maximale avant de percuter le sous-marin ennemi, qu'il traversa de part en part.

Le fracas de la coque qui se brisait fut capté par les chasseurs de la classe Mako et relayé jusqu'à la salle de commandement du *Zumwalt*, tout comme le message de détresse envoyé sous la forme d'une transmission de signaux en rafale par la bouée que le sous-marin chinois en perdition avait éjectée automatiquement. Les navires du groupe d'intervention étaient désormais libérés de toute menace sous-marine, mais ils semaient des miettes dans leur sillage.

Mont Ka'ala,
Zone administrative spéciale d'Hawaï

Conan enfonça encore davantage sa joue dans la boue molle, sous les fougères hapu'u. L'instant d'avant, elle avait cru entendre le bourdonnement d'un petit drone à moteur rotatif. Oui, c'était bien ça. Le bruit de l'engin montait puis s'estompait dans l'air humide.

Elle ramena ses genoux contre sa poitrine et se recroquevilla au maximum, priant pour que la couverture de laine la protège des capteurs thermiques. C'était dans ces moments-là qu'on se sentait vraiment seul, lorsqu'on se retrouvait face à toutes les choses qu'on aurait pu faire après l'invasion au lieu de prendre les armes. Le camp de prisonniers de guerre des Schofield Barracks n'était, paraît-il, pas si mal. La Croix-Rouge s'y rendait régulièrement, comme le monde entier le voyait sur les images diffusées sur les réseaux sociaux du Directoire.

Le vrombissement s'intensifia et Conan retint son souffle, humant au passage des parfums d'orchidée et de terre mouillée. Elle sentit un moustique la piquer juste sous la mâchoire. Puis un autre. Le bourdonnement s'était tu. C'était donc ça ? Rien qu'une paire de foutus insectes ?

Lorsqu'elle s'était mise à dévaler la montagne, Conan s'attendait à se faire tuer au bout de quelques secondes. Pourtant ils étaient toujours là, bien vivants. Ils s'étaient déplacés aussi vite que possible dans l'obscurité, jusqu'à ce qu'ils entendent leurs poursuivants au-dessus de leurs têtes, et alors ils s'étaient réfugiés sous leurs couvertures, à l'abri des fougères ou dans les terriers du sous-bois. Ces couvertures étaient tout ce qui les protégeait d'une fusée-fléchette ou d'un tir de mitrailleuse automatique. Un centimètre de laine à peine, qui faisait obstacle à leur empreinte thermique.

Ils s'étaient inspirés des talibans qui utilisaient cette technique pour échapper aux drones américains lancés à leur recherche dans les montagnes d'Afghanistan. Mais trouver des couvertures de laine à Hawaï n'avait pas été chose facile. Ils avaient dû se glisser en douce dans une usine de congélation de poisson au bord de la North Nimitz Highway, où Nicks les avait troquées contre un pistolet avec le contremaître. Conan espérait que cette arme à feu viendrait renforcer leurs rangs, un jour ou l'autre. Un tas de gens disaient qu'ils attendaient le bon moment. Un podologue de Kaneohe qui avait planqué Conan et Finn dans son garage, une nuit, leur avait même montré le *newa* de son arrière-grand-père, une vieille massue de guerre hawaïenne hérissée d'une dent de requin. L'homme avait juré que ses ancêtres le verraient bientôt éclater le crâne d'un occupant avec ce casse-tête.

Bientôt. Mais ce jour finirait-il par arriver ? Conan souleva le coin de sa couverture et tendit l'oreille. Rien de mécanique ne bougeait alentour ; elle n'entendait que les bruits normaux de la forêt, la nuit. Elle redressa la tête dans un craquement de vertèbres assourdi et vit les formes fantomatiques des autres insurgés se relever autour d'elle. Elle attendit cinq minutes puis poussa un petit sifflement. Alors, tous se remirent en route à pas de loup vers la vallée.

– Belle nuit..., murmura Finn.

Elle sentit qu'il était tout près, à son odeur nauséabonde, mélange d'ammoniac et de musc.

L'instant d'après, le monde devint tout blanc.

La première explosion la souleva de terre et projeta Finn contre un tronc. Une deuxième suivit la seconde d'après et des centaines de fléchettes métalliques déchiquetèrent les arbres.

Conan regarda autour d'elle mais ne put faire le point, les yeux comme envahis de parasites blancs. Puis sa vue s'éclaircit, elle jeta un coup d'œil dans la lunette infrarouge de son fusil de précision et repéra une douzaine de soldats du Directoire qui dévalaient le sentier dans leur direction. Au loin résonnait déjà le grondement sourd d'un quadricoptère. Puis tous les soldats allumèrent leurs torches en même temps. Ils étaient sûrs d'eux, ces salopards.

Elle pointa son canon hors de l'abri d'un tronc de koa, et appuya sur la détente. La balle frappa l'un des soldats juste au milieu de la visière blindée de son casque. Elle chercha une autre cible, mais une volée de tirs faucha les feuilles au-dessus d'elle, sur sa droite et sa gauche, l'obligeant à se jeter à terre et à se laisser rouler derrière la base d'un tronc, trois mètres plus loin. Tendant prudemment le cou sur le côté, elle vit le premier soldat, avec sa visière fissurée, reculer de quelques pas avant de repartir, mitraillant à tout-va.

Qu'ils viennent. Il fallait qu'ils se rapprochent assez pour que le quadricoptère suspendu au-dessus des arbres ne puisse plus tirer sur les Moudj' sans tuer également les hommes du Directoire. Elle attendit, adossée au tronc, essuyant d'un revers de main la sueur sur son front.

L'heure était venue.

– Montana ! Montana ! Montana ! cria-t-elle pour couvrir les aboiements irréguliers des fusils d'assaut.

Elle canarda autant qu'elle put en se penchant hors de son abri, sans même regarder, puis jeta son fusil de sniper, trop encombrant. Elle se mit à courir, sachant qu'ils n'avaient aucune chance de la rattraper avec le poids de leurs casques et de leurs gilets pare-balles, de la même manière que les Moudjahidine d'antan avaient pu harceler librement les troupes américaines, qui escaladaient les montagnes d'Afghanistan avec quarante kilos de matériel sur le dos. Au bout de trente mètres, elle se planqua derrière un arbre, enleva son sac à dos et le jeta sur le sentier.

Puis elle se lança à nouveau dans la pente, plus agile maintenant qu'elle était débarrassée du sac, bondissant par-dessus les souches d'arbres et les rochers. Des branches giflaient son bras droit plié devant son visage pour se protéger.

Plus haut sur le sentier, les explosifs de son sac tonnèrent. La déflagration fit tomber Conan à plat ventre, mais les deux cents billes de céramique grosses comme des petits pois filèrent dans l'autre sens, en direction de ses poursuivants. Elle avait insisté pour que tous les Moudj' emportent les mines artisanales qu'ils avaient fabriquées, attachées à leurs sacs à dos, lors des patrouilles. Ce que Finn appelait, très justement, leur assurance-mort.

Elle se releva et dévala la montagne. Une autre détonation indiqua que la charge de Finn avait aussi été enclenchée. Cela ne lui disait pas s'il était encore vivant, mais l'explosion illumina le sentier devant elle, et ce qu'elle aperçut alors la fit trébucher, dans un effort désespéré pour ralentir sa descente sur ce terrain piégé.

Elle vit et entendit à peine la troisième explosion, peut-être la mine de Tricky, car elle fit un faux pas et roula dans la pente. Elle tenta d'agripper la boue, les pierres, les branches pour enrayer sa course folle. Ses roulades allaient s'accélérant sur cette portion plus abrupte du chemin.

Quatrième explosion.

Elle jeta un coup d'œil vers l'horizon scindé entre les derniers mètres de pente recouverts d'une épaisse végétation et le grand vide obscur parsemé de lumières scintillantes. Conan n'aurait su dire si c'étaient les étoiles ou les bâtiments de la plaine. Étrangement, son esprit se fixa sur cette question et elle se détendit, tandis que son corps perdait contact avec le sol.

Kakaako, Honolulu,
Zone administrative spéciale d'Hawaï

Le colonel Vladimir Markov salua le commando d'un geste du menton. Il était étonné que le général Yu ait donné son feu vert à la mission. C'était peut-être la perspective de devoir encore écrire une lettre à un haut fonctionnaire du Directoire qui avait envoyé son fils là pour qu'il puisse ajouter une guerre sans danger à son CV, pour ne recevoir en retour, au bout du compte, qu'un cadavre trop abîmé pour exposer la dépouille lors des funérailles. Ou bien peut-être la possibilité qu'une femme ait pu massacrer ainsi tant de ses hommes avait-elle heurté sa sensibilité de guerrier.

Un des soldats colla ce qui ressemblait à un gobelet en plastique strié sur la poignée de la porte de l'appartement. Il pressa délicatement le bouton blanc au dos de l'appareil et un léger bourdonnement se fit entendre, suivi d'un chuintement. La décharge électromagnétique envoyée par le dispositif d'effraction avait disloqué sans bruit le verrou. Il y eut un petit claquement sec quand l'homme retira l'engin, puis il fit signe à Markov d'entrer en se fendant d'une révérence exagérée, qui permit au colonel d'apercevoir le sinistre crâne peint sur le dessus de son casque d'assaut. Markov trouva l'idée idiote, sachant qu'ils s'étaient inspirés de ce fameux jeu vidéo[13] auquel ils s'adonnaient gaiement lorsqu'ils n'étaient pas de service.

L'équipe savait pertinemment que la femme n'était pas chez elle. Un scanner thermique effectué depuis l'extérieur de son petit appartement avait montré que celui-ci était vide. Le commandant du groupe s'en fichait bien. Markov savait ce qu'ils pensaient : si le Russe voulait se faire exploser par une bombe artisanale, libre à lui. Cette guerre commençait à s'éterniser, et il semblait être le seul à avoir hâte de perdre un membre.

Markov était effectivement pressé, mais ses mouvements prudents n'en laissaient rien paraître. Il laissa ses chaussures dans le couloir et se couvrit les pieds d'une paire de chaussons de chirurgien.

– Vos souliers, colonel ? demanda l'un des hommes du commando du Directoire, en anglais. Dois-je les cirer pendant que vous êtes parmi nous ?

– Assurez-vous juste qu'ils soient assez présentables pour le général Yu, répondit Markov par-dessus son épaule, au moment de franchir le seuil.

L'éclat de rire général dans le couloir l'accompagna à l'intérieur.

Il se dirigea d'abord vers la cuisine. Il n'avait jamais compris pourquoi mais, de fait, les gens adoraient planquer des trucs dans la cuisine. Explosifs au freezer. Douilles vides dans la huche à pain. Faux papiers et plaques d'identification militaires glissés dans les livres de recettes.

Il ne trouva rien. Pas de têtes dans le réfrigérateur ni de doigts mis à sécher sur le rebord de la fenêtre, ce qu'une part de lui avait envisagé.

C'était un appartement plutôt morne, sans aucun objet personnel. Une simple collection de meubles en kit, dont la plupart avaient visiblement été achetés d'occasion. Il n'y avait pas la moindre photographie nulle part.

Markov laissa échapper un soupir et plongea la main dans sa sacoche. Il enfila une paire de Viz Glass épaisses, d'un vert opaque, qui ressemblait aux lunettes de vision nocturne incassables des soldats d'infanterie. Il les alluma, et la pièce se déploya sous ses yeux aussi clairement qu'il l'avait vue quelques secondes auparavant. L'indicateur de signal montrait qu'il était connecté au routeur du véhicule blindé garé au pied de l'immeuble, où Jian l'attendait, comme toujours.

Il murmura une série d'instructions en russe et les lieux se mirent à fourmiller d'une multitude de points lumineux guère plus gros que des moustiques. Ce scintillement coagula peu à peu, parant le plancher et les meubles d'un éclat bleu-vert pareil au sillage phosphorescent d'un bateau sous la lune.

Ces stries représentaient les empreintes ADN que la jeune femme laissait derrière elle au gré de ses activités quotidiennes. Chacune était un minuscule fragment d'elle, qu'elle ne récupérerait jamais.

Markov se laissa guider jusqu'à la chambre et suivit les traces scintillantes qui contournaient le lit et le menèrent jusqu'au grand placard. Évidemment, songea-t-il : une femme aimait toujours s'occuper de ses vêtements, surtout celle-ci. Le sexisme de cette pensée le fit sourire.

Les éclats lumineux indiquaient un nœud d'activité au fond du placard, concentré pour l'essentiel sur une boîte à chaussure usée, rouge et blanche. Elle était destinée à une paire de tongs Puma pour homme, taille 45. À qui elles appartenaient, cela, il l'ignorait.

Il souleva légèrement la boîte à l'aide d'un stylo, avec précaution, pour en évaluer le poids. Elle était légère, ce qui rendait moins probable la présence d'un engin explosif. Toutefois, *moins probable* ne voulait pas dire *impossible*. Toujours à l'aide du stylo, il poussa doucement le couvercle, testant sa résistance pour s'assurer qu'il n'était pas fixé à du Scotch ou à un fil. Non, ce n'était pas le cas. Alors il dégagea complètement le couvercle et trouva à l'intérieur une brosse à cheveux glissée dans un sac congélation, et un bout de papier vert plié dans une petite enveloppe. Il porta la boîte jusqu'au lit et s'assit.

L'enveloppe était adressée à « Mon amour ». Il l'ouvrit lentement et déplia la lettre. D'autres mots y étaient inscrits, une sorte de carte d'anniversaire, puis, dans le dernier pli de la lettre, une petite lame de rasoir. Celle-ci luisait même dans la pénombre de la chambre, couverte de traces ADN. Markov remit la lame dans l'enveloppe et posa celle-ci sur le lit.

Il examina la brosse à cheveux, se demandant pourquoi elle était ainsi conservée dans un sac en plastique. Qu'avait-elle donc de si précieux ? Il la sortit du sac et l'étudia de plus près en la tendant dans la lumière.

Il la secoua délicatement juste au-dessus de l'enveloppe ; des cheveux en tombèrent. À l'aide de son stylo, il frotta les poils de la brosse ; quelques mèches supplémentaires s'en détachèrent. Il entreprit de les séparer avec la mine de son stylo, retenant son souffle pour ne pas les éparpiller. Tous les cheveux étaient courts, deux ou trois centimètres tout au plus, certains droits, d'autres bouclés, d'épaisseur variable. Il y en avait vingt et un au total.

Lotus Flower Club, ancienne concession française, Shanghai

Assis sur le rebord du lit, Sergueï Setchine contemplait les mèches bleues de Vingt-Trois qui dépassaient du drap. Sur le fond rose du tissu, ces cheveux ressemblaient à des créatures de récifs de corail, belles et fragiles. Puis, quand son poids s'enfonça dans le matelas, une tache de sang écarlate commença à apparaître.

Il resta assis, tandis que le sang se rapprochait de lui. L'avait-elle fait elle-même, ou était-ce un message qu'on lui adressait ?

Dans un cas comme dans l'autre, cela signifiait qu'il était grillé. Avait-il encore le temps de détruire ses appareils et de passer un scanner clandestin pour voir s'ils avaient implanté un mouchard ou une puce dans son corps ? Malgré l'urgence de sa situation, il se surprit à penser qu'il n'avait jamais demandé son nom à cette femme.

Les coups sur la porte l'arrachèrent à ses divagations et il redevint le professionnel du renseignement qu'il était avant d'entrer dans cette chambre. Pourquoi prendre la peine de frapper ? Pour le déstabiliser encore davantage, peut-être ? Guetter sa réaction ?

Ses yeux se tournèrent vers le coin de la pièce, où se trouvait un petit pupitre. Il ouvrit sans bruit le tiroir et trouva un stylo. Une pièce d'ivoire y était incrustée, tenue par huit pattes de métal brossé, et le stylo avait une plume en argent étincelante, rappelant l'engouement récent qui poussait les puissants de Chine à écrire de nouveau des lettres à la main, ce que personne n'avait plus fait depuis des décennies. Il allait falloir se débrouiller avec ça.

Sachant qu'on l'observait sûrement, Setchine griffonna un mot. Ils lui laisseraient certainement le temps de l'achever, pensant qu'il s'agissait d'une confession. Mais c'était juste un message en klingon leur expliquant où ils pouvaient se la mettre.

Markov regagna le lit et s'assit, puis sentit le sang chaud de la femme imbiber son pantalon. Il se pencha pour l'embrasser à travers le drap trempé. Ce faisant, il lui caressa d'une main les cheveux et posa l'autre au creux de son propre cou pour tâter son pouls au niveau de la carotide. Les yeux fermés, il s'arc-bouta et se prépara à enfoncer le stylo plume dans son artère aussi vite que possible.

La porte explosa dans un nuage de particules de bois, et l'onde de choc fit décoller Setchine du lit. Il alla s'écraser tête la première contre le miroir.

Il retomba par terre, puis se roula sur le côté, cherchant frénétiquement le stylo, ses tympans sifflant trop fort pour qu'il entende le frottement discret des chenilles de caoutchouc sur le plancher. Le robot d'assaut roula jusqu'à lui, et le canon fixé à son extrémité visa le cou de Setchine et tira.

Station spatiale Tiangong-3

Lorsqu'on retracerait l'histoire de cette guerre, les gens n'en reviendraient pas de voir à quel point, dans l'espace, elle avait été ennuyeuse.

Ils étaient les véritables « Guerriers du Nouveau Siècle de la Chine », comme le formulait le message de félicitations signé des dirigeants du Présidium eux-mêmes. Le colonel Huan Zhou le leur avait lu à voix haute alors qu'ils partageaient un repas de fête à base de porc rôti lyophilisé et de gâteaux de lune[14], au lendemain des premiers tirs du Tiangong-3. Mais au cours des mois qui s'étaient écoulés depuis, il ne s'était pas passé grand-chose dans cette boîte en métal suspendue à plus de trois cents kilomètres au-dessus de l'action.

Et Chang s'en félicitait. Si cette situation était ennuyeuse, il n'osait pas en faire état. Huan continuait de les mener à la baguette, organisant des exercices comme s'ils devaient dégommer tout le cosmos. *Il n'y a plus rien !* aurait voulu crier Chang. *Toutes les cibles ont été neutralisées.*

La seule véritable menace à laquelle ils avaient été confrontés était venue d'un chasseur de l'US Air Force – un F-15 volant à son altitude maximale, avait ensuite précisé Huan – qui avait tiré un missile antisatellite[15] sur la station. Le système de défense laser de Tiangong-3 avait envoyé le missile rejoindre ces débris qui pullulaient désormais dans l'espace, et aurait également abattu l'avion si celui-ci n'avait pas d'abord été victime d'une avarie apparemment due à l'altitude.

Le pire, dans ces rares actions, c'était qu'elles avaient été totalement automatisées. Chang aurait voulu que son fils le voie comme un héros, mais les systèmes de bord avaient planifié les séquences de tirs pendant son sommeil.

Il mangea un autre gâteau de lune et contempla avec envie l'étendue bleue du Pacifique.

– Chang, l'interpella Huan.

Il avait l'air encore plus à cran que d'habitude, ce qui était peut-être dû au fait qu'ils étaient à court de stimus depuis maintenant trois jours. Le rythme de la guerre dans l'espace était si lent qu'ils avaient épuisé leurs réserves plus vite que prévu, dans leur volonté de rester sur le qui-vive.

– Statut du réseau MAGIC ?

– Opérationnel à cent pour cent, répondit Chang. Aucune anomalie.

Hainan avait donné l'ordre de modifier les orbites géosynchrones des satellites de surveillance de ce réseau, qui gravitaient en temps normal au-dessus des zones centrales du Pacifique, afin qu'ils survolent l'Arctique. Ces instructions leur avaient d'abord semblé absurdes, jusqu'à ce qu'ils reçoivent les premiers relevés.

– Il suit toujours le groupe naval américain de la côte Est, en provenance de l'Atlantique Nord. Les mesures indiquent la présence de deux unités à propulsion nucléaire, et ces données ont bien été transmises et vérifiées. Apparemment, les renseignements qu'ils avaient étaient justes. Les Américains ont lancé une nouvelle offensive, cette fois vers le nord.

– Je les admirerais presque, reconnut Huan. Ils ont forcément conscience que ça ne marchera pas, mais leur sacrifice est louable. Rien à signaler dans l'espace proche ?

– La zone d'exclusion est respectée, répondit Chang. Le satellite de télécommunications allemand lancé depuis le Soudan la semaine dernière a fait en sorte de rester sagement à l'écart. Je crois que c'est un satellite de diffusion, mais je peux revérifier les rapports des services de renseignement.

– Oui, faites. Mieux vaut éviter les mauvaises surprises.

Le Directoire avait décrété la mise en place d'une zone d'exclusion de deux cents kilomètres autour de Tiangong-3. Les Allemands avaient visiblement retenu la leçon, trois semaines après qu'un satellite météo belge s'était égaré à l'intérieur de cette zone et avait été réduit en une boule de débris fondus par le laser de la station.

– Trafic du jour ? interrogea Huan.

– Journée tranquille, répondit Chang. Les rapports du renseignement signalent deux lancements prévus : un véhicule de ravitaillement autonome russe à destination de l'ISS et l'un de ces vols touristiques dans l'espace depuis le port spatial européen, en Guyane.

– Du tourisme de guerre, dans l'espace ! Quels idiots... Je vais contacter Hainan pour voir si nous pouvons nous occuper de cette cible, ça rendrait peut-être leur voyage encore plus excitant, déclara Huan en éclatant de rire.

Les braiements hilares de Huan étaient, pour tous les membres d'équipage, l'un des aspects les plus éprouvants de la vie à bord de cette station. Leur capitaine était-il mû par une soif de sang ou par l'ennui ?

– Et je vais me renseigner sur le ravitaillement, reprit Huan. Vous savez, Chang, un nouvel équipage va peut-être venir prendre le relais.

Rentrer à la maison.

– Je ne partirai que si vous partez, Sir, répondit Chang, espérant que ces paroles suffiraient.

Si Huan en venait à penser qu'il voulait s'en aller, Chang savait qu'il serait le dernier à quitter la station.

– Naturellement, apprécia Huan.

Chang ferma les yeux et attendit. Attendre, c'était sa grande spécialité. Il pensa à son fils : que pouvait-il bien faire à cet instant ? Avait-il les yeux fermés, lui aussi ? Chang se mit à fredonner une chanson qu'il chantait souvent à son fils lorsqu'il était bébé.

Un *bip* continu l'arracha à sa rêverie. Le système de suivi des vols avait détecté un changement de trajectoire de l'avion spatial transportant les touristes.

Chang se frotta les yeux d'un revers de main et se concentra de nouveau sur l'écran. Non. C'était impossible : l'appareil fonçait tout droit vers la zone d'exclusion.

USS *Zumwalt*, Pacifique Nord

– Stoppez la machine ! cria le commandant en second, Horatio Cortez.

Tandis que l'USS *Zumwalt* ralentissait peu à peu, la fumée noire venant de l'arrière du navire bloqua la vue sur l'étendue plane du Pacifique.

– Qui a donné l'ordre de s'arrêter ? s'étrangla le capitaine Simmons.

Il avait voulu crier mais une sorte de sifflement était sorti à la place, tant il avait le souffle court. Il venait de remonter en courant de la salle des machines, où il avait demandé aux mécaniciens de bord s'il n'y avait pas moyen de tirer de ce bateau quelques nœuds supplémentaires de vitesse maximale.

– Qu'est-ce que c'est que ce bordel, XO ?

– Il y a eu une sorte d'explosion interne, répondit Cortez, ses yeux virevoltant derrière les Viz Glass tandis qu'il parcourait le rapport automatique envoyé par les systèmes du navire, évaluant les dégâts. Le système de lutte anti-incendie fonctionne, la situation devrait être sous contrôle d'un instant à l'autre.

Une odeur de plastique brûlé envahit la passerelle.

– Aucun signe d'attaque, reprit Cortez de cette voix saccadée qui était la sienne dans les situations de stress. D'après ATHENA, il s'agirait d'une batterie qui aurait pris feu.

– Alors nous pouvons repartir, répliqua Simmons. Nous avons un horaire à respecter !

Il fit volte-face et quitta la passerelle ; il ne faisait aucun doute, dans l'esprit des officiers présents, qu'il partait identifier en personne la source de ce problème.

Alors qu'il se ruait vers les entrailles du navire, des « Capitaine ! » et autres « Dégagez ! » retentirent le long des échelles à crinoline et des coursives. Il était devancé par les cris des marins qui prévenaient leurs camarades que le capitaine arrivait et qu'il leur fallait se tenir à carreau.

Au fur et à mesure qu'il descendait vers les profondeurs du *Zumwalt*, les cris s'atténuèrent puis se turent. Un robot de lutte anti-incendie en forme de chenille le dépassa en rampant, et Simmons le suivit de près, tandis que les hommes d'équipage s'écartaient pour laisser passer cet engin furtif qui se dirigeait vers le local où était installée la batterie du canon électromagnétique.

Simmons sentit une main lui agripper l'épaule et le tirer en arrière.

– Ils l'ont déjà éteint, capitaine, annonça Mike. Le système anti-incendie du *Zumwalt* s'en est occupé. Si une seule chose fonctionne à bord de ce bateau, autant que ce soit les gicleurs automatiques, j'imagine…

– Il faut que je parle au Dr Li, pour l'aider à remuer un peu l'équipe chargée de l'alimentation électrique, déclara Simmons.

– Fiston – Sir, je veux dire –, laissez-moi m'occuper de ça. Y a pas grand-chose que vous puissiez dire, à elle ou aux hommes, pour qu'ils avancent plus vite. Faut nous laisser gérer ça, Vern et moi.

– C'est mon bateau et ma mission, chef, rétorqua Simmons.

– Je vous l'ai déjà dit : arrêtez de vous l'approprier. C'est le bateau de la Navy, pas le vôtre. C'est ce que finissent par comprendre les meilleurs capitaines. Vous pensez peut-être que certains se la coulent douce, maintenant ? Faites bosser tout le monde là-haut et laissez-moi me salir les mains ici, en bas. D'ici peu, vous serez bien assez occupé…

Jamie ne répondit pas. Il ne voulait pas reconnaître que son père avait raison.

Station spatiale Tiangong-3

– Éteignez cette foutue alarme, grogna le colonel Huan. Je les vois.

Chang le surprit en train de fouiller dans sa poche, celle située sur l'épaule, où il avait toujours rangé ses plaquettes de stimus – jusqu'à ce qu'elles soient épuisées.

Ils venaient juste d'adresser la troisième sommation aux touristes de l'espace et, une nouvelle fois, pas de réponse.

– Dois-je encore essayer de joindre le centre de contrôle à Hainan, colonel ? demanda Chang.

Il s'agissait indubitablement d'une cible civile, et la navette appartenait à une nation européenne dont les échanges commerciaux avec le Directoire représentaient des centaines de milliards. Surtout, le pays en question était un ancien allié des États-Unis qui, jusqu'ici, s'était tenu à l'écart de ce conflit. Mais ce n'était pas cela qui le troublait le plus. Détruire des satellites était une chose, mais faire sauter en plein vol un avion spatial rempli de riches touristes, ce n'était pas la guerre qu'il voulait raconter plus tard à son fils.

Huan grommela son approbation. Les réseaux de communication longue distance semblaient brouillés, car les transmissions sautaient automatiquement d'une fréquence à l'autre sans que rien ne passe.

– Tant pis. Nous n'avons pas besoin de l'aval de Hainan. Ce brouillage est la preuve qu'ils représentent une menace, fit remarquer Huan. Enclenchez le protocole de défense de la station. Paramétrez-le pour qu'il ouvre le feu à deux cents kilomètres.

– Attendez, attendez… Je capte une transmission, annonça Chang. C'est… de la musique ?

Il fit basculer la ligne sur les haut-parleurs de la station : d'abord, une suite d'accords sur une guitare, puis un roulement de batterie, avant qu'une voix rauque ne se mette à chanter, en anglais :

De nulle part[16] *a surgi un équipage de fous furieux,*
Dont la devise était : Écrasez les faibles,
Avec des os dans les cheveux,
Affamés comme des aigles
Et leur chef était le Roi des Tordus

– Quoi ? Mais qu'est-ce que ça veut dire ? marmonna Huan.

Pour une fois, il semblait n'avoir aucune réponse toute faite.

Chang lança une recherche pour comparer ces paroles à tous les fichiers codés et les transcriptions, même celles des airs militaires, supposant qu'il s'agissait là de l'hymne d'un régiment. Le résultat était encore plus déconcertant. Il n'y avait rien dans les fichiers classifiés, mais le moteur de recherche avait retrouvé le couplet sur un site Web en accès libre : c'était *Space Pirates*, la chanson d'un artiste du XXe siècle qui s'appelait Alice Cooper.

– Ici la station spatiale Tiangong du Directoire, j'appelle le vaisseau spatial non identifié, corrigez immédiatement votre trajectoire afin d'éviter notre zone d'exclusion, ordonna Chang. Si vous vous approchez davantage, nous ouvrirons le feu. Répondez pour accuser réception.

Pour toute réponse, les accords enragés de rock'n'roll résonnèrent de plus belle dans les haut-parleurs.

À la hanche, ils portaient la mort,
Ils avaient la bave aux dents,
Derrière eux une ombre de sang,
C'étaient des pirates de l'espace.

La chanson évoquait ensuite des actes de barbarie bizarres qui paraissaient complètement absurdes dans l'univers ultrasophistiqué de la station spatiale.

– Ils ne daignent même pas éteindre cette musique atroce ? s'étrangla Huan. Plus de doute, ce sont des Américains. Quelle méthode onéreuse pour se suicider…

– Ils pénétreront dans la zone d'exception dans dix secondes, annonça Chang.

– Parfait, répliqua Huan. Ça veut dire que nous n'avons plus à supporter ce boucan très longtemps.

Chang constata que Huan enfonça le bouton de tir rouge quasiment une seconde avant que la cible ne coupe la ligne imaginaire en plein cosmos. Soit la musique lui tapait sur les nerfs, soit ce salopard était vraiment pressé de tuer en vrai des humains.

Mais alors – rien.

– Le laser fonctionne ? s'étonna Huan. Ils n'ont aucun dégât apparent.

– Les capteurs ont verrouillé la cible et indiquent que le point d'impact a été touché, répondit Chang.

Huan appuya de nouveau sur le bouton rouge, plus fort cette fois, comme si ça allait le faire mieux marcher.

Là encore, la cible demeura intacte. C'était comme si aucun tir n'était parti.

– Redémarrage de tous les systèmes, ordonna Huan. Immédiatement.

– La cible décélère, annonça Chang.

– Je veux la voir de près, dit Huan, désignant ce qu'il croyait être l'avion spatial, alors que son doigt était pointé sur la cloison du module.

Les images virtuelles des lunettes de tir avaient cet effet-là sur certaines personnes. Celles-ci oubliaient purement et simplement où elles se trouvaient.

Sur l'écran, l'icône de ciblage radar céda la place à un visuel pris par le télescope de la station. Quand la navette apparut, Chang se dit que c'était l'objet le plus brillant qu'il avait jamais vu.

Derrière eux une ombre de sang,
C'étaient des pirates de l'espace.

La chanson tournait en boucle. Chang avait perdu le compte du nombre de fois où il avait entendu ces paroles.

– Redémarrage du système terminé. Reconnexion.

Huan tira de nouveau, et ils virent un rayon fulgurant et éblouissant frapper la cible, mais sans la transpercer ni la faire exploser.

– Cet engin possède une sorte de revêtement réfléchissant qui fait rebondir l'énergie du laser, dit Chang.

– Nous verrons combien de tirs il est capable d'encaisser, déclara Huan.

– Sir, la proximité de la cible nous met en danger. Plus ils seront près, plus nous risquons qu'un de nos tirs ricoche sur nous et frappe la station, le mit en garde Chang.

Huan ne répondit pas, se contentant d'appuyer sur le bouton rouge.

Le tir demeura sans effet et, par chance, le rayon laser ne rebondit pas dans leur direction. L'avion spatial finit par ralentir et s'immobilisa à trois kilomètres de la station. Il actionna ses tuyères directionnelles, projetant de petites flammes, pour se positionner sur une orbite parallèle à celle de la station, hors de l'arc de tir du laser. Tandis que la navette étincelante pivotait sur elle-même, ses ailes devinrent visibles.

– Qu'est-ce que c'est que ça ? demanda Huan, même s'il reconnaissait très bien ce qu'il avait sous les yeux.

– Une tête de mort, dit Chang. Et deux os croisés, en dessous.

C'étaient des pirates de l'espace.
Saccageant la galaxie juste pour le fun.

Soudain, la musique se tut, et la station sombra dans le silence. Une voix avec un drôle d'accent s'éleva, une sorte de mélange entre un Indien et l'un de ces nobles anglais qu'on voyait dans cette vieille série dont l'épouse de Chang raffolait, sur les domestiques d'un manoir.

– Tiangong, Tiangong, j'ai le plaisir de me présenter : sir Aeric K. Cavendish, capitaine du navire corsaire dûment enregistré, le *Tallyho*. Et je vous enjoins de vous rendre.

Ekuhai Beach, Oahu, Zone administrative spéciale d'Hawaï

Bo Dai avait grandi dans un immeuble de vingt-deux étages à Chengdu, mais le vacarme des rouleaux lui donnait toujours le mal du pays. Ce bruit rappelait au sergent du Directoire les feux d'artifice du Nouvel An lorsqu'il était enfant. Il ne l'avouerait jamais à ses camarades de régiment, mais il se languissait du pays. Les joies de ce soi-disant paradis tropical s'étaient fanées depuis longtemps, dès l'instant où l'on avait retrouvé ce pauvre Xiao Zheng mort dans l'escalier du bar, poignardé au cou.

Le corpulent fusilier marin marchait prudemment au bord de l'océan qui clapotait, posant un pied devant l'autre sur le sable renouvelé à chaque flux et reflux des vagues. Il jeta un coup d'œil par-dessus son épaule pour s'assurer que personne ne l'avait surpris dans cet accès de mélancolie. Même dans le noir, ses épaules voûtées l'auraient trahi aux yeux des camarades, qui avaient peur de lui.

C'était la beauté qui provoquait tout ça. Même s'il ne passait pas beaucoup de temps à réfléchir, il était tout de même parvenu à la conclusion que la meilleure arme d'Hawaï contre n'importe quel occupant était la beauté des lieux. Elle vous faisait baisser la garde.

Il avait dit à ses hommes installés dans des maisons en bord de mer près d'Ehukai Beach[17] qu'il allait s'assurer que les gardes postés à l'autre bout de la plage ne dormaient pas pendant leur quart. Cette mission était un intermède de repos et de relaxation après plusieurs semaines de patrouilles urbaines éprouvantes où ses hommes se demandaient toujours si ce gamin dans la ruelle était juste en train de sortir les poubelles ou s'il s'apprêtait à leur jeter un cocktail Molotov. Cette plage, que les surfeurs du coin appelaient Banzai Pipeline, était trop dangeureuse pour débarquer des hommes et trop exposée pour que ces foutus insurgés y établissent une planque. Il avait donc la certitude que l'endroit était sûr. Mais ses hommes le savaient aussi, et Bo craignait que le régiment ne se laisse aller. Dans quelques minutes, il saurait s'il fallait encore distribuer des gnons afin d'encourager ses troupes à rester vigilantes.

Quelques pas derrière Bo, à une dizaine de mètres du rivage, une paire d'antennes fines comme des pailles émergèrent des eaux agitées. Elles s'inclinèrent, puis disparurent.

Tandis que Bo poursuivait son chemin, les antennes réapparurent à trois mètres du sable, puis replongèrent aussitôt. Elles ressurgirent à l'orée des vagues, attachées à la carapace d'une petite langouste noire[18]. Celle-ci avança, tantôt en rampant sur ses huit pattes au fond de l'océan, tantôt en glissant sur la plage au gré des vagues.

Bo marchait toujours, son gilet pare-balles, son arme et son casque se découpant dans la nuit. La langouste prit en chasse sa proie, filant puis s'immobilisant, recouverte par l'écume.

Croyant entendre quelque chose, Bo se retourna brusquement. Il fit basculer ses lunettes de vision nocturne mais ne détecta aucun mouvement du côté des arbres.

Alors que la langouste piquait un dernier sprint[19] pour fondre sur sa proie, Bo pivota instinctivement, braqua son fusil d'assaut sur l'océan obscur. Rien que l'eau éclaboussant ses chaussures de combat. Il baissa son arme et se maudit d'être si nerveux.

L'eau reflua, dévoilant la petite langouste à un mètre ou deux de lui, le corps recouvert d'une sorte de papier de verre noir violacé, mat – une carapace de carbone balistique. Avant que Bo ait pu réagir, le robot lui lança une petite fléchette dans la jambe, et il s'écroula sur-le-champ. Le poison, dérivé de synthèse du venin d'un poisson de mer, lui fit perdre connaissance en l'espace d'une seconde.

Tandis qu'il gisait à plat ventre dans l'eau et se noyait, six silhouettes sombres émergèrent des rouleaux et se laissèrent porter par les vagues jusqu'à la plage. Les plongeurs passèrent lentement devant Bo, rampant vers le sable. Ils attendirent, scrutant la plage en quête d'éventuelles menaces, serrant dans leurs poings des fusils d'assaut HK 416[20] équipés de silencieux. Ils portaient des combinaisons ultrafines qui leur conféraient une empreinte thermique égale à la température ambiante de l'eau autour d'eux. Sans la bosse révélatrice d'un équipement de plongée sur le dos, ils étaient quasiment invisibles à l'œil nu. Ils avaient nagé sous l'eau une heure jusqu'à la côte sans bouteilles d'oxygène[21], le corps inondé de milliards de minuscules dispositifs nanométriques qui véhiculaient bien plus d'oxygène que des globules rouges ordinaires. Cette technologie avait été révélée à l'occasion du Tour de France, trois ans plus tôt, entraînant une suspension de la course pour une durée indéterminée, mais elle avait aussi éveillé la curiosité des directeurs de recherche militaires du DARPA, spécialisés dans l'amélioration artificielle des performances du corps humain.

Après avoir patienté dix minutes au milieu du ressac, les silhouettes sombres se faufilèrent l'une après l'autre sous les arbres. Deux d'entre elles traînèrent le corps de Bo dans la mangrove.

La langouste se remit à courir le long de la plage, remontant les traces de Bo et se précipitant dans l'eau quand la lune perçait les nuages, pour éviter les trouées de lumière sur le sable. Puis l'engin se mit à ramper prudemment, tandis qu'une silhouette solitaire ressortait de la forêt, à l'endroit où la côte décrivait une courbe.

Le robot retransmit l'image aux six hommes qui s'étaient mis à couvert dans les bois. Même sur les petits écrans de leurs lunettes de combat, ils perçurent la fatigue de la personne qui venait d'émerger des arbres. Ses habits étaient déchirés, et elle boitait.

Le robot se précipita puis s'immobilisa de nouveau à trois mètres derrière elle. L'un des plongeurs souffla un mot de passe par le biais de la minuscule enceinte incrustée dans la carapace du robot.

– Station de Sugar Bowl.

– Meilleure neige au mois de février, répondit la silhouette, et elle se retourna lentement, braquant une mitraillette chinoise QBZ-95 à hauteur de hanche.

Puis, baissant les yeux, elle repéra le minuscule robot.

L'un des membres du commando était planté quinze mètres plus loin, les deux mains en l'air, paumes ouvertes. Il resta immobile jusqu'à ce qu'elle baisse son arme.

– Aloha, bienvenue au paradis. Je suis le lieutenant Doyle, du 22e régiment d'aviation du Corps des Marines, mais plus récemment, hem, j'ai été affectée au sein de ce que nous appelons les Moudjahidine du North Shore.

– Nous connaissons bien votre travail. Bon sang, vous êtes une vraie célébrité au pays, miss « Meurent en Hurlant » ! répondit l'homme, qui portait une combinaison de plongée au camouflage vert, gris et noir. Moi, c'est Duncan, membre du club de canoé de Dam Neck, et fier de l'être. C'est un honneur de faire votre connaissance.

Conan médita sur la référence à Dam Neck, en Virginie, où se trouvait la fameuse base de l'US Navy, et sur le fait qu'il n'avait pas précisé son nom de famille, ni son grade.

– On m'envoie la Team Six des SEAL pour une opération d'extraction ? Je crois que c'est moi qui devrais me sentir honorée.

– Je crois qu'il y a un malentendu, lieutenant Doyle, répliqua Duncan. Qui a dit que nous étions là pour vous extraire ? Au contraire, nous sommes venus en éclaireurs.

Navette *Tallyho*, orbite terrestre basse

Sir Aeric K. Cavendish contempla le casque posé sur ses cuisses puis le fit rebondir sur son genou comme un ballon de football. Le casque se mit à dériver dans l'air puis ricocha contre ce qui aurait été le plafond si le haut et le bas existaient ici. C'était son premier voyage dans l'espace et il lui procurait un bonheur encore plus grand que son match dans les buts contre l'équipe de Leeds, qui avait été jusqu'ici le summum d'une existence de milliardaire pourtant riche en plaisirs divers et variés. L'apesanteur était remarquable. Ici, son corps, qui avait toujours été une source de déception intime, n'était plus un fardeau.

Le *Tallyho* avait d'abord été le *Virgin Galactic 3*[22], un avion spatial conçu pour décoller comme un appareil classique avant de se mettre en orbite autour de la Terre. Cavendish l'avait eu pour une bouchée de pain après que son ancien propriétaire avait disparu dans un accident de ballon. Il l'avait acheté en partie par admiration pour cet homme dont le mode de vie avait été pour lui une source d'inspiration, mais aussi parce qu'il n'avait pu résister à ce prix alléchant. Même un milliardaire ne pouvait pas cracher sur une si bonne affaire, surtout quand il s'agissait d'un appareil unique au monde.

Il admira l'aile de l'avion à travers le hublot. La seule fois qu'il avait vu quelque chose de si brillant, c'était ce collier qu'il avait offert à Miss Ukraine après avoir forcé le gérant de la bijouterie Harry Winston, dans le quartier londonien de Mayfair[23], à ouvrir sa boutique à 3 heures du matin. L'expression sur son visage lorsqu'il avait accroché la parure à son long cou de cygne avant de tourner les talons et de la planter là n'avait pas de prix, même si les tabloïds avaient évoqué une facture de quatorze millions de dollars. Il était persuadé que cette anecdote figurerait dans sa nécrologie, qui, avec un peu de chance, ne serait pas publiée avant longtemps. Ce qui n'y serait pas précisé, en revanche, c'est que la visite que lui avait rendue Miss Ukraine deux nuits plus tard avait fait de ce cadeau extravagant un investissement fort rentable.

Mais non, cet objet-là était plus brillant, dans tous les sens du terme. La surface du *Tallyho* était en effet recouverte de nanodiamants fabriqués tout spécialement et incorporés à l'enveloppe en composite de l'appareil. Le pari, et les ingénieurs recrutés par Cavendish lui avaient juré que les données scientifiques étaient fiables sur ce point, c'était que ces diamants allaient rendre le laser du Tiangong impuissant. Toutefois, ce revêtement ne fonctionnerait que brièvement car, chaque fois que le rayon laser frapperait la surface de la navette, il ferait fondre imperceptiblement les matériaux composites et les diamants incrustés dedans. Ce qui écartait tout usage militaire, bien sûr. Ce coup-là ne pouvait fonctionner qu'une fois. Mais comme avec Miss Ukraine, c'était un pari qui en valait le coup.

Tout comme la visite de Miss Ukraine, la source d'inspiration de ce revêtement en diamants n'avait pas été divulguée. Mais dans ce cas précis, c'était à cause de sa banalité : cette idée lui était venue lors de la vente aux enchères des biens d'un célèbre rappeur devenu magnat de la mode, qui avait fait faillite. Sertir de diamants toute la carrosserie d'un SUV Cadillac Cascade était sans aucun doute de très mauvais goût, mais cette vision l'avait frappé[24].

Cavendish étudia son reflet sur le casque qui flottait de nouveau devant lui, puis consulta encore une fois sa montre et sourit.

– Il semblerait qu'ils ne soient pas dans de très bonnes dispositions, déclara sir Aeric. Messieurs, lança-t-il à la cantonade, j'aimerais que vous m'aidiez à chasser ces squatteurs de ma propriété.

– Vous avez entendu sir Aeric, les gars, dit Best. C'est l'heure de la promenade.

À l'angle de Mission Street et Kawaiahao Street, Honolulu, Zone administrative spéciale d'Hawaï

Vingt et un meurtres. Vingt-deux si l'on comptait l'unique cheveu brun de cet officier américain fiché comme disparu dans la base de données du Directoire. Avait-il été sa première victime ? Ou bien était-il tombé au combat ? Cela avait-il suffi à déclencher cette folie en elle ? Ou bien y avait-il d'autres raisons ?

Markov se tourna vers la vitre de la voiture pour contempler cet ensemble de bâtiments peu élevés, dont les contours se découpaient vaguement dans la nuit. Ses yeux dérivèrent jusqu'à la silhouette floue du clocher – c'était comme entrapercevoir un poignard dans la nuit. Les insurgés avaient détruit le transformateur du quartier, et les pièces détachées commandées à Shanghai ne seraient pas livrées avant une semaine, au bas mot. Mais dans leur ressentiment, les gens d'ici considéreraient cela comme une victoire, s'infligeant des souffrances dans le seul but de pousser l'autre camp à redoubler d'efforts pour mériter un amour qui ne viendrait jamais[25]. C'était l'essence même de toute insurrection.

Il se demanda si la femme était vraiment là-dedans. Un mini-drone du Directoire qui effectuait une patrouille de présence autonome l'avait filmée en train de marcher dans cette rue, puis d'entrer dans ce petit bâtiment en bois. La miniaturisation du drone limitait ses capacités d'analyse des données, ce qui voulait dire que l'engin était obligé d'envoyer son flux vidéo à un centre de traitement tout en poursuivant son balayage. La confirmation de la reconnaissance faciale de Carrie Shin était tombée sept minutes plus tard, ce qui, dans une chasse à l'homme, représentait une éternité.

Il fallait qu'il parle à cette femme. Si quelqu'un valait la peine d'être compris dans cette guerre, c'était bien elle. Qu'espérait-il découvrir ? Qu'ils se ressemblaient, elle et lui ? Qu'ils étaient tous les deux des chasseurs ?

Markov descendit de la Geely, prenant soin de laisser la berline entre la cible et lui. Les hommes du commando du Directoire accroupis derrière leurs pick-up Muraille banalisés[26] avaient l'air tendus. Encore heureux, songea-t-il. Ils sont sur le point de prendre d'assaut une église.

– Tout le monde est prêt ? demanda-t-il. Et souvenez-vous : cette Carrie Shin, il nous la faut vivante. Vous savez à quoi elle ressemble.

Il s'interrompit et tapota la grande visière opaque remontée sur le dessus de son casque d'assaut.

– Je serai connecté au fil tactique avec vous, alors faites suivre dès que vous l'avez en visuel.

– Tout le monde est en position, Sir, répondit l'un des soldats. Nous n'attendons plus que votre ordre.

Avant que Markov ait pu répondre, un crissement de pneus fit sursauter les hommes, et tous les membres du groupe d'intervention se retournèrent, armes braquées sur le véhicule à l'approche. C'était un convoi de SUV Geely blindés, flanqués de deux transports de troupes blindés. Les soldats remarquèrent aussitôt les drapeaux fixés aux ailes avant du troisième véhicule.

Évidemment : le général Yu voulait qu'on sache que c'était lui, confondant courage et bêtise. Le bourdonnement cadencé des hélicoptères d'attaque vrombissait à présent au-dessus d'eux. Un escadron de gardes du corps descendit sur la chaussée et prit position tandis que le général Yu bondissait hors du véhicule, agitant son pistolet en l'air comme s'il menait une charge de cavalerie. Accroupi quelques pas plus loin, l'un de ses aides de camp filmait le général en contre-plongée, dans le but de le faire paraître encore plus grand dans les clips vidéo envoyés au pays. Cet homme était littéralement un géant, de ceux qui se fichent bien de savoir ce qu'ils piétinent.

– Faites reculer tout le monde, colonel, de l'autre côté de la rue, ordonna-t-il, prenant possession de la scène comme si cela lui revenait de droit, sa voix impérieuse tonnant comme s'il s'apprêtait à lancer des milliers de soldats dans la bataille.

– Sir, les hommes sont déjà en position, protesta Markov.

Le général baissa les yeux vers la caméra et fit la moue, rengainant son pistolet. Markov le regarda innocemment et lui demanda :

– Voulez-vous donner le signal de l'assaut, général ?

– Non, colonel. J'ai dit : faites-les reculer. Nous allons détruire tout le nid. Mes hommes assassinés le méritent bien, déclara le général Yu.

Puis la voix d'un pilote d'hélicoptère résonna dans les casques des hommes du commando qui s'étaient rassemblés.

– Ici Dragon Vert Six. Cible verrouillée, largage dans trente secondes, annonça-t-il.

– Général, je le déconseille formellement, intervint Markov. Nous avons besoin d'elle vivante. Il nous faut obtenir des informations. S'appuie-t-elle sur un réseau ? Agit-elle seule ? Quels liens entretient-elle avec les insurgés ? Je dois absolument l'interroger. Si vous faites tout sauter d'ici jusqu'à Shanghai, cette opportunité sera perdue.

– Je n'ai pas besoin de savoir, rétorqua Yu. Je n'ai pas besoin d'une poule. La menace doit être éliminée. Totalement. Quand la fumée retombera, nous saurons tout ce que nous avons besoin de savoir : qu'elle est morte.

Le vrombissement de l'hélicoptère d'attaque changea soudain de tonalité, signe que l'appareil entamait son plongeon vers l'église.

– Cette histoire va se retourner contre nous en termes de publicité. Raser une église, juste après avoir lancé cet assaut contre une école, qui a tué tous ces enfants… Nous allons nous mettre à dos l'ensemble de la population. On ne peut pas faire un tel massacre, pas pour une seule personne. C'est une carte que seul peut jouer celui qui est en train de perdre…

– Ce n'est pas pour une seule personne, répliqua le général Yu. C'est pour mes vingt et un garçons qui se sont fait trucider. Je refuse d'écrire ne serait-ce qu'une lettre de plus à cause de cette fille. Et c'est justement à cause de ce qui s'est passé dans cette école que nous n'allons pas entrer dans cette église et perdre encore plusieurs de mes hommes. Vous vouliez que je comprenne mes ennemis ? Eh bien, il est temps qu'ils me comprennent, moi.

Markov tenta de hurler une dernière protestation, mais l'approche assourdissante de l'hélicoptère biturbine étouffa tout.

Il jeta un coup d'œil vers l'église et vit une jeune fille, treize ans peut-être, sortir d'une dépendance en traînant par la main deux petits garçons et se diriger vers la salle paroissiale pour s'y réfugier. Alors qu'ils poussaient les grandes portes en bois, l'un des petits garçons se retourna vers eux et leva les yeux sur l'hélicoptère figé en stationnaire, jusqu'à ce que la fille le tire à l'intérieur.

Markov se tourna vers Yu pour lui faire entendre raison, mais constata que le général était déjà remonté dans son SUV, qui faisait marche arrière. De colère, il abattit sa main sur la vitre du véhicule. Au moins, le général entendrait ça.

L'un après l'autre, deux missiles scintillèrent sous les ailes malingres de l'hélicoptère. Markov ne put rien faire d'autre que se précipiter derrière le pick-up le plus proche pour se mettre à couvert. Il se retrouva assis face à la rue qu'ils venaient de remonter, dos aux explosions qui retentissaient derrière lui. Il avait pourtant assisté à bien des carnages à la guerre, mais pour une raison qui lui échappait, cette fois, il fut incapable de regarder. Cela ne servait plus à rien. La chasse était un fiasco, les leçons qu'il avait apprises au cours de sa carrière n'intéressaient plus personne.

Laboratoire de recherche 2167, Shanghai

Le fait qu'il ne sente pas la perceuse en train de forer l'arrière de son crâne rendait ce bruit encore plus terrifiant.

Les yeux de Setchine balayèrent la pièce, en panique. Il tenta de tourner la tête, mais il ne pouvait pas bouger. Tout ce qu'il pouvait voir, c'était l'écran d'ordinateur devant lui ; on y apercevait un chirurgien en train de percer un crâne rasé. Un petit nuage de poussière d'os s'élevait de la mèche enfoncée dans le crâne, sur l'écran. Puis celui-ci se retrouva couvert d'une fine couche de poudre blanche jaillie de sa propre nuque. Il tenta de cligner des yeux, en vain. Quelqu'un hors de son champ de vision fit couler un liquide dans ses yeux et épongea les gouttes qui débordaient.

Une deuxième fois, puis une troisième, la perceuse s'enfonça dans le crâne sur l'écran, soulevant de nouveaux nuages de poussière. Il aurait voulu fermer les yeux pour ne plus regarder, mais c'était impossible. Après la deuxième dose de collyre dans ses yeux, il comprit que c'était parce qu'il n'avait plus de paupières. À vrai dire, il n'avait d'autre choix que de regarder le chirurgien enfoncer des câbles de fibre optique dans les trois trous percés dans sa boîte crânienne. Il savait que ces fils contenaient chacun plus de cinq cents électrodes, chacune aussi fine qu'un cheveu humain, qui allaient se connecter aux signaux électromagnétiques de ses neurones.

Le chirurgien, si on pouvait l'appeler ainsi, disparut soudain de l'écran. Setchine entendit se rapprocher le bruit des roues métalliques contre le carrelage. Puis le chirurgien apparut devant lui, poussa un chariot sur lequel était posée une petite boîte, d'où sortaient des câbles de fibre optique qui faisaient le tour de sa tête. Deux mains robotisées étaient reliées par des fils à la petite boîte.

Setchine sut qui était cet homme avant même qu'il ne retire son masque de chirurgien.

– C'est un plaisir de vous rencontrer, général Setchine.

Le Dr Qi Jiangyong se dressait devant lui avec la posture bien droite, longtemps pratiquée, d'un professeur d'université – ce qu'il avait été avant que ses recherches dans le domaine des neurosciences ne persuadent le ministère de la Sécurité publique de le recruter.

Setchine ne répondit pas ; il s'efforçait d'emmener loin son esprit, de confiner ses pensées ailleurs, dans un lieu d'une intensité absolue, comme on lui avait appris à le faire lors de sa formation. Il pensa à la peau de Vingt-Trois, se perdant dans sa jouissance imaginaire.

– Bien joué, général, comme vous êtes censé le faire, apprécia le Dr Qi. Donc, visiblement, vous avez reconnu la technologie Braingate. Encore quelques secondes et je procéderai au test de modulation.

Markov sentit le souffle chaud de Vingt-Trois au creux de son cou, puis son doux murmure dans l'oreille ; son corps se contracta.

– Voilà, c'est parti. Connexion établie. Je vous prie de m'excuser, général, car visiblement vous prenez du bon temps. Mais il faut bien commencer...

Brusquement ramené à l'instant présent, Setchine remarqua que les deux mains métalliques[27] devant lui s'étaient mises en mouvement, comme si elles caressaient le vide.

– Ah, nous y voilà.

Les deux mains interrompirent leurs gestes cadencés puis tentèrent de s'en prendre au Dr Qi. Leurs doigts se tendirent, désespérés, mais leurs efforts pour étrangler le praticien demeurèrent vains, puisque les mains robotisées étaient fixées au chariot par un poignet artificiel.

– Nous pouvons commencer, maintenant, général ?

Qi se lança alors dans une présentation qu'il avait faite des centaines de fois, d'abord devant ses étudiants, puis en présence des fonctionnaires du Directoire qui avaient financé ces recherches, et désormais à ses cobayes. C'était autant un rituel qu'un protocole qu'il se sentait obligé de suivre. Il éprouvait le besoin d'enseigner alors même qu'il était en train d'apprendre.

– Le cerveau humain est l'ordinateur le plus puissant au monde. Et si nous voulons percer ses secrets, nous devons le traiter comme tel. Les neurones de notre cerveau communiquent entre eux, chaque signal étant diffusé selon une fréquence différente. C'est ce qu'on appelle les ondes cérébrales. Ces ondes, qui se présentent déjà sous forme électrique, véhiculent ce que nous croyons être nos pensées, qu'elles soient conscientes ou inconscientes. Elles véhiculent nos souvenirs, nos réactions instinctives et tous les systèmes d'exploitation du corps – absolument tout, depuis vos peurs les plus enfouies jusqu'aux ordres lancés par votre cerveau par exemple à vos poumons, pour qu'ils respirent. Ce ne sont que de vulgaires signaux électriques.

Setchine ne put que regarder les deux mains devant lui se refermer en poings, serrés de colère.

– Le défi n'est pas seulement de convertir ces ondes électriques en signaux susceptibles d'être déchiffrés par une machine, mais aussi de pouvoir isoler ceux que nous cherchons parmi les milliards d'autres qui parcourent à chaque instant le cerveau. L'une des manières d'opérer une telle jonction avec le cerveau, de manière non invasive, consiste à se brancher de l'extérieur sur ces ondes cérébrales. Un électroencéphalogramme, ou EEG, c'est ce qu'utilisent la plupart des chercheurs. En gros, cette méthode revient à capter les signaux électriques qui circulent dans le crâne. Mais cette technologie demeure cependant limitée par le fait que l'appareil n'est pas directement relié au corps ; elle permet seulement d'observer les choses de l'extérieur. L'EEG fournit une représentation très insatisfaisante de ce que fait le cerveau. Avez-vous déjà porté des lunettes ? Ah, je constate que non. Eh bien alors, laissez-moi vous dire qu'avoir recours à un électroencéphalogramme, c'est comme regarder le monde non seulement sans la clarté qu'offre une correction optique, mais avec des verres mal adaptés à votre vue[28].

Les mains se détendirent et restèrent immobiles. Setchine tenta de nouveau de se perdre dans ses souvenirs de Vingt-Trois, passant un doigt imaginaire sur son tatouage.

– Quand j'ai décroché mon doctorat, les recherches de pointe consacrées aux interfaces cerveau-ordinateur commençaient à s'intéresser à la possibilité d'une liaison physique. L'idée de se connecter directement au cerveau est née en Occident. Pas dans un laboratoire de recherche, mais, comme on pouvait s'y attendre, dans l'esprit d'un artiste. Nous savons que vous êtes un grand amateur de science-fiction. Avez-vous lu ce roman de William Gibson publié en 1984, *Neuromancien*[29] ? Si ce n'est pas le cas, je vous le recommande chaudement. Moins pour l'intrigue, d'ailleurs, que pour la vision qu'il véhicule. Dans un futur imaginaire, des hackers branchent des fils sur leur cerveau pour se connecter à un monde virtuel que Gibson appelle *cyberespace*. Oui, ce même terme que nous employons aujourd'hui pour décrire la réalisation de cette idée visionnaire.

Les mains se mirent à caresser le vide.

– Évidemment, ce concept restait à l'époque encore purement théorique… (Le Dr Qi remarqua le geste des mains, interrompit son discours et tapa des instructions sur le clavier de l'ordinateur.) Écoutez-moi bien, s'il vous plaît. (Les mains robotisées cessèrent de bouger et se serrèrent de nouveau en poings.) Jusqu'au jour où des chercheurs de l'armée américaine ont trouvé des cobayes volontaires parmi leurs soldats paralysés. Grâce à la technologie Braingate, ils ont implanté une puce électronique dans le cerveau d'un jeune paraplégique, et ont enregistré les signaux électriques émis par les neurones. C'était une avancée prodigieuse. Comme enfiler des lunettes avec les bons verres correcteurs : désormais, ils voyaient tout ce qui, jusque-là, leur avait échappé. Bientôt, ils ne furent plus seulement capables d'enregistrer les signaux, mais également d'isoler ceux que le cerveau émettait quand le jeune homme visualisait les mouvements de ses bras ou de ses jambes, alors que les connections avec ces membres étaient désormais coupées.

Le Dr Qi se tut et tamponna le front de Setchine avec un linge, épongeant les gouttes de sueur qui s'étaient agglutinées juste au-dessus de l'endroit où ses paupières auraient dû se trouver.

– Au bout d'à peine trois jours d'une étude qui était censée s'étendre sur douze mois, ils ont fait une autre avancée majeure : par le simple fait de se représenter la chose, le jeune homme a réussi à déplacer un curseur sur l'écran d'un ordinateur. C'est un monde entièrement nouveau qui s'ouvrait. Bientôt, le jeune paralysé a pu actionner une main robotisée, surfer sur Internet, envoyer des e-mails, dessiner et même jouer à des jeux vidéo rien qu'en y pensant. Ce travail a servi de base aux dispositifs prothétiques actuels. De fait, ce que vos « mains » sont en train d'expérimenter sous vos yeux, c'est exactement le même genre de lien que celui qui a été forgé pour la première fois entre l'homme et la machine, il y a de cela des années. Je trouve que c'est un test utile, car il fournit la preuve que le système fonctionne. La preuve pour moi et, ce qui est plus important, pour vous.

Setchine essaya de concentrer son esprit sur Vingt-Trois, mais se rendit compte qu'il n'arrivait plus à faire remonter ses souvenirs. Puis il éprouva malgré lui le besoin d'actionner l'une des mains robotisées. Mais pourquoi ? Il n'avait pas envie, pourtant, de bouger sa main.

– Ah, vous êtes sûrement en train de vous demander : en quoi cela me concerne-t-il ? Interrompons-nous un instant, le temps que les ajustements commencent à faire effet...

La moitié du cerveau de Setchine s'efforçait de penser à Vingt-Trois, à son souffle, sa peau, ses cheveux, n'importe quoi, tandis que l'autre moitié semblait ne vouloir qu'une chose : bouger les doigts de la main droite, puis de la gauche.

– Eh bien, c'est là que mes propres recherches entrent en jeu. Voyez-vous, outre l'analyse en temps réel de l'activité des neurones pour transmettre les mouvements, nous avons entrepris d'étudier d'autres possibilités d'interfaces cerveau-ordinateur.

Sous les yeux de Setchine, tous les doigts des mains robotisées se mirent à gigoter, son esprit leur ordonnant avec une même intensité de bouger et de ne pas bouger.

– Les données qu'on peut analyser peuvent aussi être modifiées. Ce qui fonctionne pour un ordinateur fonctionne également pour les signaux émis par votre cerveau – nous pouvons modifier les ordres qu'il envoie à vos membres, vos souvenirs et, surtout, votre volonté.

À l'angle de Mission Street et Kawaiahao Street, Honolulu, Zone administrative spéciale d'Hawaï

Pendant près d'une heure, l'église continua de brûler, malgré les quantités d'agents extincteurs vaporisées sur l'incendie. Les flammes crépitaient, s'élançant vers le ciel et menaçant tous ceux qui s'approchaient assez pour sentir la chaleur du brasier.

Le premier à pénétrer à l'intérieur fut donc une machine. Le robot-araignée d'un mètre cinquante de haut[30], aux pattes peintes en noir mat, avait un air terrifiant même si son objectif premier avait été de sauver des vies. Des ingénieurs japonais avaient déterminé que la morphologie arachnéenne était la mieux adaptée pour escalader les décombres et y chercher des survivants[31] à la suite d'un séisme ou d'un tsunami. À Hawaï, les techniciens du Directoire s'étaient rendu compte qu'on pouvait également se servir de ces robots sur les lieux de sinistres pour « localiser les éléments biologiques » – euphémisme désignant le fait de passer au peigne fin les débris des destructions provoquées par les hommes afin de ramasser et d'identifier les cadavres.

Markov enfila son casque bourré de capteurs et suivit pas à pas l'avancée du robot-araignée. Tandis que l'éclaireur mécanique fouillait méthodiquement les décombres, Markov étudiait ses relevés sur l'affichage tête haute de sa visière. Il toussa et cracha des glaires âcres. Même à distance, la fumée et l'odeur étaient à peine supportables. Les membres du commando étaient équipés de masques à oxygène, mais lui non. Un mouchoir blanc devant sa bouche : c'était tout ce dont il disposait pour ne pas ingérer les relents de chair brûlée, de plastique fondu et de bois calciné.

Le robot-araignée se fraya un chemin dans l'église en ruine. Il déplaçait ses huit pattes avec un aplomb et une régularité dont aucun être humain n'aurait été capable sur pareil terrain. Chaque patte se terminait par un bloc aplati qui s'ouvrait sur une pince à huit doigts à l'allure délicate. Pendant que l'araignée de métal se tenait en équilibre sur cinq, quatre ou même trois pattes, selon l'angle de son corps, les autres membres fouillaient les débris tel un chercheur d'or retournant chaque pierre. De temps à autre, une de ces pinces se rétractait précipitamment à l'intérieur du corps, puis reprenait la chasse. Dans le ventre du robot, les fragments d'os et de chair récoltés étaient scannés pour déterminer leur profil ADN, puis stockés pour être ensuite reconstitués à la morgue.

Tout cela était tellement rationnel, tellement intelligent. Markov se demanda si, un jour prochain, on ne serait pas capable de fabriquer un robot-araignée si intelligent qu'il ferait des cauchemars. Son cœur battait à tout rompre, et il avait besoin d'eau.

Tout à coup, un message s'afficha sur la visière de son casque. Un ADN avait été identifié. Une fenêtre pop-up apparut : l'élément en question et l'identité de son propriétaire.

Un doigt calciné, appartenant à une certaine Carrie Shin, résidant à Honolulu, Hawaï.

Station spatiale Tiangong-3

Chang ne voyait pas ses mains.

Les concepteurs de la fine combinaison de survie orange l'avaient rendue assez solide pour résister à une dépressurisation d'urgence, mais n'avaient pas pris en compte l'état de terreur dans lequel se trouverait alors son occupant. Le système de gestion des paramètres du scaphandre n'arrivait pas à suivre la respiration précipitée de Chang et les filets de sueur qui dégoulinaient le long de son dos et de ses bras, et sa visière de protection s'était lentement mais sûrement recouverte de buée. Ce qui le faisait respirer encore plus fort.

Chang tenta de retrouver un semblant de sang-froid, agrippant de plus belle le manche solide et familier de sa clé HEXPANDO. Suivant l'ordre de Huan, il avait frappé le verre lisse du panneau de contrôle du laser, avec toute la force dont ses muscles atrophiés étaient encore capables dans l'apesanteur de la station. Mais à présent, il ne voyait même plus sur quoi il frappait, et son rythme cardiaque s'emballait à nouveau. Il allait se noyer dans sa propre transpiration.

Il devait défaire son casque.

L'intérieur de la station Tiangong était encore pressurisé, et il n'était donc pas suicidaire de desceller le scaphandre. Il aspira une petite bouffée d'air vicié, et les odeurs familières de nourriture, de sueur et d'appareils électroniques lui apportèrent un étrange réconfort.

Puis il aperçut les petits accrocs dans son gant droit, au niveau des jointures, là où il avait frappé le système de contrôle de l'arme laser de la station. Il y avait forcément un rouleau de Scotch renforcé, résistant à la pression, dans le kit de secours, songea Chang, et il défit à tâtons le mousqueton de sa longe pour pouvoir chercher la boîte jaune vif. Elle avait disparu. Tout comme le colonel Huan.

Comment avait-il pu ne pas s'en rendre compte ? Il tendit le cou pour voir si la capsule de sauvetage avait été larguée. Non, ce petit vaisseau en forme d'œuf était encore attaché à la station.

Une voix résonna dans l'écouteur que Chang portait à l'oreille gauche.

– Ils sont là ? demanda Huan.

– Non, ils ne sont pas là, répondit Chang. Mais vous non plus, colonel.

– Je sais, dit Huan. Les autres membres d'équipage et moi allons enfiler les scaphandres EVA et les attaquer. Restez là et continuez de détruire tous les éléments classifiés. Si nous échouons, Chang, ils ne doivent pas pénétrer dans la station. Il faudra l'éviter à n'importe quel prix.

Laboratoire de recherche 2167, Shanghai

– Ce que nous observons[32] n'est pas la nature elle-même, mais la nature telle que soumise à notre méthode de questionnement.

Le Dr Qi poursuivait son exposé.

– Werner Heisenberg pensait évidemment au monde des sciences physiques et de la théorie des cordes, mais ce théorème est tout aussi vrai dans le domaine qui nous intéresse. Dans tout questionnement, il se produit un phénomène de perturbation similaire : le simple fait que quelqu'un soit là pour observer a un effet sur le sujet.

Setchine sentit qu'une part de lui-même était prête à coopérer et mourait d'envie de répondre, tandis qu'une autre part de son esprit tâchait de se représenter une horloge. Son interrogateur et lui étaient tous deux lancés dans une course contre la montre.

– Et c'est encore plus vrai quand le sujet est un ensemble de signaux électromagnétiques circulant à l'intérieur du cerveau. Plus l'interface se prolonge, plus nous altérons l'objet même de notre étude. Pour le dire autrement, général, si vous voulez rester vous-même, je vous conseille de laisser votre esprit se détendre.

Une partie de l'esprit du Russe commença à se calmer, tandis que l'autre lui hurlait de résister, sachant que plus l'interface durerait, moins ses interrogateurs pourraient se fier à ce qu'ils découvraient. La vérité, la peur et les drogues finiraient par créer un cocktail de nouveaux souvenirs et de nouvelles fabulations.

Qi posa sa première question d'une voix douce et posée, comme s'il interrogeait un étudiant. En d'autres circonstances, cela aurait été rassurant.

– Nous savons que vous avez transmis des informations aux Américains. Que leur avez-vous divulgué ?

– Juste des informations techniques, répondit Setchine.

La part qui voulait résister se disait que la meilleure tactique consistait à donner l'impression qu'il coopérait, afin de gagner du temps. Ou bien était-ce la part voulant vraiment coopérer qui l'embobinait ?

– Concernant… ? demanda Qi.

– L'espace, répondit Setchine. Les satellites.

Le cerveau de Setchine s'emballa. Quelle partie de lui-même avait répondu cela ?

– Nous perdons du temps, déclara Qi en se penchant vers lui comme s'il admirait le grain de sa peau. Tous les deux. D'après les documents auxquels vous avez eu accès, il semblerait que vous leur ayez fourni des informations sur les techniques utilisées pour repérer leurs sous-marins. C'est bien cela ?

Oui. Non. Qu'avait-il dit ?

– Excellent ! Merci de votre coopération.

Avait-il vraiment répondu, ou Qi essayait-il encore de lui jouer un tour ?

– Ce que je voudrais savoir, c'est ce qu'ils prévoient de faire sur la base de ces données. Quelles autres informations vous ont-ils demandé de leur transmettre ? Quel devait être l'objet de votre rendez-vous d'aujourd'hui ?

Setchine s'efforça de ne pas répondre, d'emmener de nouveau son esprit ailleurs, imaginant le visage de Vingt-Trois, passant la main dans ses cheveux bleus. Ou bien était-il en train de confier à Qi qu'il avait remis le fichier à la fille ?

Qi afficha une photo de Vingt-Trois sur l'écran vidéo, son corps étalé sur une table de morgue en Inox, la pâleur bleutée de sa peau faisant écho à ses cheveux azur. Setchine tenta de l'imaginer dans le lit avec lui, mais ne put faire resurgir cette image.

– C'est la personne que vous étiez censé retrouver aujourd'hui. Je ne vous la montre pas pour provoquer de mauvais souvenirs, mais pour vous montrer que, bien que je sois pressé, la vérité ultime que je recherche est plus importante que vos propres vérités. Si vous voulez les sauver, il faut que vous coopériez.

L'image de Vingt-Trois à la morgue disparut brusquement. S'était-elle effacée de l'écran ou de sa mémoire ?

– Alors, dites-moi : pourquoi ce rendez-vous, aujourd'hui ?

Markov essaya de se raccrocher à quelque chose, n'importe quoi. Ses cheveux étaient bleus. Oui, ses cheveux étaient bleus.

– Aujourd'hui ? dit Setchine. Aujourd'hui, c'était pour plein de choses.

Alors qu'il ne sentait pas son corps depuis le début de l'interrogatoire, Setchine eut soudain la conscience aiguë que sa peau brûlait, comme si chacune de ses cellules était en feu. Son nez huma l'air malgré lui, cherchant une odeur de chair roussie.

– Je regrette de devoir faire ça, déclara le Dr Qi, mais il faut que vous compreniez qu'il n'y a aucune tolérance, ici. Que ce soit pour vos mensonges ou pour votre douleur – l'expérience que vous en faites n'étant rien d'autre que de simples signaux dans votre cerveau. Elle peut durer aussi brièvement ou aussi longuement que vous désirez la ressentir, ou, devrais-je dire, avoir l'impression de la ressentir. Maintenant, dites-moi s'il vous plaît : quel était l'objectif principal de la rencontre d'aujourd'hui ?

– Le sexe, répondit Setchine.

À la base de son crâne, Setchine ressentit un picotement, presque un ronronnement, sensation qui explosa ensuite en une nouvelle vague de flammes à travers tout son corps. Pourquoi ? Il avait dit la vérité ! À moins que…

Qi secoua la tête et marqua une pause. Mais était-ce vraiment une pause ? Quelqu'un avait-il parlé, avant qu'ils ne reviennent en arrière jusqu'à cet instant ? Manipulait-on à présent sa perception du temps ?

– Alors je n'aurai plus qu'une dernière série de questions… Pourquoi les Américains voulaient-ils que vous leur fournissiez des informations sur nos défenses septentrionales ? Cela a-t-il un rapport avec les mouvements actuels de leurs flottes ?

Setchine ne voyait que du bleu. Il entendait quelqu'un parler, mais ne savait plus qui c'était. Quelles avaient été ses paroles ? Était-ce lui qui avait répondu ? Il ne voyait plus que du bleu.

– Merci. Vous vous en êtes très bien tiré.

Setchine entendit Qi donner l'ordre de transmettre immédiatement ces informations à un amiral, puis sentit la main du docteur se poser doucement sur sa joue. Elle était douce, lui procurait une sensation presque réconfortante.

– Je ne suis pas le monstre que bon nombre de gens s'imaginent. Tout cela est beaucoup plus humain – oserais-je dire : raffiné ? – que leurs anciennes méthodes pour obtenir de force des informations. Surtout, ce qui a été pris peut être restauré. Et ça, général, c'est mon cadeau d'adieu pour vous.

Qi lui tapota doucement la joue puis sortit de son champ de vision. Setchine crut entendre à nouveau le sifflement d'une perceuse, mais alors, il la vit. Vingt-Trois. Elle était vraiment magnifique. Il se mit à la caresser, passant les doigts dans sa chevelure bleue, frôlant sa peau de la nuque jusqu'aux fesses, puis son corps fut parcouru de spasmes, encore et encore, au moment exact de sa jouissance imaginaire.

Ce fut la seule chose qui vint à l'esprit de Sergueï Setchine, tandis que l'on arrachait de son cerveau les câbles de fibre optique.

Centre de commandement du Directoire, Honolulu, Zone administrative spéciale d'Hawaï

Le général Yu brandit le sac plastique sous le nez de Markov. Le doigt qu'il contenait donnait l'impression d'avoir été saupoudré de poivre et roulé dans la farine. Mais c'était à n'en pas douter un doigt carbonisé : l'annulaire gauche de Carrie Shin, entier.

– Les empreintes digitales correspondent, déclara Yu. L'ADN aussi. On dirait bien que j'ai attrapé votre fille avant vous.

– Où est le corps ? demanda Markov.

– Mélangé à tous les autres, répondit le général Yu. (Il lança le sac contenant le doigt à Markov.) Faites-vous un collier avec.

D'un geste vif, Markov attrapa le sachet au vol sans quitter des yeux le général. Sa main droite pendait mollement le long de son corps – il aurait pu dégainer son Makarov et tirer deux balles en à peine plus d'une seconde. Même s'il était tentant de s'imaginer tenant dans une main le doigt sectionné d'un serial killer et dans l'autre son pistolet allégé de deux balles, il expira doucement pour se maîtriser et ne répondit rien.

– Vous n'avez qu'à le rapporter avec vous à Moscou, ajouta Yu. Vous n'avez plus rien à faire ici. Mais pour vous prouver que je ne suis pas aussi horrible que vous le pensez, je mets mon jet à votre disposition pour le voyage retour. Que vous regardiez Hawaï pour la dernière fois depuis mon fauteuil.

Markov secoua la tête.

– Vous êtes pressé à ce point de vous débarrasser de moi, général ? Vous savez comment on appelle cette femme ? La Veuve Noire. Votre robot-araignée l'a peut-être retrouvée, mais votre bêtise ne cesse de faire apparaître chaque jour d'autres personnes comme elle.

Il jeta le sac sur le général, qui sursauta quand le doigt rebondit sur son énorme torse avant de retomber sur le bureau.

Yu se mit à trembler, les yeux exorbités de rage, mais il finit par se calmer en passant les mains sur son crâne rasé de frais.

– Maintenant que j'y repense, colonel, mon avion n'est pas disponible, gronda-t-il. Nous avons un navire de réapprovisionnement qui part pour Yangshan demain soir. Cette traversée devrait vous laisser tout le temps de méditer sur le châtiment qui vous attend, pour avoir frappé votre commandant. Gardes !

Station spatiale Tiangong-3

Débarrassé de son casque, Chang se sentait beaucoup plus calme. Il savait qu'il était toujours pris au piège, mais n'en avait pas l'impression pour l'instant. Il sentit son pouls ralentir, jusqu'à ce qu'un mouvement fugace, derrière l'un des hublots, attire son attention. Puis la lame resplendissante d'une petite épée vint tapoter le verre incassable.

Chang bascula vers l'image de la caméra pointée sur cette partie de la station pour vérifier qu'elle n'était pas endommagée par des microdébris spatiaux ou des micrométéorites. Élargissant le champ, il aperçut un homme vêtu d'un scaphandre EVA noir, avec un étrange motif dessiné sur son casque et sa visière. Il vit l'astronaute fixer un objet sur la coque extérieure du Tiangong.

Puis le haut-parleur de la radio se mit à grésiller sur le tableau de contrôle devant lui.

– Équipage du Tiangong, ici sir Aeric... hem, ici le capitaine Cavendish. Alors voilà : mes hommes viennent d'attacher des propulseurs auxiliaires à votre station. Vous allez capituler sans attendre. Dans ce cas, nous vous traiterons comme des prisonniers de guerre, conformément aux règles établies par la convention de Genève. Si vous refusez d'obtempérer, la rotation de votre station s'interrompra et, d'après mes conseillers scientifiques, la température à l'intérieur de votre module grimpera alors lentement mais sûrement jusqu'à huit cents degrés, vous rôtissant au passage, grâce à notre frère d'armes le soleil, qui se range toujours du côté des justes... Ceci est notre dernier avertissement. Donnez-nous accès à la station et ne tentez pas de résister. Sinon, vous périrez. À vous de choisir, vraiment.

Une décharge de parasites fit siffler l'enceinte, si fort que Chang dut couper le son. Il jeta un coup d'œil sur l'écran de contrôle pour voir où en était Huan. Tout ce qu'il vit, c'est que les autres membres de l'équipage étaient en train de se disputer avec leur commandant et qu'ils n'avaient toujours pas enfilé leurs combinaisons EVA.

Un nouveau coup sur le hublot attira l'attention de Chang. Il tendit le cou pour voir si le spectre était revenu. Il ne vit rien. Puis une légère distorsion des étoiles surplombant la station, de sinistre présage, glaça la sueur qui s'était accumulée sous son scaphandre. C'était l'un des propulseurs auxiliaires fixés par les pirates qui avait provoqué le ralentissement progressif de la rotation du Tiangong.

Une alarme se mit à hurler en continu, indiquant que la station quittait son orbite préprogrammée. Ils avaient promis de bien traiter les taïkonautes, n'est-ce pas ? Ne valait-il pas mieux finir prisonnier que mourir comme – quoi, un cochon rôti vif dans un caisson rempli de braises ?

C'était la seule option possible. Huan pouvait bien continuer de se disputer avec les autres au sujet de la riposte téméraire qu'il voulait tenter, mais dans la salle de commandement, Chang avait désormais tout pouvoir. Il désarma le sas d'entrée de Tiangong-3. Il se fichait bien de savoir si son fils serait ou non fier de lui – il voulait juste le revoir.

Sundown Lounge, Honolulu, Zone administrative spéciale d'Hawaï

Le colonel Vladimir Markov goba un glaçon qui se dissolvait lentement dans son verre de vodka depuis quelques minutes. Cela faisait des années qu'il n'avait pas été ivre à ce point-là. Depuis la débâcle de Yalta, et le chaos qui avait suivi. Il était irrémédiablement soûl mais ses pensées demeuraient si claires qu'il se demanda combien de jours il avait perdus en ne voyant pas les choses avec la même lucidité que maintenant.

Il tourna délicatement la page de son précieux recueil de Pouchkine, sans prêter attention au bruit de pas dans son dos et au léger frisson qui le parcourut des orteils jusqu'au bout des doigts. Il savait que ce n'était pas le serveur, qu'il avait congédié.

– Jian, ma chère ombre, vous m'avez manqué. Qu'est-ce qui vous amène ici ? demanda Markov, sans détacher les yeux de son livre.

La ruine était un processus graduel, comme Pouchkine l'avait prédit. La faillite financière du poète puis son humiliation par le tsar avaient privé de tant de mots et de textes l'esprit du grand homme. Était-ce seulement si sûr ? Cela ne lui avait-il pas au contraire permis d'acquérir une voix plus authentique ? Mais alors, était-ce le courage qui avait poussé le poète à accepter de se battre en duel en sachant qu'il ne pouvait pas l'emporter ? Le seul choix qui s'offrait à lui était-il celui-ci : se laisser mourir à petit feu ou embrasser une bonne fois pour toutes son destin ? En entendant Jian traverser la pièce, Markov posa la main sur l'étui vide de son pistolet, à sa ceinture, ses doigts frôlant l'endroit où aurait dû se trouver la glissière en métal de l'arme, si on ne la lui avait pas confisquée avant qu'il ne quitte la base.

– Colonel ! s'écria son ancien aide de camp. Le général Yu m'a chargé de vous retrouver.

– Voilà, c'est fait, grommela Markov. Mais dans quel but ? Telle est la question… Réfléchissons un peu, Jian. Il ne peut pas me virer une deuxième fois et je doute qu'il soit le genre d'homme à changer d'avis quant à l'objectif final de ce long et lent voyage jusqu'à l'inéluctable condamnation à mort vers laquelle il m'envoie. Ah, je vois : il n'a pas la patience d'attendre que le processus qu'il a mis en route, me concernant, suive son cours normal.

Relevant les yeux, il constata que l'aide de camp tenait déjà son pistolet à la main.

– Ah, enfin, vous répondez correctement à l'une de mes questions. Félicitations, Jian. Je vois donc que le moment est venu. Le général s'est calmé, et maintenant il a besoin de certitude. Ce sera beaucoup mieux pour lui si je meurs dans un accident malencontreux sur le sol hawaïen – un nouvel attentat des insurgés, peut-être... De cette manière, il n'y aura pas de risque que je confie mes quatre vérités à de mauvaises oreilles.

– Je n'ai pas à questionner mes ordres, protesta Jian.

Il fit deux pas en arrière, comme s'il ne savait plus très bien à quelle distance il fallait se tenir de l'homme qu'il s'apprêtait à abattre.

– Prenez un verre, au moins, proposa Markov en tendant la main vers une bouteille. Ce sera peut-être le dernier, pour vous comme pour moi.

L'aide de camp recula encore, pour s'assurer qu'il était hors d'atteinte du Russe, puis il tendit le bras, braquant le canon de son pistolet entre les yeux de Markov au lieu de viser la masse du corps. Encore un geste d'amateur, songea le Russe. Il lui adressa un sourire et le salua en levant son verre de vodka. Jian eut l'air surpris l'espace d'un instant, puis choqué, quand la lame d'un couteau lui transperça le cou par-derrière.

Markov avait beau être ivre mort, il s'attacha aussitôt aux plus infimes détails. La femme avait de longs cheveux ébène qui lui descendaient jusqu'à la taille et portait des lentilles de contact vertes. Mais il sut que c'était elle, à sa manière de ne même pas jeter un coup d'œil au sang de Jian qui formait déjà une flaque autour de ses pieds nus, tandis qu'elle retirait son long poignard du cou de sa victime. Elle enjamba sans sourciller le cadavre de l'aide de camp, sans quitter Markov du regard. Il remarqua également que la main fine qui braquait à présent un pistolet sur lui n'avait plus d'annulaire.

Elle s'assit sur le tabouret de bar à côté de Markov, vêtue d'une ample jupe d'été et d'un chemisier en lin. De plus près, il constata que ses sourcils avaient été rasés, remplacés par un fin trait de pinceau. Elle ramena doucement ses cheveux en arrière et défit la perruque. Son crâne était rasé. Plus aucune trace de cheveux, rien qu'un dôme blanc qui brillait comme une pièce de porcelaine dans le miroir du bar, au-dessus des rangées de bouteilles. Elle était vraiment un fantôme maintenant, ne laissant aucune autre trace que ses empreintes de pas sanglantes.

Il sourit et tendit son verre vers elle, portant un toast.

– C'est un plaisir de vous revoir, mademoiselle Shin. Vous ne cessez de me surprendre. Ou bien devrais-je employer le nom que tout le monde utilise ?

– La Veuve Noire, répondit Carrie. Ils ne croient pas si bien dire. Vous savez pourquoi je suis là ?

– Oui, répondit Markov. Je crois deviner. Ce qui s'est passé à l'église était une atrocité. On ne peut pas tuer les gens de cette manière et remporter cette guerre. D'autres guerres, peut-être, mais pas celle-ci. J'ai essayé de le leur faire comprendre, mais ils ne m'ont pas écouté.

– C'est faux ! grogna-t-elle en enfonçant violemment son couteau dans le bois du comptoir – la lame vibra à deux centimètres de la main du Russe.

C'était la baïonnette règlementaire du Type 98[33], le fusil d'assaut qui équipait les commandos du Directoire, et le pistolet qu'elle tenait à la main était un QSZ-92 chinois[34]. Eh bien, voilà qui répondait à une autre interrogation : celle de savoir où était passé le garde du corps de Jian. Markov se doutait bien que l'aide de camp n'était pas venu seul ici. Quelqu'un avait dû apprendre à cette femme les ficelles du métier. Ou bien était-elle naturellement douée ? Question qu'on pouvait se poser dans de nombreux domaines, la concernant.

– Peu importe, maintenant, répondit-il. Avant qu'on en termine, laissez-moi finir mon verre.

Il se tourna vers le comptoir pour vider sa vodka, fermant les yeux et se délectant de la brûlure de l'alcool mêlée à la fraîcheur du glaçon qu'il avait coincé contre sa joue.

Il sentit la main de Carrie se refermer sur son cou. Elle retint un gémissement quand le moignon de son doigt brûlé s'enfonça dans la gorge de Markov. Mais il comprit que ce n'était pas un cri de douleur. Elle savourait celle-ci.

– Je veux ma brosse, lui murmura-t-elle à l'oreille.

À cet instant, l'effet de la vodka se volatilisa dans un frisson.

Station spatiale Tiangong-3

– Je sais que vous avez hâte de prendre possession de votre trophée, Sir, mais vous devez laisser Tick entrer le premier, déclara Aaron Best, avec le ton assuré d'un commandant habitué à gérer des situations extrêmement compliquées.

Il était attaché par une longe devant le sas d'entrée principal de la station Tiangong-3, s'efforçant de ne pas être visible à travers le hublot voisin. Le voyant du panneau d'accès du sas était vert, indiquant que les conditions étaient réunies pour pénétrer dans le purgatoire entre le vide de l'espace et l'habitacle oxygéné de la station chinoise.

– Mais il s'agit de ma mission, n'est-ce pas ? insista sir Aeric Cavendish.

– Affirmatif. Mais dès que nous avons quitté le véhicule, c'est à moi qu'est revenue la charge de son exécution. Sir. Nous ne vous avons pas fait suivre la formation nécessaire pour faire partie de l'équipe d'abordage et allons donc devoir vous demander de rester dehors le temps que la situation à l'intérieur soit stabilisée. Les chances de succès seront ainsi optimisées. Nous sommes capables de mener à bien cet assaut avec moins d'hommes que prévu, mais pas avec un de plus. (Il désigna le sas de la pointe de sa dague argentée, qui miroita au soleil et éblouit Cavendish.) Mais c'est un honneur de vous compter parmi nous, sir Aeric.

La logique de Best était aussi implacable que son ironie. Cavendish fit oui de la tête.

– Entassez-vous là-dedans, ordonna Best.

Le dénommé Tick fut le premier à s'introduire dans le sas, et ses trois camarades se serrèrent bientôt derrière lui.

Une fois à l'intérieur, les hommes s'immobilisèrent le temps de la dépressurisation. Puis ils retirèrent leurs casques, se glissèrent hors de leurs scaphandres EVA et les accrochèrent à la paroi du sas.

Les membres du commando portaient des combinaisons moulantes à rayures grises et noires, conçues pour résister aux armes blanches, qui recouvraient le crâne, les faisant ressembler à des patineurs de vitesse démoniaques. Ils enfilèrent des masques pare-balles qui protégeaient les yeux et le visage, un peu comme ceux des pilotes de motocross, et pouvaient résister à des projectiles de 9 millimètres. Ils étaient tous peints, conférant à ceux qui les portaient un air terrifiant. Encore une idée de sir Aeric, que les hommes s'étaient fait une joie d'adopter. Le masque facial noir de Tick était ainsi orné d'un *ta moko*, le tatouage facial traditionnel des guerriers maoris. Hugger, tapi derrière lui, avait utilisé une peinture dorée pour dessiner des crocs dignes d'une hyène, sous des orbites creusées. Hook portait un masque noir strié de coups de pinceau blancs quasi abstraits symbolisant les yeux et la bouche, tel un acteur de kabuki barbare. Best était le quatrième et dernier membre de la première vague. Son masque avait été peint en blanc à la bombe, comme celui d'un gardien de hockey sur glace à l'ancienne. Il avait vu ça dans un vieux film d'horreur ; l'absence d'expression sur le visage du tueur le rendait encore plus effrayant. L'effet général était que ces soldats, quoique visiblement humains, avaient l'air tout à fait insensibles à la raison et aux supplications. Impression renforcée par le fait que chacun tenait dans sa main un pistolet Taser X26[35] et, fixé à la hanche, l'un des couteaux de tranchée à lame d'acier et manche de titane équipé d'un poing américain en cuivre fournis par sir Aeric.

La première chose que Tick remarqua quand le sas s'ouvrit en soufflant fut l'odeur d'urine. Flottant en apesanteur, il se tira d'une main vers le laboratoire de recherche principal et étudia les trois taïkonautes qui s'y trouvaient. Visiblement, ils avaient essayé d'enfiler des scaphandres EVA, sans y parvenir.

– Vous vous rendez ? leur demanda-t-il en mandarin.

Les trois taïkonautes le dévisagèrent en silence.

Tick répéta sa question, tandis que ses trois camarades le rejoignaient dans le module, s'accrochant d'une main au mur et pointant de l'autre leur Taser.

– Vous vous rendez ? répéta-t-il encore, toujours en mandarin.

Les trois taïkonautes gardèrent le silence ; aucun mouvement notable, rien que des yeux fébriles et des lèvres sèches sur lesquelles passait une langue. Puis un autre sas s'ouvrit derrière eux.

– Contact ! cria Best. Il vient sur toi, Tick !

Tick poussa sur la paroi de la station et fit pivoter son corps, prêt à riposter. Mais le taïkonaute jailli du sas lui tomba dessus bien plus vite qu'il ne s'y attendait, étant donné son degré d'entraînement. Alors, il comprit : l'homme portait les bottes exosquelettes orange d'un scaphandre EVA, dont les microfusées le propulsaient en avant. Il avait enfilé sur son dos une structure en maille de titane sur laquelle étaient fixés ces gros gants robotisés conçus pour réaliser des réparations dans l'espace. L'un de ces exo-gants agitait une énorme clé.

Tick tira sur l'assaillant avec son Taser ; l'air comprimé de la chambre expulsa les petites fléchettes électrifiées, mais celles-ci rebondirent sur les gants massifs et se mirent à dériver dans les airs.

Les deux hommes se percutèrent et l'élan du taïkonaute projeta Tick contre le mur. La violence du choc lui brisa l'avant-bras droit ; il dut laisser tomber la dague qu'il essayait de dégainer. Dans un hurlement, Tick tenta de repousser le taïkonaute d'un coup de pied, mais l'une des exo-bottes de l'assaillant vint frapper sa cheville gauche dans un fracas de chair et d'os broyés.

La souffrance de Tick fut abrégée par la pompe antidouleur[36] implantée dans son abdomen. Déclenchée par un capteur relié à sa colonne vertébrale, elle libéra une forte dose de produits opiacés pour qu'il puisse continuer à se battre. Les minuscules vérins des exo-gants mécaniques du taïkonaute l'agrippèrent et Tick eut beau se débattre et se contorsionner, il ne put échapper à leur étreinte. Tandis que les deux hommes luttaient, les autres membres du commando se ruèrent sur leurs adversaires et un vacarme de grognements et de coups emplit l'air du module. Tick tentait de faire basculer son corps vers la droite lorsqu'il vit flotter son épée, à quelques centimètres à peine de son bras fracturé. Mais il fut incapable de se dégager suffisamment pour pouvoir l'atteindre, puis tournoya dans la direction opposée et percuta si fort la paroi d'en face que l'arrière de son casque se fissura. La dernière chose qu'il vit fut la clé anglaise s'écrasant contre son masque.

Ehukai Beach, Oahu, Zone administrative spéciale d'Hawaï

Les Navy SEAL et Conan s'enfoncèrent plus avant dans l'épaisse forêt. Le robot-langouste patientait, immobile, aux pieds d'un des hommes-grenouilles, qui le ramassa et le posa sur le dos ; les pattes mécaniques de l'engin se refermèrent autour de lui comme des sangles.

– Notre Butter est assez flippant, pas vrai ? s'amusa Duncan.

– Plus rien ne me fait flipper, maintenant, répondit Conan. D'autres bidules dans le genre ont été ajoutés à notre panoplie, depuis que je vis sous une pierre ?

– Non, à part celui-là, affirma Duncan en lui lançant un petit sac en nylon gros comme son poing.

– Qu'est-ce que c'est ? demanda Conan en déployant le sac, qui s'avérait être une sorte de poncho.

– Vous vous souvenez d'Harry Potter ? Eh bien, c'est sa cape d'invisibilité. Enfin, ça ne nous rend pas vraiment invisibles, mais ça brouille les capteurs du Directoire. Les métamatériaux qu'il contient détraquent le spectre électromagnétique, un peu comme les jeux de miroirs des illusionnistes[37].

– Nous, on s'en est sortis avec ça, répliqua Conan, posant sa couverture de laine sur ses épaules.

La couverture était si rigide par endroits, à cause de la sueur et de la boue séchées, qu'elle donnait l'impression d'enfiler une armure.

– Ouais, mais notre truc, au moins, il sent pas le bouc mort, rétorqua Duncan. On en a apporté d'autres, pour le reste de votre unité.

– Pas besoin, répondit Conan. Y a plus que moi, maintenant.

Duncan s'abstint de poser la moindre question. Ce n'était pas le moment d'avoir ce genre de conversation. À la manière dont la voix de Conan s'était étranglée en prononçant ces mots, il comprit qu'elle passerait le reste de sa vie à digérer sa propre guerre.

Un bruissement dans le sous-bois, à l'orée de la plage, poussa Conan à rejeter sa couverture en arrière et à se baisser, fusil en joue. Duncan se jeta à terre derrière elle. Conan repéra une silhouette qui progressait lentement, tapie dans l'ombre. La forme aisément reconnaissable d'un fusil d'assaut indiquait qu'elle était armée. Conan se tourna vers Duncan et lui fit signe de la suivre. Il secoua la tête.

Et puis merde : c'était son terrain à elle, sa guerre. Elle bondit en avant et écrasa la crosse de son arme sur le visage de la silhouette.

– *Co kurwa, do kurwy nedzy !* souffla l'homme, étalé par terre.

Du sang coulait de son nez visiblement cassé.

Un Russe. Conan savait qu'ils avaient envoyé des conseillers à Hawaï pour aider le Directoire. Conan braqua son fusil sur lui, enfonçant le canon dans la chair de son front.

– Je ne sais pas si tu me comprends, murmura-t-elle. Mais tu vas la fermer maintenant, sinon cette arme sera la dernière chose que tu verras.

Soudain, elle sentit quelque chose de froid et de tranchant contre son cou.

– Ne faites pas ça, lieutenant.

L'homme qui disait s'appeler Duncan tenait un poignard sous sa gorge.

USS *Zumwalt*, Pacifique Nord

Mike s'essuya le front du revers de la main. Il faisait chaud dans la tourelle du canon électromagnétique. Les câbles qui serpentaient dans cet espace confiné semblaient en aspirer tout l'air. Mais ce n'était pas cela qui le faisait transpirer.

– S'il vous plaît, prenez-le, répéta-t-il. (Il avait honte, ne s'étant jamais entendu supplier quelqu'un comme ça.) C'est un gilet de sauvetage[38].

Celui-ci était différent de ceux des autres marins du bord. C'était le modèle gonflable, vert sombre, des aviateurs de la Navy, pas le gros gilet orange des marins, qui ne faisait qu'aider les requins à vous repérer. Le gilet des aviateurs comptait plus d'une dizaine de poches remplies d'articles de base, destinés tout autant à leur permettre de décoller l'esprit tranquille qu'à survivre en pleine nature ou au milieu de l'océan. Ces pochettes détachables étaient fixées par des Velcro et s'ouvraient sur plusieurs côtés, chacun recélant une surprise, tel un calendrier de l'Avent pour aviateur.

– Les pilotes portent ce gilet-là, plaida Mike. Certains Navy SEAL aussi. Vous avez toutes ces poches qui...

Vern ne le laissa pas terminer.

– Où l'avez-vous trouvé ? Personne d'autre n'en porte un comme ça, pas vrai ? Je serais la seule à enfiler cette... camisole ?

– C'est de la part du capitaine, qui sait que vous êtes la personne la plus importante à bord de ce navire.

Au moins, la deuxième partie de cette phrase était vraie. En réalité, il l'avait obtenu d'un fournisseur de Mare Island, qu'il avait connu à la guerre du Venezuela, et celui-ci n'avait pas jugé bon de lui demander pourquoi diable il voulait le meilleur gilet de sauvetage de l'entrepôt, en taille S.

– Il se gonfle automatiquement si vous ne tirez pas sur cette sangle, reprit-il. Là, c'est la cagoule antifumée. Là, la balise de détresse. Là, la lumière stroboscopique...

Il avait décidé de cacher ce gilet de sauvetage jusqu'au moment où elle en aurait vraiment besoin et où, surtout, elle aurait compris qu'elle en avait besoin. Ce moment était venu.

Vern enfila le gilet et fit quelques mouvements, mal à l'aise, comme s'il pesait dix fois plus qu'en réalité.

– Eh bien, remerciez-le de ma part, dit-elle. Et merci à vous, aussi.

– Ne me remerciez pas encore, répliqua-t-il en la gratifiant d'un clin d'œil. C'est un gilet réglementaire de l'armée américaine, ce qui signifie qu'il est fabriqué par le mieux offrant, pour faire croire à un pilote de chasse surpayé que la Navy se soucie de ce qui peut bien lui arriver – alors qu'elle s'en tape.

Vern sourit.

– Non, vraiment. Merci, Mike.

Elle le serra dans ses bras fins avec une force étonnante.

Un appel au branle-bas de combat résonna dans les haut-parleurs du bateau, coupant court à leur conversation. Ils se détachèrent l'un de l'autre et se dévisagèrent, à un mètre de distance, puis partirent dans des directions opposées, sans savoir s'ils se reverraient.

Station spatiale Tiangong-3

Chang hurla en regardant la bataille qui se déroulait sur l'écran, mais aucun des combattants ne l'entendait.

En voyant Huan flotter au-dessus de l'Américain estropié, celui qui avait un masque de sauvage, Chang crut d'abord que le coup de folie de son commandant avait peut-être payé, finalement.

Mais derrière Huan, il constata que les trois autres taïkonautes ne s'en étaient pas si bien tirés. L'un d'eux dérivait, inerte, neutralisé par les Taser des assaillants. Les deux autres avaient le visage plaqué contre les parois du module, avec chacun un homme du commando sur les épaules, et leurs combinaisons libéraient dans les airs un flot d'hémoglobine.

Huan repoussa le soldat inconscient en direction du sas d'entrée, qui s'ouvrit comme une bouche prête à l'avaler. Au lieu de quoi, un autre homme se glissa à l'intérieur. Ce dernier, beaucoup moins costaud que ses camarades et ne portant pas de masque, eut l'air choqué pendant un bref instant, les yeux écarquillés. Puis il repoussa violemment le corps désarticulé du commando qui flottait devant lui, et sa main tâtonna à la recherche d'un objet, au niveau de sa hanche. Il se projeta vers Huan en poussant sur ses jambes contre la porte du sas, tel un nageur dans une piscine, son corps tout entier tendu comme une lance, au bout de laquelle pointait la dague argentée.

Huan cala ses bras contre la paroi et se propulsa les pieds en avant pour frapper le nouvel arrivant. Les exo-bottes s'écrasèrent lourdement contre la lame de l'épée, et la force du choc fit rebondir les deux hommes dans des directions opposées. Huan alla percuter le plastique dur d'un coin repas, son exo-gant faisant voler en éclats l'appareil de réhydratation, tandis que son adversaire malingre s'écrasait tête la première contre la paroi d'en face.

Avant que Huan ait pu dégager son bras de la pagaille du coin-repas, le soldat au masque blanc lui tomba dessus. Il enfonça dans la jambe de Huan la lame de trente centimètres de sa dague qui, transperçant la combinaison des deux côtés, alla se planter dans le revêtement isolant de la paroi. Huan, le corps littéralement cloué au mur en diagonale, tenta en vain de se dégager. Sous les yeux de Chang, l'homme au masque blanc retira alors une pointe en métal de vingt centimètres de la ceinture qu'il portait en bandoulière par-dessus sa combinaison d'assaut et la plongea dans la poitrine de Huan, lui perforant un poumon.

Chang vit Huan le fixer droit dans les yeux, sur l'écran, l'air implorant, comme s'il avait pu faire quoi que ce soit pour le sauver. Puis la tête du commandant de la station bascula sur le côté, inerte.

L'homme au masque blanc retira la dague et la pointe métallique du cadavre de Huan et colla des morceaux de Scotch sur les trous du scaphandre afin d'empêcher le flot de sang de se répandre davantage dans l'atmosphère de la station. Ses camarades firent de même avec les combinaisons percées des autres morts. Sheng Hu, la taïkonaute rendue inconsciente par les tirs de Taser, tressaillit légèrement quand le soldat au masque blanc planta un autre épieu métallique dans son corps.

C'étaient vraiment des monstres, songea Chang. Mais le plus inquiétant de tous était le petit homme qui ne portait pas de masque. Malgré une légère entaille au-dessus de l'œil droit, il souriait et gesticulait dans tous les sens, refaisant déjà la bataille qui venait tout juste de s'achever. Il semblait beaucoup s'amuser.

Les hommes se consultèrent brièvement, puis le masque blanc se laissa doucement dériver jusqu'à la caméra, et tapota l'écran avec son épieu ensanglanté. Il tendit trois doigts et lança un compte à rebours. Trois. Deux. Un.

Désormais livré à lui-même, Chang se dit qu'il n'avait pas le choix. Il laissa entrer les monstres.

Honolulu, Zone administrative spéciale d'Hawaï

– Ça vous démange, pas vrai ? On dit que c'est ça le problème, avec les amputations : pas la douleur, mais la démangeaison.

Markov faisait exactement ce qu'elle voulait. Carrie avait l'impression qu'il aurait volontiers obéi, même si le canon du pistolet qu'elle avait récupéré sur le cadavre du garde du corps n'avait pas été planté dans son rein. Ils roulaient lentement à travers la nuit noire, dans son SUV Geely au camouflage vert et gris. Le Russe jetait de brefs regards vers elle dès que la route cessait de tourner. Ce n'était ni du désir ni de la peur – ces regards-là, elle ne les connaissait que trop. Non, c'était plutôt une sorte de curiosité scientifique.

Ils longèrent un parking rempli de véhicules du Directoire. L'endroit lui était familier : c'était là qu'elle avait écouté du jazz dans le véhicule blindé.

– Vous faites un sacré détour, siffla Carrie. Si nous n'arrivons pas bientôt, je...

– Vous ferez quoi ? la coupa Markov. Vous allez me tuer avec ce pistolet parce que vous êtes pressée ?

Il continua de rouler, marquant un bref temps d'arrêt à l'angle de Queen et Ward[39], juste en face de l'Alto Café.

– Je suis sûr que vous n'avez pas envie de me tuer tout de suite, surtout avec ce flingue. Ce n'est pas ce que vous voulez, pas vrai ? Donc si vous pouviez m'accorder encore un peu de votre temps, je vais vous conduire là où vous voulez. Ou plutôt, je vais vous conduire à *celui* que vous voulez.

Markov se remit en route, fredonnant un air entre ses dents. Ils passèrent devant l'Addiction, la discothèque de l'hôtel Modern, où elle avait étranglé un officier de marine aux toilettes, trois semaines plus tôt. Au carrefour suivant, il se tourna vers elle.

– Où allons-nous maintenant ? À l'hôtel, peut-être ? À moins que vous en ayez tué d'autres chez vous ? (Il éclata de rire.) Ça, vos voisins seraient drôlement surpris. Comme vous le savez, ils vous prennent pour une traîtresse qui aime frayer avec nous.

– Je m'en fous, répliqua-t-elle. Ils peuvent penser ce qu'ils veulent.

– Mais si vous n'êtes pas une traîtresse, alors vous êtes une prédatrice ? Vous ne tuez que les riches ? Une princesse insurgée diabolique qui opère la nuit, vêtue d'une cape rouge blanc bleu ?

– Le drapeau, je m'en tape, dit-elle. Je veux juste que tout redevienne comme avant.

– Vous voulez dire que vous voulez revivre exactement comme autrefois ? Avant la guerre ? C'était comment ? Tout ce que je connais, ce sont les photos figurant dans votre dossier. Il n'y a rien là-dedans sur l'âme et le cœur de Carrie Shin.

– Vous n'avez pas assez cherché.

– Ça m'étonnerait, répondit Markov en riant dans sa barbe.

Elle posa le pistolet sur ses cuisses et le dévisagea, la tête légèrement penchée de côté, comme pour aligner une cible.

– Vous devriez remettre le cran de sûreté, fit remarquer Markov. Pour notre bien à tous les deux.

– J'imagine que vous êtes un professionnel, répondit Carrie. Jusqu'au bout des ongles ?

– C'est ce qu'on devient quand on pratique un métier assez longtemps, dit Markov. Mais vous n'avez vous-même rien d'une amatrice dans ce que vous faites. Cette guerre attendait quelqu'un comme vous. Ou bien était-ce vous qui attendiez la guerre ? Vous a-t-elle fabriquée, ou bien tout était-il déjà là, attendant d'être libéré ?

– Vous parlez trop, s'impatienta Carrie. Vous l'avez dit vous-même : la guerre nous transforme tous. Certains plus que d'autres.

– Alors cette guerre est une affaire totalement personnelle pour vous, c'est ça ? Elle vous a pris quelque chose d'important ? Bon nombre de gens partagent ce sentiment. Peut-être n'êtes-vous pas aussi unique que je le pensais…

Il décéléra et passa au ralenti devant le Duke's, qui grouillait de marins, de soldats et de fusiliers marins, tous visiblement éméchés. Il freina brusquement pour éviter de renverser un marin trapu qui vomissait au milieu du carrefour, le genou à terre.

– Nous pourrions faire un test, reprit Markov. Je vous laisse ici ? Je crois que vous vous feriez rapidement des amis, que vous retrouveriez peut-être de vieux fantômes ?

Elle ne répondit rien, mais rajusta sa perruque dans le rétroviseur extérieur, comme vaguement tentée par sa proposition. Markov remarqua les cicatrices sur ses avant-bras.

– Ces coupures, ça a commencé avant ou après votre deuil ? interrogea-t-il. La soif de sang ne s'apaisera jamais, vous savez, même s'ils finissent un jour par tous rentrer dans leur pays. Qu'est-ce que vous allez faire, après ?

Il grimaça quand le canon du pistolet s'enfonça dans ses côtes.

– Votre petite visite est terminée, déclara Carrie. Maintenant, vous feriez bien de m'emmener là où nous avions prévu, sinon vous allez mourir pour de bon. Ce sera sans plaisir, mais je n'hésiterai pas.

Il hocha la tête et accéléra de nouveau, fredonnant de plus belle tandis qu'ils roulaient dans la nuit. Au bout de dix minutes, il s'engagea dans une rue latérale et se rangea le long du trottoir.

– Nous y sommes, annonça-t-il en désignant les premiers contrôles de sécurité installés devant le quartier général du Directoire. Vous êtes sûre de vouloir faire ça ?

Carrie fit oui de la tête et se pencha vers la banquette arrière. Elle brandit une paire de menottes.

– Attachez-moi, dit-elle. Sans trop serrer.

Ehukai Beach, Oahu,
Zone administrative spéciale d'Hawaï

– Peaches, je crois que tu ferais bien de te présenter au lieutenant Doyle, dit Duncan, son poignard toujours pressé contre la gorge de Conan.

Celle-ci pointait encore son fusil sur le front de l'homme étalé devant elle.

– Lieutenant, laissez-moi me présenter : lieutenant Pietor Nowak, des Jednostka Wojskowa Formoza[40].

L'homme lui tendit la main, mais Conan garda son arme braquée sur lui.

– Opérations spéciales de la marine polonaise, traduisit Duncan en écartant doucement le couteau. C'est lui qui nous a amenés là.

– Je dois vous complimenter pour votre savoir-faire, lieutenant, ajouta la silhouette à ses pieds. Maintenant pouvez-vous enlever, s'il vous plaît, le fusil ?

– C'est quoi ces conneries ? répliqua Conan, qui le tenait encore en joue. Ça vous amuse, vos petits jeux ? Des Moudjahidine du North Shore, il ne reste plus que moi. Tuez-moi, et qu'on en termine. Mais il mourra avec moi.

Elle plaqua le bout du canon sur le front de l'homme.

Rengainant son poignard, Duncan alla s'agenouiller près de l'homme et fit rempart de son corps.

– Ce n'est pas un petit jeu, lieutenant. Un tas de choses ont changé. Le Directoire a trouvé un moyen de repérer nos sous-marins nucléaires. Nous avons donc dû chercher un autre submersible. Ou plutôt, un vieux tas de rouille qui marche au diesel.

– Un peu de respect pour l'*Orzel*[41], protesta l'homme gisant par terre. C'est un bâtiment merveilleux ; il nous a amenés ici, pas vrai ?

Duncan se tourna vers lui.

– Merveilleux ? Je sais que ça n'a pas été facile ici, lieutenant, dit-il en se tournant vers Conan, mais imaginez donc passer deux mois dans un vieux sous-marin de la classe Kilo, en transit entre la mer Baltique et le Pacifique… Une puanteur, bon Dieu ! Je ne parle pas du gasoil, non, mais des effluves de l'équipage à force de ne bouffer que du borsch, des pierogi et du fromage fumé. La pire croisière de ma vie. J'en toucherai un mot à l'agence de voyages, quand je rentrerai à Dam Neck.

– Je croyais que l'OTAN avait explosé et ne voulait pas nous aider, répondit Conan. C'est ce qu'affirme la propagande du Directoire.

– C'est le cas, en effet, confirma Duncan. Mais les Polonais n'ont pas apprécié la tournure que prenaient les choses et ont conclu un accord avec nous, pour nous prêter leur petit sous-marin pourri et entuber les Russes au passage.

– Les Polonais, ils ont eu quoi en échange ? demanda Conan.

Elle commença à se détendre et baissa le fusil.

– Un très bon deal, intervint Nowak.

– Lieutenant, vous avez devant vous un officier de la toute dernière puissance nucléaire. Voilà ce qu'ils ont reçu en échange. Et nous, on a eu droit à un tour dans un vieux sous-marin diesel déglingué de la classe Kilo, intraçable depuis l'espace et qui apparaît sur leurs sonars comme un bâtiment russe. On a récupéré Peaches aussi, évidemment. Tout ça en échange de dix bombes atomiques B83 d'1,2 mégatonne[42]. Un prêt-bail nucléaire, voilà comment les stratèges appellent ça.

L'officier polonais se fendit d'un sourire.

– Nous vivons dans un quartier très dangereux. Mais maintenant, nos voisins vont réfléchir bien avant d'attaquer nous.

– Ça voulait dire quoi, les mots que vous avez prononcés quand je vous ai fait tomber ? demanda Conan.

– Vous m'avez surpris alors j'ai dit des gros mots en polonais – pas contre vous, contre moi. Duncan dirait que ça peut se traduire par *Oh Fuck*.

Conan baissa son arme pour de bon et tendit la main au Polonais pour l'aider à se relever.

– Comment dit-on « merci » en polonais ? demanda-t-elle.

– *Dziękuję*.

– Alors je vous dis ça.

Centre de commandement du Directoire, Honolulu, Zone administrative spéciale d'Hawaï

Pendant la majeure partie de son trajet en voiture avec la Veuve Noire, le colonel Vladimir Markov était encore ivre. Mais à présent qu'il toisait le caporal chinois de dix-neuf ans qui le mitraillait de questions, il se rendit compte qu'il avait soudain dessoûlé. Encore heureux, songea-t-il, vu que c'est le troisième check-point que je passe avec elle.

– Vous savez qui elle est ? demanda-t-il au caporal. C'est une sacrée prise.

Il n'était pas sûr au début qu'ils parviendraient à franchir ne serait-ce que le premier contrôle de sécurité. Mais elle s'était soumise au scanner corporel, avait été fouillée par les deux fusiliers marins pour s'assurer qu'elle ne portait pas d'armes, et on leur avait fait signe de continuer. Au deuxième check-point, il s'était surtout inquiété pour lui-même, se demandant si son badge fonctionnerait encore et si, dans le cas contraire, on n'allait pas tout simplement l'abattre sur place. Mais pendant qu'ils patientaient, les gardes avaient reçu un appel de l'aide de camp du général Yu, un lieutenant qui avait été prévenu de l'arrivée de Markov par le système de sécurité automatisé de la base, et, finalement, on les avait laissés entrer. Mais le lieutenant avait demandé aux gardes de les scanner à nouveau, pour bien s'assurer qu'ils n'étaient pas armés.

Au troisième point de contrôle, Markov se planta au côté de sa prisonnière et tira d'un coup sec sur ses menottes, pour lui arracher une attitude de soumission. Elle joua parfaitement son rôle, poussant un gémissement en baissant les yeux. Le caporal l'étudia attentivement, peinant à réconcilier les histoires qu'il avait entendues, au sujet de la femme qui avait tué tant de ses camarades, avec la silhouette résignée qui se tenait devant lui.

– Elle est pour le général, déclara le colonel Markov. Vous et les gamins de votre âge, vous pourrez juste regarder.

Ses yeux commençaient à le piquer et sa vessie se contractait, les effets de la gueule de bois annoncée s'intensifiant sur son corps déshydraté.

Le visage du caporal s'empourpra sous son grand casque anti-émeute, et il retroussa les lèvres. Il tenait sa radio de la main gauche, près de sa bouche, comme s'il marquait une pause avant de croquer dedans. Sa main droite était posée sur son pistolet, calé dans son étui de ceinture. Il avait l'attitude tendue de celui qui se retrouve seul dans un moment critique.

– Il va falloir attendre, annonça le caporal. Je vais devoir vous faire passer un autre scanner.

– Très bien, répondit Markov. Et pendant que nous attendons, je vais appeler le général et lui expliquer pourquoi vous retardez sa livraison spéciale. On me donnera une médaille pour ce que j'ai accompli. Vous, vous aurez de la chance si on ne vous fusille pas.

La main du caporal se porta brusquement à son cou, où elle gratta un carré de chair juste sous la mâchoire, à deux centimètres de l'entaille à peine cicatrisée de la pompe à stimus qui faisait une bosse sous la peau. Ce léger grattement parut le détendre un peu, et il désigna d'un geste du menton la sphère noire fixée sur un poteau, derrière lui.

– Non, colonel, répliqua-t-il. Ils savent que c'est vous. C'est pour ça qu'ils sont en train de nous regarder. À mon avis, le général regarde aussi.

– J'espère bien, grommela Shin entre ses dents. Je veux qu'il soit prêt.

– Ferme-la ! cria Markov. Ou je te bâillonne.

Carrie baissa la tête et passa d'un pas traînant devant le scanner. Après une nouvelle fouille corporelle, le garde leur fit signe d'avancer.

– C'était le dernier check-point, murmura Markov à l'oreille de Carrie. Tâchez de bien vous tenir.

– Aussi longtemps que je le pourrai, dit-elle.

Université Jiao Tong de Shanghai

Le commandant de Hu ne s'était pas donné la peine de leur expliquer pourquoi les ordres avaient changé, si bien qu'elle avait piraté son point d'accès au réseau de commandement. Manifestement, les Américains étaient repassés à l'offensive et, ce qui était plus embêtant, ce mouvement avait pris Hainan par surprise.

Maintenant, il allait donc falloir remettre l'Amérique à sa place au moyen d'une attaque dévastatrice qui donnerait une bonne leçon au public américain. La liste des cibles était affichée dans la bibliothèque du système. Hu entra dans la représentation en 3D de la bibliothèque de l'université, où les dossiers correspondant à chaque cible étaient entreposés sur ce qui ressemblait à des étagères en bois, et elle lança une recherche à partir des températures actuelles, cherchant les endroits où celles-ci étaient inférieures à zéro. Là, à gauche, clignotant en bleu sur une étagère : une compagnie d'électricité à Akron, dans l'Ohio. Elle allait commencer par ça.

C'était trop facile, indigne de son talent. Le backdoor permettant d'accéder à cette cible avait été créé avant qu'elle ne rejoigne l'unité. Il n'y avait donc plus qu'à insérer quelques lignes de code. Inspiré du malware Project Aurora développé par les Américains, qui l'avaient testé pour la première fois en 2007, ce virus malveillant allait utiliser les générateurs de la compagnie comme des armes[43]. Le programme leur ordonnerait de se connecter au réseau électrique puis de s'en déconnecter de manière précipitée et, surtout, désynchronisée. Ce qui aurait pour effet de détruire non seulement les générateurs, avec pour conséquence une panne électrique générale, mais aussi les moteurs synchrones à induction qui faisaient tourner toutes les machines, de celles des usines aux stations de pompage des oléoducs.

Les doigts de Hu bougeaient par à-coups, leurs bagues connectées transmettant l'ordre de lancer le protocole d'attaque tout en faisant apparaître son album photo personnel. Elle le passa en revue pour scanner et coller toutes les images géolocalisées dans la région d'Akron. Elle voulait immortaliser les derniers instants où ces Américains profiteraient d'un peu de chaleur.

Mais tout à coup, l'album photo devint blanc. Alors que Hu commençait à agiter les doigts pour redémarrer le système, la couverture vierge de l'album se mit à rétrécir, dévoilant un fond noir. Les doigts de sa main droite poursuivirent le protocole d'attaque tandis qu'elle regardait, fascinée, une image se former sur l'album. D'abord un masque blanc se détachant sur le fond noir, dénué de traits, mais qui se remplit peu à peu : une paire de sourcils froncés, une large moustache[44] recourbée aux deux extrémités et un petit bouc pointu. Le visage arborait un sourire surdimensionné qui semblait étrangement cruel.

Hu sentit la transpiration couler sous ses aisselles et son estomac se nouer. Elle cligna des yeux pour s'assurer qu'il ne s'agissait pas d'une hallucination. Ça ne pouvait être qu'un canular. Elle avait entendu parler d'eux pendant sa formation, mais ils n'avaient plus sévi en ligne depuis plus de dix ans.

Elle releva sa visière et jeta un coup d'œil vers l'estrade de l'auditorium, en contrebas, pour voir si le commandant de l'unité avait vu la même chose qu'elle. Non : il était concentré sur le lent déballage d'un chewing-gum. Les autres officiers assis autour de lui n'avaient rien vu non plus, une symphonie de casques et de doigts qui remuaient en cadence, dans tous les sens, menant à bien le scénario préprogrammé de l'attaque.

Hu rabaissa sa visière et plongea de nouveau dans le monde virtuel. Ses doigts se remirent à danser et ses bagues passèrent à l'action, forçant le programme qui gérait l'album photo à fermer tout en lançant une vérification d'ensemble du système. Hu donnait de violents coups de poing dans le vide devant elle, puis le tirait vers elle, pour autant de commandes à exécuter. Elle se sentait à la fois furieuse et exaltée, sa pompe à stimus s'activant au fur et à mesure que le système accomplissait les actions demandées. Une vague d'euphorie l'inonda – elle n'avait jamais rien ressenti de si fort.

Alors qu'elle venait de fermer l'album, un nouveau masque blanc apparut devant elle, cette fois suspendu au-dessus du dossier Akron qu'elle avait sélectionné dans le rayon des cibles. Les doigts de Hu virevoltèrent de plus belle, son euphorie allant croissant au fil des tâches exécutées par le système.

Comme sa contre-attaque effaçait ce nouveau masque, les caractéristiques techniques de la cible d'Akron commencèrent à réapparaître. Mais alors, le masque se déforma et se dédoubla. Ses doigts voletant dans les airs, elle repassa à l'offensive. Les deux masques se démultiplièrent en quatre, et elle sentit une nouvelle décharge de sa pompe à stimus – un bonheur intense l'envahit. Ah, c'était donc ça : chacune de ses actions ne faisait que créer d'autres masques, réalisa-t-elle. Elle savait qu'il fallait arrêter, mais les masques souriants la narguaient. Celui ou ceux qui étaient derrière tout ça méritaient une bonne leçon, et puis, son corps avait un irrépressible besoin d'une dose supplémentaire de ces stimus injectés dans ses veines à chaque nouvelle action.

Bientôt, des milliers de masques blancs envahirent ce paysage numérique jusque-là si beau. On aurait dit que le monde virtuel tout entier s'était révolté. Mais Hu ne s'était jamais sentie si bien.

Le commandant de l'unité venait à peine de commencer à mâcher son chewing-gum quand il remarqua que les casques au-dessus de lui, sur les travées de l'auditorium, n'oscillaient plus selon leurs cadences habituelles. Certains étaient penchés en avant, visiblement confus ; d'autres se balançaient violemment d'avant en arrière. Balayant la salle du regard, il repéra un casque penché de côté, comme si la tête qui l'occupait ne se soutenait plus.

Le corps de Hu bascula du siège, et son casque heurta violemment le plancher ; l'officier ne savait plus s'il devait courir vers elle ou se précipiter vers le poste de contrôle du système. Avant qu'il ait pu se décider, les projecteurs de l'auditorium illuminèrent le centre de la salle. Cet immense éclat blanc se cristallisa sous la forme d'un hologramme, les minuscules grains de lumière dessinant un masque noir et blanc, tout sourire.

Une voix digitale résonna soudain dans les haut-parleurs de l'amphithéâtre et dans tous les masques connectés.

Nous les Anonymous[45]*,*
Nous sommes anonymes.
Nous sommes Légion.
Nous ne pardonnons pas.
Et nous sommes de retour !

Puis la salle se retrouva plongée dans le noir.

Centre de commandement du Directoire, Honolulu, Zone administrative spéciale d'Hawaï

Le Russe l'avait donc vraiment fait. L'aide de camp du général Yu les avait reconnus sur les images de la vidéosurveillance, et l'identité de la femme avait été confirmée, mais ce n'est qu'en les voyant de près qu'il parvint vraiment à y croire.

Le doute nouait encore le ventre du lieutenant tandis qu'il les conduisait jusqu'au bureau du général. Main sur son pistolet, il regarda le Russe sortir une clé de sa poche et menotter la fille à l'une des chaises en bois qui faisaient face au bureau. Le doute du lieutenant redoubla alors : était-ce vraiment elle ? Les relevés scientifiques avaient-ils localisé la bonne personne sur les lieux de ces atrocités ? Elle était toute recroquevillée sur la chaise, les genoux ramenés contre sa poitrine, dans la posture d'une fille totalement brisée. Le Russe lui arracha sa perruque et la jeta sur ses cuisses, dévoilant son crâne chauve. Elle se contenta de contempler le sol, soumise.

Ce qui renforça l'inquiétude de l'aide de camp. Quand on lui avait annoncé par radio l'arrivée inattendue du Russe accompagné de la jeune femme, le général Yu avait donné l'ordre de les conduire à son bureau. Mais maintenant, le lieutenant se demandait quelle allait être la réaction du général en la voyant en chair et en os. Elle ne ressemblait vraiment pas à ce qu'il imaginait – et encore moins le général, à coup sûr.

– Pouvez-vous nous apporter de l'eau ? demanda Markov.

La fille était toujours prostrée sur la chaise, en position fœtale. Elle semblait morte de peur, littéralement.

– Je regrette, colonel, mais ce n'est pas possible. Le général Yu sera là d'un instant à l'autre ; nous n'avons pas le temps.

– Bon sang, vous ne voyez pas qu'elle va bientôt s'évanouir de déshydratation ? Il faut lui faire avaler de l'eau et des stimus.

L'aide de camp pesa le pour et le contre sans quitter des yeux Markov, qui semblait un peu ivre, ou du moins en proie à une vilaine gueule de bois, l'épaule calée contre le mur. Le lieutenant réfléchissait encore quand il entendit un pas lourd dans le couloir et se retourna pour accueillir le général Yu. Il l'entendit hurler à un jeune officier en charge des télécommunications de revérifier les connexions avec Hainan ; elles avaient posé problème tout le long de cette journée. Le général mettait cela sur le compte de l'incompétence de son subalterne, mais l'aide de camp penchait plutôt pour un nouvel acte de sabotage perpétré par les insurgés. Il devinait aussi que le général préférait éloigner de cette entrevue les yeux et les oreilles du jeune officier.

Quand le général entra dans la pièce, le Russe parla le premier – cruelle erreur.

– J'ai réussi, claironna Markov, d'un ton à la fois triomphant et las.

Comme l'avait craint l'aide de camp, Yu faillit exploser.

– Vous avez réussi ? Combien de mes hommes sont-ils morts parce que vous avez échoué à l'attraper avant ? Et maintenant, vous voudriez qu'on vous félicite… Vous croyez que nous allons vous remettre une médaille, que ça va vous sauver ? (Le général partit d'un grand rire.) Laissez-moi regarder cette tueuse que vous nous avez apportée, et ensuite nous verrons ce que vous méritez.

Il posa un genou à terre devant la fille, qui contemplait toujours le sol.

– Regarde-moi, petite, ordonna Yu en se penchant vers elle.

La fille bascula légèrement sur son siège, puis releva la tête. En la voyant, l'aide de camp eut le souffle coupé. L'expression de Carrie vira aussitôt du docile au primal, ses pupilles dilatées éclipsant presque ses iris. Elle fixait droit dans les yeux le général Yu, qui l'étudiait avec curiosité, leurs visages à quelques centimètres l'un de l'autre.

Alors la masse de faux cheveux noirs étalée sur ses cuisses s'agita et la perruque bondit brusquement dans les airs. Carrie l'enroula autour du cou du général et renversa la chaise sur le côté, se servant de son poids pour plaquer au sol le colosse. Ils s'effondrèrent sur le plancher dans un tourbillon de bras et de jambes. Le général Yu se redressa tant bien que mal, les deux pieds de la fille calés contre son flanc et ses deux bras tirant sur la cordelette de cheveux qu'elle avait passée tel un nœud coulant autour de son cou. La chaise en bois à laquelle elle était encore menottée oscillait comme un pendule, lui procurant une force de levier supplémentaire.

L'aide de camp allait se précipiter au secours de son général quand il sentit le métal froid d'un canon contre sa tempe. Se retournant, il vit le Russe qui le tenait en joue avec un pistolet

SIG Sauer américain, le fameux trophée que le général exposait derrière sa vitrine.

– Non, non. Laissez-les se débrouiller. Je suis assez curieux de savoir ce que ça va donner, dit Markov.

Station spatiale Tiangong-3

– Il se peut qu'il mente, Sir, fit remarquer Best.

– Non, c'est la vérité, répliqua Chang. Nous devons quitter la station. Encore cinq rotations, peut-être, et son orbite se sera tellement détériorée qu'elle prendra feu.

– Vous êtes en train de me dire que je suis sur le point de perdre beaucoup d'argent ! s'écria Cavendish. Pourquoi avez-vous fait ça ? Pourquoi détruire *ma* station ?

Pendant dix secondes, le seul bruit qui résonna à l'intérieur du module fut celui du zip qui refermait le dernier sac mortuaire. Les autres avaient déjà été scellés et fixés avec du Scotch aux parois de la station.

– C'était mon devoir, j'étais obligé de le faire, répondit Chang d'une voix calme, s'adressant à présent à Best, qui était à l'évidence un genre de soldat.

Il en avait la carrure, mais cela tenait davantage à son air détendu juste après la bataille, les yeux fermés tandis qu'il savourait un chewing-gum, mâché avec une précision et une régularité extrêmes. Le malingre de la bande – celui qui se faisait appeler sir Aeric –, faisait visiblement autre chose dans la vie. Il avait plus l'air d'un commerçant en colère que d'un soldat, à crier comme ça.

– Sir, nous avons atteint l'objectif, déclara Best. Dommage pour votre trophée. Mais vous savez, nous pourrons le refaire ailleurs.

– C'est vrai, acquiesça Cavendish, soudain plus calme. Les Russes se montreront peut-être plus raisonnables. Et je ne leur demanderai pas juste de se rendre : je proposerai de les embaucher. La carotte *et* le bâton, les deux en même temps. Qu'en pensez-vous ?

– Ça vaut la peine d'essayer, Sir, répondit Best. Mais pour l'instant, nous devons quitter la station. Ce coin de l'espace va bientôt s'embraser, quand les missiles ASAT des Américains commenceront à abattre les satellites chinois et russes. Ensuite, ils voudront mettre les leurs en orbite, et le Directoire leur réservera le même traitement. Comme plus personne n'aura le contrôle de l'espace, chaque camp n'aura plus qu'à neutraliser les satellites de l'autre dès qu'ils seront lancés. D'ici peu, toutes les orbites survolant le Pacifique ne seront plus qu'un immense nuage de débris.

– Ça donnerait presque envie de travailler au service d'un patron qui aurait eu la prévoyance d'investir dans le domaine des carburants pour les fusées, pas vrai ? fit remarquer Cavendish, qui calculait déjà les profits à venir. Regagnons tous le *Tallyho*, alors ! Monsieur Tick, vous en sentez-vous capable ?

– Je ne ressens aucune douleur, Sir, répondit Tick.

Son front était pourtant enflé, ses yeux injectés de sang.

– Vous êtes courageux, Tick, apprécia Cavendish, qui étudiait maintenant Chang. Best, passez le sas avec vos hommes. Je serai le dernier à partir.

– Oui, Sir, acquiesça Best. Oh, et puis, Sir, je crois que je vous ai enfin trouvé un nom de code : que dites-vous de Zorro ?

– Splendide, répondit Cavendish, tout sourire. Absolument splendide.

Un éclair de soulagement parcourut le visage de Chang. C'était comme si la tension qui régnait dans la pièce s'était tout à coup relâchée. Chang se laissa flotter vers un scaphandre d'évacuation, mais le petit chef – le commerçant –, secoua la tête. Il tenait dans sa main un de ses pistolets électriques.

– Non, pas vous. Je vous avais prévenu que s'il y avait la moindre résistance de l'équipage vous alliez tous mourir. Je n'en serais pas arrivé là dans le monde des affaires si je n'étais pas un homme de parole.

Chang n'eut pas le temps de riposter que c'était la faute de Huan : la fléchette du Taser pénétra dans sa chair, libérant instantanément ses 7,5 millions de volts.

USS *Zumwalt*, golfe d'Alaska, océan Pacifique

Debout sous le vent de la plateforme destinée aux hélicoptères, le capitaine Jamie Simmons scrutait l'azur du ciel. Malgré le froid de plus en plus mordant au fur et à mesure qu'ils progressaient vers le nord, la lente oscillation de la houle du Pacifique rendait ce moment très agréable. C'était le genre de beauté qui se glissait parfois subrepticement dans l'expérience de la guerre.

– Capitaine, des signaux visuels IFF ont permis de l'identifier comme l'un des nôtres, annonça le matelot Eric Shear.

Simmons lui prit des mains les jumelles surdimensionnées. L'icône lumineuse du viseur lui indiqua qu'il fallait se tourner vers bâbord et lever un peu les jumelles vers le ciel, où il repéra l'avion à cinq kilomètres environ, approchant à grande vitesse. Une série de trois éclats lumineux, répétée encore et encore, vint confirmer le signal IFF – *identification, friend or foe* – permettant de distinguer les appareils amis des ennemis.

– Nous serions déjà morts si ce n'était pas le cas, remarqua Simmons. Que l'équipe de récupération se tienne prête.

– Elle est déjà en stand-by, Sir, répondit Shear.

La silhouette grise caractéristique d'un drone furtif General Atomics Avenger se dessina peu à peu derrière les signaux lumineux. L'engin se déplaçait vite et à basse altitude, plus bas qu'aucun pilote humain n'aurait osé le faire, à cinq mètres de l'eau à peine, le clapot des plus hautes vagues venant lécher le dessous du fuselage. Le vol autonome de cet appareil à réaction sans pilote touchait à sa fin. Faute d'autres moyens d'établir des communications sécurisées avec la flotte, le Commandement du Pacifique était contraint de recourir à ce qui n'était rien d'autre qu'un pigeon voyageur à vingt millions de dollars pièce. Le premier passage du drone au-dessus du *Zumwalt* frôla l'arrière à quinze mètres à peine, bien trop près au goût de Simmons. En s'éloignant, le jet agita légèrement ses ailes. Au moins, l'un des programmeurs chargés de cette mission avait de l'humour.

Suivant des yeux le second survol, Simmons vit s'ouvrir les portes de la soute abritant normalement les armes de l'engin. Celui-ci ralentit et largua deux bidons jaune vif, puis s'éloigna vers l'est, éjectant au passage d'autres bidons destinés aux différentes unités du groupe d'intervention naval. Après quoi il reprit de la vitesse et plongea droit vers l'océan. Le drone disparut dans une gerbe d'eau, le fracas de l'impact se perdant dans la brise du large.

Les bidons ruisselaient lorsqu'on les hissa à bord du *Zumwalt*, avant de les déposer dans le hangar, où deux techniciens se chargèrent de désarmer les dispositifs de protection qui auraient pulvérisé dans les conteneurs des liquides toxiques pour en dissoudre le contenu, si quelqu'un avait tapé un code d'accès erroné.

– Vous pensiez qu'on en arriverait là un jour, capitaine ? interrogea Cortez, étudiant le petit tas de paquets enveloppés d'aluminium.

– Non, vraiment, répondit Simmons. C'est quand, la dernière fois que vous avez ouvert une vraie lettre, XO ?

Il déchira l'une des enveloppes d'aluminium et entreprit de lire la note d'accompagnement résumant les principaux points du plan opérationnel.

– Si les membres du Congrès avaient su que cette guerre allait arriver, je parie qu'ils n'auraient jamais supprimé la Poste américaine.

– Certains de nos gamins, à bord, je doute qu'ils aient jamais tenu une lettre dans leur main, du moins écrite par une autre personne, fit remarquer Cortez.

– J'aime bien que vous les appeliez nos gamins. Ça montre bien les progrès que vous avez accomplis, Horatio. Ça montre aussi que vous prendrez les bonnes décisions par la suite, quoi qu'il arrive.

Jamie s'interrompit, laissant le temps à son second d'intégrer le sens de ses paroles. Il baissa de nouveau les yeux sur la feuille et continua de lire, laissant Cortez planté là en silence, mal à l'aise. Puis il replia le document et le remit dans son enveloppe.

– Finis les beaux discours, déclara-t-il. Il faut qu'on regagne la passerelle.

Cortez le regarda sans comprendre.

– Le Commandement du Pacifique nous annonce que les capacités de surveillance spatiale du Directoire ont été neutralisées, ce qui veut dire que nous venons de disparaître de leurs écrans. On nous a communiqué de nouveaux ordres de mission et une nouvelle destination. Faites savoir aux hommes d'équipage qu'ils peuvent ranger leurs mitaines. Nous filons plein sud. Nous allons voir si ce navire est aussi furtif qu'on le dit.

Kahuku, Oahu, Zone administrative spéciale d'Hawaï

La marche depuis la plage était tout aussi longue que certains périples que Conan avait entrepris avec les Moudjahidine du North Shore, mais elle leur prit bien moins de temps. La confiance avec laquelle se déplaçaient les quatre Navy SEAL formant ce *fire team* tranchait avec les arrêts incessants des insurgés. Là où les MSN auraient passé une heure à observer la moindre intersection pour s'assurer qu'elle n'était pas surveillée par des soldats du Directoire, les SEAL la traversaient sans une hésitation, à la suite du minuscule robot-langouste qu'ils surnommaient Butter et qui trottinait devant eux pour leur ouvrir la voie.

Conan trouvait leur discipline en matière de bruit absolument terrible. Ils n'en faisaient pas beaucoup, non : ils étaient plutôt silencieux, du moins pour des prédateurs. Le problème, c'est qu'ils n'avaient jamais été des proies. Ils annonçaient leur présence par des gestes aussi insignifiants que resserrer les sangles d'un sac ou s'essuyer le front. Et puis, ils prenaient trop de risques. Au lieu de faire de larges détours pour contourner les positions connues des troupes du Directoire, ils semblaient au contraire chercher tous ces endroits que les Moudjahidine du North Shore avaient, à leurs dépens, appris à éviter.

Elle ne comprenait pas pourquoi, jusqu'à ce qu'ils atteignent le premier site, un groupe de maisons dans lesquelles un peloton d'infanterie du Directoire avait établi sa caserne. Duncan et elle se mirent à plat ventre et rampèrent jusqu'au bord d'un petit ruisseau, à soixante-quinze mètres environ des maisons. Elle soupçonnait les Navy SEAL de préparer une embuscade, ce qui n'était pas sans l'inquiéter. Car même s'ils parvenaient à maîtriser cette unité, cela n'aurait pour effet que de faire débarquer la force de réaction rapide. Elle avait souvent entendu parler de l'arrogance des Navy SEAL. Mais là, c'était du suicide.

Conan s'apprêtait à reculer et à les laisser se débrouiller sans elle quand elle vit Duncan poser son fusil à côté de lui. Étudiant la tablette flexible fixée sur son avant-bras, il chercha l'endroit où ils se trouvaient sur la carte qui défilait sur son écran, et y plaça un repère.

– Nous avons les anciennes coordonnées GPS, celles d'avant la guerre, d'à peu près tout ce qui se trouve sur l'île, précises à deux centimètres près, murmura-t-il. Bon, on ne peut plus s'en servir pour la navigation, c'est vrai... Mais nous ne savions pas où étaient situées les forces du Directoire. Maintenant, nous le savons. Où nous conduisez-vous ensuite, lieutenant ?

Ils marchèrent toute la journée et Duncan recouvrit peu à peu sa carte digitale de repères. Conan ne se sentit à l'aise que lorsqu'ils se retrouvèrent enfin sur les sentiers de la réserve forestière de Pupukea-Paumalu[46], à l'écart des lieux habités. Leur périple s'acheva par une petite balade le long d'un ruisseau dans les parages d'East 'O'io Gulch, jusqu'à l'ancien centre de formation de Kahuku[47]. Ce site d'une quarantaine d'hectares avait été aménagé pour former des ouvriers du bâtiment loin du regard des touristes. Une poignée d'édifices nichés derrière une colline, un réservoir d'eau de deux cent quarante mètres cubes et un espace où les apprentis pouvaient apprendre à conduire pelleteuses et autres engins de chantier. L'endroit était à l'abandon, envahi par la jungle.

Mais ce qui les intéressait se trouvait à l'autre bout du complexe. *Kahuku*, en hawaïen, signifiait le « ressaut ». À cet endroit, la colline culminait à près de cent mètres, surplombant la plaine alentour. On pouvait voir en contrebas la Kamehameha Highway et un terrain de golf de l'autre côté, parfaitement entretenu, comme si la guerre n'avait jamais eu lieu. Plus loin, on apercevait trois édifices assez bas, regroupés sur une péninsule qui ouvrait sur l'océan.

– C'est bien les Chinois, ça, de se réserver les meilleurs emplacements, hein ? s'amusa Duncan.

– Turtle Bay Resort[48], le seul grand hôtel du North Shore, expliqua Conan. Qui est maintenant le QG de leur force de réaction rapide régionale.

Elle pointa du doigt les hélicoptères et les petits drones parqués sur les courts de tennis, à l'ouest du complexe.

Duncan fit signe aux membres du groupe de trouver une cachette et de sortir leurs boucliers de nylon. Conan, elle, avait toujours sa couverture de laine à portée de main. Elle regarda Peaches ramasser le robot-langouste, fixer dessus un minuscule cylindre puis le reposer par terre et lui tapoter le dos comme on le ferait pour encourager un chiot. Duncan fit glisser son index sur l'écran de la tablette flexible et enregistra un nouveau repère sur le complexe de Turtle Bay. Le robot miniature détala et disparut dans les broussailles.

– Après tout ce que nous avons vécu ensemble, il n'a même pas la courtoisie de nous dire au revoir, soupira Duncan.

– Il ne va pas juste patrouiller le périmètre ? s'étonna Conan.

– Non, cette fois, Butter va s'aventurer un peu plus loin que nous. On compte sur lui pour transmettre les renseignements collectés.

Sur l'écran, ils virent l'icône du robot se rapprocher du Turtle Bay Resort, progressant avec une lenteur insoutenable, mais régulièrement. La vue en 3D le montrait en train de traverser l'autoroute, puis de pénétrer dans le bâtiment principal du complexe en empruntant un conduit d'évacuation de quinze centimètres de diamètre qui passait sous la clôture de barbelés que le Directoire avait installée autour de l'hôtel. Le robot traversa une série de jardins et d'allées, restant autant que possible à l'abri des buissons. Arrivé devant une vaste pelouse au pied de l'hôtel, lieu de bien des mariages au fil des années, la langouste s'arrêta, scrutant les environs à l'affût de mouvements.

– Tu as raison, sois prudent, murmura Duncan, même si ce conseil à distance n'avait aucune chance d'être entendu : le système de pilotage de Butter avait été réglé en mode automatique intégral.

Le robot détecta une présence, deux officiers du Directoire qui descendaient l'allée, et s'enfouit sous un tas de paillis au bord du jardin attenant. Lorsqu'ils s'éloignèrent, Butter ressortit de sa planque et traversa précipitamment la pelouse, pour aller se caler au pied du mur en béton du bâtiment principal de l'hôtel. Le robot miniaturisé changea l'inclinaison de ses quatre pattes avant pour les poser sur le mur. Les extrémités de ses minuscules membres étaient dotées d'adhésifs en élastomère[49] deux fois plus collants que les pieds-ventouses d'un gecko, qui leur permettaient de se cramponner fermement même sur du béton. Ces quatre pattes hissèrent ensuite le reste de l'engin, qui grimpa le long de la paroi, prudemment, à la vitesse de cinq centimètres par seconde. Quand il eut atteint le toit, il balaya une nouvelle fois les environs en quête d'une présence humaine et, n'en repérant aucune, se précipita vers une antenne-relais plantée au milieu des blocs de climatisation. Il l'escalada et se fixa sur le dernier barreau. Là, il s'immobilisa.

– Voilà, Butter, bien joué mon gars ! s'écria Duncan, observant dans ses jumelles la langouste perchée au sommet de l'antenne radio.

Il adressa un signe de tête à Peaches, qui installa sur un petit trépied un tube métallique gros comme une bouteille Thermos.

– Un désignateur laser ? interrogea Conan. Vous préparez une frappe aérienne sur cet endroit ?

– Plus tard, peut-être, mais pour l'instant, c'est notre seul moyen de communiquer sans qu'ils nous repèrent. Transmission laser entre nous et Butter, qui relaiera les données via leur propre antenne radio. De cette manière, nous esquivons tous leurs systèmes de triangulation ; leurs scanners ne détecteront que des signaux émanant de leurs propres installations. Et quand nous n'aurons plus envie de partager leur merveilleux réseau de télécommunications, eh bien, vous verrez que Butter peut aussi être une vraie petite terreur…

Tandis que Peaches achevait d'installer le tube métallique et de le relier à la tablette flexible, déployée à présent sur le sol comme une vieille carte routière, Conan se pencha à l'oreille de Duncan.

– Vous avez des stimus ? On est à sec depuis un bail.

– Ça, c'est raide, répondit Duncan. On a tous connu ça pendant la formation du BUD/S[50], en nous retrouvant sevrés du jour au lendemain pour montrer qu'on était des SEAL… Mais maintenant ? Je n'imagine même pas m'en passer ne serait-ce qu'une journée. Digger, là-bas, pourra vous filer tout ce qu'il faut. C'est bon, Hammer ? demanda Duncan, tandis que Conan prenait la poignée de petits paquets que lui tendait Digger, lequel était manifestement l'infirmier du groupe.

– On est connectés, chef, répondit Hammer, un homme sec comme un clou avec une barbe grisonnante et un crâne strié de cicatrices, la cinquantaine bien tassée. Toutes les fréquences sont au vert.

– Alors allons-y, lançons la transmission.

Conan trouvait l'assurance des SEAL préoccupante. C'étaient des professionnels, mais ils ne semblaient pas assez méfiants, ce qui la mettait vraiment à cran. Elle s'enveloppa dans sa cape de laine et s'avança lentement jusqu'au bord du périmètre qu'ils avaient mis en place, histoire de guetter d'éventuelles menaces. Elle craignait encore plus une embuscade, maintenant que ce petit gadget qui leur servait d'yeux et d'oreilles n'était plus là.

Alors qu'elle scrutait une nouvelle fois les environs, une tape sur le talon de sa ranger déclencha une bouffée d'adrénaline qui remonta le long de ses vertèbres. Elle faisait déjà pivoter son fusil quand elle réalisa qu'il s'agissait de Nowak, le Polonais, qui avait voulu sauver l'honneur en la prenant à son tour par surprise. Il lui fit signe de rejoindre les autres et s'installa à sa place pour prendre son tour de guet.

– Alors, vous êtes prête à découvrir à quoi sert tout ça ? lui demanda Duncan lorsqu'elle s'allongea près de lui.

– Allez-y, impressionnez-moi…

Il lui tendit des lunettes tactiques étonnamment légères. C'était une version plus récente que celles qu'on lui avait fournies lors de sa formation militaire, des années auparavant. On aurait dit un peu un casque de hockey, avec des antennes longues comme le petit doigt et un trio de capteurs ronds comme des balles de golf incrustés juste au-dessus du front. Les batteries de l'appareil étaient fixées à un harnais, sur la poitrine de Duncan. Conan enfila les lunettes et appuya sur le bouton On, au niveau de sa tempe. Son corps eut un mouvement de recul instinctif quand l'affichage tête haute transforma en plein jour les ténèbres autour d'elle.

Conan tourna lentement la tête, survolant virtuellement la topographie de l'île, parsemée d'icônes lumineuses désignant tous les sites qu'ils avaient enregistrés et toutes les bases connues du Directoire ; des icônes clignotantes représentaient les stations radar et autres rampes de lancement de missiles en activité.

Elle sentit une main sur son épaule.

– La vue est bien meilleure par là.

Duncan la guida délicatement pour qu'elle se tourne vers la mer. À l'horizon, elle aperçut un amas de points bleus scintillant sur le fond sombre de l'océan. Elle se concentra sur eux et le système analysant les mouvements de ses pupilles zooma automatiquement, l'emmenant de plus en plus loin au large. Au fur et à mesure qu'elle s'approchait, la grosse boule bleue commença à se scinder en une douzaine de petits triangles bleus ondulant le long de l'horizon. Des forces amies. Très nombreuses. L'étiquette associée à cet amas bleu brillait devant ses yeux : *Groupe naval d'intervention Longboard.* Tandis qu'elle faisait un zoom arrière, elle repéra un point bleu isolé, précédant le groupe de quelques centaines de milles ; il avait pour icône un Z étincelant.

Amiral Zheng He, 725 kilomètres au sud-est de la péninsule du Kamtchatka

L'*Amiral Zheng He*[51] fendait la houle du Pacifique, chaque nouvelle vague venant gifler le vaisseau amiral du groupe naval conjoint lancé par le Directoire et la Russie, comme un applaudissement au ralenti.

L'homme qui avait donné son nom à ce navire était le deuxième fils d'un rebelle de basse extraction, capturé par l'armée des Ming et castré à l'âge de onze ans. Le jeune eunuque avait alors reçu une formation de soldat. Mais à force de naviguer dans le monde politique agité de l'époque, il avait réussi à se frayer un chemin vers le sommet, finissant par être nommé *taijian* – directeur suprême des domestiques du palais impérial. Mais ce n'était pas pour cela que Zheng He était passé à la postérité : c'est sur les mers que l'eunuque avait refaçonné l'Asie, s'imposant comme l'un des plus grands amiraux de l'histoire.

À partir de 1405, Zheng He s'était en effet lancé dans une série de tours du monde connu, alors, par les Chinois. Sa flotte transportait vingt-huit mille soldats et marins à bord de plus de trois cents navires, son vaisseau amiral à neuf mâts étant le plus grand bateau jamais construit sous l'ère de la marine à voile. Voguant d'Asie jusqu'en Arabie, puis en Afrique, cette immense flotte avait forcé certains royaumes à se soumettre et vaincu ceux, plus rares, qui avaient choisi de se battre. À l'issue de ces voyages, l'amiral Zheng He avait créé le premier empire transocéanique, anneau de quelque trente États vassaux avec, au centre, la Chine.

Les empereurs suivants allaient se détourner de l'océan, mettant fin à ces grands périples. La Chine impériale s'était peu à peu affaiblie, et finit, humiliation suprême, par devenir le vassal d'autres nations. La grandeur de ces temps anciens était devenue un objet de honte, tout comme le souvenir de l'amiral Zheng. Mais ce n'était plus le cas désormais.

Long de 184 mètres, presque autant que le *Zumwalt*, l'*Amiral Zheng He* était inscrit à la liste des navires de guerre comme « croiseur », mais il avait tout du cuirassé[52] de l'ancien temps. Sa construction avait débuté à l'époque du Parti communiste et les Américains en avaient entendu parler pour la première fois quand une photo avait fuité dans les salons de discussion chinois sur Internet, sur laquelle on voyait une maquette démesurée en chantier à plusieurs centaines de kilomètres à l'intérieur des terres, au centre d'essais de Wuhan. Mais c'était le Directoire qui avait mené le projet à son terme. Aucun effort n'avait été fait pour que ce navire soit furtif, si bien que sa silhouette n'avait rien à voir avec les étranges lignes profilées du *Zumwalt*. Doté de 128 cellules lance-missiles, 64 à l'avant et 64 à l'arrière, l'*Amiral Zheng He* du XXIe siècle était tout entier axé sur la puissance de frappe, réelle et perçue.

L'aspect symbolique de la chose n'échappait pas à l'amiral Wang, assis dans sa cabine d'officier située juste en dessous du centre d'information tactique du *Zheng He*. Habituellement, les croiseurs portaient des noms de villes, mais le lobbying de l'amiral Wang s'était révélé payant, lui qui tenait absolument à ce que ce bâtiment, le plus grand navire de surface construit en Asie depuis la Deuxième Guerre mondiale, rende hommage au glorieux amiral qui avait jadis régné sur les mers, au temps où sa patrie avait connu la vraie grandeur. Et le fait que ce navire soit devenu le vaisseau amiral de la flotte que Wang commandait rendait ce choix encore plus judicieux. Les autres aussi seraient sensibles à ce symbole.

Tandis qu'il méditait sur l'amiral de la dynastie Ming, Wang passa distraitement le pouce sur la tranche du petit livre posé sur ses cuisses. Au moins, cette réunion aurait lieu à distance, si bien qu'il n'aurait pas à endurer d'un bout à l'autre le briefing du général Wei devant l'assemblée du Présidium. Wei tentait d'esquiver le fait que, jusqu'ici, les forces terrestres dont il était le commandant en chef avaient échoué à mater l'insurrection en cours à Hawaï.

– Général, déclara l'amiral Wang, loin de moi l'idée de questionner l'efficacité de notre campagne anti-insurrectionnelle, mais, pour l'heure, permettez-moi de me concentrer sur l'impact subi par nos forces navales. L'attaque récente contre notre principal ballon-radar, près d'Honolulu, a eu pour résultat de priver l'île de toute couverture radar longue portée. Nous pouvons vous aider à compenser cette perte en vous fournissant davantage d'avions de reconnaissance en vue de mener des patrouilles aériennes, si besoin…

– Nous aider « si besoin » ? s'étrangla le général Wei. Non, je ne crois pas qu'il faille vous ronger les sangs au prétexte qu'un malheureux ballon a été détruit, amiral. Dans les guerres véritables que nous autres livrons sur terre, il faut s'attendre à de telles pertes – rien à voir avec les combats aseptisés que vous vous contentez d'attendre au large. Les capteurs de la station spatiale Tiangong-3 continuent, évidemment, de fournir une couverture de l'ensemble du théâtre des opérations. Laissez-nous nous occuper des opérations terrestres et concentrez-vous plutôt sur la mer, et plus particulièrement sur ce que vous vous préparez à faire subir à ce groupe naval américain constitué de vieilles unités, qui a récemment quitté San Francisco.

Ne te précipite jamais pour annoncer les grandes nouvelles, pour laisser le temps à ton rival d'en étaler son ignorance devant le groupe : Wang n'avait pas oublié ce que lui avait dit un jour son mentor sur les stratégies à adopter lors des réunions d'état-major. Les mains de Wang étaient tranquillement posées sur le petit livre à reliure cuir, lorsqu'il se pencha en avant. Sur l'écran projeté devant lui, une douzaine d'hommes et de femmes portant costumes, tailleurs et lunettes étaient assis en demi-cercle.

Difficile de savoir s'ils soupesaient réellement ses remarques ou bien suivaient simplement en direct les cours de la bourse de Shanghai.

– Merci, général. Effectivement, l'escadron américain est composé pour l'essentiel de vaisseaux anciens appartenant à leur flotte de réserve basée sur la côte Ouest des États-Unis. Les transmissions interceptées sur le réseau du commandement américain et l'analyse des quantités de carburant embarquées semblent indiquer qu'il s'agit de renforts en partance pour l'Australie. Une unité de marines, la 2e brigade expéditionnaire, a été déployée depuis leur côte Est, tout comme une unité de l'armée de terre, plus précisément le 11e régiment de cavalerie[53], qui a gardé son nom même si les chars d'assaut ont depuis longtemps remplacé les chevaux. Tout cela concorde avec notre analyse des réseaux sociaux, sur lesquels plusieurs mentions corrélatives ont été postées par des proches d'officiers connus de nos services, affectés au sein de ce groupe naval.

– C'est parfait, intervint Wei. Laissez-les donc envoyer d'autres forces là-bas, pour qu'elles dépérissent aux côtés de leurs alliés australiens.

– Oui, général, cela serait sans doute la meilleure marche à suivre... (Maintenant, il s'agissait de donner une leçon à Wei devant tous les autres, sur ce qu'il n'avait pas compris de la manière de mener une guerre contemporaine.)... si nous pensions vraiment qu'il s'agit bien là de leur destination. Cependant, cette flotte se dirige vers le nord, pas le sud. Dans le même temps, les derniers relevés de surveillance depuis l'espace montrent qu'un groupe naval composé des derniers navires de combat modernes et performants dont ils disposent encore dans l'Atlantique sont en route vers l'Arctique. S'ils parviennent à franchir le passage du Nord-Ouest, ils pourraient se précipiter à travers le détroit de Béring puis redescendre vers le Pacifique Nord. Il est à noter que, selon les mesures des capteurs Tcherenkov, ce groupe naval comprend les deux derniers navires capitaux qu'il leur reste : le vieux porte-avions *Nimitz* mais aussi l'*Enterprise*, leur tout dernier porte-avions de la classe Ford, qu'ils ont fait sortir avant l'heure du chantier naval où il était en construction. Ce qui semble lié aux informations que nous venons de recevoir du laboratoire de « recherche » du Dr Qi, rapportant l'intérêt de leurs agents capturés pour nos défenses du Nord.

L'espace de quelques instants, Wei parut troublé par cette cascade de données et de sources introduite par Wang dans cette réunion, et par la manière dont celui-ci avait relié les points entre eux, mais il se reprit aussitôt.

– Alors, amiral, il semble que vous l'ayez finalement, votre tempête, celle dont vous nous avez rebattu les oreilles et ce, sans même avoir besoin d'étendre cette guerre à d'autres océans. Prenez position avec nos partenaires russes dans le détroit de Béring pour leur bloquer le passage, et laissez-les venir à vous. Les Stonefish s'abattront sur eux et votre flotte n'aura plus qu'à repêcher les morceaux. Comme le disait le grand *général*... (Wei insista lourdement sur ce mot) Sun Tzu, que vous aimez tant citer dans vos discours : « Si vous attendez assez longtemps au bord du fleuve, les corps de vos ennemis le descendront devant vous en flottant. »

– Effectivement, général Wei, merci de nous rappeler ces sages paroles. Toutefois, la guerre en mer est plus fluide que cela. Comme Maître Sun l'a lui-même écrit : « La forme de l'eau est sans cesse changeante et de même, en temps de guerre, les conditions ne sont jamais constantes. » Tant de choses se sont mises en branle dans la situation qui nous préoccupe. J'estime que le risque combiné de...

L'amiral Wang s'interrompit. Ils avaient tous disparu.

Wang soupira et ouvrit le livre posé sur ses cuisses, déterminé à patienter de manière productive jusqu'à ce que les affreux parasites qui avaient décidé de s'en prendre au réseau de télécommunications s'en aillent.

Au bout de quelques minutes, une alarme retentit et l'écoutille de la cabine s'ouvrit brusquement, claquant contre la paroi.

– Amiral, nous avons perdu nos communications par satellite et nos moyens de surveillance depuis l'espace. D'abord, c'est la station Tiangong qui s'est déconnectée. Et ensuite, l'ensemble du réseau spatial a planté. Comme ça, sans prévenir ! Nous avons essayé de contacter Hainan, mais là aussi, nous n'avons que des parasites.

Wang commença à parler avant même de savoir ce qu'il allait dire.

– Alors sonnez le branle-bas de combat, ordonna-t-il. Je serai à la passerelle dans un instant.

Le fait d'avoir eu raison sur une chose si grave lui faisait horreur mais, au moins, il était préparé. Pour une mauvaise nouvelle, c'en était une. Cette fois qu'allaient bien pouvoir dire le général Wei et les autres membres du Présidium ? Rien, et cela faisait très longtemps que l'amiral Wang attendait ce moment. À présent, il disposait de l'indépendance, dans ses décisions et ses actions, dont rêvent tous les grands stratèges.

Tant de choses s'étaient mises en branle, peut-être même était-ce là l'ultime grande bataille qu'il avait toujours jugée nécessaire. Mais la question qui se posait était la suivante : que projetaient-ils de faire, au juste ? Les Américains avaient lancé deux flottes, mais vers quelles cibles[54] ?

Il feuilleta le livre sur ses genoux et lut un passage à voix haute :

– « Si l'ennemi renforce son avant-garde, il affaiblira ses arrières ; s'il renforce son arrière-garde, il affaiblira ses avants ; s'il renforce son aile gauche, il affaiblira la droite ; s'il renforce son aile droite, il affaiblira la gauche. S'il envoie partout des renforts, partout il sera faible. »

Pour une fois, le guide écrit par l'antique stratège sur l'art de la guerre le mit en colère. Ce dont il avait besoin, maintenant, c'étaient de réponses claires, pas de vagues dictons sur lesquels on pouvait passer des jours entiers à méditer.

Wang se leva et posa le livre sur la table de réunion, puis se dirigea vers la passerelle. Cette décision-là, il allait devoir la prendre seul.

Kahuku, Oahu,
Zone administrative spéciale d'Hawaï

Son esprit voulait qu'elle dorme, mais pour la première fois depuis des semaines, son corps l'en empêchait. L'effet des stimus durait plus longtemps que d'habitude, car cela faisait un moment qu'elle n'en avait pas pris.

C'était tellement frustrant. Jusqu'ici, c'était son corps qui avait eu un irrépressible besoin de dormir et son esprit qui ne le permettait pas. Plus frustrant encore : Duncan lui avait dit de se reposer un peu. Conan savait très bien que cela partait d'un bon sentiment et que les membres du commando l'admiraient visiblement d'avoir survécu si longtemps, mais cela lui rappelait surtout une fois de plus qu'ils n'avaient pas besoin d'elle. À chaque minute, chaque heure, chaque jour depuis l'invasion, elle avait été indispensable. Il fallait qu'elle planifie les attaques suivantes, qu'elle donne les ordres cruciaux et prenne les décisions les plus dures, si dures parfois que le sommeil, désormais, convoquerait chaque nuit des fantômes qui la hanteraient à jamais. Mais à présent, elle se savait inutile, elle savait qu'elle n'était pour les SEAL qu'une charge encombrante.

Alors elle attendait sous sa couverture, en nage, sans rien d'autre à faire qu'enlever les morceaux de stimus gélatineux coincés entre ses dents.

Elle entendit un léger bruissement et empoigna son fusil ; on ne la prendrait plus par surprise. Cette fois, c'était Duncan. Il lui fit signe de le suivre jusqu'au poste d'observation que le groupe avait choisi pour surveiller le périmètre, à l'orée des buissons. L'endroit offrait une vue dégagée sur le golf et, au-delà, le complexe hôtelier. Ignorant tout de leur présence, un trio de joueurs s'attaquait au troisième trou de ce parcours dessiné par le fameux architecte américain Thomas Fazio[55] ; des officiers de haut rang, à l'évidence, ou des dignitaires du régime, car deux hommes en armes les escortaient à bord d'une deuxième voiturette électrique réquisitionnée.

– Si je comprends bien, c'est cette unité qui a eu vos gars ? interrogea Duncan, en connectant les lunettes tactiques qu'il lui avait remises.

Conan acquiesça, tout en embrassant du regard ce paysage augmenté, parsemé d'icônes rouges et bleues, beaucoup plus nombreuses cette fois. Les membres du commando avaient visiblement travaillé dur pendant qu'elle se curait les dents.

– Nous n'avons jamais su de quelle unité il s'agissait, répondit Conan, mais ils étaient forts. Trop forts, ajouta-t-elle, rendant à César ce qui appartenait à César.

– Alors vous avez le droit de vous venger.

– Quand ?

– Dans trois minutes, ça vous irait ?

– Ça, c'est typique des hommes, soupira-t-elle. Mais oui, on fera avec.

Elle attendit et observa les membres du commando, qui commençaient enfin à laisser paraître un peu de nervosité, vérifiant et revérifiant leurs armes. Duncan gardait ses jumelles braquées sur le petit robot, toujours fixé au sommet de la tour métallique qui allait leur servir d'antenne-relais.

– OK, on est dans la fenêtre de tir, établissez la liaison, ordonna Duncan.

Une voix se fit entendre dans leurs oreillettes, déformée par le système de cryptage, mais on décelait sans peine un léger accent latino.

– Némésis, ici Longboard. Authentification Zulu, One, Bravo, Two, Three, X-Ray, Four, Two, Golf, Golf, Five, Seven, Papa, Delta, Mike, Six, One, Eight, Mike. Contre-authentification requise avec équivalent code Polki.

Peaches accusa réception du code, s'exprimant en polonais. Caractérisé par une combinaison unique d'accents diacritiques grecs et latins, l'alphabet polonais comptait trente-deux lettres au total, et celles modifiées par ces signes étaient quasiment incompréhensibles pour les algorithmes de déchiffrement.

– *Ś, jeden, pi, ą, ź, ztery ń, siedem, ę, szesna, cie, pi, ł, dwana, cie, ż.*

– Code d'authentification bien reçu, Némésis. Confirmation humaine rapide, question au chef de la mission : La meilleure pizza près de chez vous, *over* ?

– Gino's, à la new-yorkaise[56], *over*, répondit aussitôt Duncan puis il se tourna vers Conan. On vous laisse à peine cinq secondes, pour ne pas laisser le temps aux algorithmes de deviner. Heureusement qu'ils ne m'ont pas demandé mon resto mexicain préféré, parce qu'on aurait été coupés. Trop d'options.

– Confirmé, Némésis, reprit la voix. Nous allons commander pour vous, *over*.

– Nous préférerions une livraison en express, aujourd'hui, *over*, répondit Duncan.

– Affirmatif. Aucune modification des coordonnées, *over* ?

– Non, coordonnées actives et confirmées, dit Duncan. Nous avons une petite unité en train de jouer au golf, tout près, mais je ne pense pas qu'elle vaille la peine de vous déranger. Nous sommes capables de nous en occuper, si ça se joue au match-play, *over*.

– Bien reçu, Némésis. Nous attendons votre autorisation, *over*.

Duncan se tourna vers Conan – son expression et son ton étaient sérieux, pour une fois.

– Lieutenant, je n'imagine même pas ce que vous avez pu endurer, mais… Je voulais juste vous dire à quel point nous respectons tous ce que vous avez dû faire.

Le visage de Conan demeura impassible.

Comprenant qu'il ne fallait pas insister, Duncan changea de sujet.

– Vous savez pourquoi nous avons choisi Némésis, comme nom de code ?

– C'est le dieu grec de la colère, répondit-elle.

– Presque : c'était une déesse. Plus précisément, la déesse du châtiment vengeur ; son nom signifie « distribuer ce qui est dû ».

C'est notre nom à nous, mais, dans ce cas précis, je crois que le privilège de donner l'ordre vous revient.

Conan hocha juste la tête et approcha ses lèvres du micro :

– Longboard, ici Némésis, vous avez le feu vert… et que nos ennemis meurent en hurlant.

Duncan sourit, mais alors, il vit le visage de Conan. Le masque inexpressif avait disparu. Elle était vraiment Némésis.

Amiral Zheng He, 725 kilomètres au sud-est de la péninsule du Kamtchatka

En cet instant précis, l'amiral Wang trouvait que les hublots de la passerelle du vaisseau amiral offraient la meilleure vue de cette guerre. Et il ne voyait que la ligne où le bleu de l'océan rencontrait celui du ciel.

Tout était en train de se dérouler derrière cet horizon, invisible. Des ennemis l'attendaient au-delà de cette ligne, mais il n'avait aucun moyen sûr de les trouver. Il possédait des armes dont la portée dépassait de loin cette distance, mais ne savait où les pointer.

Il sentait les membres d'équipage désorientés par l'absence de ces informations vitales ; ils pensaient que celles-ci seraient toujours disponibles, aussi immuables que les étoiles. Les signaux satellite ne passaient plus, les liaisons radio longue distance étaient brouillées et les transmissions de données via les réseaux informatiques étaient pires que coupées – elles fournissaient à l'équipage des informations et des positions clairement erronées. Raison de plus pour Wang de dégager une impression de calme.

C'était ainsi que les choses devaient se passer, se disait-il dans un coin de sa tête. C'était le combat naval dans sa plus pure expression, tel qu'il s'était déroulé pendant des siècles, et pas comme on l'envisageait ces dernières décennies – c'est-à-dire un exercice organisé et prévisible, où les chances de chacun étaient calculables, définies à l'avance. S'il voulait se montrer à la hauteur de l'illustre prédécesseur qui avait donné son nom à ce navire, c'était le jour idéal pour le faire.

– Montrez-moi les dernières positions relevées et les scénarios trois et quatre concernant la distance parcourue depuis que nous avons perdu le contact, ordonna-t-il à un jeune officier.

Sur l'écran s'affichèrent les positions potentielles des groupes navals de l'ennemi. Dans le cas de la flotte entrée dans l'Arctique, les possibilités n'étaient guère nombreuses : tôt ou tard, elle allait devoir emprunter le détroit de Béring. Alors, oui, elle allait forcément traverser la mer des Tchouktches et s'en prendre aux forces russes le long de leurs côtes septentrionales, mais enfin, ce n'était pas son problème.

– « Méditez et réfléchissez[57] avant de passer à l'action. »

Il récita à haute voix ce conseil fort instructif tiré de *L'Art de la guerre*, davantage pour lui-même que pour les membres de l'équipe de passerelle, même s'il était bon pour leur moral, songea-t-il, qu'ils voient leur commandant converser avec le grand maître. Les hommes restèrent silencieux, sachant qu'il valait mieux ne pas l'interrompre dans ses pensées.

La vraie question concernait la flotte partie de la côte Ouest, composée de navires anciens. Maintenant, ils devaient presque avoir atteint le port d'Anchorage, en Alaska. Allaient-ils s'y réfugier et attendre ? Ou bien prendre le risque, peut-être, de descendre à pleine vitesse le long des îles Aléoutiennes pour opérer une jonction avec la flotte de l'Atlantique ?

Wang passa en revue, mentalement, les priorités du moment, énumérant une nouvelle fois, tout haut, la hiérarchisation préconisée par Sun Tzu :

– « La meilleure action, pour un général[58], est celle qui permet de contrecarrer la stratégie de l'ennemi ; en deuxième lieu, celle qui consiste à empêcher la jonction des forces ennemies. »

C'était à n'en pas douter ce que Hainan aurait voulu. L'intégrité des forces du Directoire et, évidemment, de l'alliance avec les Russes, ne serait préservée qu'en positionnant son propre groupe naval de manière à leur bloquer le passage et à empêcher ainsi la jonction entre les deux modestes flottes américaines.

– « Les grands guerriers d'autrefois[59] commençaient par se placer au-delà de toute possibilité de défaite, puis attendaient une occasion de vaincre l'ennemi. »

Il préférait ce conseil invitant à la patience au passage cité par le général Wei – attendre au bord du fleuve. C'était tout Wei, ça, choisir la citation la moins pertinente. Tout de même, il avait raison sur le fond : le détroit de Béring n'était pas un fleuve, mais le résultat serait le même. Il leur suffisait d'attendre que les forces américaines pénètrent dans la souricière du détroit et se jettent dans leurs bras.

Néanmoins, la patience était pareille à toutes les armes : il fallait savoir l'utiliser correctement, sinon elle risquait de blesser celui qui s'en servait. Et la patience n'était pas l'arme à laquelle ses ennemis allaient recourir ; cela, il en était convaincu. S'il y avait bien une chose dont il était certain concernant les Américains qui naviguaient là-bas, quelque part derrière l'horizon, c'était celle-ci. Et aussi, qu'ils savaient forcément que leurs mouvements vers le nord avaient été détectés et suivis jusqu'à maintenant.

– « Toute guerre est fondée sur la tromperie[60]... Lorsque nous sommes proches, nous devons faire croire à l'ennemi que nous sommes très loin ; lorsque nous sommes loin, nous devons lui faire croire que nous sommes proches. »

La tromperie, comprit-il soudain, serait l'arme de prédilection des Américains.

Il se tourna vers son aide de camp, pour que ce qu'il allait dire maintenant passe à la postérité, dûment enregistré par ses Viz Glass. Ces mots allaient déterminer l'image que l'histoire garderait de lui. Il serait soit l'idiot qui avait abandonné son poste et qu'on avait fusillé pour cela, soit le grand amiral qui avait percé à jour la ruse de l'ennemi et avait mis un point final à la guerre en surgissant de nulle part, dans le dos de celui-ci.

– Nous allons mettre le cap au sud, à pleine vitesse. Le groupe naval de surface se disposera en un large demi-cercle, aux avant-postes, pour protéger nos porte-avions. Mais à partir de maintenant, je ne veux que des capteurs passifs. Puisque leur présence nous est invisible, je veux que la nôtre le soit pour eux. Dès que nous serons à portée d'Hawaï, je veux que les escadrilles d'attaque des porte-avions décollent avec tout leur armement antinavire, même si les cibles ne sont pas encore localisées[61], annonça Wang, puis il se fendit d'un sourire pour montrer sa confiance dans ce qu'il savait être un pari. Comme l'écrivit un jour Maître Sun : « Pour gagner, il faut prendre des risques[62] ! »

Wang priait pour que le grand stratège des temps anciens ait raison une dernière fois.

Kahuku, Oahu,
Zone administrative spéciale d'Hawaï

Dans les lunettes tactiques, Conan aperçut soudain un voyant jaune qui s'était mis à clignoter par-dessus l'icône bleue en forme de Z, là-bas, au large. Ils attendirent de longues minutes ce qui, à en croire ce voyant, allait arriver.

Puis un rugissement passa brusquement au-dessus de leurs têtes – on aurait dit une locomotive qui volait dans les airs. Une immense explosion retentit à des kilomètres, très certainement sur le site de l'ancienne base aérienne de Wheeler Field, où les forces du Directoire avaient installé un radar mobile, et que les Navy SEAL avaient épinglé en chemin. Sur l'affichage tête haute de ses lunettes, Conan vit l'une des icônes rouges se mettre à clignoter en jaune. Nouveau clignotement, nouvelle série d'explosions : une rampe de lancement mobile de missiles balistiques Stonefish à Waialua, dans l'ouest de l'île – la séquence des tirs privilégiait d'abord les cibles mobiles avant de s'attaquer aux fixes.

En contrebas de leur poste d'observation, les golfeurs s'étaient figés, visiblement sous le choc ; l'un d'eux s'était interrompu au milieu de son swing, puis jeté à plat ventre. Après avoir compris que ces tirs ne leur étaient pas destinés, ils s'entassèrent à bord de la voiturette électrique et se dirigèrent vers le complexe touristique.

– Ouais, c'est ça les gars, cassez-vous, grommela Hammer. Vous êtes nuls au golf, de toute manière.

Les tirs continuaient de filer au-dessus d'eux, un sifflement toutes les six secondes, suivi d'explosions tantôt proches, tantôt plus lointaines. Peu à peu, toutes les icônes rouges se mirent à clignoter en jaune. La base, sous leurs yeux, était devenue une véritable fourmilière. Deux des hélicoptères garés sur les courts de tennis avaient mis en route leurs rotors.

– Allez, allez..., murmura Duncan, de plus en plus fébrile.

– Némésis, ici Longboard.

La transmission était saturée de parasites.

– Vérification de la position amie Augusta, *over*.

– Némésis à Longboard, affirmatif, répondit Duncan. Et pas la moindre égratignure sur cette antenne radio, sinon ça va vous coûter cher, terminé.

Une nouvelle fois, les minutes s'éternisèrent. Les obus du canon électromagnétique se déplaçaient à la vitesse de deux mille cinq cents mètres par seconde, mais ils avaient plus de trois cents kilomètres à parcourir. Soudain, un nouveau sifflement se fit entendre, pratiquement à la verticale de leur position, et les courts de tennis disparurent sous un immense nuage de poussière et de feu. Une série d'explosions plus modestes suivirent, au fur et à mesure que les flammes dévoraient les hélicos et les drones parqués à proximité du brasier. Puis un autre sifflement, et les tentes installées autour du club-house du golf, pour accueillir un centre de commandement, se volatilisèrent à leur tour. Six secondes plus tard, un troisième obus catapulté depuis le *Zumwalt* vint frapper le parking du complexe, ne laissant derrière lui qu'un cratère béant, à l'endroit où, l'instant d'avant, étaient garés les véhicules motorisés de l'unité. Les membres du commando, bien que situés à distance respectable des points d'impact, sentaient tout de même le changement de pression au niveau de leurs tympans et leurs estomacs se nouaient à chaque nouvelle déflagration.

Duncan scruta le complexe à travers ses jumelles et constata que l'antenne était encore debout, et le minuscule robot-langouste perché près du sommet.

– Longboard, ici Némésis Six. Confirmation : cibles touchées et moyen de transmission toujours en place. Jolis tirs, *over*.

– Merci, Némésis. À votre service, *over*.

Les tirs reprirent, des locomotives fendant le ciel toutes les six secondes avec une précision d'horloger, certaines juste au-dessus d'eux, d'autres à distance. Puis l'intervalle entre les frappes commença à s'allonger, douze secondes d'abord, puis dix-huit. Conan élargit son champ de vision et vit des icônes se mettre à clignoter sur les îles voisines. Maui, puis la grande île, et même Lanai. Obnubilée par son propre combat, elle n'avait pas la moindre idée de ce qui se passait dans le reste de l'archipel.

Duncan l'arracha à ses pensées.

– C'est l'heure du feu d'artifice au bord de la mer.

Il désigna un endroit sur la côte, juste au moment où un point lumineux jailli de l'océan à sept ou huit kilomètres au large traçait une courbe à travers les nuages. Quelques secondes plus tard, le ciel s'illumina puis une explosion retentit au loin, et une pluie de débris s'abattit sur l'île.

La visière de Conan identifia ces missiles comme des AIM-9X Sidewinder tirés depuis l'*Orzel* grâce à un système novateur développé dans le cadre du programme Littoral Warfare Weapon lancé par l'US Navy, dans le but de développer de nouvelles armes adaptées aux combats en zone littorale ; ce système permettait en effet à ces missiles à guidage thermique, conçus au départ pour armer les avions de chasse, d'être largués sous l'eau via les lance-torpilles d'un sous-marin, au moyen de gaz sous pression et d'une capsule étanche, avant de filer dans les airs.

– Ça vient de notre bus, commenta Duncan. C'est jamais une très bonne idée de garer son escadrille d'attaque au-dessus d'un sous-marin rempli de Polonais énervés qui n'ont pas gagné de guerre depuis des siècles.

Le lieutenant Nowak, allongé à plat ventre quelques mètres plus loin, adressa son plus beau sourire à Conan, pouce dressé, puis fit un doigt d'honneur à l'intention de Duncan.

Deux autres traînées lumineuses jaillirent de l'océan, et un nouveau déluge de flammes et d'étincelles inonda le ciel derrière le voile des nuages. Les lunettes tactiques identifièrent les cibles comme étant des avions de chasse Chengdu J-20.

L'attente s'éternisa pendant près d'une heure. Ils observèrent les soldats du Directoire, qui commençaient à fouiller les décombres et à en sortir des cadavres.

– Vous réjouissez pas trop vite, murmura Duncan. Peaches, dis à Butter que partager, ce n'est plus forcément aimer.

– Pardon, Sir ? s'étonna le lieutenant Nowak.

– Bascule la langouste en mode brouillage.

Il n'y eut pas de changement immédiat dans l'activité de la base détruite, en contrebas, mais au bout d'un moment, les soldats du Directoire se figèrent, attendant des instructions qui ne viendraient jamais.

Un nouvel amas bleu apparut à l'horizon, sur l'écran des lunettes tactiques. Au fur et à mesure qu'il approchait, il se divisa en une multitude d'icônes.

– Lieutenant, je crois qu'il est temps pour vous de cesser d'être le seul marine sur cette île paradisiaque, déclara Duncan.

Conan tenta de répondre du tac au tac, mais en fut incapable. Tout ce qu'elle voulait, c'était les regarder. Quand les icônes furent assez proches, elle remonta la visière des lunettes tactiques. Duncan s'attendait à la voir fondre en larmes ou quelque chose dans le genre, mais le visage de Conan était redevenu le masque impassible habituel.

À l'œil nu, ils n'étaient que des points dans le lointain. On n'entendait que le grondement discret de rotors d'hélicoptères. Une escadrille de six Osprey à rotors basculants du Corps des Marines, volant à basse altitude, apparut bientôt. Ils filaient incroyablement près des vagues, bien plus bas que Conan n'avait appris à le faire lors de sa formation, à New River. À l'évidence, ils étaient prêts à prendre tous les risques pour ne pas se faire repérer par les radars.

Maintenant, le Directoire allait vraiment apprendre à connaître la peur. Conan se demanda ce que Finn en aurait pensé, puis chassa cette idée de son esprit.

– Merde, souffla Duncan. Ils se sont réveillés.

Il pointait du doigt un petit quadricoptère en train de décoller de Kuilima Bay – caché dans l'ombre des bâtiments, il avait manifestement été épargné par les premiers tirs du canon électromagnétique.

– Longboard, ici Némésis, articula Duncan, via la liaison sécurisée qui le reliait au navire, à des centaines de kilomètres de distance. Nous n'avons pas moyen de joindre l'escadrille Arès. Pouvez-vous les prévenir qu'un drone quadricoptère vient à leur rencontre par l'est ? *Over*.

– Bien reçu, Némésis, répondit la voix dans la radio, les deux interlocuteurs sachant très bien que ce téléphone arabe avait peu de chance d'aboutir en pleine bataille.

L'un des Osprey s'écrasa dans les eaux de Turtle Bay, à quelques dizaines de mètres de la plage, puis il ricocha à la surface, se disloquant peu à peu.

– Je n'ai pas vu de frappe, fit remarquer Conan. Leurs hélices se sont mises en drapeau toutes seules – sans doute une panne de carburant ou de moteur…

Le reste de l'escadrille poursuivit son approche, survolant à présent les fairways à l'autre bout du vaste golf, la section dessinée par le légendaire golfeur Arnold Palmer[63].

– Mince, ils ne savent toujours pas, pour le drone…, soupira Conan.

Alors que l'Osprey de tête venait de se poser sur le green du premier trou, le quadricoptère chinois surgit au-dessus des volutes de fumée enveloppant les courts de tennis dévastés et tira un missile. L'hélicoptère à rotors basculants redécolla précipitamment pour tenter d'esquiver l'engin. Un marine tomba dans le vide de plus de dix mètres de haut, par la rampe arrière ouverte, sans lâcher son fusil à aucun moment, et alla s'écraser sur le tertre de départ du trou numéro Deux. Le missile lancé par le drone frappa l'arrière du fuselage de l'Osprey, près du stabilisateur horizontal, lançant l'appareil surchargé dans une valse folle, avant qu'il ne se crashe contre l'un des petits immeubles dominant le fairway.

Le deuxième Osprey, en stationnaire juste derrière, pivota sur lui-même. Tandis que l'appareil tournait le dos au quadricoptère, l'un de ses canonniers se mit à tirer sur le drone avec la mitrailleuse fixée à l'arrière. L'hélicoptère continua son demi-tour et l'arc rouge des balles traçantes se rapprocha de plus en plus du quadricoptère qui, finalement touché, explosa. Alors, l'Osprey pivota dans l'autre sens et se posa sur le parcours de golf. Les marines dévalèrent la rampe et se déployèrent sur l'herbe rase. Ils encaissèrent aussitôt des tirs à l'arme légère depuis la véranda d'une maison où des soldats du Directoire avaient établi leurs quartiers. Tandis que les hélices de l'Osprey pivotaient vers l'avant, précipitant l'appareil hors de son vol stationnaire, un missile fendit les airs, surgi du bâtiment principal. Le pilote de l'appareil tira des leurres thermiques qui trompèrent la tête chercheuse du missile et déclenchèrent son détonateur de proximité, provoquant une déflagration quelques dizaines de mètres plus loin, mais les éclats vinrent heurter le moteur droit. L'une des immenses pales de l'hélice se détacha et cisailla le fuselage de l'Osprey à l'arrière du cockpit, puis une explosion brisa en deux l'hélicoptère.

Remontant des yeux la traînée du missile, Conan repéra deux soldats du Directoire en train de recharger un système portatif de défense antiaérienne FN-8[64], juste au bord de la grande piscine du complexe.

– Faut qu'on aille aider, gronda-t-elle en examinant son fusil et le reste de son équipement.

Le quatrième Osprey de l'escadrille explosa : un tir de mitrailleuse depuis une autre maison avait percé l'un de ses réservoirs. Les marines au sol déclenchèrent des grenades fumigènes et la fumée blanche tourbillonnante ajouta encore à la confusion de la scène.

Duncan secoua la tête.

– Non, lieutenant, ce n'est pas notre bataille. Nous devons rester sur place et guider les frappes. Je sais que ce n'est pas ce que vous avez envie d'entendre, mais ce sont les ordres. La mission passe avant tout.

– Pas cette fois, non, pas pour moi, répliqua Conan.

Elle partit au pas de course vers le complexe. Duncan n'essaya pas de la retenir. Elle n'était plus nécessaire pour cette mission.

Centre de commandement de l'USS *Zumwalt*, 300 kilomètres au large du North Shore d'Oahu

La vue était magnifique, dans son genre, avec ces colonnes de fumée noire s'élevant au-dessus d'un paysage verdoyant et en arrière-plan les pics des monts Waianae. Soudain l'image se mit à sauter puis l'écran du centre de commandement du navire devint noir.

Le capitaine Jamie Simmons jura entre ses dents. Le fil vidéo en direct du commando de Navy SEAL baptisé Némésis devait être considéré comme un luxe, pas une nécessité.

– Nous les avons perdus, ou c'est juste la connexion ?

– Ça a planté, Sir, répondit l'opérateur de télécommunication. Le réseau est brouillé. Nous essayons de la récupérer.

Simmons étudia la scène qui se déroulait devant lui. Le fait que le meilleur endroit pour le capitaine, en plein milieu d'une bataille, ne soit pas à la passerelle mais dans cette pièce aveugle montrait bien à quel point ce navire était différent. Du haut de l'étage supérieur du centre de commandement du *Zumwalt*, le capitaine voyait tous les écrans LCD qui recouvraient les murs, affichant des informations sur les différents systèmes de bord tandis qu'au centre de la salle une carte holographique projetait la topographie en 3D de l'île d'Oahu, les différentes cibles et les formations ennemies supposées, désignées par des points et des triangles rouges mis à jour en temps réel par les ordinateurs.

Simmons jeta de nouveau un coup d'œil sur l'écran réservé aux images des frappes transmises par le *fire team* des Navy SEAL – toujours rien. Mais même sans ces images, la mission se déroulait comme prévu. L'anxiété que provoquait chez lui la perte de cette unique petite source de données vint lui rappeler à quelle vitesse les gens s'étaient accoutumés à cette mer d'informations dans laquelle ils nageaient. Simmons espérait simplement que le fait d'être ainsi plongé dans l'obscurité serait encore plus déroutant pour les généraux et autres amiraux du Directoire, qui avaient profité jusqu'ici, dans cette guerre, d'une domination sans partage en termes de données.

– ATHENA, affichage du groupe naval avec heure d'arrivée prévue au point Bravo.

La carte holographique s'élargit soudain, faisant rétrécir l'île et apparaître le reste du groupe d'intervention naval, plusieurs centaines de kilomètres derrière eux. Le système prévoyait tout juste quelques heures de navigation avant la jonction de la flotte sur le lieu de la bataille, mais ces quelques heures-là pouvaient faire toute la différence, non seulement entre la réussite ou l'échec de cet assaut, mais aussi concernant la possibilité pour le *Zumwalt* de bénéficier à nouveau du parapluie antiaérien déployé par le groupe naval. C'était un honneur d'être la pointe de la lance, mais on se sentait un peu seul.

– C'est revenu, Sir.

Les images du Turtle Bay Resort filmées depuis le poste d'observation du commando étaient réapparues sur l'écran. Puis le fil vidéo fit défiler les prises de vue transmises par d'autres groupes disséminés aux quatre coins de l'archipel.

– Degré de fidélité ? interrogea Simmons.

– Nous sommes à quarante pour cent, Sir, répondit l'officier en charge des télécommunications.

– Ce n'est pas assez. Je ne veux pas risquer de faire plus de victimes civiles que nécessaire, déclara Simmons, conscient que, quoi qu'ils fassent, il y en aurait. Et puis bon sang, j'ai pas envie de laisser ce navire planté là aussi longtemps, hors tension, si c'est pour canarder au hasard.

C'était le plus déconcertant : voir ce navire à peu près immobile, moteurs au ralenti, afin de rester stable. Cette nouvelle approche, baptisée Drift Ops ou « Opérations en dérive », était censée permettre à la fois d'optimiser les quantités d'électricité fournies au canon électromagnétique et rendre le *Zumwalt* encore plus difficile à détecter. Les navires de guerre étaient généralement toujours en mouvement, si bien qu'une signature radar de la taille d'un zodiac dérivant avec le courant serait certainement écartée par le filtrage automatique des capteurs. Enfin, c'était l'idée.

– Capitaine ! Le groupe de reconnaissance Erinyes, posté devant la base aérienne de Wheeler Field, demande une nouvelle salve, annonça un officier chargé de l'armement depuis la nuée de postes informatiques de l'étage inférieur. Les hangars ont été rasés comme prévu, mais la frappe visant la piste a manqué sa cible de plusieurs centaines de mètres.

Simmons ne put s'empêcher de grimacer, priant pour qu'un des obus du canon électromagnétique ne soit pas retombé sur les baraquements réservés aux prisonniers de guerre, censés se trouver quelque part sur cette base.

– ATHENA a mis à jour la solution de tir, annonça Cortez en se tournant vers Simmons, qui fit oui de la tête.

– Canon principal, paré à tirer, ordonna le capitaine.

L'officier chargé de l'armement pianota sur l'écran tactile placé devant lui, confiant à ATHENA le soin de guider les tirs du canon électromagnétique. Le système intelligent ne se contentait pas de pointer le canon sur la cible ; connecté aux systèmes de propulsion et de navigation du navire, il faisait en sorte que le canon ne décroche plus de cette cible.

– Transfert d'électricité, dit Cortez. Dans cinq, quatre, trois, deux...

L'officier tactique interrompit le compte à rebours.

– Viper, Viper, Viper. ATHENA signale deux... non, trois missiles de croisière YJ-12[65] en approche.

Ces missiles antinavires supersoniques, dotés d'une charge de 205 kilogrammes, étaient capables d'atteindre Mach 4. Surtout, en plus d'un radar classique, ces engins possédaient un autodirecteur radar à imagerie infrarouge, si bien qu'on pouvait les lancer à l'aveugle et les laisser prendre en chasse des cibles dans un rayon de quatre cents kilomètres, soit à peu près la même portée que le canon électromagnétique.

– Cessez le feu, ordonna Cortez.

– Non, XO, poursuivez la séquence de tirs planifiée, corrigea Simmons d'un ton impérieux. Peut-être qu'ils nous trouveront, ou peut-être pas. En attendant, il faut neutraliser autant de cibles que possible.

– Entendu, capitaine, dit Cortez.

Simmons le vit taper le sol avec le talon de sa prothèse de pied, comme il le faisait toujours lorsqu'il était anxieux. Sa voix tonna dans les haut-parleurs du navire.

– Ici le XO qui vous parle. Paré à tirer. Basculement sur alimentation auxiliaire dans trois, deux, un, zéro !

Une alarme résonna dans tout le bateau.

– À tout l'équipage : le navire a basculé sur l'alimentation auxiliaire.

Les LED de la salle tremblotèrent deux fois puis se rallumèrent, alimentées par leurs batteries d'appoint. Mais les écrans du centre de commandement s'obscurcirent : les systèmes-clés du navire s'étaient déconnectés. Un gémissement sourd s'ensuivit, remplissant d'effroi l'équipage, alors que le *Zumwalt* se mettait peu à peu hors tension.

– ATHENA, carte tactique en mode défense antiaérienne.

L'image holographique s'éleva, affichant les icônes des trois missiles, qui avaient à présent déclenché leurs recherches, décrivant des allers-retours au-dessus de zones prédéterminées, de plus en plus loin de l'île.

– Viper Un et Deux s'éloignent de nous, annonça l'officier tactique.

Simmons et Cortez échangèrent un regard.

Leur question muette était celle-ci : combien de carburant le troisième missile allait-il brûler dans sa chasse, avant de les localiser ?

– Viper Trois vient sur nous, Sir. Je crois qu'il nous a détectés.

Ils se tournèrent vers l'écran, où les va-et-vient courbes du missile avaient cédé la place à une trajectoire rectiligne, droit sur le *Zumwalt*.

Le système de gestion tactique d'ATHENA commença à calculer une solution de tir, suivant le missile à la trace, et Simmons vit les opérateurs postés devant leurs ordinateurs, à l'étage en dessous, échanger des regards inquiets, se demandant visiblement combien de temps le capitaine allait mettre à rétablir l'alimentation électrique pour pouvoir activer les défenses.

Simmons apporta une réponse à leur questionnement silencieux, mais pas celle espérée.

– Immédiatement après le dernier tir du canon électromagnétique, basculez l'alimentation vers le laser antiaérien.

– Début de la séquence de tirs dans dix, neuf..., égrena l'officier en charge de l'armement.

Il se leva brusquement de sa chaise, s'agrippant discrètement à sa console, qu'il tapotait fébrilement depuis tout à l'heure.

– Viper Trois neutralisé ! annonça l'officier tactique. Il s'est crashé dans l'océan. Il a dû tomber en panne sèche.

Tandis qu'il prononçait ces mots, le navire tout entier se mit à bourdonner, traversé par une vibration quasi imperceptible, comme celle que l'on ressentirait en posant la main sur un rail avant le passage d'un train.

Un mouvement fugace attira l'attention de Simmons dans la salle obscure : c'était Vern, qui venait d'entrer dans le centre de commandement et dévorait des yeux l'écran où étaient affichées les images d'une caméra thermique braquée sur l'avant du *Zumwalt* et la tourelle du canon électromagnétique, pointée sur le rivage tel un doigt accusateur. Puis une série de craquements secs se firent entendre, un toutes les six secondes, tandis que le canon lançait six obus à la fois vers ses cibles. À chaque tir, des flammes à près de six cents degrés illuminaient l'avant du navire.

Tous les yeux se dirigèrent alors vers le fil vidéo transmis par le *fire team* des Navy SEAL chargé d'assurer le ciblage de la base aérienne de Wheeler Field. Sur l'écran, deux avions de chasse étaient en train d'accélérer sur la piste de décollage. À en juger d'après le design de ces appareils – des bimoteurs à double dérive –, il s'agissait probablement de chasseurs d'attaque Shenyang J-31[66], qui portaient chacun sous leurs ailes des missiles antinavires YJ-12. Les obus tirés depuis le *Zumwalt* se déplaçaient trop vite pour que la caméra puisse les saisir en l'air, mais les preuves de leur arrivée sur place furent immédiates. La puissance des explosions fut telle que, même si le premier chasseur avait eu le temps de décoller, l'onde de choc le fit basculer sur le côté et il retomba sur la piste, dans une autre explosion violente.

– Erinyes confirme la destruction de la cible, Sir, annonça l'un des opérateurs. Ils ajoutent : « Jolis tirs. » Ils poursuivent vers le site de Torrey Pines et nous recontacteront de là-bas.

– Maintenant, c'est l'heure de vérité, soupira Vern.

Cortez se tourna vers elle, l'air perplexe, un peu perdu aussi dans les informations qui défilaient sur ses Viz Glass.

– Débrancher le système, c'est facile, expliqua Vern. Le reconnecter, c'est la partie qui m'inquiète toujours le plus.

Highway 99, Oahu,
Zone administrative spéciale d'Hawaï

Le général de brigade Gaylen Adams essaya de se concentrer sur le goût dans sa bouche, ce mélange familier de bile, de poussière et de sang. Il n'avait plus senti cela depuis le Kenya.

– C'est bientôt fini, Sir. Celle-ci est vraiment pas coton…, dit le lieutenant Jacobsen.

Les deux hommes étaient tapis au fond d'un fossé, au bord de la route. Le jeune officier débutait dans ce rôle d'aide de camp, précipité là par la mort de l'officier en second d'Adams lors du crash. Le liquide Saniband qu'il avait vaporisé sur la plaie d'Adams allait mettre soixante secondes à se solidifier, créant une membrane résistante mais poreuse qui protégerait la blessure. Il contenait en outre un anesthésique local longue durée. Mais le lieutenant devait agir vite pour nettoyer la blessure avant que le liquide ne coagule, sinon la plaie se cicatriserait en enfermant des impuretés à l'intérieur.

Adams se tut, se maudissant intérieurement d'avoir voulu être le premier marine à poser pied à terre, tout en s'estimant chanceux d'avoir survécu à la chute consécutive à cette décision.

À l'aide de la pince à épiler de son kit de secours, Jacobsen parvint à retirer le dernier débris qui s'était enfoncé juste sous la lèvre du général.

– Je l'ai ! se réjouit-il, brandissant avec fierté, calé dans sa pince, l'éclat d'un tee de golf en bois, long comme une allumette.

Cette attitude le faisait paraître encore plus jeune aux yeux d'Adams : on aurait dit l'un de ses fils en train de jouer à Docteur Maboul.

Heureusement, l'anesthésique avait commencé à agir. Le général se frotta la mâchoire, palpant le rebord de l'os, quand un marine sauta de la route dans le fossé où ils étaient planqués. Il n'avait pas de casque.

– Sir, le colonel Fora m'envoie vous dire que des blindés ennemis approchent, débita le soldat, le souffle court.

Adams ne put déchiffrer son nom, un éclat de sang écarlate ayant recouvert une partie de son gilet pare-balles. Seul son insigne était visible : un caporal.

– Son cor ouin, copral ? interrogea Adams, les lèvres toutes engourdies par le produit anesthésiant, avant de se tourner vers Jacobsen, furieux.

– Ils sont encore loin, caporal ? traduisit l'aide de camp.

– Nos éclaireurs les ont repérés à environ un kilomètre de notre position, en provenance de l'ancienne caserne de Schofield, répondit le caporal, sans se démonter.

C'était la première fois qu'il s'adressait directement à un général ; peut-être ces hauts gradés avaient-ils toujours un aide de camp qui traduisait pour eux ? Il tendit au général la carte tachée de boue qu'on l'avait chargé de lui apporter ; les unités avaient reçu l'ordre de ne pas utiliser de moyens de communication électroniques, dans la mesure du possible.

– Chavais qu'not chance 'lait pas durer, grommela Adams, sans vraiment s'adresser aux autres.

Hormis sa chute par la rampe arrière de l'Osprey, droit sur le terrain de golf, l'opération s'était déroulée sans accroc jusqu'ici. S'inspirant d'une tactique employée par leurs ennemis russes, ils avaient quitté la flotte pour lancer leur assaut à près de six cent cinquante kilomètres au large – l'autonomie de vol maximale de leurs Osprey à rotors pivotants, hors ravitaillement en vol.

Tous les appareils sauf un y étaient parvenus de justesse, atteignant leur destination sans une goutte de carburant. Les frappes du *Zumwalt* et des Polonais avaient ouvert pour eux une brèche dans les défenses antiaériennes, plus efficacement encore que prévu, la réaction initiale des troupes au sol s'étant révélée farouche mais très localisée. On aurait dit que les différentes unités du Directoire opéraient sans être coordonnées par un commandement unifié. Adams se demandait si cela était dû au brouillage des communications ou à un coup chanceux lors des bombardements, qui aurait éliminé un général du Directoire. Peu importait, au fond : affronter un ennemi désorienté, ça lui allait très bien.

L'inconvénient de cette méthode d'infiltration longue distance, c'était que leurs unités étaient contraintes de se battre avec des moyens limités. Si les Osprey qui s'étaient posés sur différents sites le long de la côte nord d'Oahu avaient débarqué chacun vingt-quatre marines armés jusqu'aux dents, ils n'avaient pas pu en revanche embarquer les pièces d'artillerie et les véhicules dont ils disposaient en temps normal. Les marines avaient réquisitionné des véhicules civils pour gagner en mobilité, mais ils allaient devoir attendre l'arrivée des barges de débarquement pour récupérer leur propre puissance de feu blindée.

– Le colonel Fora m'a dit de vous informer qu'il peut ouvrir le feu sur eux pour les retarder, ajouta l'éclaireur. Mais il demande qu'on fasse sauter les deux ponts situés juste au nord de la ville, Sir.

Adams étudia l'écran fissuré de sa tablette, situant sur la carte les sites qu'il connaissait par cœur. On pouvait certes couper les ponts enjambant le fleuve Anahulu, mais alors, ses forces se retrouveraient coincées du mauvais côté du petit port de Haleiwa[67]. Et ce port, il fallait le prendre. Aussi minuscule fût-il – avant l'invasion, il n'avait accueilli que des vedettes de pêche au gros vendant leurs services aux touristes –, le port de Haleiwa disposait de l'unique ponton bâti de ce côté-ci de l'île. Ses marines pourraient traverser la plage en courant, mais l'accès à ce petit port faciliterait grandement le débarquement du 11e régiment de cavalerie. Or, Adams ne voulait surtout pas briser l'élan de cette invasion. Il ne fallait jamais laisser à votre ennemi le temps de reprendre son souffle ; au contraire, il fallait lui broyer la gorge avec votre godasse.

Adams désigna sur la carte l'endroit où se rejoignaient la Highway 83 et la 99, puis la section, de l'autre côté de Haleiwa, où la principale artère de l'île s'élevait sur des pilotis en béton pour enjamber des marécages striés de petits cours d'eau.

– Dites *Zum'alt* faper là et là.

Il se tourna vers le jeune caporal des marines, qui attendait l'ordre de repartir.

– Ot 'on, copral ? demanda le général Adams.

– Votre nom, caporal ? traduisit l'aide de camp.

– Snyder, Sir, répondit le caporal.

– Bien 'oué, S-ny-d-rr, le félicita Adams, s'efforçant de bien articuler.

Puis il fit signe à son second de se mettre au boulot.

Jacobsen pointa en direction du large une antenne de la taille d'une batte de base-ball et prépara l'envoi d'une transmission directionnelle en salves par micro-ondes à destination du groupe naval ; la fréquence du signal changeait à chaque salve de transmission, ce qui permettait d'échapper au brouillage du Directoire.

– Longboard, Longboard, ici Arès, demandons frappe sur Fo-wer, Québec, Delta, Kilo, Zéro, Tree, Niner, Ait, Tree, Tree, Zéro, Six, Two, Niner, et sur Fo-wer, Québec, Delta, Kilo, Zéro, Fo-wer, Wun, Two, Fo-wer, Tree, Zero, Two, Niner, Zéro. Confirmez, Longboard, énonça l'aide de camp, utilisant le code phonétique militaire pour transmettre les coordonnées des cibles, afin d'éviter toute erreur.

– Arès, ici Leader Longboard. Bien reçu, mais quelle est votre situation ? Où est Leader Arès ? *Over*.

Adams reconnut la voix de l'amiral Murray.

– Leader Longboard, j'ai Leader Arès juste à côté de moi, mais il est, hem... en incapacité de s'exprimer. Je vais parler pour lui, attendez, répondit Jacobsen.

– Dites eur...

Avant qu'Adams ait pu terminer sa phrase, le jeune officier se lança :

– Leader Longboard, situation actuelle satisfaisante mais précaire. Colonne de blindés ennemis descendant route 99. Avons besoin de frappes d'appui pour bloquer menace. Mais pas tout de suite. Ça va être difficile, mais préférons attendre pour que l'effet soit maximal... Je relaierai l'ordre de tir pour coïncider exactement avec passage de cours d'eau Helemano[68] par colonne ennemie.

Adams dévisageait à présent le jeune lieutenant avec un respect nouveau. Il était nul comme chirurgien, mais c'était un tueur à sang froid, comme on lui avait appris à l'être au centre de formation des marines de Quantico.

Highway 99, Oahu,
Zone administrative spéciale d'Hawaï

– Snyder, vous êtes bien sûr que c'est ce qu'a ordonné le général ?

La première classe Ramona Vetter tira une nouvelle rafale de dix balles avec sa mitrailleuse M240. Les projectiles rebondirent sur le blindage du char de tête, un Type 99 dont la peinture de camouflage brune et verte ressortait vivement sur l'asphalte noir de l'autoroute. Un panache de fumée s'échappait du compartiment où son moteur se trouvait encore quelques secondes plus tôt, avant d'être frappé de plein fouet par un missile antichar Javelin[69] tiré au lance-roquettes. Leur mitrailleuse lourde n'allait pas endommager davantage cet engin, mais elle empêcherait l'équipage de sortir.

– Bon, pas exactement en ces termes, reconnut Snyder, en pointant son fusil sur le deuxième char de la file, qui était en train de pousser le tank endommagé vers le bas-côté.

Dans les lunettes tactiques de Snyder, le char du Directoire était entouré d'un halo vert brillant. Une fois la route dégagée, le deuxième tank se remit en route dans leur direction. Un autre missile Javelin fut tiré, mais les défenses actives du char le détectèrent et neutralisèrent cette menace grâce à une petite roquette qui la fit exploser à cinquante mètres de sa cible.

Quand le char atteignit finalement le petit ruisseau, Snyder fit exactement ce que le lieutenant lui avait ordonné de faire. En temps normal, il savait qu'il était préférable d'ignorer les ordres des lieutenants, mais cette fois, le général allongé juste à côté l'avait approuvé d'un hochement de tête.

Il fit défiler le menu de ses lunettes tactiques grâce à la mollette de contrôle intégrée à la poignée avant de son M4. Il se retrouva connecté au large via la transmission établie par le jeune lieutenant et, au bout de quelques secondes, le système inonda de données son écran, détaillant le rayon d'explosion prévu de la frappe à venir.

– Bon Dieu ! s'exclama Snyder. Vous devriez voir ça, Vetter.

Il tourna la tête vers la gauche, puis la droite. Sur plusieurs centaines de mètres de part et d'autre du point d'impact prévu au niveau du char, ses lunettes ne montraient que du rouge, accompagné d'un avertissement incrusté en gras : *Danger Proche.*

– Je ne sais pas ce qu'ils ont tiré, mais ce n'est pas dans le système. Je pensais que ce serait un obus de 127, mais là, c'est encore autre chose[70]...

– Ah ouais, plus gros qu'un obus de 127 ? se moqua Vetter.

– Tu sais, ta langue trop bien pendue va gâcher notre lune de miel à Hawaï, si tu continues, répliqua Snyder – puis il se tourna vers le reste de leur peloton, étiré le long de la route, et hurla : Frappe en cours, danger proche ! Planquez tous vos fesses !

– C'est sans doute juste parce qu'ils savent pas tirer qu'ils mettent ça – typique de la Navy, grommela Vetter.

Ils s'allongèrent tous deux à plat ventre dans la boue du fossé.

– Ouais, répondit Snyder, mais à qui le colonel va faire porter le chapeau si ça nous tue tous ? Moi.

Il venait à peine d'achever sa phrase quand la route devant eux se transforma en une corolle de flammes blanches et orange. L'onde de choc souleva Snyder et Vetter de plusieurs centimètres avant de les laisser retomber dans leur fossé. Leurs oreilles sifflaient si fort qu'ils n'entendaient plus rien. Ils se hissèrent prudemment jusqu'au rebord du trou. La chaussée n'était plus qu'un immense cratère, à l'endroit où l'instant d'avant s'étaient trouvés les deux chars d'assaut. Même ceux à l'arrière de la colonne avaient été retournés par l'explosion et gisaient sur le dos comme des tortues.

Une deuxième salve d'obus déferla, décollant de nouveau du sol les deux marines. L'effet produit sur l'autoroute ressemblait à un coup de masse sur des charbons ardents. Quelques secondes plus tard, deux obus supplémentaires s'écrasèrent sur le rond-point situé juste à l'ouest : maintenant, les deux routes qui menaient à la ville étaient impraticables.

Vetter disait quelque chose, mais Snyder ne l'entendait pas tant ses oreilles sifflaient. Il balaya ce spectacle de destruction avec ses lunettes tactiques, marquant d'un cercle rouge chaque cratère fumant et chaque épave en flammes. Le message relayé au système ATHENA du *Zumwalt* tenait en deux mots : *Cibles détruites*.

Centre de commandement de l'USS *Zumwalt*

La bataille avait trouvé son rythme, crépitement régulier et monotone de requêtes et de réponses, au gré des tirs de soutien effectués par le navire et son équipage en appui des missions sur les îles de l'archipel. Le seul indicateur palpable du fait qu'ils étaient en guerre était le bruit des ventilateurs du centre de commandement, qui semblaient brasser l'air deux fois plus fort qu'en temps normal.

Sur la carte holographique, le *Zumwalt* avait à présent été rejoint par le reste du groupe naval, immense arc de navires d'escorte entourant un convoi de bâtiments de transport de troupes, qui se rapprochait de la côte. Une bulle bleue au-dessus de leurs têtes, qui s'étirait devant la flotte sur près de 180 kilomètres, symbolisait la portée des défenses antiaériennes assurées par l'USS *Port Royal*[71], le croiseur de la classe Aegis qui faisait partie du groupe d'intervention. Au-delà de cette zone, de petites icônes mobiles représentaient les navires autonomes de la classe Mako qui sondaient les profondeurs sous-marines en quête de menace, ainsi que la petite patrouille de chasse composée de six F-35B qui arpentait le ciel. Ces avions avaient décollé de l'USS *America*[72], le navire d'assaut amphibie positionné au centre de la flotte. L'*America*, qui faisait également office de vaisseau amiral, sous les ordres de l'amiral Murray, était matérialisé par une icône de plus grande taille.

Dépourvu de système de catapultage pour le décollage des avions et de brins d'arrêt pour leur appontage, l'*America* ne pouvait embarquer que des appareils capables de s'envoler et de se poser à la verticale, comme les F-35B, les hélicoptères et les Osprey. Pour le reste, il s'agissait d'un porte-avions classique de quarante-cinq mille tonnes qui pouvait également transporter deux mille cinq cents marines et qui, surtout, n'était pas à propulsion nucléaire. Les stratèges chargés d'élaborer cette mission avaient troqué les hélicoptères lourds qui faisaient habituellement partie de son armement contre quelques Osprey supplémentaires, lesquels étaient venus grossir les rangs de la première vague d'assaut, rejoints par d'autres appareils similaires qui avaient décollé des navires de débarquement des classes San Antonio et Austin[73], sortis de leur retraite paisible au sein de la Flotte Fantôme. L'arrivée en si grand nombre de ces grosses unités, lentes et non furtives, signifiait que le groupe naval Longboard était désormais facilement détectable par les capteurs du Directoire, mais tout le monde, à bord du *Zumwalt*, se sentait réconforté par le fait d'être ainsi entouré.

– Capitaine, nous avons un drone en approche, plein nord, annonça un matelot. Son code transpondeur indique qu'il aurait décollé de… Shemya ?

Cortez lut à voix haute les indications de ses Viz Glass :

– Shemya… îles Aléoutiennes[74]. Il y a une vieille station météo de l'US Air Force, là-bas, qui dispose d'une piste d'atterrissage d'urgence. Pas vraiment idéale, d'ailleurs : je lis ici que le vent n'y descend jamais en dessous de soixante nœuds et que, trois cents jours par an, le brouillard limite la visibilité à trois mètres. Ceci explique cela : les appareils robotisés ne sont pas sensibles à la météo. D'après la planification opérationnelle, cette base a été choisie pour servir de station-relais à nos communications sécurisées par drones. Un peu comme une poste du Pony Express.

– Autorisez le téléchargement, ordonna le capitaine. Il est plus que temps d'avoir des nouvelles de ce qui se passe là-bas, au nord.

Une minute plus tard, Cortez se présenta à côté de Simmons et lui tendit une tablette. Sur l'écran était affichée une carte interactive des positions actuelles et projetées des forces navales américaines qui étaient en train de franchir le passage du Nord-Ouest. La flotte de guerre du Directoire, qui était censée avoir été attirée là-haut par ce leurre, brillait par son absence.

– Merde, pesta Simmons.

Cortez hocha la tête et grimaça imperceptiblement en lisant tout haut le message.

– « Pas de contact avec flotte Directoire. Recherches dans détroit Béring et au large Aléoutiennes n'ont rien détecté. En l'absence d'autres éléments d'information, devons supposer qu'un groupe d'attaque substantiel et puissant est en route vers votre zone d'opérations. Pour mener à bien mission fixée par plan d'opération vingt-neuf-quarante-deux, vous obéirez au principe d'une prise de risques calculée, qu'il vous faut interpréter comme suit : éviter d'exposer votre groupe naval à attaque par forces ennemies supérieures sans avoir une bonne chance d'infliger dégâts plus conséquents. Étant donné délais et incertitude de nos communications, pouvoir décisionnel appartient désormais au commandant du groupe naval d'intervention. COMPACOM viendra en appui. Mais priorité est de protéger flotte existante. »

– Sir, j'ai l'amiral Murray sur le réseau local pour vous, dit Cortez.

Le lien vidéo s'ouvrit et l'amiral apparut sur l'écran.

– Vous avez ouvert le message ? demanda-t-elle.

– Oui, amiral.

– Donc vous savez ce qu'il signifie ?

– Oui. Le Commandement Pacifique ne le formulera jamais tel quel, mais ils nous laissent la possibilité de nous retirer si la situation devient intenable, répondit-il. Ce qui reviendrait à abandonner nos marines à terre, dans un sacré pétrin.

– Effectivement, capitaine, c'est bien le sens de ce message, confirma l'amiral Murray. C'est la contrepartie. Au lieu d'être dirigés à distance comme des marionnettes, comme au cours de la dernière guerre, nous jouirons du genre de liberté de commandement que nos prédécesseurs auraient rêvé d'avoir. Mais ça veut dire aussi que les décisions difficiles ne reposeront que sur nos épaules.

Simmons releva brusquement les yeux vers la série d'écrans détaillant l'état des différents systèmes et diffusant les vidéos de combat en direct transmises par les marines. Depuis combien d'heures n'avait-il pas vu la mer ? Obéir à un ordre aussi froid et rationnel que celui-ci aurait dû être facile, puisqu'il n'avait aucun contact physique avec cette guerre et se livrait à une sorte de jeu vidéo depuis sa box flottante. Mais non, ça ne l'était pas.

– Nous allons continuer comme prévu, déclara Murray. Mais gardez en tête cette option, si nécessaire. Je vais annoncer moi-même la mauvaise nouvelle au général Adams.

Moins de dix minutes après que l'amiral eut raccroché, un autre message important leur parvint.

– C'est le leader de la patrouille de chasse couvrant le quadrant nord-ouest, dit Cortez en désignant l'icône correspondante sur l'hologramme de la carte tactique.

– Écoutons-le, ordonna Simmons.

– Big Bird, ici Double Down Four, articula la pilote du chasseur. Escadrille de plus de soixante chasseurs ennemis en approche. Je répète : six-zéro-plus chasseurs ennemis descendant du nord-ouest. Ils ont des porte-avions là-haut, quelque part. Double Down Four en phase d'interception, mais...

La pilote n'acheva pas sa phrase.

Tous avaient compris. Mieux valait ne pas mettre de mots sur cette réalité. Le F-35B de cette pilote faisait partie de la petite poignée d'avions de chasse à décollage vertical qu'on avait entassés à bord de l'USS *America* pour constituer la patrouille de chasse du groupe naval. Après ce qui était arrivé à leurs prédécesseurs, tous les pilotes s'étaient engagés sur la base du volontariat. Leurs avions avaient été scannés et rescannés, pour éliminer autant de puces suspectes que possible et les remplacer par des microprocesseurs récupérés sur les appareils électroniques grand public donnés par la population civile. Mais ils n'étaient pas sûrs à cent pour cent d'avoir éliminé tous les chevaux de Troie du Directoire. Selon les techniciens, c'était comme chercher une aiguille dans une botte de foin. Sauf qu'identifier les mauvaises puces était encore plus difficile que cela, puisqu'elles ne s'activaient qu'en présence d'une fréquence radar inconnue, combinée à un message crypté.

La voix de la pilote avait paru forcée, tandis qu'elle s'arcboutait pour résister aux g accompagnant son virage tactique ultraserré en direction de la menace, vers le nord-ouest. Sa combinaison de pilote compensa en partie les conséquences physiques de cette manœuvre, mais c'était toujours une bataille perdue d'avance.

– Nous ferons ce que nous pourrons, mais attendez-vous à les voir débarquer d'ici quinze minutes. *Double Down Four, out.*

La pilote de chasse identifiée par le nom de code Double Down Four cessa de transmettre et tira aussitôt une salve de missiles air-air de longue portée JDRADM[75] sur l'escadrille de chasseurs Shenyang J-31 chinois qui venait de pénétrer dans la zone de défense du groupe naval. Ces appareils chinois étaient pratiquement les jumeaux de son propre chasseur[76], ayant bénéficié dans leur phase de développement, en 2009, du vol par des hackers des plans détaillés du F-35 américain. La sonnerie de son alarme « missile en approche » la prévint que le jet le plus proche avait riposté avec un PL-21D. Propulsé par ses statoréacteurs, le missile ennemi se rapprochait à grande vitesse, si bien qu'elle dut virer brutalement sur l'aile puis cabrer l'appareil pour prendre de l'altitude. Alors, elle activa le protocole de radiodiffusion. Pour contrer le risque qu'une puce traîtresse envoie un signal de guidage aux missiles du Directoire, les jeunes prodiges recrutés par la Navy avaient imaginé une solution qui consistait à inonder toutes les fréquences. On perdait alors toute furtivité, mais l'idée, c'était que la puce de guidage attirant les missiles devienne inaudible dans cette avalanche de signaux.

La pilote fit basculer son appareil pour se retrouver à l'envers, apercevant au passage la traînée du missile qui l'avait prise en chasse. Son F-35 largua automatiquement une douzaine de leurres et elle engagea l'appareil dans un piqué vertigineux qui lui fit franchir le mur du son. Le missile continua de grimper, passant à côté d'elle, visiblement désorienté. Double Down Four vira de nouveau sur son aile, guettant visuellement une autre cible, son radar de recherche rendu temporairement inutilisable par son propre brouillage radio et celui de l'ennemi. Elle aperçut une explosion, au loin. Un de ses missiles, au moins, avait touché sa cible.

Tout cela était invisible aux yeux des marins du *Zumwalt*, toujours traumatisés par le ton heurté de sa dernière transmission. Le brouillage les empêchait d'entendre quoi que ce soit. Ce qui épargna à l'équipage le cri étouffé de Double Down Four quand le canon de 30 millimètres d'un Su-33 russe[77] éventra le fuselage de son appareil. La seule indication du sort qu'elle venait de subir fut l'arrêt soudain du brouillage de toutes les fréquences, puis le fait qu'ATHENA teinte en gris l'icône bleue du F-35, avant de l'effacer de l'écran.

– Mesdames et messieurs, il semble que nous ayons enfin trouvé le reste de la flotte ennemie, déclara Simmons. Vous savez ce que vous devez faire.

Formation Meute de Loups, océan Pacifique

À quelque deux cents kilomètres du *Zumwalt*, le capitaine de frégate Alexeï Denisov refit un passage dans le ciel, tendant le cou pour jeter un coup d'œil derrière l'empennage bidérive de son MiG-35K. Il voulait avoir confirmation de ce qu'indiquaient les écrans de son cockpit et son système de communication en vol : que l'ultime appareil de la patrouille de chasse américaine avait été abattu. Il scruta le ciel alentour – la seule trace du combat aérien qui venait de se dérouler était un écran de fumée déjà à moitié dissipé.

C'était l'épilogue parfait, se dit-il. Il avait été là au tout début de cette histoire et serait là à la toute fin. Depuis combien de temps les Américains régnaient-ils sur le ciel ? Ce temps était désormais révolu.

– Escadrilles Blanche et Rouge, ici Poignard-Trois-Trente-Quatre. Plus d'avions ennemis en vue.

Il vérifia de nouveau sur l'écran de son radar ; toujours aucune cible détectée. Les deux camps se brouillaient réciproquement et aucun des deux ne pourrait percer ce brouillard électronique jusqu'à la fin de cette bataille.

– Formation Meute de Loups, lancez votre offensive, ordonna Denisov.

Il tira sur son manche à balai et ralentit, laissant son appareil se repositionner au sein de la formation d'attaque. En l'espace de quelques secondes, les MiG-35K et Su-33 russes de l'escadrille Blanche et les J-31 chinois de l'escadrille Rouge se déployèrent en une ligne impeccable[78] s'étirant sur deux cents kilomètres de large, comme ils s'étaient entraînés à le faire depuis plusieurs semaines sur des simulateurs de vol. Comme les loups des plaines de Sibérie, ils fileraient tout droit jusqu'à ce qu'un segment de cette ligne tombe sur l'ennemi, et alors tous les autres rappliqueraient pour refermer le cercle autour de celui-ci. C'était simple, mais cruellement efficace.

Centre de commandement de l'USS *Zumwalt*

– Putain de merde ! grommela une voix rageuse, incapable de contenir sa colère.

Le marin en question, une femme, se trouvait hors du champ de vision de Simmons, mais sa frustration était palpable.

Le capitaine du *Zumwalt* descendit l'escalier jusqu'au poste de travail de la femme.

– Patience, Richter, il faut juste un peu de patience, lui dit-il d'une voix apaisante.

– Oui, Sir, répondit l'opératrice radar Angelique Richter, un peu surprise de voir le capitaine se pencher par-dessus son épaule pour étudier les trois écrans de son poste informatique.

Âgée de vingt-cinq ans, petite de taille, elle portait un piercing d'un noir mat au niveau du sourcil, comme bon nombre de femmes marines.

– On ferait aussi bien d'éteindre ce foutu machin, Sir, le brouillage est de pire en pire.

– Ça va, ça vient, Richter, et ça sera comme ça jusqu'au bout, répliqua Simmons. Vous capterez un signal de temps en temps, et il faudra s'appuyer sur ces éléments épars. N'oubliez pas : ceux d'en face sont aussi déroutés que nous.

La jeune femme hocha la tête, passant ses ongles rongés sur son crâne rasé.

– Vous êtes parmi nous depuis trois ans ? demanda Simmons.

– Ça fera quatre ans dans deux mois, Sir, précisa-t-elle.

– Alors vous avez déjà pas mal de Navy dans le sang, dit Simmons. Et cela fait de vous l'un des marins sur lesquels je compte aujourd'hui. Vous êtes tout à fait capable de gérer cette situation. Faisons avec ce que nous avons. Entendu ?

– Entendu, Sir.

Simmons remontait déjà l'escalier pour regagner la plateforme d'observation quand l'opératrice radar l'interpella.

– Avions ennemis en approche au nord-ouest, Sir. Ils forment une longue ligne – puis, d'une voix plus grave, Richter ajouta : ATHENA en compte soixante-deux au total. Merde… C'est pire que ça : ATHENA signale une autre menace venant de l'est. C'est un peu flou, mais au moins une centaine d'avions ennemis… Nous sommes pile entre les deux.

Au fur et à mesure que les informations sur son écran commencèrent à peupler la carte tactique projetée sous forme d'hologramme au centre de la salle, l'ambiance se fit plus silencieuse.

Un grondement bref fit vibrer toute la coque, comme si le *Zumwalt* lui-même venait de se résigner à son sort.

Puis une voix résonna dans les enceintes du centre de commandement. Une voix du sud des États-Unis, rocailleuse :

– Longboard, ici Boneyard Six Four. Paraît que vous avez des intrus qui veulent se taper l'incruste dans votre fête… Pouvons-nous vous être utiles ? *Over*.

Escadrille Boneyard, océan Pacifique

Le colonel de l'US Air Force Roscoe Coltan coupa la transmission et revérifia sa position. L'écran en verre Garmin Aero Screen[79] de trente centimètres sur cinquante était vissé sur un support antichocs, par-dessus les instruments de vol originels du F-15C[80]. Roscoe avait collé du Scotch sur les contours de l'écran pour plus de sécurité, ce qui montrait le peu de confiance que lui inspirait cette nouvelle technologie. Elle était efficace mais lui semblait encore un peu bizarre, comme à peu près tout le reste, d'ailleurs, depuis le début de cette mission.

Le chasseur que pilotait Roscoe faisait partie des 256 F-15 et F-16 mis au rancart avant l'heure par l'US Air Force, en 2014. Motif invoqué : cette quatrième génération d'avions de combat n'était plus à la hauteur des nouvelles menaces du XXIe siècle. Mais la véritable raison, c'était que la mise à l'écart de ces modèles avait créé un besoin artificiel de nouveaux appareils, ce qui avait permis de justifier les dépenses liées au développement du F-35, le chasseur de cinquième génération, au coût exorbitant. Ces avions plus anciens mais toujours fiables avaient passé plusieurs années entreposés dans l'air sec de l'Arizona, sur la base de Davis-Monthan, plus connue sous le nom de *Boneyard* (« Le Cimetière »), l'équivalent aéronautique de la Flotte Fantôme[81]. Parqué au milieu de quelque quatre mille autres avions remontant pour certains à la Deuxième Guerre mondiale, le chasseur de Roscoe[82] avait longtemps attendu d'être dépecé pour que l'on puisse revendre sa ferraille et ses pièces détachées.

Mais à présent, l'ancienneté des avions de l'escadrille Boneyard jouait en leur faveur. Ils étaient rudimentaires, mais fiables. Lancé dans les années 1970, le F-15 n'avait besoin pour fonctionner que d'une assistance électronique très basique ; son ordinateur de bord était moins puissant que celle de l'ourson parlant du petit-fils de Roscoe, et les lignes de code derrière les commandes de vol étaient vingt millions de fois moins nombreuses que chez son successeur, le F-35. Surtout, les puces de ce système de vol avaient été fabriquées bien avant l'apparition du piratage de ce genre de composants, et même avant la naissance du Directoire.

La jauge de carburant indiquait que Roscoe avait encore deux heures d'autonomie s'il se contentait de promener cet appareil à son allure de croisière. Malheureusement, le combat aérien qu'il se préparait à mener allait limiter son temps de vol disponible à beaucoup moins que cela.

L'escadrille Boneyard avait décollé en compagnie de deux douzaines de ravitailleurs à réaction Boeing KC-135 Stratotanker rongés par le désert, qu'on avait eux aussi sortis de leur retraite anticipée. Ces engins étaient plus increvables que des cafards. Lancés sous la présidence d'Eisenhower, au milieu des années 1950, ces dérivés d'un avion de ligne à réaction, le Boeing 707, ne contenaient pas le moindre microprocesseur moderne, contrairement aux ravitailleurs KC-46[83] qui s'étaient révélés être des aimants à missiles comme tous les appareils équipés de puces chinoises.

Le plan, c'était qu'une autre escadrille formée de ces vieux Stratotanker les attendrait pour les ravitailler lors du vol retour. Roscoe baissa les yeux vers la surface ridée de l'océan. Celui-ci était d'un bleu profond parcouru de lignes blanches, qui lui rappelait les branches d'arbres recouvertes d'une fine couche de neige, chez lui, en Caroline du Nord. Les ravitailleurs seraient là, avait promis l'officier qui les avait briefés. Et sinon, avait-il ajouté, il n'y aurait sur la mer que des navires amis, à proximité desquels ils pourraient amerrir.

Après deux mariages et vingt-quatre années dans l'US Air Force, Roscoe savait quand on lui racontait des conneries. Il savait aussi qu'à certains moments cela n'avait plus d'importance.

– Oscar, ici Roscoe, lança-t-il dans sa radio de bord. Tu reçois les mêmes données que moi, sur la flotte ? *Over.*

– Affirmatif, Roscoe, répondit Oscar, le pilote du F-16 qui volait à son côté.

Il avait hérité de ce surnom à l'époque où il était encore un jeune lieutenant, une manière de le remettre à sa place à la sortie de l'école de pilotes où il s'était un peu pris pour une star.

– Ciel dégagé au-dessus d'Oahu, mais on dirait que nos plaisanciers vont se prendre un sacré grain sur la tête, *over*.

– Je me disais qu'on devrait peut-être aller leur porter un parapluie. Je vais prendre les éléments Eagle et Wall-E de l'escorte, histoire de faire un mix. Toi, prends l'élément Viper avec les gros, pour protéger tout ce petit monde et apporter un peu de soutien à nos artilleurs flottants, *over*.

– Compris, Roscoe, répondit Oscar. Ça m'étonne pas d'un gars de chez Eagle, se réserver toute la gloire comme ça... On va aider les copains à arriver à bon port. Bonne chasse, *over*.

– Escadrille Eagle, je sais que vous avez tous entendu cette conversation, reprit Roscoe. En formation autour de moi.

Il marqua une pause et, quand il reprit la parole, il fit l'effort de bien articuler. On lui avait dit que le logiciel de reconnaissance vocale fonctionnait même quand on baragouinait, mais il voulait être bien sûr.

– Escadrille Wall-E. Autorisation Roscoe. Authentification vocale Eagle, Deux, Huit, Alpha, Delta. Nouvel ordre de mission. Chasse autonome. Pleine autorité utilisation armes air-air. Exécution.

Il tourna la tête pour voir s'ils allaient obéir à ses ordres ou juste canarder tous les chasseurs américains volant aux environs, comme dans un mauvais film. Mais les douze F-40A Shrike de l'escadrille Wall-E entamèrent un long virage absolument parfait, avec une précision qui aurait procuré un orgasme à n'importe quel instructeur de pilotage, puis se mirent en formation de part et d'autre des chasseurs F-15 de l'escadrille Eagle.

Aux yeux de Roscoe, c'était là l'une des nombreuses ironies de cette guerre : les appareils de chasse dont ils avaient le plus besoin ce jour-là pour s'en sortir étaient ceux-là mêmes dont le commandement de l'US Air Force n'avait pas voulu pendant des années. Les avions sans pilote avaient fait leurs preuves pendant la guerre d'Afghanistan puis dans les différentes campagnes anti-terrorisme, du Pakistan au Nigéria. Mais les premiers modèles avaient été dirigés à distance par des pilotes, depuis le sol, et c'étaient des appareils à hélices propulsés par des moteurs quatre cylindres de motoneiges, si bien que leurs performances auraient fait rire un pilote de la Première Guerre mondiale[84]. Les généraux avaient toujours pris soin de faire savoir au grand public que, s'ils étaient parfaits pour abattre des terroristes, ces premiers drones n'auraient eu aucune chance de s'en tirer dans un espace aérien hostile. Ce qui était d'ailleurs assez vrai mais, bizarrement, en coulisse, ces mêmes critiques faisaient tout pour que les futurs modèles souffrent des mêmes défauts. Les bureaucrates du Pentagone, qui n'avaient accepté – à contrecœur – d'avoir recours à des Systèmes Aériens sans Pilotes (UAS) qu'après que la CIA s'était mise à le faire, avaient systématiquement mis des bâtons dans les roues de tous les projets visant à rendre les drones de nouvelle génération plus rapides, plus furtifs et plus redoutables.

Pendant les années de vaches maigres qui avaient suivi la guerre d'Afghanistan, les budgets alloués aux recherches liées aux systèmes sans pilote avaient baissé quatre fois plus que ceux de tous les autres programmes. Les motifs de cette opposition systématique allaient de la peur de voir de nombreux pilotes perdre leur boulot à l'inquiétude des grands fournisseurs de l'armée américaine que plus les nouvelles technologies seraient performantes, plus elles menaceraient les contrats d'armement déjà signés, portant sur plusieurs milliers de milliards de dollars. À tel point qu'en 2013, lorsqu'un drone avait réussi la prouesse de décoller et d'apponter tout seul sur un porte-avions, le Naval Air Systems Command, le commandement de l'US Navy en charge des aéronefs et autres systèmes d'armes aéroportés, voulut envoyer ce bijou technologique[85] non pas sur les porte-avions de la flotte, mais au musée du Smithsonian Institute, à Washington. Là-bas, derrière une vitrine, l'un des avions les plus sophistiqués de la planète serait « célébré » comme il le méritait et, surtout, il ne réaliserait pas d'autres tests risquant de pousser certaines personnes à remettre en cause l'ordre actuel des choses.

Le programme de développement du F-40 Shrike avait été lancé à l'initiative d'un colonel non conformiste, qui avait risqué sa carrière en lui consacrant un article dans la revue professionnelle de l'US Air Force. Il y défendait l'idée qu'au lieu de remplacer le F-16 Fighting Falcon, son avion multirôle, par le lourd et onéreux F-35, l'US Air Force avait tout intérêt à privilégier un appareil tout aussi léger, bon marché et durable. La seule différence étant qu'il s'agirait cette fois d'un avion sans pilote. Ce remplaçant se distinguerait par sa modeste signature radar en raison de son fuselage fin, dépourvu de queue, en forme de chauve-souris, design rendu possible grâce à l'absence de cockpit. Il serait doté d'un système de vol dont les performances, en termes de manœuvres et de navigation autonomes, avaient déjà été démontrées dans le domaine des drones commerciaux, et de logiciels de guidage militaires qui obéiraient aux mêmes protocoles IFF (identification ami ou ennemi) que les missiles.

Même si cette idée était inenvisageable pour le commandement de l'époque, le concept d'un drone de combat peu onéreux et polyvalent avait beaucoup plu aux chercheurs du DARPA. La construction d'un prototype avait été financée, et celui-ci avait décollé pour la première fois au moment où Roscoe entamait son deuxième mariage. Mais, à l'image de ce qui était arrivé au drone Predator une génération plus tôt, le petit Shrike se retrouva à croupir dans ce qu'on appelait à Washington la « vallée de la mort[86] » : ni l'US Air Force ni le complexe militaro-industriel ne lui permirent d'accéder au statut de programme à part entière.

Mais ce projet avait eu droit à une seconde vie quand tous les anciens prototypes de l'agence avaient été réévalués du point de vue de leur éventuelle utilité dans cette nouvelle guerre. Là encore, le fait que ce drone ait été développé par le DARPA s'avéra déterminant, car les microprocesseurs du Shrike avaient été produits dans le cadre du Trusted Foundry Program[87] par des entreprises américaines jugées dignes de confiance – il ne s'agissait donc pas de ces puces chinoises importées à bas prix puis surfacturées dont les géants de l'armement équipaient leurs produits. Dans un premier temps, la vieille garde de l'US Air Force avait voulu récupérer les puces de ce drone pour les réutiliser dans le cadre d'un plan visant à accroître la production de ces mêmes avions pilotés qui avaient échoué au début de la guerre. Mais quand la ministre de la Défense, Marylyn Claiburne, congédia le général en charge de l'Air Combat Command qui avait proposé ce plan, en déclarant qu'elle n'utiliserait pour les missions futures que les seuls appareils de l'US Navy si l'on s'avisait de revenir la voir avec des idées aussi rétrogrades, les autres hauts gradés de l'US Air Force avaient changé leur fusil d'épaule. Ce n'était pas uniquement à cause de cette proposition que le général en question avait été viré – Claiburne l'avait déjà décidé, mais elle avait attendu l'occasion d'en faire, selon sa propre expression, un « moment propice à l'apprentissage ».

– Une dernière chose, Roscoe, ajouta Oscar en regardant les drones se mettre en formation autour des F-15. T'as intérêt à dégommer plus d'avions ennemis que ces foutus robots, sinon on va se retrouver à la rue, toi et moi…

Pua'ena Point Beach Park,
Zone administrative spéciale d'Hawaï

Debout sur la dalle de béton qui avait servi de fondation à l'ancienne antenne radio, le général Adams admirait le chaos contrôlé qui faisait rage autour de lui. La dernière fois que cette base avait grouillé d'une telle activité, c'était ce fameux « jour d'Infamie », celui de l'attaque sur Pearl Harbor.

En 1941, l'aérodrome militaire d'Haleiwa n'était qu'une piste d'atterrissage secondaire, éloignée de Wheeler Field[88], la principale base aérienne de l'US Army à Hawaï. Dès que l'attaque japonaise avait commencé, sans attendre les ordres, deux jeunes pilotes de chasse, les lieutenants George Welch et Kenneth Taylor, avaient sauté dans une voiture et foncé vers cet aérodrome périphérique. Ils avaient parcouru ce trajet extrêmement sinueux de vingt-cinq kilomètres en moins d'un quart d'heure. À leur arrivée sur place, les chefs mécaniciens leur avaient dit qu'au lieu de prendre les airs, ils feraient mieux de rester au sol pour disperser les appareils présents sur la base. « Ça, pas question[89] ! » avait répondu Welch.

Passant outre les vérifications d'avant décollage, les deux pilotes étaient chacun montés dans un chasseur P-40 Warhawk et s'étaient précipités sur la piste. C'est seulement une fois en l'air qu'ils avaient réalisé l'évidence : à eux seuls, ils allaient affronter plus de trois cents appareils japonais. Sans se laisser démonter, Welch et Taylor étaient rentrés dans le tas de la deuxième vague de chasseurs ennemis. Ils n'étaient pas parvenus à stopper l'attaque, mais avaient tout de même réussi à abattre six appareils avant de se retrouver à court de munitions. Plus important encore, les deux pilotes s'étaient si bien battus que les stratèges japonais, convaincus qu'il y avait un bien plus grand nombre de pilotes yankees dans les airs, avaient renoncé à lancer une troisième et ultime vague censée pilonner les sites de stockage de carburant et d'entretien mécanique de Pearl Harbor, ainsi que les cales sèches où l'on réparait les navires, coup de grâce qui aurait fait perdre au moins un an à l'effort de guerre américain.

L'aérodrome de Haleiwa avait été utilisé par l'armée jusqu'aux années 1960, avant d'être rendu aux Hawaïens. Finalement confié au réseau d'établissements scolaires privés Kamehameha Schools et rebaptisé Pua'ena, le site n'avait jamais été construit, et son tarmac craquelé avait peu à peu été envahi par la forêt tropicale. La seule présence humaine, ces dernières décennies, avait été un campement de squatters et des *rave* occasionnelles.

Mais ce bout de terrain avait désormais une valeur inestimable aux yeux du général Adams. Toutes les autres pistes en activité de l'île, jusqu'aux petits aérodromes civils, avaient été réquisitionnés par le Directoire pour en faire des bases et des pistes d'atterrissage pour leurs drones – elles avaient donc été détruites par les bombardements du *Zumwalt*. Le peloton de marines placé sous son commandement avait pour mission de remettre en état cette vieille piste du mieux qu'il pouvait, en dégageant les baraques de fortune des squatters, les broussailles et les débris de béton qui bloquaient le passage. Quand la nouvelle s'était répandue, des civils avaient accouru pour proposer leur aide. Des retraités armés d'outils de jardinage, des surfeurs les mains vides, les squatters devenus SDF : tous s'étaient mis à combler les trous dans le tarmac et à débroussailler les lieux. C'était un coup de chance inespéré. Sous les ordres d'un caporal, cette équipe de désormais quatre-vingts personnes était en train de dégager une aire d'atterrissage pour les hélicoptères, sur l'emplacement des anciens hangars. Ce qui voulait dire qu'Adams allait pouvoir faire venir plus tôt que prévu ses hélicoptères d'attaque embarqués, sans pour autant bloquer la piste d'aviation. Mieux encore, un groupe de Navy SEAL avait surgi de la jungle avec deux bulldozers et un officier de la marine polonaise au volant d'un immense rouleau compresseur jaune. Adams n'en revenait pas qu'ils aient pu récupérer des engins de chantier au beau milieu d'une telle bataille, mais ces renforts étaient évidemment les bienvenus.

– Ils arrivent, Sir ! lui annonça son aide de camp, le lieutenant Jacobsen.

– Meur-ci leu-tenant, répondit Adams, la mâchoire toujours engourdie. Faites égager ou l'monde.

Jacobsen ordonna à tous ceux qui se trouvaient encore sur la piste de s'écarter, tandis qu'un F-16 passait en vrombissant juste au-dessus d'eux, agitant ses ailes. Encore un de ces branleurs de pilote qui veut épater la galerie, songea Adams. Malgré tous leurs efforts, la piste était encore trop cabossée pour que des appareils puissent s'y poser. Il pardonna à ce pilote qui s'éloignait déjà en direction du front, où il pourrait se montrer vraiment utile.

Ce qui préoccupait Adams, c'étaient surtout les gros avions pataudes qui venaient d'apparaître à l'horizon : d'énormes C-5 Galaxy[90] avec leur quelque cent vingt tonnes de charge utile, ces élégants C-141 Starlifter[91] qui avaient transporté les troupes américaines au Vietnam et pendant la Première guerre du Golfe, et même quelques C-17 Globemaster plus récents[92] – Adams savait que ceux-ci étaient les premiers exemplaires produits, à l'époque où les fabricants ne s'en remettaient pas encore totalement à l'électronique.

Trois missiles s'élevèrent soudain en trajectoire courbe dans le ciel, visant les avions – ils venaient de l'est, quelque part derrière les lignes ennemies. Le feu d'artifice des leurres de défense parvint à faire dévier l'un des missiles, mais l'autre alla s'écraser contre un C-5, qui partit aussitôt en vrille avant de se crasher dans la mer. Adams vit les F-16 d'escorte partir en piqué pour aller châtier à coups de canon Vulcan de 20 millimètres ceux qui avaient commis le sacrilège de s'en prendre aux leurs.

Impassibles, les gros avions continuaient de s'approcher, leur avant-garde remplissant déjà le ciel de points noirs minuscules qui fleurirent bientôt en autant de parachutes, chaque C-141 larguant pas moins de 123 parachutistes au-dessus de la piste.

Tandis qu'ils se posaient sur le tarmac, Adams bénit une nouvelle fois tous ces civils qui étaient venus les aider. Chaque trou rebouché, c'était une cheville foulée ou une entorse du genou en moins, qui aurait pu mettre un soldat hors d'état de combattre. Les marines couraient aider les nouveaux arrivants à replier leurs parachutes et à se repérer.

Chaque unité avait un point de ralliement devant lequel une file de véhicules civils attendaient, sur la route qui menait à la principale ville de l'île. De la même manière que des taxis parisiens avaient acheminé jusqu'aux lieux de la bataille de la Marne les troupes françaises, lors de la Première Guerre mondiale, la 3e brigade de combat de la 82e division aéroportée allait rejoindre la Bataille de la Kamehameha Highway grâce à une colonne hétéroclite de pick-up, de SUV, sans oublier quelques minibus empruntés à des agences touristiques locales.

La deuxième vague, composée d'avions-cargos, étirés en une interminable file, les uns derrière les autres, s'approcha à basse altitude, presque au ras du sol. Chaque appareil fila au-dessus de la piste avec ses portes arrière ouvertes, déployant son parachute de freinage pour ralentir un peu, avant de larguer une énorme palette. Puis l'avion reprenait de l'altitude sans qu'à aucun moment ses roues n'aient touché le sol, tandis que la palette glissait et rebondissait sur la piste à plus de cent soixante kilomètres à l'heure, avant que la résistance du bitume ne finisse par l'arrêter. Des groupes de civils dirigés par un parachutiste se massaient alors autour des palettes, pour défaire les épaisses sangles autour de toutes sortes de cargaisons, qui allaient des jerricans de kérosène aux véhicules d'assaut. Grâce à cette main-d'œuvre supplémentaire, le déchargement prit deux fois moins de temps que prévu, ce qui permit d'envoyer davantage de soldats vers les lignes de front. Adams entendit Jacobsen hurler aux travailleurs de récupérer en priorité les systèmes de canon mobile M1128 Stryker[93]. Bon Dieu, ce gosse était doué. Ces véhicules d'assaut blindés étaient dotés d'un canon antichar de 105 millimètres, ce qui voulait dire qu'Adams allait bientôt pouvoir cogner à son tour, et fort.

Le matériel le plus important que contenaient ces palettes était ce qui ressemblait à deux camions-citernes ordinaires. En réalité, ils n'étaient pas remplis d'essence mais d'un mélange de liants à base de résine. Une fois déversée sur la vieille piste d'atterrissage, puis lissée, cette substance formerait une couche de béton polymère. Au bout d'à peine trente minutes de séchage, Adams disposerait de la seule piste opérationnelle de l'île.

Cette pensée lui arracha un sourire, le premier qu'il s'autorisait depuis des mois. Mais celui-ci s'effaça bien vite, quand Jacobsen tendit un mouchoir pour éponger la bouche encore engourdie du général.

Escadrille Boneyard, océan Pacifique

Roscoe tira deux missiles air-air AIM-120E AMRAAM[94] bien avant de voir les avions ennemis. Ces missiles longs de trois mètres soixante se détachèrent instantanément du fuselage de son appareil et disparurent dans le ciel bleu, devant lui. Étant donné l'ampleur des interférences radar et radio, c'était un peu au petit bonheur la chance. En tirer deux, pour espérer peut-être qu'un toucherait la cible. Surtout, et ce qui était plus utile, ils allaient créer un bouclier de mort supersonique derrière lequel s'engouffreraient les jets de son escadrille, contrant la formation, quelle qu'elle soit, que l'ennemi avait mise en place. Roscoe enclencha la post-combustion et sentit une légère vibration dans son siège éjectable, tandis que la vitesse de son F-15C dépassait Mach 2. N'étant pas furtifs, ces avions plus anciens seraient désavantagés, jusqu'à ce qu'ils parviennent à faire de cette bataille un combat rapproché, au couteau. En outre, la vitesse des F-15C allait leur permettre de commencer à garnir leur tableau de chasse avant que les drones Shrike, plus lents, ne débarquent.

Tout se déroula en quelques secondes : des explosions dans le lointain mais aussi plus près de lui – des éléments de l'escadrille Eagle étaient frappés par le contre-feu de l'ennemi – puis un tourbillon de fumée et de traînées de condensation, alors que les chasseurs de trois nations se mêlaient dans ce corps-à-corps aérien.

Roscoe se concentra sur sa part du combat, tirant coup sur coup deux missiles Sidewinder AIM-9X sur deux MiG-35K russes distants de moins d'un kilomètre et demi et engagés dans un virage serré pour tenter de couper celui d'un F-15 américain. Le premier missile manqua sa cible mais le deuxième alla frapper la queue du chasseur qui fermait la marche, provoquant une explosion qui projeta le nez du Mig vers le haut puis laissa une balafre de fumée dans le ciel. L'autre chasseur russe manœuvra pour se dégager, Roscoe sur ses talons. Comme ce dernier entamait son virage, une salve floue de balles traçantes fila en travers de sa course : un J-31 chinois mitraillait le chaos, son nez pointé sur le F-15 de Roscoe. Avant que ce dernier ait pu se dégager, un projectile fit sauter la partie supérieure de son stabilisateur vertical gauche.

Le F-15 tressaillit et se mit à osciller tandis que le J-31 le prenait en chasse, bien calé derrière lui. D'instinct, en pilote chevronné qu'il était, Roscoe fit décrocher son appareil. Si l'une des manières possibles de prendre de la vitesse consistait à augmenter la poussée des réacteurs, la manœuvre la plus efficace revenait en quelque sorte à faire travailler les lois de la physique en votre faveur. Roscoe poussa sur son manche à balai pour engager son jet dans un léger piqué, selon un angle de dix degrés. L'avion décrocha, ce qui créa les conditions d'apesanteur d'un vol parabolique, libérant l'avion d'une partie de son poids – un peu comme quand, au moment de franchir à vélo la crête d'une petite colline, le cycliste décolle de son siège. L'accélération étant une affaire de poussée et de poids, dans cet instant d'apesanteur, le F-15 de Roscoe prit rapidement de la vitesse, distançant son assaillant[95].

Bientôt, la vitesse indiquée par l'anémomètre s'approcha dangereusement des limites structurelles de l'appareil[96], et Roscoe sentit un choc brusque : l'aile arrière endommagée commençait à se disloquer. Les concepteurs de l'avion n'avaient pas intégré dans leurs calculs les effets destructeurs d'un canon de 30 millimètres. Alors qu'il tirait vers lui le manche pour réduire sa vitesse, son récepteur d'alerte radar se mit à hurler : le J-31 le rattrapait, pressé d'en finir.

Il poussa à fond la manette des gaz, fit rouler l'avion sur son dos et tira le manche à balai jusqu'à le bloquer contre le plateau du siège. Il espérait que le pilote du Directoire, trop gourmand, tenterait de couper son virage, lui offrant ainsi une chance de retourner la situation. C'était une manœuvre classique – que, malheureusement, le pilote J-31 connaissait donc parfaitement et avait appris à contrer. Dans un bref coup d'œil par-dessus son épaule, Roscoe vit le jet du Directoire se stabiliser à six heures, pile entre ses deux réacteurs.

Roscoe fit osciller son appareil de droite et de gauche, s'arc-boutant pour résister à la pression de ces courts virages, cherchant à dérègler la solution de tir du J-31, mais conscient qu'il n'avait plus aucun autre tour dans son sac. Ces manœuvres mettaient le fuselage au supplice. Si un missile chinois ne le faisait pas exploser, son zinc allait s'en charger tout seul.

La combinaison de pilote comprima ses membres inférieurs pour atténuer les g, alors qu'il entamait de nouveau un virage ultraserré. Il commença à ressentir les effets de la pression sur ses yeux, son champ de vision se rétrécissant peu à peu jusqu'à se réduire à un tunnel étroit. Il tendit le cou pour localiser le J-31. Il ne le trouva pas d'abord, mais en baissant les yeux, il vit le fuselage bleu et gris mat du chasseur chinois tomber en vrille vers l'océan, traînant derrière lui un épais panache de fumée et de flammes. Alors il aperçut le Shrike qui s'éloignait. Le drone de forme triangulaire réalisa un virage d'une sécheresse insensée qui aurait rendu inconscient n'importe quel pilote humain et, au beau milieu de cette courbe, tira un missile en direction d'un MiG-35K. Avant même que sa cible n'ait explosé, le Shrike était déjà en train de chasser la suivante, son logiciel de programmation autonome se montrant implacable dans son efficacité assistée par ordinateur.

– Ce salopard ne s'est même pas arrêté pour s'assurer que j'allais bien, grommela Roscoe, remerciant en pensées les concepteurs du drone.

Il jeta un œil sur l'écran de son radar, momentanément libéré du brouillage ennemi. Son cœur se serra en constatant à quel point le ciel était vide : en moins d'une minute, cent vies au moins avaient été perdues.

– Longboard, Longboard, ici Leader Boneyard. Nous avons descendu la plupart de vos visiteurs, mais je compte huit resquilleurs passés à travers nos mailles, des MiG-35K, dit-il en s'efforçant de garder une voix égale malgré les soubresauts de son appareil. Nous allons les choper, mais je crois que quelques-uns seront sur vous avant, *over*.

Les quatre F-15 survivants de l'escadrille Eagle se lancèrent à la poursuite des avions ennemis à près de mille cinq cents kilomètres à l'heure, leur vitesse maximale à basse altitude. Un voyant se mit à clignoter dans le cockpit de Roscoe, l'avertissant qu'il ne lui restait plus beaucoup de carburant. Activer si longtemps la postcombustion, gourmande en kérosène, allait ruiner ses chances de rentrer sain et sauf, songea-t-il. Mais à ce stade de la bataille, ce n'était vraiment plus le problème.

Il repéra les MiG en visuel, grâce aux éclats révélateurs de leurs tirs de missiles. Les derniers chasseurs de l'escadrille Eagle arrivaient trop tard.

– Bon Dieu, ça va faire de sacrés dégâts, annonça Roscoe aux trois autres pilotes. J'ai compté au moins une vingtaine de missiles.

– Trente et plus, rectifia Squiggle qui pilotait le F-15C le plus proche de Roscoe, sur son aile droite.

– Balancez tout ce que vous avez, ordonna Roscoe. C'est maintenant ou jamais !

Il tira le dernier AIM-9X qui lui restait, le suivant des yeux tandis que le missile ciblait l'un des MiG à l'arrière de la formation ennemie. Le jet russe était en train de se cabrer, reprenant de l'altitude après avoir largué ses missiles antinavires, quand le Sindewinder explosa juste derrière lui.

– Escadrille Eagle, je sors la Winchester, souffla Roscoe, pour faire savoir aux derniers survivants de l'escadrille qu'il n'avait plus que ses mitrailleuses.

Il laissa derrière lui le MiG touché qui tombait telle une feuille morte vers l'océan, poussant la puissance de ses moteurs pour tenter de rattraper les missiles de croisière en pleine accélération, loin devant. Au-dessus de lui, les chasseurs russes et américains se livraient un ultime combat d'une violence inouïe, qui aboutit à la destruction de six autres missiles russes et de deux MiG supplémentaires, mais également de trois des quatre F-15 de l'US Air Force.

Roscoe espérait encore pouvoir détruire l'un des missiles d'un tir de mitrailleuse un peu chanceux, mais sa bonne étoile le quitta : le stabilisateur vertical endommagé de son appareil se décrocha tel un bardeau de bois emporté par un ouragan. À mon tour, donc..., se dit-il, tout en tentant de maîtriser l'avion devenu fou.

Il scruta les vagues, au-dessous, cherchant l'endroit le plus dégagé où diriger son F-15 en perdition. Le réacteur gauche commençait à avoir des ratés. Sa guerre allait s'achever là. Roscoe détacha sa main gauche du manche à balai et la tendit vers la barre métallique jaune qui se trouvait près de son genou et sur laquelle son chef mécanicien, facétieux, avait écrit au marqueur : *Pas touche !* Dans les violentes embardées de l'appareil, empoigner la poignée d'éjection se révéla beaucoup plus difficile qu'il ne l'avait imaginé.

Centre de commandement de l'USS *Zumwalt*

– Vingt-six missiles en approche, Sir, annonça Richter avec le genre de détachement qui accompagne souvent la peur la plus extrême. ATHENA signale des tirs de riposte du *Port Royal*.

Même si leurs architectures respectives étaient très différentes, le *Port Royal* était une sorte de sister-ship du *Zumwalt*. Ce navire, petit dernier des croiseurs de classe Ticonderonga de l'US Navy, et l'un des premiers à pouvoir abattre des missiles balistiques[97], avait été construit dans le cadre du programme Linebacker. Mais en 2009, après avoir percuté un récif de corail à quelques centaines de mètres de l'aéroport d'Honolulu, il s'était vu affubler d'un nouveau surnom, fort cruel : le « Port Corail », comme on l'appelait désormais, n'avait pas coulé[98], mais les importants dégâts subis par la coque, les hélices et le dôme de son sonar avait placé ce croiseur, pourtant le plus jeune de l'US Navy, sur la liste des mises à la retraite anticipées au sein de la Flotte Fantôme.

Le *Port Royal* venait de tirer une salve de missiles antiaériens SM-6 qui avaient jailli des cellules verticales incrustées dans son pont. Les SM-6 avaient décrit une trajectoire courbe dans le ciel, avant de retomber vers les missiles de croisière volant au ras des flots. Une vague de missiles défensifs RIM-162 ESSM[99] suivit.

Les collisions furent quasi instantanées, abattant sur la mer une pluie de flammes, de carburant et de débris métalliques.

– Je compte quatorze impacts, Sir, dit Richter. Douze missiles encore en approche.

– Activez toutes les contre-mesures et lancez l'*Utah*, ordonna Simmons.

Un grand bidon métallique fixé à la poupe du *Zumwalt* se détacha du navire dans une détonation sonore. Il bondit à plus de dix mètres dans les airs puis retomba dans l'océan avec un *splash* médiocre et se mit à onduler comme un bouchon dans la houle.

Vern, qui était sortie sur le pont pour vérifier la bonne connexion d'un câble électrique, profitant d'une accalmie dans les tirs du canon électromagnétique, se redressa pour regarder l'étrange forme grise que le *Zumwalt* laissait derrière lui. Celle-ci s'était mise à gonfler.

Mike courut à sa rencontre en hurlant :

– Il faut rentrer !

Vern le regarda, l'air perplexe, puis se tourna à nouveau vers la masse en expansion, sur laquelle les mots *USS Utah*, peints en lettres blanches, se déployaient lentement.

– Qu'est-ce que c'est que ça ?

– Venez Vern, tout de suite !

Mike se précipita avec elle, la portant presque, pour se mettre à l'abri de la superstructure principale. Il la guida vers l'entrepont sans cesser de parler, sauf de temps en temps pour reprendre son souffle.

– L'USS *Utah*[100] était un cuirassé de la Première Guerre mondiale. Quand l'attaque sur Pearl Harbor a eu lieu, il avait été reconverti en cible flottante pour l'entraînement de nos artilleurs. Mais quand les Japonais ont attaqué en 1941, leurs pilotes ont aperçu d'en haut ce qui ressemblait à un véritable cuirassé. L'ancien *Utah* a fini par sombrer, mais seulement après avoir attiré des tas de bombes que l'ennemi aurait pu utiliser contre d'autres cibles, plus cruciales. Notre *Utah* est censé faire pareil.

Tandis qu'ils s'enfonçaient dans les entrailles du navire, la forme grise flottant dans le sillage du *Zumwalt* continua d'enfler, jusqu'à acquérir la silhouette d'un petit navire de combat, parsemé de carrés métalliques réfléchissants destinés à accroître sa signature radar. La corde de remorquage finit par se tendre dans un claquement sec, quand l'*Utah* se retrouva quatre cents mètres derrière eux, et le bâtiment factice suivait à présent le *Zumwalt*, adoptant la même vitesse.

– Sir, ATHENA signale que les missiles en approche sont en train de verrouiller leurs cibles, annonça Richter dans le centre de commandement. Vingt secondes avant impact.

– ATHENA, basculement en mode cent pour cent autonome ! cria aussitôt Simmons. Autorisation Simmons, Quatre, Sept, Roméo, Tango, Delta.

Le laser de défense rapprochée du navire tira le premier. Il n'y eut ni bruit ni rayon visible, rien que des secousses discrètes, presque délicates, tandis que la tourelle libérait de prodigieuses quantités d'énergie[101]. C'était un moment de vérité pour l'équipage, car cette arme n'offrait pas la même certitude que la poudre à canon. Les images prises par la caméra du canon laser montrèrent l'apparition d'une petite flamme sur la surface de la cible, quand ce rayon d'une puissance de cent kilowatts entra en contact avec elle. Le missile s'enflamma et sombra dans la mer. Puis ATHENA fit automatiquement pivoter le canon et lui ordonna d'abattre un second missile.

Au même moment, les deux tourelles des mitrailleuses Metal Storm dirigées par ordinateur, installées de part et d'autre du pont, sortirent de leur veille. Les armes se mirent à osciller, guettant les missiles de croisière en approche avec ce qui ressemblait à la prudence d'un prédateur. Puis elles sélectionnèrent des cibles et tirèrent. Le bref sifflement électronique émis par ces mitrailleuses était aussi décevant qu'efficace : des milliers de balles jaillirent de leurs tubes en même temps.

Les missiles russes Zvesda KH-31 étaient programmés pour feinter et esquiver tout en volant au ras des vagues, afin de compliquer le calcul d'une solution de tir par les défenses des navires. Mais ils ne pouvaient rien contre les Metal Storm : les missiles foncèrent droit dans ce qui était presque littéralement un mur de balles.

– Il en reste sept, annonça l'officier tactique.

– Activez la balise radar de l'*Utah*, ordonna Simmons.

Les statoréacteurs des sept missiles restants s'enclenchèrent, portant leur vitesse à près de trois fois le mur du son tandis qu'ils fondaient sur le groupe naval, volant à quinze mètres à peine de la surface ridée de l'océan.

Alors qu'un des engins se faisait annihiler par un tir de laser, les autres rompirent soudain leur formation pour s'éparpiller comme une volée d'oiseaux effarouchés. Leur programme de ciblage sélectionna automatiquement les plus gros navires de la flotte. Deux missiles infléchirent leur course en direction du *Zumwalt* ; deux autres se dirigèrent vers l'USS *New York*[102], un transport amphibie de vingt-cinq mille tonnes ; deux autres enfin ciblèrent l'USS *America*.

À bord du *Zumwalt*, les tourelles Metal Storm tirèrent une nouvelle fois, et l'un des missiles fondant sur l'*America* se désagrégea dans un nuage de particules métalliques.

Simmons serrait d'une main le micro de son casque au plus près de ses lèvres et, de l'autre, il agrippa la balustrade de l'étage supérieur du centre de commandement, se baissant vers les marins en contrebas.

– À tout l'équipage : missiles en approche, préparez-vous à l'impact !

Alors que les deux missiles fonçaient sur le *Zumwalt*, l'un d'eux parut se raviser. Déviant sa course, il alla s'écraser contre l'*Utah*, procurant au cerveau électronique de l'engin ce qu'un cerveau humain aurait éprouvé comme une satisfaction d'avoir rencontré sa cible supposée. Le navire factice explosa dans une gigantesque éruption d'air et d'eau.

Le second missile de croisière resta fidèle à l'intention des concepteurs de son logiciel de ciblage : il opéra une ultime correction de sa trajectoire puis enveloppa le *Zumwalt* d'une tornade de flammes orangées. L'explosion ébranla le navire et l'onde de choc se répercuta à travers le centre de commandement, propulsant le capitaine par-dessus la rambarde de la mezzanine.

Quand il reprit conscience, Simmons fut surpris de se trouver à l'étage inférieur du centre de commandement. Il se releva en se tenant à l'accoudoir du siège de l'opératrice radar. Richter tendit la main pour l'aider, puis se reconcentra sur ses écrans. Simmons avait mal au dos, mais pour le reste, apparemment, tout allait bien. On ne pouvait en dire autant de la salle de commandement : deux des écrans fixés aux murs s'étaient décrochés de leurs supports, et l'un d'eux avait percuté dans sa chute l'officier tactique, qui semblait avoir la clavicule cassée. Une fumée âcre flottait dans la pièce, qui irrita les yeux du capitaine.

– Remettez-moi en route la ventilation ! hurla-t-il.

Il chercha des yeux Cortez. Celui-ci était à son côté la seconde d'avant, mais il avait disparu.

– XO ! Estimation des dégâts ! tonna Simmons.

L'air commença à s'éclaircir sous l'effet des ventilateurs qui avaient redémarré, mais une violente odeur de feu et de plastique brûlé persistait. S'ils s'en sortaient, ils allaient vivre avec cette odeur pendant des semaines, songea Simmons.

– Système EV reconnecté, Sir, annonça Cortez, qui supervisait dans ses Viz Glass l'autodiagnostic lancé par le navire. Estimation des dégâts en cours.

La voix provenait de l'étage supérieur du centre de commandement. Simmons monta précipitamment l'escalier et aperçut Cortez agenouillé par terre, en train d'aider un matelot à se rasseoir sur son siège.

Cortez se releva, remit ses Viz Glass en place et communiqua à Simmons les dernières nouvelles concernant les dommages causés par le missile. L'ogive avait explosé juste devant la superstructure. Les bonnes nouvelles, c'était que l'incendie avait été jugulé et se limitait à la zone d'impact, et que les systèmes ATHENA, de propulsion et de radar fonctionnaient encore.

Toutes les autres nouvelles étaient mauvaises. L'unique caméra extérieure encore opérationnelle montrait un écran de fumée et de flammes engloutissant la superstructure avant du *Zumwalt*, dont toute la surface était déjà noircie. La tourelle laser de ce côté-ci avait visiblement été arrachée hors de son socle avant de retomber. Le choc de l'explosion avait projeté à travers le navire des câbles électriques sectionnés.

– L'équipe de contrôle des avaries est déjà en route, dit Cortez. Les robots-pompiers et les dispositifs anti-incendie sont encore opérationnels.

Deux écrans se rallumèrent, montrant les images de caméras extérieures qui s'étaient remises en route. Les traits des deux officiers s'effondrèrent en les découvrant.

Le *New York* gîtait dangereusement sur bâbord, à près de quarante-cinq degrés. La caméra zooma sur les deux trous fumants percés dans son flanc, qui engloutissaient des torrents d'eau, droit dans les entrailles du navire qui commençait à sombrer. Des marins sautèrent de la superstructure dans les eaux en flammes au pied de la coque, mais ils disparurent aussitôt quand la masse du navire s'effondra sur eux.

L'*America* s'en était mieux sorti – mais à peine. Le missile qui l'avait heurté s'était apparemment engouffré dans l'ouverture de son monte-charge. Un harmonieux nuage en forme de champignon était suspendu au-dessus de l'acier éventré de son pont d'envol. Des explosions secondaires provoquées par la combustion du kérosène stocké au niveau inférieur projetaient dans les airs des langues enflammées. Pourtant, malgré toute cette fumée et toutes ces flammes, le navire d'assaut amphibie semblait stable sur l'eau.

– Combien ? interrogea Simmons.

– La plupart des marines du *New York* avaient déjà débarqué, répondit Cortez d'une voix étouffée. Donc, selon ATHENA, il y aurait un peu plus de cinq cents morts ou disparus. Sur l'*America*, on en dénombre huit cent vingt-cinq. Ces chiffres sont bien sûr amenés à évoluer…

– Sur notre navire, je veux dire, répliqua Simmons.

– D'après le système, nous aurions sept morts et vingt-deux blessés, répondit Cortez. Quatre marins portés disparus.

– Mon père ? interrogea Simmons en baissant la voix.

Il plissa les yeux, chassant un sentiment qu'il ne voulait pas éprouver en cet instant – ni jamais, d'ailleurs.

– Non, Sir, dit Cortez. Il est signalé comme actif[103] avec l'équipe de contrôle des avaries, sous le pont.

Le second releva ses lunettes sur le dessus de son crâne, frappé de stupeur par la vue de la coque à présent chavirée du *New York*, qui s'enfonçait lentement dans les vagues.

Simmons s'interdit de ressentir le moindre soulagement de savoir son père sain et sauf. Il serra la balustrade de toutes ses forces, jusqu'à ce que les tendons de ses mains capitulent sous la douleur. Celle-ci lui éclaircit les idées et l'aida à se concentrer.

– Timonier, portez-nous à la hauteur de l'*America*, ordonna-t-il. Ils vont avoir besoin de notre aide pour venir à bout de ces feux.

Sous le pont de l'USS *Zumwalt*

Mike suivait le robot-pompier en forme de chenille le long de la coursive enfumée, sachant que cet engin le conduirait là où on aurait le plus besoin de lui.

– Arrose là-bas ! entendit-il crier – c'était la voix de Davidson, étouffée par sa cagoule antifumée.

Le brasier était déjà pratiquement maîtrisé. Brooks tenait un extincteur et vaporisait un mélange de mousse et de liquide refroidissant sur le métal calciné et les matériaux composites à moitié fondus. Davidson félicita le gosse à la crête d'iroquois d'un geste du pouce, le genre de compliment muet que le jeune marin appréciait par-dessus tout. Le robot-pompier partit devant en éclaireur et pulvérisa son nuage de retardant chimique près du point d'impact du missile russe.

La fumée se dissipa peu à peu et la lumière du jour qui perçait à travers l'ovale irrégulier du trou dans le pont au-dessus d'eux les frappa soudain avec l'intensité d'un projecteur. Mike ordonna à Brooks de pulvériser à nouveau de la neige carbonique sur les parois, puis il se hissa prudemment pour passer la tête à travers l'ouverture et évaluer les dégâts du côté du pont. À première vue, le missile avait dû frapper le navire au moment où celui-ci roulait sur une vague, déviant heureusement la déflagration vers le haut, et pas vers les profondeurs de la coque. La chaleur, cependant, avait embrasé toute la superstructure et les matériaux composites, en fondant, s'étaient transformés en une matière qui ressemblait davantage à de la lave solidifiée qu'aux lignes plissées d'un revêtement destiné à dévier les ondes émises par les radars. Mike balaya du regard les alentours, tandis que le *Zumwalt* s'approchait de l'USS *America* en flammes, deux de ses lances à incendie projetant déjà de l'eau sur son voisin. Baissant les yeux, il repéra une silhouette gisant sur un brancard, qu'un autre matelot et un infirmier emportaient à la hâte. C'était Parker ; le grand costaud était en pleurs, essayant en vain de bouger son bras calciné. Mike posa un instant le front sur son avant-bras, soudain accablé de fatigue, puis redescendit tant bien que mal.

– La superstructure a fondu, elle est complètement bousillée, déclara-t-il en relevant son masque antifumée.

Davidson l'imita, toussant légèrement. Brooks garda sa cagoule.

– Enlève-moi ça, Mo, ordre du médecin-chef, dit Mike en inhalant profondément. Ce n'est pas la fumée qui va te tuer aujourd'hui.

Brooks retira sa cagoule à contrecœur et cligna des yeux. Ils étaient injectés de sang.

Mike se tourna vers Davidson.

– Il faut qu'on scelle ce trou, là-haut, et qu'on consolide tout ça. Au moindre mauvais temps, ça va vite être trempé ici.

– Et tu voudrais que ça arrive quand ? répliqua Davidson. Les missiles chinois se foutent bien des conditions météo.

– C'est vrai, confirma Mike. Mais moi, je m'en fous pas. Prends soin de ce bateau, et je prendrai soin de toi. Tu devrais le savoir, après tout ce temps.

– On n'a qu'à plaquer un peu d'époxy et des feuilles de Kevlar là-haut, puis ficeler tout ça, proposa Davidson, enfonçant un doigt dans son oreille droite pour essayer de la déboucher. T'en dis quoi ?

– Ça devrait le faire, répondit Mike. Ça va, tes oreilles ?

Davidson hocha la tête.

– Tout sonne un peu métallique mais vous en faites pas, chef. Je vous entends encore si vous devez me passer une soufflante.

La radio accrochée au niveau de l'épaule droite de Mike se mit à piailler.

– Chef, ici le capitaine, articula la voix de son fils, comme s'il avait besoin de se présenter à son propre père. Quelle est votre situation ? *Over*.

– Je vais bien, mais nous avons de nombreux blessés, essentiellement des brûlures, des fractures et des tympans perforés. On a un trou d'à peu près quatre mètres de diamètre et quelques dégâts causés par l'incendie et la chaleur. Vous pouvez oublier la foutue furtivité de ce bateau. Coup de chance, le missile n'a pas creusé trop profond. Pas de dommages structurels, à ce que j'ai pu voir. La principale tourelle laser va avoir besoin de pas mal d'heures de réparation pour retrouver son alignement, mais le canon électromagnétique a l'air de fonctionner. J'ai une équipe de contrôle des avaries qui bosse sur le trou. Il est situé au-dessus de la ligne de flottaison, mais je préfère qu'on le referme.

– Merci, chef, lui dit son fils. Je savais que je pouvais compter sur vous.

Mike détecta une pointe de soulagement dans sa voix, et il n'aurait su dire si cela le concernait, lui, ou le rôle qu'il remplissait à bord. Mais ce jour-là, les deux iraient.

Centre de commandement de l'USS *Zumwalt*

Le capitaine Simmons sentit une tape sur son épaule : Cortez, venu le prévenir qu'ils avaient enfin rétabli la connexion au réseau de commandement du groupe naval.

L'image vidéo remplit tout l'écran, et Jamie se retrouva face à un officier au visage sombre, le commandant Alexander Anderson. Des années plus tôt, tout frais sortis du ROTC, l'académie chargée de former les officiers de réserve, ils avaient servi ensemble à bord de l'USS *Chafee*. Anderson commandait à présent le *Port Royal*, qui s'était lui aussi porté au secours de l'*America*, sur le flanc opposé, et ajoutait la puissance de ses propres lances à incendie pour tenter de venir à bout du brasier.

– Je suis content de vous voir en un seul morceau, Jamie, dit Anderson.

Il avait un visage fin et les épaules étroites, et son uniforme avait toujours l'air un peu trop grand pour lui. Comme si toutes les calories dont disposait son corps servaient à alimenter son cerveau légendaire.

– Pareil pour moi, répondit Simmons. Le bateau tient le coup. L'équipage aussi. On peut encore se battre. Des nouvelles de l'amiral Murray ?

– Elle est morte, répondit Anderson, reprenant un ton plus formel maintenant qu'il s'était assuré que son vieil ami allait bien. Cela m'a été confirmé par le quartier-maître de l'*America* – elle était d'ailleurs apparemment la seule personne qui restait pour commander ce navire. Plus d'électricité à bord, elle a dû nous hurler tout ça dans un porte-voix. (Il marqua une pause.) Capitaine Simmons, vous savez ce que cela signifie. Si ce sous-officier dit vrai, et, pour le moment, nous sommes obligés de partir de ce principe-là… l'amiral Murray étant mort, et le capitaine de l'*America*, Brookings…

– Je commande à présent le groupe d'intervention…, conclut Simmons, réalisant soudain où Anderson voulait en venir.

– Tout à fait, Sir, confirma Anderson. Longboard vous revient. Nous sommes entre de bonnes mains, je le sais.

Les deux hommes restèrent silencieux pendant quelques secondes, le temps de digérer, puis ils se replongèrent dans l'urgence de la situation.

– Avec votre permission, Sir, j'aimerais procéder à l'évacuation de l'équipage de l'*America*.

Simmons hocha la tête, soupesant le pour et le contre.

– Je n'aime pas l'idée de quitter un navire qui flotte encore, plaida Anderson. Mais j'aime encore moins l'idée de traîner derrière nous un poids de quarante mille tonnes avec une flotte hostile à nos trousses.

Simmons comprit alors ce qu'Anderson estimait être l'étape suivante la plus logique.

– Hors de question de laisser l'*America* ou les marines à terre, répliqua-t-il. Nous allons évacuer les blessés du navire, mais nous tiendrons cette position[104] jusqu'à ce que notre flotte principale ou celle de l'ennemi arrive – selon qui viendra le premier.

Anderson bascula légèrement sur son siège, comme s'il n'arrivait pas à croire ce qu'il venait de voir ou d'entendre. Il plissa les yeux et son front se creusa, dans ce que Simmons identifia comme une éloquente objection, comme il l'avait vu si souvent lors des discussions enflammées qu'ils avaient pu avoir dans le carré du *Chafee*, lorsqu'ils étaient jeunes officiers. Puis cette expression s'évapora et Anderson approuva d'un hochement de tête un peu exagéré.

– Oui, Sir, dit-il.

– Il faut que nous localisions l'ennemi, déclara Simmons. C'est aussi simple que ça. Je vais envoyer l'*Orzel* faire un petit tour, avec ordre de monter la garde, et déployer nos drones Fire Scoop au maximum de leur portée. Et s'ils ne trouvent pas ce qui rôde au large, prêt à nous attaquer, alors que Dieu nous vienne en aide...

À proximité de l'USS *America*, océan Pacifique

Denisov songea qu'il avait frôlé la gloire. Et voilà qu'il en était réduit à se demander s'il ne faudrait pas enlever ses bottes de pilote pour mieux flotter. Il battait lentement des jambes, conscient qu'il était trop loin de la côte pour faire quoi que ce soit d'autre que se laisser dériver jusqu'à ce qu'un requin le mange ou qu'un des navires américains qu'il apercevait au large vienne le récupérer.

Il laissa sa tête retomber sur le col de son gilet de sauvetage gonflé, et contempla tout là-haut le ballet des étranges drones américains au fuselage si fin, de forme triangulaire. Ils menaient à présent une patrouille de surveillance contre un nouveau raid aérien qui ne viendrait pas.

– C'était juste moi, bande de stupides *avtomat*[105], il n'y a plus personne ! hurla-t-il.

Des machines sans cervelle, mais redoutables – il fallait leur reconnaître ça.

Des picotements sur sa nuque le firent se retourner. Vu depuis les airs, à des kilomètres de hauteur, le Pacifique avait l'air engageant. Mais à présent qu'il flottait à sa surface, Denisov trouvait ses eaux aussi sombres et menaçantes que ses pires cauchemars. Quelque chose rôdait dans les parages, il le sentait.

Une énorme forme noire ondula sous les vagues à dix mètres de lui, peut-être. Elle fit surface à quelques encablures, cracha une longue bouffée d'air, puis replongea. Aucun requin ne pouvait être si énorme. Il laissa échapper un soupir de soulagement. Une baleine à bosse, peut-être, qui se contentait de manger du krill, pas des pilotes russes.

Il resta seul pendant un long moment encore. Il était assez proche de la flotte américaine pour voir la carcasse encore fumante de l'USS *America* et était à peu près sûr que c'était ce petit porte-avions qu'avait percuté son missile. Il vit la forme élancée d'un immense destroyer se porter à sa hauteur ; ses marins semblaient être en train de les amarrer l'un à l'autre. Il reconnut un bateau de la classe Zumwalt et décréta alors que c'était plutôt celui-ci qu'il avait touché tout à l'heure ; l'idée que son dernier tir ait pu frapper cette créature autrement plus exotique lui plaisait davantage.

Les yeux cramés par le sel et le soleil, Denisov assista au transfert des blessés depuis l'*America* en flammes, au moyen de tyroliennes tendues entre les deux bâtiments. Sanglés sur leurs brancards telles des momies, ces marins quittaient leur navire à l'agonie pour un autre, à l'avenir tout aussi incertain.

Trois petits objets s'élevèrent dans les airs depuis l'arrière du bâtiment tarabiscoté. Quand ils se mirent en formation, Denisov les identifia comme des drones Fire Scout MQ-8, sortes d'hélicoptères miniatures au nez pincé, qui semblaient n'être jamais sortis de l'adolescence de l'aviation. Deux autres décollèrent du navire amarré à l'autre flanc de l'*America* ; un genre de croiseur ou de destroyer, difficile à dire.

Les drones restèrent suspendus en formation pendant quelques instants, puis chacun fila dans une direction différente, telles des guêpes d'acier en quête de nourriture. Ils volaient bas, épousant les vagues. L'un de ces Fire Scout passa juste au-dessus de lui sans lui prêter la moindre attention, la pression d'air du rotor le poussant sous l'eau. Soudain, Denisov comprit que les Américains n'allaient peut-être pas venir le chercher, après tout.

Centre de commandement de l'USS *Zumwalt*

L'hologramme de la carte tactique n'avait pas encore été rétabli, si bien que cette image floue se déployait sur l'ensemble des écrans fixés aux murs. Vu la manière dont ces projecteurs holographiques semblaient planter chaque fois qu'un combat faisait rage, Simmons se demanda pourquoi on continuait de s'embêter avec un gadget high-tech si fragile. L'image granuleuse qu'ils avaient à présent sous les yeux ressemblait à l'une de ces vidéos YouTube en basse résolution d'autrefois.

– Sir, le groupe naval ennemi est un mélange d'unités chinoises et russes, annonça l'officier chargé du renseignement. ATHENA confirme, sur la base des empreintes électromagnétiques relevées par notre Fire Scout.

Les images en direct n'arrêtaient pas de trembloter, comme si quelqu'un avait secoué le drone en vol, mais ces soubresauts étaient simplement dus aux efforts du logiciel de vol autonome de l'engin pour maintenir l'hélicoptère miniature aussi près des vagues que possible, plongeant au fond des creux pour ne pas se faire repérer.

– Mettez sur pause, ordonna Simmons.

L'image se figea à l'écran et l'officier zooma sur la superstructure d'un immense navire que la caméra longue portée avait capturé au sommet d'une vague.

– Quel monstre… Ça ne peut être que le *Zheng He*.

– Oui, Sir, on dirait bien, confirma l'officier du renseignement.

Il déplaça la capture vidéo de l'énorme vaisseau amiral chinois sur un autre écran, et revint au direct. Les images filmées par le drone commencèrent à vibrer et à tressauter, et le Fire Scout prit soudain de la vitesse, abandonnant l'abri des vagues car le vent avait tourné, aplanissant la houle. C'était un mouvement de panique, les algorithmes du drone étant à cours de solutions pour échapper à la détection.

Puis les images tremblantes montrèrent une série de traînées de fumée s'élevant des navires de la flotte, en direction de l'objectif.

– Aïe..., fut tout ce que l'officier put dire avant que l'écran ne devienne noir.

Cortez prit la parole, lisant tout haut les informations données par ses Viz Glass, pendant que Simmons visionnait le replay des derniers instants chaotiques du Fire Scout.

– Entre les données visuelles et celles récoltées par SIGINT, ATHENA dénombre sept unités de surface : trois destroyers antinavires de la classe Sovremenny[106], deux frégates Type 54, un destroyer lanceur de missiles guidés de la classe Luyant[107] et un croiseur de bataille, très certainement l'*Amiral Zheng He*. Ils progressent à vingt-cinq nœuds. Ils se dirigent sans doute vers nous sur la base d'indications approximatives fournies lors du raid aérien.

Simmons intégra le peu d'informations dont il disposait et se rappela qu'il lui fallait maintenant réfléchir en tant qu'amiral, en prenant en compte l'ensemble du groupe d'intervention Longboard, et plus seulement son propre navire.

– Mais où sont leurs porte-avions ? s'étonna-t-il tout haut, sans s'adresser à personne en particulier.

– Nous n'avons pas d'autres informations, Sir, répondit Cortez. ATHENA peut faire tourner plusieurs modèles pour estimer leurs positions plausibles, mais enfin, nous ne serons pas beaucoup plus avancés...

– Tout est bon à prendre, dit Simmons. Il faut frapper ce groupe naval tant que c'est encore possible. Missiles Puffin : parés à tirer !

Cortez aboya ces ordres. Les amarres qui les reliaient à l'*America* furent un peu relâchées pour laisser davantage d'espace entre les deux navires. Puis les trappes des cellules lance-missiles verticales s'ouvrirent simultanément, creusant dans le pont du *Zumwalt* une série d'ouvertures sombres de soixante-dix centimètres de diamètre. L'un après l'autre, les quatre-vingts missiles de croisière de quatre mètres de long jaillirent de ces lanceurs, tels des diables à ressort libérés de leurs entraves.

D'abord connu sous le nom de Naval Strike Missile (NSM[108]), le missile antinavires Puffin était le successeur furtif de l'ancien missile Penguin[109]. Même s'il n'atteignait pas des vitesses supersoniques, cet engin de fabrication norvégienne échappait à la détection des radars et jouissait d'une portée de près de trois cents kilomètres, ce qui le rendait particulièrement redoutable, surtout lorsqu'on en tirait un aussi grand nombre à la fois.

Les missiles semblèrent rester suspendus en l'air, l'espace d'un instant, le temps que leurs propulseurs à propergol solide d'appoint se déclenchent, puis ils s'élevèrent dans le ciel. Quand ces fusées d'appoint eurent épuisé leurs réserves de carburant, ils s'en débarrassèrent dans un déluge de métal qui alla bombarder l'océan au-dessous. Les missiles se lancèrent alors à l'assaut des cieux, propulsés par leurs turboréacteurs à un peu plus de huit cents kilomètres à l'heure en direction de la dernière position connue du Fire Scout envoyé en éclaireur. Chaque Puffin se lança alors dans une chasse autonome, s'appuyant sur son propre autodirecteur à imagerie infrarouge pour comparer tous les objets qu'il détectait dans sa base de données embarquée, listant toutes les cibles autorisées.

C'est le sillage d'un de ses navires qui trahit finalement la flotte ennemie. Un missile Puffin situé tout au bout de ce déploiement détecta les lignes blanches disposées en V, quasi imperceptibles à la surface de l'océan, et se mit à décrire des cercles au-dessus de cette zone. Un missile antiaérien courte portée Fong Qi FL-3000[110] décolla pour l'abattre, mais pas avant que le Puffin ait eu le temps de partager ses coordonnées avec ses camarades, les invitant à le rejoindre.

Tous les missiles convergèrent peu à peu sur cette zone. Trois autres Puffin furent sacrifiés aux missiles antiaériens du Directoire, ce qui permit de définir le périmètre défensif du groupe naval. L'essaim robotisé[111] se mit alors à tourner en rond avec une patience de machine, tout juste hors de portée, tandis qu'un nombre sans cesse croissant d'engins venaient s'y joindre. Mais pendant qu'ils attendaient leur heure, la flotte du Directoire lança à son tour une volée de missiles de croisière vers le point d'origine de ces Puffin.

Passerelle de l'*Amiral Zheng He*

L'amiral Wang avait désormais la confirmation qu'il avait fait le bon pari ; depuis l'instant où les appels radio presque inaudibles en provenance d'Hawaï avaient réussi à percer le brouillage des Américains, ses officiers le regardaient avec une estime redoublée. Il était bel et bien l'égal de cet antique stratège avec lequel il avait paru dialoguer sous leurs yeux.

Pourtant, Wang savait aussi que l'image que l'histoire garderait de ce moment dépendait d'outils et de puissances qui échappaient désormais au contrôle des hommes et à leurs stratégies. Même les plus grands chefs d'antan auraient été dépassés par cette époque.

– Combien de nos missiles de croisière avons-nous réussi à lancer sur leur flotte ? demanda-t-il à son aide de camp.

– Soixante-neuf, amiral, répondit celui-ci, fixant avec nervosité la nuée grandissante des missiles américains, points flous à l'horizon, qui encerclaient le groupe naval.

Tout à coup, comme mus par une décision de leur cerveau de machine, l'essaim fondit sur eux au ras de l'eau, de toutes parts. Les missiles opéraient à l'unisson, infléchissant tous leur course de manière simultanée, mais chacun de ces engins se livrait à des manœuvres aléatoires, bondissant légèrement avant de retomber, afin d'empêcher les défenses de verrouiller leurs cibles.

– Cela devrait suffire, répondit Wang d'une voix tranquille. C'est plus qu'assez pour que la victoire finale nous revienne.

Une nouvelle volée de missiles Fong Qi (« Drapeau Rouge », en mandarin) furent lâchés sur les Puffin, qui étaient désormais à leur portée, puis les canons mitrailleurs ouvrirent le feu. Le

Zheng He disposait de trois systèmes de défense rapprochée Type 1170, équipés chacun d'un canon mitrailleur de 30 millimètres capable de tirer onze projectiles à la fois. Mais ces armes ne formaient désormais plus qu'une, fusionnant dans un même fracas de déchirement, leurs trente-trois canons tirant en même temps.

Sans se départir de son calme, Wang posa la main sur l'épaule de son aide de camp comme pour le rassurer – il s'agissait surtout d'un moyen de s'accorder quelques secondes pour encaisser le choc de ce spectacle.

Trois éclats furieux jaillirent au-dessus du pont, suivis d'une infinité d'autres. Les balles traçantes des autres canons mitrailleurs de 30 millimètres de la flotte étaient visibles même en plein jour. La manière dont ces traits colorés s'entremêlaient aux traînées de gaz blanches déposées dans les airs par les missiles défensifs rappelait à Wang les jeux de ses petits-enfants avec des torches, dans le noir. Il n'eut pas besoin de consulter le décompte affiché sur les écrans de contrôle pour en saisir la cruelle vérité : impossible de neutraliser tous les missiles de l'ennemi avant qu'ils n'atteignent leurs cibles.

Conçus pour faire exploser leurs ogives de 125 kilos au niveau de la ligne de flottaison des navires ennemis, les Puffin arrivèrent au ras de l'eau. Une insoutenable série de déflagrations commença, bien détachées, sur un rythme effréné. Wang suivit des yeux deux missiles qui sortirent de son champ de vision juste avant de frapper le *Huangshi*, une frégate Type 54A, brisant net sa proue dans une immense gerbe d'écume. L'eau se précipita dans l'étrave déchiquetée tandis que le navire continuait de fendre la houle, signant par son élan même son propre arrêt de mort. La proue s'enfonça de plus en plus profondément dans les vagues et l'arrière de la frégate se souleva, dévoilant les hélices qui tournoyaient encore. Puis une explosion interne ébranla la coque d'acier du *Huangshi*, provenant sans doute de la salle des machines.

– « Celui qui n'a pas une parfaite connaissance[112] des maux de la guerre ne saura pas non plus les tourner à son avantage », déclara tout haut Wang, citant de nouveau Sun Tzu.

Personne ne l'entendit dans le vacarme ambiant.

Un mouvement fulgurant attira son regard, et alors le *Zheng He* tout entier se mit à tressaillir, et les sirènes se déclenchèrent. Le système de contrôle des avaries signala un impact tout à l'arrière de l'immense croiseur. Wang traversa la passerelle pour évaluer les dégâts, la vue obstruée par la fumée. Puis le vent tourna et poussa la fumée dans le sens inverse, dévoilant un trou de dix mètres dans le métal déchiré de la poupe, et un début d'incendie sous le pont. Pas de quoi les mettre hors de combat.

Wang se détourna de ce spectacle pour voir comment les autres navires de la flotte s'en étaient sortis. Son rôle consistait à rester au-dessus de la mêlée, à garder son sang-froid pendant que les autres se laissaient dévorer par l'instant.

À travers ses jumelles, il constata que l'*Amiral Ouchakov*, l'un des immenses destroyers de la classe Sovremenny envoyés par les Russes, était en train de prendre l'eau par quatre trous béants le long de sa ligne de flottaison. Il n'y survivrait pas, comprit l'amiral.

Mais Wang savait aussi que les batteries de missiles de ce destroyer étaient vides, huit des missiles de croisière envoyés en guise de riposte filant déjà vers la flotte américaine ; tout ce qu'il pouvait faire, maintenant, c'était attendre en affichant sa sérénité.

Centre de commandement de l'USS *Zumwalt*

Simmons regardait en silence la vidéo en direct projetée sur l'un des écrans, où l'on voyait l'équipe de contrôle des avaries dirigée par son père appliquer ce qui n'était ni plus ni moins qu'un pansement d'époxy sur les matériaux composites de la superstructure, pour boucher le point d'impact du missile près de la tourelle laser. Il savait ce que pensait son père : qu'ils avaient de la chance que l'odeur des liants chimiques soient plus forte que les tragiques relents qui émanaient de l'*America*.

– Sir, nous avons soixante-plus cibles en approche, annonça l'opératrice radar. Profil de vol : missiles de croisière. Impact, deux minutes.

Sur un autre écran, Simmons vit un marin blessé sur son brancard, que l'on transférait à travers le vide séparant les deux coques. Il se mit soudain à hurler en agitant les bras. Le brancard s'immobilisa puis repartit dans l'autre sens, retournant vers l'*America*. Simmons ne pouvait pas leur en vouloir : ces hommes savaient ce qui les attendait tous, et lui aussi aurait préféré finir sa vie à bord de son propre navire.

Le *Port Royal* largua les amarres et commença à s'éloigner de l'*America*, moteur à plein régime.

– Faut-il nous désamarrer de l'*America* ? interrogea Cortez.

– Non, répondit Simmons. Nous restons ici. L'*America* n'est plus en état de recevoir la moindre frappe supplémentaire ; c'est notre boulot, maintenant. C'est pour ça que j'ai positionné notre flanc endommagé vers l'intérieur.

Sur l'écran de contrôle, Simmons vit le *Port Royal* lancer une interminable série de missiles SM-6, puis disparaître dans la fumée brune de ses propres tirs.

– Capitaine, ils ont vidé tout leur magasin, déclara l'officier tactique du *Zumwalt*. Première interception dans vingt-sept secondes.

– C'est comme si nous étions revenus au point de départ..., commenta Simmons en s'adressant à son second.

Cortez comprit qu'il faisait allusion à l'attaque qu'ils avaient encaissée ensemble à Pearl Harbor.

– Ils devraient peut-être nous mettre sur un autre bateau la prochaine fois, Sir, répondit Cortez, en se forçant à sourire.

– J'y veillerai, dit Simmons. Après ça, vous aurez votre bateau à vous.

– Sept neutralisations, lança l'opératrice radar, qui suivait en direct les progrès du *Port Royal* dans l'interception des missiles de croisière ennemis.

Tandis qu'elle parlait, son bras droit s'agitait doucement – elle utilisait un bracelet connecté[113] pour basculer d'une fréquence radar à l'autre afin de récolter toutes les données disponibles.

Tandis que les missiles du Directoire s'approchaient, les différents navires de combat qui étaient à portée de tir lancèrent des missiles Seasparrow et Rolling Airframe[114] courte et moyenne portée, dans l'espoir d'amputer encore un peu plus la menace.

– Onze missiles ennemis encore valides, annonça l'opératrice radar.

– ATHENA, basculement en mode cent pour cent autonome ! cria aussitôt Simmons. Autorisation Simmons, Quatre, Sept, Roméo, Tango, Delta.

Une nouvelle fois, les armes les plus petites devinrent les plus cruciales. À bord du *Port Royal*, le canon Gatling rotatif de 20 millimètres qui faisait partie du système de défense rapprochée du bâtiment ajouta au vacarme ambiant son rugissement de tronçonneuse s'attaquant à une plaque de métal.

Sur le *Zumwalt*, la tourelle laser intacte se mit à tirer à une cadence régulière. Les canons jumeaux des Metal Storm verrouillèrent les missiles en approche et expédièrent en travers de leur route un nouveau mur de balles. Ils pivotèrent, se réarmèrent et tirèrent à nouveau des milliers de balles en un claquement de mains.

– Magasin des Metal Storm vide, annonça l'officier en charge de l'armement. On est à sec. Encore cinq missiles en approche : deux sur nous, deux sur le *Port Royal* et un autre qui a dévié vers le *San Antonio*, ajouta-t-il en désignant le navire de transport amphibie le plus proche, devant lequel ils avaient tenté de faire écran.

– On pourrait envoyer votre paternel sur le pont et lui demander d'envoyer un bouclier de jurons, s'amusa Cortez.

Simmons se tourna vers son second, impressionné par son flegme. Plus la situation empirait, plus le XO se montrait calme et posé. Simmons réalisa soudain que Cortez était le genre d'officier que lui-même avait toujours rêvé d'être.

Il tendit la main pour agripper le bras artificiel du jeune officier.

– Ce fut un honneur…

Au nord d'Oahu, océan Pacifique

Roscoe Coltan maudit tout haut son canot de sauvetage pour la centième fois, en le voyant se remplir d'eau alors qu'il tentait de se mettre à genoux pour mieux voir les bateaux. Il reconnut le grand bâtiment qui ressemblait à un bout de métal déchiqueté comme étant le *Zumwalt* – le vilain petit canard de la flotte, à ce qu'il avait entendu dire. Le croiseur était amarré à un mini-porte-avions d'où s'élevait un épais panache de fumée.

Il entendit au loin un hurlement de moteurs filant au ras de l'eau : des missiles de croisière. Un éclat de lumière jaillit d'une sorte de canon mitrailleur tirant depuis l'une des autres unités, qui ressemblait à un destroyer Aegis. Tout à coup, des milliers de petites vaguelettes se formèrent autour de lui. Il ne savait pas s'il fallait acclamer les projectiles ou les maudire, jusqu'à ce qu'un des missiles explose.

– Et un de moins, bande de salopards ! s'écria Roscoe.

Il fixa la silhouette silencieuse du *Zumwalt*, mourant d'envie de voir ce navire offrir un semblant de résistance.

– Allez les gars, faites quelque chose !

Soudain, deux explosions simultanées embrasèrent l'avant et l'arrière du *Zumwalt*. Le tonnerre de ces déflagrations jumelles lui parvint quelques secondes plus tard.

Un autre fracas métallique résonna aussitôt après, cette fois du côté du bâtiment de la classe Aegis.

Contempler les panaches sombres qui se déversaient de ces navires fut aussi douloureux que de voir son propre jet tomber dans l'océan après son éjection. Roscoe sentit les larmes monter et enfouit sa tête dans ses mains. Toute l'escadrille Boneyard qu'il commandait avait disparu. Et à présent, la flotte qu'ils avaient voulu protéger au péril de leur vie était sur le point de sombrer. Il était tout seul, désormais.

Sauf que non, en fait. Il ôta son casque de pilote et passa un doigt sur les éclairs rouges et noirs alignés sur le dessus.

Puis il rassembla son courage, et écopa avec son casque, encore et encore.

Les coups de pagaie n'étaient pas très efficaces, mais il se promit de ne pas s'arrêter avant d'avoir rejoint le *Zumwalt*. L'US Navy, à l'évidence, avait besoin de son aide.

Sous le pont de l'USS *Zumwalt*

Le matelot inconscient devait peser quarante bons kilos de plus qu'elle, mais cela n'empêcha pas Vern de le traîner par les pieds pour l'éloigner des flammes qui faisaient rage au fond de la coursive. Au bout d'un mètre et demi à peine, elle dut s'arrêter pour reprendre son souffle dans l'obscurité. La fumée âcre lui donnait des haut-le-cœur. Elle redoubla d'efforts pour mettre le plus de distance possible entre le feu et eux. Elle espérait que le salut se trouvait dans cette direction – de toute manière, tout était préférable à l'endroit d'où elle venait.

Alors qu'elle tirait de toutes ses forces, agitée de quintes de toux, deux robots-pompiers passèrent à côté d'elle et foncèrent sur les tourbillons de flammes et de fumée toxique qui ravageaient le réduit. Ils pulvérisèrent leur cargaison de retardant chimique et entreprirent d'identifier les cadavres qu'ils croisaient en les inondant de lumières stroboscopiques, donnant à la pièce une apparence céleste déconcertante.

– Laissez-moi vous aider, docteur Li, marmonna Brooks, arrivant derrière elle. On va faire ça ensemble.

Elle hocha la tête et s'arc-bouta de plus belle pour déplacer le corps lourd et inerte du marin.

– À trois, on tire ! cria Brooks, empoignant l'homme par les aisselles. Je vous laisse les pieds !

Dans la lumière tournoyante projetée par les robots, Vern vit que l'homme inconscient portait un bleu de travail tellement calciné par endroits que le tissu noirci avait fusionné avec la peau blanche de ses jambes. Elle ne voyait pas son visage.

– Merde, s'étrangla Brooks. C'est le chef ?

Vern cligna des paupières pour retenir une larme et, s'agenouillant au-dessus du blessé, huma son odeur de cuir et d'eau de Cologne bas de gamme, mêlée aux relents de plastique brûlé et de cheveux roussis.

Centre de commandement de l'USS *Zumwalt*

Simmons s'efforça de se concentrer sur le visage qui le contemplait depuis l'écran fixé au mur.

L'homme prit la parole avant qu'il ait eu le temps de se rappeler son nom.

– Bon Dieu, Jamie, j'ai le *Zumwalt* sous les yeux, soupira l'homme. La moitié du bateau est en feu !

– Il flotte encore, répondit lentement Simmons, ne sachant toujours pas à qui il s'adressait. Quelle est votre situation ?

– On s'en est pris un au centre du navire. Les incendies sont maîtrisés mais notre vitesse est désormais limitée à quinze nœuds, max. Ce qui est plus grave, c'est qu'on a tiré tout ce qu'on avait dans cette dernière salve. Plus un seul missile en magasin. J'ai encore mon canon antiaérien CIWS, avec quelques obus dedans. Après ça, on n'aura plus que nos crachats pour arrêter les missiles.

Le brouillard se dissipa. Anderson. L'USS *Port Royal.*

– Bien joué, en tout cas, le félicita Simmons. Dites à vos hommes qu'ils ont sauvé un tas de navires aujourd'hui.

L'officier du *Zumwalt* en charge de la lutte anti-incendie s'écria :

– Cible en approche ! On dirait un drone de surveillance. On a brouillé son radar, mais il nous aura en visuel dans quatre minutes. J'envoie les Shrike avec ordre de l'abattre.

Simmons ouvrit la bouche pour lui répondre, puis il retroussa ses lèvres – une idée lui était venue.

– Ne donnez pas encore l'ordre, dit le capitaine. Attendez qu'il nous ait vus…

– Je vous demande pardon, Sir ? s'étonna Anderson, les pattes d'oie au coin de ses yeux trahissant son désarroi.

– Ils savent déjà où nous sommes, expliqua Simmons. Je veux qu'ils nous voient dans cet état.

Amiral Zheng He, cabine de l'amiral Wang

La porte de sa cabine trembla mais, Dieu merci, pas à cause d'une autre explosion : juste son aide de camp qui frappait à coups redoublés.

Il entra, une tablette à la main.

– Amiral, je regrette de vous importuner en pleine méditation, mais nous avons reçu de nouvelles données de nos missions de reconnaissance. L'un des Soar Eagle déployés depuis Guam selon vos instructions est enfin sur zone. Il est en train de nous transmettre des informations sur la flotte ennemie, qu'il a en visuel.

Le drone chinois Soar Dragon[115] était un dérivé du Global Hawk de l'US Air Force. L'engin américain d'origine était un immense avion espion sans pilote dont l'envergure des ailes dépassait celle d'un Boeing 737, et qui avait été conçu en remplacement de l'avion de reconnaissance Lockheed U-2. Les ingénieurs chinois avaient ajouté quelques fioritures et ramené les ailes vers l'arrière pour les relier à la queue de l'appareil. Sorte de croisement entre un avion et un cerf-volant, leur version offrait un meilleur rapport portance/traînée[116] et des commandes de vol simplifiées. Mais la contrepartie, c'était que le moteur avait dû être positionné au-dessus de la queue, comme sur certains jets privés, ce qui avait pour conséquence de limiter la vitesse de croisière du Soar Eagle.

Tandis qu'il étudiait ces images de navires de guerre en flammes et en train de sombrer, Wang se dit que l'attente avait presque valu la peine. Les seules unités encore intactes étaient les transports de troupes des Américains, lents et inoffensifs, qui n'attendaient plus que d'être ramassés à la petite cuillère.

– Montrez-moi celui-ci, ordonna Wang, en tapant sur l'image du plus grand bâtiment de la flotte US.

Il était immédiatement reconnaissable comme appartenant à leur révolutionnaire classe Zumwalt. Ainsi donc, les Américains avaient bel et bien remis en service cette étrange plateforme d'expérimentation, comme l'affirmaient les mémos du renseignement. Cela venait confirmer sa conviction de départ : cette victoire serait la dernière dont le Directoire aurait besoin, comme il l'avait prédit devant les membres du Présidium. Avoir recours à un tel navire de combat relevait tout à la fois d'une certaine audace novatrice et du désespoir. D'ailleurs, c'était ce qui caractérisait toute cette opération américaine.

La caméra du drone zooma sur l'immense bâtiment amarré à l'un de leurs petits porte-hélicoptères, manifestement estropié. La frégate avait effectivement des lignes impressionnantes et un air redoutable, mais elle était à présent paralysée sur l'eau, crachant de la fumée après avoir été visiblement touchée par au moins trois de leurs missiles. Son pont était jonché de débris d'acier encore brûlants, qui bloquaient la tourelle de son canon principal.

Wang se dirigea vers la passerelle en empruntant la coursive extérieure. Cet itinéraire un peu plus long serait l'occasion de respirer de l'air frais, de savourer son parfum d'iode et de profiter du moment. Il plongea la main dans la poche de son pantalon en quête d'une pilule de stimu, la goba puis jeta l'emballage d'aluminium dans la brise. Il avait résisté à l'envie d'en prendre une au début de la bataille, quand il importait avant tout de véhiculer une impression de calme. Mais maintenant, le temps de l'agression énergique était venu.

– « Préférez la victoire rapide[117] à un combat qui se prolonge », cita-t-il, s'adressant à son aide de camp. Donnez l'ordre à tous les navires de la flotte d'avancer à plein régime. C'est le moment de porter le coup fatal et de mettre un terme à cette guerre.

Sous le pont de l'USS *Zumwalt*

Mike scruta le couloir obscur, inspirant profondément dans le masque de respiration autonome qu'il avait enfilé. Tant qu'ils ne pourraient pas ventiler le réduit, l'air serait trop toxique ; les grilles d'aération avaient fondu à cause de la chaleur et s'étaient refermées. Les décoincer allait demander pas mal de boulot – ou quelques minutes au moins avec un pied-de-biche.

– Passerelle, ici l'équipe de contrôle des avaries. Passerelle, ici l'équipe de contrôle des avaries, répéta Mike.

Sa voix se répercutait contre la visière du masque de pompier.

– Content que vous soyez sain et sauf, chef, répondit une voix familière. Qu'est-ce que vous avez de beau à me dire ?

– Content de t'entendre aussi, fiston… Sir. Les nouvelles ne sont pas bonnes. De nombreuses victimes, plus que je ne peux en compter. La superstructure est en train de fondre sur tribord : les composites sont pas faits pour résister aux impacts et à la chaleur. La tourelle laser est encore un vrai chantier, et des débris bloquent les mouvements du canon électromagnétique. Et encore, c'est pas le pire avec ce foutu canon. Ces frappes ont endommagé tout le réseau d'alimentation auxiliaire. On a des ruptures un peu partout dans le bateau. Quant aux cellules lance-missiles, eh bien, on risque de pas récupérer notre caution… La plupart ont l'air d'avoir été arrachées avec un vieil ouvre-boîte rouillé. Mais y a plus grave encore, à l'écart des points d'impact : on nous a rapporté des voies d'eau sous le pont, et la jonction entre la coque et la superstructure a l'air compromise côté tribord, sous la plateforme des hélicos.

– Et la bonne nouvelle… ? demanda Simmons.

– Le bateau flotte encore et nous respirons, toi et moi, répondit son père.

– Nous avons besoin d'un navire en état de combattre, reprit Jamie. Combien de temps pour remettre en route le laser et le canon électromagnétique ?

– Martin aura fini ses études avant que ce foutu laser remarche. Quatre-vingt-dix minutes au moins pour dégager le canon et encore, qui sait ce que ça donnera si on tire avec ? Mais je suis pas sûr que vous m'ayez bien entendu, Sir : il y a des voies d'eau sous le pont. Même s'il marche encore, on pourra pas utiliser le canon et maintenir ce bateau à flot sans alimentation auxiliaire. Il faut que les pompes restent branchées.

– Chef, remettez-moi juste ce canon en état de marche, répliqua Simmons.

– Oui, capitaine, dit Mike – il s'interrompit, puis ajouta : Ou devrais-je dire *amiral* ? J'ai appris que vous aviez eu une promotion...

– Pas vraiment.

– Eh bien, félicitations quand même, dit Mike. Tu as de quoi être fier. Moi, je le suis.

– Réparez-moi ce canon, chef, coupa Simmons. Nous comptons sur votre travail à tous, là-dessous.

Mike se retourna pour parler à ses hommes, dont la plupart travaillaient au ralenti, encore sous le choc.

– Vous avez entendu le capitaine : prenez des stimus s'il vous en reste, et au boulot ! Brooks, vous et votre équipe, occupez-vous de déblayer tous ces débris sur le pont. Docteur Li, vous venez avec moi : on va se démerder pour rebrancher tous ces câbles. Le capitaine veut qu'on remettre ce bateau en état de combattre, et on va pas le laisser tomber.

Les marins s'éparpillèrent, fouillant dans leurs poches en quête de leurs dernières pilules, s'efforçant de ne pas se demander depuis quand ils n'avaient pas mangé ou dormi dans un endroit calme.

Vern, les cheveux collés par la sueur, s'engagea dans la coursive qui menait à la tourelle du canon électromagnétique, mais elle se ravisa et se retourna, l'air furieux.

– J'ai cru que c'était vous que j'avais trouvé, dit-elle. Enfin, votre... corps.

– C'était pas le cas, apparemment.

– Il s'agissait de Davidson. Il est mort.

– Vous m'avez confondu avec ce gros plein de soupe ? s'indigna Mike, sachant que c'était exactement le genre de réponse que son vieil ami aurait voulu entendre.

Vern enfonça la main dans une des poches de son gilet de sauvetage, juste sous le cœur, et en tira deux petits paquets carrés, enveloppés dans de l'aluminium.

– Ce truc est une vraie pharmacie, dit-elle en lui tendant les pilules de stimus.

Mike fit non de la tête.

– J'suis pas sûr que mon cœur puisse encaisser ça. Par contre, quand on sera rentrés à terre, je pense que je prendrai un bon remontant. Je crois qu'on l'a bien mérité.

– J'accepte l'invitation, alors, dit Vern en souriant.

Centre de commandement de l'USS *Zumwalt*

S'il était possible de rester calme à bord d'un navire en train de couler, l'équipage du *Zumwalt* y arrivait plutôt bien. Une atmosphère studieuse régnait dans le centre de commandement, comme si les trouées dans la coque étaient bien le moindre des problèmes. Pour le capitaine du *Zumwalt*, en tout cas, elles l'étaient.

Cortez était descendu sous le pont inspecter la principale voie d'eau. Sur l'un des écrans disposés devant le siège du capitaine, où Simmons rechignait encore à s'asseoir, s'affichait la vue des Viz Glass du second. Le trou se trouvait à l'arrière, juste en dessous de l'endroit où la superstructure rejoignait la coque, une ouverture de trente centimètres de long sur cinq de large. Le souci, c'est que les matériaux s'étaient déchirés d'eux-mêmes, un peu comme un morceau d'écorce arraché d'un tronc. D'autres brèches de ce type n'allaient donc pas tarder à apparaître.

– Sir, un drone-pigeon voyageur nous a déposé un petit papier, l'informa l'officier en charge des télécommunications. Envoyé par l'*Orzel*.

– J'écoute, répondit Simmons, qui sentit son estomac se nouer.

Si les Polonais, cachés bien en sécurité sous la surface de l'océan, avaient jugé nécessaire de dévoiler leur position pour leur transmettre un message, c'étaient forcément de mauvaises nouvelles.

– « Trois porte-avions ennemis détectés, lut l'officier. Quadrant soixante-quatorze X, cinquante-six G. Le *Shanghai*[118] et deux unités de la classe Amiral Kouznetsov – sans doute le porte-avions original russe, et le *Liaoning*[119] chinois –, accompagnés de cinq navires d'escorte. Engagerons le combat juste après décollage de ce drone. »

L'officier bredouilla avec difficulté la phrase suivante :

– « *Za wolność Naszą i Waszą* Pour notre liberté et la vôtre. »

– Rien d'autre ? demanda Simmons.

– C'est tout ce que nous avons reçu, Sir. Selon la base de données, la conclusion est une référence à l'histoire de leur pays, une expression utilisée par des résistants polonais se sachant condamnés...

Simmons garda le silence, pensant non pas aux sous-mariniers polonais, réalisa-t-il à sa grande honte, mais au fait qu'il allait maintenant falloir décider de la marche à suivre.

– Déployez la patrouille aérienne sur cette zone, ordonna-t-il.

L'officier tactique s'éclaircit la gorge avant de prendre la parole, d'une voix desséchée.

– Ils n'ont qu'un armement air-air, Sir. Ils pourront encore combattre les derniers avions ennemis, mais rien d'autre. Ils n'ont pas de bombes embarquées, ni de projectiles antinavires.

– Vous oubliez de mentionner le fait qu'en envoyant notre patrouille en mission, nous allons nous retrouver à nu, sans protection aérienne, fit remarquer Simmons.

– Oui, Sir.

– Bien ; n'ayez pas peur de me tenir tête quand cela est nécessaire. Bon, pas trop souvent quand même..., ajouta Simmons. Je comprends votre inquiétude, mais nous devons utiliser cette ressource – et, dans ce cas précis, nous le ferons conformément à l'intention des concepteurs des premiers drones : comme une arme fatale, mais jetable. Faites-les décoller, protocole d'intervention Vent Divin.

90 kilomètres au nord-ouest du *Zumwalt*, océan Pacifique

Les Shrike survivants grimpèrent rapidement à soixante-cinq mille pieds, puis filèrent vers les coordonnées transmises par l'*Orzel*. Les drones cunéiformes volaient en formation serrée, chacun de ces aéronefs sans pilote étant programmé pour se maintenir à quarante-quatre centimètres exactement de son voisin. Cette distance avait été déterminée par le programmateur du logiciel de vol du Shrike, qui avait lu quelque part que l'écartement minimal qu'un pilote humain était prêt à risquer correspondait aux quarante-cinq centimètres que les pilotes des Blue Angels, la patrouille acrobatique de l'US Navy, laissaient entre les ailes de leurs appareils au cours de la périlleuse figure dite du « Diamant 360[120] ». Cette proximité avait pour effet de brouiller la signature radar déjà limitée de ces drones en n'en faisant plus qu'une.

Quelques minutes plus tard, la formation croisa les sillages blancs des navires de surface russes et chinois, disposés en un grand arc de cercle.

Les drones relayèrent ces images vers la passerelle du *Zumwalt*.

– Transmission vidéo de la patrouille, Sir ! tonna l'officier tactique. Ils ont le groupe naval ennemi en visuel. Apparemment, les missiles Puffin ont neutralisé trois de leurs petites unités mais quatre des plus grosses, dont le *Zheng He*, foncent sur nous à pleine vitesse. Ils ne sont plus qu'à cinquante-cinq miles. Nous nous trouvons à portée de leurs missiles, maintenant. Je ne saisis pas pourquoi ils n'ont pas encore tiré…

– Ils sont sans doute à court de missiles, comme nous, répondit Simmons. On dirait bien qu'ils ont l'intention d'en faire une affaire personnelle et de venir nous achever à coups de canon.

– Je redirige les drones sur eux ? interrogea l'officier tactique.

– Non, éliminer les derniers porte-avions ennemis est plus important que tout, dit Simmons. Plus important que nous, d'ailleurs. On continue comme prévu.

Les drones passèrent au-dessus des navires de surface et poursuivirent leur route, indifférents aux sentiments contradictoires que cela provoquait à la surface de l'océan : un regain de tension au sein de la flotte américaine et un soulagement à bord des navires qu'ils venaient de survoler.

Passerelle de l'*Amiral Zheng He*

Les cris à la passerelle de l'*Amiral Zheng He* se turent peu à peu quand l'appareil, après avoir survolé le navire, continua son chemin. À aucun moment il n'avait été visible, mais le radar de bord l'avait détecté à plus de vingt mille mètres d'altitude. Ils avaient tenté de l'abattre, mais impossible d'enclencher aucun radar dessus. Le fait qu'il soit resté si haut le désignait presque à coup sûr comme un appareil de surveillance américain, peut-être l'un de ces nouveaux drones dont on disait qu'ils étaient justement capables d'évoluer à de telles altitudes. Les officiers de l'*Amiral Zheng He* transmirent l'information à la patrouille aérienne du porte-avions, et deux chasseurs décollèrent avec ordre de l'intercepter.

Un seul avion de surveillance suffirait pour transmettre la position de leur groupe naval aux Américains. Mais ces derniers savaient aussi forcément que cela n'avait plus d'importance. La flotte de l'amiral Wang fonçait sur les derniers vestiges du groupe d'intervention de l'US Navy pour leur donner le coup de grâce. Ils étaient seuls, bientôt coupés du monde, aussi vulnérables qu'un commandant ennemi pouvait l'espérer. Ce serait une victoire sans appel, le genre de victoire que Sun Tzu avait évoquée dans son traité mais sans jamais le réaliser au cours de sa propre carrière.

L'espace d'un instant, Wang se dit que, peut-être, une fois que ses assistants auraient défriché les enregistrements de ses grandes décisions et les archives de son commandement, il écrirait lui-même un livre.

USS *Zumwalt*, tourelle du canon électromagnétique

C'était comme retrouver l'ambiance des voyages en voiture d'antan, avec les gosses assis sur la banquette arrière du break, répétant sans fin la même question.

– Équipe avaries, encore combien de temps ? interrogeait le capitaine Simmons sur la radio de bord.

Mais d'un autre côté, le vieil homme se fit la réflexion qu'il avait fallu attendre ce moment-là pour voir son fils sous son meilleur jour.

Mike regarda la pluie d'étincelles de soudure tomber sur les hommes d'équipage qui s'activaient frénétiquement sous le pont pour tenter de réparer le mécanisme de chargement du canon électromagnétique et les branchements des câbles d'alimentation.

– Vingt minutes, répondit Mike.

– Je vous en donne dix, répliqua son fils. Les canons de 130 millimètres de leur croiseur de bataille tirent à vingt-quatre kilomètres. Vous qui m'avez appris à boxer, vous comprendrez que j'ai besoin de ce canon électromagnétique pour les frapper avant qu'on se retrouve à portée de leurs coups.

– Si vous voulez vraiment vous battre avec ce canon, Vern dit que nous allons devoir déconnecter les pompes de cale et les pompes auxiliaires. Nous ne pouvons pas faire ça, Sir – pas maintenant. Ce bateau n'a pas été conçu pour encaisser de tels impacts. Vu sa taille et le poids qu'il y a au-dessus du pont, nous allons embarquer trop d'eau et nous risquons de chavirer.

– Je comprends, chef. Concentrez-vous sur votre boulot ; moi, je ferai le mien.

Ce petit salopard commence même à parler comme moi, se dit Mike.

Centre de commandement de l'USS *Zumwalt*

L'écran fixé au mur du fond montrait la tourelle du canon électromagnétique dégagée de tous les débris, mais tout à coup, un jet d'étincelles jaillit de l'un des trous percés dans l'acier du pont. Brooks bondit dehors ; son bleu de travail était déjà brûlé au niveau des jambes, et voilà maintenant que ses épaules aussi se retrouvaient noircies. Brooks fumait, littéralement. Il jeta le chalumeau acétylène d'oxycoupage à ses pieds sur le pont et se mit à maudire l'outil défectueux d'abord, ce trou dans son bateau ensuite, puis un interlocuteur invisible, loin vers le large – la flotte ennemie, à l'évidence. Le jeune matelot ramassa alors son chalumeau et redescendit dans le trou. Jamie reconnut dans ce geste l'influence de son père.

– Sir, j'ai un contact intermittent entre deux vagues de brouillage, annonça Richter, penchée sur l'écran du radar. Sûrement tout près… Oui ! Groupe naval ennemi détecté à soixante-cinq kilomètres. Quatre unités, dont une qui a la taille d'un vaisseau amiral. Ça doit être le *Zheng He*.

La tourelle du canon électromagnétique tenta à nouveau de pivoter, mais oscilla juste d'un côté puis de l'autre comme un chien muselé. Détachant un instant les yeux de leurs écrans de contrôle, les opérateurs du centre de commandement échangèrent des murmures, visiblement anxieux.

Simmons reconnecta son casque audio et se pencha pour mieux voir.

– Équipe avaries, encore combien de temps ?

– Jamie, je suis pas en train de monter ton foutu vélo le soir de Noël ! s'emporta Mike. Fiche-nous la paix, on va le réparer, ce truc !

Certains membres de l'équipage étouffèrent des rires après avoir entendu cette conversation dans les enceintes du centre de commandement. Simmons fit une moue exaspérée et secoua la tête, jetant le casque par terre.

– Le radar les a attrapés, Sir, le prévint Richter. Soixante-deux kilomètres, maintenant. Je crois qu'ils ont les mêmes infos tactiques que nous : ils nous foncent droit dessus, maintenant, à pleine vitesse.

222 kilomètres au nord-ouest du *Zumwalt*, océan Pacifique

Les deux chasseurs J-31 de la patrouille aérienne du Directoire prirent de l'altitude pour intercepter la cible en approche, puis allumèrent la postcombustion pour s'approcher encore et pouvoir l'enclencher.

Les pilotes étaient en colère. On ne les avait pas envoyés participer au grand raid aérien contre la flotte ennemie, ce qui leur avait certes épargné une mort quasi certaine, mais l'impuissance qu'ils avaient ressentie alors les avait mis en rogne, d'autant que leurs compagnons d'escadrille n'étaient pas revenus. Et maintenant, vingt mille pieds plus bas, le *Liaoning*, le porte-avions d'où ils avaient décollé et qui avait été leur foyer ces deux dernières années, crachait de la fumée au niveau de la poupe. Un sous-marin avait réussi, Dieu sait comment, à se faufiler assez près pour tirer une torpille avant que le destroyer d'escorte ne le coule. Une nouvelle fois, les deux pilotes avaient assisté à la scène sans pouvoir intervenir, impuissants devant cette attaque qui avait laissé leur navire d'attache dangereusement penché sur tribord. Ils n'étaient pas sûrs de pouvoir apponter dessus au retour de leur mission – peut-être seraient-ils déroutés vers l'un des autres porte-avions. Mais ce n'était pas le moment de se poser cette question. Maintenant, au moins, ils allaient pouvoir passer leurs nerfs sur le drone des Américains.

Le leader de la patrouille signala par radio que la signature radar du drone de surveillance qui s'approchait au-dessus d'eux à soixante-dix-sept mille pieds était bizarre. Elle ne correspondait à aucun des profils du logiciel de reconnaissance, ce qui corroborait d'ailleurs les données du radar de la flotte. Le pilote tira un missile air-air longue portée PL-12[121] dans sa direction, puis un deuxième pour faire bonne mesure.

Quelques secondes après, une explosion scintilla au loin, suivie d'une autre. Et pourtant la signature radar s'affichait toujours sur l'écran. Prenant encore de l'altitude pour se rapprocher de la cible et l'avoir en visuel, son camarade d'escadrille largua un missile à autodirecteur infrarouge courte portée PL-10, pour assurer le coup.

Quand les deux jets atteignirent leur altitude maximale de soixante mille pieds, ils aperçurent ce qui ressemblait aux contours d'une pointe de flèche en train de s'abattre du ciel, un drôle de drone triangulaire qui piquait dans leur direction. À soixante-deux mille pieds, quand le troisième missile frappa sa cible, son détonateur de proximité pulvérisa un nuage d'éclats de métal à cent mètres à la ronde. La pointe de flèche avait clairement été touchée, en témoignaient les flammes orangées puis la traînée de fumée derrière elle, tandis qu'elle poursuivait sa chute.

Mais quand il passa devant eux, le drone parut se débarrasser d'une de ses couches : un appareil en feu se détacha de l'ensemble. Le reste du triangle poursuivit son piqué à une vitesse ahurissante, droit sur le groupe naval en contrebas. Faisant basculer leurs jets, ils le prirent en chasse, malmenés par les g de cette brusque descente. Soudain, leurs détecteurs de missiles se mirent à sonner. Dieu sait comment, au beau milieu de cette chute vertigineuse, le drone avait trouvé le moyen de larguer six Sidewinder, qui avaient fait demi-tour et leur fonçaient dessus. Ils tentèrent de se dégager, mais il était trop tard.

Les systèmes de défense antiaérienne des navires de surface essayèrent de cibler l'assaillant, mais si les pilotes avaient eu en visuel la silhouette de cet essaim de drones, les radars embarqués n'avaient à se mettre sous la dent qu'une forme insaisissable d'à peine quarante centimètres d'épaisseur, recouverte d'un matériau qui absorbait leurs ondes. À trente mille pieds, une solution de tir finit par se cristalliser, mais au moment où le système verrouillait la cible, celle-ci parut soudain se dissoudre. Les Shrike se séparèrent, le réseau fermé qui les reliaient entre eux partageant un algorithme de ciblage pour faire en sorte que tous ne sélectionnent pas le même point d'impact. Les vigies à bord des bateaux distinguaient maintenant ce qui ressemblait à sept traits étroits tombant en chute libre sur eux. À vingt-trois mille pieds, l'un d'eux disparut dans une explosion, frappé par un missile antiaérien monté à sa rencontre.

Quand les drones franchirent la barre des vingt mille pieds, les canons mitrailleurs de la flotte ouvrirent le feu et leurs balles traçantes cherchèrent à intercepter six coins minuscules, larges de quarante centimètres, à plusieurs kilomètres de distance. Les drones poussèrent leurs moteurs au maximum, créant des bangs soniques qui se répercutèrent dans leur sillage tandis qu'ils accéléraient bien au-delà de la vitesse du son.

Un autre drone fut abattu à six mille pieds, obligeant les six Shrike restants à recalculer entre eux la répartition des cibles dans les ultimes secondes de leur chute finale. Tombant à sa vitesse maximale, quasiment à la verticale, une flèche vint heurter le pont d'envol de chacun des deux porte-avions encore intacts. La vitesse de leur chute, combinée à la masse des engins, propulsa chacun de ces robots kamikazes très profond dans les coques. Six ponts plus bas, de terribles déflagrations se firent entendre, avant de jaillir dans les airs par les trous qu'ils avaient percés. Puis les explosions traversèrent les bâtiments sur toute leur longueur, les transformant en d'immenses boules de feu.

Tout penché au-dessus de l'eau qu'il était, le *Liaoning* se révéla être le plus chanceux des trois. Le dernier Shrike vint frapper en diagonale son pont d'envol gîté. Il le transperça avant de ressortir par le pont-hangar et d'aller s'abîmer dans la mer. De la même manière que ses camarades d'escadrille n'avaient ressenti aucune fierté d'avoir réussi à couler leurs cibles, ce drone n'éprouva aucune déception d'avoir échoué à le faire.

Centre de commandement de l'USS *Zumwalt*

– Sir, le *Port Royal* demande l'autorisation d'être dispensé de son rôle d'escorte pour pouvoir avancer sur la flotte ennemie.

– Autorisation refusée, répondit Simmons. La portée du canon principal de leur croiseur de bataille est plus longue de trois kilomètres que celle du *Port Royal*. Ils n'auraient qu'à rester à distance et pilonner le *Port Royal*, surtout maintenant que sa vitesse est si réduite. Vous avez entendu le vieux dans la radio : accordons-lui un peu plus de temps avant de jouer les martyrs.

Simmons avait pris une voix pleine d'assurance pour rassurer son équipage, mais en lui-même, il espérait juste qu'il avait raison de faire confiance à son père.

– Ils sont à quarante-cinq kilomètres, maintenant, annonça Richter, qui suivait pas à pas la progression des quatre navires de surface du groupe naval ennemi, à présent que les deux flottes étaient trop proches pour que le brouillage radar soit efficace.

Quand la distance entre elles tomberait à vingt kilomètres environ, elles se verraient à l'œil nu et le boulot de Richter ne serait plus nécessaire.

– Ils vont intercepter les amphibies ?

Simmons avait donné l'ordre aux navires de transport du groupe naval d'aller se positionner là d'où ils pourraient apporter un soutien aux troupes à terre, mais aussi loin que possible de la bataille qui s'annonçait entre les navires de combat.

– Non, Sir, répondit Cortez. Ils foncent toujours vers nous. Ils veulent en finir.

– Nous aussi, répondit le capitaine Simmons.

USS *Zumwalt*, tourelle du canon électromagnétique

Vern essuya de nouveau la paume de sa main sur son pantalon, puis ramassa le pistolet à souder le plastique en le prenant par sa poignée graisseuse. C'était la dernière section de câble qui restait à raccorder et elle s'en réjouissait, car elle ne supportait plus la fumée, l'odeur et l'étroitesse asphyxiante de la tourelle du canon électromagnétique. Quant à la peur, cela faisait longtemps qu'elle l'avait mise de côté, roulée en boule quelque part dans son ventre, tout près de cette nausée lancinante.

– On y est presque, lança-t-elle, sachant pourtant que Mike, qui se trouvait à trente centimètres d'elle, le voyait de ses propres yeux.

La radio accrochée à la ceinture d'outils de Mike se mit à piailler et Vern reconnut la voix du capitaine.

– Bon, équipe d'avaries : temps écoulé. Dégagez.

Vern appuya sur la détente du pistolet à souder et fit glisser l'embout avec délicatesse sur la surface du boîtier de raccordement renforcé du canon électromagnétique, où venait se brancher la ligne d'alimentation à haute tension ; le plastique de la couche isolante se liquéfia et les deux pièces fusionnèrent.

Elle entendit Mike jurer entre ses dents. Il se racla la gorge et activa le microphone d'un clic rageur.

– Leader *Zumwalt*, il nous faut encore une minute. Pas plus. Vern est en train de raccorder le dernier fil.

– S'il ne nous laisse pas assez de temps, la soudure ne prendra pas et la jonction risque de sauter à la moindre tension, lui dit Vern.

– Équipe avaries, je répète : dégagez le pont, répondez ! cria le capitaine.

– Si je vous dis qu'on y est presque, c'est qu'on y est presque, putain ! grommela Mike. Attendez encore une minute. Bien reçu ?

Des sirènes retentirent à travers le navire.

– À tout l'équipage, ici le capitaine : libérez le pont ! Canon électromagnétique paré à tirer. Déconnexion systèmes principaux.

Vern leva les yeux vers Mike puis reprit sa soudure, une fine volute de fumée émanant de la pointe incandescente du pistolet. Mike l'empoigna par la taille et la souleva de terre, sortant de la tourelle et franchissant deux écoutilles avant, enfin, de la reposer sur ses pieds.

– Votre fils est vraiment pénible, vous savez, déclara Vern en essuyant la sueur sur ses lunettes avec l'intérieur d'une de ses poches de pantalon. D'où ça lui vient ?

– Aucune idée.

Mike secoua la tête, le souffle court.

La lueur rougeâtre de l'éclairage auxiliaire donnait à la coursive une allure irréelle. Adossés à la paroi, l'un à côté de l'autre, ils attendirent.

Puis la coursive se retrouva plongée dans le noir : le système d'alimentation venait de basculer vers le canon. Dans cette obscurité totale, Vern sentit une main calleuse prendre la sienne. Elle la serra fort.

Alors, un craquement se fit entendre au niveau de la tourelle du canon électromagnétique, au-dessus d'eux. Mais ce n'était pas le bruit triomphant d'un obus propulsé vers une cible. C'était le claquement sec d'un problème électrique. L'éclairage auxiliaire se ralluma avec des pulsations déconcertantes, dignes d'un stroboscope.

Mike sentit la main de Vern lui échapper et la jeune femme se rua dans la coursive, courant vers la tourelle.

Centre de commandement de l'USS *Zumwalt*

– Sir, nous avons des dysfonctionnements électriques un peu partout dans le bateau. Les mécaniciens nous signalent que les moteurs ne redémarrent pas. Le raté du canon a provoqué une sorte de surtension, expliqua Cortez.

Simmons contemplait l'écran où s'affichait en direct l'état des différents systèmes, et il sentait sur lui les regards de tous les gens présents dans l'immense salle de commandement, guettant sa réaction. Il s'efforça de garder un air neutre et serra les dents. Mais à l'intérieur, il se maudissait, entendant la voix de son père.

S'il s'était montré un peu plus patient et l'avait écouté, ils auraient déjà engagé le combat avec la flotte ennemie.

– On se souciera des moteurs plus tard, dit-il. Estimation du temps de reconnexion du canon ?

– Je ne sais pas, Sir, dit Cortez. Le chef et le Dr Li sont déjà revenus dans la tourelle, ils s'attaquent à ce problème.

– Distance avec l'ennemi ? interrogea Simmons.

– Trente-trois kilomètres, répondit Richter.

Sur l'un des écrans, ATHENA affichait une carte avec les positions estimées du groupe naval ennemi, à partir de leurs émissions brouillées et du balayage radar de la zone. Sur un deuxième écran, on pouvait suivre l'état actualisé des systèmes d'armement du *Zumwalt* ; un point rouge sur le canon électromagnétique indiquait qu'il était hors ligne.

– Passez-moi le *Port Royal*, ordonna Simmons.

Le capitaine Anderson apparut à l'écran, remplaçant le schéma des systèmes d'armement.

– Mauvaise nouvelle, capitaine Anderson : notre canon principal est encore déconnecté, et nous avons une perte de puissance au niveau des moteurs. Nous n'allons pas pouvoir participer à ce combat comme nous l'espérions. Mais nous allons quand même contribuer. Puisque nous sommes la plus grande cible, c'est sur nous qu'ils vont concentrer leurs tirs. Je veux que vous positionniez le *Port Royal* et l'*America* derrière nous. Quand ils cesseront de tirer, passez à l'offensive. Avec un peu de chance, il y aura suffisamment de fumée et de confusion autour de notre sort pour que vous ayez le temps de vous approcher jusqu'à ce qu'ils soient à votre portée.

– Compris, dit Anderson. Nous ferons de notre mieux pour leur faire payer tout ça.

– Merci. Ce fut un honneur. *Zumwalt* out.

Simmons se tourna vers Cortez.

– Équipes de contrôle des avaries en stand-by ?

Cortez acquiesça et tendit à son capitaine une pilule de stimu trouvée dans la poche poitrine de son uniforme.

– La dernière, dit le XO.

Simmons déchira l'enveloppe d'aluminium avec ses dents et entreprit de mâcher la pilule gélatineuse, sans quitter des yeux les écrans. Il essaya d'ignorer l'air désemparé d'une bonne partie de ses marins, surtout les plus jeunes, quand ils jetaient un coup d'œil sur les moniteurs principaux, lesquels affichaient de nouveau la carte tactique et les armes du navire – toutes en rouge.

– L'ennemi nous aura à sa portée dans deux minutes, annonça Richter d'une voix posée, professionnelle.

Soudain, le point rouge représentant le canon électromagnétique clignota en vert.

– Canon électromagnétique reconnecté ! s'écria l'officier tactique. Mise à jour de la solution de tir…

Des acclamations s'élevèrent dans la salle et les marins se penchèrent à nouveau sur leurs postes informatiques.

La voix de Mike emplit soudain les deux étages du centre de commandement.

– Passerelle, on a bricolé quelque chose : le canon est paré. C'est pas joli à voir, ici dans la tourelle, mais ça devrait marcher.

Jamie connecta son micro.

– Vous avez dit… ici dans la tourelle ?

– Affirmatif.

Jamais la voix de son père ne lui avait paru si douce.

– Bon Dieu, papa, qu'est-ce vous faites là-dedans ? Dégagez ! Il faut qu'on tire maintenant. Nous sommes à leur merci !

– Jamie, les raccords ne vont pas résister si on ne les aide pas un peu. L'impact a déstabilisé le support et agrandi encore la dernière brèche qu'on avait réparée. Nous l'avons rafistolée, ajouta Mike. Mais le truc, c'est que… une nouvelle soudure sur une déchirure pareille, ça ne tiendra jamais, sauf à y passer une demi-heure de plus. Vern et moi, on va pousser de force le câble d'alimentation dans le boîtier de raccordement, pour que la chaleur fasse bien fusionner le plastique du raccord, une bonne fois pour toutes.

– Quelle chaleur ? Celle du canon électromagnétique au moment des tirs, vous voulez dire ? Impossible : nous ne pouvons pas tirer tant que vous serez là-dedans.

– Si, Jamie : tu peux, et tu vas le faire. Vern et moi avons parfaitement conscience des conséquences, dit Mike. Tu sais ce qu'il te reste à faire.

– Trente secondes avant contact avec l'ennemi ! cria l'officier tactique, concentré sur sa tâche, qui n'avait pas prêté attention à la conversation qui se déroulait derrière lui. Solution de tir ATHENA verrouillée. Canon électromagnétique : paré à tirer. J'attends vos ordres, capitaine.

– Jamie, occupe-toi juste de ces enfants pour moi, reprit Mike. Sois là pour eux. Il faudra être meilleur que moi.

La communication s'interrompit.

Après une seconde de silence, Cortez s'éclaircit la voix.

– Sir, nous devons agir, dit-il, dévisageant avec inquiétude son capitaine. Si cela est nécessaire, je peux prendre le commandement.

Simmons cligna des paupières pour contenir ses larmes et prit la parole.

– Allez-y, maintenant. Canon électromagnétique, feu !

Passerelle de l'*Amiral Zheng He*

Les embruns de la vague d'étrave éclaboussaient sa veste d'uniforme, tandis que le vaisseau amiral fendait les flots à près de trente nœuds, le reste de la flotte s'étirant de part et d'autre dans son sillage.

Wang savait qu'il aurait dû attendre calmement dans la salle de stand-by, mais son sang bouillonnait. Ce n'était pas simplement les stimus, non : c'était le moment. Le pont était l'endroit où un marin se devait d'être, surtout lorsqu'une bataille se terminait ainsi. Et puis, c'était le genre d'image qu'il devait montrer à ses hommes. Leur flotte avait senti la piqûre, mais à présent, ils allaient prendre leur revanche et savourer le goût de la victoire, encore plus doux lorsqu'on y assistait de si près.

À côté de lui, la tourelle d'un des canons de 130 millimètres se mit à pivoter, alignant l'axe de son canon sur le plus grand des navires ennemis. Celui-ci n'était pas encore visible à l'horizon, mais de petits panaches de fumée indiquaient qu'il se trouvait droit devant eux.

Wang interpréta le grondement de la tourelle comme le signal qu'il lui fallait regagner la passerelle. Il fit brusquement volte-face, ne voulant plus attendre, et, la seconde d'après, il se retrouva étalé sur le pont trempé, à plat sur le dos. C'était vraiment le moment pour faire une telle glissade.

Son aide de camp l'aida à se relever avec la délicatesse dont il aurait fait preuve pour venir en aide à une vieille dame flétrie, tombée en donnant à manger aux pigeons dans un parc.

Wang le remercia d'un geste du menton et s'engagea agressivement dans l'escalier qui montait vers la passerelle, gravissant les marches à la hâte, deux par deux, pour leur montrer à tous qu'il n'était pas un si vieil homme qu'ils le pensaient. Son genou gauche grinçait à chaque foulée, tandis que son aide de camp courait derrière lui pour ne pas se faire distancer.

La carte tactique était projetée au centre de la passerelle ; les marins se turent en voyant l'amiral entrer. Il se demanda s'ils l'avaient vu se casser la figure. Peu importe – ce léger contretemps serait vite oublié parmi toute cette gloire.

L'hologramme représentait le groupe naval américain, des icônes bleues précisant la classe supposée de chaque unité, son nom et son état. Mais le plus important, c'était la série de lignes rouges en pointillés, parallèles, qui se rapprochaient régulièrement de ce bleu. Ces lignes symbolisaient la portée des différentes armes de leur flotte ; la ligne rouge correspondant aux canons de 130 millimètres du *Zheng He* était la plus avancée. Il ne restait plus qu'à attendre qu'elle croise l'icône bleue de leur cible prioritaire.

Wang n'arpenta pas la salle en méditant comme il le faisait d'habitude mais se planta devant l'écran, en tâchant de ne pas porter son poids sur son genou endolori. Il aurait voulu que cette ligne avance plus vite encore, pour que tout cela soit terminé.

Voilà, c'était le moment !

– Cible à portée, amiral, dit son aide de camp. Paré à tirer, nous n'attendons plus que votre ordre.

Il tendit la tablette devant lui – Wang n'avait qu'à taper sur l'icône pour autoriser tous les navires à ouvrir le feu.

Wang tendit son index puis le laissa en suspens en l'air, à vingt centimètres de l'écran. Un bruit assourdissant retentit, comme si un train de marchandises frôlait le navire. L'acier de la superstructure parut se mettre à vibrer, agitant les semelles de ses chaussures militaires. Une énorme gerbe jaillit sur bâbord, s'élevant plus haut que l'*Amiral Zheng He*. Quelques secondes plus tard, une autre bondit sur tribord, projetant l'eau à des dizaines de mètres de hauteur, dans un violent éventail de blanc et de bleu.

Wang sentit des filets de sueur ruisseler dans son dos, puis il s'en prit à lui-même, murmurant les mots de Sun Tzu :

– « Feins la faiblesse[122], pour que l'arrogance le gagne. »

Il baissa son index mais n'eut pas le temps de toucher l'écran. L'obus du canon électromagnétique pénétra dans la superstructure de l'*Amiral Zheng He* à neuf mètres environ de l'endroit où il se trouvait. L'impact transféra l'énergie cinétique du projectile avec une force telle que la superstructure d'acier fut littéralement découpée. L'explosion qui s'ensuivit, au centre du navire, propulsa une boule de feu à plusieurs dizaines de mètres dans les airs, tandis que la coque du croiseur se brisait en deux.

Centre de commandement de l'USS *Zumwalt*

– Continuez de tirer ! ordonna le capitaine Simmons.

Bien campé sur ses jambes, il tenait à ce que son navire châtie l'ennemi à chaque tir. Les déflagrations régulières du canon électromagnétique catapultant ses obus se poursuivirent. Une toutes les six secondes, avec une précision de métronome.

Toute l'énergie disponible étant réservée à cette arme, le navire continuait de dériver, mais ATHENA contrôlait ce paramètre, ajustant sans cesse la solution de tir.

Dans le lointain, de petits éclairs puis des panaches noirs commençaient à apparaître, seules indications visibles que les tirs incessants du canon électromagnétique décimaient la flotte ennemie.

Cortez s'approcha de Simmons et lui parla à voix basse :

– Sir, le niveau de l'eau monte dans la cale. Il faut remettre en route les pompes avant de perdre ce navire.

Simmons le dévisagea brièvement, puis répondit :

– Continuez de tirer. Nous ne savons pas si le canon fonctionnera encore une fois que nous l'aurons arrêté. Il va falloir faire confiance au bateau.

En prononçant ces mots, il entendait son père.

ÉPILOGUE

« Souvenez-vous de ceux qui ne sont pas là aujourd'hui
De ceux qui sont loin ou souffrants,
De ceux qui n'auront pas vécu assez longtemps pour voir
La fin de la guerre et la Victoire. »

William Walker, *Aux amis absents*[1].

SR-216, bâtiment McCain du Sénat américain, Washington

Les quinze sénateurs étudiaient le morceau de parchemin plié en un carré parfait et couvert de ce qui ressemblait à des cursives anglaises du XVIIIe siècle.

– Ce que vous avez devant vous, mesdames et messieurs, est l'authentique lettre de marque. Celle que votre président a signée. J'en garde une copie dans l'un de mes coffres et j'ai fait don d'une troisième, comme vous le savez peut-être, à votre Smithsonian Institution en raison de son importance historique.

D'une pichenette malicieuse, sir Aeric Cavendish fit alors tournoyer la feuille de papier, flottant sans poids, devant l'objectif.

– C'est un document juridiquement contraignant. Selon les informations réunies par mes avocats, ce que vous exigez de moi n'est fondé sur aucune loi, terrestre ou autre.

– Personne ne met en doute votre contribution à l'effort de guerre, répondit Bob Courtenay, le sénateur républicain de Californie qui présidait la commission.

Il s'efforçait de ne rien laisser paraître de son agacement. Les témoins convoqués lors des auditions du Congrès étaient censés être intimidés et non pas faire leur show, par caméra interposée, à quatre cents kilomètres de la Terre. Et aussi porter une tenue appropriée à l'occasion, pas une combinaison d'astronaute bleu layette avec « Zorro » brodé dessus.

– Mais si l'on met un instant le passé de côté, il faut que vous compreniez la gravité de la situation dans laquelle nous nous trouvons aujourd'hui.

– Ce que je comprends, moi, c'est que j'ai parfaitement rempli ma part d'un accord commercial, et que mes partenaires cherchent à modifier a posteriori les termes de cet accord, répliqua sir Aeric. C'est extrêmement décevant, même si l'on peut s'attendre à ce genre de chose venant de politiciens…

Le sénateur Courtenay se pencha en avant, faisant tournoyer le stylo à bille qu'il tenait dans sa main. Ce qui était un signal adressé aux caméramans : il fallait se concentrer sur lui car il était sur le point de remettre un témoin à sa place.

– Laissez-moi vous expliciter en toute clarté ce que signifie le texte de loi que la présente commission envisage de soumettre au Congrès : vous allez accepter de rendre à ses propriétaires légitimes la station spatiale que vous occupez, déclara le sénateur Courtenay, haussant soudain le ton. Ou bien, *monsieur* Cavendish, tous vos biens situés sur le territoire américain seront saisis, et un mandat d'arrestation sera lancé contre vous.

– Sénateur, il me semble que vous avez du mal à saisir un certain nombre de choses, à commencer par les subtilités du monde des affaires et le simple fait de prononcer mon titre comme il se doit.

Sir Aeric Cavendish flotta vers le plafond de son module, puis se stabilisa face à l'objectif.

– Laissez-moi donc vous simplifier les choses. Vous pourrez proférer toutes les menaces en l'air que vous voudrez : je me plais bien ici et je n'ai pas l'intention de redescendre chez vous dans un avenir proche.

San Diego, Californie

Elle restait dans l'ombre, à l'orée de la forêt. Cela lui assurait une bonne protection, c'était un endroit familier, réconfortant. Il était également plus frais et ne la faisait pas transpirer autant sous sa couverture de laine au centre de laquelle elle avait découpé une fente pour en faire un poncho, et qu'elle portait dans le but de bloquer sa signature thermique.

De son poste d'observation, elle apercevait les enfants sur le terrain. Seuls des enfants étaient assez courageux, assez insouciants pour courir ainsi à découvert. Un adulte était en train de sortir d'un filet des ballons de football, pendant que les gamins se mettaient en rang.

Tout à coup, elle ressentit un picotement au niveau de sa nuque, un sixième sens l'avertissant que quelque chose clochait. Elle l'entendit avant de le voir. C'était l'un de ces nouveaux modèles électriques. Léger et bon marché, mais en grande partie automatisé, capable de détecter et de suivre de lui-même une signature thermique humaine. Une bouffée d'adrénaline presque aussi violente qu'une décharge d'électricité se fraya un chemin à travers la poignée de calmants qu'elle avait pris ce matin-là. Ses pores se dilatèrent et elle se mit à transpirer en abondance.

D'abord, elle crut qu'il allait la repérer, mais le drone se dirigea vers les enfants qui jouaient sur le terrain de foot. Elle fixa des yeux le plus proche d'elle, un garçon d'à peu près six ans. Il ne remarqua pas tout de suite la présence du drone. Celui-ci le suivait à la trace, à dix mètres de haut à peine, suspendu dans les airs au coin du terrain, puis il s'approcha lentement de lui jusqu'à se retrouver à sa verticale. Alors, enfin, l'enfant le repéra.

Les mâchoires de la femme se verrouillèrent, serrant ses dents à les broyer. Elle aurait voulu courir là-bas. Mais elle ne pouvait pas. Son instinct le plus primal lui ordonnait de ne pas bouger.

Le petit garçon courait à présent, et tous les autres le suivaient en poussant des hurlements. Mais ils avaient beau sprinter autant qu'ils voulaient, le drone n'avait aucun mal à les rattraper.

Elle savait qu'elle n'aurait pas dû rester là, dans les bois. Elle aurait dû être là-bas, parmi eux, faire quelque chose. Mais elle ne pouvait pas. Son corps refusait de bouger.

Le drone dépassa les gamins puis s'immobilisa, prit quelques mètres d'altitude pour se mettre dans une meilleure position de tir. Il se stabilisa et ajusta son assiette, tandis que les enfants continuaient de détaler, criant à pleins poumons.

Elle avait froid. En l'espace de quelques secondes, sa sueur avait imbibé ses vêtements sous la couverture ; la laine grossière commençait à absorber l'humidité et collait à sa peau. Bon sang, bouge ton cul de là, hurlait dans sa tête la voix de son instructeur, à l'académie des marines. Mais elle en était incapable.

Elle ferma les yeux. Elle ne pouvait plus regarder. Une migraine naissante palpitait sous son crâne[2], le vacarme des enfants combiné au battement des hélices du drone. Puis tous ces sons se retrouvèrent noyés sous le bruit blanc qui se mit à bourdonner derrière ses tympans, provoqué par l'afflux de sang. Impossible de bouger.

C'est alors qu'elle sentit sa présence. Conan ouvrit les yeux et vit le petit garçon. Son petit garçon. Liam était planté là, devant elle, et lui tenait la main, la serrant de toutes ses forces, les larmes aux yeux.

– Maman, tu veux bien venir jouer avec nous ? T'avais dit que t'allais essayer pour une fois…

Moscou, République populaire de Russie

Markov secoua ses épaules sous son épaisse veste pour se débarrasser de la neige. Tandis qu'il défaisait ses couches de fourrure et de laine, il huma une odeur d'oignons et de beurre. La veuve du dessus cuisinait à longueur de journée. Pour qui, il l'ignorait. En tout cas, ce n'était pas elle qui mangeait tout ça : c'était un tout petit bout de vieille dame.

L'odeur lui donna l'impression d'être pris au piège dans ce petit appartement. La pièce principale ne contenait qu'une lourde chaise en sapin, un repose-pied assorti et un meuble de rangement en bois qui avait l'air bancal. Lui offrant tout juste assez d'espace pour lire et faire les cent pas, c'était une retraite dans les deux sens du terme.

Ils avaient reconnu sa contribution à Hawaï en lui remettant une médaille, puis avaient clairement fait comprendre qu'il valait mieux pour tout le monde oublier cet épisode, les nombreuses alliances d'antan ne semblant plus si sûres depuis qu'un coup d'État avait renversé l'ancien espion du KGB. Il avait troqué sa médaille sur le marché aux puces, contre une édition vieille de cent trente ans d'un recueil de Mikhaïl Lermontov, qui contenait notamment le poème *Mort du poète* évoquant la disparition de Pouchkine, et avait annoncé à ses supérieurs qu'il voulait être libéré de ses obligations militaires pour pouvoir devenir policier. Ils avaient d'abord cru à une blague. *Le salaire est nul. Les pots-de-vin ne sont plus ce qu'ils étaient. On t'oblige à conduire une Lada cabossée, et même les gamins te lancent des cailloux.* Toujours mieux que de se pavaner dans le complexe du groupe Alpha[3] tel un vieux coq aux plumes abîmées, avec rien à faire de ses journées. Trois mois plus tard, il sortait dans les rues de Moscou par une froide soirée d'hiver, muni d'un insigne de la police municipale l'identifiant comme un inspecteur débutant. Ce qui était synonyme d'une vie dans un petit appartement où flottaient les odeurs de cuisine des voisins, mais également d'un approvisionnement constant en mystères qui rendaient la vie digne d'être vécue.

Le fin panneau de bois de la porte trembla trois fois sous un poing. Une seconde à peine s'écoula avant que la porte ne ploie à nouveau sous une nouvelle série de coups.

Son instinct lui dicta de sortir son pistolet SIG Sauer du vieil étui au cuir craquelé suspendu sous son aisselle gauche. Mais alors, il pensa à la vieille dame qui cuisinait au-dessus de chez lui, et aux enfants qui faisaient des cabrioles de l'autre côté du palier. Non, il ne tirerait pas sa révérence avec pour ultime fait de gloire la mort d'un innocent tué par une balle perdue tirée à travers une porte en carton.

Markov s'agenouilla, juste au bord du chambranle, et sortit le couteau dentelé de douze centimètres qu'il portait toujours dans un fourreau, glissé dans sa bottine. Les vieilles habitudes ont la vie dure. Il se figea, ramassé sur lui-même, remarqua que la neige déposée sur ses bottes était en train de fondre sur le plancher. Le poing martela de nouveau la porte. Avant qu'il ait pu achever ce motif ternaire dont son propriétaire semblait raffoler, Markov ouvrit brusquement la porte et empoigna la main tendue. Il tordit le bras de l'inconnu et, pivotant sur lui-même, fit tomber celui-ci à plat sur le dos au centre de la pièce. Bref regard dans le couloir : désert. Alors Markov referma doucement la porte et la verrouilla.

L'homme étalé sur le plancher portait un casque et une robuste tenue de protection. Toujours sur le dos, il leva les mains en l'air pour se rendre, tendant vers le plafond les jointures en carbone de ses gants. Un équipement de motard, pas de militaire. Son blouson et son pantalon bleu marine étaient recouverts de bandes réfléchissantes et renforcés au niveau des coudes et des genoux. Un uniforme que Markov voyait passer devant lui dans les rues, tous les jours.

– Livraison…, gémit presque le coursier de la compagnie RusGlobal.

– Vous savez que vous allez vous faire tuer, un jour, en frappant de cette manière, répliqua Markov.

Il fit passer le couteau dans sa main gauche, dissimulant la lame contre son avant-bras. Il tendit sa main droite à l'homme, qui était en fait un adolescent aux yeux écarquillés, la vingtaine tout au plus.

– Je déteste Moscou, déclara le coursier en faisant glisser devant lui la sacoche qu'il portait en bandoulière, pour en tirer une enveloppe de nylon argenté ornée du logo de la compagnie – un aigle noir à deux têtes.

Le coursier lui lança le paquet et Markov déverrouilla la porte pour le laisser partir.

Il posa l'enveloppe sur le plancher rayé et s'agenouilla devant. Il la tapota avec la pointe de son couteau. Approcha son oreille et écouta. Puis il s'assit et attendit. Après avoir respiré profondément une dizaine de fois, il souleva l'enveloppe rigide et la plia légèrement.

Posant son couteau à côté du paquet, il positionna avec soin son téléphone portable et le laissa immobile pendant quinze secondes. Le signal du portable ne faiblissait pas : pas d'interférences provoquées par un éventuel circuit électronique actif à l'intérieur de l'enveloppe. Il pouvait toujours s'agir d'un truc chimique, biologique ou radioactif. Oui, ce genre de mort lente aurait été typiquement russe. Mais au moins, la manière dont il mourrait permettrait d'identifier l'expéditeur.

Il trancha le bord de l'enveloppe avec la lame de son couteau, dans le sens de la longueur. On pouvait certes porter des gants blancs tout le temps, songea-t-il, mais cela n'avançait qu'à une chose : avoir les ongles propres le jour où on finissait par plaquer le canon du pistolet contre sa tempe.

À l'intérieur, il y avait un autre paquet : une enveloppe en carton légèrement plus petite avec un logo FedEx imprimé dessus. L'étiquette indiquait qu'elle avait transité par le hub d'Abu Dhabi.

De la pointe du couteau, Markov décacheta prudemment l'enveloppe de carton dans le sens de la longueur, à l'affût du clic ou du sifflement d'un détonateur.

Un autre paquet. Plus court de deux ou trois centimètres, et à peine plus fin. Cette enveloppe FedEx portait d'un côté un drapeau américain, comme la compagnie le faisait désormais, et de l'autre, l'affichage LED un peu fané de l'étiquette de suivi. Il l'activa : ce paquet avait voyagé d'Honolulu jusqu'à Abu Dhabi.

Il brisa la capsule en forme de bouton de chemise qui permettait de desceller l'enveloppe, et le sceau magnétique se désolidarisa. Un paquet plat, enveloppé dans un papier brun de boucher, tomba sur le plancher, où il atterrit dans un bruit sourd, familier. Un seul objet pouvait faire ce bruit-là.

Markov sourit en déchirant le papier qui protégeait le recueil de Pouchkine. À l'intérieur, glissée sous la page de garde maculée de taches de thé, il trouva une carte de sept centimètres sur douze, d'un blanc immaculé. Dessus, deux mots imprimés : *Avec gratitude.*

Il ne sut s'il fallait sourire ou trembler en comprenant qu'elle savait où il habitait. Alors il se contenta d'ouvrir le livre et relut ce passage qu'il connaissait si bien :

Je vis dans une solitude désolée
Et me demande quand ma fin viendra.

Waikiki Beach, Honolulu, Hawaï

– Il faut faire bien attention, maintenant. Vous voyez cette série ? Vous voyez comment les vagues cassent ? Vous êtes trop en avant sur votre planche, alors reculez un peu et pagayez !

Mario Giordini ne prêtait aucune attention aux vagues. Il avait du mal à regarder autre chose que son instructrice. Lorsqu'elle creusait ses reins pour observer la prochaine série de vagues, il était impossible de ne pas se focaliser sur la courbe de ses seins sous son Lycra noir à manches longues.

Le banquier milanais fêterait ses trente ans ce mois-ci et il savait que sa mère allait bientôt l'obliger à se poser enfin et à se marier. Dieu merci, ce n'était pas encore le cas.

– Mario, restez avec moi, dit-elle. Il va falloir plonger sous cette vague, quand elle arrivera, OK ? Et enfoncez-vous bien dessous, cette fois.

Il était arrivé à Hawaï au lendemain du dernier échange de prisonniers entre la Chine et les États-Unis, les soldats de l'US Army capturés à Guam contre les soldats du Directoire qui s'étaient rendus après que les Américains avaient repris l'île. Les deux nations avaient prouvé qu'elles étaient capables de se pilonner mutuellement jusqu'à un état d'équilibre où chacune était affaiblie, mais ayant coulé la quasi-intégralité de leurs flottes respectives, elles n'avaient pas voulu aller plus loin. Si bien que l'accord trouvé était celui d'un *statu quo antebellum*, expression qui amusait beaucoup Mario par son sous-entendu naïf que les choses pouvaient redevenir ce qu'elles avaient été avant la guerre. Surtout, c'était une formidable opportunité pour ceux qui avaient été assez intelligents pour attendre tranquillement que ça passe. La moitié des hôtels de l'île avaient été plus ou moins endommagés lors de la guerre, mais les bons emplacements ne perdaient jamais leur valeur. Tout comme la beauté, songea-t-il, en admirant cette femme qu'il avait justement rencontrée en visitant l'hôtel Moana Surfrider.

Mais la question, c'était : comment allait-il s'y prendre pour que cet investissement-là soit payant à la fin ? Peut-être fallait-il l'inviter à dîner puis tenter la technique du test comparatif entre une bouteille de prosecco italien et ce vin pétillant de Californie que, dans leur ignorance, ces gens appelaient du champagne ? Cela avait fonctionné pas mal de fois ici, les filles appréciant un repas gratuit et la chance d'avoir un petit goût du grand luxe, ne serait-ce que pour une nuit. Ou bien était-elle le genre de fille qui avait besoin d'un petit coup de pouce narcotique ?

– Maintenant ! cria-t-elle.

Mario se coucha sur sa planche à l'approche de la vague. Il avait l'intention de planter le nez du surf sous l'eau et de s'arc-bouter pour l'enfoncer plus profond encore, mais il resta pétrifié. Il contempla sans bouger la muraille bleue qui s'abattait sur lui.

La vague l'aspira vers le haut et le projeta dans le vide, avant de le faire tournoyer sous l'eau. Celle-ci remplit toutes les cavités de son corps, se glissant dans ses narines et ses oreilles. Il refit surface et avala une bouffée d'air désespérée, mais la planche continua de filer vers la plage, piégée dans l'écume bouillonnante de la déferlante. La tension de son leash l'entraîna de nouveau sous l'eau. Il se débattit de plus belle, frappant l'eau de ses paumes grandes ouvertes.

Sans savoir comment, Mario se retrouva sur la plage, crachant ses poumons comme s'il venait de fumer deux paquets de cigarettes. La femme était penchée sur lui, à contre-jour dans la lumière du couchant. En présence d'une telle beauté, il se sentait totalement désarmé et en paix.

– Vous savez, vous commencez vraiment à attraper le coup, lui dit-elle. Mais il va falloir apprendre à me faire confiance. Ça vous dirait d'y retourner ce soir ? La lune sera pleine. C'est tellement magnifique, vous n'avez jamais rien vu de pareil en Italie…

Il fit oui de la tête, réfléchissant déjà à la bouteille qu'il fallait apporter.

– Je connais l'endroit idéal, dit-elle. Un endroit calme, rien que nous deux. Et il n'y a pas meilleur break que celui-là pour apprendre. Mais il faut me promettre de faire plus attention à votre leash, la prochaine fois ; ça peut vraiment vous tuer.

Vallejo Yacht Club, Vallejo, Californie

– Paré à virer, père !

Martin Simmons tenait la barre du voilier dans sa main droite et l'écoute de foc dans la gauche. Le petit garçon avait cessé d'appeler son père « papa » depuis que celui-ci était rentré. La brise forcit et le petit voilier Lightning se rapprochait du ponton de Mare Island.

– Ne relâche pas tout de suite le foc, conseilla Jamie Simmons. Il faut que tu le sentes se gonfler et ensuite… OK, là, maintenant !

Il se courba le plus possible pour laisser passer la bôme d'aluminium.

Le voilier se relança, tribord amures, et Jamie déplaça délicatement son poids sur bâbord. Lindsey et Claire poussèrent des cris ravis quand le Lightning commença à gîter. Jamie regarda son fils, huit ans désormais, essayer de changer de main l'écoute et la barre, dans les soubresauts de la coque. Pendant ce temps, ils se rapprochaient dangereusement des piliers couverts de bernacles.

– La prochaine fois c'est moi, papa ! cria Claire, assise à l'avant.

Au moins, elle, elle l'appelait encore comme ça.

Le chenal avait tellement changé depuis l'année dernière. Pour l'essentiel, l'ancienne Flotte Fantôme avait disparu ; certains navires naviguaient encore, le temps que les chantiers navals reconstruisent la flotte de l'US Navy, ce qui prendrait des décennies ; d'autres étaient perdus à tout jamais. Et sur ceux qui étaient revenus, une couche de peinture fraîche recouvrait désormais la rouille et les traces de sang, tandis que les soudeurs travaillaient chaque jour pour panser leurs nouvelles balafres.

Simmons se pencha pour pousser un peu la barre. Il y avait tant de choses à faire, mais c'était exactement comme cela qu'il voulait passer sa journée avant la cérémonie de passation de commandement. Il avait bien l'intention d'en profiter au maximum.

Le voilier continuait de filer vers le ponton et ne se trouvait plus qu'à deux cents mètres de cette étrave bizarrement effilée, en lame de cutter, qui lui donnait toujours l'impression d'avancer à l'envers sur l'eau.

– Surveille ta vitesse, conseilla Simmons. Je ne crois pas que le *Zumwalt* résisterait à un éperonnage, même venant de nous.

Martin tira sur la barre, serrant davantage le vent. Faute d'un flux d'air suffisant, les voiles se dégonflèrent et pendirent, impuissantes. Le petit garçon chercha désespérément des yeux sur le chenal la prochaine risée tiède, sans prêter attention à la progression du voilier, qui continuait sur son erre.

– Merde ! s'écria Martin en réalisant combien ils avaient dérivé, à tel point qu'il était trop tard maintenant pour changer de direction.

Le voilier cogna doucement le ponton ; Jamie le repoussa d'une main.

– Martin Simmons, qui t'a appris ce mot ? demanda Lindsey.

– Grandpa, répondit Martin, penaud.

– Eh bien, c'est approprié, intervint son père.

Jamie vit son fils rougir sous le rebord de son chapeau. Il tira la glacière jusqu'à ses pieds et l'ouvrit. Il en sortit une canette de Coca, but une gorgée et la tendit à Martin.

– Tu te débrouilles comme un chef. Ton grand-père serait fier de toi… et de ton nouveau vocabulaire. On va attendre ici, jusqu'à ce qu'il nous envoie un peu de vent.

Le voilier dériva lentement devant le *Zumwalt*. L'un des marins à bord reconnut le capitaine et se fendit d'un salut sec. Claire lui rendit son salut, puis Martin et enfin Jamie, tout sourire.

Le foc se tendit, et Martin sentit la pression de l'écoute dans sa paume tandis que le vent entrait, faisant décoller le voilier.

Remerciements

L'écriture d'un livre est un travail d'équipe, ce qui a fait de ce partenariat une expérience enrichissante. Mais cette équipe ne se limitait pas à nous deux.

Je tiens à remercier les autorités militaires de Washington et le réseau de transport de la ville de nous avoir permis de nous croiser à l'occasion d'une foule de réunions et d'entretiens, mais aussi parfois dans des stations de métro, forgeant ainsi une amitié qui a débouché sur ce travail d'écriture à quatre mains.

Ce qui nous a poussés à nous essayer à la fiction, c'est notre amour commun pour des auteurs qui ont captivé, inspiré et rendu accros les lecteurs que nous étions. Cela va d'Arthur Conan Doyle et Herman Wouk à William Gibson et John Le Carré, de Tom Clancy à George R. R. Martin. Le plaisir que nous avons pris en écrivant ce livre tient notamment au fait que nous nous sommes amusés à revisiter nos vieux souvenirs du temps où nous lisions des romans tels que *Tempête rouge* de Tom Clancy sur la route des vacances, à l'arrière du break familial, et à les relire des décennies plus tard, cette fois pour y chercher les trucs des grands maîtres, sans que la joie de la lecture en soit moins forte pour autant.

Nos recherches ne se sont pas limitées aux sources dont vous trouverez les références à la fin de l'ouvrage (une anomalie, s'agissant d'un roman, mais nous espérons que cela sera utile aux lecteurs qui désirent en apprendre davantage ; ces références prouvent en outre à quel point cette histoire est ancrée dans la réalité), mais reposent également sur toute une série d'entretiens, de réunions et de conversations plus informelles avec un casting de professionnels bien réels, ceux-là, qui ont inspiré en partie les personnages de ce livre. Nous avons peaufiné nos scènes de bataille et affiné le jargon employé par nos personnages sous la supervision de capitaines de l'US Navy et de pilotes de l'US Air Force, nous sommes familiarisés avec la vision du monde et la pensée stratégique de généraux chinois et avons testé nos idées en les soumettant à toute une palette d'interlocuteurs, allant de vétérans des Forces spéciales à des hackers, en passant par des chercheurs de l'université d'Harvard. Nous leur en sommes profondément reconnaissants. Nous tenons à remercier tout particulièrement ces lecteurs experts qui ont eu la gentillesse de relire nos premières versions, et ont grandement contribué à la qualité du texte final : Kenneth Eckman, Nathan Finney, Allan Friedman, Mark Hagerott, John Jackson, Mark Jacobsen, D.K., Greg Knepper, Jeffrey Lin, Fernando Lujan, Aaron Marx, Rich McDaniel, Ian Morrison et Tammy Schultz, sans oublier tous les autres.

Nos agents Dan Mandel, Bob Bookman, Ike Williams, et Katherine Flynn nous ont aidés d'un bout à l'autre, organisant d'abord la rencontre qui a servi d'étincelle à ce projet, et trouvant finalement la maison idéale pour notre manuscrit et un formidable éditeur.

Eamon Dolan a pris le risque de publier les primo-romanciers que nous étions, puis nous a non seulement fait profiter de ses relectures avisées et de ses merveilleuses suggestions, mais nous a également poussés d'un bout à l'autre à travailler d'arrache-pied pour nous améliorer. Il est en outre plus cruel encore que la Veuve Noire elle-même à l'heure d'éliminer des personnages. RIP, Kyle et Dorothy. Tous nos remerciements à Tracy Roe, docteur en médecine, dont les prouesses de correctrice et le savoir médical ont grandement accru la précision de ce texte.

Enfin, nous voulions exprimer notre gratitude à nos familles pour tout l'amour et le soutien qu'elles nous ont apporté et, surtout, pour nous avoir persuadés que nous pouvions et devions tenter le grand saut.

Notes

Prologue

1. *Il baissa la main vers son HEXPANDO :* John Bishop, "HEXPANDO Expanding Head for Fastener-Retention Hexagonal Wrench," NASA Tech Briefs, August 1, 2011, accessed August 16, 2014, http://www.techbriefs.com/component/content/article/10720.

2. *le nuage de smog qui s'étirait de Pékin :* Global Bearings, NASA image, December 12, 2013, accessed December 12, 2013, https://twitter.com/Global_Bearings/status/411174216596074498/photo/1.

Première partie

1. *Les écrans de bord du* Dragon Aquatique : "Manned Sub Jiaolong Completes Deep-Sea Dive," CCTV.com, June 17, 2013, accessed August 16, 2014, https://web.archive.org/web/20140830150808/http://english.cntv.cn/20130617/106712.shtml.

2. *le navire d'exploration en eau profonde de l'Association chinoise du développement et de la recherche sur les ressources minérales océaniques, la COMRA* : Qian Wang, "China Bids for Rights to Search Seabed," *China Daily,* September 6, 2012, accessed August 19, 2014, http://usa.chinadaily.com.cn/china/2012-09/06/content_15737233.htm.

3. *le submersible développé par l'université de Tianjin* : Phil Muncaster, "China Seeks 'Oceanauts' for Deep Sea Exploration," TheRegister.co.uk, December 24, 2012, accessed August 16, 2014, http://www.theregister.co.uk/2012/12/24/china_ocean_exploration_plans/.

4. *les récentes améliorations apportées aux réacteurs du P-8 Poseidon* : "P-8 Poseidon," U.S. Naval Air Systems Command, February 2014, accessed August 16, 2014, https://web.archive.org/web/20140830150808/http://www.navair.navy.mil/index.cfm?fuseaction=home.display&key=CFD01141-CD4E-4DB8-A6B2-7E8FBFB31B86.

5. *dans le cadre d'une zone économique exclusive dépendant des États-Unis* : "Ocean Facts : What Is the EEZ ?," National Oceanic and Atmospheric Administration, accessed August 19, 2014, http://oceanservice.noaa.gov/facts/eez.html.

6. *décret de création du Monument national marin de la fosse des Mariannes* : Dan Vergano, "Bush to Make Pacific's Mariana Trench a National Monument," *USA Today,* January 6, 2009, accessed March 14, 2013, http://usatoday30.usatoday.com/tech/science/environment/2009-01-05-mariana-trench_N.htm.

7. *on balancera un Remora* : "Remora – Fast Reconnaissance AUV," L-3 Ocean Systems, accessed August 16, 2014, https://web.archive.org/web/20140830150808/http://www.l-3mps.com/oceansystems/remora.aspx.

8. V*iz Glass* : Chris Smith, "2020 Vision : The Future of Google Glass," *TechRadar*, October 19, 2013, accessed February 22, 2014, http://www.techradar.com/us/news/world-of-tech/2020-vision-the-future-of-google-glass-1190832.

9. *un tas de ruines dans la Flotte Fantôme* : "National Defense Reserve Fleet," U.S. Department of Transportation Maritime Administration, accessed August 16, 2014, https://web.archive.org/web/20140830150808/http://www.marad.dot.gov/ships_shipping_landing_page/national_security/ship_operations/national_defense_reserve_fleet/national_defense_reserve_fleet.htm.

10. *un croiseur Aegis* : "The U.S. Navy – Fact File : Aegis Weapon System," U.S. Navy, November 22, 2013, accessed August 19, 2014, http://www.navy.mil/navydata/fact_display.asp?cid=2100&tid=200&ct=2.

11. *la classe DD(X)* : "Navy Designates Next-Generation Zumwalt Destroyer," U.S. Navy, April 7, 2006, accessed August 19, 2014, http://www.navy.mil/submit/display.asp ? story_id = 23064.

12. *La Navy était censée construire* : "Cost to Deliver Zumwalt-Class Destroyers Likely to Exceed Budget," U.S. Government Accountability Office, July 31, 2008, accessed August 16, 2014, http://www.gao.gov/products/GAO-08-804.

13. *une attaque de pirates* : MarEx, "Petro-Pirates Plague Busy Shipping Lanes," *Maritime Executive,* July 9, 2014, accessed August 17, 2014, http://www.maritime-executive.com/article/PetroPirates-Plague-Busy-Shipping-Lanes-2014-07-09.

14. *Plus de la moitié du trafic maritime mondial* : "World Oil Transit Chokepoints," U.S. Energy Information Administration, August 12, 2012, accessed August 16, 2014, http://www.eia.gov/countries/regions-topics.cfm?fips=wotc&trk=p3.

15. *depuis que les forces spéciales chinoises* : Dean Cheng, "The Chinese People's Liberation Army and Special Operations," *Special Warfare* 25, no. 3 (July–September 2012), accessed March 18, 2014, http://www.dvidshub.net/publication/issues/10629.

16. *le renminbi ou RMN, la devise chinoise* : Xinhua, "RMB to Be Global Reserve Currency by 2030 : Economist," *China Daily,* April 9, 2014, accessed August 19, 2014, http://www.chinadaily.com.cn/china/2014-04/09/content_17420923.htm.14

17. *en brûlant notre propre pétrole maintenant* : Mark Thompson, "U.S. to Become Biggest Oil Producer – IEA," CNN, November 12, 2012, accessed November 12, 2012, http://money.cnn.com/2012/11/12/news/economy/us-oil-production-energy/index.html?iid=HP_LN&hpt=hp_c2.

18. *qui accentue les tensions régionales* : CNN wire staff, "Obama Announces WTO Case Against China over Rare Earths," CNN, March 13, 2012, accessed March 14, 2012, http://www.cnn.com/2012/03/13/world/asia/china-rare-earths-case/index.html?hpt=hp_t2.

19. *dépendent de matériaux à base de terres rares* : "What Are the Rare Earths ?," Ames Lab, U.S. Department of Energy, accessed August 19, 2014, https://web.archive.org/web/20140830150808/https://www.ameslab.gov/dmse/rem/what-are-rare-earths.

20. *La grande erreur de ses dirigeants* : Edward Wong, "China's Communist Party Chief Acts to Bolster Military," *New York Times,* December 14, 2012, accessed December 14, 2012, http://www.nytimes.com/2012/12/15/world/asia/chinas-xi-jinping-acts-to-bolster-military.html.

21. *comme en 1989* : Jeffrey T. Richelson et Michael L. Evans, "Tiananmen Square, GhostFleet_f. indd 383 4/15/15 11:19 AM 1989 : The Declassified History," *National Security Archive Electronic Briefing Book No.16,* National Security Archive, George Washington University, June 1, 1999, accessed August 19, 2014, http://www2.gwu.edu/~nsarchiv/NSAEBB/NSAEBB16/.

22. *les routes commerciales et les colonies britanniques* : "First World War : A Global View," UK National Archives, accessed August 25, 2014, http://www.nationalarchives.gov.uk/first-world-war/a-global-view/#.

23. *Certains disent que nous menons – ou plutôt que nous ne menons pas – une guerre froide* : Wang Jisi et Kenneth G. Lieberthal, "Addressing U.S.-China Strategic Distrust," Brookings Institution, March 30, 2012, accessed March 14, 2014, http://www.brookings.edu/research/papers/2012/03/30-us-china-lieberthal.

24. *l'image d'un CVN-80* : Thomas J. Moore, "USS *Enterprise :* Past, Present and Future," *Navy Live* (blog), U.S. Navy, December 1, 2012, accessed August 19, 2014, http://navylive.dodlive.mil/2012/12/01/uss-enterprise-past-present-and-future/.

25. *La construction des porte-avions de la classe Ford prenant un temps infini* : "Lead Ship Testing and Reliability Shortfalls Will Limit Initial Fleet Capabilities," U.S. Government Accountability Office, September 5, 2013, accessed August 16, 2014, http://www.gao.gov/products/gao-13-396.

26. *Vous avez raison de dire que le DF-21E* : Otto Kreisher, "China's Carrier Killer : Threat and Theatrics," *Air Force Magazine,* December 2013, accessed December 3, 2013, http://www.airforcemag.com/magazinearchive/pages/2013/december%202013/1213china.aspx?signon=false.

27. *Et après, ce sera quoi* : Harry Kazianis, "Is AirSea Battle Obsolete ?," *Diplomat,* June 21, 2012, accessed March 18, 2014, http://thediplomat.com/2012/06/is-airsea-battle-obsolete/.

28. *un brillant scientifique russe* : "Pavel A. Cherenkov – Biographical," *Nobel Lectures, Physics 1942–1962* (Amsterdam : Elsevier, 1964), cited on NobelPrize.org, accessed August 16, 2014, http://www.nobelprize.org/nobel_prizes/physics/laureates/1958/cerenkov-bio.html.

29. *neuf mille milliards de dollars de notre dette* : "The Budget and Economic Outlook : 2014 to 2024," Congressional Budget Office, February 4, 2014, accessed August 16, 2014, http://www.cbo.gov/publication/45010.

30. *le principal partenaire commercial de la Grande-Bretagne* : "The First World War : Look Back with Angst," *Economist,* December 21, 2013, accessed August 19, 2014, http://www.economist.com/news/leaders/21591853-century-there-are-uncomfortable-parallels-era-led-outbreak.

31. *L'avion de transport militaire Y-20* : Andrew Erickson et Gabe Collins, "The Y-20 : China Aviation Milestone Means New Power Projection," *China Real Time* (blog), *Wall Street Journal,* January 28, 2013, accessed August 16, 2014, http://blogs.wsj.com/chinarealtime/2013/01/28/the-y-20-china-aviation-milestone-means-new-power-projection/.

32. « *Quand le terrain…* » : Sun Tzu, *L'Art de la guerre,* chapitre 11, Flammarion.

33. *la période des Royaumes combattants* : "National Defense University PLA China," *ASEAN Regional Forum,* November 17, 2011, accessed August 19, 2014, https://web.archive.org/web/20140830150808/http://aseanregionalforum.asean.org/files/Archive/13th/9th%20ARF%20Heads%20of%20Defence%20UniversitiesCollegesInstitutions%20Meeting/NDU%20China.pdf.

34. *Alfred Thayer Mahan* : "Biographies in Naval History : Rear Admiral Alfred Thayer Mahan, US Navy," U.S. Naval History and Heritage Command, accessed August 19, 2014, https://web.archive.org/web/20140830150808/http://www.history.navy.mil/bios/mahan_alfred.htm.

35. *les Américains doivent à présent se tourner vers le reste du monde* : "The Price of Freedom : Americans at War – Spanish American War," Smithsonian National Museum of American History, accessed August 19, 2014, https://web.archive.org/web/20140830150808/http://amhistory.si.edu/militaryhistory/printable/section.asp?id=7.

36. *une véritable provocation* : Bernhard Zand, "Power in the Pacific : Stronger Chinese Navy Worries Neighbors and US," *Der Spiegel Online International,* September 14, 2012, accessed March 18, 2014, http://www.spiegel.de/international/world/strengthening-of-chinese-navy-sparks-worries-in-region-and-beyond-a-855622.html.

37. *Aussi profonde que soit l'eau* : Jane Cai et Verna Yu, "Xi Jinping Outlines His Vision of 'Dream and Renaissance,'" *South China Morning Post,* March 18, 2013, accessed August 17, 2014, http://www.scmp.com/news/china/article/1193273/xi-jinping-outlines-his-vision-chinas-dream-and-renaissance.

38. *Ceux qui savent* : Sun Tzu, *L'Art de la guerre.*

39. *La démographie de notre pays n'est pas optimale* : Andrea den Boer et Valerie M. Hudson, "The Security Risks of China's Abnormal Demographics," *Monkey Cage* (blog), *Washington Post,* April 30, 2014, accessed August 19, 2014, https://

web.archive.org/web/20140830150808/http://www.washingtonpost.com/blogs/monkey-cage/wp/2014/04/30/the-security-risks-of-chinas-abnormal-demographics/

40. *Nos routes commerciales* : Sean Mirski, "How to Win a War with China," *National Interest,* November 1, 2013, accessed August 19, 2014. http://national interest.org/commentary/how-win-war-china-9346.

Deuxième partie

1. DEFENSE INTELLIGENCE AGENCY : "Defense Intelligence Agency – About," U.S. Defense Intelligence Agency, accessed August 19, 2014, http://www.dia.mil/About.aspx.

2. *recourir à des signaux radios indétectables* : Geoffrey Ingersoll, "The NSA Has Secretly Developed the 'Bigfoot' of Computer Hacks," BusinessInsider.com, January 15, 2014, accessed August 19, 2014, http://www.businessinsider.com/nsa-has-the-bigfoot-of-computer-hacks-2014-1.

3. *SIPRNet, le réseau classifié* : Sharon Weinberger, "What Is SIPRNet ?," *Popular Mechanics,* December 1, 2010, accessed August 19, 2014, http://www.popularmechanics.com/technology/how-to/computer-security/what-is-siprnet-and-wikileaks-4085507.

4. *un air wall* : Peter W. Singer et Allan Friedman, *Cybersecurity and Cyberwar : What Everyone Needs to Know* (New York : Oxford University Press, 2014).

5. *surnommée le MIT asiatique* : "Shanghai Jiao Tong University," *Times Higher Education* World University Rankings 2012–2013, accessed August 19, 2014, http://www.timeshighereducation.co.uk/world-university-rankings/2012-13/world-ranking/institution/shanghai-jiao-tong-university.

6. *ces milieux de hackers se convertirent en autant de pôles d'espionnage cruciaux pour le pays* : Singer et Friedman, *Cybersecurity and Cyberwar.*

7. *J-20, l'avion de chasse chinois* : Feng Cao, "China Unveils More Capable Stealth Fighter Prototype," U.S. Naval Institute, March 19, 2014, accessed August 20, 2014, http://news.usni.org/2014/03/19/china-unveils-capable-stealth-fighter-prototype.

8. *et d'une série de stimulants* : David Axe, "This Scientist Wants Tomorrow's Troops to Be Mutant-Powered," *Danger Room* (blog), *Wired,* December 26, 2012, http://www. wired.com/2012/12/andrew-herr/all/.

9. *randomiser les signaux* : Ryan W. Neal, "GPS Terrorism : Hackers Could Exploit Location Technology to Hijack Ships, Airplanes," *International Business Times,* July 29, 2013, accessed August 19, 2014, http://www.ibtimes.com/gps-terrorism-hackers-could-exploit-location-technology-hijack-ships-airplanes-1362937.

10. *Le programme Tiangong (« Palais céleste »)* : "China's First Space Lab – Tiangong 1," China.org.cn, accessed August 19, 2014, http://www.china.org.cn/china/special_coverage/node_7125458.htm.

11. *un Boeing 747 reconverti* : "Airborne Laser Test Bed," Missile Defense Agency, accessed August 19, 2014, https://web.archive.org/web/20140830150808/http://www.mda.mil/news/gallery_altb.html.

12. *La première cible était le WGS-4* : "Fact Sheet : Wideband Global SATCOM (WGS)," Los Angeles Air Force Base, U.S. Air Force, February 11, 2014, accessed August 19, 2014, https://web.archive.org/web/20140830150808/http://www.losangeles.af.mil/library/factsheets/factsheet.asp?id=5333.

13. *connu sous le nom de X-37* : David Axe, "A Year Later, Mysterious Space Plane Is Still in Orbit," *Danger Room* (blog), *Wired,* March 7, 2012, accessed March 7, 2012, http://www.wired.com/dangerroom/2012/03/spaceplane-year/?utm_source=feedburner&utm_medium=email&utm_campaign=Feed%3A+WiredDangerRoom+% 28Blog+-+Danger+Room%29.

14. *les satellites espions américains du programme de suivi de la situation sur l'orbite géosynchrone (GSSAP)* : Amy Butler, "USAF Chief Outs Classified Spy Sat Program," *Aviation Week and Space Technology,* February 21, 2012, accessed August 19, 2014, https://web.archive.org/web/20140830150808/http://www.public.navy.mil/spawar/PEOSpaceSystems/ProductsServices/Pages/UHFGraphics.aspx.

15. *système UFO* : "Ultra High Frequency Follow-On (UFO)," Program Executive Office Space Systems, U.S. Navy, accessed August 19, 2014, https://web.archive.org/web/20140830150808/http://www.public.navy.mil/spawar/PEOSpaceSystems/ProductsServices/Pages/UHFGraphics.aspx.

16. *sirotaient cette horreur* : "Don't Wash That Coffee Mug," Naval Historical Foundation, November 25, 2013, accessed August 19, 2014, http://www.navyhistory.org/2013/11/dont-wash-that-coffee-mug/.

17. *les échantillons d'ADN* : Axe, "This Scientist Wants Tomorrow's Troops."

18. *On lui avait dit que Tokyo était une grande ville* : Visible Earth catalog, "Tokyo at Night," NASA, accessed August 17, 2014, http://visibleearth.nasa.gov/view.php?id=8683.

19. *Le chasseur-bombardier MiG-35K du capitaine de corvette Alexeï Denisov* : "Products – Military Programs : MiG 35/MiG-35D," MiG Russian Aircraft Corporation, accessed August 17, 2014, https://web.archive.org/web/20140830150808/http://www.migavia.ru/eng/military_e/MiG_35_e.htm.

20. *depuis l'*Amiral Kouznetsov : Ben Farmer, "Russian Carrier Sails into the English Channel," *UK Telegraph,* May 8, 2014, accessed August 17, 2014, http://www.telegraph.co.uk/news/uknews/defence/10816463/Russian-aircraft-carrier-sails-into-English-Channel.html.

21. *les exercices militaires RIMPAC* : Sam LaGrone, "China Sends Uninvited Spy Ship to RIMPAC," *U.S. Naval Institute News,* July 18, 2014, accessed August 19, 2014, http://news.usni.org/2014/07/18/china-sends-uninvited-spy-ship-rimpac.

22. *F-35A Lightning II* : "F-35 Fast Facts," Lockheed Martin, accessed August 19, 2014, https://web.archive.org/web/20140830150808/https://www.f35.com/about/fast-facts.

23. *l'addition à 8,6 milliards de dollars de ce déménagement* : Travis J. Tritten, "Cost to Relocate Marines a Moving Target," *Stars and Stripes,* May 15, 2012, accessed August 19, 2014, http://www.stripes.com/news/pacific/okinawa/cost-to-relocate-marines-off-okinawa-a-moving-target-1.177261.

24. *entreprises chinoises qui géraient la zone du canal de Panama* : "Now for the Next 100 Years," *Economist,* August 16, 2014, accessed August 19, 2014, http://www.economist.com/news/americas/21612185-it-was-good-investment-america-now-china-has-its-eye-canal-now-next-100.

25. *un appareil respiratoire à circuit fermé* : "Military Diving," Dräger, accessed August 19, 2014, https://web.archive.org/web/20140830150808/http://www.draeger.com/Sites/enus_us/Pages/Federal-Government/Military-Diving.aspx.

26. *les chefs d'état-major interarmées et le président des États-Unis* : Marine Corps order 3504.2, June 8, 2007, http://www.mcieast.marines.mil/Portals/33/Documents/Adjutant/SAPR_MCO%203504.2%20OPREP%203%20Reporting[1].pdf.

27. *USS* Abraham Lincoln : "USS *Abraham Lincoln* (CVN-72)," U.S. Navy, accessed August 19, 2014, http://www.lincoln.navy.mil/.

28. *organiser encore un mariage en plein air* : "Kanye : A Paparazzi Drone Could Electrocute My Daughter," FoxNews.com, August 8, 2014, accessed August 19, 2014, http://www.foxnews.com/tech/2014/08/08/kanye-drone-could-electrocute-my-daughter/.

29. *drones électriques V1000* : drone fictif.

30. *un véritable acte de bravoure* : Julie Makinen, "Tiananmen Square Mystery : Who Was Tank Man ?," *LA Times,* June 4, 2014, accessed August 19, 2014, http://www.latimes.com/world/asia/la-fg-china-tiananmen-square-tank-man-20140603-story.html.

31. *installée sur la péninsule de Mokapu* : "Marine Corps Base Hawaï," U.S. Marine Corps, accessed August 19, 2014, http://www.mcbHawaii.marines.mil/.

32. *une poussée avoisinant les vingt tonnes* : "The F-35B : First Descent," Lockheed Martin, accessed August 19, 2014, http://www.lockheedmartin.com/us/100years/stories/f35b.html.

33. *l'hôtel Moana Surfrider* : "Moana Surfrider," Starwood Hotels and Resorts Worldwide, accessed August 19, 2014, http://www.moana-surfrider.com.

34. *USS* Gabrielle Giffords : "Keel Laid for Future USS *Gabrielle Giffords,*" Program Executive Office Littoral Combat Ships, U.S. Navy, April 16, 2014, accessed August 19, 2014, http://www.navy.mil/submit/display.asp?story_id=80409.

35. *USS* Pinckney : "USS *Pinckney* (DDG 91)," U.S. Navy, accessed August 19, 2014, http://www.public.navy.mil/surfor/ddg91/Pages/default.aspx#.U_QZHkj6L6B.

36. *une mitrailleuse M249* : "The M249 Series," FNH USA, accessed August 19, 2014, https://web.archive.org/web/20140830150808/http://www.fnhusa.com/l/products/machine-guns/m249-series/.

37. *Un SAFFiR, l'un des robots-pompiers autonomes du navire* : "Shipboard Autonomous Firefighting Robot (SAFFiR)," Office of Naval Research, U.S. Navy, accessed August 19, 2014, https://web.archive.org/web/20140830150808/http://www.onr.navy.mil/en/Media-Center/Fact-Sheets/Shipboard-Robot-Saffir.aspx.

38. *le véhicule antiaérien PGZ-07* : "Air Defense Regiment Equipped with 35 mm Double Loading Anti-Aircraft Gun," *People's Daily Online,* February 13, 2013, accessed August 26, 2014, http://english.people.com.cn/90786/8128497.html.

39. *Le système de capteurs électro-optique de dernière génération AN/AAQ-37* : "AN/AAQ-37 Distributed Aperture System (DAS) for the F-35," Northrop Grumman, accessed August 19, 2014, http://www.northropgrumman.com/capabilities/anaaq37f35/pages/default.aspx.

40. *l'énorme moteur du V-22* : "MV-22 Osprey," Naval Air Systems Command, accessed August 19, 2014, https://web.archive.org/web/20140813050913/http://www.navair.navy.mil/index.cfm?fuseaction=home.displayPlatform&key=60296EB4-9CAC-403A-BA7A-6A8D96DA9B53.

41. *l'antenne réseau à commande de phase d'un H-250* : John C. Wise, "PLA Air Defence Radars," Air Power Australia, last updated April 2012, accessed August 19, 2014, http://www.ausairpower.net/APA-PLA-IADS-Radars.html.

42. *chars Type-99* : Martin Andrew, "Type 96 and Type 99 Main Battle Tanks," Air Power Australia, September 2009, accessed August 24, 2014, http://www.ausairpower.net/APA-PLA-Type-96-99.html.

43. *Airbus A380* : "A380 Family," Airbus, accessed August 19, 2014, http://www.airbus.com/aircraftfamilies/passengeraircraft/a380family/.

44. *Le QG du Commandement Pacifique des États-Unis* : "About USPACOM," U.S. Pacific Command, accessed August 19, 2014, http://www.pacom.mil/.

45. *un hélicoptère d'attaque chinois Z-10* : Jeffrey Lin et Peter W. Singer, "Army Helicopter, Navy Ship," *Eastern Arsenal* (blog), *Popular Science,* April 4, 2014, accessed August 19, 2014, http://www.popsci.com/blog-network/eastern-arsenal/army-helicopter-navy-ship.

46. *Un sous-marin Type-93A* : Jeffrey Lin et Peter W. Singer, "New Chinese 039C Submarine Doesn't Need to Come Up for Air… in Several Weeks," *Eastern Arsenal* (blog), *Popular Science,* April 15, 2014, accessed August 19, 2014, http://www.popsci.com/blog-network/eastern-arsenal/new-chinese-039c-submarine-doesn%E2%80%99t-need-come-air%E2%80%A6-several-weeks.

47. *USS* George H. W. Bush : "USS *George H. W. Bush* (CVN-77)," U.S. Navy, accessed August 19, 2014, http://www.public.navy.mil/airfor/cvn77/Pages/USS%20GEORGE%20H.W.%20BUSH%20%28CVN%2077%29.aspx.

48. *USS* John Warner : Eric Durie, "Meet SSN 785 – the Navy's 12th *Virginia*-Class Submarine," *Navy Live* (blog), U.S. Navy, March 15,

2013, accessed August 19, 2014, http://navylive.dodlive.mil/2013/03/15/meet-ssn-785-the-navys-12th-virginia-class-submarine/.

49. *largage d'une torpille Mark 54* : "United States Navy Fact File : MK 54 – Torpedo," U.S. Navy, accessed August 19, 2014, http://www.navy.mil/navydata/fact_display.asp?cid=2100&tid=1100&ct=2.

50. *missiles RIM-161 SM-3* : "Standard Missile–3," Raytheon, accessed August 19, 2014, http://www.raytheon.com/capabilities/products/sm-3/.

51. *Mise à jour du système ATHENA du* Stockdale : "USS *Stockdale*," U.S. Navy, accessed August 19, 2014, http://www.public.navy.mil/surfor/ddg106/Pages/WelcomeAboard.aspx#. U_Qx5Uj6L6A.

52. *même plus tester un petit pourcentage d'entre eux* : John Villasenor, "Compromised by Design ? Securing the Defense Electronics Supply Chain," Brookings Institution, November 2013, accessed August 19, 2014, https://web.archive.org/web/20131206081050/http://www.brookings.edu/~/media/research/files/papers/2013/11/4%20securing%20electronics%20supply%20chain%20against%20intentionally%20compromised%20hardware%20villasenor/villasenor_hw_security_nov7.pdf.

53. *USS* Boxer : "USS *Boxer* (LHD 4)," U.S. Navy, accessed August 19, 2014, http://www.navy.mil/local/lhd4/.

54. *la 15e unité expéditionnaire des marines* : "15th Marine Expeditionary Unit," U.S. Marine Corps, accessed August 19, 2014, http://www.15thmeu.marines.mil/.

55. *les vieux monuments dédiés à l'*Arizona : "USS *Arizona* (BB-39) Memorial at Pearl Harbor, Hawaï," U.S. Navy History and Heritage Command, accessed August 26, 2014, https://web.archive.org/web/20140830150808/http://www.history.navy.mil/photos/sh-usn/usnsh-a/bb39-v.htm.

56. *USS* Lake Erie : "USS *Lake Erie* (CG 70)," U.S. Navy, accessed August 19, 2014, http://www.public.navy.mil/surfor/cg70/Pages/default.aspx#. U_Q-3Uj6L6A.

Troisième partie

1. *si nombreux garçons et de si peu de filles* : Louisa Lim, "China Demographic Crisis : Too Many Boys, Elderly," NPR.org, April 14, 2008, accessed August 19, 2014, http://www.npr.org/templates/story/story.php?storyId=89572563.

2. *au Duke's* : "Duke's Waikiki," TS Restaurants, accessed August 19, 2014, http://www.dukeswaikiki.com/.

3. *une cause de dégradation majeure* : Barry Thaler, "Affordable Switches for Pulsed Power Systems," *Empfasis*, January 2007, accessed August 19, 2014, https://web.archive.org/web/20140830150808/http://www.empf.org/empfasis/2007/Jan07/january%202007%20empfasis.pdf.

4. *les logements des officiers de Fort Mason* : "Fort Mason," Golden Gate National Parks Conservancy, accessed August 19, 2014, http://www.parksconservancy.org/visit/park-sites/fort-mason.html.

5. *patrouilleurs Mark VI* : Valerie Insinna, "Navy Receives First New Patrol Boat," *National Defense,* November 2014, accessed October 21, 2014, https://web.archive.org/web/20141024030638/http://www.nationaldefensemagazine.org/archive/2014/November/Pages/NavyReceivesFirstNewPatrolBoat.aspx.

6. *le* Ford : Tom Moore, "CVN-78 : A True Leap Ahead for the Navy and Naval Aviation," *Navy Live* (blog), U.S. Navy, July 9, 2013, accessed August 19, 2014, http://navylive.dodlive.mil/2013/07/09/cvn-78-a-true-leap-ahead-for-the-navy-and-naval-aviation/.

7. *et le* Vinson *ont été coulés* : "USS *Carl Vinson* (CVN-70)," U.S. Navy, accessed August 19, 2014, https://web.archive.org/web/20140830150808/http://www.cvn70.navy.mil/.

8. *que les bombardiers* : "Fleet Ballistic Missile Submarines – SSBN," U.S. Navy, August 14, 2014, accessed August 19, 2014, http://www.navy.mil/navydata/fact_display.asp?cid=4100&tid=200&ct=4.

9. *participer à cette guerre en tant que sous-traitant* : Peter W. Singer, *Corporate Warriors* (Ithaca, NY : Cornell University Press, 2003).

10. *Je vis dans une solitude désolée* : Alexandre Pouchkine, « J'ai survécu à mes désirs », 1821.

11. *le groupe d'orphelins de guerre auquel il appartenait les « Garçons perdus »* : "The Lost Boys of Sudan," International Rescue Committee, accessed August 19, 2014, http://www.rescue.org/lost-boys-sudan.

12. *assistante particulière du Premier sous-secrétaire adjoint à la défense* : "ACQWeb : Office of the Under Secretary of Defense for Acquisition, Technology and Logistics," Department of Defense, accessed August 19, 2014, http://www.acq.osd.mil/.

13. *le chantier naval de Mare Island* : "History," Mare Island Museum, Mare Island Historic Park Foundation, accessed August 20, 2014, https://web.archive.org/web/20140830150808/http://www.history.navy.mil/trivia/trivia02.htm.

14. *Au diable les torpilles, en avant toute !* : "Famous Navy Quotes : Who Said Them and When," Naval Heritage and History Command, U.S. Navy, accessed August 20, 2014, http://www.history.navy.mil/trivia/trivia02.htm.

15. *cinquante fois moins visible sur les radars* : Clay Dillow, "The Most Technologically Advanced Warship Ever Built," *Popular Science,* October 16, 2012, accessed August 20, 2014, http://www.popsci.com/technology/article/2012-08/ocean-power.

16. *sa coque frégatée en lame de cutter pour mieux fendre les vagues* : Jim Downey, "Presentation by DDG 1000 Program Manager to the American Society of Naval Engineers (ASNE) : DDG 1000," American Society of Naval Engineers, April 17, 2013, accessed August 20, 2014, https://web.archive.org/web/20150610230631/

https://www.navalengineers.org/flagship/meetings/Documents/Downey_DDG1000_4-17-13.pdf.

17. *un moteur à aimant permanent* : Greg Szepe, "The DDG-1000 Zumwalt Integrated Power System's Unique Indirect Logical Interfaces with Weapon and Sensor Systems. An Instantiation of a Federated Ship Controls Architecture," American Society of Naval Engineers, June 4, 2010, accessed August 20, 2014, https://web.archive.org/web/20140830150808/https://www.navalengineers.org/sitecollectiondocuments/2010%20proceedings%20documents/emts%20 2010%20proceedings/papers/thursday/emts10_2_21.pdf.

18. *sept milliards de dollars pièce* : "Selected Acquisition Report (SAR) Summary Tables," Office of the Under Secretary of Defense for Acquisition, Technology and Logistics, Department of Defense, December 2013, accessed August 20, 2014, https://web.archive.org/web/20140830150808/http://www.acq.osd.mil/ara/sar/SST-2013-12.pdf.

19. *un algorithme de sélection du NAVSEA* : "NAVSEA Naval Sea Systems Command," U.S. Navy, accessed August 20, 2014, http://www.navsea.navy.mil/default.aspx.

20. *quatre bombes artisanales* : Peter W. Singer, "The Evolution of Improvised Explosive Devices (IEDs)," *Armed Forces Journal,* February 2012, accessed August 20, 2014, http://www.brookings.edu/research/articles/2012/02/improvised-explosive-devices-singer.

21. *l'artiste contemporain célèbre* : "About," Christo and Jeanne-Claude, accessed August 20, 2014, http://www.christojeanneclaude.net.

22. *un petit train de iRobots de modèle Majordomo* : robot fictif.

23. *un système de détection sous-marine depuis l'espace* : Mackenzie Eaglen et Jon Rodeback, "Submarine Arms Race in the Pacific : The Chinese Challenge to U.S. Undersea Supremacy," Heritage Foundation, February 2, 2012, accessed August 20, 2014, http://www.heritage.org/research/reports/2010/02/submarine-arms-race-in-the-pacific-the-chinese-challenge-to-us-undersea-supremacy#_ftn9.

24. *des radiations Tcherenkov à peine perceptibles* : John Millis, "Cherenkov Radiation : The Physics of Gamma-Ray Astronomy," About.com, accessed January 5, 2013, http://space.about.com/od/astronomytools/a/Cherenkov-Radiation.htm.

25. *l'hymne officiel de l'université californienne* : "The Den Traditions," UCLA Bruins, accessed August 20, 2014, http://www.uclabruins.com/ViewArticle.dbml?ATCLID=208268269.

26. *présidente du Naval War College* : "About," U.S. Naval War College, accessed August 20, 2014, https://www.usnwc.edu/About.aspx.

27. *les enquêtes du Congrès qui avaient décimé le sommet de la hiérarchie militaire* : "Joint Committee on the Investigation of the Pearl Harbor Attack (Pearl Harbor Committee)," U.S. Senate, accessed August 20, 2014, https://www.senate.gov/artandhistory/history/common/investigations/PearlHarbor.htm.

28. *les rampes de lancement verticales* : Kris Osborn, "Navy Upgrades Vertical Launch Systems," DefenseTech.org, July 2, 2014, accessed August 20, 2014, http://defensetech.org/2014/07/02/navy-upgrades-vertical-launch-systems/.

29. *sous le nom de* Metal Storm : Tyler Rogoway, "The Seven Deadliest Naval Close-In Weapon Systems," *Foxtrot Alpha* (blog), Jalopnik.com, April 27, 2014, accessed August 20, 2014, http://foxtrotalpha.jalopnik.com/the-seven-deadliest-naval-close-in-weapon-systems-1568291678.

30. *de l'usine de Dahlgren* : "About NSWC Dahlgren," U.S. Navy, accessed August 20, 2014, https://web.archive.org/web/20140830150808/http://www.navsea.navy.mil/nswc/dahlgren/default.aspx.

31. *Le canon électromagnétique représentait en effet un point de rupture* : Spencer Ackerman, "Video : Navy Fires Off Its New Weaponized Railgun," *Danger Room* (blog), *Wired,* February 28, 2012, accessed August 20, 2014, http://www.wired.com/2012/02/railgun-real-gun/?utm_source=feedburner&utm_medium =email&utm_campaign =Feed%253A+WiredDangerRoom+%2528Blog+-+Danger+Room%2529.

32. *appelée force de Lorentz* : "Railgun Physics," Massachusetts Institute of Technology, accessed August 20, 2014, http://web.mit.edu/mouser/www/railgun/physics.html.

33. *Le Tank d'origine* : "The JCS Conference Room : 'The Tank,'" Defense Technical Information Center, Department of Defense, accessed August 20, 2014, https://web.archive.org/web/20140830150808/http://www.dtic.mil/doctrine/doctrine/history/jcspart5.pdf.

34. *d'un autre sous-traitant basé en Floride* : personnages fictifs inspirés de faits réels.

35. *un bang supersonique* : Esther Inglis-Arkell, "Cherenkov Radiation Is a Sonic Boom for Light," iO9.com, September 29, 2012, accessed August 26, 2014, http://io9.com/5947197/cherenkov-radiation-is-a-sonic-boom-for-light.

36. *l'« heure d'or »* : Chris Willis, "After the Battle : The Golden Hour," U.S. Air Force, March 14, 2013, accessed August 20, 2014, https://web.archive.org/web/20130421024310/http://www.bagram.afcent.af.mil/news/story.asp?id=123340100.

37. *Ces engins quasi indétectables* : "Converting Wave Motion to Propulsion," Liquid Robotics, accessed August 20, 2014, http://liquidr.com/technology/waveglider/how-it-works.html.

38. *le vortex de déchets du Pacifique Nord* : "Marine Debris : Great Pacific Garbage Patch," National Oceanic and Atmospheric Administration, August 20, 2014, accessed August 20, 2014, http://marinedebris.noaa.gov/info/patch.html.

39. *le nouveau drapeau rouge et blanc du Royaume-Uni* : Matt Ford, "Will This Be the U.K.'s New Flag ?," *Atlantic,* March 5, 2014, accessed August 20, 2014, http://www.theatlantic.com/international/archive/2014/03/will-this-be-the-uks-new-flag/284234/.

40. *se battaient à coups de poings constellés de taches de vieillesse* : Francis Fukuyama, "America in Decay : The Sources of Political Dysfunction," *Foreign Affairs* (September/October 2014), accessed August 21, 2014, http://www.foreignaffairs.com/articles/141729/francis-fukuyama/america-in-decay.

41. « Éviter la défaite » : Sun Tzu, *L'Art de la guerre.*

42. *Notre analyse des microblogs Weibo :* Sign-up page, Weibo, accessed August 20, 2014, http://www.weibo.com/signup/mobile.php?lang=en-us.

43. *d'une manière assez chaotique* : John J. Mearsheimer, *The Tragedy of Great Power Politics* (New York : W. W. Norton, 2001).

44. *SSandy Beach Park* : "Sandy Beach Park," Hawaii Beach Safety, accessed August 20, 2014, http://oceansafety.ancl.Hawaii.edu/v/2.0/?i=oahu&shid=4&bch=-sandy. La plage est connue pour être l'un des spots de surf les plus dangereux d'Oahu.

45. *d'un Boeing 787-9* : "787 Dreamliner : Fact Sheet," Boeing, accessed August 20, 2014, http://www.boeing.com/boeing/commercial/787family/787-9prod.page.

46. *le Studio 54* : Sean O'Hare, "Inside Studio 54 : Fascinating Photographs Reveal What Stars Really Got Up to in World's Most Famous Nightclub," *Mail Online,* January 17, 2013, accessed August 20, 2014, http://www.dailymail.co.uk/news/article-2263800/The-crazy-antics-Studio-54-revealed – pictures-just-stars-got-legendary-New-York-nightclub.html.

47. *Une lettre de marque* : "Marque and Reprisal," Heritage Foundation, accessed August 20,2014, http://www.heritage.org/constitution/# !/articles/1/essays/50/marque-and-reprisal.

48. *C'est l'une des dernières bouteilles* : Chris Hoel, "What It's Like to Sip a Century-Old Champagne from a Shipwreck," *St. Louis Magazine,* February 22, 2012, accessed August 20, 2014, http://www.stlmag.com/What-its-Like-to-Sip-a-Century-Old-Champagne-From-a-Shipwreck/.

49. *« article Un, section Huit »* : "The Constitution of the United States : A Transcription,"National Archives, accessed August 20, 2014, http://www.archives.gov/exhibits/charters/constitution_transcript.html.

50. *le graffiti* : "Patent : Method and Apparatus for Creating Virtual Graffiti in a Mobile Virtual and Augmented Reality System, US 8350871 B2," Google, January 8, 2013, accessed August 20, 2014, http://www.google.com/patents/US8350871. Also see http://grafiti. mobi/dig-graffiti-applications-and-tools-for-smes-and-users/.

51. *les Google Glass de première génération* : "Google Glass : What It Does," Google, accessed August 20, 2014, http://www.google.com/glass/start/what-it-does/.

52. *le revolver SIG Sauer P226* : "Pistols – P226," SIG Sauer, accessed August 20, 2014, https://web.archive.org/web/20140830150808/http://www.sigsauer.com/catalogproductlist/pistols-p226.aspx.

53. *le Versatrax 300* : "Versatrax 300," Inuktun, accessed July 24, 2014, https://web.archive.org/web/20140830150808/http://www.inuktun.com/crawler-vehicles/versatrax-300.html.

54. *le Defense Production Act* : "The Defense Production Act of 1950, As Amended," Department of Defense, accessed August 20, 2014, https://web.archive.org/web/20140830150808/http://www.acq.osd.mil/mibp/dpac/final_defense_production_act_091030.pdf.

55. *un fonds souverain* : "Sovereign Wealth Funds – Frequently Asked Questions," February 27, 2008, European Commission, accessed August 20, 2014, http://europa.eu/rapid/press-release_MEMO-08-126_en.htm?locale=en.

56. *s'absenter pour une pause-café* : Kay Mathews, "Photo : Sam Walton's Office in Walmart Visitor Center, Bentonville, Ark.," *Digital Journal,* June 4, 2011, accessed August 20, 2014, http://www.digitaljournal.com/image/88949.

57. *un matériau léger et résistant* : "The Story of Graphene," University of Manchester, accessed August 20, 2014, http://www.graphene.manchester.ac.uk/explore/the-story-of-graphene/.

58. *plus connue sous le nom d'imprimante 3D* : Bob Tita, "How 3-D Printing Works," *Wall Street Journal,* June 10, 2013, accessed August 20, 2014, http://online.wsj.com/news/articles/SB100014241278873237163045784830622113 88072.

59. *lui parler en klingon* : *Klingon Pocket Dictionary,* Klingonska Akademien, accessed August 20, 2014, http://klingonska.org/dict/.

60. *la Fondation russe pour la recherche de pointe* : "Putin Seeks to Create Russian DARPA Equivalent," *Global Security Newswire,* June 21, 2012, accessed August 20, 2014, http://www.nti.org/gsn/article/putin-seeks-create-darpa-equivalent/.

61. *la* Symphonie n° 5 *de Dmitri Chostakovitch* : "Shostakovich's Symphony No. 5," *Keeping Score,* accessed August 20, 2014, http://www.pbs.org/keepingscore/shostakovich-symphony-5.html.

62. *l'école primaire d'Iliahi* : "About Iliahi," *Iliahi Elementary School,* accessed August 20, 2014, https://sites.google.com/a/dragons.k12.hi.us/iliahiel/.

63. *unités de développement communautaire* : "Provincial Reconstruction Teams (PRTs)," Department of State, accessed August 20, 2014, https://web.archive.org/web/20150501111311/http://www.state.gov/p/nea/ci/iz/c21830.htm ; unité fictive.

64. *deux Z-8K, les hélicoptères de combat du Directoire* : "Product Information – Z8 Helicopter," Changhe Aircraft Industries Group, accessed August 20, 2014, https://web.archive.org/web/20140830150808/http://www.changhe.com/english/ecpxx/ecpxx.htm.

65. *quelque chose de terrible* : Charles J. Dunlap Jr., "Lawfare Today… and Tomorrow," in *International Law and the Changing Character of War,* eds. Raul A. Pedrozo and Daria P. Wollschlaeger (Newport, RI : U.S. Naval War College, 2011), 315–25.

66. *Le pont était illuminé* : Heather Kelly, "San Francisco Turns a Bridge into Art with 25,000 Lights," CNN.com, March 8, 2013, accessed August 20, 2014, http://www.cnn.com/2013/03/06/tech/innovation/bay-bridge-light-installation/.

67. *Le hangar était gigantesque* : "US Naval Air Station Sunnyvale, Historic District (Moffett Field)," National Park Service, accessed August 21, 2014, http://www.nps.gov/nr/travel/santaclara/usn.htm.

68. *remplisse à présent le Hangar n° 1* : "Hangar 1, Shenandoah Plaza Historic District," NASA, accessed August 21, 2014, http://historicproperties.arc.nasa.gov/hangar1.html.

69. *un plan de développement économique original* : "Moffett Federal Airfield," GlobalSecurity.org, accessed October 6, 2014, http://www.globalsecurity.org/military/facility/moffett.htm.

70. *Silicon Valley* : "Major Silicon Valley Companies," Google Maps, August 27, 2011, accessed August 21, 2014, https://maps.google.com/maps/ms?msid=203174842897863924077.0004ab7eb4bb25f971c1d&msa=0&dg=feature.

71. *centre de recherche Ames de la NASA* : "About," *NASA,* accessed August 21, 2014, http://www.nasa.gov/centers/ames/about/index.html.

72. *quand Google avait acheté le Hangar n° 1* : Brandon Bailey, "Google to Restore Hangar One and Operate Runways at Moffett Field," *San Jose Mercury News,* February 10, 2014, accessed August 21, 2014. http://www.mercurynews.com/business/ci_25109267/google-restore-hangar-one-and-operate-runways-at.

73. *coûté des centaines de milliards de dollars à la Silicon Valley* : Danielle Kehl et al., "Surveillance Costs : The NSA's Impact on the Economy, Internet Freedom, and Cybersecurity," New America Foundation, July 29, 2014, accessed August 21, 2014, https://web.archive.org/web/20140830150808/http://oti.newamerica.net/publications/policy/surveillance_costs_the_nsas_impact_on_the_economy_internet_freedom_cybersecurity.

74. *« moteur de recherche humain »* : Celia Hatton, "China's Internet Vigilantes and the 'Human Flesh Search Engine,'" *BBC News Magazine,* January 28, 2014, accessed August 21, 2014, http://www.bbc.co.uk/news/magazine-25913472.

75. *Les vieux postes à souder MIG* : "MIG Welding FAQs," Lincoln Electric, accessed August 21, 2014, http://www.lincolnelectric.com/en-us/support/welding-solutions/Pages/mig-faqs-detail.aspx.

76. *Angel Island sur tribord* : "Angel Island State Park," California Department of Parks and Recreation, accessed August 21, 2014, http://www.parks.ca.gov/?page_id=468.

77. *d'eBay Park* : "AT&T Park," San Francisco Giants, accessed August 21, 2014, http://sanfrancisco.giants.mlb.com/sf/ballpark/.

78. *Art Hodes* : Jon Pareles, "Art Hodes, a Pianist Known for the Blues in the Old Style, 88," *New York Times,* March 6, 1993, http://www.nytimes.com/1993/03/06/arts/art-hodes-a-pianist-known-for-the-blues-in-the-old-style-88.html.

79. *Le centre de commandement du bateau* : Jay Sego et Jim Downey, "Life at Sea Aboard DDG 1000," *Surface Warfare,* accessed August 21, 2014, https://

web.archive.org/web/20140830150808/http://surfwarmag.ahf.nmci.navy.mil/feature_ddg_1000.html.

80. *Blackwater, les « eaux noires »* : August Cole, "Blackwater Vies for Jobs Beyond Guard Duty," *Wall Street Journal,* October 15, 2007, accessed August 21, 2014, http://online.wsj.com/news/articles/SB119240518691958669.

81. *l'histoire du vin en général* : Tom Standage, *A History of the World in Six Glasses* (New York : Walker, 2006).

82. *dans cet environnement 3D* : Betsy Book, "Virtual Worlds : Today and in the Future," BCS, March 2006, accessed August 21, 2014, http://www.bcs.org/content/conwebdoc/3336.

83. *submergée des Ramblas* : "City Visit of Las Ramblas District in Barcelona," Barcelona.com, accessed August 21, 2014, http://www.barcelona.com/barcelona_city_guide/city_visits_of_barcelona/ramblas.

84. *un uppercut court et sec au foie* : Eric C. Stevens, "Analysis of the Liver Shot : Throwing and Defending," BreakingMuscle.com, accessed August 21, 2014, http://breakingmuscle.com/martial-arts/analysis-of-the-liver-shot-throwing-and-defending.

85. *l'équipe du DevGru* : Brandon Webb, "DEVGRU/SEAL TEAM 6," Sofrep.com, accessed August 21, 2014, https://web.archive.org/web/20140830150808/http://sofrep.com/devgru-seal-team-6/.

86. *suite n° 3, située au niveau du penthouse du Moana Surfrider* : "Moana Surfrider Room Types," Starwood Hotels and Resorts Worldwide, accessed August 21, 2014, http://www.moana-surfrider.com/roomsandsuites/roomtypes/.

Quatrième partie

1. *République de Kalaallit Nunaat* : "Greenland : Oil Fortune to Fund Independence," United Nations Regional Information Centre for Western Europe, accessed August 23, 2014, https://web.archive.org/web/20140830150808/http://www.unric.org/en/indigenous-people/27308-greenland-oil-fortune-to-fund-independence.

2. *gigantesques gisements de pétrole* : "U.S. Department of the Interior U.S. Geological Survey USGS Fact Sheet 2008-3049 2008 Circum-Arctic Resource Appraisal : Estimates of Undiscovered Oil and Gas North of the Arctic Circle," U.S. Geological Survey 2008, accessed August 23, 2014, http://pubs.usgs.gov/fs/2008/3049/fs2008-3049.pdf.

3. *là où les gardes-côtes américains n'en possédaient plus qu'un* : "USCGC *Healy* (WAGB-20)," U.S. Coast Guard, accessed August 23, 2014, http://www.uscg.mil/pacarea/cgcHealy/.

4. *un télescope d'observation* : Geoffrey Ingersoll, "New 'One-Shot' Rifle Sight Could Make Snipers Deadlier Than Ever," *Business Insider,* October 12, 2012, accessed August 23, 2014, http://www.businessinsider.com/new-one-shot-rifle-sight-technology-does-the-aiming-for-every-sniper-2012-10.

5. *un fusil de précision QBU-88* : "QBU-88," World Guns, accessed October 6, 2014, http://world.guns.ru/sniper/sniper-rifles/ch/qbu--e.html.

6. *système de guidage de tir TrackingPoint* : "What the Shooter Does," *Tracking Point,* accessed August 23, 2014, http://tracking-point.com/.

7. *premier réseau de radars destiné à protéger Hawaï* : "Mount Kaala, Oahu, HI," Radomes.org, accessed August 23, 2014, http://www.radomes.org/museum/recent/KaalaAFSOahuHI.html.

8. *Golfe des Farallones* : "Welcome to Gulf of the Farallones National Marine Sanctuary," National Ocean Service, August 7, 2014, accessed August 23, 2014, http://farallones.noaa.gov/.

9. *un silence radio total, ou EMCON A* : "Emission Control," U.S. Navy, accessed August 23, 2014, https://web.archive.org/web/20150512095708/http://www.navair.navy.mil/ibst/03_E3/emcon.html.

10. *L'armée américaine s'était inspirée de procédés* : Ellen Nakashima et Craig Whitlock, "With Air Force's Gorgon Drone 'We Can See Everything,'" *Washington Post,* January 2, 2011, accessed August 23, 2014, https://web.archive.org/web/20140830150808/http://www.washingtonpost.com/wp-dyn/content/article/2011/01/01/AR2011010102690.html.

11. *la manière dont les requins-taureaux coopéraient* : "Co-Operative Hunting in Sandtiger Sharks," ReefQuest Centre for Shark Research, accessed August 23, 2014, http://www. Elasmo – research.org/education/topics/b_coop_hunting.htm.

12. *une torpille Mark 81* : Eric Adams, "Supercavitating Torpedo," *Popular Science,* June 1, 2004, accessed August 23, 2014 ; arme fictive.

13. *ils s'étaient inspirés de ce fameux jeu vidéo* : "Call of Duty : Ghosts," Activision, accessed August 23, 2014, http://www.callofduty.com/ghosts.

14. *porc rôti lyophilisé et de gâteaux de lune* : Gregory Mone, "Eat Like a Taikonaut," *Popular Science,* July 25, 2007, accessed August 23, 2014, http://www.popsci.com/article/2007-07/eat-taikonaut.

15. *un missile antisatellite* : Peter Grier, "The Flying Tomato Can," *Air Force Magazine,* February 2009, accessed August 23, 2014, http://www.airforcemag.com/magazinearchive/pages/2009/february%202009/0209tomato.aspx?signon=false.

16. *De nulle part* : Steve Hammond and David Pierce, "Space Pirates," *Flash Fearless Vs.the Zorg Women, Parts 5 & 6,* 1975, performed by Alice Cooper, http://www.allmusic.com/song/space-pirates-mt0011871423.

17. *Ehukai Beach* : "Ehukai Beach Park," Hawaii Beach Safety, accessed August 23, 2014, http://oceansafety.ancl.hawaii.edu/v/2.0/?i=oahu&shid=1&bch=ehukai.

18. *d'une petite langouste noire* : Maryann Lawlor, "Lobsters Populate Navy Robot Platter," *Signal Online,* May 2004, accessed August 23, 2014, http://www.afcea.org/content/?q=node/135.

19. *la langouste piquait un dernier sprint* : Joseph Ayers, "Biomimetic Underwater Robot Program," Northeastern Marine Science Center, accessed August 23, 2014, http://www.neurotechnology.neu.edu/.

20. *fusils d'assaut HK 416* : "HK416 A5," Heckler and Koch, accessed August 17, 2014, http://www.heckler-koch.com/en/products/military/assault-rifles/hk416-a5/hk416-a5-11/overview.html.

21. *sans bouteilles d'oxygène* : "110 Predictions for the Next 110 Years," *Popular Mechanics,* December 10, 2012, accessed August 23, 2014, http://www. popularmechanics.com/technology/engineering/news/110-predictions-for-the-next-110-years.

22. *Le Tallyho avait d'abord été* : "Spaceships : Virgin Galactic's Vehicles," Virgin Galactic, accessed August 23, 2014, http://www.virgingalactic.com/overview/spaceships ; navette fictive.

23. *bijouterie Harry Winston, dans le quartier londonien de Mayfair* : "Harry Winston," Bond Street Association, accessed August 23, 2014, https://www.bondstreet.co.uk/explore/harry-winston.

24. *cette vision l'avait frappé* : Thom Patterson, "Overheard on CNN : New Shuttle Needs Space Plane 'Coolness,'" CNN.com, June 8, 2012, accessed March 18, 2014, http://www.cnn.com/2012/06/08/us/space-shuttle-overheard-on-cnn/index.html?hpt=hp_c2.

25. *un amour qui ne viendrait jamais* : Christopher Paul et al., "Paths to Victory : Detailed Insurgency Case Studies," RAND Corporation, 2013, accessed August 23, 2014, http://www.rand.org/pubs/research_reports/RR291z2.html.

26. *leurs pick-up Muraille banalisés* : "Wingle 5," Great Wall Motors, accessed August 23, 2014, https://web.archive.org/web/20140830150808/http://www.gwm-global.com/wingle5.html.

27. *les deux mains métalliques* : Francie Diep, "A Mind-Controlled Robotic Hand with a Sense of Touch," *Popular Science,* February 5, 2014, accessed August 23, 2014, http://www.popsci.com/article/science/mind-controlled-robotic-hand-sense-touch.

28. *des verres mal adaptés à votre vue* : Emily Gold Boutilier, "Thinking the World into Motion," *Brown Alumni Magazine,* January 2005, accessed August 23, 2014, http://archive.today/hf0P9.

29. *ce roman de William Gibson publié en 1984,* Neuromancien : Ed Cumming, "The Man Who Saw Tomorrow," *Guardian,* July 27, 2014, accessed August 23, 2014, Voir aussi : https://web.archive.org/web/20130719065527/http://www.williamgibsonbooks.com/books/neuromancer.asp.

30. *Le robot-araignée d'un mètre cinquante de haut* : Lance Ulanoff, "3D-Printed Spiderbot Is Stuff of Dreams and Nightmares," Mashable.com, July 5, 2013, accessed August 24, 2014, http://mashable.com/2013/07/05/3d-printed-spider-robot/.

31. *y chercher des survivants* : Dan Nosowitz, “Meet Japan’s Earthquake Search-and-Rescue Robots,” *Popular Science,* March 11, 2011, accessed August 24, 2014, http://www. popsci.com/technology/article/2011-03/six-robots-could-shape-future-earthquake-search–and-rescue.

32. *Ce que nous observons* : Werner Heisenberg, as quoted in Robert Pine, *Science and the Human Prospect* (Honolulu : University of Hawaii, 1999), online edition, accessed July 15, 2014, https://web.archive.org/web/20131104232543/http://home.honolulu.hawaii.edu/~pine/book1qts/chapter8qts.html.

33. *la baïonnette règlementaire du Type 98* : Fan Zhibin, “Regiment in Bayonet Training,” *People’s Daily Online,* accessed August 24, 2014, http://english.people-daily.com.cn/90786/7689290.html.

34. *un QSZ-92 chinois* : “NORINCO QSZ-92 (Type 92) Semi-Automatic Pistol (1998),” MilitaryFactory.com, September 2, 2011, accessed August 24, 2014, http://www.militaryfactory.com/smallarms/detail.asp?smallarms_id=392.

35. *un pistolet Taser X26* : “Taser X26 CEW,” Taser International, accessed August 24, 2014, https://web.archive.org/web/20140830150808/http://www.taser.com/products/law-enforcement/taser-x26-ecd.

36. *la pompe antidouleur* : “What Is a Drug Pump ?,” Medtronic, accessed August 24, 2014, https://web.archive.org/web/20140830150808/http://www.medtronic.com/patients/chronic-pain/device/drug-pumps/what-is-it/.

37. *les jeux de miroirs des illusionnistes* : “How Do ‘Invisibility Cloaks’ Work ?,” Physics.org, accessed August 24, 2014, http://www.physics.org/article-questions.asp?id=69.

38. *un gilet de sauvetage* : Matthew Cox, “Navy Upgrading Its Aircrew Survival Vest,” *Kit Up* (blog), Military.com, December 20, 2013, accessed August 24, 2014, http://kitup.military.com/2013/12/navy-upgrading-aircrew-survival.html.

39. *l’angle de Queen et Ward* : “Ward Avenue and Queen Street, Honolulu, HI 96814,” Google Maps, accessed August 24, 2014, https://www.google.com/maps/place/Ward+Ave+%26+Queen+St,+Ward+Farmers+Market,+Honolulu,+HI+96814/@21.2975539,-157.8542867,17z/data=!3m1!4b1!4m2!3m1!1s0x7c006de2ff5f99a7:0x5012c07f4400063f.

40. *Jednostka Wojskowa Formoza* : “Informacje,” Jednostki Wojskowej Formoza, accessed August 24, 2014, https://web.archive.org/web/20140830150808/http://www.formoza.wp.mil.pl/pl/index.html.

41. *un peu de respect pour l’*Orzel : “ORP *Orzel,*” Polish navy, accessed August 24, 2014, https://web.archive.org/web/20140830150808/http://www.navy.mw.mil.pl/index.php?akcja=orzel.

42. *dix bombes atomiques B83 d’1,2 mégatonne* : “B83 Thermonuclear Bomb,” U.S. Air Force, October 15, 2008, accessed August 24, 2014, https://web.archive.org/web/20140830150808/http://www.hill.af.mil/library/factsheets/factsheet.asp?id=5708.

43. *utiliser les générateurs de la compagnie comme des armes* : Michael Swearingen et al., "What You Need to Know (and Don't) About the AURORA Vulnerability," *Power,* September 1, 2013, accessed August 24, 2014, http://www.powermag.com/what-you-need-to-know-and-dont-about-the-aurora-vulnerability/?printmode=1.

44. *une paire de sourcils froncés, une large moustache* : Monica Nickelsburg, "A Brief History of the Guy Fawkes Mask," *Week,* July 3, 2013, http://theweek.com/article/index/245685/a-brief-history-of-the-guy-fawkes-mask.

45. *Nous les Anonymous* : Singer and Friedman, *Cybersecurity and Cyberwar,* 80–84.

46. *la réserve forestière de Pupukea-Paumalu* : "Kaunala Loop," Trails.com, accessed August 24, 2014, http://www.trails.com/tcatalog_trail.aspx?trailid=HGP040-047.

47. *l'ancien centre de formation de Kahuku* : "Hawaii Training Center," Operating Engineers Local No. 3, accessed August 24, 2014, https://web.archive.org/web/20140830150808/http://www.oe3.org/training/hawaii.html.

48. *Turtle Bay Resort* : "The Resort," Turtle Bay Resort, accessed August 24, 2014, http://www.turtlebayresort.com/resort/.

49. *d'adhésifs en élastomère* : Ozgur Unver et al., "Geckobot : A Gecko-Inspired Climbing Robot Using Elastomer Adhesives," International Conference on Robotics and Automation 2006, accessed August 24, 2014, https://web.archive.org/web/20140830150808/http://nanolab.me.cmu.edu/publications/papers/Unver-ICRA2006.pdf.

50. *la formation du BUD/S* : "Stages Overview," Naval Special Warfare Command, accessed August 24, 2014, https://web.archive.org/web/20140830150808/http://www.sealswcc.com/navy-seals-buds-training-stages-overview.html#. U_o1C0j6L6A.

51. L'Amiral Zheng He : Frank Viviano, "China's Great Armada," *National Geographic,* July 2005, accessed August 24, 2014, https://web.archive.org/web/20140830150808/http://ngm.nationalgeographic.com/ngm/0507/feature2/.

52. *du cuirassé* : Jeffrey Lin and Peter W. Singer, "Learning More About China's NewMassive Warship Plan (055 Cruiser)," *Eastern Arsenal* (blog), *Popular Science,* May 1, 2014, accessed August 24, 2014, http://www.popsci.com/blog-network/eastern-arsenal/army-helicopter-navy-ship.

53. *le 11e régiment de cavalerie* : "11th Armored Cavalry Regiment," U.S. Army, accessed August 24, 2014, https://web.archive.org/web/20140830150808/http://www.irwin.army.mil/CommandGroupUnits/Units/11acr/Pages/default.aspx.

54. *vers quelles cibles ?* : "Battle of Midway, 4–7 June 1942, Overview and Special Image Selection," Naval History and Heritage Command, accessed August 24, 2014, http://https://web.archive.org/web/20140913143642/http://www.history.navy.mil/photos/events/wwii-pac/midway/midway.htm.

55. *dessiné par le fameux architecte américain Thomas Fazio* : "The Original Fazio Course at Turtle Bay," *Turtle Bay Resort,* accessed August 24, 2014, http://www.turtlebayresort.com/hawaii_golf/fazio_course/.

56. *Gino's, à la new-yorkaise* : "Menu," Gino's Pizzeria by Maurizio, accessed August 24, 2014, http://ginospizzeriavb.com/menu.php.

57. *Méditez et réfléchissez* : Sun Tzu, *L'Art de la guerre*, chapitre 7.

58. *La meilleure action, pour un général* : Ibid., chapitre 3.

59. *Les grands guerriers d'autrefois* : Ibid., chapitre 4.

60. *Toute guerre est fondée sur la tromperie* : Ibid., chapitre 1.

61. *même si les cibles ne sont pas encore localisées* : Craig L. Symonds, *The Battle of Midway* (New York : Oxford University Press, 2013).

62. *« Pour gagner, il faut prendre des risques ! »* : Sun Tzu, *L'Art de la guerre,* chapitre 7.

63. *la section dessinée par le légendaire golfeur Arnold Palmer* : "Palmer Course," 808Golf.com, accessed August 24, 2014, https://web.archive.org/web/20140830150808/http://www.808golf.com/oahu/turtle_bay_resort/Palmer_Course/images/palmer_map.jpg.

64. *un système portatif de défense antiaérienne FN-8* : David Cenciotti, "New Video Shows Deadly MANPADS Hit on Helicopter in Syria," *The Aviationist* (blog), September 16, 2013, accessed August 24, 2014, http://theaviationist.com/2013/09/16/fn-6-hit/ ; arme fictive.

65. *trois missiles de croisière YJ-12* : Robert Haddick, "China's Most Dangerous Missile (So Far)," WarOnTheRocks.com, July 2, 2014, accessed August 24, 2014, http://warontherocks.com/2014/07/chinas-most-dangerous-missile-so-far/#_.

66. *chasseurs d'attaque Shenyang J-31* : Jeffrey Lin et Peter W. Singer, "New Chinese 5th Generation Fighter Jet – J31 Performs More Flight Tests," *Eastern Arsenal* (blog), *Popular Science,* May 22, 2014, accessed August 24, 2014, http://www.popsci.com/blog-network/eastern-arsenal/new-chinese-5th-generation-fighter-jet-j31-performs-more-flight-tests.

67. *du petit port d'Haleiwa* : Harbor Haleiwa," Google Maps, accessed August 24, 2014, https://www.google.com/maps/preview?oe=utf-8&client=-firefox-a&channel=sb&ie=UTF-8&fb=1&gl=us&q=harbor+haleiwa&hq=harbor&hnear=0x7c0058cb4dbb9179:0xa24ef2e2df99f0c7,haleiwa&ei=pUv6U8SaKs6VyAS2-YDQDw&ved=0CKABELYD.

68. *cours d'eau Helemano* : "Helemano Stream," Google Maps, accessed August 24, 2014, https://www.google.com/maps/place/Helemano+Stream,+Haleiwa,+HI/@21.5833329,-158.1088889,15z/data=!3m1!4b1!4m2!3m1!1s0x7c005f318cae17b5:0x3e9ad372b4590a58.

69. *un missile antichar Javelin* : "FGM-148 Javelin," U.S. Marine Corps, accessed August 24, 2014, https://web.archive.org/web/20140830150808/http://www.marines.com/operating-forces/equipment/weapons/javelin-law-at-4-smaw-tow.

70. *c'est encore autre chose* : Louis Palazzo, "The Jtac Fixation," *Marine Corps Gazette,* May 2012, accessed August 24, 2014, https://web.archive.org/web/20140830150808/https://www.mca-marines.org/gazette/article/jtac-fixation-taking-blinders.

71. l'*USS* Port Royal : "USS Port Royal," U.S. Navy, accessed August 24, 2014, http://www.public.navy.mil/surfor/cg73/Pages/default.aspx#. U_pRJ0j6L6A.

72. l'*USS* America : "USS America," U.S. Navy, accessed August 24, 2014, http://www.public.navy.mil/surfor/lha6/Pages/default.aspx#. U_pRZkj6L6A.

73. *des classes San Antonio et Austin* : "Amphibious Transport Dock – LPD," U.S. Navy, accessed August 24, 2014, http://www.navy.mil/navydata/fact_display.asp?cid=4200&tid=600&ct=4.

74. *îles Aléoutiennes* : "Welcome to Shemya !," Eareckson Air Station, accessed August 24, 2014, https://web.archive.org/web/20140830150808/http://chugach-eareckson.com/.

75. *une salve de missiles air-air de longue portée JDR*ADM : Zach Rosenberg, "USAF Cancels AMRAAM Replacement," *Flight Global,* February 14, 2012, accessed August 24, 2014, http://www.flightglobal.com/news/articles/usaf-cancels-amraam-replacement-368249/.

76. *pratiquement les jumeaux de son propre chasseur* : Craig Scanlan, "Chinese Spies Steal F-35 Joint Strike Fighter Data from BAE Systems," Asia Security Watch, March 12, 2012, accessed August 24, 2014, http://asw.newpacificinstitute.org/?p=10596.

77. *d'un Su-33 russe* : "Su-33," Sukhoi, accessed August 24, 2014, https://web.archive.org/web/20140830150808/http://www.sukhoi.org/eng/planes/military/su33/.

78. *en une ligne impeccable* : Wendell Minnick, "Is China's J-31 Stealth Fighter Going Navy All the Way ?," *Intercepts* (blog), *Defense News,* January 31, 2013, accessed August 24, 2014, http://intercepts.defensenews.com/2013/01/is-chinas-j-31-fighter-going-navy-all-the-way/.

79. *L'écran de verre Garmin Aero Screen* : "Avionics and Safety," Garmin, accessed August 24, 2014, http://www.garmin.com/en-US/explore/intheair ; système électronique fictif.

80. *du F-15C* : "F-15 Eagle Fact Sheet," U.S. Air Force, March 14, 2005, accessed August 24, 2014, http://www.af.mil/AboutUs/FactSheets/Display/tabid/224/Article/104501/f-15-eagle. aspx.

81. *l'équivalent aéronautique de la Flotte Fantôme* : Mark Wilson, "Google Earth's View of the Boneyard, Where Planes Go to Die," *Gizmodo* (blog), February 23, 2010, accessed August 24, 2014, http://gizmodo.com/5478203/google-earths-view-of-the-boneyard-where-planes-go-to-die.

82. *le chasseur de Roscoe* : Jon Harper, "Air Force to Eliminate Nearly 500 Aircraft in 25 States, D.C., and Overseas," *Stars and Stripes,* March 11, 2014, accessed August 24,

2014, http://www.stripes.com/news/air-force-to-eliminate-nearly-500-aircraft-in-25-states-d-c-and-overseas-1.272304.

83. *aux ravitailleurs KC-46* : "KC-46A Pegasus," U.S. Air Force, May 4, 2011, accessed August 24, 2014, http://www.af.mil/AboutUs/FactSheets/Display/tabid/224/Article/104537/kc-46a.

84. *un pilote de la Première Guerre mondiale* : Robert Valdes, "How the Predator UAV Works," How Stuff Works, accessed August 25, 2014, http://science.howstuffworks.com/predator1.htm. Voir aussi Singer, *Wired for War.*

85. *ce bijou technologique* : Interview with UCAS program officer, June 2014, Washington, DC.

86. *la « vallée de la mort »* : "Several Factors Have Led to a Decline in Partnerships at DOE's Laboratories," Government Accountability Office, April 19, 2002, accessed August 25,2014, http://www.gao.gov/products/GAO-02-465.

87. *Trusted Foundry Program* : Leading Edge Access Program (LEAP)," DARPA, accessed August 25, 2014, https://web.archive.org/web/20140814192147/http://www.darpa.mil/Our_Work/MTO/Programs/Leading_Edge_Access_Program_(LEAP).aspx.

88. *Wheeler Field* : "Wheeler Field," Hawaii Aviation, accessed November 5, 2014, http://hawaii.gov/hawaiiaviation/hawaii-airfields-airports/oahu-pre-world-war-ii/wheeler-field.

89. *« Ça, pas question ! »* : Patricia Sullivan, "Kenneth Taylor ; Flew Against Pearl Harbor Raiders," *Washington Post,* December 3, 2006, accessed August 25, 2014, https://web.archive.org/web/20140830150808/http://www.washingtonpost.com/wp-dyn/content/article/2006/12/02/AR2006120201162.html.

90. *d'énormes C-5 Galaxy* : "C-5 A/B/C Galaxy and C-5M Super Galaxy," U.S. Air Force, May 15, 2006, accessed August 25, 2014, http://www.af.mil/AboutUs/FactSheets/Display/tabid/224/Article/104492/c-5-abc-galaxy-c-5m-super-galaxy.aspx.

91. *C-141 Starlifter* : "Lockheed C-141C Starlifter 'Hanoi Taxi,'" U.S. Air Force, July 2, 2014, accessed August 25, 2014, https://web.archive.org/web/20140705073907/http://www.nationalmuseum.af.mil/factsheets/factsheet.asp?id=3981.

92. *quelques C-17 Globemaster plus récents* : C-17 Globemaster III," U.S. Air Force, October 27, 2004, accessed August 25, 2014, https://web.archive.org/web/20140705160427/http://www.af.mil/AboutUs/FactSheets/Display/tabid/224/Article/104523/c-17-globemaster-iii.aspx.

93. *les systèmes de canon mobile M1128 Stryker* : "Stryker MGS," General Dynamics, accessed August 25, 2014, https://web.archive.org/web/20140830150808/http://www.gdls.com/index.php/products/stryker-family/stryker-mgs.

94. *missiles air-air AIM-120E AMRAAM* : "AIM-120 AMRAAM," U.S. Air Force, April 1, 2003, accessed August 25, 2014, http://www.af.mil/AboutUs/FactSheets/Display/tabid/224/Article/104576/aim-120-amraam.aspx.

95. *distançant son assaillant* : Richard G. Sheffield, "Chapter 2 : The Airplane," *Jet Fighter School,* FlightSimBooks.com, accessed August 25, 2014, http://www.flightsimbooks.com/jfs/page13.php.

96. *s'approcha dangereusement des limites structurelles de l'appareil* : Richard Sheffield, *The Official F-15 Strike Handbook,* FlightSimBooks.com, accessed October 11, 2014, http://www.flightsimbooks.com/f15strikeeagle/03_02_Air_Combat-Related_Aerodynamics.php.

97. *pouvoir abattre des missiles balistiques* : John D. Gresham, "Navy Area Ballistic Missile Defense : Coming On Fast," *Proceedings,* January 1999, accessed August 25, 2014, http://www.usni.org/magazines/proceedings/1999-01/navy-area-ballistic-missile-defense-coming-fast.

98. *le « Port Corail », comme on l'appelait désormais, n'avait pas coulé* : Sam LaGrone, "Navy Changes Assessment on *Port Royal* Damage," *U.S. Naval Institute News,* July 18, 2013, accessed August 25, 2014, http://news.usni.org/2013/07/18/navy-changes-assessment-on-port-royal-damage.

99. *Une vague de missiles défensifs RIM-162 ESSM* : "Seasparrow Missile (RIM-7)," U.S. Navy, November 19, 2013, accessed August 25, 2014, http://www.navy.mil/navydata/fact_display.asp?cid=2200&tid=900&ct=2.

100. *l'USS* Utah : "USS *Utah* (Battleship # 31, later BB-31 and AG-16), 1911–1941 – Overview and Special Image Selection," U.S. Naval History and Heritage Command, April 18, 2007, accessed August 25, 2014, https://web.archive.org/web/20140830150808/http://www.history.navy.mil/photos/sh-usn/usnsh-u/bb31.htm.

101. *de prodigieuses quantités d'énergie* : "Solid-State Laser Technology Maturation Program," U.S. Navy, accessed August 25, 2014, https://web.archive.org/web/20150221051514/http://www.onr.navy.mil/Media-Center/Fact-Sheets/Solid-State-Laser-Technology-Maturation-Program.aspx.

102. l'*USS* New York : "About," USSNewYork.com, accessed August 25, 2014, https://web.archive.org/web/20140830150808/http://www.ussnewyork.com/ussny_about.html.

103. *signalé comme actif* : Michael Peck, "Sailors' New Uniforms Could Electronically Track Them All Over the Ship," Medium.com, September 18, 2014, accessed October 27, 2014, https://medium.com/war-is-boring/sailors-new-uniforms-could-electronically-track-them-all-over-ship-94365277c53f.

104. *nous tiendrons cette position* : James D. Hornfischer, *The Last Stand of the Tin Can Sailors : The Extraordinary World War II Story of the U.S. Navy's Finest Hour* (New York : Bantam Books, 2005).

105. *bande de stupides* avtomat : « automate » en russe, Google Translate.

106. *destroyers antinavires de la classe Sovremenny* : "Hangzhou Type 956 Sov-Sovremenny," GlobalSecurity.org, May 9, 2012, accessed August 25, 2014, http://www.globalsecurity.org/military/world/china/haizhou.htm.

107. *un destroyer lanceur de missiles guidés de la classe Luyant* : Ridzwan Rahmat, "PLAN Commissions First Type 052D DDG, Puts Second on Sea Trials," *IHS Jane's 360,* March 23, 2014, accessed August 25, 2014, https://web.archive.org/web/20140830150808/http://www.janes.com/article/35842/plan-commissions-first-type-052d-ddg-puts-second-on-sea-trials.

108. *Naval Strike Missile (NSM)* : "Naval Strike Missile – NSM," Kongsberg, accessed August 25, 2014, http://www.kongsberg.com/en/kds/products/missilesystems/navalstrikemissile/.

109. *l'ancien missile Penguin* : "Penguin Anti-Ship Missile," U.S. Navy, February 20, 2009, accessed August 25, 2014, http://www.navy.mil/navydata/fact_display.asp?cid=2200&tid=600&ct=2.

110. *Un missile antiaérien courte portée Fong Qi FL-3000* : James C. Bussert, "China's Navy Deploys Three-Tier Defensive Weapons," *Signal Online,* July 1, 2013, accessed August 25, 2014, http://www.afcea.org/content/?q=node/11461.

111. *L'essaim robotisé* : Vijay Kumar, "Scalable sWarms of Autonomous Robots and Mobile Sensors (SWARMS) Project," Swarms.org, accessed August 25, 2014, http://www.swarms.org/. Voir aussi Singer, *Wired for War.*

112. *Celui qui n'a pas une parfaite connaissance* : Sun Tzu, *L'Art de la guerre,* chapitre 2.

113. *un bracelet connecté* : Homepage of Thalmic Labs, accessed August 25, 2014, https://web.archive.org/web/20140830150808/https://www.thalmic.com/en/myo/.

114. *des missiles Seasparrow et Rolling Airframe* : "RIM-116 Rolling Airframe Missile (RAM)," U.S. Navy, November 19, 2013, accessed August 25, 2014, http://www.navy.mil/navydata/fact_display.asp?cid=2200&tid=800&ct=2.

115. *Soar Dragon* : Richard Clements, "New Photos of Chinese Soaring Dragon High Altitude Long Endurance Drone Emerge," *The Aviationist* (blog), January 21, 2013, accessed August 25, 2014, http://theaviationist.com/2013/01/21/soaring-dragon/.

116. *un meilleur rapport portance/traînée* : Marissa Menezes, "Guizhou Soar Eagle," DefenceAviation.com, January 26, 2013, accessed August 26, 2014, http://www.defenceaviation.com/2013/01/guizhou-soar-eagle.html.

117. *Préférez la victoire rapide* : Sun Tzu, *L'Art de la guerre*, chapitre 2.

118. *Le* Shanghai : Jeffrey Lin et P. W. Singer, "Is This a Model of China's Next Aircraft Carrier ?," *Eastern Arsenal* (blog), *Popular Science,* June 17, 2014, accessed August 25, 2014,http://www.popsci.com/blog-network/eastern-arsenal/model-chinas-next-aircraft-carrier.

119. *le* Liaoning : "Chinese Aircraft Carrier 'Liaoning' Finishes Training Mission," CCTV.com, January 1, 2014, accessed August 25, 2014, https://web.archive.org/web/20140614105841/http://english.cntv.cn/program/asiatoday/20140101/104882.shtml.

120. *la périlleuse figure dite du « Diamant 360 »* : Video from BLUESPAO, "2014 Blue Angels Diamond 360 Maneuver – Pensacola Beach Air Show," YouTube, July 14, 2014, accessed August 25, 2014, https://www.youtube.com/watch?v=G9J6OjBtUPw.

121. *un missile air-air longue portée PL-12* : Richard Fisher Jr., "China's Emerging 5th Generation Air-to-Air Missiles," International Assessment and Strategy Center, February 2, 2008, accessed August 25, 2014, http://www.strategycenter.net/research/pubid.181/pub_detail.asp.

122. *Feins la faiblesse* : Sun Tzu, *L'Art de la guerre.*

Épilogue

1. *William Walker,* Aux amis absents : Liam O'Brien, "William Walker, Battle of Britain Pilot," *Independent,* October 24, 2012, accessed August 25, 2014, http://www.independent.co.uk/arts-entertainment/music/features/page-3-profile-william-walker-battle-of-britain-pilot-8224117.html. Voir aussi "Funeral of Oldest Known Battle of Britain Veteran," Royal Air Force, March 12, 2013, accessed August 25, 2014, https://web.archive.org/web/20170703024403/https://www.raf.mod.uk/stclementdanes/news/index.cfm?storyid=B1ADDBB7-5056-A318-A81624170C45F8D8.

2. *Une migraine naissante palpitait sous son crâne* : "Symptoms of PTSD," Department of Veterans Affairs, January 3, 2014, accessed August 25, 2014, http://www.ptsd.va.gov/public/PTSD-overview/basics/symptoms_of_ptsd.asp.

3. *se pavaner dans le complexe du groupe Alpha* : "Alpha Russian Special Service Unit Is As Strong As Ever," *Pravda,* August 20, 2004, accessed August 25, 2014, http://english.pravda.ru/russia/politics/20-08-2004/6631-alpha-0/.

COMPOSITION ET MISE EN PAGES
NORD COMPO À VILLENEUVE-D'ASCQ

CET OUVRAGE A ÉTÉ ACHEVÉ D'IMPRIMER
SUR ROTO-PAGE
PAR L'IMPRIMERIE FLOCH À MAYENNE
EN AOÛT 2021

N° d'impression : 98782
Dépôt légal : août 2021
Imprimé en France